GRöLS Verlage

„Bücher sind wie Fallschirme. Sie nützen uns nichts, wenn wir sie nicht öffnen."

Gröls Verlag

Redaktionelle Hinweise und Impressum

Das vorliegende Werk wurde zugunsten der Authentizität sehr zurückhaltend bearbeitet. So wurden etwa ursprüngliche Rechtschreibfehler *nicht* systematisch behoben, denn kleine Unvollkommenheiten machen das Buch – wie im Übrigen den Menschen – erst authentisch. Mitunter wurden jedoch zum Beispiel Absätze behutsam neu getrennt, um den Lesefluss zu erleichtern.

Um die Texte zu rekonstruieren, werden antiquarische Bücher von Lesegeräten gescannt und dann durch eine Software lesbar gemacht. Der so entstandene Text wird von Menschen gegengelesen und korrigiert – hierbei treten auch Fehler auf. Wenn Sie ebenfalls antiquarische Texte einreichen möchten, finden Sie weitere Informationen auf www.groels.de

Viel Freude bei der Lektüre wünscht Ihnen das Team des Gröls-Verlags.

Adressen

Verleger: Sophia Gröls, Im Borngrund 26, 61440 Oberursel

Externer Dienstleister für Distribution & Herstellung: BoD, In de Tarpen 42, 22848 Norderstedt

Unsere „Edition | Werke der Weltliteratur“ hat den Anspruch, eine der größten und vollständigsten Sammlungen klassischer Literatur in deutscher Sprache zu sein. Nach und nach versammeln wir hier nicht nur die „üblichen Verdächtigen“ von Goethe bis Schiller, sondern auch Kleinode der vergangenen Jahrhunderte, die – zu Unrecht – drohen, in Vergessenheit zu geraten. Wir kultivieren und kuratieren damit einen der wertvollsten Bereiche der abendländischen Kultur. Kleine Auswahl:

Francis Bacon • Neues Organon • **Balzac** • Glanz und Elend der Kurtisanen • **Joachim H. Campe** • Robinson der Jüngere • **Dante Alighieri** • Die Göttliche Komödie • **Daniel Defoe** • Robinson Crusoe • **Charles Dickens** • Oliver Twist • **Denis Diderot** • Jacques der Fatalist • **Fjodor Dostojewski** • Schuld und Sühne • **Arthur Conan Doyle** • Der Hund von Baskerville • **Marie von Ebner-Eschenbach** • Das Gemeindekind • **Elisabeth von Österreich** • Das Poetische Tagebuch • **Friedrich Engels** • Die Lage der arbeitenden Klasse • **Ludwig Feuerbach** • Das Wesen des Christentums • **Johann G. Fichte** • Reden an die deutsche Nation • **Fitzgerald** • Zärtlich ist die Nacht • **Flaubert** • Madame Bovary • **Gorch Fock** • Seefahrt ist not! • **Theodor Fontane** • Effi Briest • **Robert Musil** • Über die Dummheit • **Edgar Wallace** • Der Frosch mit der Maske • **Jakob Wassermann** • Der Fall Maurizius • **Oscar**

Wilde • Das Bildnis des Dorian Grey • **Émile Zola** • Germinal • **Stefan Zweig** • Schachnovelle • **Hugo von Hofmannsthal** • Der Tor und der Tod • **Anton Tschechow** • Ein Heiratsantrag • **Arthur Schnitzler** • Reigen • **Friedrich Schiller** • Kabale und Liebe • **Nicolo Machiavelli** • Der Fürst • **Gotthold E. Lessing** • Nathan der Weise • **Augustinus** • Die Bekenntnisse des heiligen Augustinus • **Marcus Aurelius** • Selbstbetrachtungen • **Charles Baudelaire** • Die Blumen des Bösen • **Harriett Stowe** • Onkel Toms Hütte • **Walter Benjamin** • Deutsche Menschen • **Hugo Bettauer** • Die Stadt ohne Juden • **Lewis Caroll** • *und viele mehr….*

Edgar Wallace

Der grüne Bogenschütze

Übersetzung

von

Ravi Ravendro

Inhalt

1

Spike Holland schrieb das letzte Wort seines Artikels und zog zwei dicke Linien quer über die Seite, um damit den Schluß des Aufsatzes anzudeuten. Dann warf er seine Feder wütend fort. Der Halter blieb zitternd im Fensterrahmen stecken.

„Keine unwürdige Hand soll jemals wieder dies Schreibinstrument berühren, das meine phantasievollen Gedanken zu Papier brachte,“ sagte er zornig.

Der andere Reporter schaute auf. Sie waren beide allein in dem Raum.

„Was haben Sie denn für einen schönen Artikel geschrieben, Spike?“

„Einen Bericht über die gestrige Hundeschau,“ erwiderte Spike eisig. „Ich verstehe von Hunden nur so viel, daß das eine Ende bellt und das andere wedelt. Aber der verfluchte Syme hat mich auf die Geschichte gehetzt. Obendrein hat er mir noch gesagt, daß sich ein Kriminalist mit Bluthunden anfreunden müsse! Der Mann ist nicht ganz richtig im Kopf. Er sieht nichts so, wie es wirklich ist, er lebt in einer Welt von Vorstellungen, die er sich selbst zurechtgelegt hat. Kommt man ihm mit der funkelnagelneuen Geschichte eines großartigen Bankraubes, dann springt er einem mit der Zumutung ins Gesicht, man solle einen Artikel darüber schreiben, was Bankdirektoren gern zu Mittag essen!“

Der andere schob seinen Stuhl zurück.

„Hierzulande finden Sie fast nur solche Einstellung. Ich möchte beinahe sagen, daß unsere Landsleute im Vergleich zu den Amerikanern verrückte Dickschädel sind.“

„Sie können jede Wette darauf eingehen, daß das nicht stimmt,“ unterbrach ihn Spike schnell. „Die Leute am grünen Redaktionstisch sind eine Rasse für sich, sie sind von Natur aus vollständig unfähig, das Leben vom Standpunkt eines Berichterstatters zu sehen. Das heißt, sie haben irgendwie ein minderwertiges Gehirn. Jawohl, mein Herr, das ist ganz gleich, ob sie in den Vereinigten Staaten oder in England leben, das macht gar keinen Unterschied – sie haben alle einen Klaps!“

Er seufzte tief, lehnte sich in den Stuhl zurück und legte seine Füße auf den Tisch. Spike war noch jung. Sein sommersprossiges Gesicht zeigte gesunde Farbe und seine rötlichen Haare hingen etwas wirr durcheinander.

„Hunde-Ausstellungen sind sicher sehr interessant –“ begann er gerade wieder, als plötzlich die Tür heftig aufgerissen wurde und ein Mann hereinschaute. Er war in Hemdärmeln und trug eine außergewöhnlich große Hornbrille.

„Spike ... brauche Sie. Haben Sie was zu tun?“

„Ich bin gerade im Begriff, Wood aufzusuchen, den Mann mit den Kinderhäusern – ich habe eine Verabredung zum Essen mit ihm.“

„Der kann warten.“

Er winkte und Spike folgte ihm in sein kleines Bureau.

„Kennen Sie Abel Bellamy aus Chicago ... den Millionär?“

„Abel? Ja ... ist er tot?“ fragte Spike hoffnungsfroh. „Aus dem Kerl kann man nur eine gute Geschichte drehen, wenn er das Zeitliche gesegnet hat.“

„Kennen Sie ihn gut?“ fragte der Redakteur.

„Ich weiß, daß er aus Chicago stammt, Millionen beim Bauen verdient hat und ein furchtbar grober Kerl ist. Er lebt schon seit acht oder neun Jahren in England, glaube ich ... er bewohnt eine richtige Burg ... und hat einen tauben Chinesen als Chauffeur –“

„Das Zeug weiß ich auch schon. Was ich wissen will, ist nur: Gehört Bellamy zu der Sorte Menschen, die gern von sich reden machen? ... Mit anderen Worten: Ist der Grüne Bogenschütze wirklich ein Gespenst oder eine Erfindung?“

„Ein Gespenst?“

Syme nahm einen Briefbogen und reichte ihn dem erstaunten Amerikaner über den Tisch. Die Mitteilung war augenscheinlich von jemand geschrieben, dem die Regeln der englischen Sprache tief verborgene Mysterien waren.

„Liberr Herr,

Der grüne Bogenschütze is wider da in Schlos Garre. Mr. Wilks, der Hausmeister hat ihm geseen. Liber Herr der grüne Bohgenschitze is in Mr. Bellamys Zimmer gekommen und hat die Türe offen gelassen. Alle Dinstleute gehn wech. Mr. Bellamy sacht er schmeist alle raus die davon sprechen aber sie geen alle wech."

„Und wer zum Donnerwetter ist denn der Grüne Bogenschütze?" fragte Spike erstaunt.

Mr. Syme rückte seine Brille zurecht und lächelte. Spike war ganz verdutzt, daß er etwas so Menschliches tun konnte.

„Der Grüne Bogenschütze von Garre Castle war früher einmal die berühmteste Geistererscheinung Englands. Lachen Sie nicht, Spike, es ist kein Märchen. Der wirkliche grüne Bogenschütze wurde von einem de Curcy – dieser Familie gehörte früher Garre Castle – im Jahre 1487 gehängt."

„Sehen Sie mal an! Daß Sie sich darauf noch besinnen können!" sagte Spike voll Hochachtung.

„Ziehen Sie die Sache nicht ins Lächerliche! Er wurde gehängt, weil er gewildert hatte. Heute noch können Sie den Eichenbalken sehen, an dem er hing. Seit Jahrhunderten ist er in Garre umgegangen, das letztemal wurde er 1799 gesehen. In Berkshire kennt jedes Kind die Geschichte. Diesen Brief hat offenbar ein Dienstmädchen geschrieben, das hinausgeworfen wurde oder aus Furcht freiwillig den Dienst verließ. Jedenfalls geht daraus hervor, daß unser grüner Freund irgendwie wieder auf der Bildfläche erschienen ist."

Spike zog die Stirne kraus und schob die Unterlippe vor.

„Jedes Gespenst, das Abel Bellamy zum Besten hat, soll sich nur vor ihm in acht nehmen. Ich vermute aber, daß die ganze Sache halb Märchen und halb hysterische Einbildung ist. Soll ich wirklich zu Abel hingehen?"

„Gehen Sie zu ihm und überreden Sie ihn, daß er Sie eine Woche lang in seiner Burg wohnen läßt."

Spike schüttelte energisch den Kopf.

„Da kennen Sie ihn schlecht. Wenn ich ihm mit einer solchen Zumutung komme, wirft er mich sofort hinaus. Aber ich werde zu seinem Sekretär, dem Savini, gehen. Der ist ein Mischblut oder so etwas Ähnliches – möglich, daß der mir helfen kann. Aber bisher scheint der Grüne Bogenschütze doch nicht mehr angestellt zu haben, als daß er die Tür in Abels Zimmer offenstehen ließ?"

„Also sehen Sie zu, was Sie bei Bellamy erreichen können – erfinden Sie irgend etwas, um in sein Schloß hineinzukommen. Nebenbei bemerkt hat er eine Unsumme dafür gezahlt. Und dann suchen Sie so unter der Hand die ganze Geschichte herauszubringen. Eine gute sensationelle Geistergeschichte haben wir schon seit Jahren nicht mehr drucken können. Außerdem hindert Sie ja gar nichts daran, mit Wood zu speisen, denn die Geschichte über den brauche ich auch. Wo werden Sie denn zu Mittag essen?"

„Im Carlton. Wood ist nur ein paar Tage in London und fährt heute abend nach Belgien zurück."

Der Redakteur nickte.

„Das paßt ja gut. Bellamy wohnt auch im Carlton-Hotel. Da können Sie zwei Fliegen mit einer Klappe schlagen."

Spike trollte sich zur Tür.

„Gespenstergeschichten und Kleinkinderbewahranstalten!" rief er vorwurfsvoll und bitter. „Und ich bin doch schon so lange scharf auf eine ordentliche Mordgeschichte mit allen Schikanen! Aber ich weiß schon, diese Zeitung braucht keinen Kriminalisten, die braucht nur einen Märchenerzähler."

„Da sind Sie ja gerade der richtige Mann!" sagte Syme und wandte sich wieder seiner Arbeit zu.

2

Der Klang von Stahl gegen Stahl, das Staccato-Trommelfeuer elektrischer Nietmaschinen und Bohrer, der Höllenlärm von Hämmern und Meißeln waren eine liebliche Musik für Abel Bellamys Ohren.

Er stand am Fenster seines Wohnzimmers, die Hände auf dem Rücken. Unverwandt schaute er auf die andere Seite der Straße, wo sich dem Hotel gegenüber ein ungeheuer großes Gebäude im Bau befand. Das Stahlgerippe erhob sich türmhoch über die kleinen, niedrigen Häuser der Nachbarschaft zu beiden Seiten.

In den Straßen hatte sich eine kleine, neugierige Menschenmenge angesammelt. Ein schwerer, eiserner Träger wurde durch einen Flaschenzug an einem Drahtseil aufgewunden. Höher und höher hob der große Kran die schwere Last, die majestätisch und langsam hin- und herpendelte. Abel Bellamy brummte. Er war nicht zufrieden damit. Er wußte genau auf den Bruchteil eines

Zolls, wo der richtige Aufhängungspunkt lag, und der Träger war schlecht ausbalanciert.

Wenn die bösen Werke der Menschen in blutiger Schrift an den Tatorten aufgezeichnet wären, wie die Alten glaubten, so würde der Name Abel Bellamys an vielen Stellen in brennendem Rot erscheinen: Auf einer kleinen Farm in Montgomery County in Pennsylvania und in einer grauen Halle im Pentonville-Gefängnis, um nur diese beiden Orte zu nennen.

Aber Abel Bellamy hatte keine schlaflosen Nächte wegen seiner Vergangenheit. Reue und Furcht kannte er nicht. Er hatte viel Böses getan und war damit sehr zufrieden. Die Erinnerung an das Entsetzen der Menschen, deren Leben er rücksichtslos zerbrochen hatte, an die Qualen, die er ihnen mit Vorbedacht zugefügt hatte, konnte ihm nichts anhaben. Das Bewußtsein, unschuldige Kinder in Not und Elend gestoßen und eine Frau durch seinen Haß zu Tode gehetzt zu haben, nur um dem Moloch seiner Selbstsucht ein Opfer zu bringen, verursachte ihm nicht eine Sekunde lang Gewissensbisse.

Wenn er sich überhaupt jemals an diese Dinge erinnerte, dachte er nur mit Befriedigung daran. Es erschien ihm vollständig richtig, daß alle niedergetreten wurden, die sich ihm in den Weg stellten. Das Glück hatte ihn stets begünstigt. Mit zwanzig Jahren war er noch ein einfacher Arbeiter gewesen, mit fünfunddreißig hatte er schon eine Million Dollars zusammengebracht und mit fünfundfünfzig war dieses Vermögen verzehnfacht. Er verließ die Stadt, in der er sich heraufgearbeitet hatte, siedelte sich auf einem Adelssitz in England an und wurde der Herr einer Besitzung, die die Blüte der englischen Ritterschaft durch das Schwert erobert und mit dem Schweiß und der Furcht der Unterdrückten erbaut hatte.

Seit dreißig Jahren war er mächtig genug, andere zu verfolgen, und warum sollte er sich auch selbst verleugnen? Er bereute nichts und handelte ganz nach seinen Wünschen. Er war von ungewöhnlicher Körpergröße, maß über sechs Fuß und hatte noch im Alter von sechzig Jahren die Kraft eines jungen Stieres. Auf der Straße sahen sich alle Leute nach ihm um, aber nicht wegen seiner außerordentlichen Größe, sondern wegen seiner ins Auge springenden Häßlichkeit. Sein rotes Gesicht war von unzähligen Falten durchzogen, seine Nase war groß und knollenartig. Dicke Lippen umrahmten den großen Mund, dessen eine Seite etwas in die Höhe gezogen war, so daß er ständig höhnisch zu grinsen schien.

Er kümmerte sich nicht im mindesten um sein Aussehen und nahm es als eine Tatsache hin, wie ihm auch seine Leidenschaften etwas Selbstverständliches waren.

Das war Abel Bellamy aus Chicago, der jetzt in Garre Castle in Berkshire wohnte. Ein Mann, der weder Liebe noch Mitleid kannte.

Noch immer stand er an dem großen Fenster seines Hotels und beobachtete die Bauarbeiten. Wer der Erbauer oder was das für ein Bauwerk war, wußte er nicht und kümmerte sich auch nicht darum. Aber einen Augenblick schien es ihm, als ob die Männer, die sich drüben auf schmalen, gefährlichen Stegen bewegten, seine eigenen Arbeitsleute seien. Er stieß einen halbunterdrückten Fluch aus, als sein wachsames Auge eine Gruppe von drei Schmieden entdeckte, die von dem Polier nicht gesehen werden konnten und müßig umherstanden.

Plötzlich schaute er wieder auf den großen hängenden Träger und witterte sofort die Gefahr. Er hatte den Unfall, der sich jetzt ereignete, vorausgesehen. Das freie Ende des Doppel-T-Trägers schwang nach innen und schlug gegen ein Gerüst, auf dem zwei Leute arbeiteten. Er konnte das Krachen trotz des lärmenden Straßenverkehrs deutlich hören, er sah einen Augenblick einen Mann, der sich verzweifelt am Gerüst festhielt, dann in die Tiefe stürzte und in dem großen Wirrwarr von Ziegelhaufen und Mörtelmaschinen hinter dem großen hohen Arbeitszaun verschwand.

„Hm!“ sagte Abel Bellamy.

Er war gespannt, was der Bauunternehmer wohl jetzt tun würde. Wie mochten die Gesetze dieses Landes sein, in dem er sich seit sieben Jahren niedergelassen hatte? Wenn es sein Bau gewesen wäre, würde er seinen Rechtsanwalt losgeschickt haben, um die Witwe aufzusuchen, bevor sie die Nachricht erreichen konnte, und sie zu veranlassen, alle ihre Anforderungen aufzugeben, ehe sie den Betrug wirklich gemerkt hätte. Aber diese Engländer waren dazu viel zu langsam.

Die Tür des Wohnzimmers öffnete sich, und er wandte sich um. Julius Savini war schon daran gewöhnt, nur durch ein Brummen gegrüßt zu werden, aber er merkte, daß er heute etwas mehr abbekommen würde als den gewöhnlichen Rüffel, der sein regelmäßiger Morgengruß war.

„Savini, ich habe seit sieben Uhr auf Sie gewartet. Wenn Sie Ihre Stellung behalten wollen, will ich Sie wenigstens vor Mittag sehen. Haben Sie mich verstanden?“

„Es tut mir sehr leid, Mr. Bellamy, aber ich sagte Ihnen bereits gestern abend, daß ich heute später kommen würde. Ich bin erst vor ein paar Minuten von außerhalb zurück.“

Die Haltung und die Stimme Savinis waren sehr unterwürfig. Er war schon ein ganzes Jahr Bellamys Privatsekretär und hatte gelernt, daß es zwecklos war, seinem Herrn zu widersprechen.

„Würden Sie einen Vertreter vom „Globe“ empfangen?“ fragte er.

„Einen Zeitungsmenschen?“ sagte Abel Bellamy verächtlich. „Sie wissen doch, daß ich niemals solche Leute empfange. Was will er? Wie heißt er denn?“

„Es ist Spike Holland, ein Amerikaner,“ antwortete Julius, als ob er um Entschuldigung bitten wollte.

„Deswegen ist er mir nicht angenehmer,“ brummte Bellamy. „Sagen Sie ihm, daß ich ihn nicht empfangen kann. Ich kümmere mich überhaupt nicht darum, was in den Zeitungen steht. Weshalb kommt er denn? Sie sind doch mein Sekretär!“

Julius machte eine Verlegenheitspause, bevor er antwortete.

„Er kommt wegen des Grünen Bogenschützen.“

Abel Bellamy fuhr wild herum.

„Wer hat denn etwas über den Grünen Bogenschützen ausgeplaudert? Das können doch nur Sie Esel gewesen sein!“

„Ich habe mit keinem Zeitungsmann gesprochen,“ sagte Julius mürrisch. „Was soll ich ihm denn sagen?“

„Sagen Sie ihm, er soll sich zum – na, lassen Sie ihn meinetwegen heraufkommen.“

Bellamy hatte sich schnell überlegt, daß der Journalist wahrscheinlich irgendeine Geschichte erfinden würde, wenn er ihn nicht empfing, und er hatte gerade genug von den Zeitungen. Hatte nicht neulich solch ein Blatt den ganzen Lärm in Falmouth inszeniert?

In diesem Augenblick führte Julius den Besucher herein.

„Ihre Anwesenheit ist nicht notwendig," fuhr Bellamy seinen Sekretär an. Als Savini gegangen war, brummte er: „Nehmen Sie sich eine Zigarre."

Er stieß die Zigarrenkiste mit einem heftigen Ruck über den Tisch, wie wenn er einem Hund einen Knochen hinwürfe.

„Danke," sagte Mr. Spike Holland, „ich rauche niemals Millionärzigarren. Ich bin nachher nur mit meinen unzufrieden."

„Nun, was wollen Sie?" fragte Bellamy rauh und betrachtete Spike mit zusammengekniffenen Augen.

„Man erzählt sich da eine Geschichte, daß ein Geist in Garre Castle umgeht – ein Grüner Bogenschütze –"

„Das ist eine gemeine Lüge!" erwiderte Bellamy viel zu schnell und viel zu prompt. Hätte er sich dieser Äußerung gegenüber gleichgültig gezeigt, so hätte er Spike wahrscheinlich täuschen können. Aber die Schnelligkeit, mit der er alles ableugnete, machte dem Zeitungsmann die Geschichte sofort interessant.

„Wer hat Ihnen denn das erzählt?" fragte Bellamy.

„Wir haben es aus einer ganz sicheren Quelle." Spike war vorsichtig. „Man hat uns mitgeteilt, daß der Grüne Bogenschütze von Garre in dem Schloß gesehen wurde und offensichtlich in Ihrem Zimmer aus- und eingegangen ist."

„Ich sagte Ihnen doch, daß das gelogen ist!" Abel Bellamys Stimme hatte einen verletzenden und beleidigenden Ton. „Diese verrückten englischen Dienstboten haben nichts anderes zu tun, als sich nach Geistern umzusehen! Es stimmt, daß ich die Tür meines Schlafzimmers eines Nachts offen fand, aber ich habe vermutlich vergessen, sie zu schließen. Wer hat Ihnen denn diese Auskunft gegeben?"

„Wir haben die Nachricht von drei verschiedenen Seiten," log Spike frech darauf los. „Und alle drei Berichte ergänzen sich, Mr. Bellamy," meinte er lächelnd, „es wird schon was daran sein. Außerdem erhöht doch so eine Geistererscheinung den Wert einer Burg oder eines Schlosses!"

„Da sind Sie aber sehr im Irrtum," erwiderte Abel Bellamy, der die günstige Gelegenheit wahrnahm, das Thema zu ändern. „Es bringt eine solche Besitzung nur in schlechtes Gerede. Wenn Sie auch nur eine Zeile von Geistern und Gespenstern in Ihre Zeitung setzen, dann werde ich gerichtlich gegen Sie vorgehen – denken Sie daran, junger Mann!"

„Es ist möglich, daß auch der Geist noch irgend etwas unternimmt," sagte Spike äußerst liebenswürdig.

Er ging die Treppe hinunter und war sich noch nicht klar, was er tun sollte.

Abel Bellamy war nicht der gewöhnliche Millionär, der sich in England ansiedelt und dann von selbst in der englischen Gesellschaft Zutritt findet. Er war von niederer Herkunft, nur halb gebildet und ohne irgendwelchen gesellschaftlichen Ehrgeiz.

Als Spike in die Hotelhalle eintrat, fand er Julius, der mit einem großen Herrn mit grauem Bart sprach, der dem besseren Handwerkerstand anzugehören schien. Julius gab Holland ein Zeichen, zu warten.

„Sie wissen, in welchem Zimmer er ist, Mr. Creager? Mr. Bellamy erwartet Sie."

Als der Mann gegangen war, wandte sich Julius an den Reporter.

„Nun, was hat er gesagt, Holland?"

„Er hat die ganze Geschichte abgestritten. Aber in allem Ernst, Savini, ist etwas daran?"

Julius zuckte die schmalen Schultern.

„Ich weiß nicht, woher Sie die ganze Geschichte haben und Sie können sich darauf verlassen, daß ich Ihnen unter keinen Umstanden etwas erzähle. Der Alte hat mir sowieso die Hölle heiß gemacht, weil er dachte, ich hätte Ihnen den Tip gegeben!"

„Dann stimmt die Geschichte also. Irgendein grauenerregendes Gespenst hat in Ihren Mauern herumgespukt. Hat es auch irgendwie mit Ketten gerasselt?"

Julius schüttelte den Kopf.

„Von mir werden Sie nichts herausbekommen, Holland. Ich kann höchstens meine Stellung dadurch verlieren."

„Wer war denn der Mensch, den Sie eben hinaufgeschickt haben? Er sah aus wie ein Polizist."

Julius grinste.

„Er hat genau dieselbe Frage über Sie an mich gestellt, als Sie herunterkamen. Er heißt Creager und ist ein –" Er zögerte. „Nun ja, ich will nicht gerade sagen,

Freund, er ist so eine Bekanntschaft von dem Alten. Wahrscheinlich bezieht er eine Art Pension von ihm. Er kommt in regelmäßigen Zwischenräumen, und ich bilde mir ein, daß er nicht umsonst erscheint. Bis der andere herunterkommt, ruft mich Bellamy sicher nicht. Kommen Sie und trinken Sie einen Cocktail mit mir."

Spike schüttelte den Kopf.

Während sie noch sprachen, kam Creager zur sichtlichen Überraschung von Julius die Treppe wieder herunter. Er sah böse und verbissen aus.

„Er will mich nicht vor zwei Uhr sehen," sagte er mit unterdrückter Wut. „Glaubt er denn, daß ich auf ihn warte? Wenn er sich das einbildet, irrt er sich gewaltig! Sagen Sie ihm das nur, Mr. Savini."

„Was ist denn los?" fragte Julius.

„Er sagte zwei Uhr. Gebe ich zu. Aber ich bin doch nun in die Stadt gekommen, – warum sollte ich denn bis zum Nachmittag warten? Warum kann er mich nicht vormittags empfangen?" fragte Creager wütend. „Er behandelt mich wie einen Hund, er glaubt, er hat mich so –" Er machte eine bezeichnende Geste mit dem abwärts gerichteten Daumen. „Außerdem tobt er über einen Zeitungsreporter – das sind Sie wohl, wenn ich nicht irre."

„Das stimmt genau," entgegnete Spike.

„Also Sie können ihm sagen," wandte sich Creager wieder an Julius und tippte dem jungen Mann mit dem Finger auf die Brust, um seinen Worten mehr Nachdruck zu geben, „daß ich um zwei Uhr komme. Und ich werde eine lange Unterredung mit ihm haben oder ich werde mich selbst mit einem Zeitungsreporter ein wenig unterhalten."

Mit dieser Drohung ging er fort.

„Savini," sagte Spike sanft, „ich wittere eine gute Geschichte!"

Aber Savini sprang die Treppe hinauf und nahm immer zwei Stufen zu gleicher Zeit, um schnell zu seinem aufgebrachten Herrn zu kommen.

3

Spike sah auf die Uhr – es war fünf Minuten vor eins. Aber kaum hatte er sich in einem bequemen Sessel in der Eingangshalle niedergelassen, um auf John Wood zu warten, als dessen schlanke Gestalt sich schon im Hoteleingang zeigte. Die Erscheinung dieses hochgewachsenen Mannes fiel allgemein auf. Er war vor der Zeit ergraut, aber sein Gesicht war von einer eigenartigen Schönheit, die sich besonders in den lebhaften Augen konzentrierte. Sein ausdrucksvoller Mund schien zu sprechen, auch wenn er schwieg.

Er reichte Spike die Hand und drückte sie freundlich.

„Ich komme doch nicht etwa zu spät? Ich war den ganzen Vormittag sehr beschäftigt, und ich möchte den Zug um halb drei nach dem Kontinent nehmen. Deshalb bin ich so eilig."

Sie gingen zusammen in den großen Speisesaal, und der Oberkellner führte sie zu einem reservierten Tisch in einer Ecke. Spike war durch das interessante Gesicht des anderen gefesselt und stellte unwillkürlich Vergleiche mit der abstoßenden Häßlichkeit des Mannes an, den er soeben verlassen hatte. Wood war aber auch das gerade Gegenteil von Abel Bellamy. Sein gütiger Charakter spiegelte sich in seinem seelenvollen Blick wider, und ein freundliches Lächeln lag ständig in seinen Augen. Alle seine Bewegungen waren gewandt und lebhaft, und seine langen, weißen, zarten Hände schienen niemals zu ruhen.

„Nun, was wollen Sie von mir erfahren? Vielleicht kann ich Ihnen alles erzählen, bevor die Suppe serviert wird: Ich bin Amerikaner –"

„Das hätte ich nicht vermutet."

John Wood nickte.

„Ich habe lange Zeit in England gelebt, ich bin –" er machte eine Pause – „lange Jahre nicht daheim gewesen. Ich möchte nicht viel von mir selbst erzählen und meine bescheidenen Verdienste mit möglichst wenig Worten abtun. Ich lebe jetzt in Wenduyne in Belgien und leite dort ein Heim für schwindsüchtige Kinder. Ich will die Anstalt aber noch dieses Jahr nach der Schweiz verlegen. Die Woodsche Lungenheilmethode stammt von mir – nebenbei bin ich Junggeselle – aber das ist alles, was von mir zu berichten ist."

„Ich möchte gerne wegen der Kinderheime mit Ihnen sprechen. Wir haben einen längeren Artikel darüber in einer belgischen Zeitung gefunden. Dort stand auch, daß Sie die Absicht haben, große Summen zusammenzubringen, um in jedem Lande Europas ein Mutterhaus zu errichten. Was verstehen Sie darunter?"

Mr. Wood lehnte sich in seinen Stuhl zurück und dachte einen Augenblick nach, bevor er antwortete.

„In allen Ländern Europas, besonders in England, wird eine Frage immer brennender – ich möchte sie das Problem der ungewünschten Kinder nennen. Vielleicht ist ungewünscht nicht das richtige Wort. Nehmen wir einmal an, eine Witwe bleibt nach dem Tod ihres Mannes ohne Mittel zurück und muß ein oder zwei Kinder ernähren. Sie kann unmöglich einem Beruf oder einer Beschäftigung nachgehen, es sei denn, daß sich jemand um ihre Kinder kümmert, und das kostet wieder Geld. Dann gibt es andere Kinder, deren Geburt man fürchtet, deren Existenz Schande und Verlegenheit bringt, die versteckt werden müssen und dann in solche verrufenen Kinderheime kommen, deren Inhaberinnen es für ein paar Dollars die Woche übernehmen, nach ihnen zu sehen und sie großzuziehen. Es vergeht kein Jahr, in dem nicht in dem einen oder anderen Lande die Leiterinnen solcher Heime unter schwerer Anklage vor Gericht gestellt werden, sei es, daß sie die Erziehung dieser Kinder vernachlässigt oder daß sie direkt beschuldigt werden, sie beiseite gebracht zu haben."

Dann begann er in großen Zügen seinen Plan über die Errichtung von Mutterhäusern zu entwerfen, in denen solche unerwünschten Kinder Aufnahme finden könnten und sorgfältig von besonders zu diesem Beruf vorgebildeten Pflegerinnen betreut werden sollten.

„Allmählich könnte man dann Schülerinnen annehmen, die für ihre Ausbildung in der Kinderpflege ein Lehrgeld zahlen. Meiner Meinung nach könnte man im Lauf der Zeit diese Anstalten so organisieren, daß sie sich selbst unterhalten. Dann würde man der Welt gesunde Knaben und Mädchen schenken, die fähig wären, den Kampf ums Dasein erfolgreich zu bestehen."

Während des Essens sprach er nur über kleine Kinder. Ihre Pflege war sein Lebensinhalt. Er erzählte des langen und breiten von einem kleinen deutschen Waisenkind, das er in seinem Heim besonders hegte und schilderte es so lebhaft, daß die Gäste an den anderen Tischen sich nach ihm umwandten.

„Seien Sie nicht böse, daß ich Ihnen das sage, Mr. Wood, aber Sie haben doch eine sonderbare Liebhaberei."

Der andere lachte.

„Das ist schon möglich," meinte er. „Wer sind diese Leute?" fragte er dann plötzlich.

Zwei Herren und eine junge Dame hatten den Speisesaal betreten. Der erste war hochgewachsen, schlank und hatte weiße Haare. Über seine Gesichtszüge breitete sich eine stille Melancholie. Sein Begleiter war ein elegant gekleideter junger Mann, dessen Alter zwischen neunzehn und dreißig liegen konnte. Er schien von der tadellosen Frisur bis zu den Lackschuhen eine lebende Reklame für seinen Schneider zu sein. Aber am meisten fesselte die Erscheinung der jungen Dame.

„Sie ist von unwirklicher Schönheit, als ob sie aus einem Gemälde gestiegen sei," sagte Spike.

„Wer ist sie denn?"

„Miß Howett – Valerie Howett. Der ältere Herr ist Mr. Walter Howett, ein Engländer, der viele Jahre in den Vereinigten Staaten in dürftigen Verhältnissen lebte, bis Petroleum auf seiner Farm gefunden wurde. Auch dieser elegante junge Mann ist Engländer – Featherstone. Er treibt sich überall herum – ich habe ihn schon in fast allen Nachtklubs von London getroffen."

Die kleine Gesellschaft nahm an einem Tisch in ihrer Nähe Platz, und Wood konnte von da aus die junge Dame genauer betrachten.

„Sie ist in der Tat außerordentlich schön," sagte er mit leiser Stimme. Aber Spike war vom Tisch aufgestanden, zu den anderen hinübergegangen und begrüßte den älteren Herrn mit einem Händedruck.

Nach kurzer Zeit kam er zurück.

„Mr. Howett hat mich eben gebeten, nach Tisch auf sein Zimmer zu kommen. Dürfte ich Sie vielleicht bitten, mich nachher einen Augenblick zu entschuldigen?"

„Natürlich."

Die junge Dame vom Nebentisch schaute während des Essens zweimal mit fragenden, ungewissen Blicken zu ihnen herüber, als ob sie John Wood schon früher gesehen hätte und sich nun überlegte, wo und unter welchen Umständen.

Spike hatte die Unterhaltung auf ein Thema gebracht, das ihn im Augenblick viel mehr interessierte als kleine Kinder.

„Mr. Wood, ich vermute, daß Sie auf Ihren vielen Reisen noch niemals einem wirklichen Geist begegnet sind?“

„Nein,“ erwiderte der andere mit einem ruhigen Lächeln. „Ich glaube wirklich nicht.“

„Kennen Sie Bellamy?“

„Abel Bellamy – ja, ich habe von ihm gehört. Er ist doch der Mann aus Chicago, der Garre Castle kaufte?“

Spike nickte.

„Und in Garre Castle treibt der Grüne Bogenschütze sein Wesen. Der alte Bellamy freut sich gerade nicht so sehr über den Spuk, obwohl viele andere recht stolz sein würden über einen solchen Schloßgeist. Er hat versucht, mich vollständig auszuschalten und mir diese schöne Geschichte vorzuenthalten.“

Er erzählte alles, was er von dem Grünen Bogenschützen von Garre wußte, und Mr. Wood hörte ihm zu, ohne ihn zu unterbrechen.

„Es ist merkwürdig. Ich kenne die Legende von Garre Castle auch und habe auch von Mr. Bellamy gehört.“

„Kennen Sie ihn genauer?“ fragte Spike schnell. Aber der andere schüttelte den Kopf.

Gleich darauf brach Mr. Howetts Gesellschaft auf. Mr. Wood winkte dem Kellner und zahlte. Dann erhoben sie sich.

„Ich muß einen Brief schreiben,“ sagte Wood. „Haben Sie lange mit Mr. Howett zu tun?“

„In fünf Minuten bin ich wieder hier. Ich weiß nicht, was er von mir will, aber ich glaube nicht, daß es länger dauern wird.“

Howetts Zimmer waren auf demselben Flur wie die Bellamys. Als Spike hinaufkam, wurde er schon von Mr. Howett erwartet. Mr. Featherstone hatte sich scheinbar schon vorher verabschiedet. Nur der Millionär und seine Tochter waren in dem Zimmer.

„Treten Sie bitte näher, Holland." Howett sprach mit einer müden Stimme und sah niedergedrückt aus. „Valerie, dies ist Mr. Holland, er ist ein Journalist und kann dir vielleicht helfen."

Die junge Dame nickte ihm freundlich zu.

„In Wirklichkeit möchte nämlich meine Tochter Sie sehen, Holland," sagte Howett zu Spikes Genugtuung.

„Es handelt sich um folgendes, Mr. Holland," begann sie. „Ich möchte eine Dame ausfindig machen, die vor zwölf Jahren in London lebte." Sie zögerte. „Es ist eine Mrs. Held, die in der Little Bethel Street, Camden Town, wohnte. Ich habe bereits Nachforschungen in der Straße selbst gemacht, es ist eine schrecklich armselige Gegend, und niemand kann sich dort an sie erinnern. Ich wüßte überhaupt nicht, daß sie sich jemals dort aufgehalten hat, wenn ich es nicht durch einen Brief erfahren hatte, der in meinen Besitz kam." Wieder machte sie eine Pause. „Daß der Brief in meinem Besitz ist, ist dem Adressaten unbekannt. Er hat auch allen Grund, alle Nebenumstände möglichst geheimzuhalten. Einige Wochen, nachdem der Brief geschrieben wurde, verschwand Mrs. Held."

„Haben Sie öffentliche Nachfragen in die Zeitungen eingesetzt?"

„Ja, ich habe alles getan, was nur irgend möglich war. Auch die Polizei unterstützt mich schon seit Jahren."

Spike schüttelte den Kopf.

„Ich fürchte, ich kann Ihnen dabei nicht viel helfen."

„Das dachte ich auch," sagte Mr. Howett. „Aber meine Tochter glaubte, daß Zeitungsleute viel mehr hören als die Polizei –"

Plötzlich wurde sie durch Lärm auf dem Flur unterbrochen. Man hörte eine rauhe, erregte Stimme, dann einen Fall. Spike schaute auf und eilte sofort in den Korridor hinaus.

Dort bot sich ihm ein ungewöhnlicher Anblick. Der Mann mit dem grauen Bart, den der Sekretär Creager nannte, erhob sich langsam vom Boden. Auf der anderen Seite sah Spike die große, unförmige Gestalt Bellamys im Rahmen seiner Zimmertür stehen.

„Das wird Ihnen noch leid tun," rief Creager erregt.

„Scheren Sie sich zum Teufel," brüllte Bellamy. „Wenn Sie noch einmal hierherkommen, werfe ich Sie zum Fenster hinaus."

„Das wird Ihnen teuer zu stehen kommen!"

Creager schluchzte beinah vor Wut.

„Aber nicht in Dollars und Cents," fuhr der Alte böse auf. „Und hören Sie, Creager, Sie beziehen eine Pension von der Regierung – nehmen Sie sich in acht, daß Sie die nicht verlieren!" Mit diesen Worten drehte er sich um und warf die Tür heftig ins Schloß.

Spike wandte sich an den Mann, der den Gang entlanghinkte.

„Was ist denn los?"

Creager stand einen Augenblick still und rieb seine Knie.

„Sie sollen alles erfahren! Sie sind doch ein Reporter? Ich habe eine gute Sache für Sie."

Spike war ein Zeitungsmann mit Leib und Seele, und irgendeine Geschichte, über die man einen guten Artikel schreiben konnte, war für ihn das halbe Leben und bedeutete Erfüllung seiner ehrgeizigen Wünsche. Er ging schnell zu Howett zurück.

„Würden Sie mich einen Augenblick entschuldigen? Ich muß diesen Mann sprechen."

„Wer hat ihn so zu Boden geworfen – Bellamy?"

Valerie fragte ihn. Eine gewisse Erregung klang in ihrer Stimme, so daß Spike erstaunt aufschaute.

„Jawohl, Miß Howett – kennen Sie ihn?"

„Ich habe manches über ihn gehört," sagte sie langsam.

Spike begleitete den wütenden Craeger in die Hotelhalle. Er war bleich und zitterte, und es dauerte einige Zeit, bevor er seine Stimme wieder beherrschte.

„Es stimmt, was er sagte. Es ist möglich, daß ich meine Pension verliere, aber das will ich auf mich nehmen. Sehen Sie, Mr. –"

„Holland ist mein Name."

„Hier kann ich Ihnen nicht alles erzählen, aber wenn Sie in mein Haus kommen wollen – Rose Cottage, Field Road, New Barnet –"

Spike notierte sich die Adresse.

„Ich habe Ihnen etwas zu erzählen, was eine große Sensation hervorrufen wird. Bestimmt!“ sagte er mit Befriedigung.

„Das ist fein!“ rief Spike. „Wann kann ich Sie sprechen?“

„Kommen Sie in ein paar Stunden.“ Mit einem kurzen Gruße entfernte sich Craeger.

Wood, der interessiert zugeschaut hatte, trat auf Spike zu.

„Der Mann sah ziemlich mitgenommen aus.“

„Ja, man hat ihm böse mitgespielt – aber er hat eine Geschichte zu erzählen, die ich brennend gern schreiben möchte.“

„Ich habe gehört, was er Ihnen mitteilte,“ sagte Wood lächelnd. „Aber nun muß ich mich verabschieden. Besuchen Sie mich doch einmal in Belgien.“ Als er Spike die Hand schüttelte, sagte er noch: „Vielleicht kann ich Ihnen eines Tages eine Geschichte über Abel Bellamy erzählen, die beste, die Sie jemals gehört haben. Wenn Sie noch genauere Nachrichten über die Kinderheime haben wollen, wenden Sie sich nur ruhig an mich.“

Als Wood gegangen war, kehrte Spike zu Howett zurück, aber dort erfuhr er nur, daß sich Miß Howett mit bösen Kopfschmerzen zurückgezogen hatte, und daß die Besprechung, wie er ihr bei ihren Nachforschungen vielleicht helfen könnte, auf unbestimmte Zeit verschoben war.

4

Als Spike sich am Nachmittag ins Bureau begab, schrieb er einen langen und glänzenden Artikel über die großartigen Kinderheime, die John Wood ins Leben rufen wollte. Dann nahm er ein Mietauto und fuhr nach New Barnet. Als er an Fleet Street vorbeikam, sah er ein Zeitungsplakat mit großen Buchstaben. Er klopfte dem Chauffeur und ließ den Wagen halten. Dann fluchte er leise vor sich hin, denn dort stand zu lesen:

Der geheimnisvolle Spuk in Garre Castle.

Er kaufte das Blatt. Die Unterlagen für den Artikel stammten wahrscheinlich von derselben Persönlichkeit, die auch das Schreiben an den „Globe“ geschickt hatte. Die eigentliche Neuigkeit war in fünf Zeilen abgemacht, aber darunter stand ein langer Artikel, der die ganze Geschichte von Garre Castle und alle die früheren Fälle, in denen man den Grünen Bogenschützen dort gesehen hatte, berichtete.

„Es gibt eine Überlieferung im Lande, daß der geheimnisvolle Geist von Kopf bis zu Fuß grün gekleidet ist. Auch sein Bogen und seine Pfeile sollen von derselben grünen Farbe sein!"

Die Fahrt nach New Barnet dauerte sehr lange und führte durch offene Felder. Rose Cottage lag von der Straße abseits hinter großen beschnittenen Hecken. Das ganze Gebäude war von Schlinggewächsen umzogen. Ein kleiner Garten lag davor und ein größerer, der zu einer kleinen Pflanzung führte, mußte offenbar auf der Rückseite liegen. Spike beobachtete dies alles vom Wagen aus. Er öffnete die kleine Gartentür, ging den gepflasterten Weg zum Hause entlang und klopfte an die Tür. Niemand antwortete ihm, obwohl sie unverschlossen und nur angelehnt war. Wieder klopfte er, aber niemand meldete sich.

Schließlich stieß er die Tür auf und rief Craegers Namen. Als er auch damit keinen Erfolg hatte, ging er zur Straße zurück, um sich umzusehen, ob er nicht irgend jemand fände. Endlich sah er auch eine Frau, die wohl aus einem der kleinen Häuser am Ende der Straße gekommen war.

„Mr. Creager? Ja, mein Herr, der wohnt hier, er ist um diese Tageszeit gewöhnlich zu Hause."

„Aber er scheint jetzt nicht da zu sein. Wohnt sonst noch jemand bei ihm?"

„Nein, nur meine Schwester kommt morgens zu ihm und reinigt das Haus. Aber gehen Sie doch hinein und warten Sie auf ihn!"

Der Vorschlag erschien Spike gut, besonders da es zu regnen begann. Er ging in das Haus, den Gang entlang und kam zu einem Raum, der offenbar als Wohnzimmer diente. Als er sich umschaute, bemerkte er, daß es sehr gut eingerichtet war. Über dem Kamin hing ein Porträt Craegers. Er trug eine Art Uniform, die Spike aber nicht kannte.

Er setzte sich, nahm die Zeitung aus seiner Tasche und las noch einmal genau die Geschichte des Grünen Bogenschützen durch. Es war doch eigentlich unglaublich, daß derartige Überlieferungen sich noch im 20. Jahrhundert halten konnten und daß es Leute gab, die an solches Zeug glaubten.

Dann legte er die Zeitung hin und schaute lässig durchs Fenster, von dem aus man den Garten übersehen konnte. Plötzlich sprang er auf. Hinter einem Busch auf der anderen Seite des niedrigen Rasens sah er einen Fuß steif ausgestreckt.

Spike eilte aus dem Zimmer quer über den freien Platz und blieb starr vor Schrecken stehen.

Creager lag dort auf dem Rücken, mit halbgeschlossenen Augen, die Hände auf der Brust im Todeskampf zusammengekrallt. Dicht an den Händen ragte der lange grüne Schaft eines Pfeils aus seiner Brust.

Spike kniete nieder und untersuchte, ob noch Leben in Creager wäre, aber es war umsonst. Dann durchforschte er schnell die nächste, unmittelbare Nachbarschaft. Der Garten war von den Feldern, zwischen denen er lag, durch einen niedrigen, hölzernen Zaun abgetrennt, über den ein gewandter Mann leicht springen konnte. Spike vermutete, daß Creager durch den Schuß sofort getötet worden war.

Er sprang über die Hecke und setzte seine Ermittelungen weiter fort. Zehn Schritte von dem Zaun entfernt stand ein großer Eichbaum, der genau in der Schußlinie des Pfeiles lag.

Er ging um den Baum herum und prüfte den Boden eingehend, aber er entdeckte keinerlei Fußspuren. Den Baum selbst konnte man von der Straße aus genau sehen. Er schaute an dem Stamm empor, ergriff einen der niederen Äste und schwang sich hinauf. Er kletterte höher und kam schließlich zu einer Stelle, von wo aus er den Toten sehen konnte. Instinktiv wußte er, daß der tödliche Pfeil von dieser Stelle aus abgeschossen worden war. Der Baum war dicht belaubt und bot genügend Schutz, und sicher war der Mörder nicht sichtbar, als der Tote das Gesicht gerade dem Baume zugewandt haben mußte.

Nachdem er den Pfeil abgeschossen hatte, mußte der Schütze von hier hinuntergesprungen sein. Dieser Gedanke kam Spike plötzlich, und er kletterte wieder hinab. Unten fand er zwei deutliche Fußabdrücke, die der Mörder zurückgelassen hatte, als er auf den Boden sprang. Er hatte sogar etwas noch viel Wichtigeres zurückgelassen, aber Spike sah es nicht sogleich, erst später fand er es zufällig. Es war ein Pfeil, der genau dem in Creagers Brust glich. Der Schaft war glatt poliert und mit grüner Emaillefarbe gestrichen, die Federn waren neu, giftig grün und sehr gut befestigt. Der Pfeil sah eigentlich zu dekorativ aus, als daß man hätte annehmen können, er sei zu praktischem Gebrauch bestimmt, aber die Spitze war nadelscharf.

Spike ging zum Hause zurück und schickte den Chauffeur, um die Polizei zu holen. Kurze Zeit später kam dann auch ein Schutzmann und ein Polizeisergeant. Bald darauf erschien auch ein Beamter von Scotland Yard, der sofort die Überwachung des Hauses übernahm und den Abtransport des Toten anordnete.

Längst bevor die Polizei ankam, hatte Spike eine genaue Durchsuchung des Hauses vorgenommen. Vor allen Dingen durchsuchte er alle Papiere, die er irgendwie finden konnte. Er erkannte bald die Bedeutung der Uniform, die der Mann auf dem Bilde trug. Craeger war früher ein Gefangenenwärter gewesen, hatte einundzwanzig Jahre gedient und dann seinen ehrenvollen Abschied genommen. Ein Zeugnis hierüber war eins der ersten Papiere, die Spike in die Hand fielen, als er den Schreibtisch durchsuchte. Aber besonders war er darauf aus, Papiere zu finden, die das Verhältnis Creagers zu Abel Bellamy aufklären sollten. Eine Schublade des altertümlichen Schreibtisches konnte er nicht öffnen, und Gewalt wollte er nicht anwenden.

Er fand das Bankbuch und sah zu seinem Erstaunen, daß Creager verhältnismäßig wohlhabend war – er hatte ein Bankdepot von über zweitausend Pfund. Eine schnelle Durchsicht der einzelnen Seiten zeigte, daß Creager am ersten jeden Monats vierzig Pfund erhielt, die in bar eingezahlt wurden, wie aus den Eintragungen zu ersehen war. Die Höhe der Pension konnte Spike leicht feststellen, da sie alle Vierteljahre gezahlt wurde. Außer der Pension und den monatlichen vierzig Pfund waren nur noch die Zinsen der Papiere auf der Kreditseite eingetragen, die in seinem Besitz waren.

Er war gerade damit fertig geworden, die nötigen Personalnachrichten aus dem Paß zu notieren, als auch die Beamten schon kamen. Gleich darauf kam der Polizeiarzt und untersuchte die Leiche.

„Er ist schon über eine Stunde tot," sagte er. „Der Pfeil hat ihn vollständig durchbohrt, er muß furchtbar scharf sein."

Spike gab dem Beamten von Scotland Yard den zweiten Pfeil und führte ihn auch zu der Stelle, wo er ihn gefunden hatte.

„Der Mann, der dieses Verbrechen ausgeführt hat," sagte der Detektiv, „muß ein außerordentlich geschickter Mann in diesen Dingen sein. Er hatte die Absicht zu töten und war seiner Sache ganz gewiß. Das ist der erste Mord durch einen Bogenschuß, den ich persönlich erlebt habe. Es wäre ganz gut, wenn Sie stets mit uns in Verbindung blieben, Holland. Ich vermute, daß Sie jetzt in Ihr

Bureau gehen und Ihre große Neuigkeit in die Zeitung setzen wollen. Aber vielleicht sagen Sie mir, wie Sie überhaupt hierhergekommen sind?“

Spike erzählte genau, was sich im Carlton-Hotel abgespielt hatte und fügte noch eine weitere Information hinzu, die den Detektiv in größtes Erstaunen setzte.

„Der Grüne Bogenschütze! Sie wollen doch damit nicht sagen, daß diese Tat von einem Geist oder einem Gespenst ausgeführt wurde? Ich kann Ihnen nur sagen, daß dieser Geist sehr real und wirklich war, denn es bedurfte eines Armes von gewaltiger Kraft und eines stahlharten Bogens, um Creager von einer solchen Entfernung aus zu erschießen. Wir wollen jetzt zu Bellamy gehen.“

Mr. Abel Bellamy war eben im Begriff, nach Berkshire aufzubrechen, als die Polizeibeamten ankamen, und er zeigte weder Erstaunen noch Erschrecken, als er die Neuigkeit erfuhr.

„Ja, das stimmt, ich habe ihn hinausgeworfen. Creager war mir vor Jahren sehr nützlich, und ich gab ihm eine recht ansehnliche Unterstützung für die Dienste, die er mir erwies. Er rettete mein Leben – sprang ins Wasser für mich, als mein Boot auf dem Strom umschlug.“

Das ist eine infame Lüge, dachte Spike, der den Alten genau beobachtete.

„Weshalb haben Sie sich heute morgen gezankt, Mr. Bellamy?“

„Wir haben uns nicht gerade gezankt, aber er drängte mich, ihm Geld zu leihen. Er wollte nämlich ein Stück Land zu seinem Grundstück dazukaufen, auf dem sein Haus steht, und ich – lehnte es strikt ab. Heute wurde er direkt frech und drohte mir – nun ja, er hat mir nicht gerade gedroht,“ verbesserte sich Bellamy mit einem rauhen Lachen – „aber immerhin, er wurde herausfordernd, griff mich an und ich warf ihn hinaus.“

„Wo hat er Ihnen denn das Leben gerettet, Mr. Bellamy?“ fragte der Beamte.

„In Henley – letzten Sommer wurden es sieben Jahre,“ antwortete Bellamy prompt.

„Das Datum haben Sie sich für immer eingeprägt und das ist auch die Erklärung, warum Sie diesen Mann dauernd unterstützt haben,“ dachte Spike für sich.

„Zu jener Zeit war er noch im Gefängnisdienst,“ sagte der Beamte.

„Vermutlich war es so," entgegnete Bellamy etwas ungeduldig. „Aber als sich der Vorfall ereignete, hatte er gerade Ferien. Alles, was ich Ihnen erzähle, können Sie aus seinen Personalakten feststellen."

Spike war auch vollständig davon überzeugt, daß man die Bestätigung finden würde, wenn die Papiere nachgesehen würden.

„Das ist wohl alles, was ich Ihnen mitteilen kann," sagte Bellamy. „Sie erzählten eben, daß Creager erschossen wurde?"

„Er wurde durch einen Pfeil getötet," antwortete der Beamte. „Es war ein grüner Pfeil."

Nur einen Augenblick verlor Bellamy die Kontrolle über sein Mienenspiel.

„Ein grüner Pfeil?" wiederholte er ungläubig. „Ein Pfeil – ein grüner Pfeil? Was zum Teufel –" Er nahm sich plötzlich zusammen und langsam ging ein Lächeln über seine Gesichtszüge, das ihn noch abstoßender machte. „Also ein Opfer Ihrer Geistergeschichte, Holland," brummte er. „Grüner Pfeil und grüner Bogenschütze, wie? Haben Sie eigentlich die Geschichte in die Zeitung gebracht?"

„Reporter bringen selten Geschichten in andere Zeitungen als ihre eigenen, aber Sie können wetten, Mr. Bellamy, wir werden morgen eine lange Geschichte in unserem Blatt bringen, und Ihr Bogenschütze wird eine besondere Spalte für sich haben."

5

„Ist der Grüne Bogenschütze der Mörder Creagers?"

„Geheimnisvoller Mord folgt einem Streit mit dem Besitzer des Geisterschlosses."

> „Wer ist der Grüne Bogenschütze von Garre Castle? In welcher Beziehung steht er zu der Ermordung Charles Creagers, des früheren Gefängniswärters von Pentonville? Das sind die Fragen, die Scotland Yard zu beantworten versucht. Creager wurde gestern in seinem Garten von einem Berichterstatter des „Globe" aufgefunden, nachdem er eine heftige Auseinandersetzung mit Abel Bellamy hatte, dem Chicagoer Millionär, in dessen Schloß der Grüne Bogenschütze umgeht. Creager wurde von einem

grünen Pfeil getötet, wie sie vor sechshundert Jahren in Gebrauch waren ...“

Abel Bellamy legte die Zeitung nieder und schaute über den Tisch zu seinem Sekretär.

„Wieviel von all diesen Nachrichten auf Ihr Konto kommen, weiß ich nicht,“ brummte er. „Irgend jemand muß den Zeitungsberichterstattern von diesem verrückten Geist erzählt haben. Nun hören Sie einmal zu, Savini. All dieses verfluchte Geschwätz von Gespenstern macht mir gar nichts aus, haben Sie mich verstanden? Aber wenn dieses verrückte Affentheater mich nervös machen sollte und wenn Sie denken, daß Sie sich dadurch in Garre unentbehrlich machen, so will ich Ihnen etwas anderes sagen. Ich werde den Schwindel einfach zerschmettern, ohne im mindesten Scotland Yard zu fragen, glauben Sie mir!“

Er ging zum Fenster und starrte wütend auf die Straße. Dann drehte er sich plötzlich um.

„Savini, ich will Ihnen etwas sagen. Sie haben eine gute Stellung – sehen Sie zu, daß Sie sie nicht verlieren. Sie sind der einzige Sekretär, den ich jemals angestellt habe. Sie sind aalglatt und verstehen zu lügen, aber Sie passen mir gerade. Ich habe Sie aus dem Rinnstein aufgelesen – vergessen Sie das nicht! Ich weiß, daß Sie ein Schuft sind, Sie sind nie etwas anderes als ein Verbrecher gewesen – aber ich habe Sie angestellt, weil Sie ein Kerl sind, den ich gebrauchen kann. Ich habe Sie ganz und gar durchschaut, haben Sie das gehört? Sie waren damals mit einer Bande von Falschspielern zusammen, als ich Sie auflas. Die Polizei wartete nur auf eine Gelegenheit, Sie ins Gefängnis zu stecken. So habe ich alles über Sie erfahren. Als der Detektiv gestern abend kam, um mich über Creager auszufragen, war eine seiner ersten Fragen an mich, ob ich wüßte, was für eine Art von Sekretär ich mir da angeschafft hätte. Wußten Sie das?“

Auf Savinis Gesicht konnte man die Antwort deutlich lesen. Die mattgelbe Farbe war einer aschgrauen Blässe gewichen.

„Ich hörte nicht zum erstenmal von Ihnen,“ fuhr der Alte erbarmungslos fort, „es ist schon länger als ein Jahr her, als der Polizeichef oder Polizeiinspektor oder wie man immer solche Menschen nennt, mich wegen einer Kravattennadel aufsuchte, die ein Hotelangestellter gestohlen hatte. Ich lud ihn zum Essen ein, mit der Polizei habe ich mich immer gut vertragen, das lohnt sich. Und während wir speisten, hat er mir alles von Ihnen erzählt, so daß ich Ihre Vergangenheit genau kenne. Vermutlich glaubten Sie, daß Sie Ihre Sucht, leicht Geld zu verdienen, befriedigen könnten, als ich Sie anstellte? Aber darin hatten Sie sich geirrt. Mir gegenüber sind Sie immer ehrlich gewesen, und das hatte auch seinen guten Grund. Ich hatte Sie kaum eine Woche engagiert, als die Falschspielerbande, der Sie angehörten, aufgegriffen wurde, und Sie waren zufrieden, daß Sie nun eine Zuflucht bei mir gefunden hatten."

Er ging langsam auf seinen Sekretär zu und hakte seinen dicken Finger in den Westenausschnitt Savinis ein.

„Das Geschwätz von dem Grünen Bogenschützen wird sehr bald sein Ende finden," sagte er bedeutungsvoll. „Und das wäre auch besser. Ich schieße rücksichtslos auf alles Grüne, und ich brauche dem Leichenbeschauer nicht zu erklären, wie sich der Unglücksfall zutrug. In den Zeitungen konnten Sie lesen, daß schon einmal ein Grüner Bogenschütze eines schnellen Todes starb – es ist leicht möglich, daß sich das wiederholt!"

Bellamy packte seinen Sekretär fester und ohne sichtliche Anstrengung schüttelte er den hilflosen jungen Menschen hin und her.

„Sie wissen, daß ich ein Raufbold bin, aber Sie denken, ich bin leicht zu durchschauen – Sie irren sich! Aber alle Ihre Schliche durchschaue ich und bin Ihnen über!"

Plötzlich streckte er seinen Arm aus und Savini taumelte rückwärts.

„Den Wagen um fünf Uhr!" Mit einer Seitwärtsbewegung des Kopfes entließ Bellamy seinen Sekretär für den Tag.

Savini ging auf sein Zimmer und kam geistig und körperlich allmählich wieder zu sich. Er war verstört und erholte sich nur allmählich von seiner Furcht. Er stützte die Arme auf den Schreibtisch und schaute nachdenklich auf sein braunes Gesicht im Spiegel.

Er hatte nur die Wahrheit gesprochen, als er die ganze Verantwortung für die Geschichte des Grünen Bogenschützen den Zeitungen zuschob. Er hatte viel gute Gründe, um das Neuauftauchen dieser sonderbaren Erscheinung nicht in die Öffentlichkeit kommen zu lassen. Der alte Bellamy wußte also alles! Diese Entdeckung erschreckte ihn zuerst, aber nun war sie ein Trost für ihn. Er hatte schon in Schrecken und Sorge gelebt, daß eines guten Tages sein Vorleben entdeckt werden könnte, aber warum er das fürchtete, ahnte selbst Abel

Bellamy nicht. Die sanften, braunen Augen, die ihm aus dem Spiegel entgegenschauten, lächelten. Abel Bellamy vermutete es nicht! Er schaute auf seine Uhr. Es war kurz nach neun, und der ganze Tag bis fünf gehörte ihm. Alle die Entschuldigungen, die er sich zurechtgelegt hatte, um auszugehen, brauchte er nun nicht. Wenn man Bellamy dienen wollte, mußte man ihn absolut allein lassen, wenn er keine Gesellschaft wünschte. Und es gab Tage, an denen er den Alten von morgens bis abends nicht sah, an anderen Tagen wieder waren alle Stunden ausgefüllt mit Korrespondenz, denn Bellamy ließ die Beantwortung von Briefen zusammenkommen.

Ein Mietauto brachte ihn vor das Portal eines großen Häuserblocks in Maida Vale. Er ließ sich auch nicht von dem Liftboy hinauffahren, sondern ging zu Fuß die Treppe in die Höhe, zog einen Schlüssel aus seiner Tasche und öffnete Tür Nr. 12.

Bei dem Geräusch des Aufschließens trat eine Frau mit einer Zigarette im Mund in den Gang hinaus, um sich nach dem Besucher umzusehen.

„O, du bist es!“ sagte sie gleichgültig, als er die Tür hinter sich schloß und seinen Hut an den Garderobenständer hing.

„Wer sollte denn sonst kommen?“ fragte er.

„Ich habe das Mädchen ausgeschickt, um Eier zu holen,“ antwortete sie, als er ihr in das kleine, gutmöblierte Wohnzimmer folgte. „Wo warst du gestern? Ich dachte, du würdest zum Abendbrot kommen.“

Sie hatte sich auf die Ecke des Tisches gesetzt und wippte mit den Füßen. Sie war von hübscher Gestalt, aber etwas unordentlich in ihrer Kleidung. Dichte blonde Haare umrahmten ihr Gesicht mit den schönen dunklen Augen. Die Puderschicht schien ein wenig unnötig, aber sie gab ihm die Erklärung.

„Sieh mich nicht an,“ sagte sie, als er sie neugierig und eingehend betrachtete. „Ich war zum Tanzen aus bis drei Uhr, und ich habe noch nicht gebadet. Heute morgen bekam ich einen Brief von Jerry,“ fügte sie plötzlich hinzu und lachte über das erstaunte Gesicht, das er machte.

Sie sprang vom Tisch und holte einen blauen Briefumschlag vom Kamin.

„Ich will es gar nicht sehen, ich hasse die Berührung von Dingen, die aus dem Gefängnis kommen.“

„Du kannst von Glück sagen, daß du selbst nicht dort bist, mein Junge," sagte sie und steckte sich eine frische Zigarette mit dem Stummel an, den sie eben zu Ende geraucht hatte. „Jerry wird in sechs Monaten aus dem Gefängnis kommen. Er möchte gerne wissen, was du für ihn tun wirst. Du bist ja jetzt ein Millionär, Julius."

„Sei doch nicht verrückt," sagte er rauh.

„Bellamy ist es wenigstens, und da kannst du doch verschiedenes erben."

„Sicher gibt es dort viel zu erben." Er steckte die Hände in die Hosentaschen, schlenderte zum Fenster und stellte sich so, daß sein Gesicht im Schatten war.

„Eine halbe Million gibt es für uns in Garre."

„Meinst du Dollars oder Pfund?" fragte sie ohne große Begeisterung.

„Pfunde."

Sie lachte leise.

„Der alte Bellamy würde sehr besorgt sein, wenn er wüßte –"

„Er weiß. Er ist von allem unterrichtet."

Sie schaute ihn erstaunt an.

„Daß du –?"

Er nickte.

„Daß ich viel auf dem Kerbholz habe –. Er sagte mir heute morgen, daß ich ein Verbrecher wäre."

„Was ist das eigentlich für eine Geschichte mit dem Grünen Bogenschützen?" fragte sie und erhob sich, um die Tür zu schließen, als sie hörte, daß das Mädchen zurückkam. „Ich habe heute morgen die Sache in der Zeitung gelesen."

Er antwortete nicht gleich.

„Ich habe nichts bemerkt," sagte er dann. „Einer von den Dienstboten glaubt ihn gesehen zu haben, und der Alte hat mir gesagt, daß jemand seine Tür während der Nacht geöffnet hätte."

„Das warst du natürlich!" Aber zu ihrem größten Erstaunen schüttelte er den Kopf.

„Es liegt doch gar kein Grund vor für solche nächtliche Streifzüge. Ich kenne jeden Teil des Schlosses genau und der Geldschrank ist ein Ding, das ich nicht allein übernehmen kann. Dazu gehört ein Sachverständiger." Er legte die Stirn in nachdenkliche Falten. „Ich möchte dir sagen, was ich darüber denke. Unsere alte Gesellschaft löst sich auf. Jerry ist im Gefängnis, ebenso Ben; Walters ist nach dem Festland hinüber. Nur du und ich sind übriggeblieben. Die Sache ist erledigt, und wir wollen sie auch erledigt sein lassen. Was haben wir beide denn auch schon groß daran verdient? Ein paar Pfund die Woche mit harter Arbeit, davon kann man nichts zurücklegen, wenn wir alle die Unkosten abziehen. Die Sache war zu klein angelegt. Und dumme Leute, die man neppen kann, werden selten. Aber hier können wir eine halbe Million bekommen, wenn wir uns dranhalten. Ich kann dir nur versichern, ich bin schon halb entschlossen, selbst einen Mord zu riskieren, um das Geld zu bekommen!"

Er legte den Arm um sie und küßte sie, aber ihr Argwohn war schnell erwacht.

„Worin besteht denn dein großer Plan? Ich traue dir nicht, Julius, wenn du zärtlich wirst. Soll ich etwa hingehen und den Geldschrank aufbrechen oder so etwas Ähnliches?"

Er sah ihr gerade in die Augen.

„Ich weiß einen Ort – Sao Paolo – wo ein Mann wie ein Fürst leben kann, wenn er die Zinsen von hunderttausend Dollars zu verzehren hat. Das ist so ungefähr die Summe, die mir der alte Teufel zahlen wird, vielleicht auch mehr. Garre Castle birgt ein Geheimnis, Fay. Es mag auch sein, daß es hunderttausend Pfund wert ist und wenn es hart auf hart kommt, so habe ich eine Flasche unsichtbare Tinte und die ist mindestens Zwanzigtausend wert."

Julius liebte es, sich geheimnisvoll auszudrücken, und freute sich, als er die Verwunderung auf dem Gesicht seiner Frau las.

6

Der tadellos gekleidete junge Mann, der als Dritter an dem Mittagessen der Howetts teilgenommen hatte, war denn doch älter, als sein rosiges, jugendliches Gesicht vermuten ließ. Valerie hatte das auch gleich angenommen, als ihr Vater ihn ihr vorstellte. Sie interessiere sich zuerst wenig für ihn. Auf ihren Reisen mit ihrem Vater, die ihn auch häufig nach Amerika führten, hatte sie in Chicago und in New York, ja in jeder größeren Stadt der Vereinigten Staaten, die verzogenen Söhne eingebildeter Väter gefunden, junge Leute, die an nichts anderes im Leben dachten, als die Stunden möglichst totzuschlagen, die sie von ihren nächtlichen Abenteuern trennten. Sie kannte nur zu genau die Grenzen ihrer Interessen, die gewöhnlich zwischen ihren schnellen Automobilen und ihren nächtlichen Gelagen schwankten, aber zum erstenmal war sie einem solchen jungen Mann in England begegnet.

In mancher Weise war James Lamotte Featherstone besser als alle anderen, die sie bisher kenngelernt hatte. Sein Leben war zwar auch ohne Ziel und Zweck, aber er besaß den großen Vorzug, sehr gute Manieren zu haben und ihr gegenüber äußerst zurückhaltend zu sein. Er sprach niemals von sich selbst, aber über andere Dinge konnte er sehr unterhaltsam sein.

Valerie hatte ihn zuerst geduldet, weil er viel stattlicher und vornehmer war als der Detektiv, den ihr Vater früher engagiert hatte, um sie auf ihren etwas gefährlichen, einsamen Streifzügen in die Umgebung zu begleiten. Aber schließlich mochte sie ihn ganz gerne trotz seiner übertrieben eleganten Kleidung.

Am Tage nach der Ermordung Creagers sprach er bei ihr vor, um mit ihr in den Park zu gehen.

Als sie in dem sonnigen Park angelangt waren und er einen Stuhl für sie an der Seite des großen Reitweges besorgt hatte, wandte sie sich plötzlich an ihn.

„Ich möchte Sie etwas fragen, und zwar etwas ganz Persönliches."

„Was tun Sie eigentlich anders, als anständige junge Damen auf ihren Spaziergängen begleiten?"

Er schaute sie scharf an.

„Sie sind sehr anziehend," sagte er dann ernst. „Sie erinnern mich immer an Beatrice d'Este, die Dame, die Leonardo malte, nur ist Ihr Gesicht noch zarter und Ihre Augen sind viel schöner –"

Sie wurde dunkelrot und unterbrach ihn.

„Mr. Featherstone," sagte sie ärgerlich, „haben Sie denn nicht gemerkt, daß ich mir einen Scherz erlaubte? Haben Sie denn als Engländer gar keinen Sinn für Humor? Ich sprach doch nicht von mir selbst."

„Sie kennen aber doch niemand anders, den ich jemals begleitet hätte," verteidigte er sich und gab dem Gespräch taktvoll eine andere Wendung. „Nein, ich habe sonst nichts zu tun."

„Sie bügeln nicht einmal Ihre eigenen Beinkleider," sagte sie streng, denn sie hatte sich über ihn geärgert.

„Nein, das tue ich nicht, ich habe einen Mann dafür angestellt," gab er zu. „Aber ich bürste meine Haare allein," fügte er stolz hinzu.

Sie mußte trotz ihrer schlechten Laune lachen, aber plötzlich wurde sie wieder ernst.

„Mr. Featherstone, ich bitte Sie um einen großen Gefallen. Ich weiß selbst nicht, warum ich Sie eben ärgerte. Mein Vater ist ängstlich besorgt um mich, er ist ein wenig altmodisch und bildet sich ein, daß eine junge Dame nicht allein ausgehen dürfte. Er ist sogar auf den Einfall gekommen, einen Detektiv zu engagieren, der mich beschützen soll."

„Ihr Vater ist ein sehr vernünftiger Mann," sagte Jimmy Featherstone prompt. Aber das war gerade das, was er nicht hätte sagen sollen.

„Das vermute ich auch." Valerie unterdrückte mit Mühe eine scharfe Entgegnung. „Aber ... ich möchte offen sein, Ihnen gegenüber. Ich sehne mich danach, allein zu sein. Ich brauche ganze Tage für mich – verstehen Sie, Mr. Featherstone?"

„Ja."

„Ich kann wirklich nur allein sein, ohne meinen Vater zu ängstigen, wenn er denkt, daß Sie mich irgendwohin begleiten – ins Theater oder ... oder ins Museum."

„Ich würde Sie niemals dorthin bringen," widersprach Jimmy, und die gereizte junge Dame seufzte schwer.

„Ich meine etwas anderes – ich will ganz offen zu Ihnen sein. Ich möchte, daß Sie morgen kommen und mich zu einem Spaziergang abholen, mich dann aber allein lassen, so daß mein Wagen da hinfahren kann, wo ich will. Sie können ja ruhig sagen, daß Sie mich zu einer Tagestour mitnehmen – Vielleicht auf den Fluß –"

„Die Jahreszeit ist aber eigentlich schon etwas weit vorgeschritten für eine Partie auf dem Fluß."

„Also schön, zu irgendeinem anderen Ausflug, der mich den ganzen Tag von Hause fernhält. Mein Vater reist Mittwoch abend nach Schottland ab –"

„Sie wünschen also von mir, daß ich vorgeben soll, mit Ihnen auszugehen, und dann soll ich Sie sich selbst überlassen?"

Sie seufzte wieder.

„Wie klug Sie sind! Ja, das möchte ich."

Jimmy Featherstone bohrte mit seinem Spazierstock ein Loch in den Kies.

„Ich will Ihren Wunsch unter einer Bedingung erfüllen," sagte er dann langsam.

Sie schaute ihn erstaunt an.

„Unter einer Bedingung? Was soll das heißen?

Er hob den Kopf und schaute ihr gerade in die Augen.

„Überlassen Sie die Nachforschungen nach Abel Bellamys Angelegenheiten jemand anders. Das ist keine Aufgabe für eine Dame. Wenn die Polizei die Pflanzung hinter Creagers Haus abgesucht hätte, dann wäre es Ihnen sicher schwer gefallen, Ihre Anwesenheit dort zu erklären, Miß Howett!"

Einen Augenblick starrte Valerie ihren Begleiter sprachlos an. Sie war blaß geworden.

„Ich – ich verstehe Sie nicht, Mr. Featherstone," stotterte sie.

Der junge Mann wandte sich zu ihr und sah sie lächelnd an, halb belustigt, aber es lag auch eine gewisse Warnung in seinem Blick.

„Miß Howett, Sie haben mir eben den Vorwurf gemacht, daß ich ein zweckloses Leben führe. Ein Müßiggänger hat sehr viel Zeit, Beobachtungen anzustellen. Sie kamen an meiner Wohnung in St. James' Street in einem Mietauto vorbei und fuhren hinter dem Fordwagen Mr. Creagers her."

„Sie kannten Creager?" fragte sie erstaunt.

„Ich kannte ihn oberflächlich," sagte Mr. Featherstone, der mit seinem Spazierstock spielte und ihren Blicken auswich. „Ich kenne fast alle Leute oberflächlich," fügte er dann lächelnd hinzu, „manche allerdings sehr eingehend. Zum Beispiel weiß ich, daß Sie Ihren Wagen am Ende der Field Road entließen und zu Fuß die Straße entlang gingen – bis zu Creagers Haus.

Dann schien es so, als ob Sie nicht recht wüßten, was Sie tun sollten. Sie kamen zu dem Eingang eines kleinen Fußpfades, der durch die Pflanzung neben Creagers Garten führt. Sie gehörte ihm nicht, er hatte sie nur gepachtet. Er hatte sich auch nicht die Mühe gegeben, den hinteren Teil seines Gartens nach der Pflanzung zu mit einem Zaun abzuschließen. Dort haben Sie letzten Abend bis acht Uhr gewartet."

„Das haben Sie alles nur vermutet," entgegnete sie scharf. „Mein Vater hat Ihnen erzählt, daß ich zum Abendessen nicht zurückkam –"

„Es ist nicht nur bloße Vermutung," sagte er ruhig. „Sie haben in der Pflanzung gewartet, weil Sie fürchteten, daß man Ihre Anwesenheit wahrnehmen würde."

„Von wo aus haben Sie mich denn beobachtet?"

Er lächelte wieder.

„Ich war auch in der Pflanzung. Es tut mir leid, daß es so war, sonst hätte ich unseren Freund, den Grünen Bogenschützen, wahrscheinlich gesehen."

„Was haben Sie denn dort zu tun gehabt? Wie dürfen Sie es wagen, hinter mir her zu spionieren, Mr. Featherstone?"

Er zwinkerte mit dem Auge, aber kein Muskel seines Gesichts rührte sich.

„Sie sind inkonsequent, Miß Howett. Noch vor kurzem haben Sie sich darüber beklagt, daß ich nichts täte und nun erzähle ich Ihnen, daß ich Sie auf einer sehr gefährlichen Expedition geschützt habe –"

Sie schüttelte hilflos den Kopf.

„Ich weiß nicht, was ich davon denken soll. Das sieht Ihnen gar nicht ähnlich, Mr. Featherstone. Wie kamen Sie überhaupt auf den Gedanken, daß ich Creager folgte?"

Nachdenklich nahm er ein goldenes Zigarettenetui aus der Tasche.

„Gestatten Sie, daß ich rauche?" fragte er. Als sie nickte, zündete er sich eine Zigarette an und blies den blauen Rauch in die stille Morgenluft.

„Sie folgten Creager," sagte er langsam, „weil – das vermute ich allerdings nur – weil Sie dachten, daß er in seinem Groll Bellamy verraten und Ihnen vielleicht die Aufklärung geben würde, nach der Sie nun schon seit Jahren suchten."

Sie starrte ihn verblüfft an.

„Sie suchen nach einer Frau, die unter merkwürdigen Umstanden verschwand, Miß Howett," fuhr der elegante junge Mann fort und zeichnete mit der Spitze seines Spazierstocks allerhand Figuren in den Kies. „Und ob es nun richtig ist oder falsch, Sie vermuten, daß Bellamy für das Verschwinden dieser Frau verantwortlich ist. Sie haben schon viel gewagtere Streifzüge unternommen als gerade gestern. Es hat viel Zeit gekostet, bevor ich Ihre Gedankengänge rekonstruieren konnte. Aber Sie dachten wahrscheinlich, daß Bellamy Creager nach seinem Hause folgen würde, und daß Sie dann die Möglichkeit hätten, das Gespräch der beiden zu belauschen. Sie warteten ungefähr zwei Stunden in der Pflanzung – und wollten gerade zu dem Haus gehen, als Sie die Polizei bemerkten."

Er nahm sein Zigarettenetui und steckte es wieder in die Tasche. Er fand plötzlich keinen Gefallen mehr am Rauchen.

„Ich hätte viel Geld darum gegeben, wenn ich den Grünen Bogenschützen getroffen hätte," sagte er leise.

„Dann glauben Sie wirklich –?" fragte sie entsetzt.

Er nickte.

„Ich vermute es nicht nur, sondern ich weiß es ganz genau."

Sie sah ihn mit einem neuen Interesse an, und es wurde ihr manches klar.

„Sie sind doch ein merkwürdiger Mann, Mr. Featherstone! Sie sind schlauer als der Detektiv, den mein Vater anstellen wollte, um mich zu beschützen."

Er lachte.

„Ich muß Ihnen ein Geständnis machen, Miß Howett. Ich bin nämlich der Detektiv, der diesen Auftrag hat. Ich bin Kapitän Featherstone von Scotland Yard, und ich beobachte Sie schon, seit Sie in London ankamen."

7

Spike Holland war gerade dabei, den zweiten Artikel über den Mord durch den Bogenschützen auszuarbeiten, als er ans Telephon gerufen wurde. Er berichtete dem Redakteur den Inhalt seines Gesprächs.

„Man ruft mich nach Scotland Yard – sehen Sie mal an, ich werde noch eine bedeutende Persönlichkeit!“

„Sind Sie gewiß, daß eine Frau in die Geschichte verwickelt ist?“ fragte der Redakteur und schaute von Spikes Manuskript auf, das er eben prüfte.

„Sicherlich. Zwei Leute haben sie gesehen. Ich habe den Chauffeur gefunden, den sie in der Stadt nahm und dem sie den Auftrag gab, Creagers Wagen zu folgen. Außerdem hat eine Frau, die in der Field Road wohnt, eine Dame beobachtet, die über die Landstraße nach der Rückseite von Creagers Haus zu ging.“

„Und glauben Sie, daß man ihre Persönlichkeit feststellen kann?“

„Nichts ist sicherer in der Welt,“ sagte Spike optimistisch. „Es ist nur die Frage, ob man dem Chauffeur die Gelegenheit geben kann, sie wiederzusehen.“

Zehn Minuten später war er in Scotland Yard.

„Der Chef des Bureau H wünscht Sie zu sprechen,“ sagte der Sergeant, der an dem Eingangstor Wache hielt.

„Ich kenne das Bureau H noch nicht,“ erwiderte Spike, „aber führen Sie mich nur hin.“

Ein Polizist brachte ihn in ein Zimmer, das nach Größe und Ausstattung scheinbar einem sehr hohen Beamten gehörte. Ein jüngerer Mann schrieb eifrig an seinem Pult, schaute aber auf, als der Besucher eintrat.

„Alle Wetter,“ rief Spike erstaunt, „ich habe Sie doch irgendwo schon mal vorher gesehen!“

„Ich glaube nicht, daß wir uns schon einmal getroffen haben,“ sagte der Beamte lächelnd, erhob sich und schob Holland einen Sessel hin. „Bitte nehmen Sie Platz, Mr. Holland. Ich bin Polizeidirektor Featherstone. Im allgemeinen bin ich für das Publikum nicht zu sprechen, aber in Ihrem Fall mache ich eine Ausnahme, weil mir Ihr Gesicht sympathisch ist. Darf ich Ihnen eine Zigarre anbieten?“

„Ich wäre Ihnen sehr verbunden, wenn Sie mir noch ein anderes Kompliment machten, etwas über meine schönen roten Haare.“

Jim Featherstone lachte.

„Also nun im Ernst. Ich will Ihnen sagen, warum ich Sie herbemüht habe. Ich weiß, daß Sie einen Chauffeur ausfindig machten, der eine Dame bis zum Ende der Field Road brachte, die man später nach Creagers Haus gehen sah.“ Er lächelte, als der andere höchst erstaunt war. „Es ist kein Geheimnis dabei, denn die Polizei kontrolliert an sich alle Chauffeure. Der Mann fühlte sich nicht recht wohl, weil Sie ihn so scharf ausgefragt haben, und berichtete der Polizei, daß er die Dame dorthin gebracht hätte.“

„Haben die anderen Zeitungen das auch erfahren?“ fragte Spike, unangenehm berührt.

„Keins der anderen Blätter hat die Nachricht bekommen oder wird sie bekommen,“ sagte Featherstone ruhig, „nicht einmal Ihre Zeitung, der „Daily Globe“.“

„Aber wir haben die Sache doch herausgebracht,“ sagte Spike.

„Aber ich möchte Sie gerade deswegen ersuchen, keinen Gebrauch davon zu machen. Deshalb habe ich Sie kommen lassen. Es ist wirklich nichts daran. Ich kenne die Dame persönlich, und all ihre Schritte sind zur Genüge aufgeklärt. Ich sehe wohl, daß Sie sehr enttäuscht hierüber sind, weil eine gute Mordgeschichte ohne eine verschleierte und geheimnisvolle Dame vom Standpunkt des Zeitungsberichterstatters aus keine richtige Mordgeschichte ist.“

Spike grinste.

„Es ist alles in Ordnung, wenn Sie mich nur deswegen gerufen haben,“ sagte er. „Die Geschichte muß aber in unserer Zeitung herauskommen.“

„Ich will Ihnen ein oder zwei Tatsachen mitteilen, aus denen Sie weitere Schlüsse ziehen und die Sie dafür einsetzen können,“ entgegnete Mr. Featherstone und spielte mit einem silbernen Brieföffner. „Der Mann, der Creager ermordete, hat rote Narben quer über die Schultern.“

„Ist das eine Ihrer Vermutungen?“ fragte Spike erstaunt.

„Nein, das ist eine Tatsache. Ich werde Ihnen noch eine andere Angabe machen. Der Mörder hat entweder einen sehr starken Spazierstock oder ein Bündel Golfstöcke getragen. Ich persönlich neige mehr zu der Ansicht, daß es Golfstöcke waren, weil keine Viertelmeile von dem Tatort entfernt ein freier Platz liegt. Ich gebe ja zu, daß ich noch nicht genau weiß, ob diese Mitteilungen für Sie von irgendwelchem Wert sind, aber vielleicht sparen Sie diese Hinweise für sich persönlich auf, bis der Mörder gefangen ist und Sie darüber berichten."

„Gibt es denn irgendwelche definitiven Anhaltspunkte, durch die das Verbrechen aufgeklärt werden könnte?"

Jim Featherstone schüttelte den Kopf.

„Keine – das heißt keine, die reif sind für die Veröffentlichung, weil sie nämlich wahr sind. Ich will nicht ironisch sein, Holland, aber Sie wissen vielleicht, daß wir nur dann Indizien öffentlich bekanntgeben, wenn wir einen Verbrecher erschüttern und ihn dazu bringen wollen zu fliehen. Es ist das letzte Hilfsmittel, das die Polizei anwendet, um einen Übeltäter dahin zu bringen, sich selbst dadurch zu verraten, daß er seine gewöhnliche Umgebung verläßt und sich versteckt. Es sind mehr Leute durch ihr verdächtiges Fernsein als durch hinterlassene Fingerabdrücke gefangen worden. Aber der Mann, hinter dem wir jetzt her sind, ist kein gewöhnlicher Verbrecher."

„Was hat das eigentlich mit der Narbe auf dem Rücken zu bedeuten?" fragte Spike neugierig. Er erwartete keine Antwort auf seine Frage, aber zu seinem größten Erstaunen gab ihm Featherstone eine Erklärung.

„Ich weiß nicht, wie lange Sie schon in diesem Lande sind oder wieweit Ihre Kenntnisse der Gerichtsstrafen in England reichen. Für gewisse Verbrechen wird bei uns die Prügelstrafe angewandt. Manche Menschen denken, das sei brutal – und das mag ja vom rein menschlichen Standpunkt aus auch stimmen. So ist das Aufhängen sicherlich nicht sehr human. Wir haben aber erreicht, daß gewisse Arten von Verbrechen vollständig verschwunden sind. Wenn ein paar Straßendiebe einen Bürger auf der Straße überfallen und ihn berauben, kann sie der Richter zu je fünfunddreißig Schlägen verurteilen. Infolge dieser Maßnahme sind Raubüberfälle überhaupt nicht mehr vorgekommen. Oder wenn einem Menschen nachgewiesen wird, daß er gewohnheitsmäßig von der Erpressung von Straßendirnen lebt, dann wird er zur Prügelstrafe verurteilt, und dadurch ist das Zuhältertum sehr stark eingeschränkt worden. Die Prügelstrafe steht auch noch auf andere Vergehen, zum Beispiel auf tätlichen Angriff auf Gefangenenwärter. Wir nennen die Peitsche die „neunschwänzige Katze". Creager brachte im Pentonville-Gefängnis sieben Jahre lang die Prügelstrafe zur Anwendung. Das ist ein sehr unangenehmes Amt, das außerordentlich starke Nerven und viel Geschicklichkeit erfordert, denn dem Gesetz nach darf die Peitsche nicht über oder unterhalb der Schultern den

Körper treffen, weil die Schläge leicht den Tod zur Folge haben, wenn sie über den Hals gehen. Die meisten Verbrecher nehmen ihre Strafe hin und fühlen keine Rachegedanken gegen den Beamten, der diese Strafe vollzieht. Aber es gibt andere, die das niemals vergeben, und ich habe mir selbst die Theorie gebildet, daß der Mörder ein Mann war, den Creager einst geschlagen hat, und der nur eine Gelegenheit zur Rache abwartete."

„Und was wollten Sie mit dem dicken Spazierstock oder dem Bündel Golfstöcke sagen?" fragte Spike.

„Creager wurde von einem Pfeil getötet, der von einem sehr starken Bogen abgeschossen wurde. Dieser Bogen war wahrscheinlich aus allerfeinstem Stahl hergestellt. Sie können aber nicht mit Bogen und Pfeil in der Hand durch London gehen, ohne die allgemeine Aufmerksamkeit auf sich zu lenken. Deshalb meine ich, daß die Waffe vielleicht in einem hohlen Spazierstock oder in einem Bündel Golfstöcke verborgen war."

Spike kehrte zu seinem Bureau zurück und hatte das Gefühl, daß seiner Geschichte die Pointe genommen war.

„Wir müssen die Frau aus der Geschichte lassen, Mr. Syme," sagte er. „Die Polizei hat alles über sie aufgeklärt, die ganze Sache hat nichts auf sich."

„Ich mißtraue immer solchen geheimnisvollen Frauen," beklagte sich der phantasielose Redakteur. „Aber hier ist ein Telegramm für Sie angekommen." Er wandte sich um, nahm ein versiegeltes Formular aus dem Regal und reichte es seinem Angestellten hinüber. Spike öffnete es und las.

„Glauben Sie, daß Bellamy meinen Plan durch eine Schenkung unterstützen würde? Halten Sie ihn für einen Kinderfreund?"

Spike ließ sich auf einen Stuhl fallen und lachte, bis ihm die Tränen in die Augen kamen.

„Was hat denn nun schon wieder dieser hysterische Anfall zu bedeuten?" fragte Mr. Syme vorwurfsvoll.

8

Valerie Howett war vollständig verzweifelt.

„Aber meine liebe Val," sagte ihr Vater, nachdem er ihre Vorwürfe über sich hatte ergehen lassen, „ich mußte doch so handeln. Du bist mir mehr wert als sonst irgend etwas auf der Welt, und ich konnte nicht die Verantwortung auf mich nehmen, dich ohne Schutz zu lassen."

„Aber warum hast du mir denn nicht gesagt, daß er ein Detektiv ist?"

Das düstere Gesicht Walter Howetts erheiterte sich zu einem Lächeln.

„Er hat mich die ganze Zeit beobachtet und ist mir überallhin gefolgt, wenn ich dachte, ich sei allein. Ich glaubte sicher, es sei einer von diesen nutzlosen jungen Leuten, denen man überall begegnet."

„Er ist schon dreißig Jahre alt," sagte Howett, „und er ist wirklich ein guter Mensch. Ich kannte seinen Vater, er war Attaché bei unserer Gesandtschaft in Washington. Du solltest dich nicht darüber kränken, Val, denn er hat seinen zweimonatigen Urlaub geopfert, um mir zu helfen. Ich dachte, du wärest nach dieser Zeit deiner Nachforschungen vielleicht müde und würdest froh sein, nach Hause zu kommen."

Sie erwiderte nichts, obwohl er auf eine Antwort wartete.

„Wie hast du denn herausgebracht, daß er zur Polizeidirektion gehört?"

„Er hat es mir selbst gesagt," entgegnete sie kurz, und er fragte nicht weiter.

„Hoffentlich bedeutet das nicht, daß er nicht mehr zu uns kommt. Ich bin beruhigter, wenn er in der Nähe ist."

„Er will morgen abend zum Essen kommen," sagte sie vorwurfsvoll. „Aber es ist ein unausstehliches Gefühl, wenn man weiß, daß man dauernd beobachtet wird."

Aber ihre Abneigung gegen jede Überwachung hielt sie doch nicht davon ab, daß sie Jim Featherstone bei seinem Versprechen hielt. An dem Tage, als ihr Vater nach Schottland fuhr, machte er ihr seinen Besuch und holte sie ab. Aber er begleitete sie nur fünf Minuten lang. Bei dem großen Marmorbogen im Hyde Park ließ sie den Wagen halten und öffnete die Tür in nicht mißzuverstehender Weise.

„Hier soll ich also wohl aussteigen?" fragte er lächelnd.

Sie fand, daß er außerordentlich vorteilhaft aussah und konnte kaum glauben, daß er bereits die Dreißig erreicht habe.

„Ich will Sie auch gar nicht fragen, wohin Sie gehen oder welche wilden Abenteuer Sie vorhaben," sagte er, als er neben ihrem Wagen stand. Seine Hand lag noch auf dem Türgriff.

Valerie lächelte.

„Ist es denn überhaupt notwendig zu fragen, wenn Sie aller Wahrscheinlichkeit nach zwei Polizeibeamte mit Motorrädern hinter mir herfahren lassen?"

„Nein – auf mein Ehrenwort, ich vertraue Ihnen, daß Sie heute nichts tun werden, was mich in Verlegenheit bringen könnte. Als Ihr offizieller Schutzengel habe ich natürlich ein großes Interesse an Ihrem Schicksal. Ich werde um acht Uhr im Carlton-Hotel vorsprechen, und wenn Sie bis dahin nicht zurückgekommen sind, werde ich eine dringende Anfrage an alle Polizeistationen Englands senden."

Sie drehte sich noch einmal um, nachdem der Wagen abgefahren war, und sah, daß er ihr nachschaute.

Er wartete, bis das Auto außer Sicht gekommen war, dann wandte er sich um und ging durch den Park zurück. Trotz der späten Jahreszeit war es ein warmer Tag, und auf den breiten Wegen bewegte sich eine bunte Menschenmenge.

Seine Gedanken waren mehr mit dem Problem von Valerie Howett als mit der Aufklärung des Mordes beschäftigt, der an diesem Tag das Hauptgesprächthema Londons war. Trotzdem er alle Zusammenhänge zu verstehen glaubte, war ihm doch die Anwesenheit Valeries in Creagers Pflanzung äußerst unangenehm.

In Wirklichkeit hatte er sie überhaupt nicht dort gesehen, er hatte sie nur bemerkt, als sie hineinging, und als sie wieder herauskam. Alles, was sie in der Zeit zwischen drei Uhr nachmittags und acht Uhr abends getan hatte, als sie aus ihrem Versteck wieder herauskam, wußte er nicht. Er hoffte, daß sie ihm alles erzählen würde, wenn er sie mit der Mitteilung überraschte, daß er sie beobachtet hatte. Auch glaubte er, daß seine amtliche Stellung, die er ihr verriet, Eindruck auf sie machen würde. Aber statt dessen war sie nur noch verschlossener geworden.

Er wußte von Howett, daß sie jemand suchte. Wer diese Persönlichkeit war und unter welchen Umständen sie verschwand, war ihm noch ebenso unklar wie früher. Er hatte zwei Monate fieberhafter Tätigkeit hinter sich, während der er diese schöne junge Dame beobachtet hatte. Ihr rastloser Forschungstrieb hatte sie manchen Weg geführt, dessen Gefahren sie nicht ahnte. Wer war diese Mrs. Held und weshalb suchte Valerie sie?

Er kannte Mr. Howett genau und war ihm sowohl diesseits wie jenseits des Atlantischen Ozeans begegnet. Er war Witwer und aus seiner Ehe war nur ein Kind hervorgegangen. Hätte Valerie eine Schwester gehabt, dann wären diese Nachforschungen etwas Selbstverständliches gewesen. Aber wer konnte denn Valerie Howett so wichtig sein, daß sie das Geld mit offenen Händen ausgab und diese gefährlichen Streifzüge wagte, die selbst ihm einen Schauder einjagten, wenn er daran dachte. Es konnte keine gewöhnliche Freundin sein, und es wäre alles verständlicher gewesen, wenn es sich um einen Mann gehandelt hätte.

Er überlegte sich dieses Problem immer wieder, aber er kam keinen Schritt weiter. Unerwartet sah er plötzlich eine alte Freundin, und sofort waren alle Gedanken an Valerie verschwunden. Er ging mit schnellen Schritten quer über den Rasen und trat auf eine elegant gekleidete Dame zu, die langsam spazieren ging und einen kleinen Hund an der Leine führte. In ihrer äußeren Erscheinung glich sie vollkommen den vornehmen Damen, die in einer Straße in der Nähe des Parks wohnten.

„Ich dachte schon, ich hätte mich geirrt," sagte Jim liebenswürdig. „Wie geht es Ihnen, Fay?"

Sie schaute ihn verständnislos an und hob ihre sorgfältig nachgezogenen Augenbrauen.

„Ich fürchte, daß ich nicht den Vorzug Ihrer Bekanntschaft habe," sagte sie kühl und sah sich um, als ob sie einen Polizisten suchte.

Jim Featherstone amüsierte sich so sehr über sie, daß er zuerst nicht sprechen konnte, weil er sonst laut hätte lachen müssen.

„Fay, Fay," sagte er vorwurfsvoll. „Steigen Sie doch von Ihrem hohen Postament herunter und seien Sie menschlich. Wie geht es denn all den guten Leuten Ihrer vornehmen Bekanntschaft? Jerry ist, soviel ich weiß, noch im Gefängnis, und die übrigen verbergen sich in Paris, nicht wahr?"

Sie schüttelte ungeduldig den Kopf.

„Mein Gott, Featherstone! Es ist wirklich schlimm, daß eine Dame nicht einmal mit ihrem Hündchen ein wenig spazieren gehen kann, ohne von einem Oberspitzel angepöbelt zu werden!“

„Ihre vulgäre Ausdrucksweise ist wirklich schlimm,“ erwiderte Featherstone in guter Laune. „Ich hörte jüngst eine Neuigkeit von Ihnen, die mich sehr in Erstaunen setzte.“

Sie schaute ihn an. Argwohn und Mißfallen sprachen aus ihrem Blick.

„Was haben Sie denn gehört?“

„Man erzählte mir, Sie hatten sich verheiratet und sich kirchlich und zivil trauen lassen. Wer ist denn der glückliche Mann?“

„Sie träumen,“ sagte sie verächtlich. „Die Beamten von Scotland Yard glauben nur zu gern alles Böse von anderen Leuten. Nein, ich bin nicht verheiratet, Featherstone, obgleich ich nicht weiß, was passieren würde, wenn Sie mich so sehr in die Enge treiben. Ich habe immer eine Schwäche für Ihren Typ gehabt. Ich liebe diese Leute besonders, sie sind nicht so schlau wie die häßlichen.“

Sie schaute ihn unter dunklen Augenlidern verheißungsvoll an.

„Was sagen Sie dazu, Featherstone?“ meinte sie halb spöttisch.

„Ich möchte Sie nicht gern enttäuschen, Fay, aber ich müßte doch erst meine Familie um Rat fragen. Aber im Ernst, wer ist denn der glückliche Mann?“

„Es gibt wirklich niemand auf der Welt, der gut genug für mich ist. Ich bin schon seit langem zu diesem Schluß gekommen.“

Sie gingen langsam zusammen weiter. Für alle Leute war er ein eleganter Herr und sie eine Dame aus den besten Ständen, die sich angenehm miteinander unterhielten.

„Wie geht es denn diesem Mischling, dem Sekretär des alten Bellamy?“ fragte er obenhin. Sie wurde rot.

„Woher haben Sie denn den Ausdruck „Mischling“?“ fragte sie scharf und aggressiv. „Wenn Sie damit Mr. Savini meinen, der zufällig mein Freund ist, so möchte ich Ihnen doch sagen, daß er aus einer sehr guten „alten“, portugiesischen Familie stammt. Vergessen Sie das nicht, Featherstone! Ich weiß eigentlich gar nicht, wie ich dazu komme, mich mit einem Polizeibeamten in der Öffentlichkeit zu zeigen.“

„Tut mir leid," murmelte Featherstone. „Ich hätte mich natürlich auch daran erinnern sollen, daß man einen Eurasier niemals einen Mischling nennt. Nebenbei bemerkt, fängt er an, sich jetzt ganz ehrenhaft zu benehmen, wie ich gehört habe?"

Die gereizte junge Dame wandte sich jetzt plötzlich zu ihm. Ihre Augen blitzten wütend auf.

„Mr. Featherstone," sagte sie hitzig, „ich habe keine Lust, weiter zuzuhören, wie Sie über meinen Freund sprechen. Ich wäre Ihnen sehr verbunden, wenn Sie jetzt Ihrer Wege gingen."

Jim Featherstone sah sie nachdenklich an.

„Man sollte doch wirklich glauben, daß Sie mit dem netten Julius verheiratet wären. Wenn das tatsächlich der Fall ist, so darf ich wohl meinen herzlichen Glückwunsch aussprechen."

Aber sie hatte sich schon umgedreht, bevor er den Satz beendet hatte. Sie ging zornig fort und schleifte das widerstrebende Pekinghündchen hinter sich her.

Zum zweitenmal in den letzten zehn Minuten wandte sich Jim Featherstone um und sah gedankenvoll hinter einer Frau her.

Später ging er ins Carlton-Hotel, um die Bekanntschaft mit dem Freund Fay Claytons zu erneuern, aber Julius hatte das Hotel bereits mit seinem Herrn verlassen und sich nach Garre Castle begeben.

9

Man konnte dem alten Turm und den zinnbekrönten Mauern von Garre Castle von außen nicht ansehen, daß es innen so luxuriös und prachtvoll eingerichtet war. Äußerlich sah es düster und abschreckend aus und nie fiel ein Lichtschein durch die Schießscharten der Mauern und Türme. Die Doppelfenster von Mr. Bellamys Bibliothek führten auf die grüne Rasenfläche des inneren Hofes, und über diesen Fenstern erhob sich die Wand der Burgkapelle. Stark, unzerstörbar ragte sie schier endlos zum Himmel empor.

Viele Leute wunderten sich, warum Bellamy, der niemals ein Buch las und auf den geschichtliche Tradition keinen Eindruck machte, für eine so hohe Summe diese Burg gekauft hatte, die einst das Heim mächtiger Ritter gewesen war. Hätte man ihn aber genauer gekannt, so wäre es verständlich gewesen. Denn es war die Stärke der Mauern, die diesem alten Bauunternehmer Bewunderung abnötigte.

Es lebte etwas in diesen starken, trotzigen Steinmauern, das mit der grausamen Wildheit seiner Natur übereinstimmte. Die düsteren Kerkerzellen mit ihren fußdicken Türen, die abgenützten Kettenringe, die an Steinpfeilern befestigt und von den Schultern gefolterter Menschen glattgerieben waren, die ganze Macht und Majestät von Garre Castle sprachen zu diesem primitiven Menschen und weckten in seiner Seele atavistische, teuflische Vorstellungen. Er weidete sich daran, wenn er sich diese längst vergessenen Folterqualen vorstellte. Schon vor zwanzig Jahren hatte die Burg bei seinem ersten Besuch in England einen starken Eindruck auf ihn gemacht. Später spielte Garre Castle in seinen Plänen eine Rolle und schließlich brauchte er den Platz notwendig. Er kaufte die Burg für eine ungeheure Summe, aber er bereute diesen Kauf niemals.

Er liebte die Burg über alles. Hier war er weniger starrsinnig und konnte bei Gelegenheit sogar menschliche Seiten zeigen. Niemals blieb er eine Nacht außerhalb und selbst wenn er in der Stadt war, so schlief er doch nicht dort. Nur die Dienstboten des Hotels und Julius wußten darum. Wie wichtig das Geschäft auch sein mochte, das ihn nach London gebracht hatte, er kehrte stets abends zur Burg zurück, selbst wenn er deshalb beim nächsten Morgengrauen wieder zurückfahren mußte. Der Aufenthalt in der Burg war seine einzige Erholung. Er konnte ganze Tage damit zubringen, um die starken Mauern herumzugehen, und stundenlang konnte er einen Baustein betrachten. Wer mochte ihn hierher gesetzt haben? Wie war wohl der Name dieses Gesellen? Was mochte er für ein Leben gelebt haben, und was war wohl sein Lohn hierfür? Immer wieder kamen ihm solche Fragen. In jener Zeit kannte man wohl keine Gewerkschaften oder Verbandsorganisationen. Wenn ein Arbeiter frech wurde, setzte man ihn einfach gefangen und hängte ihn auf. Hoch oben von den Mauern der Burgkapelle ragte ein starker, eichener Balken in die Luft. Weiter unten war eine kleine Tür, die sich nach außen öffnete. Durch dieses Loch wurden viele Menschen hinausgestoßen, einen Hanfstrick um den Hals, der oben an dem Galgenbalken befestigt war. So ging man damals mit Arbeitern um, die sich auflehnten. Auch der Grüne Bogenschütze, der das gute Wildbret seines Herrn gestohlen hatte, war an diesem Galgen gestorben. Es geschah ihm ganz recht, dachte Abel Bellamy. Leute, die sich unterstehen zu stehlen, müssen gehängt werden. Das sollte auch heute noch Gesetz sein.

Er saß am Abend vor dem großen Steinkamin in der Bibliothek und schaute nachdenklich in das Holzfeuer, das lebhaft knisterte und sprühte. Es war ein schöner Raum, der mit vielen Kosten ausgestattet war. Holzpaneele zogen sich vom Fußboden bis zur getäfelten Decke über die Wände. Blaue Sammetvorhänge hingen vor den tiefen Nischen der Fenster. Von dem Feuer wanderten Bellamys Blicke zu dem steinernen Wappen mit den springenden Leoparden, das über dem Kamin eingemeißelt war. Im Lauf der Zeit war es verwittert und undeutlich geworden. Aber man konnte noch gut den darunter in Stein eingehauenen Wahlspruch der de Currys lesen:

„Recht ist Recht."

Recht ist Recht! Es war doch töricht, so etwas zu sagen. Ebensogut konnte man auch behaupten: „Schwarz ist Schwarz" oder „Wasser ist naß".

Es war schon spät, und er war mit seiner Abendbeschäftigung fertig, aber er konnte sich noch nicht von seinem tiefen Armsessel trennen, in dem er sich niedergelassen hatte. Schließlich stand er doch auf, zog den Vorhang zurück, der die Tür bedeckte, und schloß auf. Dann kehrte er zum Kamin zurück und klingelte. Julius Savini erschien auf diesen Ruf.

„Nehmen Sie all diese Briefe vom Tisch, setzen Sie die Antworten auf und legen Sie sie mir morgen vor," brummte er. „Ich werde den ganzen nächsten Monat hier sein – wenn Sie einmal Urlaub haben wollen, dann sagen Sie es mir besser jetzt."

„Ich habe am Mittwoch eine Verabredung," sagte Julius sofort. Der Alte murrte irgend etwas.

„Nun gut, Sie können am Mittwoch gehen."

Als Savini schon wieder an der Tür war, rief ihn Bellamy noch einmal zurück.

„Savini, Sie fragten mich neulich, ob ich ein Testament gemacht hätte. Damals hatte ich die Vorstellung, daß Sie Ihre Pflicht als mein Privatsekretär täten. Ich habe mir die Sache aber überlegt und bin nun zu der Überzeugung gekommen, daß Sie nicht der Mann sind, der eine solche Frage nicht mit einer bestimmten Absicht verbindet."

„Ich dachte mir wirklich nichts dabei," sagte Savini obenhin. „Da ich nun einmal Ihr Privatsekretär bin, muß ich doch etwas von Ihren Angelegenheiten wissen – weiter hatte meine Frage nichts zu bedeuten."

Der alte Mann sah ihn unter seinen buschigen Augenbrauen an.

„Dann ist es gut," sagte er grob.

Als Savini sich entfernt hatte, ging er aufgeregt in dem Raum auf und ab. Es war eine Unruhe in ihm, die er nicht begriff und für die er keinen Grund wußte. Er trat zu dem Schreibtisch, nahm einen Schlüssel aus einer inneren Tasche und schloß eine der Schubladen auf. Er tat dies ganz mechanisch, nahm eine Ledermappe heraus und legte sie auf den Tisch.

„Du bist eine Närrin!" sagte Mr. Bellamy ruhig. „Du bist hübsch, aber – verrückt. Du hast nicht den geringsten Verstand."

Er öffnete die Mappe, nahm die Photographie einer Frau heraus und betrachtete sie. Ihre Kleider sahen altmodisch und sonderbar aus, sie mochten vor etwa zwanzig Jahren modern gewesen sein. Aber ihr Gesicht sah jung und schön aus, und die ruhigen Augen, die ihn anzuschauen schienen, waren von fast überirdischer Schönheit. Abel Bellamy preßte die Lippen aufeinander und schaute mit zusammengekniffenen Augen auf das Bild. Dann legte er es weg und nahm die zweite Photographie, die einen Mann zwischen dreißig und vierzig darstellte.

„Auch ein Narr, aber du warst ja immer so, Mike."

Die dritte Photographie war die eines kleinen Kindes. Auf die Rückseite des Blattes war ein Zeitungsausschnitt geklebt.

> „Leutnant J. D. Bellamy, Angehöriger der Armee der Vereinigten Staaten. Der oben genannte Offizier wurde bei einem Luftkampf ungefähr am 14. Mai 1918 getötet."

Er sah sich die Photographie noch einmal an und legte sie wieder in die Ledermappe zurück, als plötzlich etwas seine Aufmerksamkeit auf sich zog. Er beugte sich näher über den Tisch. Asche – Zigarettenasche! Mr. Bellamy rauchte keine Zigaretten, aber Julius Savini tat es. Bellamy wollte klingeln, aber unterließ es dann doch. Schließlich war es ja sein eigener Fehler. Er kannte den Charakter des Mannes, und wenn er seine Privaturkunden und Dokumente nicht einmal vor den neugierigen Augen eines Schuftes bewahren konnte, so war dies seine eigene Schuld. Bevor er die Bibliothek an diesem Abend verließ, legte er die Ledermappe in den Wandschrank, der hinter dem Eichenpaneel verborgen war, und schloß die Tür. Das tat er jeden Abend. Für den Zeitraum von zwei Stunden konnte dann niemand die Bibliothek betreten.

Julius, der in einem Zimmer auf der anderen Seite der Eingangshalle arbeitete, hatte seine Tür weit offen stehen lassen. Er sah, wie sein Herr herauskam und die Lichtschalter der Bibliothek ausdrehte.

„Sie können zu Bett gehen," sagte Bellamy mit rauher Stimme.

Das bedeutete in seiner Sprache soviel wie „Gute Nacht".

Bellamys Schlafzimmer war der einzige Raum, dessen Fenster nach außen gingen. Es war ein großer Raum mit dunklen Paneelen und wenig Möbelstücken. Der einzige Zugang war doppelt gesichert mit einer äußeren starken Eichentür und einer inneren, die nur aus einem leichten, mit altem Leder überzogenen Holzrahmen bestand. Diese war mit einer schmiedeeisernen Klinke versehen, welche Bellamy von seinem Bett mit Hilfe einer seidenen Schnur öffnen konnte. So war es ihm möglich, die Tür während der Nacht geschlossen zu halten und sie am Morgen für den Diener zu öffnen, ohne aus dem Bett zu gehen. Er schloß die äußere Tür sorgfältig mit dem Schlüssel ab, schob den Riegel vor, dann klinkte er auch die Ledertür ein und entkleidete sich beim Licht einer Kerze. Bevor er sich aber zur Ruhe legte, nahm er aus seiner inneren Tasche einen langen, schmalen Schlüssel, den er unter sein Kissen legte. Seit acht Jahren tat er das jeden Abend.

Er war ein Mann von gesundem, aber leichtem Schlaf, und auch an diesem Abend schlief er sofort ein. Drei Stunden später wachte er plötzlich auf. Er zog seine Vorhänge nachts niemals zu. Es war eine mondhelle Nacht mit wolkenlosem Himmel, und obgleich die Strahlen nicht direkt in die Fenster hereinfielen, war das Zimmer doch genügend hell, so daß er alles erkennen konnte. Die Ledertür bewegte sich langsam ... Zoll für Zoll, geräuschlos, sie öffnete sich immer weiter.

Er wartete, bewegte sich lautlos und griff nach der Pistole, die für solche Zwischenfälle stets unter seinem Kopfkissen bereitlag.

Die Tür stand jetzt ganz weit auf – der Eindringling mußte jeden Augenblick in den Raum treten. Bellamy erhob sich langsam und leise im Bett, stützte den Ellenbogen aufs Knie und zielte nach der Türkante.

So verging eine Minute, aber er konnte weder etwas hören noch sehen. Er schlug die Decke zurück, sprang auf den Boden und eilte mit der Pistole in der Hand durch die Tür.

Der Mond schien durch die Fenster des Ganges und die ganze Halle war hell erleuchtet.

Zuerst sah er nichts, dann schien sich etwas aus dem Schatten in das helle Licht zu bewegen.

Eine große, schlanke, grüne Gestalt mit todblassem Gesicht stand hochaufgerichtet vor ihm und blickte ihn an, einen Bogen in der Hand, mit Ausnahme des bleichen Gesichtes grün von Kopf bis zu Fuß. Eine Sinnestäuschung war ausgeschlossen.

Einen Augenblick starrte der alte Bellamy wie durch einen Zauber festgebannt auf die Erscheinung, aber dann hob er die Pistole und feuerte zweimal.

10

Als Abel Bellamy feuerte, verschwand die Gestalt und schien sich plötzlich in dem dunklen Schatten aufzulösen. Abel eilte mit der Pistole in der Hand vorwärts, aber als er an die Stelle kam, wo er die grüne Erscheinung gesehen hatte, war nichts mehr zu entdecken. Er fand nur zwei Löcher in dem Paneel der Wand, wo die beiden Geschosse eingeschlagen waren.

Der alte Mann hielt schnell Umschau. In der Nähe der Stelle, wo die Gestalt verschwunden war, befand sich eine Tür. Dahinter lag eine Wendeltreppe, die zu den Quartieren der Dienstboten führte. Er versuchte die Tür zu öffnen, aber sie war geschlossen. Plötzlich kam ihm ein Gedanke. Schnell eilte er den Korridor zurück, an der offenen Tür seines eigenen Schlafzimmers vorbei, und kam zu Julius Savinis Schlafzimmer.

Die Tür war verschlossen und er rüttelte heftig daran.

„Savini!“ rief er laut.

Aber es meldete sich nichts. Die Dienstboten waren munter geworden und er sah einen Mann, nur mit Hemd und Hose bekleidet, auf sich zukommen und rief ihn an.

„Was ist geschehen, mein Herr?“

„Fragen Sie nicht so dumm!“ fuhr Bellamy ihn an. „Ziehen Sie sich an, wecken Sie die anderen Diener und helfen Sie mir das ganze Schloß zu durchsuchen. Telefonieren Sie nach unten zum Portier, aber schnell!“

In diesem Augenblick öffnete sich Savinis Tür. Er war im Schlafanzug und hielt verstört ein Licht in der Hand.

„Was –“ begann er.

Bellamy stürzte an ihm vorbei in sein Zimmer und sah sich argwöhnisch darin um. Eins der langen Fenster stand offen, schnell ging er darauf zu und schaute hinaus. Ein schmaler Mauervorsprung lief unmittelbar unter dem Fenster der Mauer entlang, breit genug, daß ein Mann darauf gehen konnte, wenn er nur die nötigen Nerven besaß und schwindelfrei war.

„Haben Sie nicht die Schüsse gehört?“

„Ich habe etwas gehört, ich glaube, Sie waren es, als Sie an die Tür klopften. Was ist geschehen?“

„Ziehen Sie sich sofort um und kommen Sie hinunter in die Bibliothek!“

Plötzlich stürzte er auf ihn zu, ohne etwas zu sagen riß er Savinis Jacke auf und starrte auf die bloße Brust seines Sekretärs. Er fluchte vor Enttäuschung, denn er hatte erwartet, unter dem Schlafanzug ein enganliegendes, grünes Trikot zu sehen.

Savini kleidete sich eilig an und eilte nach unten, wo er Bellamy in der Bibliothek fand, der wie ein gefangener Löwe im Käfig auf und ab ging.

„Wer hat die Tür zur Dienertreppe abgeschlossen?“ fragte er.

„Das habe ich getan. Sie haben mir Auftrag gegeben, danach zu sehen, daß die Tür jeden Abend verschlossen wird.“

Bellamy sah ihn scharf an.

„Und Sie haben natürlich den Schlüssel?“

„Nein, der Hausmeister. Er bekommt ihn stets, weil er früher auf ist als ich. Er muß die Tür öffnen, um die Mädchen hereinzulassen, die oben sauber machen.“

„Wo ist der Schlüssel jetzt?“ fuhr ihn Bellamy wieder an. Er war rot vor Erregung und Zorn. Sein großes, starkes Kinn war vorgeschoben und die Augen zusammengekniffen. „Ich sage Ihnen das, Savini. Wenn Sie nicht irgendwie an diesem Grünen Bogenschützen beteiligt sind, dann irre ich mich gewaltig, aber ich irre mich selten. Holen Sie sofort Wilks."

Julius ging sofort nach unten, um den Hausmeister zu holen, der ihm mit zwei Dienern im unteren Geschoß schon entgegenkam.

„Ich habe den Schlüssel in meiner Tasche," sagte Wilks, als ihm Savini die Botschaft ausrichtete. „Der Eindringling kann nicht den Weg gegangen sein."

Wilks trug eine helle Petroleumglühlampe, die ihm Bellamy aus der Hand nahm, als er in die Bibliothek kam. Der Alte ging nach oben zu seinem Schlafzimmer, und die anderen folgten ihm. Der Hausmeister öffnete die Tür zu der Wendeltreppe mit dem Schlüssel.

Bellamy nahm die Pistole aus der Tasche, ging mit der Lampe voraus und stieg vorsichtig die Treppe hinunter. Der Hausmeister und Savini kamen hinter ihm her. Sie gelangten unten an eine unverschlossene Tür, die in einen Nebenraum der Burgküche führte – es war ein gewölbtes Zimmer, das als Speisekammer benutzt wurde. Die beiden andern Türen dieses Raumes waren von innen verriegelt.

Mr. Bellamy stellte die Lampe auf den breiten Kaminsims, aber er konnte nichts Ungewöhnliches in dem Raum entdecken. „Hier ist er nicht durchgekommen," murmelte er. „Aber trotzdem gab es keinen anderen Weg, den er benützt haben könnte."

Das Frühlicht dämmerte schon am östlichen Himmel, als Bellamy endlich seine Nachforschungen einstellte. Er zog sich in seine Bibliothek zurück, kauerte vor dem frisch entzündeten Feuer im Kamin und trank heißen Kaffee, aber die nervöse Unruhe arbeitete noch in seinen Zügen, während Savini schweigend, ein wenig verwirrt, am Tisch saß und ihn beobachtete. Er unterdrückte ein Gähnen, aber Bellamy hatte es doch bemerkt.

„Es steckt irgend etwas hinter dieser Geschichte mit dem Grünen Bogenschützen," sagte der alte Mann schließlich, indem er das Stillschweigen brach, das fast eine Stunde lang gedauert hatte. „Ein Geist! Pah! Ich glaube weder an Geister noch an Teufel. Es gibt nichts Überirdisches oder Unterirdisches auf Gottes Erde, das mir Furcht einflößen kann! Gegen Teufel und Gespenster bin ich besonders gewappnet, Savini! Der Kerl, der über Nacht hier eingebrochen ist, muß kugelfest sein, um davon zu kommen, wenn ich ihn erwische. Nun?“ Er wandte sich schnell zur Tür.

Der Hausmeister, eine trotz der einfachen Kleidung achtunggebietende Erscheinung, trat ein.

„Ich habe mir noch einmal die Freiheit genommen und habe die Vorratskammer durchsucht, Mr. Bellamy. Dabei habe ich dieses gefunden.“

Bellamy stand auf und riß Wilks einen Gegenstand aus der Hand. Er sah aus wie ein kleiner roter Ball, aber als er ihn in die Hand genommen hatte, fand er, daß es ein blutdurchtränktes Taschentuch war. Bellamy zog die Augenbrauen hoch.

„So habe ich das Schwein doch getroffen!“ sagte er triumphierend. „Können Gespenster bluten?“ wandte er sich unwirsch an Savini. „Sagen Sie mir das, mein Freund!“

Er faltete das Taschentuch ganz auseinander.

„Ein Damentuch!“ sagte er dann verblüfft.

Es war ein sehr hübsches Spitzentuch aus feinstem Batist. In der einen Ecke war ein Monogramm eingestickt. Er ging in die Nähe der Lampe, die auf dem Tisch stand.

„V. H.“ sagte er und runzelte die Stirn wieder. „V. H.! Wer zum Teufel ist denn V. H.?“

Er sah Savini nicht an, sonst hätte er dessen entsetzten Blick bemerken müssen.

„V. H.! Valerie Howett!“ durchzuckte es Savini.

11

An dem klaren, frostigen Morgen ging Mr. Bellamy langsam über die Rasenflächen des Parks zum Pförtnerhaus. Er war ein Mann, der sein Ruhebedürfnis ganz den besonderen Umständen anpassen konnte. Manchmal schlief er zwölf Stunden hintereinander, aber er konnte sich auch nach zwei Stunden Ruhe vollständig ausgeschlafen wieder erheben. Er ging zu dem Portierhaus, weil er niemals Fremde in der Burg selbst empfing. Leute, mit denen er etwas zu verhandeln hatte, wurden in ein geräumiges Zimmer des Portierhauses geführt, das besonders für diese Zwecke eingerichtet war.

Der mürrisch aussehende Pförtner legte die Hand an die Mütze, als sein Herr eintrat. Der Ortspolizist wartete hier auf Bellamy.

„Guten Morgen, mein Herr. Man hat mir erzählt, daß es während der Nacht Unruhe und Aufregung in der Burg gegeben hat."

Bellamy grinste, daß seine weißen Zähne zu sehen waren.

„Sagen Sie mir doch nur, wer Ihnen das mitgeteilt hat und verlassen Sie sich darauf, daß der Betreffende Ihnen nichts mehr erzählen wird," erwiderte Bellamy unhöflich.

Er fuhr mit der Hand in die Tasche und nahm eine Banknote heraus, die er auf den Tisch legte.

„Hier ist ein kleines Geschenk für Ihre Bemühungen. Vergessen Sie, was Sie da von dem Vorfall in der Burg gehört haben. Ich hatte einen bösen Traum und habe nach einem Schatten geschossen. Ich dachte, es wäre ein Einbrecher."

„Ich verstehe vollkommen, mein Herr," sagte der Polizist verbindlich. „Ich habe die Sache meinem Vorgesetzten noch nicht gemeldet."

„Ist auch nicht nötig. Ich vermute, daß in diesem Dorfs nichts passiert, das Sie nicht wissen. Sind in letzter Zeit Fremde hier gewesen?"

Der durch das Geschenk sehr höfliche Polizist schaute Bellamy an und schnitt eine Grimasse, als ob er tief nachdächte.

„Ja, mein Herr, es sind ein oder zwei Leute hier gewesen. Es war auch eine Dame da, die Lady's Manor sehen wollte."

„Lady's Manor?" fragte Bellamy schnell. „Ist das das alte Haus dort an der Straße?"

„Ja. Es gehört Lord Tetherton. Es ist sehr baufällig und es würde viel Geld kosten, es instandzusetzen. Deshalb ist es auch noch nie vermietet worden. Einige Teile des Hauses sind so alt wie diese Burg."

„Wann kamen die Leute nach Garre?" fragte Bellamy scharf.

„Vor zwei Tagen. Es war eine sehr hübsche Dame, außerordentlich schön. Ich sah sie gerade noch, als sie wieder fortfuhr."

„Können Sie mir vielleicht sagen, woher sie kam?“

„Von London, soviel ich weiß. Der Wagen hatte ein Londoner Schild, und ich glaube, daß sie auf dem Weg über Reading kam. Die Frau, die die Schlüssel von Lady's Manor aufbewahrt, sagte, daß sie von dem Hausagenten Solders hierhergeschickt wurde. Die Firma hat nämlich das Haus an Hand.“

„War sie allein?“

„Ich habe niemand in ihrer Begleitung gesehen.“

Bellamy ging in das Wohnzimmer des Pförtners, wo ein Telephonapparat angebracht war. Eine Minute später hatte er Verbindung mit dem Hausagenten.

Der Mann erinnerte sich genau an die näheren Umstände. Die Dame war von London gekommen, und er hatte ihr die Erlaubnis gegeben, das Haus zu besichtigen. Ihren Namen konnte er leider nicht angeben, er hatte nicht danach gefragt. Es war auch nicht seine Gewohnheit, Leute nach Einzelheiten zu fragen, die noch nicht bestimmt einen Vertrag abschließen wollten.

„Wenn sie Ihnen schreiben sollte oder wieder zu Ihrem Bureau kommt, so möchte ich gern ihre Personalien wissen,“ sagte Mr. Bellamy und hing den Hörer wieder an.

Als es vollständig Tag geworden war, wurde die Vorratskammer genau untersucht. Bellamy hoffte eine Blutspur zu finden, die ihm irgendwie bei der Lösung des Rätsels Aufschlüsse geben konnte, aber er entdeckte nicht einen einzigen Flecken. Er sandte Savini nach Guildford, um genauere Erkundungen einzuziehen.

Im Augenblick war er so beschäftigt, daß er die unverantwortliche Einmischung seines Sekretärs in seine Privatangelegenheiten übersah. Das konnte warten.

Julius war nur zu froh, sich entfernen zu können. Er wollte sich selbst über einen Punkt Gewißheit verschaffen, und nachdem er seinen Auftrag in Guildford erledigt hatte, eilte er nach London und ging direkt zum Carlton-Hotel.

„Nein, ich glaube nicht,“ antwortete der Hotelportier auf seine Frage. „Ich habe Miß Howett den ganzen Morgen noch nicht gesehen. Ich werde in ihrem Zimmer anläuten, um zu fragen, ob sie dort ist. Wünschen Sie die Dame zu sprechen?“

Julius zögerte einen Augenblick.

„Ja," sagte er dann.

Er hatte sich zu einem kühnen und gefährlichen Schritt entschlossen. Während der Portier telephonierte, wartete er, und man konnte die Erregung deutlich in seinen Zügen sehen, als er der Unterhaltung am Apparat folgte.

„Es tut mir leid, Mr. Savini," sagte der Portier, als er den Hörer wieder anhing. „Es ist nicht möglich, daß Sie Miß Howett sehen können. Sie hat sich gestern abend den Fuß vertreten, als sie aus dem Wagen stieg, und ist in ärztlicher Behandlung. Das hat mir eben ihre Zofe gesagt. Ich erinnere mich jetzt auch, daß ich Miß Howett seit gestern nachmittag nicht mehr gesehen habe."

Julius war verblüfft, als er aus dem Hotel heraustrat. „Vertreten" bedeutete doch wohl, durch einen Schuß verwundet? Aber was hatte sie denn überhaupt in Garre zu suchen? Zu welchem Zweck verkleidete sich denn die Tochter des reichen Mr. Howett als Grüner Bogenschütze? Seine Theorie war phantastisch, aber das Übereinstimmen der Anfangsbuchstaben Valerie Howetts mit dem Monogramm auf dem Taschentuch war doch zu sonderbar. Dazu kam nun noch der verletzte Fuß. Sicher lebten Hunderte von Damen, die dieselben Initialen hatten, aber es war doch äußerst seltsam.

Wenn es jemand gab, den Julius an diesem Morgen nicht treffen wollte, so war es Spike Holland. Aber kaum war er ein paar Schritte vom Hoteleingang entfernt, als er dem Journalisten in die Arme lief. Bei schwachen Menschen ist Haß die Folge von Furcht, und so sehr Savini seinen Herrn haßte, der ihn täglich mit Beleidigungen überhäufte, so sehr fürchtete er sich vor seinem Zorn.

„Ich habe keine Zeit, Holland. Ich kam nur zur Stadt ... wenn Sie den Alten sehen, so sagen Sie um Gotteswillen nicht, daß Sie mich in London getroffen haben. Er hat mich nach Guildford geschickt und weiß nichts davon, daß ich hierher ging."

„Bellamy hatte letzte Nacht Besuch?" fragte Spike.

„Ich schwöre Ihnen –" begann Savini.

„Ach was, nun hören Sie doch mit dem Leugnen auf. Was hat denn das für Zweck! Wir haben einen Mann nach dem Dorf geschickt, der seit gestern abend dort ist. Er hat uns gerade telephoniert, daß sich der Grüne Bogenschütze in der vergangenen Nacht wieder gezeigt hat und daß der alte Bellamy mit seinem Revolver aus einem alten Gainsborough ein Auge ausgeschossen hat!"

„Das ist nicht wahr!“ sagte Julius heftig. „Wenn das in die Zeitung kommt und der Alte erfahrt, daß ich Sie gesehen habe – hören Sie, Holland, ich will ja alles für Sie tun, ich will Ihnen auch die ganze Geschichte erzählen, wenn Sie dafür sorgen, daß ich nicht hineingezogen werde.“

„Habe ich Sie denn schon jemals hineingeritten?“ fragte Spike und schüttelte seinen rotblonden Lockenkopf. „Kommen Sie mit, Julius, und erzählen Sie mir einmal die ganze Geschichte.“

„Ich weiß nicht genau, was eigentlich los war,“ begann Julius.

„Das ist ja ein verflucht feiner Anfang für einen genauen autoritativen Bericht. Aber nun erzählen Sie endlich!“

Julius berichtete ihm denn auch genau alles, was sich zugetragen hatte. Aber fast nach jedem Satz beschwor er Spike, ihn nicht zu verraten. Er hatte alle die charakteristischen Eigenschaften eines Halbbluts. Auf der einen Seite war er fahrlässig, was die Konsequenzen seiner Handlungsweise betraf, auf der anderen Seite hatte er eine so kindische Angst, daß es manchmal zum Erbarmen war. Er wälzte dunkle, unheimliche Pläne gegen Abel Bellamy in seinem Kopf, auf deren Ausführung die unheimlichsten und schwersten Strafen standen, und doch zitterte er, wenn er die rauhen Worte seines Herrn hörte, und kroch vor ihm.

„Erzählen Sie mir doch, was Bellamy eigentlich in seiner Burg macht? Was für ein Leben führt er denn? Gibt er auch Einladungen?“

„Einladungen?“ wiederholte Julius grimmig. „Kein Fremder ist nach Garre Castle gekommen, seitdem ich dort bin. Sie wollen wissen, was Bellamy tagsüber macht? Er geht auf dem Grundstück herum, oder er vertrödelt die Zeit, indem er sich die Mauern ansieht. Die Abende bringt er in seiner Bibliothek mit sich allein zu. Niemand darf ihn dann stören, und tatsächlich ist das auch nicht möglich, denn er schließ! sich einfach dort ein. Gewöhnlich von neun bis elf Uhr abends und manchmal auch eine Stunde morgens.“

„Was, er schließt sich immer dort ein?“ fragte Spike interessiert.

„Ja, beide Türen der Bibliothek schließt er zu, es ist nämlich noch eine andere Tür auf der anderen Seite. Aber um Gotteswillen, verraten Sie mich nicht!“

„Also nun ängstigen Sie sich nicht, mein Herzchen!“ sagte Spike. „Können Sie mir nicht noch ein bißchen mehr von Bellamy erzählen?“

Julius, der schon wieder zuviel ausgeplaudert hatte, biß sich auf die Lippen und schaute sich verzweifelt um, ob er nicht irgendwie entwischen könnte.

„Das ist alles, was ich sagen kann, und nun versprechen Sie mir, Holland, daß Sie mich nicht verraten!"

„Wo ißt er denn?"

„Gewöhnlich in der Bibliothek, den Speisesaal benützt er fast nie. Aber jetzt muß ich gehen, Holland."

Und bevor Spike ihn aufhalten konnte, war er davongeeilt.

Auf dem Rückweg nach Guildford machte sich Julius die größten Vorwürfe, als er sich die Einzelheiten seiner Unterredung mit Spike ins Gedächtnis zurückrief. Große Schweißtropfen traten auf seine Stirn, als er sich klar machte, was er alles ausgeplaudert hatte. Aber er war glücklich, als er sich daran erinnerte, daß er nichts von dem Taschentuch gesagt hatte. Das war doch das Interessanteste an der ganzen Geschichte.

Als er zurückkam, fand er seinen Herrn in einer verhältnismäßig guten Stimmung. Er stellte keine unangenehmen Fragen an ihn, warum er z. B. so lange fortgeblieben sei, und zu seiner größten Genugtuung erwähnte Bellamy selbst, daß die Sache wahrscheinlich wieder in die Zeitungen kommen würde.

„Man kann dieses Hühnervolk nicht vom Gackern abhalten," sagte er. „Die Hälfte der Dienstboten hat mir gekündigt. Selbst der dicke Wilks sagt, daß er gehen will. Ich habe ihm gesagt, daß ich ihn wegen Kontraktbruches bei Gericht belangen werde, wenn er seinen Dienst verläßt, bevor ich ihn entlasse. Savini, sehen Sie zu, daß heute nacht alle Lampen im Korridor brennen."

„Erwarten Sie, daß er wiederkommt?" fragte Julius gesprächig, aber ein böser Fluch seines Herrn ließ ihn sofort verstummen.

Bei Tageslicht untersuchte Bellamy die Türen seines Zimmers. Die altertümliche äußere Türe konnte ohne große Schwierigkeit leicht geöffnet werden, wenn jemand über die nötigen Werkzeuge verfügte. Aber die Ledertür, die nur auf der Innenseite einen Drücker hatte, schien ganz sicher zu sein, und er war erstaunt, daß sie geöffnet worden war. Mit einem Vergrößerungsglas untersuchte er die Oberfläche des Leders ganz genau. Er hoffte, irgendwelche Spuren oder Kratzer zu finden, aber darin täuschte er sich. Im Rahmenholz der Tür war ein kurzer Eisenhaken eingeschlagen, der die Klinke in ihrer Bewegung nach oben begrenzte. Zuerst dachte er, daß der Eisenhaken herausgezogen und die Tür auf diese Weise geöffnet worden wäre. Aber er überzeugte sich von der Unmöglichkeit, den Haken zu entfernen. Über der Tür war kein Querbalken befestigt, und obwohl Abel die ganzen Wände und die Decke seines Schlafzimmers sorgfältig untersuchte, konnte er doch nichts entdecken, was das merkwürdig langsame Öffnen der Tür erklärt hatte. In der nächsten Nacht schlief er. Die Pistole lag auf einem kleinen Tisch an der Seite seines Bettes, um fünf Uhr morgens erwachte er und sah, daß beide Türen seines Zimmers weit offen standen und sein Revolver verschwunden war!

12

„Vater, ich möchte gern ein Landhaus haben," sagte Valerie Howett des Morgens beim Frühstück.

Mr. Howett schaute erstaunt auf.

„Was meinst du?" fragte er verwundert.

„Ich möchte ein Landhaus haben," wiederholte Valerie.

Sie sah müde und blaß aus, schwere schwarze Schatten lagen unter ihren Augen, und er bemerkte eine Abgespanntheit und Müdigkeit an ihr, die ihm Sorge machte.

„Ich habe einen wunderbaren, alten Landsitz besichtigt, er ist nicht weit von London entfernt und hat nur den Nachteil, daß er an die Besitzung Abel Bellamys grenzt."

„Aber meine Liebe, ich habe doch in Amerika verschiedenes zu erledigen und kann während des Winters nicht in England bleiben! – Aber vielleicht läßt es sich doch einrichten," meinte er dann. „Wo liegt es denn?"

„In Garre – es heißt Lady's Manor und ist ein alter Witwensitz, der früher zu der Burg gehörte. Das Haus muß allerdings gründlich renoviert werden." Sie sah auf ihren Teller und fuhr dann geschickt fort: „Ich dachte, das wäre gerade ein Platz für dich, lieber Vater, wenn du dein Buch schreiben willst."

Mr. Howett träumte davon, eine politische Geschichte Englands zu schreiben. Er plante dieses Buch schon seit zwanzig Jahren und hatte bereits umfangreiche Vorarbeiten dafür gemacht. Die Tatsache, daß schon mehrere gute Werke über dieses Gebiet erschienen waren, schreckte ihn nicht ab, sondern spornte ihn höchstens zum Wetteifer an. Er strich sich nachdenklich über die Haare.

„Das Haus liegt so ruhig und friedvoll – ich bin sicher, Vater, daß du das Buch niemals schreiben wirst, wenn du nach Amerika zurückkehrst, wo du von deinen Geschäften vollständig in Anspruch genommen wirst. Und es ist doch auch ganz klar, daß du es in einer so unruhigen Stadt wie London nicht schreiben kannst. Hier ist es doch ebenso schlimm wie in New York."

„Du sagst, es ist sehr still dort?" fragte Howett schon halb überzeugt.

„Es ist eine bezaubernde Ruhe dort," sagte sie lebhaft.

„Es ist eigentlich keine schlechte Idee von dir, Valerie." Er lehnte sich in seinen Stuhl zurück und schaute zur Decke empor. „Und schließlich ist es ja auch gut für dich – wirklich, wenn ich es mir länger überlege, ist es keine schlechte Idee. Ich werde nach New York kabeln und zusehen, ob ich die Sache nicht anders ordnen kann. – Sage mal, fürchtest du dich eigentlich vor Geistern?" fragte er dann etwas unvermittelt und lächelte.

„Nein, ich fürchte mich nicht," sagte sie ruhig. „Wenn du damit etwa den Grünen Bogenschützen meinen solltest."

„Das ist eine ganz merkwürdige Sache." Mr. Howett schüttelte den Kopf. „Ich kenne Bellamy nicht, aber wie ich gehört habe, scheint er sich vor nichts in der Welt zu fürchten, es sei denn vor dem Besuch eines Steuerbeamten."

„Bist du ihm niemals begegnet?"

Er schüttelte den Kopf.

„Nein, ich habe persönlich noch nichts mit ihm zu tun gehabt. Ich sah ihn oft genug, er wohnte ja hier im Hotel. Ich mag ihn nicht und vor allen Dingen kann ich seinen Sekretär mit dem fahlen, gelben Gesicht nicht leiden."

Sie erhob sich, und er eilte an ihre Seite, um sie zu stützen, als sie den Raum verließ.

„Valerie, du mußt einen Arzt wegen deines verrenkten Fußgelenks zu Rate ziehen."

„Ach, das wird heute schon wieder besser werden. Ich werde mich hinlegen, nichts tun und keinen Besuch empfangen."

Lachend lehnte sie seine Hilfe ab und ging allein zu ihrem Zimmer, obwohl sie sich ein wenig schwach fühlte. Am Vormittag meldete sich ein Besuch, und Mr. Howett klopfte an die Tür seiner Tochter.

„Captain Featherstone ist hier – er sagt, daß er dich sprechen möchte. Kann er nähertreten?"

„Wenn er verspricht, recht ruhig zu sein," kam die Antwort. „Ich bin gerade nicht in der Stimmung, mir Vorhaltungen machen zu lassen."

„Warum in aller Welt sollte er dir denn Vorhaltungen machen?" fragte ihr Vater erstaunt.

„Laß ihn hereinkommen!"

Jim Featherstone betrat Valeries Zimmer auf Zehenspitzen mit einer solchen Vorsicht, daß sie ihn hätte schlagen mögen.

„Es ist sehr traurig, Sie so liegen zu sehen," begann er. „Bitte schmollen Sie nicht, Miß Howett, ich bin gekommen, um Ihnen meine Teilnahme auszusprechen."

Mr. Howett ging ins andere Zimmer zurück und schrieb ein Telegramm.

„Wo waren Sie vorige Nacht?" fragte Featherstone, als sie allein waren.

„Im Bett," antwortete sie prompt.

„Und die Nacht vorher?"

„Auch im Bett."

„Würden Sie mich für zudringlich halten, wenn ich mir die Frage erlaube, ob Sie im Traum nicht jener düsteren Gegend von Limehouse einen Besuch abstatteten, um sich nach einem Mann umzusehen, der unter dem Namen Coldharbour Smith bekannt ist?"

Sie wollte ihn ungeduldig abwehren.

„Warten Sie einen Augenblick," sagte er und hob feierlich abwehrend die Hand. „Als Sie nach Coldharbour Smith suchten, gerieten Sie da nicht in eine allgemeine Schlägerei in einer Kneipe, die hauptsächlich von Chinesen und Negern besucht wird?"

Sie schauderte bei der Erinnerung.

„Sie wurden glücklicherweise von einem ehrlichen, aber rauhen Matrosen gerettet – aber trotzdem haben Sie einen bösen Fußtritt von einem der Kerle abbekommen."

„Waren Sie vielleicht der ehrliche, aber rauhe Seemann?" fragte sie verwirrt.

Er schüttelte den Kopf.

„Nein, es war einer meiner Leute, Sergeant Higgins, ein guter Kerl, obgleich er nichts von einem Helden oder Stutzer an sich hat. Aber warum unternehmen Sie solche schrecklichen Dinge?"

„Weil ich es muß," antwortete sie verbissen. „Ich hätte Creager sehen müssen, bevor dies alles passierte. Ich wußte manches von ihm, ich wußte, daß er von Bellamy Geld empfing, weil er früher einmal etwas Schreckliches für ihn getan hat. Und auch dieser andere Mann –" sie schauderte wieder. „Es war schrecklich."

„Coldharbour ist kein feiner Mensch," gab Captain Featherstone zu. „Leute, die derartige Kneipen halten, sind gewöhnlich nicht sehr zartbesaitet. Coldharbour wird also auch von Bellamy unterstützt?" fragte er scheinbar belustigt. „Das wußte ich noch nicht. Wo bekommen Sie denn nur alle diese Informationen her?"

„Ich bezahle dafür," sagte sie, indem sie eine direkte Antwort ablehnte. „Und ich denke, meine Informationen sind einigermaßen zuverlässig."

Er dachte einige Augenblicke nach und schaute auf den Teppich.

„Ich habe das Gefühl, daß Sie sich auf diese Weise selbst zugrunde richten," sagte er dann ernst. „Glücklicherweise war Coldharbour vorige Nacht nicht zu sehen. Wenn er dort gewesen wäre, so hätte es Bellamy in den nächsten vierundzwanzig Stunden erfahren."

Er sah, wie sich ihre Augen mit Tränen füllten, und dieser unerwartete Anblick machte ihn betroffen.

„Ich habe alles versucht," sagte sie, „wirklich alles, ich glaube, daß ich eigensinnig und närrisch bin, und ich war eitel genug, zu glauben, ich sei klüger, als die Polizei der ganzen Welt. Aber ich sehe jetzt doch ein, daß ich es nicht bin."

Er sah sie an.

„Jagen Sie hinter einem Schatten her, Miß Howett?“ fragte er ernst.

„Nein, nein, nein!“ rief sie heftig. „Ich bin meiner Sache sicher. Irgendein Gefühl sagt mir, daß ich auf dem rechten Wege bin.“

„Würden Sie mir nicht mitteilen,“ fragte Featherstone leise, „wer die Frau ist, die Sie suchen?“

Er sah, wie sie ihre Lippen fest aufeinander preßte.

„Das kann ich nicht sagen, es ist nicht mein Geheimnis allein.“

13

Spike Holland war sehr mit dem Vorschlag seines Redakteurs einverstanden, zu John Wood nach Wenduyne zu fahren und ihn zu überreden, eine Artikelserie über Kinderfürsorge zu schreiben. Spike hatte den lebhaften Wunsch, den Mann wiederzusehen, der so außerhalb der Welt und ihrem ewigen Kampf ums Dasein stand.

Er verließ London mit dem ersten Zug nach dem Festland und brachte fünf ungemütliche Stunden auf der kalten und unruhigen See zu. Er war eigentlich nicht deshalb gereist, um die Artikelserie für die Zeitung zu sichern, denn Wood hatte ihm seine Zustimmung darüber schon früher ausgedrückt. Der eigentliche Grund war die Hoffnung, noch einiges über Abel Bellamy zu erfahren. Es war merkwürdig, daß man so wenig Nachrichten über den alten Mann bekommen konnte. Spike hatte den Eindruck, daß dieser Menschenfreund ihm sehr viel hätte mitteilen können. Die Schroffheit, mit der Wood damals so plötzlich das Gesprächsthema änderte, als er Bellamys Namen erwähnte, gab ihm diese Gewißheit.

Spike war froh, als er in Ostende wieder festen Boden unter den Füßen fühlte. Er mußte eine halbe Stunde auf dem Bahnhofsplatz warten, bis die Bahn kam, die den Dünen entlang nach der holländischen Grenze fuhr, und er fühlte sich glücklich, als er in einem Abteil erster Klasse saß. Es regnete ziemlich heftig, und ein rauher Wind fegte über den verlassenen Platz. Spike war häufig in Belgien gewesen und kannte diesen traurigen Weg gut genug, der durch die Dünen führte. Das Dörfchen Le Coq war ein öder Platz, aber Wenduyne hatte das Aussehen einer Stadt, eines Seebades, das hauptsächlich im Sommer besucht wird. Es lag jetzt verlassen da, nur ein fröstelnder Polizist stand in dem gedeckten Warteraum der Bahn und sah ihm neugierig zu, als er sich gegen den starken Nordwestwind mit Mühe zu der steilen Böschung emporarbeitete, die zu der Strandpromenade führte.

Der Strand war verlassen, und die Fassaden der schönen Villen waren mit Brettern verschlagen. Große Sandhaufen lagen über der vernachlässigten Strandpromenade. Es war gerade Flut, und die großen Wogen der stürmischen See brandeten heftig gegen die Uferbefestigung, als er schnell den Weg entlangging. Er hatte seinen Mantel bis zum Kinn zugeknöpft. Schließlich stand er vor dem Haus Nr. 94.

Eine hohe Villa mit schmaler Frontseite erhob sich vor ihm. Die kleine Säulenhalle und der Eingang waren hinter einer grauen Bretterschutzwand verborgen, nur eine Tür war sichtbar. Er klopfte, aber es meldete sich niemand. Er klopfte noch einmal lauter.

Als er es zum drittenmal ohne Erfolg versucht hatte, ging er um das Gebäude herum, um vielleicht auf der Rückseite Einlaß zu finden.

Gleich nach seinem Klopfen erschien eine behäbige, ältere Frau mit einem leichten Anflug eines Schnurrbarts. Sie schaute ihn etwas unsicher an.

„Wie ist Ihr Name? Monsieur empfängt nicht," sagte sie französisch.

„Ich werde erwartet, ich habe mich telegraphisch angemeldet."

Die Frau wurde plötzlich freundlicher.

„Ja, ich weiß, wollen Sie bitte mitkommen?"

Sie führte ihn eine Flucht von Treppenstufen hinauf, die nicht einmal mit einem Teppich belegt waren, und klopfte an eine Tür. Er hörte drinnen eine Stimme, und sie ging vor dem Besucher hinein.

Spike sah sich in einem im Verhältnis zu seiner Länge und Höhe schmalen Raum, dessen eine Wand mit Teppichen behängt, während die andere ganz mit Bücherregalen verstellt war. Zwei silberne, elektrische Armlampen verbreiteten ein helles Licht, denn die einzige natürliche Lichtquelle war ein buntes Glasfenster hinten an der Schmalwand am anderen Ende des Raumes.

John Wood saß an einem großen, mit Goldbronze beschlagenen Schreibtisch, als Spike eintrat. Er erhob sich und legte die Feder nieder.

„Sind Sie trotz des bösen Wetters gekommen? Sie sind ein tapferer Mann. Nehmen Sie bitte Platz, Mr. Holland. Und bevor Sie mich fragen, will ich Ihnen schon sagen, daß ich die Artikelserie gerne schreibe, die Sie in Ihrem Telegramm erwähnten. Es ist mir sehr lieb, daß ich dadurch wieder mehr in der Öffentlichkeit bekannt werde, um meine Pläne durchzusetzen, und ich mache ganz rücksichtslos für mich Reklame."

Sie besprachen noch ein paar Einzelheiten über Länge und Inhalt der Artikel, während die dicke Frau mit dem Schnurrbart Wein, Kaffee und Bisquits servierte.

„Wie ruhig und friedvoll haben Sie es doch hier," sagte Spike neiderfüllt. „Ich dachte, es wäre eine Marotte von Ihnen, im Winter in Wenduyne zu leben. Aber wie geeignet ist dieser Platz doch zum Schreiben!"

John Wood lächelte.

„Ich möchte Sie nicht mit nach oben nehmen, um Ihnen die Ruhestörer zu zeigen. Sie schlafen jetzt gerade."

„Haben Sie denn Kinder hier?" fragte Spike erstaunt.

Wood nickte.

„Dreißig, drei große Säle voll!" Er zeigte auf die Treppe, die zu dem oberen Teil des Gebäudes führte. „Ich habe nur die gesunden Kinder hier, das Sanatorium liegt auf der anderen Seite der Stadt."

Sie sprachen noch eine ganze Stunde lang über kleine Kinder. Mr. Wood schien überhaupt über nichts anderes reden zu wollen.

„Ich glaube, Sie wissen viel mehr über Abel Bellamy, als Sie mir sagen. Sie scheinen ihn nicht sehr zu lieben?"

Mr. Wood spielte mit einer goldenen Panfigur, einer kleinen, wunderschönen Statuette, die auf seinem Schreibtisch stand.

„Ich weiß genug von ihm, um ihn an den Galgen zu bringen," sagte er, ohne den Blick zu erheben.

Spike hörte verwundert zu.

„Sie wissen genug, um ihn an den Galgen zu bringen?" wiederholte er. „Das ist doch wohl etwas viel gesagt."

Wood sah ihm jetzt ins Gesicht.

„Mag sein, daß es gewagt ist. Aber ich spreche ja im Vertrauen mit Ihnen."

Spike war gewöhnlich nicht sehr entzückt, wenn jemand ihm Mitteilungen unter dem Siegel strengster Verschwiegenheit zukommen ließ, aber jetzt war er begierig, auch Nachrichten zu sammeln, die er nicht veröffentlichen durfte.

„Ich habe absolut keine Beweise, aber trotzdem weiß ich genug, daß man das Urteil über ihn sprechen könnte. Ich will nicht sagen, daß man ihn nur auf meine Aussage allein hin hängen kann; das Gesetz ist sehr vorsichtig in England, wenn die Todesstrafe in Betracht kommt."

„Sicher handelt es sich um ein Kind," meinte Spike. „Obwohl ich nicht behaupten will, daß Sie kein Herz für Erwachsene haben oder sich nicht über die Ermordung irgendeines fetten Mannes aufregen würden, schließe ich doch aus Ihren Worten, daß ein Kind im Spiel war."

„Ja, er hat ein Kind umgebracht, ein Kind, an das ich mich dunkel erinnere. Ob er oder einer seiner Helfershelfer dafür verantwortlich ist, weiß ich nicht. Er haßt Kinder. Ich bin neugierig, ob Sie mein Telegramm ernst nehmen, in dem ich Sie fragte, ob Bellamy sich für kleine Kinder interessiert? Es war ein grimmiger, vielleicht ein törichter Scherz. Ich sandte es Ihnen aus dem Impuls des Augenblickes heraus. Abel Bellamy würde lieber seinen letzten Dollar in die See werfen, als einem Kind auch nur mit ein paar Cent helfen!"

„Können Sie mir nicht erzählen, was er getan hat – war es in Amerika?"

„Ja, in Amerika, vor vielen Jahren. Aber ich fürchte, daß ich schon zuviel gesagt habe. Früher oder später werde ich auch die Beweise dafür in der Hand haben. Zwei Leute arbeiten schon seit zwei Jahren in meinem Dienst auf Grund der Angaben, die ich machen konnte. Einer lebt in London, der andere in Amerika."

„Er hatte einen bösen Streit mit dem Vormundschaftsgericht in Amerika?"

„Ich weiß um die Geschichte, aber das hat nichts mit dem Fall zu tun, den ich meine. Es war auch noch eine andere Geschichte in den Staaten. In New York hätte er auch beinahe einmal einen Bureaujungen umgebracht – er warf ihn eine hohe Steintreppe hinunter. Ich kenne die öffentlichen Akten Mr. Bellamys sehr genau, aber ich bin hinter seinen geheimen Privatakten her, die ich gerne ausfindig machen möchte. Der Mann ist ein brutaler Mensch. Aber er hat sich nicht allein gegen Kinder vergangen, einmal mußte er sogar fünftausend Dollar bezahlen, nur um eine Klage beizulegen, die sein Kammerdiener gegen ihn erhob. Seit der Zeit hält er sich keinen mehr."

„Unser Herrgott hat merkwürdige Geschöpfe geschaffen," meinte Spike.

„Und der Teufel noch schlimmere," erwiderte John Wood. Sein schönes Gesicht verdüsterte sich. „Er machte manche Menschen zu Tieren."

Spike stellte jetzt endlich die Frage, die er sich schon auf der ganzen Herreise überlegt hatte.

„Glauben Sie, daß der Grüne Bogenschütze eins seiner Opfer ist?"

John Woods Stirn glättete sich.

„Viele Leute glauben," sagte er etwas spöttisch, „daß der Grüne Bogenschütze die Erfindung eines gewissen Zeitungskorrespondenten ist – es wäre unhöflich, seinen Namen Ihnen gegenüber zu nennen!"

„Ich wäre glücklich, wenn ich der Verfasser einer Geschichte wäre, die ganz England zum Besten hielt," gestand Spike. „Aber unglücklicherweise trägt der Grüne Bogenschütze selbst die Verantwortung dafür."

Nun erzählte er die Begebenheit von dem letzten Erscheinen des Bogenschützen, und John Wood fragte ihn genau nach allen Einzelheiten aus.

„Wer sah denn das „Gespenst" mit Ausnahme von Abel Bellamy?"

„Niemand, vielleicht hat er die ganze Sache selbst ausgedacht."

„Das scheint mir nicht sehr wahrscheinlich." John Wood schüttelte den Kopf. „So raffiniert ist Bellamy nicht, er ist ganz vertiert. Diese Vermutung können Sie ruhig fallen lassen, der Grüne Bogenschütze wird schon wirklich existieren, Wenn Bellamy ihn gesehen hat."

Sein Gesicht verfinsterte sich wieder und er lehnte sich in tiefen Gedanken in seinen Stuhl zurück. Plötzlich erhob er sich, ging zu einem Geldschrank am Ende des Raumes und öffnete ihn. Einige Zeit blieb er dort stehen, und als er wieder zum Schreibtisch zurückkam, hielt er etwas in der Hand.

Spike hatte sich erhoben, um sich zu verabschieden. Er hatte nur wenige Stunden zur Verfügung, und die Besprechung der Artikel hatte viel Zeit gekostet.

„Sehen Sie einmal dies an, Holland."

Er zeigte ihm einen beschmutzten und verfärbten Kinderschuh aus weichem, weißen Ziegenleder.

„Eines Tages werde ich Abel Bellamy diesen Schuh vor einem amerikanischen Gericht zeigen, wenn man ihn nicht schon vorher überführt – und das wird für ihn ein schrecklicher Tag werden!"

In diesem Augenblick kam die alte Frau wieder in den Raum. Ein breites Lachen lag auf ihrem einfachen Gesicht, und sie trug ein kleines weißes Bündel in ihren Armen.

„Monsieur, der kleine Allemand will nicht schlafen, bevor er Sie gesehen hat."

Sie hielt ein rosiges kleines Kind mit großen, leuchtenden Augen in ihren Armen, das seinen Kopf John Wood zuwandte und den kleinen, nassen Mund zu einem vergnügten Gurgeln öffnete.

Der Wechsel, der mit Wood vorging, war erstaunlich. Seine düstere Stimmung schien wie weggeblasen, und der Frohsinn und die Freude, die ihm sonst eigen waren, zeigten sich wieder in seinen Gesichtszügen, als er die Arme ausstreckte, um das Kind zu nehmen.

„Hier ist ein Kleinod meines Schatzes, Holland, das kostbarer ist als die Millionen Bellamy's!"

Er hatte seine Wange an das Gesicht des kleinen Kindes gelegt. Spike sah Tränen in seinen Augen und war überrascht.

Als Spike unten am Hause vorbeiging und wieder gegen den Wind ankämpfte, wandte er sich noch einmal um. Durch das Fenster sah er, daß John Wood das kleine Kind auf die Ecke des Schreibtisches gesetzt hatte. Mit der einen Hand hielt er es fest und mit der anderen zeigte er ihm die goldene Panfigur.

14

Am nächsten Morgen wurde Julius von seinem Herrn etwas sonderbar begrüßt. Mr. Bellamy war in den frühen Stunden nie in guter Stimmung und ließ seine schlechte Laune aus, indem er über alles schimpfte.

„Lassen Sie sich bloß nicht vor meinen Hunden sehen!“ sagte Abel zu Savini. „Sie wären nur ein schmaler Bissen für Sie!“

Julius Interesse war erwacht, obgleich er sich nicht recht wohl dabei fühlte. In dem Schloß gab es keine Hunde, denn Bellamy liebte keine Tiere um sich. Aber sein Herr erklärte ihm die Suche bald.

„Ich habe zwei Polizeihunde gekauft, die von heute nacht an die Halle unten und den Korridor bewachen werden. Wenn Sie meinem Rat folgen, bleiben Sie morgen früh in Ihrem Zimmer, bis ich aufgestanden bin.“

Später bekam Julius die Hunde auch zu Gesicht – es waren unfreundliche, große, wolfsartige Tiere, die mit Ausnahme Bellamys niemand an sich herankommen ließen. Abel fürchtete sich nicht im geringsten, und die Hunde schienen ihn auch sofort als ihren Herrn anzuerkennen.

„Streicheln Sie die Tiere einmal,“ sagte Abel. „Seien Sie doch nicht so ängstlich!“

Savini streckte nervös seine Hand nach dem Hund aus, der ihm am nächsten stand, aber er sprang sofort furchtsam beiseite, als der Hund Miene machte, nach seiner Hand zu schnappen.

„Sie sind feige, und er weiß, daß Sie sich fürchten. Komm her du!“ Bellamy schnappte mit den Fingern. Der Hund kam zu ihm, wedelte mit dem Schweif, setzte sich und hob den klugen Kopf zu seinem Herrn.

„Der Mann, der sie mir verkaufte, erklärte, daß es mindestens einen Monat dauern würde, bevor sie mir gehorchen. Aber er hat unrecht. – Sagen Sie einmal, das Haus dort ist ja vermietet,“ fuhr er fort, indem er plötzlich auf ein anderes Thema übersprang. „Wie heißt es doch?“

„Meinen Sie Lady's Manor?“ fragte Julius überrascht.

Bellamy nickte.

„Ich bin leider fünf Minuten zu spät gekommen beim Agenten, ich erfuhr es, als ich heute morgen telephonierte. Wissen Sie etwas darüber?“

„Nein, das ist das erste, was ich davon höre. Wer ist denn der neue Mieter?“

Abel Bellamy schüttelte den Kopf.

„Ich weiß es nicht, kümmere mich auch nicht darum. Warum konnten die Leute nicht irgendwoanders hingehen?“

Später am Nachmittag begleitete ihn Julius, als er auf dem breiten, von Bäumen eingefaßten Weg einen Rundgang durch das Grundstück machte.

„Ich vermute, das ist das Haus," sagte Bellamy und zeigte mit seinem Stock auf ein niedriges, massives, graues Gebäude, dessen Dach und Kamine über die hohe Mauer ragten, die seinen Park umgaben. „Ich habe das Haus früher einmal besichtigt, aber ich wollte es nicht kaufen. Sagen Sie, ist das eine Tür dort in der Mauer?"

„Es sieht so aus. Früher bestand wahrscheinlich eine Verbindung zwischen der Burg und Lady's Manor. Es war ein Witwensitz."

Es zeigte sich, daß es eine ganz altertümliche Tür war. Ihre dicken Eichenbohlen waren mit starken Eisenplatten beschlagen, aber sie schien seit vielen Jahren nicht mehr benutzt worden zu sein. Der Eisenbeschlag war verrostet, und die Tür war fast ganz mit Efeu überwachsen. Man hätte mindestens einen Tag arbeiten müssen, um den Eingang wieder freizulegen. Aber das beruhigte Bellamy nicht.

„Holen Sie einen Maurer vom Dorf und lassen Sie die Tür zumauern," sagte er. „Ich wünsche nicht, daß fremde Leute in meinem Grundstück umherspionieren. Denken Sie daran, Savini!"

Julius machte sich eine Notiz, und noch am selben Nachmittag kamen zwei Leute aus dem Dorf, rissen die Efeuranken von der Tür, schnitten die Zweige und Sträucher ab und begannen die Türöffnung zuzumauern. Als Valerie Howett, die einen Rundgang in dem verwilderten Garten ihres neuen Wohnsitzes machte, das Klopfen der Maurerkellen gegen die Steine hörte, vermutete sie, was auf der anderen Seite des verfallenen Tores vor sich ging.

Lady's Manor hatte sie in vieler Hinsicht überrascht. Eine genaue Besichtigung hatte ergeben, daß das Innere nur wenig Reparaturen brauchte. Alle Räume waren mit schönen, alten Holzpaneelen überzogen, die Decken waren getäfelt, und das Holzwerk brauchte nur neu poliert zu werden. Nur an einem der schön eingelegten Parkettböden war eine größere Ausbesserung nötig. Zu ihrer größten Freude stellte Valerie fest, daß man die neue Wohnung gleich beziehen konnte, und sie faßte auch den Entschluß, den Umzug sofort zu bewerkstelligen.

Der gutmütige Mr. Howett gab seine Einwilligung, und noch bevor die Handwerker das Haus verlassen hatten, fuhren große Möbelwagen in langer

Reihe durch die ruhigen Straßen von Berkshire und bogen in die Torfahrt von Lady's Manor ein.

Eines Morgens sah Abel Bellamy von dem Fenster seines Schlafzimmers aus, daß über den Bäumen des Parks aus der Richtung von Lady's Manor Rauch aufstieg. Er schimpfte und fluchte. In den letzten Tagen stand er früher auf, weil seine Diener die oberen Räume nicht mehr betraten, bis die Polizeihunde an die Kette gelegt waren. Diese neuen Wächter trieben sich in der ganzen Burg herum, und Julius hörte nachts öfter ihre leisen Tritte auf den fliesenbelegten Korridoren und zitterte vor Furcht. Die Anwesenheit der Tiere hatte auch einen gewissen Erfolg, denn seitdem sie die Burg bewachten, war nichts mehr vom Grünen Bogenschützen zu sehen.

Mr. Bellamy fiel eine Überschrift im „Daily Globe" auf:

> „Polizeihunde bewachen den Millionär aus Chicago vor dem gespenstigen Bogenschützen."

Er brummte ärgerlich vor sich hin, aber er hatte sich schließlich damit abgefunden, in der Öffentlichkeit bekannt zu sein. Er hatte eine Abneigung gegen Spike Holland, aber er unternahm doch nichts, um sich an ihm zu rächen, obwohl er in den vergangenen Tagen Zeitungsleuten schon aus geringeren Anlässen übel mitgespielt hatte. Obendrein hatte Spike Holland noch die Kühnheit, sich an dem Tage nach seiner Rückkehr von Belgien beim Pförtner von Gurre Castle zu melden und Einlaß zu verlangen.

„Sagen Sie ihm," fuhr Bellamy am Telephon erregt auf, „daß ich die Hunde auf ihn hetzen werde, wenn er der Burg irgendwie zu nahe kommt!"

„Er möchte Ihnen eine Mitteilung über Creager machen, der neulich ermordet wurde."

„Ich brauche keine Mitteilungen!" brüllte Bellamy und hängte wütend den Hörer an.

Kurz darauf machte er wieder eine seiner ruhelosen Wanderungen durch den Park. Plötzlich stand er wie vom Blitz getroffen still. Zorn und Verwunderung packten ihn, denn der rothaarige Reporter spazierte seelenruhig über den Rasen. Er hatte eine Zigarre im Munde und die Hände in den Hosentaschen. Gelassen nahm er eine Hand aus der Tasche und grüßte wohlwollend zu dem bestürzten Bellamy hinüber.

„Wie sind Sie denn hier hereingekommen?“

„Über die Mauer,“ erwiderte Spike strahlend.

Bellamys Gesicht wurde noch eine Schattierung dunkler.

„Dann machen Sie sofort, daß Sie wieder über die Mauer hinüberkommen,“ sagte er barsch. „Sie haben kein Recht, sich hier aufzuhalten! Sie Strolch! – Vorwärts marsch!“

„Sehen Sie einmal, Mr. Bellamy, es hat gar keinen Zweck, hier einen großen Spektakel zu machen. Ich bin nun einmal hier, und Sie können mich doch erst einmal anhören.“

„Ich will nichts hören – machen Sie, daß Sie fortkommen!“

Bellamy ging auf den Reporter zu, der nicht den geringsten Zweifel über seine Absichten hatte.

„Ich glaube, es ist aber besser, daß Sie mir mal zuhören,“ sagte Spike ruhig und wich keinen Zoll zurück. „Die Polizei hat nämlich die Kopie eines Briefes gefunden, den Creager über einen gewissen Mann namens Z. an Sie schrieb, und man ist nun sehr begierig, das Jahr festzustellen, in dem der Brief geschrieben wurde und wer dieser Mr. Z. ist.“

Plötzlich änderte sich Bellamys Benehmen.

„Ein Brief, der an mich geschrieben sein soll,“ fragte er ungläubig. „Hat denn dieser Esel – hat denn der Abschriften von seinen Briefen gemacht?“

Spike nickte.

„Man fand über hundert Abschriften von Briefen in seinem Schreibtisch. Ich vermute, daß er das immer so gehalten hat.“

Abel Bellamy dachte einen Augenblick nach, dann sagte er plötzlich:

„Kommen Sie mit mir ins Haus.“

Spike folgte ihm triumphierend und hoch erhobenen Hauptes.

15

„Nun erzählen Sie mir einmal alles, was mit der Sache zusammenhängt. Woher wissen Sie denn überhaupt etwas von dem Brief?“

„Ich war gerade dabei, als er gefunden wurde. Die Polizei hätte ihn tatsächlich achtlos beiseite gelegt, wenn ich nicht darauf aufmerksam gemacht hätte."

„So, die hätten das übersehen?" fragte der Alte grimmig.

„Ja, aber ich entdeckte das Schreiben und machte eine Abschrift, bevor der Polizeiinspektor feststellte, daß es ein wichtiges Schriftstück war."

Spike nahm ein Notizbuch aus der Tasche, zog einen Bogen Papier heraus, faltete ihn auseinander und legte ihn auf den Tisch.

„Ich will es Ihnen vorlesen," sagte er dann. „Der Brief trägt kein Datum, und diese Tatsache gab der Polizei zu denken."

„Mr. Abel Bellamy.

Betrifft Mr. Z. Er befindet sich unter den Gefangenen, die ich zu versorgen habe, und ist ein etwas hitziger Bursche. Ich glaube, daß ich das ausführen kann, was Sie mir bei unserem letzten Zusammensein sagten, aber Sie müssen mich gut bezahlen, denn ich kann dabei meine Stellung verlieren, besonders wenn die Sache schief geht und ein anderer Wärter mich sehen würde. Auch kann das sehr unangenehm für mich werden und es ist auch möglich, daß ich mich dabei schwer verletzte. Deshalb muß ich wissen, was dabei für mich herauskommt. Ich mag Z. nicht leiden, er ist mir zu schlau und zu geschwätzig, und ich hatte auch schon in letzter Zeit gewisse Unannehmlichkeiten mit ihm. Wenn Sie sich weiter mit der Sache befassen wollen, können Sie mich dann morgen sprechen? Ich gehe auf Urlaub und werde bei meinen Verwandten in Henley wohnen. Wenn es Ihnen paßt, können Sie mich dort sprechen.

(gez.) J. Creager."

Abel Bellamy las den Brief zweimal, faltete ihn dann wieder und gab ihn zurück.

„Ich kann mich nicht darauf besinnen, ihn bekommen zu haben. Ich weiß nicht, wer dieser Z. sein sollte. Ich habe Creager nur für Dienste Geld gezahlt, die er mir persönlich erwies."

Sein Ton war äußerst höflich und milde, obwohl Spike sah, daß er sich nur mit größter Mühe beherrschen konnte.

„Aber er hat Ihnen doch in Henley das Leben gerettet?" fragte Spike hartnäckig. „Es ist doch merkwürdig, daß er vorher schon mit Ihnen ausgemacht hat, Sie dort zu treffen. Hat er vielleicht auch schon gewußt, daß Sie dort in den Fluß fallen würden?"

„Ich verbitte mir Ihre Unverschämtheiten, Holland," fuhr Bellamy plötzlich auf. „Sie haben jetzt alles von mir gehört, was ich Ihnen sagen kann. Was diesen Brief betrifft, so ist es noch gar nicht ausgemacht, daß er überhaupt an mich geschickt wurde. Möglicherweise ist es eine Fälschung von Ihnen, die Sie zwischen die anderen Papiere gelegt haben. Was hatten Sie denn eigentlich bei der polizeilichen Untersuchung von Creagers Haus zu tun?"

Spike legte den Brief in sein Notizbuch zurück.

„Was ich dort tat?" wiederholte er. „Nun, ich war eben zufällig dort. Haben Sie mir weiter nichts zu diesem Brief zu sagen, Mr. Bellamy?"

„Nichts weiter. Ich habe ihn niemals bekommen, ich weiß überhaupt nichts von dem Menschen, der darin erwähnt ist. Ich wußte nicht einmal, daß Creager ein Gefängniswärter war, bis ich es im „Globe" las, der jetzt mein Leib- und Magenblatt geworden ist," fügte er sarkastisch hinzu. Spike grinste.

„So, der Punkt wäre besprochen," sagte er. „Haben Sie neue Nachrichten von Ihrem Geist?"

„Na, Sie erfahren doch so etwas immer früher als ich," antwortete Abel. „Alles, was ich von diesem verdammten Grünen Bogenschützen weiß, habe ich doch im „Globe" gelesen. Ich muß sagen, sehr gute Zeitung, ausgezeichnete Informationen. Ich würde eher auf mein Frühstück verzichten als auf die Lektüre des „Daily Globe"!"

„Sagen Sie einmal," meinte Spike seelenruhig, „Sie werden doch nichts dagegen haben, wenn ich mir die Burg einmal ansehe?"

„Da sind Sie aber sehr auf dem Holzweg, Sie können über die Mauer schauen, über die Sie gekommen sind, und je schneller Sie das machen, desto besser."

Um ganz sicher zu sein, daß sein unwillkommener Besuch sich auch wirklich entfernte, begleitete er ihn nach dem Pförtnerhaus. Der Pförtner machte ein dummes Gesicht, als er Spike sah.

„Diese Mauern sind nicht hoch genug, Savini," sagte der Alte später, als Spike gegangen war. „Telephonieren Sie, daß jemand aus Guildford kommen und Stacheldraht oben auf der Mauer befestigen soll. Und dann, Savini –"

Julius drehte sich an der Tür wieder um.

„Ich habe es Ihnen noch nicht gesagt, aber ich glaube, es wird Ihnen viel Mühe ersparen, wenn ich Ihnen jetzt mitteile, daß eine meiner Ledermappen, in der ich einige meiner Photographien aufbewahre, nicht mehr länger in der Schublade meines Schreibtisches liegt, weil ich sie in meinem Geldschrank eingeschlossen habe. Wenn Sie sie wieder ansehen wollen, kommen Sie doch zu mir und bitten mich, sie für Sie herauszunehmen!"

Julius erwiderte nichts, und er wäre auch nicht imstande gewesen, eine passende Antwort zu geben, selbst wenn ihm der Alte Gelegenheit dazu gegeben hätte.

Bevor Abel Bellamy seine Wohnung in Garre Castle genommen hatte, war die Burg in weitestem Maße renoviert worden. Zahlreiche Handwerker hatten unter seiner persönlichen Leitung fast einen ganzen Monat gearbeitet, um die Änderungen nach seinen Plänen auszuführen. Er war sein eigener Architekt und sein eigener Polier. Er hatte eine neue Wasserleitung, eine elektrische Beleuchtungsanlage und eine Gasheizung anlegen lassen. Mit Ausnahme der Bibliothek befand sich fast in jedem Raum ein Gasofen oder ein Gaskamin, auch hatte er einen großen Gasherd in die Küche einbauen lassen.

Der Gasverbrauch war an dem Tag, an dem Spike der Burg seinen unerlaubten Besuch abstattete, die Ursache beträchtlicher Sorge in dem Gemüt des Hausmeisters Wilks. Die Haushaltrechnungen gingen direkt an Bellamy, aber durch einen Zufall war die Gasrechnung für das Sommervierteljahr bei Wilks abgegeben worden, und er hatte lange darüber nachgedacht, bevor er deshalb mit seinem Herrn sprach.

„Was wollen Sie denn?" fragte Abel, der seinen Angestellten von unten her ansah.

„Die Gasrechnung ist nicht richtig, sie haben uns zuviel angerechnet," sagte Wilks, der froh war, daß er den Herrn von Garre einmal persönlich sprechen und ihm eine Mitteilung machen konnte, die ihm sicher willkommen war.

„Falsch? Was stimmt denn nicht daran?"

„Sie haben uns eine zu große Rechnung für einen der heißesten Monate im Jahr geschickt, wo der Gasherd in der Küche nicht in Ordnung war und wir Kohlen in der Küche brennen mußten."

Bellamy riß dem Mann die Rechnung aus der Hand, ohne darauf zu sehen.

„Kümmern Sie sich nicht darum!"

„Aber es ist doch ganz unmöglich, daß wir auch nur tausend Kubikfuß Gas gebraucht haben, und Sie haben uns –"

„Das geht Sie nichts an!" donnerte Bellamy. „Und öffnen Sie die Briefe mit den Rechnungen nicht, das ist nicht Ihr Amt!"

Das schlug dem Faß den Boden aus. Mr. Wilks hatte ein gutes Gehalt, aber er hatte auch viel unter der schlechten Behandlung des ungebildeten Bellamy zu leiden, und seine Geduld war jetzt zu Ende.

„Ich lasse nicht so mit mir reden, Mr. Bellamy," entgegnete er. „Bitte zahlen Sie mir meinen Lohn aus und lassen Sie mich gehen. Ich bin nicht gewöhnt, daß man –"

„Halten Sie keine großen Reden und machen Sie, daß Sie fortkommen!" Bellamy zog eine größere Banknote aus der Tasche und warf sie auf den Tisch.

„Hier ist Ihr Geld – in einer halben Stunde haben Sie das Haus verlassen!"

Spike war gerade dabei, ein bescheidenes Frühstück in dem einzigen Gasthaus des Dorfes einzunehmen, als er diese überwältigende Neuigkeit erfuhr. Die Entlassung des Hausmeisters war im Dorf Garre ein großes Ereignis von weltbewegender Bedeutung. Man wußte, daß die Beziehungen zwischen Abel Bellamy und seinem Angestellten etwas gespannt waren, und als Mr. Wilks auf der Dorfstraße erschien, hielt man ihn alle Augenblicke an, um ihm die Teilnahme auszudrücken, angefangen von dem Ortsarzt bis zu einem der Dienstboten, der aus Furcht vor dem Grünen Bogenschützen die Burg verlassen hatte.

Spike ließ sein Frühstück im Stich und ging hinaus, um den in seiner Ehre gekränkten Mann zu sprechen.

„Es ist ganz unmöglich, es länger mit diesem Menschen auszuhalten," erklärte Wilks, zitternd vor Wut. „Ganz unmöglich, mein Herr. Das ist überhaupt kein Mensch, er ist ein Schwein! Und was nun gar seine Geisterseherei in letzter Zeit angeht –"

„Haben Sie den Geist gesehen?"

„Nein, mein Herr, ich kann Sie doch nicht anlügen. Ich habe überhaupt keine Gespenster in der Burg gesehen, und meiner Meinung nach ist der Geist eine Erfindung von Mr. Bellamy, weil er irgendeine böse Sache damit bezweckt. Wenn ich ihn ein Schwein nenne, so spreche ich als ein Mann, der in den besten Familien des Landes gedient hat. Dieser Mensch hat überhaupt keine Lebensart, er besitzt einen der schönsten Speisesäle im ganzen Land und ißt ganz schweinemäßig in seiner Bibliothek. Ein anständiger Herr würde so etwas nie tun – und dann die Mengen, die er vertilgt, man kann drei gewöhnliche Leute davon satt machen. Zum Frühstück trinkt er über einen halben Liter Milch und ißt ein halbes Dutzend Eier." Und er zählte alles auf, was Mr. Bellamy in seinem gesegneten Appetit verspeiste.

Sein Bericht ließ Mr. Bellamy in einem ganz neuen Licht erscheinen. Bis jetzt hatte Spike noch nicht daran gedacht, daß er aß oder trank oder den Appetit eines anderen Menschen hätte.

„Was hatten Sie denn für einen Streit, daß Sie den Dienst verließen?" fragte Spike. Der Hausmeister erzählte ihm alles.

„Während der Sommermonate war überhaupt kein Gas gebraucht worden, und die Gasgesellschaft schickte eine Rechnung über fünfundzwanzigtausend Kubikfuß. Es war doch wirklich in seinem eigenen Interesse, daß ich ihn darauf aufmerksam machte. Statt mir aber wie ein anständiger Mensch dankbar zu sein, fuhr er mich an wie einen tollen Hund, und diese Behandlung ließ ich mir natürlich nicht gefallen, Mr. Holland."

Spike lauschte den Klagen des Hausmeisters aufmerksam, aber er legte der Frage der zu hohen Gasrechnung keinen großen Wert bei. Geschickt lenkte er die Unterhaltung wieder auf das nächtliche Gespenst, das in der Burg umging. Aber er konnte nichts Neues herausbringen. Daß in letzter Zeit die beiden Hunde Wacht hielten, wußte er schon und hatte auch einen längeren Bericht darüber in seiner Zeitung erscheinen lassen.

Trotzdem machte er aus der Erzählung des Mr. Wilks einen neuen Artikel, der unter der Überschrift erscheinen sollte:

„Mein Leben in der verhexten Burg."

Spike kehrte zur Stadt zurück und faßte den Entschluß, nach Scotland Yard zu gehen. Jim Featherstone war in seinem Bureau, und Spike wurde sogleich zu ihm geführt, als er sich melden ließ.

„Nun, Holland, was bringen Sie Neues?"

Er reichte Spike die Zigarrenkiste quer über den Tisch, und dieser wählte mit der größten Sorgfalt.

„In Garre Castle hat es Streit gegeben," sagte er. „Der vornehme Besitzer hat seinen Hausmeister hinausgeworfen, weil dieser sich die Gasrechnung angesehen hat. Wenn das vierhundert Jahre früher passiert wäre, hätte man dem armen Wilks ein Hanfseil ums Genick gelegt, und er könnte dann auch unter den Gespenstern erscheinen, die in der Geisterstunde auf Bellamys hinterem Hof miteinander Würfel spielen."

„Erzählen Sie das alles noch einmal, aber bitte etwas langsamer," sagte Jim. „Ich bin heute morgen nicht ganz auf der Höhe. Zunächst einmal, was war denn mit der Gasrechnung nicht in Ordnung?"

Spike teilte ihm alles mit, und zu seinem größten Erstaunen fragte Jim immer nach neuen Einzelheiten. Er stellte soviel Kreuz- und Querfragen, daß Spike schließlich der Schädel brummte.

„Was haben Sie denn bloß mit dem Gas?" fragte er schließlich. „Sie vermuten wohl, daß Abel eine heimliche Whisky-Brennerei betreibt?"

„Die Gasrechnung ist das Wichtigste, was wir überhaupt von Garre Castle erfahren haben," sagte Jim ruhig. „Ich bin Ihnen für diese Mitteilung sehr dankbar, Holland. Nebenbei bemerkt gehe ich für ein bis zwei Wochen auf eine längere Reise und werde Sie deshalb in nächster Zeit nicht sehen. Aber wenn Sie irgendwelche neue Nachrichten erhalten, wäre ich Ihnen sehr dankbar, wenn Sie sie meinem Assistenten hier mitteilen würden. Ich werde Sie ihm vorstellen."

Eine halbe Stunde später kam Spike zu seinem Redakteur.

„Mr. Syme, ich bin jetzt vollkommen davon überzeugt, daß die Aufklärung des Mordes an Creager in Garre Castle gefunden werden wird. Der Alte hat seinen Hausmeister hinausgeworfen, und es wäre das Beste, wenn wir einen von unseren Leuten auf den Posten schieben könnten. Ich würde am liebsten selbst als Hausmeister dorthin gingen, aber ich habe noch niemals in einer solchen Stelle gedient, und Bellamy würde mich an meinen roten Haaren sofort wiedererkennen. Könnten wir nicht Mason oder irgendeinen anderen hinschicken? Wir könnten es doch so arrangieren, daß er von einer Dienstbotenagentur aus angeboten wird."

„Das ist eine gute Idee," sagte der Redakteur.

Aber dieser Gedanke war auch noch zwei anderen Leuten gekommen und zwar ebenso plötzlich.

16

„Vorsätzlicher Mord. Die Anklage richtet sich gegen eine oder mehrere unbekannte Personen.“

Bellamy las den Bericht über die Leichenschau Creagers, ohne sich im mindesten darüber aufzuregen. Für ihn bedeutete dieses Ereignis weiter nichts, als daß er die Summe von jährlich 480 Pfund, die er schon so lange gezahlt hatte, in Zukunft sparen würde. Es war ihm unangenehm und peinlich gewesen, alle die unzähligen Fragen zu beantworten, die die Polizei über seine Beziehungen zu dem Toten an ihn gerichtet hatte, aber das hatte er ja nun glücklich alles hinter sich.

Merkwürdig war nur, daß die sonderbaren Umstände von Creagers Tod ihn nicht im mindesten nachdenklich stimmten. Auch brachte er den Vorfall in keine Beziehung zum Grünen Bogenschützen. Er hatte von vornherein ein großes Mißtrauen und Vorurteil gegen Zeitungen, und als er damals gelesen hatte, daß man das Auftreten des Grünen Bogenschützen mit dem Mord an Creager in Zusammenhang brachte, hielt er das Ganze nur für eine verrückte Erfindung dieser Zeitungsleute. Seiner Meinung nach war der Mann von irgendeinem alten Verbrecher ermordet worden, der ihn haßte. Und wenn er tatsächlich durch einen Pfeil getötet worden war, dann hatte der Mörder seinen Plan eben aus diesen verrückten Zeitungsartikeln geschöpft.

In der letzten Zeit war ihm etwas aufgefallen, was aber nichts mit dem Mord zu tun hatte. Es war die düstere Stimmung seines Privatsekretärs. Irrtümlicherweise nahm er als Grund dafür die Enthüllungen, die er ihm gemacht hatte, daß er seine Vergangenheit kannte. Diese Überzeugung befriedigte ihn so, daß er beschloß, ihn länger in seinen Diensten zu halten.

Die Anwesenheit der neuen Mieter von Lady's Manor war ihm in mancher Beziehung unangenehm. Sie schienen in gewisser Weise in seine unumschränkte Gewalt einzudringen, aber er sprach sich nicht bestimmt darüber aus. Er wußte nicht, wer sie waren, und kümmerte sich auch nicht darum. Außer mit Julius besprach er niemals äußere Dinge. Seine anderen Dienstboten richteten niemals das Wort an ihn, es sei denn, daß er sie anredete, und das tat er niemals. Das Einzige, was sie von ihm hörten, waren Vorwürfe.

Einige Tage nach der Entlassung Wilks hatte er Grund, den neuen Hausmeister anzufahren.

„Junger Mann, ich möchte Ihnen das ein für allemal sagen. Ich wünsche nicht, daß Sie irgendeinen Raum betreten, in dem ich bin, wenn ich nicht nach Ihnen schicke oder Sie rufe. Sie haben gestern abend an die Tür meiner Bibliothek geklopft, obwohl Mr. Savini Ihnen sagte, daß ich nicht gestört sein wollte."

„Ich bitte um Entschuldigung, mein Herr," sagte der Hausmeister höflich, „die Gewohnheiten in diesem Schloß sind mir noch fremd, aber ich werde es in Zukunft unterlassen – Sie sollen sich nicht über mich beklagen."

Die Ankunft des neuen Hausmeisters schien die Depression, die auf Julius Savini lastete, noch zu verschlimmern. Auf jeden Fall war eine bemerkenswerte Änderung in dem Betragen des Sekretärs wahrzunehmen, seitdem der neue Mann seinen Dienst angetreten hatte. Er sprach nicht mehr so viel und war weniger mitteilsam. Als Abel durch den Park ging, fand er ihn dort eines Nachmittags in einer ziemlich verzweifelten Stimmung.

„Was ist denn mit Ihnen los?" fuhr er ihn an. „Wenn jemand hier Grund hat, ärgerlich zu sein, so bin ich es! Nehmen Sie sich doch zusammen und laufen Sie nicht mit einem solchen Gesicht herum! Was ist denn eigentlich mit Ihnen los? Hat die Polizei Ihre Schandtaten entdeckt und ist hinter Ihnen her?"

„Ich fühle mich nicht wohl."

„Dann suchen Sie sich eine andere Stelle," brummte der Alte, „ich habe hier kein Sanatorium."

Diese Ermahnung hatte den Erfolg, daß Savini sich plötzlich sehr beweglich und liebenswürdig zeigte. Aber Bellamy schimpfte nun erst recht über ihn.

Seit dem letzten Erscheinen des Grünen Bogenschützen waren mehr als zwei Wochen vergangen, und Bellamy erklärte sich diese Tatsache durch die Anwesenheit der Hunde.

„Es muß doch irgend etwas an einem Polizeihund sein, das ein Geist nicht vertragen kann," sagte er, „oder umgekehrt hat ein Geist irgend etwas an sich, das einen Polizeihund ärgert."

In der folgenden Nacht wachte er plötzlich von dem Knurren eines Hundes auf. Sofort sprang er aus dem Bett und eilte auf den Gang hinaus. Alle Lampen brannten, wie er es angeordnet hatte, und einer der Hunde stand in Anschlag mitten im Korridor und witterte nach der Treppe zu, die zu der Halle nach unten führte.

Bellamy pfiff, der Hund drehte sich um und kam langsam auf ihn zu, hielt aber manchmal an und sah sich nach der Treppe um. Gleich darauf kam auch der andere die Treppe heraufgesprungen.

„Nun, was ist denn mit euch los?"

Abel ging in sein Zimmer zurück, zog seinen Morgenrock an und steckte den Revolver in die Tasche. Darauf stieg er, von beiden Hunden gefolgt, die Treppe hinunter zu der Halle. Er konnte nichts Verdächtiges entdecken. Er schloß die Bibliothek auf, ging hinein, drehte das Licht an und durchsuchte den Raum, ohne irgend etwas zu finden. Die große schwere Haustür war auch verschlossen und wohl verriegelt.

Beruhigt ging er nach oben und legte sich nieder. Aber kaum war er wieder in einen leichten Schlaf gefallen, als er von neuem das Bellen der Hunde hörte. Diesmal schlugen beide Tiere an. Er fand sie, wo er sie das erstemal gesehen halte. Sie standen der Haupttreppe zugekehrt und knurrten. Auf seinen Pfiff hin sah sich nur einer von ihnen um, rührte sich aber nicht von der Stelle. Erst als er sie scharf anrief, kamen sie zu ihm.

„Was habt ihr denn nun schon wieder?"

Ein Bellen war die Antwort.

Plötzlich sprangen sie beide davon, als ob sie etwas gehört hätten, und fegten wie der Wind den Gang entlang. Abel eilte hinterher.

Als er die Treppe hinunterkam, sah er, wie sie unten in der Halle den Flur beschnüffelten. Er drehte alle Lichter an und untersuchte den Raum eingehend, konnte aber wieder nichts finden.

„Ihr scheint heute nacht etwas verrückt zu sein," brummte er.

Es fiel ihm auf, daß die Tiere unruhig waren. Aber es war ja möglich, daß auch sie ihre besonderen Eigentümlichkeiten hatten, dachte er und legte sich wieder zu Bett. Als er am Einschlafen war, hörte er sie wieder bellen, aber er nahm keine weitere Notiz davon und drehte sich nach der anderen Seite um. Bald war er fest eingeschlafen.

Es war fünf Uhr, als er aufwachte, und es war noch dunkel. Er stand auf und zog seinen Schlafrock an, bevor er das Licht andrehte. Aber dann wurden seine Augen groß. Die beiden Türen standen weit offen, obwohl er bestimmt wußte, daß er sie fest verschlossen und gesichert hatte, als er das letztemal zu Bett ging. Was war denn mit den Hunden los?

Er ging in den Korridor, um nach ihnen zu sehen und glaubte zuerst, daß sie tot seien, weil sie hintereinander mit ausgestreckten Beinen an der Wand lagen. Er ging hin und schüttelte den einen. Der Hund öffnete langsam die Augen, sah ihn einige Sekunden schläfrig an und schloß sie dann wieder.

„Sie sind betäubt worden," sagte Bellamy. „Also war gestern abend doch jemand hier, der sich die ganze Zeit verborgen hielt. Aber das mußte ein Mensch gewesen sein. Der Grüne Bogenschütze war also Fleisch und Blut –" Bellamy hatte auch nichts anderes erwartet.

Mit der Zeit kamen die Hunde wieder zu sich und benahmen sich so, als ob nichts geschehen wäre. Er brachte sie selbst zu dem Hundekäfig hinunter.

Warum war der Grüne Bogenschütze gekommen, was beabsichtigte er? Sicherlich wollte er nicht nur zeigen, daß er sich zu jeder beliebigen Zeit Zutritt zu dem verschlossenen Raum verschaffen konnte. Es war doch immerhin mit einer gewissen Gefahr verbunden, die Hunde zu betäuben. Was mochte er gesucht haben? In seinem Schlafzimmer bewahrte er wenig wertvolle Gegenstände auf, und diese waren vollständig unberührt geblieben. Also wollte er sicherlich nichts stehlen. Und doch war es Bellamy klar, daß der Grüne sich keinen Spaß erlaubte, sondern eine sehr ernste Absicht mit seinem Besuch verfolgte.

Plötzlich kam ihm die Erklärung. Der Grüne Bogenschütze suchte den Schlüssel – den Schlüssel, den er bei Tag bei sich trug und nachts unter sein Kissen legte. Er trug ihn in seiner Tasche an einer langen Stahlkette, und wenn er morgens zum Bad ging, hing er sich den Schlüssel mit der Kette um den Hals.

Er sah etwas sonderbar aus, war lang, schmal und dünn. – Der Schlüssel! Das war die Erklärung! Und wenn diese richtig war, dann kannte der Grüne Bogenschütze auch das Geheimnis von Garre Castle! Er eilte zur Bibliothek und warf die Tür krachend hinter sich zu. Savini hörte es im Halbschlaf und träumte, daß sich der alte Bellamy erschossen hätte. Er lächelte beseligt.

17

Als Julius Savini die Dorfstraße zur Post hinunterging, sah er eine ihm bekannte Gestalt auf dem Bürgersteig. Er war wenig erfreut darüber, und wenn er in eine Seitenstraße hätte entweichen können, hätte er es sicher getan. Aber er mußte an dem jungen, frischen, fröhlichen, rothaarigen jungen Mann vorbei, der seine Morgenzigarre rauchte und wohlgefällig in die Welt schaute, als ob sie sein Eigentum sei. Spike winkte und Savini kam auf ihn zu.

„Ich habe furchtbare –“ begann er.

„Sie haben immer furchtbare Eile, das weiß ich. Und Sie wünschen nicht, daß der Alte sieht, daß Sie mit mir sprechen, sonst verlieren Sie Ihre Stelle, das weiß ich auch alles ganz genau. Sagen Sie einmal, Julius, wir müßten eigentlich besser miteinander bekannt werden. Ich hoffe, Sie haben nichts dagegen, daß ich Sie mit Ihrem Vornamen anrede. Das tue ich nur bei ganz bevorzugten Leuten ... Nein, nein, ich mache keinen Spaß. Meinen ersten Jungen werde ich auch Julius nennen. Nun hören Sie mal zu, ich möchte Sie etwas fragen. Kennen Sie Featherstone von Scotland Yard?“

Savini nickte.

„Ja, ich kenne ihn,“ sagte er kurz. „Er ist doch der Herr, der so viel bei den Howetts verkehrt. Warum suchen Sie denn nicht Mr. Howett auf? Er wohnt doch jetzt in Lady's Manor und kann Ihnen über Featherstone genügend Aufklärung geben.“

„Ich war schon bei ihm,“ erwiderte Spike. „Also Sie kennen Featherstone?“

„Das habe ich Ihnen doch schon gesagt,“ entgegnete Julius ungeduldig. „Nun muß ich aber wirklich fort, Holland.“

„Nennen Sie mich doch Spike, ich möchte wirklich, daß wir gute Freunde werden. Was haben Sie eigentlich für einen neuen Hausmeister?“ fragte er obenhin.

Julius zuckte die Schultern.

„Er ist ein ganz brauchbarer, tüchtiger Mann. Er wurde uns von einem Londoner Bureau zugeschickt.“

„Ein tüchtiger Hausmeister? Das klingt ja ganz nüchtern,“ sagte Spike und sah den anderen scharf an. „Kommt er denn auch mal ins Dorf herunter?“

„Ich glaube schon."

„Ist es jemand, den Sie schon von früher her kennen?"

„Warum fragen Sie mich denn nun dauernd über den Hausmeister aus?" entgegnete Julius ärgerlich. „Ist er etwa ein Freund von Ihnen?"

„Wozu laufen Sie nun schon wieder so eifrig davon?" sagte Spike und hielt Savini am Arm fest, als er entschlüpfen wollte. „Sagen Sie mal, gibt es etwas Neues? Was macht der Grüne Bogenschütze? Ist er noch immer in Ferien?"

„Nein, er war wieder da," fuhr Julius heraus. „Er hat in der letzten Nacht die Hunde betäubt. Ich bin gerade auf dem Weg zur Post, um ein Telegramm abzuschicken, damit noch zwei neue Hunde kommen sollen. Der Alte denkt nämlich, daß der Bogenschütze nicht imstande ist, vier Hunde zu betäuben."

Jetzt glückte es Savini, sich loszumachen, er lief, so schnell er konnte, davon und bemühte sich, eine möglichst große Strecke zwischen sich und den neugierigen Spike zu bringen.

Holland hatte an dem Morgen einen Brief aus Belgien bekommen. John Wood hatte die Absicht, am Ende der Woche wiederzukommen und lud Spike ein, mit ihm zu essen. Der eine Teil des Briefes interessierte ihn sehr.

„Ich bin Ihnen sehr dankbar, daß Sie mir einen so langen Bericht über Bellamy und die außerordentlichen Vorgänge in seiner Burg eingeschickt haben. Seit dieser Zeit halte ich Ihre Zeitung und verfolge Ihre Artikel über den Grünen Bogenschützen. Ihre Ausführungen sind sehr bemerkenswert. In Ihrem Begleitbrief sprachen Sie noch die Vermutung aus, daß Abel Bellamy durch die dauernde Beunruhigung des Grünen Bogenschützen zusammenbrechen wird. Aber wie ich Ihnen schon früher sagte, irren Sie sich in diesem Punkt. Nichts in der Welt kann diesen teuflischen Menschen in Furcht setzen. Auch glaube ich nicht, daß Abel Bellamy von seiner Hand getötet werden wird wie Creager. Meiner Meinung nach hängt Bellamys Schicksal von den Entdeckungen ab, die der Unbekannte in dem Schloß macht, in dem er umgeht."

Der Brief handelte dann weiter von Woods großem Plan und den Fortschritten, die er bei dessen Durchführung gemacht hatte. Es war ihm gelungen, eine Anzahl reicher Amerikaner und Engländer für sich zu interessieren, und er hatte einen größeren Erfolg, als er jemals hoffen durfte. Spike las aber diesen Teil des Briefes nicht sorgfältig durch, denn im Moment war er gerade nicht leidenschaftlich an Wohlfahrtseinrichtungen für kleine

Kinder interessiert, um so mehr aber an Abel Bellamy. Er konnte sich nicht genügend wundern über den großen Unterschied in dem Charakter dieser beiden Männer. Der eine war ein brutaler Riese, der wie ein Menschenfresser in den Märchen in seiner Festung saß und von dem nur Unglück und Haß ausgingen, während der andere, durch eine zarte und mitleidvolle Seele getrieben, sein ganzes Lebenswerk der Nächstenliebe widmete.

Holland hatte eine Einladung zu Tisch bei den Howetts erhalten und wanderte nun die hübsche Allee hinauf, die an den hohen Mauern der Burg entlangführte. Plötzlich kamen die Kamine von Lady's Manor in Sicht, die noch aus der Zeit der Königin Elisabeth stammten.

Spike hatte sich schon früher um alte Bauten gekümmert, und wie die meisten Amerikaner wußte er besser mit der Baugeschichte Englands Bescheid als die Engländer selbst, die diese Schönheiten jeden Tag sehen. Lady's Manor war im fünfzehnten Jahrhundert für Isabel d'Isle erbaut worden, die einer der de Curcys liebte. Es war teilweise zur Zeit der Königin Elisabeth durch Feuer zerstört, aber sofort wieder aufgebaut worden.

Der Tag war schön und für diese Zeit des Jahres warm. Als er in den Garten eintrat, fand er Valerie Howett dort, die das Einpflanzen von Blumenknollen überwachte.

„Es sieht so aus, als ob Sie sich für immer hier niedergelassen haben," lächelte Spike, als er ihr die Hand gab.

„Ja – für lange Zeit," sagte sie ruhig. „Sie werden meinen Vater in der Bibliothek finden. Ich fürchte, daß Ihnen das Haus etwas ungemütlich vorkommt, weil die Handwerker noch da sind, Mr. Holland, aber das Zimmer meines Vaters ist vollkommen renoviert, und dort haben Sie Ruhe."

Die melancholische Stimmung im Gesichtsausdruck Mr. Howetts war verschwunden. Er war freundlich und guter Dinge, und Spike, der den Grund nicht ahnen konnte, dachte, daß der Luftwechsel eine so günstige Wirkung auf ihn hervorbrachte. Aber dann zeigte ihm Mr. Howett stolz alle die Papiere und Bücher, die er gesammelt hatte, und erzählte ihm von seinem Plan, ein Buch zu schreiben. Er fragte ihn sogar wegen der Einleitung um Rat.

„Haben Sie schon etwas von Ihrem Nachbar gesehen, Mr. Howett?"

„Wer ist das? Ach meinen Sie etwa Bellamy?" Mr. Howett verzog das Gesicht. „Nein, ich möchte überhaupt nichts von ihm sehen. Gott sei Dank ist er ein wenig geselliger Mensch, und ich brauchte nicht zu fürchten, daß er zum Tee zu uns herüberkommt," fügte er ernst hinzu. „Haben Sie sich in England auch schon an das ewige Teetrinken gewöhnt? Wenn nicht, so vermeiden Sie es, es ist schlimmer, als wenn man ein anderes Narkotikum zu sich nimmt."

Der Park, der zu Lady's Manor gehörte, war nicht sehr ausgedehnt. Er war etwas weniger als zwei Morgen groß und nach der einen Seite durch die Mauern der Burg Bellamys begrenzt. Dies konnte Spike auch nach dem Essen feststellen, als die junge Dame ihm den Garten zeigte.

„Hier scheint ein Tor nach drüben zu gehen, Miß Howett!"

„Früher war hier ein Tor," sagte sie fast bedauernd, „aber Mr. Bellamy hat die Öffnung auf der anderen Seite zumauern lassen."

„Vielleicht hat er Angst vor dem Grünen Bogenschützen," meinte Spike lustig. „Sie fürchten sich doch nicht etwa, wenn ich diese indiskrete Frage an Sie stellen darf, Miß Howett?"

„Nein, nicht im geringsten."

Spike betrachtete die Mauer mit dem größten Interesse.

„Sie ist hier niedriger als sonst irgendwo," sagte er. „Sie hätten von hier aus die beste Gelegenheit, einmal einen Erkundigungsgang in Bellamys feudale Besitzung zu unternehmen."

Er trat an die Mauer und streckte seinen Arm aus. Er konnte das obere Ende der Mauer mit der Hand erreichen.

„Es gehören nur zwei leichte Leitern dazu, dann sind Sie drüben – ich fange an, Sie zu beneiden, Miß Howett. Ich möchte Sie ja nicht darum bitten, mir dabei behilflich zu sein, einen Einbruch in die Burg von Ihrem Hinterhof aus zu machen. Aber wenn Sie mich nur ein wenig ermutigten, würde ich in einer dunklen Nacht kommen und mich einmal persönlich nach dem Bogenschützen umsehen."

Sie lachte leise.

„Ich werde mich hüten, Sie zu ermutigen, Mr. Holland," sagte sie. „Haben Sie Captain Featherstone in der letzten Zeit einmal gesehen?" fragte sie dann plötzlich.

„Nein, seit letztem Montag nicht mehr. Er erzählte mir, daß er verreisen müßte, obgleich ich das stark bezweifle. Unter uns gesagt, Miß Howett, ich habe eine Idee, daß er der neue Hausmeister in der Burg ist. Ich weiß, daß er sich sehr für Bellamy und besonders für seine Gasrechnungen interessiert. Was er nun gerade hierin findet, mag der Himmel wissen!“

„Was sagten Sie da eben?“ fragte sie schnell.

Spike erzählte von dem häuslichen Streit, der zur Entlassung des früheren Hausmeisters von Garre geführt hatte.

„Ich habe es Featherstone neulich erzählt, und nachher ist mir erst eingefallen, daß er sich vielleicht um den Posten beworben hat. Diese Leute von der Geheimpolizei geben alle gute Hausmeister ab. Einige von ihnen sind die ganze Zeit in solchen Stellungen beschäftigt und tun nichts anderes. Aber um Ihnen die Wahrheit zu sagen, ich selbst hatte auch den Plan, einen unserer Leute von der Zeitung hinzuschicken. Aber bevor unser Redakteur sich die Sache überlegte, dann erst noch einen Rechtsanwalt um Rat fragte und in der Stille der Nacht seine Seele auf Herz und Nieren prüfte, ob das möglich sei, war die Stelle natürlich längst besetzt. Ich bin davon überzeugt, daß Featherstone der neue Hausmeister ist, denn erstens sagt man, daß er sehr hübsch sein soll, und zweitens kommt er niemals ins Dorf, daß wir ihn uns auch einmal ansehen könnten. Etwas spricht allerdings dagegen. Ich habe heute morgen mit Julius Savini gesprochen. Ich vermute, daß er eine etwas böse Vergangenheit hat und daß es nur wenig Justizbeamte gibt, die ihn nicht kennen. Wenn Featherstone nun der neue Hausmeister wäre, hätte Savini es Bellamy sicher verraten.“

Sie dachte nach.

„Also Captain Featherstone hat der hohen Gasrechnung solchen Wert beigelegt?“

Spike nickte.

„Möglich, daß er ein Familienvater ist,“ sagte er leichthin. „Wenn er Junggeselle wäre, hatte ihn doch die Tragödie einer großen Gasrechnung nicht weiter beunruhigt.“

„Captain Featherstone ist nicht verheiratet,“ sagte sie ein wenig kühl und wurde rot, als Spike sich wegen seines Irrtums entschuldigte.

„Ich weiß gar nicht, warum Sie sich entschuldigen," sagte sie gereizt. „Ich habe Ihnen doch nur gesagt, daß er nicht verheiratet ist. Sie kennen also Julius Savini?" fragte sie, da sie die Unterhaltung auf einen anderen Gegenstand bringen wollte. „Können Sie mir irgend etwas von ihm erzählen?"

„Nicht viel," erwiderte Spike überrascht. „Ich weiß nur, daß er ein Mischblut ist. Sein Vater war ein Italiener, seine Mutter eine Inderin, und ich glaube, Julius hat die schlechten Charakterzüge von beiden geerbt. Früher war er mit der Crowley-Bande zusammen, aber ich habe nie erfahren, ob er der Verführte oder der Verführer war. Die Polizei hat vor einem Jahr die Gesellschaft unschädlich gemacht und aus einem mir unbekannten Grunde gelang es Julius, sich aus dem Staube zu machen. Möglich, daß er also auch nur von den anderen verführt wurde, vielleicht diente er ihnen nur als Lockvogel. Ich war zuerst erstaunt, ihn in Bellamys Diensten zu finden, aber als ich es mir dann später überlegte, erkannte ich, daß Julius gerade der Mensch war, der dem Alten besonders paßte. Er ist ein geborener Schuft und hat überhaupt kein Gewissen. Aber er fürchtet sich entsetzlich vor Bellamy. Er hat den Kopf voller Pläne, schnell reich zu werden, aber er hat weder Verstand noch Energie, um diese Pläne auszuführen. Das ist sein Charakter, und ich glaube, daß ich ihm nicht unrecht tue."

„Sie beurteilen ihn wahrscheinlich richtig," entgegnete Valerie.

Spike hatte für unbegrenzte Zeit Aufenthalt in Garre genommen. Zweimal am Tage telephonierte er mit seiner Redaktion, und obwohl Mr. Syme vermutete, daß der Grüne Bogenschütze nur ein Vorwand für ihn war, sich von der Arbeit zu drücken, und die Geschichte auch dem Publikum nicht mehr so interessant war, wollte er doch die Verantwortung nicht auf sich nehmen, seinen Angestellten zurückzurufen.

Am Nachmittag sprach Spike gerade mit der Redaktion, als er Valerie in ihrem Auto in der Richtung nach London die Straße entlang fahren sah. Das Telephon im Blauen Bären befand sich in der großen Halle, was etwas peinlich für ihn war, wenn er geheime Unterredungen mit der Polizei führen wollte, denn das Telephon befand sich in Hörweite vom Buffet.

Er trat in die Haustür und schaute hinter Valerie her. Dann kam ihm plötzlich ein Gedanke. Er ging zum Telephonapparat zurück und verlangte noch einmal die Redaktion. Nach einer Viertelstunde hatte er glücklich die Verbindung bekommen, und das war für die dortigen ländlichen Verhältnisse ein äußerst günstiger Schnelligkeitsrekord.

„Sind Sie am Apparat, Mr. Syme? Miß Howett ist nach London gefahren, schicken Sie doch einen Mann hinter ihr her. Ich glaube, man könnte manches dabei herausbekommen, wenn man ihr folgte. Nicht, daß man es in die Zeitung bringt, verstehen Sie mich, aber es könnte mir bei der Aufklärung hier helfen."

„Ach, Miß Valerie – hat sie denn auch irgend etwas mit Grünen Bogenschützen zu tun?" fragte Mr. Syme ironisch.

„Nicht nur ein wenig – ich glaube, sie spielt eine der Hauptrollen bei der ganzen Geschichte," erhielt Syme zur Antwort.

18

Fay Clayton wohnte allein, aber sie führte deshalb doch kein einsames Leben. In ihrer kleinen Wohnung in Maida Vale lebte sie mehr oder weniger zurückgezogen, aber sie hatte viele Freunde und verkehrte in mehreren Lokalen, wo sie Erholung und Vergnügen fand. Es würde nicht der Wahrheit entsprechen, wenn man sagen wollte, daß sie ihren Mann vermißte. Trotzdem zeigte sie Julius gegenüber eine Anhänglichkeit, die sonst niemand teilte. Sie hatte noch nie Gelegenheit gehabt, an seiner Treue zu zweifeln, und während der letzten fünf Monate hatte sich ihre finanzielle Stellung bedeutend gebessert.

Als Julius noch mit der Falschspielerbande arbeitete und einer der vier tüchtigen Leute war, die andere betrogen, die sich zu sicher fühlten, führte sie ein wenig sicheres und ruhiges Leben. Wochenlang lebten sie von geliehenem Geld oder dem Versetzen von Schmuckstücken, und selbst wenn ihnen ein großer Fang gelungen war, dauerte das gute Leben meist nicht lange. Aber jetzt erhielt sie eine dauernde, große Geldunterstützung von ihm, womit sie früher gar nicht gerechnet hatte. Sie quälte ihren Mann nicht mit Fragen, woher er dieses Geld bekam. Daß Abel Bellamy ihm kein außerordentlich hohes Gehalt zahlte, wußte sie, denn sie kannte die Höhe seines Monatsgeldes.

Er hatte also irgendeinen anderen guten Nebenverdienst, der sicher sein mußte, denn Julius schreckte bekannterweise vor gefährlichen Dingen zurück. Er hatte ihr niemals erzählt, was er eigentlich zu tun hatte, und als sie über das viele Geld nachdachte, das er bekam, glaubte sie, daß er als Privatsekretär Bellamys vielleicht auch die Haushaltskasse verwaltete. Das hätte dann wenigstens zum Teil den Besitz des vielen Geldes erklärt. Er zahlte ihr nicht nur eine sehr anständige Summe für den Lebensunterhalt, sondern machte ihr auch unerwartete Geschenke in Form von Schmucksachen und Juwelen, die allem Anschein nach neu und ehrlich gekauft waren. Sie hatte sich also über nichts zu beklagen. Julius war in einer sicheren Stellung, und sie konnte ihre neuen Diamantringe in ihrem Lieblingsnachtklub sehen lassen, ohne im mindesten fürchten zu müssen, daß geheimnisvolle fremde Leute erschienen und sie aufforderten, mit ihnen einen kleinen Spaziergang zur Polizeistation zu machen.

Aber auch das hatte gerade keine großen Schrecken mehr für sie. Sie war mit ihrem fünfzehnten Jahr schon dreimal im Gefängnis gewesen, und der Schrecken vor der Gefangenschaft hatte seine Wirkung auf sie verloren, denn er besteht gewöhnlich nur in der Furcht vor dem Unbekannten. Das einzige Unangenehme der Haft bestand für sie darin, daß sie mit der Polizei in Berührung kam und ihr das Recht geben mußte, sie anzuhalten, mit ihr zu sprechen und Fragen an sie zu stellen, die manchmal sehr unangenehm zu beantworten waren.

Sie war gerade in ihrer kleinen Küche und bügelte eine Bluse, als an die Tür geklopft wurde. Ihr Mädchen (ein optimistischer Titel für die unordentliche Frau, die täglich kam, um die Wohnung zu reinigen), war ausgegangen, um einzukaufen. So ging Fay selbst zur Tür und öffnete. Sie hatte erwartet, einen Händler zu treffen, aber sie sah einen schlanken, etwas vornüber gebeugten, hohläugigen jungen Mann vor sich, der einen schlecht sitzenden, ärmlichen Anzug trug.

„Jerry!“ rief sie und öffnete. „Komm schnell herein!“

Sie schloß die Tür hinter ihm, und er folgte ihr ins Wohnzimmer.

„Wann bist du denn herausgekommen?“ fragte sie.

„Heute morgen,“ antwortete er. „Hast du etwas zu trinken? Ich sterbe vor Durst. Wo ist Julius?“

Sie nahm eine Flasche und ein Syphon mit Sodawasser vom Buffet, setzte beides vor ihm hin, und er goß sich reichlich ein.

„Das schmeckt gut," sagte er. Allmählich kam wieder etwas Farbe in sein blasses Gesicht. „Aber sage mir doch, wo ist Julius?"

„Er ist nicht hier im Hause, Jerry. Er hat eine Stellung auf dem Lande."

Er nickte und schaute wieder nach der Flasche.

„Das war genug für dich!" sagte sie und stellte den Whisky wieder ins Buffet zurück.

„Was wirst du jetzt tun? Was hast du vor?"

„Ich weiß es wirklich nicht. Unsere Gesellschaft ist ja auseinandergesprengt. Julius hat eine Stellung, wie ich höre. Hält er sich jetzt ordentlich?"

„Gewiß!" sagte Fay etwas beleidigt. „Jerry, du mußt dir jetzt auch ordentliche Arbeit suchen. Die Bande ist aufgelöst – Laß in Zukunft deine Finger davon."

Sie waren Geschwister, obwohl niemand eine Verwandtschaft zwischen der hübschen Frau und dem hohläugigen, heruntergekommenen Menschen vermutet hätte, der eben aus dem Gefängnis kam.

„Ich habe Featherstone getroffen."

„Hat er dich hierhergehen sehen?" fragte sie.

Er schüttelte den Kopf.

Nein, ich bin ihm im Westen begegnet. Er hielt mich an und fragte mich, wie es mir ginge und was ich unternehmen würde. Er ist wirklich kein schlechter Mensch."

Sie verzog das Gesicht.

„Dir kommen manchmal etwas phantastische Illusionen in den Kopf, Jerry. Aber was willst du jetzt anfangen?"

„Ich habe dir doch eben gesagt, daß ich es nicht weiß." Er schob seinen Stuhl zurück und schaute nachdenklich auf die Tischdecke. „Da ist eine Gesellschaft, die auf den großen Dampfern im Atlantischen Ozean arbeitet, die würde mich aufnehmen und möchte gern, daß ich mitmache. Ich muß sagen, daß ich so etwas noch nie gemacht habe und es würde auch ein kleines Kapital voraussetzen – so zweihundert für die Hin- und Rückreise, und dann muß man auch immer darauf gefaßt sein, daß man eine Reise macht, ohne irgendeinen Erfolg zu haben. Du könntest mir das Geld wohl nicht leihen?"

Sie biß sich auf die Unterlippe und dachte nach.

„Ich könnte es schon," sagte sie langsam.

„Du kannst sicher sein, daß es ganz guten Verdienst abwirft. Es ist viel sicherer, als wenn man hier auf dem Lande etwas macht. Du hörst niemals, daß Leute, die auf Schiffen zusammenarbeiten, irgendwie gefaßt worden sind." Er sah sich in dem Zimmer um. „Es ist doch eigentlich ganz schön, daß man wieder frei ist. Ich habe genug vom Gefängnisleben."

„Wo hast du gesessen, Jerry?"

„Ich war in Pentonville, wo Creager früher im Amt war. Ich könnte dir ein paar Geschichten über ihn erzählen, daß dir die Haare zu Berge ständen, Fay. Kann ich hier bei dir wohnen?"

Sie zögerte einen Augenblick.

„Ja, du kannst in Julius' Zimmer wohnen."

„Kommt er denn nicht hierher?" fragte er stirnrunzelnd.

„Das geht doch nicht. Ich höre jeden zweiten Tag von ihm, und ich kann mich wirklich nicht über ihn beklagen."

Er schaute auf seine zerknitterten Kleider, und man sah, daß er sich ihrer schämte.

„Ich möchte mich neu einkleiden – hast du etwas Geld?"

„Das kann ich schon für dich besorgen, so kannst du nicht herumlaufen, Jerry. Ich hoffe nur, daß dich niemand hier hereinkommen sah. Die Leute, die hier wohnen, sind sehr korrekt, und ich möchte nicht haben, daß man dich hier sieht, bevor du nicht etwas repräsentabler aussiehst. Ich dachte, du würdest erst sechs Monate später herauskommen."

Er lachte.

„Der Gefängnisarzt sorgte dafür, daß ich entlassen wurde. Meine Brust ist nicht in Ordnung, und ich bat um eine Spezialbehandlung. Deswegen haben sie mir einen Teil der Strafe erlassen. Im Gefängnis weiß man mit kranken Leuten nichts anzufangen. – Aber ich habe noch einige gute Kleider auf der Gepäckaufbewahrung bei der Charing Cross Station," sagte er plötzlich. „Vielleicht bist du so gut und besorgst sie für mich. Ich brauche dann nicht mehr so viel, um mich wieder auszustatten."

Sie nahm den Gepäckschein und fuhr am Nachmittag zur Eisenbahnstation, um seinen Koffer zu holen. Der Chauffeur brachte sie auf dem kürzesten Weg durch Fitzroy Square dorthin. Fay kannte die ganze Gegend genau, dort lag auch ein Restaurant, in dem sie früher viel verkehrt hatte. Es gab in dem Lokal viele kleine Einzelräume, wo sich Leute versammeln und sicher sein konnten, daß sie nicht beobachtet wurden. Man konnte dort Pläne besprechen, ohne belauscht zu werden, und es war ein bevorzugtes Lokal für Verbrecherbanden. Auch Fay hatte sich früher immer mit den anderen dort getroffen.

Als sie vorbeifuhr, sah sie am Eingang einen Mann stehen und erschrak, als sie ihn erkannte. Es war Julius. Als sie sich nach vorne lehnte und an die Scheibe klopfte, fuhr eben ein anderes Auto vor, aus dem eine Dame ausstieg. Sie sah, wie Julius seinen Hut zog und die beiden dann durch die enge Tür von El Moro's verschwanden.

Fay ließ ihren Wagen sofort halten und sprang heraus. Sie hatte Valerie Howett früher nur einmal gesehen und erkannte sie sofort wieder.

19

Valerie sah sich erstaunt in dem reich ornamentierten Zimmer um, in das sie hineingeführt wurde. Ein unangenehmer Geruch von abgestandenen Zigarrenqualm lag in dem Raum. Die verblichene Vergoldung der Dekorationen, die schweren Sammetvorhänge und die überladene und unechte Eleganz berührten sie unangenehm und abstoßend.

Julius schickte den lächelnden Kellner fort und schloß die Tür. Er war feinfühlig genug, Valeries Widerwillen nachzuempfinden.

„Es tut mir sehr leid, daß ich Sie hierherführen mußte, Miß Howett, aber es ist der einzige Platz, wo wir ganz sicher nicht beobachtet werden."

„Was ist denn dies für ein Lokal?" fragte sie neugierig.

„Es ist sehr bekannt," sagte Julius diplomatisch. „Wollen Sie nicht Platz nehmen, Miß Howett? Ich kann Ihnen heute nicht so sehr viel Neues berichten," fuhr er fort, als sie sich auf die Ecke eines Plüschsessels gesetzt hatte. „Mr. Bellamy macht es mir immer schwerer, etwas zu entdecken."

„Haben Sie die Photographie für mich gebracht?"

Er schüttelte den Kopf.

„Als ich sie jetzt holen wollte, fand ich, daß die Schublade leer war. Bellamy muß entdeckt haben, daß ich seinen Schreibtisch durchsuchte, er hat mir sogar Andeutungen darüber gemacht. Ich habe sehr viel für Sie gewagt, Miß Howett."

„Ich habe Sie ja auch dafür bezahlt," antwortete sie kühl. „Ich bin mir nicht ganz klar darüber, Mr. Savini, ob Sie alles, was Sie für mich unternommen haben, mir zuliebe oder für das Geld getan haben, das ich Ihnen bezahle. Sie haben Ihre eigenen Pläne, dessen bin ich ganz sicher, und Sie arbeiten mindestens ebensoviel für sich wie für mich. Aber das ist schließlich nicht meine Sache. Ich muß die Photographie haben. Sie sagten, es wären auch noch andere Photographien da?"

„Ja, ein Bild seines Neffen," sagte Julius. Miß Howett schaute ihn erstaunt an.

„Seines Neffen?" fragte sie ungläubig. „Ich wußte überhaupt nicht, daß er irgendwelche Verwandten hatte."

„Ich nehme nur an, daß es sein Neffe war. Er wurde im Krieg getötet."

Fay Clayton hatte ganz richtig vermutet, daß Julius eine hohe Nebeneinnahme hatte. Jede kleine Nachricht, die Valerie Howett über Bellamy und über seine Gewohnheiten erfuhr, hatte sie von dem aalglatten Savini. Die Börse der jungen Dame war auch die Goldmine, aus der Fays größere Einnahmen kamen.

„Auf der Rückseite der Damenphotographie war nichts zu sehen, woraus man schließen könnte, wer auf dem Bilde dargestellt war. Warum haben Sie denn die Photographie nicht genommen, als Sie damals die Gelegenheil dazu hatten?"

„Es tut mir auch leid, daß ich es unterließ," sagte er bedauernd. „Aber wenn er herausgefunden hätte, daß sie nicht mehr da war, hatte er mich sofort hinausgeworfen. Ich zittere bei dem Gedanken, was dann passiert wäre." Und Julius zitterte buchstäblich.

„Sie schrieben in Ihrer kurzen Mitteilung, daß der Grüne Bogenschütze wieder erschienen sei und die Hunde betäubt habe."

„Er ging in Bellamys Zimmer," sagte Julius und nickte zur Bekräftigung. „Ich kann Ihnen nur eine wichtige Mitteilung bringen, Miß Howett. Bellamy hat heute morgen an Smith geschrieben. Er sandte mich mit dem Brief sofort zur Post, damit ich ihn einschreiben lassen sollte. Nebenbei bemerkt, war das

Schreiben versiegelt, und aus dem Gewicht schließe ich, daß es eine Geldsendung war. Smith bekommt mehr Geld als Creager. Ich schätze die Summe, die er monatlich erhält, auf etwa hundert Pfund. Ich weiß es, weil ich letzten Monat von der Bank hundert Pfund abheben mußte. Am selben Abend kam Mr. Bellamy zu mir und fragte mich um weiteres Geld, das er für Wilks brauchte, der etwas anschaffen sollte."

„Wer ist denn eigentlich der neue Hausmeister?" fragte Valerie.

„Ich kenne ihn nicht. Er ist ein sehr angenehmer Mensch, aber ich sehe nicht viel von ihm."

Valerie dachte eine Weile nach. Sie hatte einen erfolglosen Versuch gemacht, mit dem einen Helfershelfer Bellamys in Verbindung zu kommen, und dieser Versuch hätte beinahe ein böses Ende für sie gehabt. Es stand bei ihr fest, daß Coldharbour Smith ihr die Lösung des Geheimnisses geben konnte, das sie so sehnlichst zu enthüllen wünschte.

„Ich möchte mehr über diesen Mann wissen," sagte sie. „Haben Sie nichts herausgefunden, das sich auf ihn bezieht?"

„Nein, gar nichts. Bellamys Privatpapiere und Akten sind in dem Geldschrank eingeschlossen, und es gehört ein Sachverständiger dazu, um ihn aufzubrechen. Mr. Bellamy verwahrt den einzigen Schlüssel stets persönlich, er trägt ihn immer mit sich herum und läßt ihn niemals liegen. Ich war schon in seinem Zimmer, bevor er morgens aufstand, aber ich habe niemals den Schlüssel entdecken können. Daraus schließe ich, daß er ihn mit ins Bett nimmt."

„Teilen Sie mir sofort mit, wenn sich etwas Neues ereignen sollte. Hat er neue Hunde bekommen?" fragte sie mit einem Lächeln, als sie sich erhob. „Es ist ja nun auch für Sie leichter, mir Nachrichten zukommen zu lassen, da ich in Lady's Manor wohne. Sie brauchen nur ein kleines Briefchen über die Mauer zu werfen."

Plötzlich hörten sie von draußen aufgeregte und böse Stimmen. Die Tür wurde heftig aufgerissen, und eine Frau erschien in der Öffnung. Ihr Gesicht war rot vor Zorn, ihre Augen schossen Blitze, und es dauerte einige Zeit, bis sie sich soweit beherrschte, daß sie sprechen konnte. Valerie war erstaunt und entsetzt.

„Ich möchte nur wissen, was Sie hier mit meinem Manne zu tun haben, Miß Howett?" fragte sie mit einer schrillen Stimme, die sich überschlug.

„Mit Ihrem Mann?“ fragte Valerie und schaute von der Frau zu Julius, der ein bedrucktes Gesicht machte.

„Aber meine Liebe, es ist doch alles in Ordnung. Ich habe diese Dame hier getroffen, um geschäftlich mit ihr zu verhandeln,“ wandte Julius ein.

„Was, geschäftlich zu verhandeln?“ Fay hatte die Hände in die Hüften gestemmt und sah ihren Mann wütend an. „Das ist eine schöne Geschichte – du bist hierhergekommen, um über Geschäfte zu reden? Konntest du sie denn nicht in ihrem Hotel treffen? Weswegen schleichst du dich denn hier herum?“

Valerie hatte ihre Selbstbeherrschung wiedergewonnen.

„Ach, das ist Ihre Frau, Mr. Savini?“ fragte sie.

„Was, sie fragt noch, ob ich seine Frau bin?“ fuhr Fay los. „Ja, ich kann mit allem Recht sagen, daß ich es bin! Julius, du bist mir ein schöner Bursche! Er kann immer nicht kommen, um mich zu sehen, weil er so viel in Garre zu tun hat!“ schrie sie aufgebracht. „Du gemeiner Lügner!“

„Nun höre doch zu, ich kann dir ja alles erklären! Ich war gerade auf dem Weg zu dir – ich schwöre es! Ich mußte doch mit Miß Howett erst eine geschäftliche Angelegenheit regeln.“

„Und dann kommt Miß Howett allein hierher, um dich in geschäftlichen Angelegenheiten zu sprechen?“ fragte sie ironisch und kam aufs neue in Wut. „Geht sie denn ohne Begleitung in ein Lokal wie El Moro's? Natürlich ist sie allein gekommen!“

„Selbstverständlich ist sie nicht allein gekommen!“ ertönte eine kräftige Männerstimme von der Tür her. „Miß Howett kam mit mir.“

Fay Clayton fuhr herum und wurde plötzlich ganz klein.

„Ach so,“ sagte sie verlegen.

„Wir müssen doch immer zusammenstoßen, Fay,“ sagte Captain Featherstone ironisch. Dann wandte er sich zu der erstaunten Valerie. „Ich wollte Sie eben fragen, wie lange Sie noch hier bleiben wollen, Miß Howett? Sie haben doch nicht vergessen, daß Sie um vier Uhr eine Verabredung haben?“

Valerie nahm ihren Pelz auf und folgte Jim die Treppe hinunter. Sie war bestürzt und ärgerlich, und es war echt weiblich von ihr, daß sich ihre Wut nicht gegen Julius oder seine Frau richtete, sondern gegen den Mann, der ihr wieder einmal zur rechten Zeit zu Hilfe kam.

20

Jim Featherstone geleitete Valerie zu dem Automobil und setzte sich in ihren Wagen, ohne daß sie ihn dazu aufforderte.

„Es gibt Plätze, wohin Sie gehen dürfen, und andere, wohin Sie nicht gehen dürfen. Als Ihr nachsichtiger Beschützer kann ich es nicht dulden, daß Sie sich in einem Lokal wie El Moro's sehen lassen. Dieses Haus hat einen sehr bösen Ruf und wird von allerhand verbrecherischen Elementen besucht. Ich werde mir den guten Julius noch kaufen, wenn ich mit ihm unter vier Augen bin, daß er es überhaupt gewagt hat, Sie dorthin zu führen."

„Es war mein Fehler, denn ich bat ihn, eine Stelle ausfindig zu machen, wo mich niemand kennt und wo wir sicher und allein sprechen können."

„Dann würde ich Ihnen raten, in Zukunft auf den Turm der St. Pauls Kathedrale zu steigen oder in die Grabkirche der Westminster-Abtei zu gehen – das sind beides Plätze von tadellosem Ruf." Aber dann fuhr er in anderm Ton fort: „Julius hat Ihnen natürlich Nachrichten über Bellamy und seinen Haushalt gebracht. Das habe ich schon lange vermutet. Ich warne Sie aber, Miß Howett, denn ich bin davon überzeugt, daß dieser Mann, obwohl er Ihnen bis zu einem gewissen Grade mehr oder weniger ehrlich dient, doch auch nicht zögern wird, Sie an Bellamy zu verraten. Er arbeitet auch für eigene Rechnung."

„Ich weiß das," sagte sie ruhig. „Vermutlich sind Sie mir wieder den ganzen Tag gefolgt?"

„Fast den ganzen Nachmittag," gab er zu.

„Ich dachte, Sie seien verreist, Captain Featherstone, Sie fallen mir allmählich auf die Nerven."

„Und Sie fallen mir schon seit Monaten auf die Nerven," antwortete er gelassen. „Sie bilden sich doch nicht etwa ein, daß es ein Vergnügen ist, immer hinter Ihnen her durch ganz London zu jagen? Oder sind Sie etwa anderer Meinung?"

Plötzlich wurde sie vernünftig und bereute ihr Verhalten ihm gegenüber.

„Ich – es tut mir so leid,“ sagte sie kleinlaut, „aber es ist merkwürdig, daß Sie immer meinen Widerspruch wecken, wenn Sie etwas sagen. Ich bin Ihnen ja so dankbar, daß Sie gerade im richtigen Moment gekommen sind. Es war wirklich mehr als nur unangenehm. Ist sie denn wirklich mit ihm verheiratet?“

Er nickte.

„Ich habe mich nie zuviel um diese gemischten Ehen gekümmert, aber aus dem kindischen Stolz, mit dem die gute Fay ihren Trauring trägt, schließe ich, daß eine regelrechte Heirat vorliegt. Nichts macht die gewohnheitsmäßigen Verbrecher so froh, als wenn sie trotz ihres verfehlten Lebens der Welt irgend etwas Rechtmäßiges zeigen können.“

„Ich dachte, Sie wären verreist,“ wiederholte Valerie.

„Das haben Sie mir schon eben gesagt. Es tut mir sehr leid, daß es nicht der Fall ist. Wenn ich meinen Wünschen folgen könnte, so würde ich jetzt in den Tiroler Alpen die Berge hinaufklettern.“

Valerie wußte nicht, wie sehr Jim lügen konnte. Denn es gab keinen Platz in der weiten Welt, an dem er im Moment lieber gewesen wäre, als an ihrer Seite in dem ruhig dahingleitenden Rolls Royce-Wagen, der sie durch die Straßen von Westend trug.

Plötzlich entschlüpfte ihr ein Ausruf des Ärgers.

„Ach, ich vergaß ihn etwas zu fragen,“ begann sie, „und das war doch eins der wichtigsten Dinge, die ich wissen mußte.“

„Vielleicht kann ich es Ihnen sagen,“ meinte er, aber sie schüttelte abweisend den Kopf.

„Sie können mir nicht sagen, was ich brauche,“ erwiderte sie lächelnd.

„Eines Tages werden Sie sich davon überzeugen, daß Sie sich auf meine Auskünfte mehr verlassen können als auf irgendwelche andere.“

Sie zögerte einen Augenblick, dann öffnete sie ihr Täschchen und zog daraus einen zusammengelegten Bogen hervor, den sie sorgfältig auf ihrem Schoß entfaltete.

„Das ist ein Plan der Burg,“ sagte Jim sofort.

„Es ist ein alter Plan, ich habe ihn von einem Buchhändler in Guildford gekauft. Er zeigt die Burg nicht, wie sie heute ist, sondern wie sie vor zweihundert Jahren war. Sie sehen, es sind keine Wohnräume eingezeichnet und dieser Raum –" sie zeigte mit dem Finger auf eine Stelle – „der jetzt als Bibliothek benutzt wird, ist als Gerichtshalle bezeichnet."

Er nickte.

„Es war der Raum, in dem die alten de Curcys ihre Gefangenen verhörten," sagte er schnell. „Und was jetzt" – er deutete auf eine andere Stelle – „die Eingangshalle der Burg ist, war die Folterkammer, wo die Gefangenen gezwungen wurden, die Wahrheit zu sagen. Es gibt Augenblicke, in denen ich bedaure, daß heutzutage Folterkammern nicht mehr im Gebrauch sind, denn das Verbrechen, das in England heute am häufigsten begangen wird, ist vorsätzlicher Meineid. Wenn wir nur einige kleine, malerisch aussehende Folterinstrumente über den Zeugenstuhl hängen könnten –"

„Aber bitte bleiben Sie doch bei der Sache. Sind Sie sicher, daß dies jetzt die Bibliothek ist?"

„Natürlich, ich habe viel modernere Pläne als Sie, die ich von dem letzten Eigentümer der Besitzung erhielt."

„Würden Sie mir die leihen?" fragte sie begierig.

„Warum?"

„Weil ich sie brauche."

Es war zwar kein überzeugender Grund, aber zu ihren größten Erstaunen gab Captain Featherstone nach.

„Aber ich möchte Ihnen denn doch einen Rat geben, meine liebe Freundin," sagte er. „Gehen Sie, wenn Sie es absolut wünschen, meinethalben nach Limehouse und durchforschen Sie dort die kleine Höhle, in der Coldharbour Smith seine Kneipe hat. Besuchen Sie so oft Sie wollen El Moro's, und ich will dafür sorgen, daß nichts passiert, was Ihnen oder Ihrem Ruf schaden könnte. Aber versuchen Sie um Himmels willen nicht, allein nach Garre Castle zu gehen und dort Ihre Nachforschungen anzustellen."

Er sprach langsam und eindringlich und sie konnte sich nicht verhehlen, daß er es sehr ernst meinte.

„Auf gewöhnliche Weise werden Sie niemals dort hineinkommen. Ich möchte, daß Sie mir versprechen, nichts Außergewöhnliches zu unternehmen. Nicht wahr, Sie geben mir doch das Versprechen."

Sie überlegte es sich eine Weile.

„Nein," sagte sie dann offen, „das kann ich Ihnen ehrlicherweise nicht versprechen."

„Aber was wollen Sie denn dort finden? Bilden Sie sich etwa ein, daß der alte Bellamy schriftlich aufgezeichnete Bekenntnisse in seiner Burg herumliegen läßt, damit irgendeiner, der dort gewaltsam eindringt, sie lesen kann? Vermuten Sie denn auch nur einen Augenblick, daß Sie eine brauchbare Entdeckung machen können, selbst wenn es Ihnen gelingen sollte, in die Burg hineinzukommen? Überlassen Sie diese Sache nur mir, Miß Howett. Ich bin tatsächlich in Sorge um Sie, das sage ich Ihnen ganz offen, weil ich zu viel von diesem verbrecherischen Bellamy weiß. Seine Hunde würden kurzen Prozeß mit Ihnen machen. Aber vor allem fürchte ich wegen des Grünen Bogenschützen."

Sie wollte ihren Ohren nicht trauen.

„Sind Sie tatsächlich wegen des Grünen Bogenschützen beunruhigt? Captain Featherstone, Sie machen einen Scherz!"

„Nein, im Ernst, ich bin sehr besorgt deswegen," wiederholte er nachdrücklich. „Valerie, Sie taumeln in eine schreckliche Gefahr hinein, die um so schlimmer ist, weil man nicht genau weiß, was sich ereignen wird. Ich möchte nicht in Ihr Geheimnis eindringen, ich dränge Sie auch nicht, mir zu sagen, warum Sie Mrs. Held suchen oder was diese Frau für Sie bedeutet und was Sie über die Begleitumstände ihres Verschwindens wissen. Vielleicht werden Sie mir später bei gegebener Zeit doch einmal Ihr Vertrauen schenken. Ihr Vater ist auch der Meinung."

„Hat er Ihnen sonst keine näheren Aufschlüsse gegeben?"

Jim schüttelte den Kopf.

„Nein, er hat mir nichts gesagt, aber werden Sie mir jetzt das Versprechen geben, keinen Versuch zu machen, in die Burg einzudringen?"

„Das kann ich nicht. Ich bin aber davon überzeugt, daß Sie die Gefahr größer machen, als sie ist. Und vielleicht unterschätzen Sie doch die Wichtigkeit meiner Nachforschungen."

„Das mag sein," sagte er nach einer Pause. „Ich glaube aber, ich muß Sie jetzt verlassen. Lassen Sie bitte den Wagen halten."

Er stieg in Whitehall aus. Nachdem er gegangen war und sie ruhig über alles nachdachte, erkannte sie erst, welch großen Dienst er ihr erwiesen hatte und welche Opfer er ihr dauernd brachte – aber er glaubte an den Grünen Bogenschützen! Sie mußte lächeln. Sie hatte die Existenz des Grünen Bogenschützen stets bezweifelt.

21

Julius Savini sagte seiner Frau ein paar recht unangenehme Worte, bevor er sie verließ. In der Gegenwart Featherstones und Valerie Howetts war er bedrückt, aber er war ein ganz anderer Mensch, als er mit Fay allein unter vier Augen war.

„Du hast mir wahrscheinlich die ganze Sache vollständig verdorben. Du hast alles zertrümmert, wofür ich nun schon seit Jahren arbeite – du hast mir direkt gutes und sicheres Geld aus der Tasche gestohlen!"

„Es tut mir sehr leid, ich wußte nicht, daß Featherstone hier war," bat sie ihn um Verzeihung. „Ich wurde fast verrückt, als ich sah, daß du mit Miß Howett zu El Moro's gingst. Wärst du an meiner Stelle denn nicht auch eifersüchtig geworden?"

„Das ist kein Grund, um verrückt zu werden," sagte Julius, „ich habe mir solche Dummheiten noch nicht geleistet."

„Wie konnte ich denn wissen, daß sie deine Auftraggeberin war und dich bezahlte?"

„Woher glaubst du denn, daß ich das Geld hatte?" fuhr er auf sie los.

Es war sehr angenehm für einen Mann von Julius Savinis Temperament, jemand zu haben, an dem er seine Wut auslassen konnte.

„Du bildest dir doch nicht etwa ein, daß der Alte mir das Geld gibt oder bist du so dumm? Ich würde mich nicht wundern, wenn es jetzt mit der Freigebigkeit Miß Howetts zu Ende ist. Ich werde wahrscheinlich nie wieder einen Cent von ihr sehen. Aber sage einmal, weiß Featherstone denn, daß wir verheiratet sind?"

„Das wußte er schon lange, er hat es mir neulich auf den Kopf zugesagt, als ich ihn im Park traf. Aber was ist denn auch dabei? Schämst du dich etwa?“ fragte sie argwöhnisch.

„Nun, sei doch vernünftig,“ sagte Julius. Dann läutete er nach dem Kellner, um die Rechnung zu bezahlen. Zu seiner Erleichterung nahm sie seine Entschuldigung, daß er mit dem nächsten Zug zurückkehren müßte, ohne weiteres an und begleitete ihn zum Bahnhof. Sie war schon wieder auf dem Rückweg zu ihrer Wohnung, als ihr einfiel, daß sie doch das Gepäck ihres Bruders von der Eisenbahnstation holen wollte.

In dem Zug, der Julius nach Berkshire brachte, fuhr auch ein Hundezüchter mit zwei wildaussehenden Hunden mit. Julius sah sie auf dem Bahnsteig der kleinen Stadt, die nahe bei Garre lag. Sie schienen noch wilder und bissiger zu sein als die ersten beiden, und einer von ihnen hatte einen starken Maulkorb um.

„Sie sind wohl für Mr. Bellamy bestimmt?“ fragte er den Mann.

„Ja, mein Herr, und ich wünsche Ihnen alles Vergnügen dazu – es sind fürchterlich scharfe Tiere!“

Auf der Station hielt nur ein Mietauto. Julius nahm es, und obgleich es ihm ganz gegen den Strich ging, mußte er den Mann mit den Hunden einladen, auch in dem Wagen Platz zu nehmen und mit nach Garre zu kommen. Die Fahrt war wirklich nicht angenehm.

Mr. Bellamy zeigte seine außerordentliche Überlegenheit Tieren gegenüber. Die Hunde schienen das Rohe und Brutale seines Charakters zu spüren. Gleich nach ihrer Ankunft nahm Bellamy dem schärfsten der beiden den Maulkorb ab, klopfte ihm auf den zottigen Kopf, und der große Hund legte sich gehorsam zu seinen Füßen nieder. Abel brachte die Tiere sofort zu dem Käfig, ohne Stock oder Peitsche zu gebrauchen. Sie folgten ihm willig, gingen zu den anderen Hunden hinein und ließen sich an die Kette legen, ohne auch nur zu knurren oder zu bellen. Der Alte schien eine ungewöhnliche Genugtuung bei dieser Beschäftigung zu empfinden. Er ging mit Julius, der ihm in großem Abstand gefolgt war, nach der Halle zurück und amüsierte sich über die Furcht seines Sekretärs.

„Savini, in Ihnen steckt kein richtiger Teufel, das können die Hunde auch nicht leiden. Sie haben den Charakter eines Pudels, Sie kennen doch diese langhaarigen Kerle, die die Frauen an schönen Leinen spazierenführen – aber diese Hunde sind scharf auf den Mann.“

Er schaute stirnrunzelnd in die Höhe, und seine Augen glänzten, als er den Galgenbalken oben bemerkte.

„Das waren noch Tage, was, Savini? Wenn ich fünfhundert Jahre früher gelebt hätte, dann hätte ich die Hunde auf Sie hetzen können, und bei Gott, das würde mir ein irrsinniges Vergnügen gemacht haben.“

Er meinte es so, wie er sagte. Schon die Vorstellung, daß sich Julius in Todesfurcht vergeblich dieser wilden Bestien zu erwehren suchte, bereitete ihm unbändiges Vergnügen.

„Aber die Polizei würde mich verfolgen und mich gefangensetzen,“ sagte er mit einem Seufzer. „Und dann müßte ich in einem Zeugenstand vor Gericht stehen und lügen. Wissen Sie, Savini, heutzutage gibt es vielzuviel Gesetze. Was ist denn eigentlich das Gesetz? Schwächlinge haben es erfunden, um Schwächlinge zu beschützen. Menschen, die nicht für sich selbst kämpfen können, müßten zugrunde gehen. Ich lese da gerade im „Globe“ von einem Mann in Belgien, der ein Kinderheim hat, eine Organisation zur Heilung kranker Kinder. Wozu heilt er überhaupt diese kranken Kreaturen? Er zieht nur unnütze Bürger auf und ermutigt die Schlauen, die Starken zu betrügen.“

Julius gab ihm recht. Es war für ihn weit angenehmer, zuzustimmen, als dem Mann zu widersprechen, der ihn angestellt hatte. Und in diesem Falle konnte er auch aus voller Überzeugung zustimmen, denn das Geld, das der amerikanische Ingenieur für kleine Kinder ausgab, konnte wirklich besser angewandt werden. Für Julius war Menschenliebe in all ihren Äußerungen Torheit. Die Menschen, die daran Vergnügen fanden, wohlzutun, ohne auf eine entsprechende Belohnung zu rechnen, konnte er nicht verstehen.

„Ich hörte durch meinen Rechtsanwalt von diesem sonderbaren Menschen,“ sagte Bellamy zu Savinis größtem Erstaunen. „Ich kannte einen Mann ... der im Kriege fiel.“ Einen Augenblick lang huschte ein Lächeln über seinen unförmigen Mund, als ob er etwas sehr Lustiges an dieser Tragödie fand. „Wissen Sie, so ein verrückter Flieger. Und dieser Wood in Belgien war sein Freund. Nach dem Kriege brachte er ein Testament bei, wonach er alles ... von diesem ... na ja, er war ein Verwandter von mir ... wonach er alles erbte, was ihm gehörte. Es war ja auch gar nicht der Rede wert,“ fügte er mit größter Genugtuung hinzu.

Julius wußte, daß er von seinem gefallenen Neffen sprach und vermutete, daß die Photographie in der Ledermappe hiermit in Verbindung stand.

„Er ist durchaus kein Freund von mir. Ich möchte wetten, daß er tatsächlich noch Geld verdient mit seiner verrückten Idee, Kinderheime zu gründen. All diese heiligen Geister legen doch ein bißchen für sich auf die Seite."

Dies war seine Lieblingsidee und er stand nicht allein mit dieser Ansicht, daß reiner Altruismus eine Eigenschaft ist, die nur in der Einbildung dummer Leute existiert.

Bellamy ging nicht in die Halle, sondern an der offenen Tür vorbei. Savini begleitete ihn, war aber darauf gefaßt, hart angefahren zu werden, weil er Bellamy nicht allein ließ. Auf der anderen Seite würde er ausgeschimpft werden, wenn er eine Entschuldigung vorbrächte, um wegzugehen.

„Ich habe das Wassertor schließen lassen," sagte Bellamy endlich. Julius seufzte erleichtert auf, als er auf die Weise erfuhr, daß seine Gegenwart erwünscht war.

„Ich kann mir nämlich gar nicht vorstellen, wo dieser grüne Spuk in die Burg hineinkommen kann; aber ich glaube, das Wassertor war der einzige Zugang."

Sie kamen zu dem großen starken Eisengitter, das nun noch von einer Lage schwerer eichener Planken auf der Rückseite bedeckt war. Über die scharfen Spitzen des Tores waren dichte Reihen Stacheldraht gezogen.

„Wenn er hier hereinkam, wird er seinen Weg jetzt versperrt finden," sagte Abel. „Wie er überhaupt in die Burg kommen konnte, ist mir ein Rätsel."

„Vielleicht schleicht er sich während des Tages heimlich hinein und verbirgt sich."

„Seien Sie doch nicht kindisch. Abends werden doch alle Räume durchsucht, das wissen Sie doch ganz genau. Er muß irgendeinen Weg kennen, den wir noch nicht entdecken konnten."

Vorausgesetzt, daß der Grüne Bogenschütze ein menschliches Wesen war, (woran der abergläubische Julius stark zweifelte,) so grenzte es doch an ein Wunder, daß er kommen und gehen konnte, wie er wollte. Nur von zwei Räumen aus konnte man das Grundstück überschauen: von dem nicht benützten Speiseraum aus, dessen schmale Fenster jede Nacht mit eisernen Rolljalousien geschlossen wurden, und dann von Bellamys Schlafzimmer aus.

Aber die Fenster dieses Raumes lagen sehr hoch, und man konnte nicht an sie herankommen. Außerdem bewohnte der Hausmeister noch einen Raum in dem Flügel, in dem sich die Burgkapelle befand. Man hätte hier eventuell von außen in das Gebäude eindringen können, aber die Fenster lagen über sieben Meter vom Boden entfernt, und es war stets jemand in dem Raum wahrend der Zeit, in der der Grüne Bogenschütze zu erscheinen pflegte.

Spike Holland hatte seinen Beobachtungsposten wieder eingenommen und saß auf der Umfassungsmauer, ungefähr hundert Meter von dem Pförtnerhaus entfernt. Durch ein starkes Fernglas hatte er Abel Bellamy und Savini beobachtet, wie sie außen um das Gebäude herumgingen. Gleich nachher sah er auch, wie sie beide in dem großen Tor verschwanden.

Die Ankunft der neuen Hunde hatte Spikes Aufmerksamkeit wachgerufen. Später telephonierte er mit dem Redakteur, der ihn etwas scharf anfaßte.

„Ihre Geschichte von dem Gespenst in Garre wird reichlich dünn, Holland, und ich glaube, daß die neuen Hunde Ihre Ferien auf dem Lande nicht vollkommen rechtfertigen. Können Sie denn nicht wenigstens einmal in die Burg hineinkommen und Bellamy interviewen?"

„Meinen Sie nicht, daß es besser wäre, den Geist zu interviewen?" fragte Spike ironisch. „Das wäre entschieden leichter. Ich bin schon so bekannt mit dem Alten wie ein Zigarrenanzünder mit einer Puderquaste. Also, Mr. Syme, lassen Sie mich ruhig hier, ich habe die feste Überzeugung, daß sich vor Ende der Woche große Dinge in Garre abspielen werden. Wenn Sie wollen, will ich auch ein Interview mit Bellamy arrangieren . . . nein, im Ernst . . . ich mache Ihnen nichts vor."

Spike hatte eine besonders feine Nase für kommende Ereignisse und er ahnte, daß sich hier etwas vorbereitete. Alle Vorbedingungen für eine große Tragödie waren gegeben. Als er sorglos durchs Dorf schlenderte, hörte er die scharfe Hupe eines Autos und sprang zur Seite. In dem Wagen saß Miß Howett. Der Wagen hielt dicht bei ihm an. Sie lehnte sich hinaus und winkte ihn heran.

„Mr. Holland, darf ich Sie einen Augenblick bitten?"

Spike ließ sich das nicht zweimal sagen und war gespannt, warum sie ihn rief.

„Ich möchte Sie um einen großen Gefallen bitten," sagte sie ein wenig atemlos. „Haben Sie . . . können Sie mir einen Revolver verschaffen?"

Als sie sah, daß sich seine Stirne zusammenzog, sprach sie ein wenig zusammenhanglos weiter.

„Lady's Manor liegt sehr einsam, und da kam mir der Gedanke ... nun ja, es ist sehr verlassen, nicht wahr? Und Mr. Howett trägt niemals Feuerwaffen oder so etwas Ähnliches mit sich herum. Ich wollte einen Revolver in London kaufen ... eine Browningpistole, aber ich erfuhr, daß es scharfe Polizeivorschriften gibt und daß ... man einen Waffenschein haben muß ... und nun sah ich Sie eben und da fiel es mir ein ..."

„Sicher, Miß Howett," erwiderte Spike, als sie eine Pause machte, um Atem zu holen. „Ich habe eine Pistole im Hotel, und ich weiß nicht, warum ich sie in dieses friedliche Dorf mitgenommen habe. Die kann ich Ihnen geben, wenn Sie warten wollen, hole ich sie gleich."

Er eilte zu dem „Blauen Bären" und war bald wieder zurück.

„Sie ist geladen," sagte er, als er die Waffe aus der Tasche zog. „Es ist leider nur eine kleine Pistole. Aber das müssen Sie mir versprechen, Miß Howett, wenn Sie einen Einbrecher damit niederknallen, dann geben Sie mir das ausschließliche Recht, darüber zu berichten."

22

Bellamy las selten Zeitungen, nur der „Globe" hatte seine Aufmerksamkeit erregt. Das einzige Blatt, das sonst sein Interesse erweckte, war der „Berkshire Herald", ein wöchentliches Lokalblatt. Auch diese Zeitung las er nicht einmal selbst, sondern es gehörte zu Savinis Pflichten, ihm jeden Donnerstagabend – an diesem Tag wurde es ausgegeben – daraus vorzulesen. Manchmal mußte er jede gedruckte Zeile lesen, von der ersten Familienanzeige auf der Vorderseite bis zu den Berichten über irgendeine kleine landwirtschaftliche Ausstellung auf der letzten Seite. Manchmal wollte sein Herr auch nicht viel hören.

Obgleich Bellamy mit den Familien auf dem Lande nicht verkehrte und weder Einladungen ausschickte noch annahm, so war er doch sehr an allem interessiert, was in der Gegend von Berkshire vorging. Er lehnte es niemals ab, Gelder zu zeichnen, wenn man ihm eine Subskriptionsliste vorlegte, aber auf keinen Fall ließ er sich persönlich sprechen. Er gab mit vollen Händen für die Wohlfahrtsorganisationen der Umgegend. Er bestand aber stets darauf, daß sein Name nicht genannt werden durfte. Julius wunderte sich, warum ein so unzugänglicher, unliebenswürdiger und wenig wohltätiger Mann solche Summen für diese Zwecke ausgab. Sicherlich war seine Handlungsweise nicht von dem Wunsch diktiert, seinen Mitmenschen zu helfen oder das harte Los der Unglücklichen zu mildern. Savini machte einmal eine Bemerkung dieser Art, als Bellamy einen hohen Scheck an ein Wohltätigkeitskomitee sandte. Der alte Mann brummte darauf etwas, was als Erklärung für seine Großzügigkeit gelten konnte.

„Ich vermute, daß die Besitzer von Gurre Castle immer gegeben haben," sagte er.

Er setzte also nur die Tradition der Herren fort, deren Banner einst von dem Flaggenmast der Burgkapelle geweht hatte.

Abel Bellamy gehörte seinem Wesen nach ins Mittelalter, zu jenen starken Männern, die schwergepanzerte Pferde bestiegen und ihre Mordbuben ausschickten, um sich ihrer Feinde zu entledigen.

Als sie von dem Hundekäfig zurückkamen, dachte Julius daran, daß der „Berkshire Herald" heute erschienen sei. Er seufzte innerlich, denn er war gerade nicht in der Stimmung, die kindlichen Aufsätze laut vorzulesen, die die Spalten dieses Lokalblattes füllten. Er hoffte schon, daß die Ankunft der neuen Hunde Bellamy so in Anspruch nehmen würde, daß er seine gewöhnliche Donnerstagserholung vergessen würde. Aber das erste Wort Abels bei dem Betreten der Bibliothek zerstörte seine Illusionen.

Der Alte setzte sich in seinen Lehnstuhl, legte die Hände zusammengefaltet in den Schoß und schaute auf die brennenden Holzscheite im Kamin.

„Holen Sie die Zeitung, Savini," sagte er dann, und Julius gehorchte.

An diesem Tag war Bellamy von einer außerordentlichen Wißbegierde. Julius mußte jede Spalte lesen, von Warenverkäufen, von einer Wahlversammlung in einer benachbarten Stadt, wofür sich Bellamy doch sonst niemals interessierte.

„Ich kümmere mich nicht darum, was sie für Politik machen, habe mich auch nie darum gekümmert," brummte er. „Das ist doch alles nur dummes Zeug, aber lesen Sie nur ruhig."

Julius war bei den persönlichen Nachrichten angekommen. Es war eine durch viele Annoncen unterbrochene Spalte, in denen die Vorzüge von Kleesalz als

Zugabe zum Viehfutter angepriesen wurden oder irgendein Mechaniker sich zur Reparatur von landwirtschaftlichen Maschinen empfahl.

„Hier sieht eine Bemerkung über die Bewohner von Lady's Manor," sagte Savini und schaute fragend auf.

„Lesen Sie."

Bellamy saß mit vorgebeugtem Kopf, geschlossenen Augen und schien zu schlafen. Einmal, aber nur einmal, hatte Julius den Fehler gemacht, zu glauben, Bellamy schliefe wirklich. Aber er hütete sich wohl, wieder in diesen Irrtum zu verfallen.

„Der neue Mieter von Lady's Manor ist ein bekannter Petroleummagnat, dessen Leben recht romantisch verlaufen ist. Als er vor Jahren nach Amerika auswanderte, war er zuerst ein armer Farmer in Montgomery County in Pennsylvania –"

„Wie?"

Abel Bellamy war plötzlich ganz wach und saß gerade und aufrecht in seinem Stuhl.

„Ein Farmer in Montgomery County in Pennsylvania?" wiederholte er. „Weiter, weiter!"

Julius war sehr erstaunt über das plötzlich erwachende Interesse seines Herrn.

„Na, vorwärts!" rief der Alte.

„Aber ein plötzlicher Glückszufall gab ihm die Mittel, eine größere Farm in einem anderen Teil der Staaten zu kaufen. Hier wurde Petroleum gefunden, und dies legte den Grund zu seinem großen Vermögen. Beide, Mr. Howett und seine Tochter, Miß Valerie Howett –"

„Wie war der Name?"

Abel schrie beinahe. Er war aufgesprungen und schaute auf seinen Sekretär. Seine Augen flammten.

„Valerie Howett!" rief er. „Das lügen Sie!"

Er riß Savini die Zeitung aus der Hand und starrte auf die gedruckte Seite.

„Valerie Howett!" wiederholte er dann leise für sich. „Donnerwetter!"

Zum erstenmal sah Julius seinen Herrn, seit er ihm diente, außer Fassung. Die Hand Bellamys zitterte.

„Valerie Howett!“ sagte er noch einmal und starrte mit leerem Blick auf Savini. „In Lady's Manor . . . hier!“

Plötzlich ging er zu seinem Schreibtisch und zog an einer Schublade. Sie war verschlossen, aber er war zu ungeduldig, um erst den Schlüssel zu suchen. Er riß daran, das Schloß gab nach und die Schublade ging auf. Er hatte durch sein gewaltsames Zerren das Schloß abgebrochen, als ob es dünnes Holz sei. Er stieß die Papiere zurück, die darin lagen und zog ein kleines Bündel hervor, das er auf den Tisch warf. Julius sah, daß es das blutbefleckte Taschentuch war, das in dem Storeraum gefunden worden war.

„Wie?“ rief Bellamy wieder. „Valerie Howett!“

Er schaute unter seinen buschigen Augenbrauen auf Savini.

„Sie wußten, daß es ihre Anfangsbuchstaben waren!“

„Ich habe nie daran gedacht, sie damit in Zusammenhang zu bringen. Aber abgesehen davon wohnte sie damals noch nicht in der Nachbarschaft.“

„Das ist wahr.“

Bellamy nahm das Taschentuch, hielt es in seiner großen Hand, stopfte es dann wieder in die Schublade und warf sie krachend zu.

„Sie können gehen,“ sagte er kurz. „Lassen Sie die Zeitung hier. Ich werde Ihnen klingeln, wenn ich Sie wieder brauche. Mein Abendessen soll schnell serviert werden.“

Savini hatte sich aber kaum zehn Minuten in seinem Zimmer ausgeruht, als er plötzlich hörte, daß sich die Bibliothekstür öffnete und Bellamy ihn rief.

„Kommen Sie herein!“ kommandierte der Alte.

Er hatte sich von seiner Erregung erholt und zeigte sich wieder wie gewöhnlich, obwohl der plötzliche Schreck Spuren in seinen Zügen hinterlassen hatte.

„Ich vermute, daß Sie sich den Kopf zerbrechen, worüber ich mich so aufgeregt habe, aber das brauchen Sie nicht. Ich kannte früher einmal jemand, der Howett hieß und ein junges Mädchen, deren Vorname Valerie war. Es war nur die zufällige Übereinstimmung der Namen, die mich stutzig machte. Wie sieht sie eigentlich aus?"

„Sie ist sehr hübsch."

„So? Hübsch ist sie?" fragte Bellamy nachdenklich.

„Und ihr Vater?"

„Sie müssen die beiden doch gesehen haben, Mr. Bellamy. Sie wohnten auch im Carlton-Hotel und zwar auf demselben Flur wie wir."

„Ich habe sie nicht gesehen," unterbrach Abel ihn ungeduldig. „Wie sieht er aus?"

„Er ist schlank gewachsen und hager."

„Ein bißchen elend, wie?" fragte Abel scharf.

„Sie haben ihn also doch gesehen?"

„Sie hören, daß ich ihn nicht gesehen habe – ich frage Sie doch nur. Wie ist seine Frau? – Ist sie bei ihm?"

„Nein, mein Herr, ich glaube, Mrs. Howett ist tot."

Der Alte stand mit dem Rücken gegen den Kamin gelehnt und betrachtete aufmerksam seine Zigarre. Er biß das Ende ab und steckte sie an, bevor er wieder sprach. Es war ganz ungewöhnlich, daß er vor dem Abendessen rauchte, und Julius vermutete, daß die Zigarre als Beruhigungsmittel für seine aufgeregten Nerven diente.

„Möglicherweise habe ich ihn auch gesehen. Das Mädchen sollte hübsch sein, jung und intelligent? Hat sie eine dunkle oder helle Gesichtsfarbe?"

„Sie ist dunkel."

„Und sehr lebendig, wie? Äußerst lebhaft – ist das nicht der Ausdruck, mit dem Sie sie beschreiben würden?"

„Jawohl, ich glaube, diese Worte passen sehr gut auf sie."

Bellamy nahm die Zigarre aus dem Mund, betrachtete die lange Asche, streifte sie dann ab und steckte sie dann wieder in den Mund. Er starrte zu der getäfelten Decke empor.

„Ihre Mutter ist also tot?" wiederholte er. „Wo wohnte Valerie Howett denn, bevor sie nach England zurückkam? Das müssen Sie herausfinden. Ich möchte auch wissen, ob sie in New York war" – er schaute wieder auf seine Zigarre – „vor sieben Jahren und ob sie damals im Fifth Avenue Hotel gewohnt hat. Senden Sie sofort ein Telegramm und sehen Sie, ob Sie irgendwelche Informationen darüber erhalten können. Ich will ganz genau wissen, ob sie am 17. Juli 1914 im Fifth Avenue Hotel war. Gehen Sie direkt zur Post, und wenn sie hier schon geschlossen sein sollte, nehmen Sie den Wagen und fahren Sie nach London. Schicken Sie das Telegramm an den Geschäftsführer des Hotels. Sicher haben die doch noch die alten Fremdenlisten. Aber nun machen Sie schnell!"

„Wenn die Post geschlossen sein sollte, kann ich das Telegramm ja telephonisch aufgeben," meinte Julius.

Bellamy nickte und schaute auf die Uhr.

„Es ist jetzt sieben Uhr, dann ist es in New York zwei. Wir müßten eigentlich noch diese Nacht Antwort erhalten. Sagen Sie den Leuten hier auf dem Telegraphenamt, daß wir ein eiliges Telegramm aus Amerika erwarten und fragen Sie, ob sie das Bureau nicht für uns offen halten können heute nacht. Es macht nichts aus, wieviel es kostet. Hören Sie zu, Savini: Ich muß es noch heute nacht wissen! In dem Hotel in New York kennt man meinen Namen genau, ich habe dort damals das ganze Jahr über ein Zimmer gehabt. Ich war nicht dort, aber ich hatte es gemietet. Aber nun gehen Sie schnell!"

Julius gab das Telegramm telephonisch auf und kam fünf Minuten später mit der Nachricht zurück, daß es unterwegs sei. Er fand Bellamy genau in derselben Stellung, wie er ihn verlassen hatte, die Zigarre in einem Mundwinkel, die Hände auf dem Rücken und den Kopf nach vorne geneigt.

„Haben Sie jemals mit der Dame gesprochen?"

„Einmal, als ich sie zufällig im Carlton-Hotel sah," erwiderte Julius.

„Hat sie sich eigentlich für mich interessiert? Ich glaube kaum. Oder hat sie Sie über mich und mein Leben ausgefragt?"

Julius schaute ihn an und fing einen argwöhnischen Blick von ihm auf.

„Nein," sagte er mit wohlgespielter Überraschung. „Wenn sie das getan hatte, würde ich ihr natürlich nichts gesagt haben, außerdem hätte ich Ihnen das erzählt."

„Sie sind ein alter Lügner. Wenn sie Sie um Auskunft gebeten und Ihnen nur genügend Geld dazu gegeben hätte, dann hätten Sie alles ausgeplaudert, was Sie nur wußten. Vermutlich gibt es nichts auf der Welt, was Sie nicht für Geld tun würden, es sei denn ein Mord!“

In diesem Augenblick hätte Julius selbst einen Mord zu seinen vielen anderen Verbrechen hinzugefügt, so haßte er seinen Herrn.

In Savinis Abwesenheit hatte Bellamy die Schublade wieder geöffnet und das Taschentuch herausgenommen. Es lag unterhalb des Stuhles, von dem er aufgestanden war. Jetzt nahm er es wieder von der Erde auf.

„Sie hat doch wahrscheinlich irgendeine Zofe. Machen Sie sich an die heran und bringen Sie heraus, ob dieses Taschentuch der jungen Dame gehört. Die Anfangsbuchstaben beweisen noch gar nichts. Nein, lassen Sie es da liegen, Sie sollen es nicht wegnehmen, Sie sollen es nur ansehen, damit Sie sich genau darauf besinnen können. Wenn möglich, besorgen Sie mir ein anderes Taschentuch, sicher hat sie solche Dinge dutzendweise. Legen Sie ruhig Geld aus und zahlen Sie jede Summe, die verlangt wird. Sie können alles Geld haben, das Sie dazu brauchen.“

Ganz mechanisch nahm Bellamy den langen, dünnen Schlüssel aus der Tasche, den Julius nur einmal vorher gesehen hatte, und betrachtete ihn genau, gewissermaßen um sich zu überzeugen, daß er noch in seinem Besitz sei.

„Ist der Zeitungsmensch noch im Dorf?“ fragte er.

„Ich weiß es nicht. Ich spreche niemals zu Zeitungsreportern.“

„Zum Donnerwetter,“ sagte Bellamy ungeduldig. „Ich mache Ihnen doch in keiner Weise einen Vorwurf! Wissen Sie nicht, ob er noch hier ist? Gehen Sie sofort hin und fragen Sie. Und wenn er noch da ist, dann bringen Sie ihn gleich hierher.“

Julius war über diesen Auftrag sehr erstaunt, aber er gehorchte sofort.

„Bevor Sie gehen, stellen Sie noch eine Telephonverbindung für mich her, 789 Limehouse – stecken Sie nach der Bibliothek durch.“

23

Julius hatte alle seine Aufträge ausgeführt und eilte nun durch den dunklen Park zum Dorf. Zu seiner Beruhigung fand er Spike Holland mit einem anderen Herrn beim Billardspiel.

„Er will mich sprechen?“ fragte Spike. „Ist er denn verrückt geworden?“

„Hören Sie einmal zu, Holland. Denken Sie vor allen Dingen daran, daß Sie niemals mit mir gesprochen haben, wenn der Alte Sie fragt.“

„Ach was, seien Sie still,“ sagte Spike müde. „Um was handelt es sich denn? Will er mich zum Abendessen in die Burg einladen?“

„Ich weiß nicht, aber er ist nicht ganz normal heute.“

„Ist irgend etwas passiert?“ fragte Spike, als sie zusammen durch den Park gingen.

„Nein,“ erwiderte Julius schnell. Er wollte den merkwürdigen Eindruck verschweigen, den Valerie Howetts Name auf den Alten gemacht hatte.

Er klopfte und drückte die Klinke der Bibliothekstür nieder, aber sie war geschlossen. Die dicke, starke Eichentür und die schweren Portieren ließen Bellamys Stimme nicht in die Halle dringen.

„Ich vermute, daß er noch telephoniert. Ich mußte eine Verbindung nach Limehouse für ihn bestellen, bevor ich ins Dorf ging.“

Spike schaute bewundernd zu den Gewölben der hohen Eingangshalle mit den kühn geschwungenen Rippen empor. Die große, breite Steintreppe war noch dieselbe wie zu den Zeiten der ersten de Curcys, nur war sie jetzt mit breiten Teppichen bedeckt.

„Wohin führt diese Tür?“ fragte er. Julius erklärte es ihm.

„Das ist mein Zimmer. Dahinter liegt der Speisesaal, der nur von mir benützt wird. Dann gibt es dort noch ein Arbeitszimmer, das aber niemals möbliert worden ist.“

„Wo ist der Hausmeister?“ fragte Spike, als er sich plötzlich daran erinnerte, daß er die Bekanntschaft dieses Mannes machen wollte.

„Er wird das Essen für den Alten holen, ich kann ihn jetzt nicht rufen.“

Die Tür wurde aufgeschlossen, und Abel Bellamy erschien in der Öffnung.

„Kommen Sie sofort herein, Holland. Savini, Sie brauchen nicht zu warten, ich werde Ihnen klingeln, wenn ich Sie brauche.“ Damit schloß er die Tür hinter Spike, der sich sehr wunderte.

„Ich habe noch einmal alles überlegt und überdacht, Holland,“ sagte der Alte, der wirklich guter Laune zu sein schien. “Es tut mir leid, daß ich Sie neulich so vor den Kopf gestoßen habe. Wenn ich Ihnen irgendwelche Auskünfte über diesen verfluchten grünen Spuk geben kann, dann fragen Sie mich bitte. Ich kann Ihnen sagen, daß es ein sehr lebendiger Geist ist. Ich fand heute morgen meine beiden Hunde betäubt in der Halle liegen.“

„Ist er denn wieder in Ihr Zimmer gekommen?“

Bellamy nickte.

Spike erzählte ihm nicht, daß er das schon wußte.

„Wo wohnen Sie eigentlich, Holland?“

„Ich habe mein Quartier in dem alten Dorfgasthaus, im „Blauen Bären“, aufgeschlagen.“

„Das ist ja schön. Nehmen Sie bitte eine Zigarre. Sie sind nicht so gut wie die Sorte, die ich in London hatte; sie werden Ihnen den Appetit nicht verderben!“

Spike wählte sich eine Zigarre und war neugierig, aus welchem Grund Bellamy ihn eigentlich aus Garre hatte kommen lassen.

„Haben Sie sich mit der Bevölkerung im Dorfe schon ordentlich angefreundet? Haben Sie genügend Nachrichten von den Kaufleuten und anderen gesammelt, um meine Lebensgeschichte zu schreiben? Es sind doch ganz nette Menschen?“

„Ach ja, sie sind ganz nett.“

„Wer ist denn eigentlich der Bewohner von Lady's Manor? Kommt wohl auch aus Amerika – wie? Habe gehört, daß er eine sehr schöne Tochter hat.“

„Sie ist wunderhübsch,“ gab Spike zu.

„Kennen Sie sie gut? Haben Sie sie schon drüben in Amerika gekannt?“

„Ich bin nicht aus der Gegend von Philadelphia, ich stamme aus New York.“

Bellamy nickte.

„Alle guten Zeitungsleute kommen aus New York," sagte er, obwohl dieses Kompliment ihn beinahe erstickt hätte. „Vermutlich interessiert sich die junge Dame – wie ist doch gleich ihr Name – Valerie Howett – auch für die Burg? Hat sie noch nicht danach gefragt und will sie nicht allerhand darüber wissen?"

„Ich könnte nicht sagen, daß sie besonderes Interesse dafür an den Tag gelegt hat. Sie ist vollständig mit der Einrichtung von Lady's Manor beschäftigt."

Bellamy schien etwas enttäuscht zu sein.

„Es wäre doch ganz natürlich, wenn sie sich für die alte Burg interessierte. Hier sitze ich nun, ein alter rauher Amerikaner, und lebe in einer Burg, die tausend Jahre alt ist. Hat sie denn niemals den Wunsch geäußert, das Schloß hier zu sehen?"

„Möglich, daß sie das getan hat," sagte Spike obenhin.

„Ja, dann bringen Sie sie doch mal hierher, Holland. Sagen Sie, sie soll mich einmal besuchen, ich würde mich sehr darüber freuen. Wie geht es denn ihrem Vater?"

„Soviel ich weiß, ganz gut."

„Ich habe eine Ahnung, als ob ich ihn irgendwie kennen müßte," meinte Bellamy nachdenklich. „Ein kurzsichtiger Mann – er hatte immer mit den Augen zu tun."

„Er ist auch jetzt noch sehr kurzsichtig. Ich glaube, Miß Howett erzählte mir, daß er früher einmal nahezu blind war."

„Schon gut. Wollen Sie ihr meine Botschaft ausrichten? Sie brauchen sich ja nicht gerade die Mühe zu machen, sie deswegen besonders aufzusuchen. Aber wenn Sie sie zufällig sehen, dann teilen Sie ihr doch bitte mit, was ich Ihnen gesagt habe."

„Das will ich tun." Spike erkannte an Bellamys Ton, daß die Unterhaltung zu Ende sei und daß der Auftrag, den er soeben erhalten hatte, der eigentliche Grund war, weshalb er ihn hatte holen lassen.

„Sie kommen doch als Zeitungsmann wahrscheinlich mit vielen armen Leuten zusammen, Holland, wie?"

Bellamy steckte die Hand in die Tasche und zog ein Bündel zusammengedrückter Banknoten heraus. Er glättete zwei und legte sie auf den

Tisch. „Wenn Sie jemand sehen, dem Sie mit Hundert unter die Arme greifen können, dann nehmen Sie dieses Geld ruhig dazu."

Spike sah ihn an und lächelte.

„Ich begegne keinen Menschen, die schlechtes Geld haben wollen, Mr. Bellamy. Sollte es aber doch der Fall sein, so kann ich sie ja zu Ihnen selbst schicken. Ich trage kein fremdes Geld in meiner Tasche."

„Nun gut, dann betrachten Sie es als Ihr eigenes."

„Ich betrachte nur das Geld als mein Eigentum, das ich mir selbst verdiene."

Abel Bellamy zuckte mit den Schultern, nahm die Banknoten und steckte sie in seine Tasche zurück.

„Wie Sie wollen," sagte er dann und klingelte.

Spike erwartete nun, daß der Hausmeister erscheinen werde, aber Julius Savini kam herein.

„Führen Sie Mr. Holland zum Tor, Savini, und kommen Sie dann zu mir zurück. Gute Nacht, Holland."

„Was wollte er denn von Ihnen?" fragte Julius, als sie aus Hörweite waren. „Fragte er nicht, ob ich Ihnen etwas gesagt hätte –" begann er ängstlich.

„Das Sonderbarste war, daß er von Ihnen überhaupt nicht sprach. Ich kann gar nicht verstehen, wie es möglich war, daß wir zehn Minuten miteinander redeten, ohne Sie zu erwähnen – aber es war so."

„Was wollte er?" beharrte Savini, der nicht empfindlich war.

„Er wollte sich mir von einer wohltätigen und menschenfreundlichen Seite zeigen, und ich bin nur neugierig, welch einen teuflischen Plan er dabei im Schilde führt. Ich wünschte nur, ich hätte diesen Hausmeister gesehen," fügte er nachdenklich hinzu.

24

Julius wartete, bis Spike Holland außer Sicht war, dann ging er im Schatten der Umfassungsmauer auf Lady's Manor zu. Die Mauer begrenzte die Dorfstraße einige hundert Meter lang und der Weg kam ihm endlos vor.

Er streckte gerade seine Hand aus, um die Gartentür zu offnen, als er jemand im Schatten der Eibenhecke stehen sah. Erschrocken fuhr er zusammen.

„Wer ist da?“ rief er mit lauter Stimme. Da kam plötzlich Leben in die Gestalt, und er erkannte Mr. Howett.

„Nun, Mr. Savini, was gibts denn?“

„Ach, Mr. Howett, es tut mir sehr leid, aber Sie haben mich sehr erschreckt.“

Im Mondlicht erschien Mr. Howetts gefurchtes Gesicht bleich. Es mochte mit der Beleuchtung zusammenhängen, aber Julius hatte geschworen, daß die Blässe unnatürlich war.

„Wollen Sie Miß Howett sprechen?“

„Ja, mein Herr ... ich möchte sie etwas fragen – aber es ist wohl schon zu spät.“

„Nein, keineswegs, Mr. Savini –“ Howett schien etwas verwirrt zu sein. „Würden Sie mir den großen Gefallen tun und Miß Howett nicht sagen, daß Sie mich gesehen haben?“

„Gewiß,“ erwiderte Julius höchst erstaunt.

„Sie glaubt nämlich, ich sei schon zur Ruhe gegangen, und ich möchte sie nicht irgendwie beunruhigen. Ich – ich – habe die Angewohnheit, manchmal noch abends spät einen Spaziergang zu machen.“

„Ich werde unter keinen Umständen erwähnen, daß ich Sie gesehen habe.“

Er läutete an der Haustür. Ein Dienstmädchen erschien und öffnete ihm. Sie war erstaunt, ihn zu so später Stunde noch zu sehen. Miß Howett war noch auf, und das Mädchen ließ ihn warten, um ihrer Herrin den Besuch zu melden. Als Julius zur Gartentür zurückschaute, konnte er nur feststellen, daß Mr. Howett verschwunden war. Gleich darauf wurde er in das große Wohnzimmer gebeten und fand Valerie dort, die auf ihn wartete.

„Es ist allerdings sehr spät für einen Besuch, Miß Howett, aber ich muß etwas mit Ihnen besprechen. Durch die unglückliche Unterbrechung unserer Unterhaltung damals vergaß ich alles, was ich Ihnen sagen wollte.“

Sie mußte innerlich lächeln, denn sie hatte Julius schon längst verziehen. Sie amüsierte sich sogar, wenn sie an jene peinlichen fünf Minuten dachte.

„Sie brauchen sich nicht zu entschuldigen, Mr. Savini. Mein Vater hat sich schon zurückgezogen, er geht gewöhnlich sehr früh schlafen. Sie können mir in aller Ruhe berichten."

Julius machte sich allerdings seine eigenen Gedanken über Mr. Howetts frühes Verschwinden, aber er behielt sie für sich.

„Ich möchte Sie fragen, ob Sie ein Taschentuch verloren haben," begann er. „Der alte Bellamy hat mir die strengste Anweisung gegeben, es herauszubringen. Er war heute abend ganz merkwürdig, als er erfuhr, daß Mr. Howett und Sie die neuen Bewohner von Lady's Manor seien." Dann erzählte er ihr alles, was sich zugetragen hatte.

Je weiter er sprach, desto mehr leuchteten ihre Augen auf.

„Dann stimmt es also doch! Und es muß wahr sein, wenn er sich so benommen hat – sein Gewissen scheint zu schlagen! Warum sollte denn nur die Nennung meines Namens ihn so aufregen?"

„Darüber habe ich mich auch sehr gewundert," entgegnete Julius. „Was ist denn Ihrer Meinung nach der Grund?" Aber sie beantwortete seine Frage nicht.

„Was wollten Sie wegen des Taschentuchs? Ich habe vor einer Woche eins verloren – es ist sogar schon länger als eine Woche her. Es ist eins von den sechs, die ich in Paris machen ließ. Haben Sie es gefunden?"

Er nickte.

„Es ist in Garre Castle gefunden worden," sagte er mit Nachdruck. „Und zwar in der Nacht, in der Bellamy auf den Grünen Bogenschützen geschossen hat – und es war ganz mit Blut durchtränkt!"

Sie sah ihn entsetzt an.

„Mein Taschentuch – in Garre Castle – das ist doch aber unmöglich!"

Er beschrieb das kleine dünne Tuch genau.

„Warten Sie einen Augenblick," sagte sie, ging aus dem Raum und kehrte nach kurzer Zeit mit einem Taschentuch in der Hand zurück.

Julius brauchte nur hinzusehen, um es sofort zu erkennen.

„Aber wie merkwürdig! Ich erinnere mich jetzt, daß ich es an dem Tag verlor, an dem ich Lady's Manor besichtigte. Damals entschloß ich mich, meinen Vater zu bitten, das Haus zu mieten. Ich entdeckte den Verlust, als ich im Auto nach London zurückfuhr."

„Sind Sie denn damals nicht in die Burg gegangen? Entschuldigen Sie, wenn ich diese Frage an Sie stelle, aber ich weiß doch, wie sehr Sie sich für Mr. Bellamy interessieren. Sind Sie nicht vielleicht irgendwie in die Nähe des Hauptgebäudes gekommen?"

„Nein," sagte sie sehr bestimmt. „Ich weiß ganz genau, daß ich es in Lady's Manor selbst verloren habe. Ich erinnere mich, daß ich es bei mir hatte, als ich in das Haus ging."

„Das ist alles, was ich heute berichten kann, Miß Howett." Julius erhob sich. „Er hat mir sogar den Auftrag gegeben, ein anderes Taschentuch von Ihrem Dienstmädchen zu besorgen. Ich kann mir gar nicht vorstellen, warum er plötzlich ein so großes Interesse an Ihnen hat."

Er zögerte, als er in der Tür stand, und sie erinnerte sich, daß sie ihm Geld geben wollte.

„Aber das hat doch nichts zu sagen, Miß Howett," meinte er, als sie ihm einige Banknoten auf den Tisch zählte. „Ich möchte eigentlich kein Geld mehr von Ihnen annehmen."

„Der Arbeiter ist seines Lohnes wert," erwiderte sie lächelnd. Aber er wußte nicht recht, ob er diese Äußerung als ein Kompliment auffassen durfte.

Als sie allein war, versuchte sie irgendeinen Entschluß zu fassen.

Ein großer Widerspruch war in Valerie Howetts Leben gekommen. Sie hatte sich die Ausführung eines Planes vorgenommen, der nach menschlichem Ermessen und Verstand nicht gelingen würde, der sogar äußerst gefährlich war. Und sie hatte sich trotz der dringenden Warnung Jim Featherstones dazu entschlossen. Sie war nicht so eigensinnig, daß sie gerade immer das Gegenteil von dem tat, worum er sie bat. Ihre gesunde Vernunft sagte ihr, daß die Burg für jeden ungebetenen Besucher einfach unzugänglich war. Schwer genug kam man schon in ein gewöhnliches Haus – wie konnte sie hoffen, in diese mit Schießscharten bewehrten Mauern einzudringen? Und selbst wenn sie drinnen war, wie sollte sie das finden, was sie suchte? Besonders da Bellamy jetzt vermutete, wer sie war und die Gefahr dadurch bedeutend größer wurde?

Aber trotzdem – und hier entschied sie sich gegen besseres Wissen – bestand noch eine geringe Hoffnung. Wenn der alte Plan der Burg, der in ihrem Besitz war, in allen Einzelheilen stimmte und die Umbauten der letzten beiden Jahrhunderte nicht den Grundriß vollkommen verändert hatten, dann hatte sie einen Zugang zu der Burg entdeckt.

Auf der Nordseite der Burg befand sich das Wassertor. In früherer Zeit war das Gebäude von einem Graben umgeben. Ein Fluß, der aus den hügeligen Wäldern des Hinterlandes kam, hatte früher in Verbindung damit gestanden. Sein Wasser wurde durch einen besonderen Kanal abgeleitet und auf diese Weise war es den Besitzern der Burg möglich, den Graben mit Wasser zu füllen, trotzdem das Gebäude auf einer kleinen Erhöhung stand. Der Graben war aber nun längst ausgetrocknet und mit Gras zugewachsen. An manchen Stellen war er auch eingeebnet worden. Nur das Wassertor aus jener Zeit war noch übriggeblieben.

Sie hatte die niedrige, quadratische Öffnung in der Burgmauer, die durch schwere eiserne Gitter geschlossen war, von ihren Fenstern aus gesehen. Durch dieses Tor gingen die Händler aus und ein, wenn sie zum Kücheneingang wollten, und Valerie hatte den Entschluß gefaßt, auch auf diesem Wege in die Burg zu kommen und Abel Bellamys Geheimnis zu enthüllen. Aber ihr Verstand sagte ihr, daß das Küchengebäude und die anderen, außerhalb liegenden Räumlichkeiten, die man durch das Wassertor erreichen konnte, sicher von der eigentlichen Burg abgesperrt seien, und daß sie ihrem Ziele nicht näherkommen würde, wenn sie durch das Tor eindringen könnte. Aber trotz dieser geringen Aussicht wollte sie wenigstens einen Versuch wagen. Die Hoffnung, die in ihr lebte, hatten selbst alle bisherigen Mißerfolge bei ihren Bemühungen nicht zerstören können.

Ihr Vater war schon zur Ruhe gegangen, wie sie annahm. Den letzten der drei Dienstboten entließ sie um zwölf Uhr und sagte ihm, daß sie noch zu tun hätte. Nun war sie nur noch allein auf. Ihr Vater hatte, wie sie wußte, einen gesunden Schlaf.

Sie saß in ihrem kleinen Wohnzimmer und versuchte, die Zeit totzuschlagen. Sie hatte sich mit besonderer Sorgfalt für dieses Abenteuer angekleidet und hoffte, daß der kurzsichtige Mr. Howett beim Abendessen nicht gesehen hatte, daß sie noch immer das Golfkleid trug, das sie schon am Tage angehabt hatte.

Nachdem alles ruhig geworden war, ging sie in den Garten hinunter und fand mit Hilfe ihrer elektrischen Taschenlampe den Weg bis zur Mauer, wo die beiden leichten Leitern lagen. Sie hatte sie am Tage von den Arbeitsleuten, die noch mit der Reparatur des Daches beschäftigt waren, dorthin schaffen lassen. Sie stellte eine gegen die Mauer, die zweite stellte sie daneben und stieg hinauf. Oben zog sie die eine Leiter nach, ließ sie an der anderen Seite hinunter und band die beiden Gestelle mit einem Strick zusammen. Als sie damit fertig war, ging sie ins Haus zurück. Es war noch zu früh für die Ausführung ihres Plans, und sie war eine ganze Stunde lang ohne eigentliche Beschäftigung.

Sie schrieb zwei unwesentliche Briefe an Leute, die sie nur wenig interessierten, und wollte gerade einen dritten anfangen, als ihr zum Bewußtsein kam, daß sie am Abend nur wenig gegessen hatte. Sie empfand Hunger und ging deshalb in die Küche, die im Kellergeschoß lag und die man durch eine lange Steintreppe erreichen konnte. Sie nahm eine Kerze mit sich, denn Lady's Manor war nicht mit elektrischem Licht versehen. Sie entzündete den Gasherd, stellte einen Wasserkessel auf und durchsuchte den Vorratsraum. Zu ihrer Freude fand sie auch noch eine Schüssel mit Pasteten, die sie in die Küche brachte und auf den Tisch stellte. Dann ging sie in ihr Wohnzimmer nach oben und ließ die Kerze unten brennen.

Eine unheimliche Ruhe lag über dem Raum, das Schweigen war beklemmend und sie wünschte, daß ihr neuer Flügel schon angekommen wäre. Sie schrieb an dem begonnenen Brief weiter, aber ihre Gedanken waren so mit ihrem Abenteuer beschäftigt, daß sie sich nicht darauf konzentrieren konnte.

Sie hielt die Feder in der Hand und suchte nach neuen Gedanken, die sie ihren Bekannten schreiben könnte, als sie plötzlich zusammenschrak. Sie hatte ein Knacken gehört – jemand mußte die Haustür am äußersten Ende der Halle aufgeschlossen haben. Einen Augenblick saß sie starr vor Furcht, ihre überreizten Nerven waren einem solchen unerwarteten Zwischenfall nicht mehr gewachsen.

Einige Sekunden vergingen, dann hörte sie leichte Fußtritte auf dem mit Fliesen belegten Gang. Die leisen Schritte kamen näher und näher und gingen an der Tür vorbei.

Sie stand auf, eilte zu der Tür und riß sie auf. Sie konnte nur den Lichtschein aus der Küche sehen, sonst nahm sie nichts wahr.

„Ist jemand hier?“ fragte sie mit lauter Stimme. „Sind Sie es, Clara?“

Plötzlich hörte sie ein Krachen, und das Licht in der Küche verlosch sofort.

Ihr Herz schlug schnell. Sie atmete schwer, aber sie biß sich auf die Lippen, um einen Hilfeschrei zu unterdrücken.

Sie hatte die elektrische Lampe noch in ihrer Tasche und nahm sie mit bebenden Händen heraus. Ein zitternder Lichtstrahl erhellte die dunkle Halle. Valerie dachte an den Revolver, den ihr Spike gegeben hatte, ging in das Zimmer zurück und holte ihn aus der Tischschublade. Dann schaute sie wieder die dunkle Halle entlang und die Treppe zur Küche hinunter.

„Ist jemand hier?“ fragte sie noch einmal, aber nur das dumpfe Echo ihrer Stimme schallte zurück.

Als sie nichts mehr hören konnte, nahm sie ihren ganzen Mut zusammen und ging langsam durch die Halle. Zögernd betrat sie die Treppe und gelangte allmählich in die Küche. Die Platte mit den Pasteten lag zerbrochen auf dem Fußboden. Sie hatte also eben den Fall dieser Schüssel gehört. Erleichtert atmete sie auf – der Eindringling war wenigstens ein Mensch!

Sie steckte die Kerze wieder an, deren Docht noch glimmte. Dann entdeckte sie, obgleich die Platte zerschmettert auf dem Boden lag, zwei Scherben auf dem Tisch. Irgend jemand mußte sie aufgehoben haben. Die Küche war aber leer. Dahinter lag die Speisekammer und von dort aus führte eine Tür in den Kohlenkeller. Sie versuchte sie zu öffnen, aber sie war verschlossen.

Wohin mochte wohl der geheimnisvolle Besucher gegangen sein? Die Fenster waren durch eiserne Gitter geschützt, und hier gab es doch nirgends einen Platz, wo er sich verbergen konnte. Die Tür, die auf den kleinen Wirtschaftshof an der Rückseite des Hauses führte, war von innen verriegelt und versperrt. Die Gartentür hatte Valerie heute selbst abgeschlossen, als sie wieder hereinkam, nachdem sie die Leitern an die Mauern gestellt hatte. Sie fühlte den Schlüssel in ihrer Tasche.

Sie dachte daran, die Dienerschaft aufzuwecken und eine genaue Durchsuchung der unteren Räume vornehmen zu lassen, aber das hätte ihre eigenen Pläne vollkommen zerstört. Plötzlich sah sie in der einen Ecke der Speisekammer zwei feurig grüne Punkte, die sie anstarrten. Sie fuhr zusammen und mußte im nächsten Augenblick hysterisch auflachen, denn sie hielt die Katze in den Händen.

„Du armer Kerl! Ich glaubte schon, du wärst ein Gespenst! Aber wie darfst du denn die Schüssel hinunterwerfen?"

Sie ging zur Küche zurück. Ihr Blick fiel plötzlich auf einen langen grünen Pfeil, der neben den Scherben der Porzellanplatte auf dem Fußboden lag. Seine Spitze leuchtete im Schein der Kerze auf.

25

Valerie Howett wurde nicht ohnmächtig. Langsam und mechanisch setzte sie die Katze, die sie noch im Arm gehalten hatte, wieder auf den Boden. Dann hob sie den Pfeil auf. Der Schaft war ganz glatt und die Spitze nadelscharf.

Der Grüne Bogenschütze! Der war also hier eben in demselben Raum gewesen! Wohin mochte er gegangen sein?

Das Zischen des überkochenden Kessels brachte sie wieder zur Wirklichkeit zurück. Sie drehte den Gashahn zu und ging in ihr Zimmer nach oben. Sie hatte keinen Hunger mehr.

Der Grüne Bogenschütze! Aber sie hatte nichts von ihm zu fürchten, er war ja ein Feind Abel Bellamys, also war er ihr Freund! Sie versuchte das Furchtgefühl zu überwinden, das sich ihrer bemächtigt hatte, und es gelang ihr auch teilweise. Als die Dorfuhr eins schlug, ging sie wieder in den Garten hinunter. Ihre Knie zitterten, aber trotzdem stieg sie die Leiter empor und kletterte auf der anderen Seite nach Garre Castle hinunter. –

Mr. Bellamy brauchte gewöhnlich zwei Stunden für sein Abendessen, manchmal speiste er auch länger, aber niemals kürzer. Es war gegen jede Regel, daß er eine halbe Stunde nach dem Servieren schon klingelte und das Geschirr abräumen ließ.

„Telephonieren Sie zum Pförtnerhaus und sagen Sie, daß ich Besuch erwarte, einen Mr. Smith! Der Mann soll sofort herausgebracht werden, wenn er kommt."

„Jawohl, mein Herr," antwortete Savini unterwürfig. Jetzt wurde ihm klar, warum das Abendessen nur so kurze Zeit gedauert hatte.

„Bringen Sie auch etwas Rum und einen Syphon Sodawasser! Und vergessen Sie auch nicht die Kiste mit den billigen Zigarren," fuhr er fort. „War Spike

Holland eigentlich sehr überrascht, daß ich ihn hierher einlud? Vermutlich hat er Ihnen gesagt, warum ich ihn hergebeten habe?“

„Er hat mir nichts erzählt,“ entgegnete Julius und zuckte mit keiner Wimper unter den argwöhnisch beobachtenden Blicken des Alten. „Die Dienerschaft beklagt sich über die Hunde, mein Herr,“ sagte er dann. „Sie sagen, daß die Hundekäfige zu nahe an der Küche sind und daß sie sich fürchten an ihnen vorbeizugehen.

„Werfen Sie die ganze Gesellschaft hinaus,“ sagte Abel Bellamy brutal. „Und reden Sie nicht über Küchenklatsch mit mir, sonst schicke ich Sie auch noch in die Küche hinunter, dann können Sie dort mit den anderen zusammen essen!“

Bellamys böser Charakter hatte sich nicht im mindesten geändert, und selbst seine aufregende Entdeckung im „Berkshire Herald“ hatte keinen Einfluß auf ihn.

Julius beeilte sich, die Auftrage seines Herrn auszuführen und war neugierig, warum Coldharbour Smith nach Garre Castle gerufen worden war.

Später änderte Bellamy seine Absicht und sandte Julius nach dem Pförtnerhaus, um die Ankunft des Besuches abzuwarten.

Es war fast elf Uhr, als Coldharbour Smith in einem Londoner Mietauto ankam. Julius sah sofort, daß er unterwegs oft angehalten haben mußte, um mit dem Chauffeur einen kleinen Trunk zu nehmen. Die beiden waren so ausgelassen und fröhlich, daß Julius über ihr Betragen empört war.

„Mr. Smith, es wäre viel besser, Sie würden Ihrem Freund sagen, daß er nicht solchen Lärm macht. In dem Dorf wird schon so viel über die Burg gesprochen, und Mr. Bellamy möchte nicht noch weiteren Grund zu unnützem Gerede geben.“

Coldharbour Smith stand im Alter von fünfzig Jahren, war groß, nicht gerade sehr ordentlich gekleidet, und hatte eine rohe Ausdrucksweise. Seine Gesichtsfarbe war dunkel und seine starken Kinnladen hätten einem Gorilla Ehre gemacht. Er nahm den Rat übel auf, den ihm Savini gab.

„Scheren Sie sich zum Teufel,“ brüllte er laut. „Wo ist der Alte?“

„Er erwartet Sie.“

„Schön, soll er warten. Ich will erst trinken. Komm mit, Charlie!“ wandte er sich wieder an den Chauffeur. „Wir wollen erst noch in den „Blauen Bären“ gehen.“

„Das Lokal ist schon seit vielen Stunden geschlossen,“ sagte Julius. „Gehen Sie jetzt hinauf, Mr. Smith. Der Herr wartet auf Sie.“

„Schön, dann nehme ich meinen Freund mit hinauf.“

„Das werden Sie nicht tun,“ entgegnete Julius scharf.

Manchmal konnte er auch energisch und mutig sein, und in diesem Fall stand die Autorität Abel Bellamys hinter ihm.

„Gut,“ sagte Smith düster, „warte hier auf mich, Charlie.“

Er ging mit unsicheren Schritten an Savinis Seite.

„Warum hat er denn mitten in der Nacht nach mir geschickt?“ fragte er aufsässig.

„Das weiß ich nicht – das fragen Sie ihn besser selbst.“

„Zuerst sagen Sie mal was über sich selbst,“ brummte Smith. „Wer sind Sie denn eigentlich?“

„Ich bin Julius Savini.“

„Ach, der alte Julius! Ich dachte, Sie säßen im Gefängnis? Wie gehts denn den andern Jungens? Sagen Sie mal, was machen Sie denn eigentlich hier, Julius, alter Krieger und Bundesgenosse?“

„Ich bin Mr. Bellamys Sekretär.“

„Ist sonst noch jemand hier, den ich kenne?“ fragte Smith, als sie nahe ans Haus kamen. „Wie geht es denn eigentlich dem Grünen Bogenschützen?“ Er brüllte laut vor Vergnügen und schlug sich auf die Knie. „Doch 'ne Verrücktheit, wenn man anfängt, grüne Bogenschützen zu sehen! Euer Schnaps muß ein bißchen stark sein, Julius. Was trinkt Ihr eigentlich bei Euch – Fusel?“

Julius war froh, als sie in die Halle kamen. Coldharbour Smith, der seinen Namen nach der Polizeistation führte, auf der man ihn schon so oft verhaftet hatte, war vollständig betrunken. Einmal mußte Julius ihn fest am Arm fassen, damit er nicht umfiel. Smith blinzelte, als er in den hellen Lichtschein der Bibliothek trat. Auf einen Wink des Alten verschwand Julius sofort und war zufrieden, daß er bei der Unterredung nicht zugegen sein mußte.

„Setzen Sie sich, Smith“, sagte Bellamy und zeigte auf einen Stuhl. „Wie ist es mit einem Schluck?“

Erst jetzt erkannte Abel Bellamy die Verfassung seines Besuchers.

„Sie sind ja wieder ganz voll, Sie Hund! Ich habe Ihnen doch gesagt, Sie sollten sofort zu mir kommen, und zwar nüchtern!“

„Ich weiß überhaupt nicht, warum die Menschen nüchtern sind,“ sagte Smith widerspenstig. „Wenn man sich doch betrinken kann – na, sagen Sie mir doch, warum soll man das nicht tun? So können Sie gar nichts dagegen sagen, Bellamy, das ist doch logisch, was?“

Abel Bellamy ging zum Tisch und goß ein Glas reinen Branntwein ein. Smith streckte schon die Hand aus, um das Glas zu nehmen, als ihm Bellamy plötzlich den ganzen Inhalt ins Gesicht goß. Mit einem Aufschrei fuhr Smith zurück, faßte mit den Händen nach den Augen und rieb sie entsetzt.

„Sie haben mich blind gemacht,“ brüllte er.

„Seien Sie ruhig – hier, nehmen Sie das!“

Bellamy warf ihm eine Serviette zu, die beim Abräumen liegen geblieben war. Stöhnend und ächzend wischte sich Smith das Gesicht.

„Das ist ein ganz gemeiner Trick, den Sie mir da gespielt haben!“ stöhnte er. „Wenn ich nun blind geworden bin!“

„Ich hoffe, daß ich Sie wenigstens nüchtern gemacht habe, Sie betrunkenes Schwein. Und wenn Sie jetzt noch nicht aufgewacht sind, werde ich schon Mittel und Wege finden, Ihnen den Alkohol auszutreiben. Aufgepaßt!“

Mit eisernem Griff packte er Smith am Kragen, stellte ihn auf die Füße und hielt sein Gesicht zwischen seinen großen Händen fest wie in einem Schraubstock.

„Fünf Jahre lang habe ich Ihnen nun Geld gezahlt und Sie haben nichts dafür getan, Sie verfluchter Kerl! Und wenn ich Sie das erstemal brauche und nach Ihnen schicke, kommen Sie mir betrunken ins Haus! Nun sind Sie hoffentlich bei Verstand und etwas nüchterner! Und wenn ich Sie durch Schmerzen noch etwas nüchterner machen kann, dann werde ich Ihnen soviel davon geben, daß Sie bis an Ihr Lebensende daran denken sollen!“

Er schaute in das entsetzte Gesicht des andern und drückte die Daumen auf die Augen des Mannes. Smith wehrte sich und griff nach dem Arm, der ihn hielt. Aber Bellamy ließ ihn plötzlich wieder los.

„Setzen Sie sich dorthin!"

Smith flog krachend in den schweren Stuhl.

„Nun hören Sie zu! Ich habe Arbeit für Sie. Sie haben mir neulich geschrieben, daß Ihnen dieses Land nicht mehr recht paßt und daß Sie nach Amerika gehen wollen. Das heißt also, daß die Polizei hinter Ihnen her ist, und ich will wetten, daß sie Sie auch kriegt. Es ist möglich, daß ich eine Aufgabe für Sie habe, die Sie über See bringt, und wenn Sie den Auftrag gut ausführen, dann haben Sie genug Geld für den Rest Ihres Lebens. Also wohlverstanden, es wäre möglich, ich bin noch nicht ganz sicher. Aber in den nächsten Tagen wird sich die Sache entscheiden. Sind Sie nun nüchtern?"

„Ja, Mr. Bellamy," sagte Smith eingeschüchtert.

Abel Bellamy schaute auf ihn hinunter.

„Sie sind gerade der Richtige für diese Aufgabe. Sie sind häßlich genug, Sie sind eine giftige Schlange, Smith – aber im Augenblick brauche ich gerade so ein Vieh. Nun hören Sie zu."

Bellamy ging zur Tür und schloß sie ab. Dann kam er zu Smith zurück, und sie sprachen eine ganze Stunde lang miteinander.

26

Der neue Hausmeister hatte wie sein Vorgänger das sogenannte Königszimmer in dem Flügel der Burgkapelle bezogen. Es war der einzige Raum, der in diesem Teil des Hauses bewohnt wurde, und man gelangte durch einen langen Gang dorthin. Die einfachen Schießscharten in der Wand waren zu kleinen, schmalen Fenstern erweitert worden, von denen aus man den Haupteingang zur Burg überschauen konnte. Der Hausmeister war schon lange in sein Zimmer gegangen, bevor Mr. Smith fortging, denn er hatte viel zu tun.

Bei seiner Ankunft brachte er nur zwei bescheidene Gepäckstücke mit. Eins enthielt einen weiteren Anzug und Wäsche, in dem andern befanden sich gewisse Geräte, die ein wissenschaftlicher Instrumentenmacher in größter Eile extra für ihn angefertigt hatte. Er breitete die etwa fünfzig Zentimeter langen Eisenstangen auf dem Tisch aus. Oben an der Spitze hatten sie eine Öse, ähnlich wie Nähnadeln, und darin waren kleine Thermometer befestigt, die von halbkreisrunden Schutzblechen umgeben waren. Mit Genugtuung betrachtete er die Apparate. Dann wandte er sich wieder der großen Tasche zu und suchte einen Schlegel heraus, dessen Kopf aber aus Gummi angefertigt war.

Ganz unten in der Handtasche lag ein Strick mit vielen Knoten, an dessen einem Ende ein Stahlhaken angebracht war. Diesen befestigte er an dem einen Pfosten seiner eisernen Bettstelle und zog daran. Da die Bettstelle an der Wand in der Nähe des Fensters mit eisernen Haken befestigt war, war es unnötig, nach einer anderen, besseren Befestigung Umschau zu halten. Er nahm den andern Anzug und ein paar weiche Filzschuhe heraus. Die Natur draußen lag im tiefsten Frieden, der Halbmond übergoß die Landschaft mit seinem silbernen Licht und ließ den ganzen Park in sanften Umrißlinien erscheinen.

Der Hausmeister drehte das Licht ab und ging in die Halle.

Es war zehn Minuten nach zwölf, und er hörte, wie Smiths Auto eben abfuhr. Abel Bellamy kam von dem Hundekäfig, die vier Tiere kamen hinter ihm her.

Der Hausmeister war der einzige Angestellte, der noch auf war. Julius hatte ihm das Aufschließen der Türen morgens übertragen, denn er liebte die Hunde nicht.

„Ist Savini schon zu Bett?“ fragte Bellamy, als er die Tür von innen verriegelte.

„Jawohl, mein Herr,“ erwiderte der Hausmeister. Die Hunds beschnüffelten seine Schuhe, und der wildeste knurrte bedenklich.

„Sie fürchten sich wohl nicht vor Hunden? Nun ja, es liegt auch kein Grund dazu vor, wenn ich dabei bin. Aber lassen Sie sich bloß nicht verleiten, über Nacht einmal durch das Haus zu gehen, mein junger Freund.“

Als ob er die Warnung seines Herrn bekräftigen wollte, hob der eine Hund, der wie ein Wolf aussah, seinen Kopf zu dem Hausmeister und bellte laut.

„Willst du wohl ruhig sein?“ fuhr ihn Abel an, aber im geheimen war er sehr zufrieden mit ihm. „Sie können jetzt zu Bett gehen.“

Der Hausmeister ging die Treppe hinauf und drehte sich nicht um, obwohl einer der Hunde hinter ihm herlief und ihn beschnüffelte.

Sobald er in seinem Zimmer angekommen war, schloß er die Tür und zog sich um. Drei Minuten später ließ er sich Hand über Hand an dem Strick hinunter, nachdem er die ganzen anderen Instrumente schon vorher vorsichtig auf den Boden hinabgelassen hatte.

Unten knüpfte er den Bindfaden auf, der sie zusammenhielt und begann seine merkwürdige Arbeit. Dicht unter der Burgkapelle klopfte er einen der eisernen Bolzen in den Boden. Der Gummischlegel verursachte fast gar keinen Lärm. Nachdem er damit fertig war, ging er im Schatten der Mauer weiter, hielt nach ein paar Schritten wieder an und schlug ein zweites Eisen ein. Der Hausmeister hatte den eisernen Stab so weit in den weichen Boden getrieben, daß er vollständig darin verschwunden war. Plötzlich fiel ihm ein, daß es schwer sein würde, den Bolzen wieder zu finden. Er suchte schnell ein paar Steine und drückte sie an der betreffenden Stelle in den Boden.

So kreiste er die ganze Burg ein, bis er zu dem Platz zurückkam, wo er den ersten eisernen Stab eingeschlagen hatte. Nach einer Weile zog er ihn heraus und betrachtete das Thermometer im Lichte seiner Taschenlampe. Es zeigte sechs Grad, also eine normale Bodentemperatur. Er ging weiter und zog die langen Bolzen nacheinander heraus. Alle Thermometer zeigten ungefähr denselben Stand. Bis auf einen hatte er alle Stäbe wiedergefunden. Er hielt nach den Steinen Umschau, die er an die Stelle gelegt hatte, aber in der Dunkelheit verfehlte er sie und suchte lange ohne Erfolg.

Er war noch damit beschäftigt, als er plötzlich hörte, daß ein Fenster über ihm aufgemacht wurde. Er drückte sich ganz dicht an die Mauer und sah jetzt erst, daß er sich unmittelbar unter Bellamys Schlafzimmer befand.

„Dort ist er!“ brüllte Bellamy mit rauher Stimme.

Einen Augenblick dachte der Hausmeister, er sei entdeckt, aber als er quer über den Rasen schaute, vergaß er sofort die gefährliche Lage, in der er sich selbst befand.

Aus dem schützenden Schatten der nördlichen Umfassungsmauer hatte sich eine Gestalt gelöst und bewegte sich jetzt auf eine Gruppe von Sträuchern zu, die sich quer in den Rasen hineinschoben und bis zur Ostmauer verliefen.

Es war eine Frau, und er vermutete sofort, wer es war. Ohne Rücksicht auf seine Umgebung eilte er zu ihr hin.

Bellamy war nicht sogleich ins Bett gegangen, die Entdeckungen des heutigen Tages hatten ihn doch zu sehr aufgeregt, er mußte noch nachdenken. Er stellte einen Stuhl an das offene Fenster, setzte sich nieder, legte die Ellenbogen auf die Fensterbank und schaute in den schweigenden Park hinaus, der vom Mondlicht überstrahlt war. Bellamy konnte alles genau überschauen bis zu der Umfassungsmauer. Aber weder die Schönheit der Natur noch die Geheimnisse der Mondnacht machten irgendwelchen Eindruck auf ihn. Seine Gedanken waren fern. Er dachte an die Zeit vor einundzwanzig Jahren. Was für ein merkwürdiges Zusammentreffen! Es gab Tausende, die den Namen Howett trugen, und es gab Hunderte von Valerie Howetts in der Welt. Aber eine Valerie Howett, die von Montgomery County stammte – das gab der Sache eine ganz bestimmte Bedeutung.

„Wenn sie es nun wirklich war!" Er lächelte spöttisch und zeigte seine weißen Raubtierzähne in einem erbarmungslosen Grinsen. Welch eine wunderbare Nachricht konnte er dann der ergrauten Frau überbringen! Dieser Gedanke belebte ihn wieder, machte ihn jung und ließ sein Herz schneller schlagen als in den letzten sieben Jahren.

Er stand auf und schaute durch das Fenster. War das nur ein Schatten oder spielte ihm das unsichere Mondlicht einen Streich? Er hätte schwören können, daß sich eine schlanke Gestalt dort drüben im Schatten der Rhododendronbüsche bewegte. Jetzt sah er sie wieder, als sie über eine freie Stelle zwischen den Sträuchern eilte. Es konnte keiner der Dienstboten sein, er hatte ihnen doch streng befohlen, über Nacht im Hause zu bleiben. Er rief laut zum Fenster hinaus, wandte sich um und eilte auf den Korridor, wo er das Tappen der Hunde hörte. Zwei von ihnen rannten sofort auf ihn zu und rieben ihre Köpfe an seinen Knien. Die beiden andern waren unten in der Halle. Er sah ihre Augen in der Dunkelheit leuchten und pfiff ihnen leise.

Geräuschlos zog er die gutgeölten Riegel zurück und öffnete die Haupttür. Er hielt die Hunde noch einen Augenblick an, um seiner Sache ganz sicher zu sein. Ja, dort drüben sah er die Gestalt wieder!

„Vorwärts, faßt ihn!" brüllte er und die vier Hunde sausten davon.

Sie eilten fast lautlos über den grünen Rasen. Aber der Eindringling drüben erkannte die Gefahr, und auch der Hausmeister sah die Hunde. Die Gestalt lief wieder in den Schatten der Bäume zurück und eilte an der Mauer entlang. Zwei der Hunde erspähten ihr Opfer, aber nur einer nahm die Spur auf.

Valerie Howett lief, so schnell sie konnte. Ihr Herz schlug wild, ihr Atem ging schnell, und sie keuchte schwer. Der Hund, der sie verfolgte, kam näher und näher, und dahinter hörte sie menschliche Fußtritte. Sie erreichte wieder die schützenden Bäume. Sie war nur von dem einen Gedanken beherrscht, ob es ihr noch glücken würde, die Leiter zu erreichen. Sie durfte sich nicht umsehen – das war auch nicht notwendig, denn sie hörte das Jappen des Hundes dicht hinter sich. Sie dachte nicht an den Revolver, den sie in der Tasche trug, obwohl er bei jedem Sprung gegen ihre Hüfte schlug.

Das Gehölz, durch das sie eilte, lag etwas erhöht. Sie lief einen kleinen Hügelpfad hinauf, aber es wurde ihr schwerer und schwerer, weiter zu kommen. Und dann sprang der Hund plötzlich zu. Sie hörte das Schnappen seiner Zähne, aber er hatte ihr Bein nicht gefaßt. Durch diesen Fehlsprung war das Tier etwas zurückgeblieben. Die Gefahr gab ihr übermenschliche Kräfte und beflügelte ihre Schritte noch einmal. Aber jetzt mußte sie wieder über eine offene Stelle. Sie hatte es nicht bemerkt, bis sie aus den Sträuchern herauskam. Die Spitze des Hügels lag vor ihr.

Ihre Eile trieb sie vorwärts, sonst würde sie vor Schrecken zusammengebrochen sein, denn klar und scharf sah sie eine schlanke, grüne Gestalt vor sich mit geisterhaft weißem Gesicht, das sie anstarrte. Ein langer Bogen blitzte grün im Mondlicht.

Valerie konnte nicht anhalten, sie mußte weitereilen. Sie sah, wie der Bogen gehoben wurde, sie hörte die Sehne schwirren. Ein schwerer Körper prallte an ihre Schulter, sie erkannte sekundenlang einen gelb und schwarz gefleckten Hund, der sich im Todeskampf streckte – dann brach sie ohnmächtig zusammen.

27

„Mr. Howett möchte gern wissen, ob Sie zum Frühstück kommen, gnädiges Fräulein!“

Valerie setzte sich im Bett aufrecht und fuhr mit der Hand über die Augen. Ihr Kopf schmerzte.

„Zum Frühstück?“ fragte sie verwirrt. „Ja, ja, bitte sagen Sie ihm, daß ich herunterkomme.“

Hatte sie geträumt? Sie schauderte bei der Erinnerung. Nein, es war kein Traum. Ihr Golfkleid lag schmutzbedeckt auf dem Stuhl, und sie besann sich jetzt darauf, daß sie zu Bett gegangen war. Aber wo war sie vorher gewesen? Als sie wieder zu sich kam, befand sie sich im Wohnzimmer von Lady's Manor. Wie war sie nur dahin gekommen? – Der Grüne Bogenschütze! Sie schauderte, als sie an die Erscheinung dachte. Hatte er sie über die Mauer getragen? Die Leitern mußten sie ja verraten – sie sprang schnell aus dem Bett.

„Du hättest nicht herunterkommen brauchen, meine Liebe," sagte Mr. Howett und küßte sie, als sie in das Speisezimmer trat. Dann setzte er seine Brille auf und betrachtete sie genau. „Du siehst heute morgen nicht sehr wohl aus, Val. Hast du nicht gut geschlafen?"

„Doch, sehr gut," log sie.

„Gehst du zu spät zu Bett? Du siehst bleich aus."

Das Frühstück war ihr eine Qual. Sie konnte nichts essen. Später erfand sie rasch eine Entschuldigung, um sich entfernen zu können. Sie wollte die Dienstboten befragen.

„Die Gartentür, gnädiges Fräulein? Nein, sie war von innen verschlossen und zugeriegelt."

„Zugeriegelt – ich dachte, ich hätte sie offengelassen."

Eins stand fest – ohne fremde Hilfe hatte sie das Wohnzimmer nicht erreichen können. Es mußte sie jemand über die Mauer getragen haben. Aber wie konnte dann die Gartentür von innen zugeriegelt sein?

Sie eilte in den Park und ging zu der Mauer. Die beiden Leitern waren heruntergenommen und lagen am Fuß der Mauer. So hatte der Grüne Bogenschütze also auch die beiden Leitern entfernt.

Sie kehrte ins Haus zurück und ging ins Wohnzimmer. Sie hoffte, dort irgend etwas zu finden, was ihr Aufschluß darüber geben konnte, wie sie dorthin gekommen war. Das Zimmer war inzwischen aufgeräumt worden, das Mädchen hatte abgestaubt und die paar kleinen Dinge, die sie gefunden hatte, wie gewöhnlich auf eine Schale gelegt. Zuerst sah sie dort ihr Taschentuch, das ganz braun vor Schmutz war – scheinbar hatte ihr jemand das Gesicht damit abgewischt. Sie konnte sich nicht besinnen, es selbst benützt zu haben. Als sie das Tuch wegnahm, sah sie noch einen zerbrochenen Manschettenknopf dort liegen. Er war aus Gold und trug ein emailliertes Monogramm. Valerie klingelte dem Mädchen.

„Ich danke Ihnen, daß Sie die Sachen zusammengelegt haben. Wo haben Sie sie gefunden?"

„Auf dem Boden, gnädiges Fräulein, bei dem Sofa. Zuerst dachte ich, der Manschettenknopf gehörte Mr. Howett, aber er sagte, daß er nichts verloren hätte."

„Aber das ist ja nur ein Stück davon," entgegnete Valerie.

Die drei ineinanderverschlungenen Kettenglieder des Manschettenknopfes waren zerrissen.

„Haben Sie auch das andere Stück gefunden?"

„Nein, gnädiges Fräulein."

„Helfen Sie mir bitte suchen, der Knopf gehört einem meiner Freunde."

Nach einer Weile fand das Mädchen den anderen Teil, der unter der Ecke des Teppichs lag. Die beiden Teile paßten genau zusammen.

„Viele Streichhölzer lagen heute morgen auf dem Boden, als ich hereinkam, eins hat sogar einen Brandfleck auf dem Teppich hinterlassen." Sie zeigte auf eine dunkle Stelle in dem neuen Brüsseler Teppich.

„Ja, ich habe gestern nacht so viele verbraucht, ich konnte die Lampe nicht finden. Es ist gut so, ich danke Ihnen."

Sie nahm die beiden Stücke des Manschettenknopfes an das Fenster und las das Monogramm.

J. L. F. James Lamotte Featherstone! Das konnte nicht sein, das war doch unmöglich! Sie ließ die beiden Stücke in die Tasche ihrer Sportjacke gleiten, als ihr ein Besuch gemeldet wurde. Es war Spike Holland, und er sprudelte über vor Neuigkeiten.

„Haben Sie nichts in der vergangenen Nacht von dem Grünen Bogenschützen gehört? Er war hinter dem alten Bellamy her und hat einen seiner Hunde erwischt. Bellamy schäumt vor Wut! Scheinbar hat er den Bogenschützen draußen vor der Burg gesehen – es ist das erstemal, daß er sich außerhalb des Gebäudes im Freien zeigte – Bellamy hat die Hunde auf ihn losgelassen. Das Resultat – ein vollständig toter Hund! Glücklicherweise ist es der schärfste und schlimmste von allen, vor dem sich Julius so fürchtete. Das ist wenigstens eine Beruhigung. Miß Howett, ich bringe Ihnen außerdem eine Einladung von Abel Bellamy, dem Herrn von Garre Castle und dem obersten Blutrichter von Berkshire."

„Eine Einladung für mich?" sagte sie verwirrt.

Spike nickte.

„Bellamy ist plötzlich menschlich geworden. Er will fremden Leuten seine Burg zeigen – oder wenigstens will er sie Ihnen zeigen. Er hat nämlich Ihren Namen in der Zeitung gelesen. Er wußte nicht, daß Sie hier wohnten und bittet Sie, ihm einen Besuch zu machen und das Heim der alten Bellamys zu besichtigen. Er ist der älteste von allen."

„Aber das ist doch sehr merkwürdig," meinte Valerie.

„Die Einladung erstreckt sich aber nicht auf Mr. Howett, obgleich ich vermute, daß er ihn nicht abweisen wird, wenn er dorthin kommt. Sie erstreckt sich auch nicht auf mich. Aber wenn Sie zu ihm gehen, Miß Howett, dann lassen Sie mich bitte wissen, wann Sie aufbrechen. Ich habe dann eine gute Entschuldigung, mir die Burg auch anzusehen, denn er kann mich nicht gut abweisen, wenn ich als Ihr Begleiter auftrete."

Sie überlegte schnell.

„Ja, ich will hingehen – heute nachmittag nach dem Essen. Wird diese Zeit Mr. Bellamy wohl recht sein?"

„Ich werde ihn antelephonieren und es auskundschaften. Aber ich glaube jetzt schon, daß ihm jede Zeit recht sein wird."

„Mr. Holland, wissen Sie eigentlich, wo sich Captain Featherstone augenblicklich aufhält?"

„Er war gestern in London. Julius hat ihn dort gesehen."

„Ist er nicht hier im Dorf?"

Spike schüttelte den Kopf.

„Warum fragen Sie? Wünschen Sie etwas von ihm?"

„Nein, nein," sagte sie hastig. „Ich war nur neugierig, das ist alles."

Sie konnte sich die Einladung Bellamys nicht erklären, als sie allein war. Dann dachte sie wieder über die Ereignisse der letzten Nacht nach. Es war sicherlich Featherstone, der sie in das Haus gebracht hatte. Dann erklärte sich auch, warum die Gartentür von innen verschlossen war. Er war eben durch die Haustür gegangen. Plötzlich erinnerte sie sich daran, daß die Haustür aufgeschlossen wurde und leise Schritte an ihrer Tür vorbeikamen – sie dachte an die zerbrochene Schüssel – und an den grünen Pfeil!

„Es ist nicht möglich!" sagte sie dann laut. „Es ist nicht möglich!"

Und sie versuchte, sich gegen ihre bessere Überzeugung einzubilden, daß Jim Featherstone, der Polizeidirektor, nicht mit dem Grünen Bogenschützen von Garre Castle identisch sein konnte.

28

Die Dienstboten von Lady's Manor erklärten sich die häufige Anwesenheit ihrer jungen Herrin in der Küche innerhalb so kurzer Zwischenräume damit, daß das Haus für sie eben eine Art neues Spielzeug war.

„Jetzt fragt das junge Fräulein schon das drittemal, warum die Kellertür letzte Nacht verschlossen war," sagte der Koch. „Und die Kellertür ist doch nicht verschlossen."

„Sie hat einen Riegel innen gefunden, ich habe ihn nie vorher gesehen," sagte das Küchenmädchen.

„Sie sind ja auch erst ganz kurze Zeit hier. Es wird noch eine Menge Dinge im Hause geben, die Sie nicht gesehen haben. Ich habe den Riegel gleich am ersten Tag bemerkt, als ich meinen Dienst hier antrat."

In diesem Augenblick kam Valerie zurück.

„Glauben Sie nicht, daß ich Ihnen Umstände machen will, aber ich möchte den Kohlenkeller einmal besichtigen." Sie hatte ihre elektrische Taschenlampe in der Hand.

„Sie werden sich ganz staubig machen, gnädiges Fräulein," warnte sie das Mädchen, aber Valerie ließ sich dadurch nicht abschrecken.

Über ein Dutzend Treppenstufen führten zu einem großen Keller. In einer Ecke war ein Haufen Kohlen aufgeschüttet, die durch eine äußere Luke hineingeworfen worden waren. Von dem Gewölbe führten drei Türen in andere, scheinbar in sich abgeschlossene, kleine Zellen. Eine war von einem früheren Bewohner des Hauses als Weinkeller eingerichtet worden, in der zweiten standen leere Flaschen und alte Kisten. Die dritte Tür war verschlossen. Valerie sah aber, daß das Schloß neu war. Durch eine kleine vergitterte Öffnung konnte sie einen Blick in das Innere tun. Sie leuchtete mit ihrer Lampe hinein und versuchte zu sehen, welche Schätze wohl in dem Raum enthalten sein mochten. Aber außer einem großen, schwarzen Koffer war nichts zu entdecken. Sie ging zurück und holte alle Schlüssel, die sie finden konnte, um die Tür zu öffnen. Aber all ihre Bemühungen waren vergeblich. Vielleicht war es auch gar nicht der Mühe wert, den alten Koffer zu besichtigen, der scheinbar von einem früheren Besitzer des Hauses als wertlos zurückgelassen worden war.

Als sie in die Küche zurückkam, hörte sie herzhaftes Gelächter, das plötzlich verstummte, als sie eintrat.

„Entschuldigen Sie bitte, gnädiges Fräulein," sagte der Koch, „aber ich erzählte gerade Käthe von dem merkwürdigen Namen, den unser Keller hier im Dorfe hat. Wir sind hier alle altmodische Leute, und wir brauchen noch die alten Namen. Die Burg nennen wir immer nur „Curcy" nach den früheren Herren, die Hunderte von Jahren hier gesessen haben."

„Und wie ist denn der merkwürdige Name für den Keller?" fragte Valerie lächelnd.

„Man nennt ihn „Lippfad", ich glaube aber, daß es richtiger „Liebespfad" heißen soll."

„Aber warum in aller Welt heißt er so?" fragte Valerie.

Doch der Koch konnte ihr keine Auskunft darüber geben.

Nach all den Erfahrungen der letzten Zeit sah Valerie ihrem Besuch in Garre Castle mit gemischten Gefühlen entgegen. Sie hatte noch niemals mit Abel Bellamy gesprochen, obwohl sie ihn oft genug gesehen hatte. Sie war gespannt, ob sie wohl fähig sein würde, den Haß und Widerwillen, den sie gegen ihn fühlte, nicht durch ihren Gesichtsausdruck oder durch ihre Blicke erkennen zu lassen. Sie hätte ihn schon früher öfter sprechen können, aber aus Furcht, sich selbst zu verraten, hatte sie jede Begegnung mit ihm vermieden.

Ein Zusammentreffen mit ihm erschien ihr jetzt weniger schrecklich, weil sie vollständig mit der Entdeckung beschäftigt war, die sie heute morgen über Jim Featherstone gemacht hatte.

Ihre Gedanken verwirrten sich immer weiter, je mehr sie darüber nachdachte. Welchen Zweck konnte er damit verfolgt haben? Vergeblich suchte sie nach einer Erklärung. Wenn Bellamy von der Polizei verdächtigt wurde, gab es doch genug andere Mittel und Wege, ihn zu beobachten? Sie kannte die Methoden der Polizei und wußte, daß die Behörden nicht zögern würden, in Garre Castle eine Haussuchung vorzunehmen, wenn sie begründeten Verdacht gegen Bellamy hätten. Warum maskierte er sich denn als Grüner Bogenschütze? Sie schüttelte hoffnungslos den Kopf und war froh, als Spike kam, um sie abzuholen.

Julius Savini erwartete sie in dem Pförtnerhaus.

„Bellamy hat nichts von Ihnen erwähnt, Mr. Holland," sagte er. „Es ist wohl besser, daß ich Ihretwegen erst nach oben telephoniere."

„Unterlassen Sie das," erwiderte Spike. „Ich kann nicht gestatten, daß Miß Howett ohne meine Begleitung Garre Castle betritt. Ich habe eine Verantwortung für sie übernommen, die ich keinem anderen überlassen kann, Savini."

Julius erlaubte schließlich dem Zeitungsreporter, Valerie zu begleiten. Offenbar hatte auch Bellamy mit seinem Besuch gerechnet, denn er zeigte sich nicht im mindesten verwundert, als er Spike sah.

Er kam aus der Halle und begrüßte Valerie. Sie nahm sich zusammen und schaute ihm voll ins Gesicht, obwohl sie entsetzt war über seine außerordentliche Häßlichkeit, sein rotaufgedunsenes Gesicht, seine unförmige Gestalt und die unheimliche Stärke, die sich in seinen breiten Schultern ausdrückte. In diesem Augenblick konnte sie ihn nicht hassen. Es war etwas Übermenschliches in seiner Erscheinung, das seine vielen Verbrechen und Vergehen, seinen unermeßlichen Haß und seine Bosheit erklärte. Dies Gefühl empfand Valerie, als sie Abel Bellamy zum erstenmal gegenüberstand.

29

„Ich freue mich, daß Sie gekommen sind, Miß Howett.“

Ihre kleine Hand verschwand vollständig in seiner großen Rechten. Er ließ sie nicht aus den Augen und beobachtete sie dauernd.

„Ich möchte nicht unhöflich gegen meine Nachbarn sein,“ sagte er. „Wenn ich gewußt hätte, daß Sie hier wohnten, hätte ich Sie schon eher gebeten, mich zu besuchen.“

In dem Ostflügel des Schlosses, in dem auch der wenig benutzte Speisesaal lag, befand sich eine lange Gemäldegalerie, in der viele Werke alter Meister hingen. Spike hatte nicht vermutet, daß Bellamy die Kunst liebte.

„Ich wußte nicht, daß Sie Bilder sammeln, Mr. Bellamy.“

Der alte Mann sah Holland schnell an.

„Ich habe in meinem Leben nur Geld gesammelt,“ sagte er dann einsilbig. „Ich kaufte diese Gemälde mit der Burg. Sie kosten eine halbe Million Dollars und man erzählte mir, daß sie die doppelte Summe wert seien. Miß Howett, betrachten Sie einmal dieses Bild. Es ist bekannt unter dem Namen „Die Dame mit der Narbe“.“

Es war ein Gemälde der niederländischen Schule und stellte eine schöne Frau mit entblößtem Arm dar, an dem man eine Narbe sehen konnte.

„Die meisten Damen würden sich nicht so malen lassen,“ sagte er. „Aber ich hörte, daß dieser Niederländer immer alles genau so darstellte, wie er es in Wirklichkeit sah. Eine junge Dame in unseren Tagen würde anders darüber denken, nicht wahr?“ wandte er sich an Valerie.

Es war eine Herausforderung und sie ging sofort darauf ein.

„Ich weiß nicht, ob ich etwas dagegen hätte,“ erwiderte sie kühl. „Ich habe selbst eine Narbe an meinem linken Ellenbogen, die sehr wohl zu sehen ist. Als ich noch ein kleines Kind war, fiel ich und verletzte mich an der Stelle.“

Sie bedauerte, daß sie sich dazu hatte hinreißen lassen, das zu sagen, aber ihre Reue dauerte nur kurze Zeit.

„Sie haben eine Narbe am linken Ellenbogen, die Sie sich als kleines Kind durch einen Fall zuzogen?“ wiederholte Abel Bellamy langsam. Und plötzlich wurde ihr klar, warum er sie eingeladen hatte. Er wollte unter allen Umständen Gewißheit haben.

Er brachte seine Gäste in die Bibliothek zurück. Sein Interesse, das Schloß zu zeigen, schien verschwunden zu sein. Er meinte, es sei außerdem nicht mehr viel zu sehen.

„Sie haben uns aber die unterirdischen Kerker noch nicht gezeigt, Mr. Bellamy," sagte Spike.

„Nein, das habe ich nicht getan. Ich dachte, Miß Howett hätte kein Interesse an diesen schauerlichen Stätten – oder möchten Sie sie doch sehen?"

„Ich würde sie ganz gerne sehen." Ihre Stimme verriet ihre Erregung und sie hatte Mühe, sich zusammenzunehmen.

„Nun gut, dann kommen Sie mit – aber sie sind nicht mehr so fürchterlich wie früher," sagte Abel.

Er führte sie wieder zu der großen Halle und ließ sie dort einige Augenblicke warten, während er zu Savinis Zimmer ging, um die Schlüssel zu holen. Julius schloß sich ihm zögernd an, obwohl er eigentlich fürchtete, jeden Augenblick fortgeschickt zu werden. Aber Bellamy hatte scheinbar nichts gegen seine Anwesenheit einzuwenden.

Er führte sie wieder durch die Gemäldegalerie und dann durch eine schmale Tür zu einem quadratischen, steinernen Raum, der nach seiner Erklärung früher der alte Wachtraum der Burg gewesen war. In alten Zeiten hatte er einen Ausgang ins Freie, aber jetzt war die Tür zugemauert. Von dieser Steinkammer aus führte eine Wendeltreppe in ein unterirdisches Gewölbe.

„Ich werde Licht machen," sagte Bellamy. Er drehte die elektrischen Schalter an und sie sahen, daß sie in einem großen Raum waren, dessen Bogen von drei starken Pfeilern getragen wurden. „Das war das Hauptgefängnis," sagte der alte Mann. „Alle möglichen Leute wurden hier gefangen gehalten. Sehen Sie die Ringe dort an den Pfeilern, Miß Howett? Daran wurden die Menschen angekettet."

„Wie schrecklich!" rief sie. Er lachte belustigt.

„Aber dies ist noch ein Paradies gegen jene kleinen Kerker dort unten."

An dem hinteren Ende des gewölbten Raumes blieb er stehen und öffnete eine schwere, steinerne Falltür.

„Wenn Sie hinuntergehen wollen, dann können Sie recht grauenvolle Zellen sehen. Aber ich würde Ihnen nicht dazu raten. Die Treppe ist sehr steil und ausgetreten, und Sie müssen ein Licht mitnehmen."

„Ich möchte sie doch gerne sehen," sagte sie, und Bellamy schickte Savini zurück, um eine Laterne zu holen.

Unten befanden sich vier Einzelzellen, von denen zwei sehr groß waren. Aber die beiden anderen waren nicht größer als Hundehütten, nicht hoch genug, daß ein Mann aufrecht darin stehen konnte, und nicht lang genug, daß sich jemand bequem darin ausstrecken konnte. Und doch erzählte er ihnen, daß in diesen grabähnlichen Löchern Männer und Frauen jahrelang leben mußten. Er zeigte ihnen auch in die Steinwände eingemeißelte Inschriften von fremdartigem Charakter.

„Diese Steinbänke dienten den Gefangenen als Bett. Wenn Sie hinsehen, werden Sie finden, daß sie ganz glatt gerieben sind von den Körpern der Leute, die hier jahrelang geschlafen haben, bis die Steine ausgehöhlt wurden."

Valerie starrte entsetzt auf die Felsen.

„Was für schreckliche Bestien waren doch diese alten Curcys, die menschliche Wesen so behandeln konnten," rief sie aus.

„Ich weiß nicht, was Sie dagegen haben. Das war doch wenigstens noch etwas," entgegnete Bellamy.

„Warum hat man sie denn dann nicht lieber gleich umgebracht?"

„Dann hätte man sie doch nicht mehr gefangenhalten können! Wozu sollte denn das dienen? Nehmen Sie doch einmal an, Sie hassen einen Mann – welchen Zweck hat es denn, ihn umzubringen? Dann ist er Ihnen doch entgangen! Sie wollen ihn doch irgendwo festhalten, wo Sie hingehen, ihn sehen und sich an seiner Qual weiden können?"

Sie antwortete ihm nicht.

„So, das wäre nun alles, was ich Ihnen in der Burg zeigen kann, es sei denn, daß Sie noch Gasherde, oder Türme, oder leerstehende Räume sehen wollen."

„Was ist denn das?"

Sie zeigte auf ein tiefes Loch in dem Boden. Die rauhen Seiten der Vertiefung zeigten den bloßen Felsen, aus dem es ausgehöhlt war. Er schaute lächelnd nach oben, und sie folgte seinen Blicken. An der Decke war ein Balken befestigt, ähnlich dem, den sie oben an der Burgkapelle gesehen hatte. Sie schloß die Augen.

„Man hat früher nur ein paar Leute draußen gehängt, aber sehr viele hier unten," sagte Abel befriedigt.

Valerie war froh, als sie das Tageslicht wiedersah.

„Nun kann ich Ihnen aber wirklich nichts mehr zeigen," wiederholte Abel, als sie zur Halle zurückkamen.

„Kann ich Sie einmal allein sprechen, Mr. Bellamy?"

Sie folgte einer plötzlichen Eingebung. Einen Augenblick vorher hatte sie nur den Wunsch gehabt, dieses schreckliche Haus zu verlassen, in das freie Sonnenlicht hinauszufliehen, wieder Luft zu atmen, die nicht an schreckliche Qualen und Sorgen erinnerte.

Er sah sie argwöhnisch an.

„Gewiß, Miß Howett," erwiderte er langsam. Dann sah er sich nach den beiden Männern um. „Ich habe Auftrag gegeben, den Tee in der Bibliothek zu servieren. Vielleicht nachher –"

Sie nickte.

Wie töricht war es doch von ihr, immer so impulsiv zu handeln. Stets mußte sie ihre übereilten Schritte bereuen. Ihre Anregung tat ihr schon wieder leid, und sie versuchte, eine Entschuldigung zu finden, um der Unterhaltung unter vier Augen aus dem Weg zu gehen.

Ein Mädchen bediente in der Bibliothek.

„Wo ist denn Philipp?" brummte Bellamy.

„Er hat heute seinen freien Nachmittag," antwortete Julius.

„Wieviel freie Nachmittage hat denn der in der Woche?" begann Bellamy, aber dann unterdrückte er seinen Ärger und spielte die Rolle des wohlwollenden Gastgebers weiter.

Valerie trat an das Fenster, um die friedliche Umgebung zu betrachten. Sie schaute hinaus auf den wunderbar grünen Rasen, auf die starken Bäume, die sich von der grauen Steinmauer im Hintergrund abhoben. Als Bellamy sie stehen sah und ihre ganze Haltung beobachtete, wäre er beinahe in ein Gelächter ausgebrochen.

Spike bemerkte es und war neugierig, was der alte Mann sich wohl denken mochte. Aber dann wandte er sich schnell wieder der Betrachtung des Raumes zu und war eifrig bemüht, alle Einzelheiten in sich aufzunehmen. Obwohl dieses Zimmer Bibliothek genannt wurde, konnte man nicht viel von Büchern sehen, nur ein großer Bücherschrank stand in der Nähe der hinteren Tür. Aber der Raum war schön und hatte trotz der Renovierung seinen altertümlichen Charakter vollkommen beibehalten. Dicke, kleine Wollteppiche lagen über dem spiegelblank polierten Fußboden, um ihm etwas von seiner Kahlheit zu nehmen. Sie waren genau im Ton des polierten Holzbodens gehalten.

„Der Boden ist aus Stein," sagte Bellamy, der seinen Blicken gefolgt war. „Das würden Sie nicht vermuten. Ich habe das Parkett erst darüber legen lassen, denn Stein ist ein wenig zu kalt für einen Mann meines Alters."

Das war die einzige Bemerkung, die er über die Bibliothek machte. Bald darauf erhob sich Spike und ebenso Julius, dem die unerwartete Ehre widerfahren war, an dem Tee teilnehmen zu dürfen.

„Savini wird Sie unterhalten, Holland, während Miß Howett mit mir spricht," sagte Abel Bellamy. „Ich glaube, unsere Unterredung wird nicht lange dauern, Miß Howett?"

„Nein, nicht sehr lange," stimmte sie ihm bei.

Ihr Mut sank mehr und mehr. Am liebsten wäre sie mit den anderen aus dem Raum gegangen, denn die Aussicht, diesem Mann Auge in Auge allein gegenüberzustehen, ließ ihr Blut zu Eis erstarren. „O du Feigling, du Feigling," sagte sie zu sich selbst und war sich böse wegen ihrer Schwäche. Sie hörte, wie sich die Tür hinter den beiden schloß. Bellamy kam zurück. Er hatte die Hände in die Hosentasche gesteckt, die Schultern hochgezogen und stand nun breitbeinig vor ihr, mit dem Rücken an den Kamin gelehnt.

„Nun, Miß Howett?" begann er mit rauher Stimme und schaute auf sie nieder, „warum wollten Sie mich sprechen?"

Die feindliche Gesinnung, die sie gegen ihn empfand, gab ihr neue Kraft.

„Mr. Bellamy," sagte sie ruhig, „ich möchte, daß Sie mir etwas sagen."

„Ich werde Ihnen alles sagen, wenn es gut für Sie zu wissen ist," sagte er. Seine Augen flackerten wild.

„Wo ist meine Mutter?" Sie sprach jedes Wort deutlich und langsam aus.

Nicht ein Muskel in seinem Gesicht bewegte sich, er sah sie nur unbeweglich an.

„Wo ist meine Mutter?" fragte sie noch einmal.

Plötzlich zitterte seine große Gestalt, sein Gesicht wurde dunkelrot, und ein höhnisches Lächeln lag um seinen Mund. Als ob er sich gegen seinen Willen bewegte, erhob er die Hand gegen Valerie, die entsetzt vor seiner Wut zurückfuhr.

„Wünschen Sie, daß ich noch ein Stück Holz in den Kamin lege, mein Herr?" fragte in diesem Augenblick eine Stimme.

Bellamy drehte sich zornig zu dem Eindringling um. Es war der neue Hausmeister, der gleichgültig und nicht im mindesten erregt dreinschaute.

Die Anstrengung, die Bellamy machte, um sich wieder in die Gewalt zu bekommen, war fast übermenschlich. Seine Adern traten auf der Stirn hervor, und er zitterte vor Wut. Aber durch seinen erstaunlichen Willen zwang er sich zur Ruhe.

„Ich werde Ihnen klingeln, wenn ich Sie hier wünsche, Philipp," sagte er heiser. „Ich dachte, Sie wären ausgegangen."

„Ich bin schon frühzeitig wieder zurückgekommen, mein Herr."

„Verlassen Sie das Zimmer!"

Die letzten Worte kamen wie aus der Pistole geschossen. Der Hausmeister neigte sich und ging hinaus.

Abel Bellamy wandte sich wieder Valerie zu, deren Gesicht auffallend blaß geworden war.

„Ihre Mutter? Sagten Sie nicht eben so etwas? Davon wollten Sie doch etwas wissen? Ich habe Ihre Mutter niemals gesehen, Miß Howett. Ich habe Ihre Mutter nie gesehen, und auch Ihnen bin ich früher nicht begegnet. Sie hatten ein Zimmer in demselben Hotel in London wie ich, und vermutlich hatten Sie auch ein Zimmer in demselben Hotel in New York – es muß ungefähr im Juli 1914 gewesen sein. Viele Leute schrieben mir dorthin, obwohl ich damals in

England war. Ungefähr am 14. Juli wurde ein Paket Briefe, das für mich bestimmt war, gestohlen. Vielleicht las der Dieb, der die Briefe nahm, in einem der Schreiben etwas, das ihn auf den Gedanken brachte, ich könnte wissen, wo seine Mutter sei. Das ist möglich. Aber es geht mich nichts an, was Diebe denken, ob sie Männer oder Frauen sind. Und ich weiß nicht, wo Ihre Mutter ist." Er betonte jede Silbe. „Ich weiß nicht, wo sie ist, wenn sie nicht tot ist und im Grabe liegt. Und selbst wenn ich wüßte, wo sie wäre, wurde ich es Ihnen nicht mitteilen, Miß Howett. Ich vermute, daß sie gestorben ist. Die meisten Menschen, deren Spuren man verliert, weilen nicht mehr unter den Lebenden. Es gibt kein besseres Versteck als das Grab. Dort liegt man sicher und wohlverwahrt."

„Wo ist meine Mutter?" Ihre Stimme klang hohl und schwach.

„Wo ist Ihre Mama?" wiederholte er höhnisch. „Habe ich es Ihnen denn nicht eben gesagt? Sie haben ganz verrückte Gedanken in Ihrem Kopf, Valerie Howett. Das kommt nur daher, weil Sie gestohlene Briefe gelesen haben. Wenn Sie einen ihrer Briefe sahen, der an mich adressiert war, dann war es doch außerordentlich leicht, sie zu finden."

Mit einer seitlichen Kopfbewegung schickte er sie fort, als ob sie eine Scheuerfrau sei, und sie ging unsicher aus der Tür. Einmal schaute sie sich noch um und sah, daß er düster hinter ihr herschaute. Sein böser Blick war kaum zu ertragen.

„Was ist los? Was ist passiert?"

Spike ging auf das taumelnde Mädchen zu und faßte sie am Arm.

„Ach nichts, ich fühle mich nur ein wenig schwach. Würden Sie so gut sein und mich von hier fortführen, Mr. Holland?"

Sie sah sich nach dem Hausmeister um, aber er war nirgends zu sehen.

„Hat er Ihnen etwas zuleide getan?" fragte Spike böse. „Wenn er auch so groß wie ein Berg ist, so will ich doch hin und ihn –"

„Nein, tun Sie das nicht," wehrte sie ihm. „Bringen Sie mich nach Hause und gehen Sie bitte langsam."

Während sie miteinander weggingen, beeilte sich Julius Savini, den neuen Hausmeister zu suchen.

„Der Alte will Sie sehen," sagte er leise. „Er ist fürchterlich wütend."

„Ich bin auch ein wenig auf ihn geladen," sagte der Hausmeister und ging schnell zu dem aufgeregten Bellamy.

„Wie heißen Sie?" fuhr ihn der Alte an, als er in die Bibliothek trat.

„Philipp, mein Herr, Philipp Jones."

„Wie oft habe ich Ihnen nun schon gesagt, daß Sie nicht in diesen Raum kommen sollen, wenn ich nicht nach Ihnen schicke?"

„Ich dachte, die ganze Gesellschaft wäre hier, mein Herr!"

„Das haben Sie gedacht? Haben Sie denn gehört, was die junge Dame sagte?"

„Als ich hereinkam, schwieg sie gerade. Ich dachte, Sie zeigten Ihr einige Salontricks, mein Herr."

Kein Muskel in dem Gesicht des Hausmeisters bewegte sich.

„Was haben Sie gedacht?" fuhr Bellamy ihn an.

„Aus der Haltung Ihrer Hände schloß ich, daß Sie ihr einige Kunststücke vormachten. Selbst in vornehmen Familien zeigten die Herren ihren Gästen gerne Salontricks," sagte der Hausmeister und nahm eine Krume von dem Kaminteppich auf. „Es tut mir sehr leid, daß ich de trop war."

„Was haben Sie da gesagt?" fragte Abel völlig verblüfft.

„Das war ein französischer Ausdruck."

„Der Deibel soll Sie holen, wenn Sie nochmal französische Ausdrücke gebrauchen," brach Bellamy los, „und wenn Sie noch einmal hereinkommen, ohne daß Sie gerufen sind, dann fliegen Sie! Haben Sie das verstanden?"

„Vollkommen, mein Herr. Was wünschen Sie zu Abend zu speisen?"

Bellamy war sprachlos über den Mann und zeigte nur stumm auf die Tür.

30

Valerie ging in dem Garten spazieren und versuchte ihre Aufregung niederzukämpfen und sich über die Ereignisse der letzten vierundzwanzig Stunden klarzuwerden. Da sah sie, daß etwas Weißes über die Mauer geworfen wurde. Sie trat näher, nahm das Briefchen auf und öffnete es. Als sie die schnell hingekritzelten Zeilen gelesen hatte, steckte sie das Papier in ihre Handtasche.

Um zehn Uhr wurde ihr der Besuch Jim Featherstones gemeldet. Sie hatte mit dieser Möglichkeit gerechnet und empfing ihn im Gang.

„Ich bin froh, daß Sie gekommen sind," sagte sie schnell. „Ich möchte Ihnen die Geschichte von Mrs. Held erzählen." Sie führte ihn hinein, und sie saßen sich bald im Wohnzimmer gegenüber. „Zuerst möchte ich Ihnen aber etwas geben, was Ihnen gehört. Das Zimmermädchen fand dies heute morgen." Bei diesen Worten nahm sie ein kleines Paketchen vom Schreibtisch.

„Es wird mein Manschettenknopf sein, ich habe mich selbst schon danach umgesehen, aber ich hatte nicht viel Zeit, denn ich wollte das Haus verlassen, bevor Sie wieder zu sich kamen."

„Sie haben mich also hierhergebracht – nein, nein, erzählen Sie es mir nicht!" Sie hob abwehrend die Hand. „Ich möchte nichts mehr davon hören. Sie waren so unendlich gut zu mir, Captain Featherstone, und ich hätte mir viel Unruhe und Aufregung erspart, wenn ich nicht so töricht gewesen wäre," setzte sie mit einem schwachen Lächeln hinzu. „Ich hätte Ihnen schon früher erzählen sollen, was ich Ihnen jetzt sagen will. Sie wissen nicht, obwohl Sie es vielleicht geahnt haben mögen, daß Mr. Howett nicht mein Vater ist."

Als sie ihn bei diesen Worten fest ansah, konnte sie erkennen, daß diese Nachricht vollkommen neu für ihn war. „Vor dreiundzwanzig Jahren war Mr. Howett noch ein armer Mann," fuhr sie fort. „Er wohnte auf einer dürftigen, kleinen Farm in Montgomery in der Nähe von Trainor. Aus dem Ertrag seines Grundstücks an Gemüsen und Gartenfrüchten konnte er gerade so viel herauswirtschaften, daß er das nackte Leben hatte. Damals litt er unter einer bösen Augenkrankheit, die ihn nahezu blind machte. Er lebte allein mit meiner Pflegemutter, denn sie hatten keine Kinder. Aber obwohl sie schon lange miteinander verheiratet waren und Mühe hatten, sich selbst zu unterhalten, setzten sie doch eine Annonce in die Zeitung, daß sie ein Kind annehmen wollten. Ich will Ihnen nun nicht einen Bericht über den späteren günstigen Lebenslauf Mr. Howetts geben – Sie wissen ja selbst am besten, welches Glück er hatte, als er nachher eine neue Farm in einem anderen Teil der Vereinigten Staaten kaufte, auf deren Boden Petroleum gefunden wurde."

„Viele Antworten kamen auf die Annonce, aber keine befriedigte die beiden. Eines Tages erhielt Mrs. Howett, die die ganze Korrespondenz führte, einen Brief. Hier ist er." Sie nahm ein Schreiben aus der Schreibtischschublade und gab es Jim. Es kam von einem Hotel in der Fifth Avenue in New York und lautete:

> „Sehr geehrter Herr, In Beantwortung Ihrer Annonce teile ich Ihnen mit, daß ich froh sein würde, wenn Sie ein kleines Mädchen im Alter von zwölf Monaten adoptierten, deren Eltern vor kurzem gestorben sind. Ich bin bereit, für Ihre Dienste tausend Dollars zu bezahlen."

„Zu jener Zeit," fuhr Valerie fort, „wurde Mr. Howett gerade sehr von einem Mann bedrängt, der ihm Geld auf seine Farm geliehen hatte. Trotzdem er gern ein Kind gehabt hatte, war doch sicherlich das Geldangebot ausschlaggebend für ihn, und so wurde die Sache zu meinen Gunsten entschieden, denn ich war das kleine Mädchen. Mr. Howett schrieb, daß er einverstanden sei. Einige Tage später kam ein Mann in einem Einspänner zu der Farm, stieg aus, nahm ein Bündel aus dem Wagen und übergab es Mrs. Howett. Damals war auf der Farm ein kleiner Laufbursche angestellt, der sich sehr für das Photographieren interessierte. Jemand hatte ihm eine kleine Kamera geschenkt, und die erste Aufnahme, die er machte, war der Wagen mit dem fremden Mann, der gerade im Begriff war, auszusteigen. Dieses Bild hätte für immer verloren gehen können und damit auch alle Hoffnung, die Spur meiner Eltern jemals wiederzufinden. Aber zufällig hatte die Fabrik, die die Kameras herstellte, ein monatliches Preisausschreiben für die beste Momentaufnahme veranstaltet. Der kleine Laufbursche sandte sein Bild ein, es wurde mit einem Preis bedacht und in einer Zeitschrift abgebildet. Ich habe sowohl die Zeitung als auch die Originalphotographie, von der ich mir später eine Vergrößerung machen ließ."

Sie nahm eine dicke Papierrolle aus dem Schreibtisch.

„Sie sehen, ich habe alle Unterlagen gesammelt."

Sie entfaltete das große Blatt und hielt es in das helle Licht der Lampe auf dem Tisch. Featherstone trat neben sie und betrachtete es aufmerksam.

„Dieser Mann ist zweifellos Abel Bellamy – sein Gesicht ist gar nicht zu verkennen."

„Es ist sonderbar, daß Mrs. Howett nichts Merkwürdiges an seiner Erscheinung auffiel, aber sie war beinahe so kurzsichtig wie ihr Mann. Ich wurde damals als Kind der Howetts aufgezogen und dem Gesetz nach habe ich, nachdem die Adoption rechtlich ausgesprochen wurde, nur einen Vater – Mr. Howett. Nach dem Tod meiner Pflegemutter erfuhr ich die Zusammenhänge.

Ich war damals nicht sehr daran interessiert, meine wirklichen Eltern ausfindig zu machen. Denn ich war noch jung, und die Schule nahm mich ganz in Anspruch. Erst später, als ich selbständig zu denken begann und ein eigenes Vermögen besaß – Mr. Howett hat mir Geld überwiesen, und seine verstorbene Frau hat mir eine große Summe vermacht – stieg der Wunsch in mir auf, zu entdecken, wer meine Eltern waren.

Und so wurde dieses Bild in der Zeitung besonders wertvoll für mich. Als ich die Vergrößerung machen ließ, konnte man Abel Bellamy darauf erkennen. Niemand wußte damals, warum ich sie haben wollte, und ich sagte es auch niemand. Ich hatte schon manches von Abel Bellamy und seinem schlechten Ruf gehört. Je mehr ich von ihm erfuhr, desto klarer wurde es mir, daß ich nicht mit ihm verwandt sein konnte. Ich war auch davon überzeugt, daß er mich nicht deshalb zu Howetts Farm gebracht und tausend Dollars dafür gegeben hatte, um mir oder sonst jemand dadurch zu helfen, sondern daß er es aus reinem Egoismus tat. Die Detektive, die für mich arbeiteten, fanden heraus, daß Bellamys einziger Verwandter ein Bruder war, der vor ungefähr achtzehn Jahren gestorben ist. Dieser hatte zwei Kinder, die auch nicht mehr am Leben sind. Die Nachforschungen in dieser Richtung schienen also nicht sehr aussichtsreich zu sein, besonders da man bald feststellen konnte, daß Abel Bellamy und sein Bruder schon seit langer Zeit miteinander verfeindet waren. Es wäre doch sehr unwahrscheinlich gewesen, wenn er ihm geholfen hätte.

Ich sagte nichts zu Mr. Howett, aber ich konzentrierte meine ganze Aufmerksamkeit auf Abel Bellamy. Ich war damals erst siebzehn Jahre alt, aber von Tag zu Tag wurde ich entschlossener das Geheimnis zu enthüllen, das über meiner Geburt lag. Ohne daß Mr. Howett es wußte, engagierte ich Leute, die Bellamys Korrespondenz kontrollierten. Er lebte damals meistens in Europa und brachte kaum drei Monate im Jahr in New York zu. Nach Chicago ist er überhaupt niemals gekommen. Eines Tages entdeckten meine Agenten einen Brief – hier ist das Original."

Sie brachte ein Schreiben in die Nähe der Lampe, denn die Tinte war schon verblaßt.

> „Little Bethel Street, London N. W. Sie haben mich schwer getroffen. Geben Sie mir das Kind zurück, das Sie mir genommen haben, und ich will all Ihre Wünsche erfüllen. Ich bin körperlich und geistig zerbrochen durch Ihre unausgesetzten Verfolgungen. Sie sind ein Teufel – ein Feind, wie

keine menschliche Phantasie ihn sich vorstellen kann. Sie haben mir das Teuerste geraubt, was ich hatte, und ich will nicht mehr länger leben.

Elaine Held."

Darunter standen noch ein paar Worte, die aber selbst Featherstone, der doch Sachverständiger in diesen Dingen war, nur schwer entziffern konnte:

„Wollen Sie nicht großherzig sein und mir sagen ... die kleine Valerie ... letzten April sind es siebzehn Jahre her ..."

„Im vergangenen April waren es vierundzwanzig Jahre, daß ich zu Sr. Howett gebracht wurde," sagte Valerie ruhig. „Bellamy machte einen Fehler – er sagte Mrs. Howett meinen Namen. Er behauptete später, daß es nicht der richtige Name war, und bat meine Pflegeeltern, mich Jane zu nennen. Aber Mrs. Howett gefiel der Name Valerie besser, und so bin ich denn mein ganzes Leben lang so genannt worden."

Featherstone ging langsam in dem Wohnzimmer auf und ab.

„Sind Sie davon überzeugt, daß Ihre Mutter noch am Leben ist?" fragte er schließlich. Sie nickte. Ihre Lippen zitterten. „Ich weiß es gewiß," sagte sie schwer atmend.

„Glauben Sie auch, daß er weiß, wo sie ist?"

„Ganz sicher. – Ich dachte, sie wäre in der Burg, Sie können sich nicht denken, was für phantastische Träume ich hatte, daß ich sie finden würde."

„Sie haben mit dem alten Bellamy gesprochen. Erzählen Sie mir doch alles." Als sie ihm dann einen genauen Bericht ihrer Unterredung gegeben hatte, nickte er. „Sie haben einen unerschütterlichen Glauben, aber ich möchte Ihre Hoffnung nicht bestärken, Miß Howett –"

„Sie haben mich neulich Valerie genannt. Wenn es auch ein Versehen von Ihnen war ähnlich wie das Bellamys, so möchte ich Sie doch bitten, mich Valerie zu nennen. Vielleicht werde ich Sie auch mit Ihrem Vornamen anreden, wenn ich Sie besser kenne. Heißen Sie nicht William?"

„Mein Name ist Jim," sagte er feierlich. Trotz ihres Kummers fühlte sie eine heimliche Befriedigung, als sie sah, daß er rot wurde. „Sie wissen, daß ich Jim heiße. Valerie, Sie werden nicht mehr in Bellamys Burg gehen oder irgend etwas Unbesonnenes tun, das Sie in Gefahr bringt."

„Sie sagten eben, daß Sie meine Hoffnungen nicht bestärken wollten, aber Sie beendeten den Satz nicht."

„Ich wollte sagen, daß ich auch eine ganz geringe Hoffnung habe, und daß ich das tue, wovor ich Sie gewarnt habe: Ich baue meine Hoffnung auf ein sehr wenig haltbares Fundament auf. Aber in ein oder zwei Tagen kann ich Ihnen sagen, ob ich dazu berechtigt bin. Haben Sie übrigens noch den alten Plan der Burg? Würden Sie ihn mir überlassen? Ich glaube, ich kann ihn besser gebrauchen als Sie," meinte er halb lächelnd. Sie begleitete ihn bis zur Haustür.

„Sie müssen sich jetzt ruhig verhalten," sagte er warnend. Sie nickte im Dunkeln, aber es war doch hell genug, daß er ihr Gesicht sehen konnte.

„Gute Nacht," sagte er und hielt ihre Hand einen Augenblick länger, als es notwendig war. „Gute Nacht – Jim!" James Lamotte Featherstone kehrte in einer glücklichen Stimmung in das Dorf zurück, und sein Herz war noch leichter als seine Schritte.

31

Julius Savini fühlte sich nicht sehr wohl. Die Quelle seiner außerordentlichen Einnahmen war plötzlich versiegt. Aber er liebte Fay, die ja teilweise daran schuld war, zu sehr, als daß er ihr auf die Dauer böse sein konnte. Als beweglicher Mann sah er sich sofort nach einer neuen Einnahmequelle um und schwankte zwischen Valerie Howett und Bellamy selbst. Aus Abel Geld herauszubringen war ein schwieriges Unternehmen, wie er sich selbst eingestand. Aber unter gewissen Umständen mußte es doch möglich sein. Wenn er zum Beispiel hinter eins der Geheimnisse käme, könnte ihm das vielleicht eine Rente einbringen, ähnlich der, die Coldharbour Smith regelmäßig erhielt. Er war nun schon länger als ein Jahr in den Diensten dieses Amerikaners, ohne auch nur das geringste Geheimnis zu entdecken, das auch nur einige Groschen wert gewesen wäre. Und es wurde immer schwerer, ihm nachzuforschen. Das Auftreten des Grünen Bogenschützen hatte zur Folge, daß die wachsamen Polizeihunde angeschafft wurden, die ihn daran hinderten, nachts Nachforschungen in Bellamys Akten anzustellen, und am Tage fand sich überhaupt keine Gelegenheit dazu. Früher oder später mußte er diese Stelle doch aufgeben und eine weniger aufreibende Beschäftigung in einem anderen

Lande suchen. Aber obgleich Bellamy sein bares Geld im Hause hinter Stahltüren aufbewahrte, gab es doch auch noch andere Wege.

Als kluger Geschäftsmann hatte Julius das Monatsgeld seiner Frau stark heruntergesetzt und ihr auch erklärt, warum dies notwendig war. Als Antwort hierauf hatte sie sofort verlangt, daß er zur Stadt zurückkehren sollte. Ihr Bruder hatte sich nun doch einer Bande angeschlossen, die auf den Schiffen arbeitete, die über den Atlantischen Ozean fuhren. Dort fand sich sicher auch Gelegenheit für einen Mann von Julius' Fähigkeiten. Aber er war nur einen kurzen Augenblick versucht, seinen Posten aufzugeben. Das Wagnis war nicht allzugroß, dafür waren aber auch die Einnahmen gering. Seiner Meinung nach durfte er nicht so kleinen Verdiensten nachjagen. In seiner jetzigen Stellung konnte er unter Umständen viel Geld machen, selbst wenn das Risiko verhältnismäßig groß war.

Er hatte damals nur die Wahrheit gesagt, als er erklärte, daß er unter gewissen Umständen für einen vorzeitigen Tod Abel Bellamys sorgen würde. Hätte er nur die Gewißheit gehabt, straflos zu entkommen, so hätte er den alten Mann ohne die leisesten Gewissensbisse ebenso leicht wie eine Ratte umgebracht. Und wenn seine Hand bei der Tat gezittert hätte, so wäre es nur um seine eigene Sicherheit gewesen, denn er war sehr um seine Zukunft besorgt.

Er lehnte also den Vorschlag seiner Frau ab und forderte rigoros von ihr, daß sie den Plan, sich selbst an den Unternehmungen ihres Bruders zu beteiligen, aufgeben sollte. Als er nur eine zweideutige Antwort hierauf erhielt, fuhr er in die Stadt, hielt dem als Faustkämpfer berüchtigten Jerry die Mündung einer Pistole unter die Nase und warf ihn aus seiner Wohnung hinaus.

„Du bist doch sonst ein so liebes, gutes Mädchen, Fay. Nun tue doch, was ich dir rate," sagte er mit seiner sanftesten Stimme. „Du hast mich neulich nervös gemacht, und ich habe nichts dazu gesagt, daß du mich einen Narren nanntest, aber vergessen habe ich es nicht."

„Ach, du armseliger Feigling," stöhnte sie.

„Mag sein, daß ich das bin. Ich fürchte mich vor manchen Dingen, aber am allerwenigsten vor dir und der Gesellschaft, mit der du da verkehrst. Ich lebe jetzt bei einer Bestie in Menschengestalt, und da ist es wohl natürlich, daß ich manchmal Furcht empfinde. Aber vor solchen Kaninchen wie dir habe ich noch nie Angst gehabt. Wenn du dich mit diesen Leuten einläßt, werde ich dir bis ans Ende der Welt folgen und dich kalt machen."

Julius verließ sie wieder, und sie blieb in London. Er hatte auch nicht erwartet, daß sie etwas anderes tun würde. Sie fühlte sich niedergeschlagen und traurig und mochte auch Grund dazu haben, denn Savini war ein Mischling, den alle Gesellschaftsklassen verachteten.

Dies spielte sich wenige Tage nach Valeries Besuch in Garre Castle ab. Die Ereignisse kamen schnell in Fluß, obgleich sich äußerlich das Leben auf der Burg nicht änderte. Nur Abel Bellamy war in der letzten Zeit schweigsamer geworden, und es war noch schwerer mit ihm umzugehen als sonst.

Drei Tage später kam Coldharbour Smith unerwartet zu Besuch und Bellamy schloß sich den größten Teil des Abends mit ihm in der Bibliothek ein. Mr. Smith war vollständig nüchtern und sah noch abstoßender aus, als wenn er getrunken hatte. Sein liederlicher Lebenswandel spiegelte sich auf seinem blassen Gesicht wieder. Seine kurze Oberlippe bedeckte kaum die Zähne, sein großes Kinn trat weit hervor. Er machte den Eindruck, als ob er sich nur manchmal rasierte. Seine kleinen Augen lagen tief und er hatte eine Glatze.

Als der neue Hausmeister hörte, daß er kommen würde, bat er Julius, ihn zu empfangen.

„Können Sie denn das nicht selbst tun?" sagte der Sekretär mürrisch.

„Ich kann sein Gesicht nicht ausstehen, es verfolgt mich im Traum," war die wenig befriedigende Antwort.

Und dann kam der Tag der vielen Ereignisse. Es begann schon bald nach dem Frühstück. Abel war zu dem Hundekäfig gegangen und hatte die drei Tiere herausgelassen, um sie im Park spazierenzuführen. Er kam an der Eingangshalle draußen vorbei, wo der Hausmeister stand und dem neuen Dienstmädchen zeigte, wie man den Schmutzkratzer an der Tür mit Graphit schwärzte. Plötzlich entfernte sich unerwartet einer der Hunde von Bellamys Seite und sprang das Mädchen an. Sie fiel schreiend auf den Rücken. In dem Augenblick, als der Hund sie an der Schulter packen wollte, bückte sich der Hausmeister, hob das Tier ohne große Anstrengung auf und warf es in weitem Bogen auf den Rasen. Mit einem wütenden Bellen kam die Bestie zurück und gerade auf den Mann zu.

Bellamy rührte sich nicht und machte auch keinen Versuch, den Hund zurückzurufen. Er beobachtete interessiert, wie er zum Sprung ansetzte. Aber als der Hund eben vom Boden loskam, bückte sich der Hausmeister wieder und schlug ihm mit der Faust unter die Kinnlade des geöffneten Rachens, so daß sich die beiden Kiefer unfreiwillig schlossen. Es gab ein dumpfes Geräusch, als er ihm mit der anderen Faust gegen die Rippen fuhr und den Hund weit wegschleuderte. Die Bestie lag nach Luft schnappend auf dem Rücken.

„Was haben Sie mit meinem Hund gemacht?“ herrschte ihn Bellamy ärgerlich an. „Wenn Sie ihn getötet haben –“

„Ich habe ihn nicht getötet, er ist nur etwas außer Atem, Ich hätte ihn allerdings auch ebenso leicht töten können.“

Abel sah den Mann von oben bis unten an.

„Sie haben aber wirklich einen höllischen Mut, daß Sie meinen Hund derartig behandeln!“

„Und Sie haben Mut, sich nach dem Angriff auf das arme Mädel noch zu beklagen, daß man das Vieh schlägt. Wenn Sie Ihrem Hund gepfiffen hätten, dann hätte er sie nicht angesprungen!“

Abel horchte ganz verstört auf.

„Wissen Sie denn, zu wem Sie hier sprechen?“

„Ich spreche mit Mr. Bellamy, wie ich denke. Sie haben mich angestellt, daß ich mich um Ihre Dienstboten kümmere, und nicht, daß ich Ihre Hunde füttere!“ Er drehte sich um, wandte ihm den Rücken zu und ging in die Halle, um das erschreckte und weinende Mädchen zu trösten.

Abel wollte ihm zuerst auf dem Fuß folgen, aber er änderte seine Absicht und setzte seinen Spaziergang fort. Als er dann zurückkam, suchte er Streit und schickte nach Savini.

„Wo ist Philipp?“

„Er kümmert sich noch um das Mädchen, das vom Hund gebissen wurde, sie hat einen Nervenzusammenbruch.“

„Werfen Sie das nichtsnutzige Ding hinaus!“ brüllte Bellamy. „Und sagen Sie diesem eitlen Hausmeister, daß ich ihn nicht dazu bezahle, daß er mit den Mädels herumpoussiert. Schicken Sie ihn zu mir!“

Gleich darauf erschien Philipp.

„Wie Sie auch immer heißen mögen, Sie können Ihren Plunder packen und sich fortscheren – und Sie können auch Ihr Mädchen mit sich nehmen!“

„Ich habe hier kein Mädchen,“ sagte der Hausmeister ruhig. „Aber wenn ich hier für eine Frau verantwortlich wäre, dann können Sie sicher sein, daß ich sie keinen Augenblick hier lassen würde. Regen Sie sich nicht auf, Mr. Bellamy,“ sagte er, als der Alte zornig aufsprang. „Sie haben es hier nicht mit Valerie Howett und auch nicht mit ihrer Mutter zu tun.“

Er sah, daß Bellamy blaß wurde. Aber es war nicht Furcht, sondern blinde Wut, die ihn übermannte.

„Mich können Sie nicht so behandeln, wie Sie die beiden behandelt haben, das wollte ich Ihnen nur sagen, Bellamy!“

„Sie – Sie –!“

„Kommen Sie mir nicht zu nahe, Sie sind ein alter Mann, und ich möchte Sie nicht gerne niederschlagen, das gehört nicht zu meinen Pflichten.“

„Ihren – Pflichten?“ fuhr Abel Bellamy heraus.

Der Hausmeister nickte.

„Ich bin Captain James Featherstone, Polizeidirektor von Scotland Yard. Ich habe auch ein amtliches Schriftstück in der Tasche, das mir den Auftrag gibt, Garre Castle zu durchsuchen und wenn nötig, Sie zu verhaften, weil Sie Elaine Held ungesetzlicherweise gefangen halten.“

32

Abel Bellamy schien nicht zu verstehen, und Featherstone wiederholte seine Worte. „Sie sind ein Polizeibeamter,“ sagte der Alte schließlich. Er war wieder vollständig gefaßt und seine Selbstbeherrschung war bewunderungswürdig. „Ich habe Ihren dienstlichen Auftrag nicht gesehen, aber ich vermute, daß er stimmt. Ich warne Sie aber, Featherstone, oder wie Sie sonst heißen! Ich werde Sie anzeigen, und diese Sache wird Ihnen teuer zu stehen kommen. Ich bin amerikanischer Bürger –“

„Die Frau, die wir suchen, ist auch eine amerikanische Bürgerin," sagte Featherstone scharf. Er öffnete eine Tür, und zu Bellamys Überraschung und Wut standen etwa ein Dutzend Männer in der Halle.

„Was, Sie überfallen mich hier?" fragte er rauh. „Nun gut, fangen Sie an und sehen Sie zu, was Sie finden können." Featherstone streckte die Hand aus.

„Ihre Schlüssel," sagte er mit festem Ton. „Ich werde Ihnen die Räume zeigen –" „Ich will Ihre Schlüssel. Machen Sie keinen Unsinn, Mr. Bellamy. Hier liegt eine amtliche Handlung vor." Bellamy zog einen Schlüsselbund aus der Tasche und legte ihn auf den Tisch. „Ich will auch den Schlüssel haben, den Sie immer an der Kette bei sich tragen."

Einen Augenblick war der große Mann starr, dann löste er die Kette und warf ihm den Schlüssel zu. „Welche Tür öffnet er?"

„Den Geldschrank," brummte Bellamy. „Brauchen Sie keine Führung? Soll ich Ihnen sagen, wo der Geldschrank steht?"

„Die Mühe können Sie sich sparen," entgegnete Featherstone eisig. Er ging zu einer Stelle neben dem Kamin, faßte an das Gesimse des Holzpaneels und zog daran. Es zeigte sich eine Öffnung, hinter der eine schwarzlackierte Stahltür sichtbar wurde. Er schob den Schlüssel ins Schloß, drehte zweimal um, faßte an den schweren Handgriff und öffnete die Tür. Der Geldschrank enthielt eine Anzahl von Schubfächern mit Stahlkassetten. Er fand keine Bücher, aber in einem offenen Fach lag eine Ledermappe. „Haben Sie die Schlüssel zu den Schubfächern?"

„Sie sind nicht verschlossen." Featherstone nahm eine der Schubladen heraus und stellte sie auf den Tisch. Es lagen Papiere und Dokumente darin. „Es ist wohl besser, Mr. Bellamy, wenn Sie in Ihr Zimmer gehen. Ich habe einige Stunden hier zu tun – Sie können sich als verhaftet betrachten, solange ich das Gebäude durchsuche." Er hatte eigentlich erwartet, daß Bellamy Widerstand leisten würde, aber in dieser Beziehung war er doch zu vernünftig. „Wenn Sie fertig sind, lassen Sie es mich wissen. Ich hoffe, Sie sind ein besserer Polizeibeamter als Hausmeister." Mit diesen Worten ging er aus der Bibliothek und wurde von einem der Leute in sein Schlafzimmer gebracht. Eine Stahlkassette nach der andern wurde geleert und der Inhalt sorgfältig untersucht. Die Dokumente waren meistens alte, abgearbeitete Bankkontrakte, bei denen Bellamy viel verdient hatte. Plötzlich rief Featherstone seinen Assistenten zu sich.

„Jackson, kommen Sie einmal her.“ Der Sergeant trat eilig zu seinem Vorgesetzten. „Sagen Sie einmal, was ist dies?“ fragte Featherstone. Es war ein ungefähr vierzig Zentimeter langer Stock, der von drei breiten Filmstreifen bedeckt war. Er war so dick, daß Featherstone ihn kaum umspannen konnte. Als er den Stab hochhielt, fielen von dem einen Ende lange Peitschen schnüre herab, die zweimal so lang waren als der Griff selbst. Die Enden der Stricke waren mit gelber Seide abgebunden. Er ließ sie durch seine Finger gleiten, es waren im ganzen neun und sie waren mit dunklen Flecken beschmutzt.

„Was halten Sie davon, Jackson?“ Der Sergeant nahm die Peitsche in die Hand. „Das ist eine neunschwänzige Katze, mein Herr.“ Er betrachtete den Griff und las auf einer verblaßten roten Marke mit einer eingepreßten Krone die Worte: Eigentum der Gefängnisdirektion.“

„Das ist zweifellos ein Geschenk Creagers,“ sagte Featherstone. Er schaute auf die Stricke, die Flecken waren sehr alt und sein fachkundiger Blick sagte ihm, daß die Peitsche nur einmal gebraucht worden war, denn die Knicke in den Schnüren waren noch deutlich sichtbar. Er wunderte sich über die Geisteskraft Bellamys, der dieses grausame Erinnerungsstück als einen heiligen Schatz verwahrte und sich an dem Schmerz weidete, den es einem armen leidenden Wesen bereitet hatte. Er legte die „neunschwänzige Katze“ weg und wandte seine Aufmerksamkeit den andere“ Schubladen zu. Er hoffte, ja er erwartete, etwas zu finden, das ihn auf die Spur der verschwundenen Mrs. Held bringen könnte. Aber er fand nichts. Bellamy schien nur ein Paket Privatbriefe verwahrt zu haben, die alle mit „Michael“ unterschrieben waren und aus verschiedenen Städten in den Vereinigten Staaten stammten. Drei waren aus Chicago gesandt worden, aber die Mehrzahl stammte aus New York. Die ersten Briefe handelten von den Schwierigkeiten des Absenders, seine Stellung zu halten. Aus den Schreiben ging hervor, daß er Lehrer und Bellamys Bruder war. Die ersten Briefe waren in freundlichem Ton abgefaßt, und Featherstone konnte aus ihnen nicht nur den Lebenslauf des Mannes feststellen, sondern auch eine Wandlung, die mit ihm vorgegangen war. Michael hatte scheinbar in der ersten Zeit Erfolg gehabt und sich ein Vermögen erworben. In Cleveland hatte er größeren Grundbesitz erworben und sich nebenbei dem Maklergeschäft gewidmet. Von dieser Zeit ab änderte sich der Ton der Briefe. Michael Bellamy war in Schwierigkeiten geraten und hoffte, daß ihm sein Bruder helfen würde. Zu spät erkannte er, daß Abel, dem er traute und auf dessen Zuneigung und Hilfe er baute, hinter der Organisation stand, die ihn planmäßig ruinierte. Der bezeichnendste Brief war der letzte.

„Lieber Abel, Ich bin sehr erstaunt über die Nachrichten, die ich von Dir erhielt. Was habe ich Dir denn getan, daß Du mich so kaltblütig zugrunde richtest? Willst Du mir nicht um meines kleinen Sohnes willen in allerletzter Stunde helfen, daß ich alle die Ansprüche meiner Gläubiger befriedigen kann?“ Um seines Sohnes willen! Der arme Michael Bellamy hätte keinen nutzloseren Versuch machen, nichts schreiben können, was Abels Niedertracht noch mehr gereizt hätte. Bellamy rächte sich an den Leuten, die er als seine Feinde ansah, durch ihre Kinder. Auf diese Weise hatte er auch Mrs. Held gebrochen. Dieser unbarmherzige Mensch hatte sich durch die Bitte seines Bruders nicht erweichen lassen. Nachdem die Durchsicht schon drei Stunden gedauert hatte, ließ Featherstone wieder alle Schubkästen in den Geldschrank bringen. Die Detektive meldeten sich nacheinander zurück. Jede Ecke und jeden Winkel der Burg hatten sie durchstöbert, die Kerker waren durchsucht, aber man hatte kein Geheimnis entdeckt. Jim ließ Savini holen, dessen olivenfarbenes Gesicht aschfahl war. Seine herabgezogenen Mundwinkel zeigten eine verzweifelte Stimmung. „Das bringt mich in eine furchtbare Lage,“ jammerte er. „Der Alte wird denken, ich hätte alles schon vorher gewußt und Sie gekannt –“

„Stimmt das nicht?“ fragte Jim lächelnd. „Aber machen Sie sich keine Sorge. Wenn er etwas sagen und Ihnen Vorwürfe machen sollte, können Sie ja sagen, daß ich Sie gezwungen habe, den Mund zu halten. Aber vor allen Dingen müssen Sie Ihren schlechten Ruf bessern, den Sie jetzt bei Spike Holland genießen. Soviel ich weiß, haben Sie dem geschworen, daß ich nicht der neue Hausmeister sei. Da haben Sie sich ausnahmsweise einmal vornehm benommen,“ sagte er ironisch und klopfte Julius auf die Schulter. „Nun können Sie aber unserem lieben Freund Bellamy einen großen Gefallen tun und ihn in gute Stimmung bringen, wenn Sie zu ihm gehen und ihm berichten, daß wir nichts gefunden haben und daß alles in Ordnung ist.“ Abel Bellamy kam triumphierend zur Bibliothek zurück. Sein Blick sprach von Genugtuung, und ein stolzes Lächeln spielte um seinen Mund.

„Haben Sie die Frau gefunden – Mrs. – wie war doch gleich ihr Name?“

„Nein, sie ist nicht hier. Es ist aber auch möglich, daß die Pläne der Burg alle falsch sind und daß es noch Geheimräume gibt, die wir nicht gesehen haben.“

„Sie bilden sich natürlich ein, daß sie hier ist," höhnte Bellamy. „Sie haben zuviel Detektivgeschichten gelesen, Mr. Featherstone – das tut nicht gut, davon bekommt man phantastische Ideen in den Kopf! Außerdem werden Sie in einiger Zeit von meinen Rechtsanwälten hören!"

„Ich freue mich, daß Sie so ehrenwerte Leute in Ihre Dienste nehmen," erwiderte Jim. „Hier sind Ihre Schlüssel –" Er streckte die Hand aus, aber er hätte sie beinahe fallen lassen, denn er hörte einen Schrei, der ihn erstarren ließ. Alle hörten ihn – Bellamy, Julius Savini und Jackson, der Detektiv. Es war ein dünner, angstvoller Klang, der in einem erschütternden Schluchzen endete. Der Ton, in dem sich die entsetzliche Angst einer Frau ausdrückte, kam von irgendwoher und durchzitterte den großen, schweigenden Raum. Jim Featherstone lauschte und sein Herz drohte stillzustehen. „Was war das?" fragte er heiser.

33

Bellamys Blick schweifte ins Leere, dann wandte er sich langsam zu Jim um.

„Das sind vermutlich die Wasserrohre – sie machen gewöhnlich ein solches Konzert, wenn wir die Zentralheizung anstellen."

Jim wartete, ob sich der Schrei wiederholen würde, aber es blieb ruhig.

Er sah Bellamy scharf an, aber der hielt seinen Blick ruhig aus, ohne mit der Wimper zu zucken.

„Was für ein Raum liegt hier drunter?" fragte er und zeigte auf den Fußboden.

„Hier drunter liegt kein Raum, die Kerker fangen erst unter der Halle an. Es führte von hier aus eine Treppe hinunter, die ist aber zugemauert worden."

Jim ging aus der Bibliothek und untersuchte die Kerker persönlich. Er ging auch zu den tieferliegenden Zellen, aber er konnte nichts entdecken. Er fand nur den Abstieg der zugemauerten Treppe, von der Bellamy eben gesprochen hatte. Er breitete den alten Grundriß der Burg auf dem Fußboden aus und überlegte. Dem Plan nach stand die Bibliothek auf festem Boden – aber das wollte nicht viel bedeuten, denn er hatte schon viele Abweichungen festgestellt. Der Plan war sicher nur nach allgemeinen Angaben gezeichnet worden, ohne daß die Räume genau nachgemessen wurden. Die unteren Kerkerzellen waren überhaupt nicht eingetragen. Er war noch mit diesen Untersuchungen beschäftigt, als er wieder einen schwachen Laut hörte. Als er aufschaute, sah er ein schwarzes, eisernes Rohr in einer Ecke des gewölbten Raumes. Er wartete und hörte wieder ein Geräusch, das wie ein klagender Seufzer klang. Es waren nicht dieselben Laute, die er vorhin in der Bibliothek vernommen hatte, aber Bellamys Erklärung konnte immerhin stimmen. Enttäuscht ging er nach oben. „Nun, haben Sie die Wasserleitung verhaftet?“ fragte Bellamy ironisch. „Ich würde mich freuen, wenn Sie den Rohrleger festnehmen wollten, der die Röhren hier installiert hat, Mr. Featherstone.“

Jim lächelte, obgleich er nicht sehr fröhlich gestimmt war.

Die Polizeibeamten gingen quer durch den Park zurück zu dem Pförtnerhaus, Jim war der letzte.

„Hallo!“ Bellamy winkte ihn zurück.

„Sie haben noch etwas vergessen.“

Jim stellte den kleinen Koffer nieder, der seine bescheidene Ausrüstung enthielt, die er in die Burg mitgenommen hatte.

„Ich wüßte nicht, was ich vergessen hätte,“ antwortete er.

Der alte Bellamy steckte seine Hand in die Tasche und zog einen Geldschein heraus.

„Nehmen Sie das.“ Er drückte Jim einen Schein in die Hand. „Das ist Ihr Gehalt,“ sagte Bellamy spöttisch.

Jim steckte die Fünfpfundnote widerwillig in die Tasche.

Im Dorf traf er Spike, der sich bitter über die Hinterhältigkeit von Julius Savini beklagte.

„Ich habe ihn doch gefragt, ob Sie es seien, und dieser nichtswürdige Kerl leistete einen Eid darauf, daß er den neuen Hausmeister nie vorher gesehen hätte!“

„Er meinte in diesem Beruf, Spike.“ Featherstone nahm den aufgeregten jungen Mann am Arm und ging mit ihm zum „Blauen Bären“. „Immerhin bin ich für das verantwortlich, was er gesagt hat. Ich gab ihm ausdrücklich Anweisung, mich niemand gegenüber zu verraten, und ich erwähnte ganz besonders Sie unter den Personen, denen er es durchaus nicht mitteilen sollte.“

„Haben Sie irgend etwas herausgebracht? Als ich diesen Morgen in die Gaststube kam und die vielen kräftigen Leute sah, wußte ich gleich, daß etwas los war. So ein Polizist kann sich doch eigentlich nie verleugnen. Sie können ihn kleiden wie den Prinzen von Wales, oder ihm die Kleider eines Bettlers anziehen – der Kopf, der aus den Kleidern herausschaut, läßt sich unmöglich maskieren, der sieht immer nach einem Polizisten aus! Sagen Sie doch, haben Sie etwas in der Burg entdeckt?"

Featherstone schüttelte den Kopf.

„Gar nichts. Das heißt nichts, was den Aufenthalt von Mrs. Held verraten hätte."

„Wer ist denn Mrs. Held?" fragte Spike begierig. Jim wurde sich sofort darüber klar, daß die Geschichte unter allen Umständen geheimgehalten werden mußte. Er erklärte die Zusammenhänge, so gut er konnte, ohne den Namen Valerie Howetts zu erwähnen. Spike pfiff. „Eine Gefangene? Sehen Sie einmal an, das wäre eine glänzende Geschichte, wenn ich darüber schreiben dürfte. Sagen Sie einmal, lieber Featherstone," schmeichelte er, „kann ich nicht wenigstens die Tatsache erwähnen, daß die Polizei eventuell der Meinung war, daß eine Frau in den kalten, dunklen Kerkern von Garre Castle gefangengehalten wird?"

Jim Featherstone ging aber nicht darauf ein. „Wenn Bellamy deshalb aufsässig wird, könnte es schlimm genug werden. Jetzt haben wir Aussicht, daß er sich wegen der Sache nicht rührt, wenn Sie aber Einzelheiten der polizeilichen Haussuchung veröffentlichen, dann bringt er die Geschichte sicherlich vor Gericht." Jim Featherstone ließ sein Gepäck im „Blauen Bären" und war froh, als er Spikes neugierigen Fragen entrinnen konnte. Valerie stand gerade an dem Fenster ihres Schlafzimmers, als sie ihn den Gartenweg entlangkommen sah, der zur Haustür führte. Sie eilte nach unten, um ihn zu begrüßen.

„Valerie, ich habe einen guten Posten verloren."

„Hat er herausgebracht, wer Sie waren?" fragte sie enttäuscht.

„Nein, das nicht. Aber unglücklicherweise habe ich bei ihm auch nichts herausgefunden. Wir haben in der Burg heute morgen polizeiliche Haussuchung gehalten und haben alles genau durchstöbert. Es ist Ihnen wohl bekannt, daß wir in England Privatgrundstücke nicht ohne weiteres durchsuchen können, es muß ein amtlicher Befehl, der von einem höheren Beamten unterzeichnet ist, vorliegen. Einen solchen dienstlichen Auftrag erhielt ich heute morgen durch die Post. Scotland Yard hatte ein Dutzend Beamte zum Dorf geschickt, bevor ich aufgestanden war. Es tut mir sehr leid, daß ich den Grünen Bogenschützen nun aus weiterer Entfernung beobachten muß.“ Sie sah ihn schnell an.

„Haben Sie ihn denn schon in der Nähe gesehen?“ fragte sie mit leiser Stimme. „Nein,“ antwortete er erstaunt. „Das sagte ich doch auch nicht. Sicher war er in jener Nacht im Schloß, als Sie in den Park von Garre Castle kamen.“

Wie konnte er nur behaupten, daß er nichts von dem Grünen Bogenschützen wußte! „Jim, ich möchte Sie etwas fragen,“ begann sie ruhig. „Haben Sie sich aus irgendwelchem Grunde, um einen bestimmten Zweck zu erreichen oder um Bellamy zu beobachten, oder weil Sie einen Auftrag der Polizei ausführten, jemals als Grüner Bogenschütze verkleidet? Einmal haben Sie es bestimmt getan!“ Das Erstaunen, das sich in seinen Zügen ausdrückte, war nicht gespielt.

„Niemals. Selbst im Traume hätte ich das nicht getan, nicht einmal, um den alten Mann einzuschüchtern. Ich hätte ja dadurch auch nichts gewinnen können.“

„Aber Sie sagten, Sie hätten den Grünen Bogenschützen nicht gesehen. Wie war das denn in jener Nacht, in der Sie mich hierherbrachten?“

Er sah sie erstaunt an und zog die Stirne kraus. „Ich weiß nicht, was Sie meinen. Ich spionierte gerade ein wenig im Park umher, als Bellamy seine Hunde hinter Ihnen her hetzte. Ich maß die Temperatur in dem Boden rings um die Außenwände des Schlosses. Ich mache keinen Scherz – das war eine der ernsthaftesten Beschäftigungen, die ich jemals ausführte. Als die Hunde über den Rasen liefen, vermutete ich, daß Sie verfolgt wurden, und eilte, so schnell ich konnte, hinter Ihnen her.“

„Dann hörte ich also Sie hinter den Hunden?“

Er nickte. „Ich verlor Sie einen Augenblick aus den Augen, aber plötzlich kamen Sie wieder ins freie Gelände. Dann sah ich einen toten Hund auf dem Rasen und Sie lagen dicht daneben. Aber vom Grünen Bogenschützen war nichts zu sehen. Der Hund war allerdings von einem Pfeil getötet worden. Mein erster Gedanke war, Sie in Sicherheit zu bringen. Ich hob Sie auf und trug Sie zur Mauer von Lady's Manor. Ich vermutete, daß ich dort eine Leiter finden würde. Es hat mich viel Anstrengung und Zeit gekostet, um Sie über die Mauer ins Haus zu bringen. Als ich Sie dann aufs Sofa legen wollte, verlor ich meinen

Manschettenknopf, denn ich war an einer Sofaecke hängen geblieben. Mindestens zehn Minuten habe ich danach gesucht." Sie lächelte ein wenig, als sie an die vielen abgebrannten Streichhölzer dachte, die das Mädchen auf dem Boden gefunden hatte. Nun wußte sie ja, wer der Missetäter war und wozu die Streichhölzer verwendet worden waren.

„Ich ging dann wieder zur Burg zurück und fand glücklicherweise die Haupttür offen, so daß mir das Hinaufklettern an einem Seil außen an der Mauer erspart wurde."

Sie seufzte erleichtert auf. „Dann sind Sie also nicht der Grüne Bogenschütze?"

„Um Himmels willen, nein, ich bin ein in Ungnade gefallener Hausmeister, außerdem bin ich ein Polizeibeamter, der jetzt wahrscheinlich in böse Verlegenheit kommen wird – aber niemals bin ich der Grüne Bogenschütze!"

„Haben Sie nichts gefunden von –?" Sie beendete die Frage nicht. „Nichts, das Sie interessieren könnte. Ich fand einige Briefe seines Bruders, das war alles." Er erwähnte nichts von der neunschwänzigen Katze. Bald darauf ging er wieder zum „Blauen Bären" zurück und überlegte sich, was er jetzt am besten tun könnte. Sein Wagen, den er bei seinen täglichen Ausflügen nach London benützte, war im nächsten Dorf untergestellt. So oft er konnte, war er aus der Burg entwischt und hatte es Julius überlassen, seine Abwesenheit zu entschuldigen. Mr. Bellamy gab seinen Hausmeistern einen freien Tag in der Woche, und Savini hatte die Aufgabe übernommen, immer zu erklären, daß heute Philipps freier Tag sei, wenn Bellamy nach ihm fragte.Als Valerie damals zu Besuch kam, war er in der Burg, aber aus leicht begreiflichen Gründen hatte er es vorgezogen, nicht zu erscheinen. Erst als Valerie mit dem Alten allein sprach, hatte ihm Savini einen Wink gegeben. Und während sich Julius Spike in seinem eigenen Zimmer beschäftigte, konnte Jim über den Flur gehen und den richtigen Moment wählen, um dazwischenzutreten. „Ich habe mich entschlossen, nach London zurückzukehren, aber ich werde ab und zu hier sein und mir auch ein Zimmer im „Blauen Bären" mieten. Spike, Sie könnten die Polizei bei ihrer Arbeit ein wenig unterstützen und mir Nachricht geben, wenn etwas Außergewöhnliches passiert. Außerdem lasse ich noch einen Beamten hier zurück."

„Um Bellamy zu bewachen?"

„Nein, nur um hier im allgemeinen aufzupassen."

„Dann soll er also Miß Howett bewachen," sagte Spike laut. Auf dem Wege zur Stadt überdachte Jim Featherstone das ganze Problem von allen Seiten. Es war Gefahr im Verzug, dessen war er sicher, und die größte Gefahr drohte Valerie Howett. Immer wieder brachte er Coldharbour Smith hiermit in Verbindung, und er nahm sich vor, daß sein erster Besuch in London dem „Goldenen Osten" gelten sollte.

34

Vor langer Zeit war der „Goldene Osten" einmal ein angesehener Klub gewesen, dessen Mitglieder sich aus Offizieren der Handelsflotte zusammensetzten. Weil aber kein Klub von einer geringen Mitgliederzahl existieren kann, wurden die Statuten geändert und die Aufnahmebedingungen erleichtert, bis der Klub schließlich alle Leute umfaßte, die irgendwie an dem Handel mit Indien und China interessiert waren. Aber selbst diese Entwicklungsstufe gehörte schon der Vergangenheit an. Der Klub hatte allmählich seine vornehme, gesellschaftliche Stellung und sein Ansehen eingebüßt, und als schließlich jeder aufgenommen werden konnte, kam er sehr schnell herunter. Coldharbour Smith war auch Mitglied geworden. Er fand bald heraus, welche Gewinnchancen sich ihm hier boten, brachte die Majorität der Aktien an sich und war endlich alleiniger und erfolgreicher Besitzer des Klubs. Seltsame Dinge ereigneten sich in dem „Goldenen Osten". Fast alle Vorschriften der Polizei über das Klubwesen wurden hier übertreten, so daß man den Klub zu jeder Zeit hätte schließen können. Aber vom Standpunkt der Polizeidirektion aus war der „Goldene Osten" eine ganz brauchbare Einrichtung. Es verkehrten viele lichtscheue Elemente dort, und gerade weil die Polizei hier ein Auge zudrückte, konnte man häufig gesuchte Verbrecher aufspüren und dingfest machen. Coldharbour Smith war sehr großzügig und lebte in der Überzeugung, daß seine Geschenke an gewisse Polizeibeamte ihm diese Achtung und Rücksichtnahme verschafften. Er wäre sehr erstaunt gewesen, wenn er erfahren hätte, daß das Geld, das er dem Polizeiinspektor seines Quartiers zusteckte, jeden Sonnabend dem Polizeiwaisenhaus übergeben wurde und daß der Kassierer darüber regelmäßig Buch führte und offizielle Quittungen erteilte.

Der Klub hatte früher nur kleine Räumlichkeiten an einer Straßenecke gehabt, aber allmählich war er zu einem großen Etablissement geworden. Die Räume im Erdgeschoß wurden als Bureaus benützt, erst im Obergeschoß lagen die eigentlichen Gesellschaftsräume, zu denen auch eine lange, fensterlose Eingangshalle gehörte, die ihr Licht von oben erhielt. Nichts wurde hier gewöhnlich gespielt. Den Tanzsaal im Obergeschoß bevölkerte ein merkwürdiges Publikum. Man fand dort Schauspielerinnen aus dem Westen und junge Leute, die sich einmal die Verbrecherwelt Londons ansehen wollten. Auch ein paar Chinesen und Neger waren zu sehen, ebenso eine große Anzahl elegant gekleideter Damen, die scheinbar keine andere Beschäftigung hatten, als sich im Klub aufzuhalten. Hinter dem Tanzsaal lag die Bar, in der man gewöhnlich Coldharbour Smith finden konnte. Er trug einen gutsitzenden, karierten Anzug mit weißer Krawatte und ließ die Zigarre im Munde niemals ausgehen.

Um Mitternacht war der Betrieb meistens am größten. Die Theater des Westens hatten dann geschlossen, und die vornehmeren Besucher kamen in das Lokal. Die farbigen Kellner in ihren schmucken Livreen eilten von Tisch zu Tisch, um die Aufträge der Gäste in Empfang zu nehmen, und die Jazz-Band spielte wild und laut. Der Klub lag mitten in einer ärmlichen, dürftigen Gegend, wo Männer, Frauen und Kinder eng wie in Ställen zusammengepfercht lebten und hungerten, wie man Vieh nicht hätte hungern lassen. Aber trotzdem waren diese Leute stolz auf den Klub. Die ausgelassene Fröhlichkeit und die Eleganz der Besucher boten ihnen eine abwechslungsreiche Unterhaltung. Jeden Abend standen diese Menschen in ihren armseligen Kleidern zitternd vor Frost vor dem Lokal, um die Auffahrt der schönen Automobile und Wagen zu beobachten. Der „Goldene Osten" war beliebt und modern. Die Fremden besichtigten ihn ebenso wie sie die berühmten Sehenswürdigkeiten, die Kathedrale, die großen Handelshäuser und die Museen besuchten. Lärmendes Gelächter und wilde Synkopenmelodien schollen Jim Featherstone entgegen, als er in die Eingangshalle trat, den Portier mit einem Kopfnicken begrüßte und dann auf der teppichbelegten Treppe nach oben ging. Aber der Portier setzte sofort unauffällig eine geheime Alarmklingel in Bewegung, und als Jim den Tanzsaal erreichte, war dort eine allgemeine Ruhepause eingetreten. Das Orchester spielte nicht mehr, und die Tänzer waren zu ihren Tischen zurückgekehrt. Wer das Lokal nicht genau kannte, mochte ein wenig erschrocken sein, denn Coldharbour Smith hatte das Zauberwort „Polizei" ins

Lokal gerufen. „Ich freue mich, Sie zu sehen, Captain." Coldharbour kam Featherstone halbwegs durch den Tanzsaal entgegen und reichte ihm seine von Brillantringen glitzernde Hand zum Gruß.

„Es ist heute abend sehr ruhig hier, Smith."

„Ach, es ist nicht außergewöhnlich ruhig. Wir haben hier überhaupt nur wenig Lärm." Jim musterte mit schnellen Blicken die ganze Gesellschaft.

„Sie haben aber ganz gute Kundschaft hier. Wer hat denn an diesem Tisch gesessen?"

„Die Leute sind schon vor einer halben Stunde gegangen."

„Und haben die Weinflasche hier stehen lassen? Sie ist doch eben erst aufgemacht worden, der Sekt schäumt ja noch! Und vier funkelnagelneue Gläser stehen auch auf dem Tisch?"

„Ach, das hat nichts zu sagen, Sie kennen doch keinen von ihnen. Es sind irgendwelche reichen Leute vom Westend, die sich vermutlich hier nicht sehen lassen wollten." Er ging zur Bar und Jim Featherstone folgte ihm.

„Wollen Sie nicht einen Schluck trinken, Captain?" Coldharbour Smith warf dem Barmann einen schnellen Blick zu. „Wir bekommen Sie ja nicht oft zu sehen. Heute abend sind ein paar regelrechte Schiffskapitäne hier." Er zeigte mit dem Kopf nach einem Tisch, an dem eine kleine Gruppe an der Ecke des Saales saß. Es waren wenig elegant gekleidete Leute, die scheinbar von außerhalb kamen. „Es verkehren auch eine ganze Menge Matrosen hier," fuhr Coldharbour Smith fort. „Ich glaube, daß sie gerne herkommen, um zu sehen, wie sich der alte Platz herausgemacht hat, den sie vor Jahren kannten."

„Möglich, daß sie das tun," erwiderte Jim trocken. „Vielleicht empfangen Sie hier auch ihre Aufträge und Befehle."

„Befehle, Captain?" fragte Smith und bemühte sich, ein erstauntes Gesicht zu machen.

„Ich möchte nur wissen, wieviele Schiffsladungen schlechten Whisky Sie schon nach den Vereinigten Staaten verfrachtet haben, Smith! Tun Sie doch nicht so unschuldig, die Polizei weiß ganz genau, daß Sie schon seit einem Jahr Alkohol nach Amerika verschicken."

„Ach, die Sache geht leider nicht immer nach Wunsch," klagte Smith. „Letzthin sind uns zwei ganze Ladungen abgefaßt und über Bord geworfen worden."

„Na, dann muß der Ozean voll von toten Fischen sein," sagte Featherstone. „Aber ich bin nicht gekommen, um Ihnen deshalb Schwierigkeiten zu machen. Es ist kein Vergehen, die Amerikaner mit Alkohol zu vergiften."

„Ich bin nur ein Agent." Smith sagte die Wahrheit. "Ich habe kaum etwas davon. Nur die großen Leute verdienen das viele Geld. Aber wollen Sie nicht etwas trinken, Captain?"

„Nein, ich habe keinen Durst. Aber ich wollte einmal in aller Ruhe mit Ihnen sprechen, Smith. Haben Sie ein Zimmer, wo wir allein miteinander reden können?" Smith ging in einen Raum, der auf der Rückseite der Bar lag, und Featherstone folgte ihm. Als Coldharbour das Licht andrehte, hob Jim die Nasenflügel, als ob er etwas Besonderes witterte. Dann sah er den unglücklichen Coldharbour vernichtend an. „Unterlassen Sie das Opiumrauchen hier, Smith," sagte er scharf. „Wir sind sonst nicht so genau, aber das muß unter allen Umständen unterbleiben!"

„Das ist sicher einer von den verdammten Portugiesen gewesen," erwiderte Coldharbour schnell. „Mein Geschäftsführer hat die Kerle hier hereingelassen. Ich selbst gestatte so etwas niemals – ich schwöre Ihnen, Captain, daß bei mir keine Pfeife Opium geraucht werden darf. Das passierte in meiner Abwesenheit. Als ich zurückkam, habe ich den Kerl hinausgeworfen."

„Das mag wahr oder gelogen sein, aber lassen Sie es nicht noch einmal vorkommen. Nun hören Sie zu!" Er nahm einen Stuhl, setzte sich nieder, stützte die Ellenbogen auf den Tisch und schaute Smith an.

„Sie waren also neulich abend drüben in der Burg?"

„Meinen Sie Garre Castle – Mr. Bellamys Wohnsitz? Ja, ich bin in letzter Zeit zweimal dort gewesen, um Mr. Bellamy in geschäftlichen Angelegenheiten zu sprechen. Aber woher wußten Sie denn das?" fragte er möglichst unschuldig.

Jim lächelte. „Der Alte hat heute an Sie telephoniert und Ihnen erzählt, daß ich heute morgen Haussuchung bei ihm abgehalten habe. Leugnen Sie nicht, einer meiner Leute in der Telephonzentrale hat das Gespräch abgehört." Es war reiner Bluff von Jims Seite. Aber es war ihm aufgefallen, daß man auf seinen Besuch im „Goldenen Osten" scheinbar vorbereitet war, und er vermutete, daß der alte Bellamy Smith gewarnt hatte. „Was haben Sie denn eigentlich mit dem alten Bellamy vor?"

„Er ist ein guter Freund von mir," sagte Coldharbour gewandt. „Er hat mir viel Geld geliehen, so daß ich dieses Lokal kaufen konnte."

„Haben Sie nicht auch sein Leben gerettet – sind Sie nicht auch einmal ins Wasser gesprungen, um ihn herauszuziehen?"

„Nein, mein Herr, das habe ich nicht getan." Smith sprach sehr liebenswürdig, und sein Benehmen war ungewöhnlich freundlich. Aber Jim sah doch einen kalten, tückischen Glanz in seinen Augen und wußte genug.

„Er hat Ihnen also das Geld geliehen. Gut, daß Sie mir das sagen. Und nun wollen Sie ihm das Geld wohl zurückzahlen? Sagen Sie einmal, Smith, wo wohnten Sie eigentlich, bevor Sie hierher zogen? Ich habe Ihre Akten nicht durchgesehen."

„Ich habe kurze Zeit in der Nachbarschaft gewohnt," sagte Smith düster. „Ich lebte gewöhnlich in Camden Town."

„In welchem Teil von Camden Town?" fragte Jim schnell.

„In Little Bethel Street."

„Little Bethel Street!" Jim sprang auf. „Dann kennen Sie Mrs. Held!" sagte er drohend und anklagend.

„Ich habe niemals von einer Mrs. Held gehört!" rief Smith laut. „Was meinen Sie denn damit, Captain? Wer ist denn überhaupt Mrs. Held?"

„Sie kannten Mrs. Held, und Sie haben dabei geholfen, sie verschwinden zu lassen!"

Smith war ein wenig blasser geworden.

„Erzählen Sie mir alles, Smith, ich will dafür sorgen, daß Sie straflos ausgehen, wenn Sie es mir sagen. Aber wenn Sie das nicht tun –" er schlug mit der Faust auf den Tisch – „dann werde ich den „Goldenen Osten" in einer Woche schließen." Zu seinem größten Erstaunen begann Smith zu lächeln. „Das macht mir nichts aus, Captain. Ich habe den „Goldenen Osten" verkauft und habe schon die Hälfte des Kaufpreises." Er klopfte auf seine Tasche. „Wenn Sie das Lokal schließen, so ist es mir wirklich gleichgültig." Er sprach die Wahrheit – Jim sah es an seinem Gesichtsausdruck.

„Aber immerhin, Captain, warum drohen Sie mir? Ich bin doch immer offen gewesen, Sie können nichts gegen mich haben. Ich habe stets versucht, mit der Polizei auf gutem Fuß zu stehen, und wenn es nicht so ist, kann ich nichts dafür. Wollen Sie wirklich nichts trinken, Captain?“ Drei wichtige Dinge waren Jim Featherstone nicht entgangen: erstens der schnelle Wink, den Smith dem Barmann mit den Augen gegeben hatte, zweitens die Aufdringlichkeit, mit der er ihm etwas zu trinken anbot, obwohl er wußte, daß Jim niemals etwas genommen hatte, wenn er hier war. Drittens hatte er bemerkt, daß der Barmann das Zeichen, das ihm Smith gegeben hatte, weiter signalisierte. Unauffällig schaute er in dieselbe Richtung und entdeckte einen Mann, den er vorher noch nicht gesehen hatte. Aber darüber wollte er Smith an einem mehr öffentlichen Platz zur Rede stellen. „Warum bieten Sie mir eigentlich dauernd zu trinken an? Sie wissen doch nur zu gut, daß ich hier nichts nehme.“

„Seien Sie doch wenigstens einmal gemütlich!“ grinste Smith.

In der Ecke des Raumes stand ein Telephon, das Jim schon bemerkt hatte, als er hereinkam. „Sie haben doch nichts dagegen, wenn ich einmal einen Freund anrufe,“ sagte er plötzlich.

Smith zögerte. „Der Apparat ist nicht in Ordnung –“

„Das werden wir gleich sehen,“ entgegnete Jim kühl und nahm den Hörer auf.

Das Amt meldete sich sofort und er nannte eine Nummer.

Smith stand mitten im Zimmer und kaute nervös an seinen Nägeln. Jim ahnte dunkel, was sich vorbereitete. „Wer ist dort? Der Sergeant vom Dienst in Limehouse? Captain Featherstone am Apparat. Ich bin im „Goldenen Osten“ . . . jawohl . . . senden Sie sofort vier Leute, die mich am Eingang des Klubs draußen erwarten. Danke Ihnen.“

Er hing den Hörer ein, und nun zeigte ihm die Bestürzung Smiths, daß er sich nicht getäuscht hatte. „Sie hatten für mich einen kleinen Empfang da unten arrangiert, Smith,“ sagte er böse. „Ich sah den Mann wohl, der mir folgte. Wer hat Ihnen den Tip gegeben, daß ich allein hierherkam? Wie dachten Sie sich denn die Sache? Ich sollte wohl in eine Straßenschlägerei geraten? Das haben Sie nicht schlau genug angefangen, Smith!“

Mit einem Nicken ging er zur Tür und drückte den Griff herunter, aber sie war geschlossen. Er wandte sich wütend um.

„Der Barmann hat wahrscheinlich die Tür geschlossen," sagte Smith heiser. „Aber hier ist ein anderer Weg, auf dem Sie das Lokal verlassen können, Captain." Er öffnete eine Tür, die auf eine steile Treppe führte.

„Sie werden unten noch eine andere Tür finden, Captain."

„Vielleicht gehen Sie eben mit mir hinunter," sagte Jim höflich. Smith ging schnell vor dem Detektiv her und öffnete die Tür. Jim sah die rechteckige Türöffnung und die Umrißlinien von Coldharbours Gestalt. „Gute Nacht, Captain," sagte Smith laut. „Gute Nacht," antwortete Jim. Er tat so, als ob er an dem Wirt des „Goldenen Ostens" vorbeigehen wollte, drehte sich aber plötzlich um und packte Smith am Kragen. Bevor dieser ein Wort sagen konnte, hatte Jim ihn durch die offene Tür ins Freie gestoßen. Auf der Straße sprang ein Mann, der sich im Schatten versteckt hatte, auf ihn zu und schlug ihm zweimal mit einem schweren Stock über den Schädel. Smith fiel mit einem Stöhnen zu Boden. Jim war sofort draußen und verfolgte den Flüchtling. In kürzester Zeit hatte er ihn eingeholt und stieß ihn schnell in die Kniekehlen, so daß er der Länge nach auf das harte Straßenpflaster fiel. Jim zog ihn mit eisernem Griff nach oben und stellte ihn wieder auf die Füße. „Ich will mich nicht wehren," winselte der Mann und ließ seine Waffe fallen, die polternd auf den Asphalt aufschlug. „Ich wollte ihm ja gar nichts tun, das war wirklich nicht meine Absicht. Coldharbour Smith hat mir Geld gegeben, daß ich einen Mann niederschlagen sollte, der aus der Tür kam."

„Coldharbour Smith wünscht jetzt wohl selbst nicht, daß er das getan hat, mein Freund," sagte Jim. Er schleppte seinen Gefangenen zu einer Straßenlaterne und bog ihm den Kopf zurück, daß er sein Gesicht sehen konnte. Es war derselbe Mann, der ihm schon vorher gefolgt war. Er wand sich unter Jims hartem Griff. „Coldharbour wird mich kalt machen," stöhnte er. Als sie zu der Tür zurückkamen, fanden sie Smith, der eben wieder zu sich gekommen war. Er saß auf dem Pflaster und hielt seinen schmerzenden und blutenden Kopf. Die beiden beschuldigten sich gegenseitig, und Jim hörte belustigt und interessiert zu. „Wenn Sie hier behaupten, daß ich Ihnen den Auftrag gab, diesem Gentleman aufzulauern, dann lügen Sie ganz unverschämt," brüllte Smith. „Wenn ich Sie erst in die Finger bekomme, drehe ich Ihnen das Genick um, Sie dreckiger Kerl! Lochen Sie den Hund nur ein, Featherstone!"

„Einlochen!“ schrie der andere. „Sie wären schon längst eingebuchtet, Smith, wenn Sie nicht immer mit der Polizei zusammensteckten! Das wäre ja ein Heidenspaß, wenn Sie einmal im Gefängnis säßen, Sie lahmer Hund!“ Der Mann war über den Verrat von Coldharbour Smith empört und wurde immer wütender, trotzdem Jim ihn am Kragen festhielt. „Sie würden keinen Ausschank mehr hier haben, Sie würden keine Valerie –“

Jim riß ihn wild herum. „Was ist das?“ fragte er scharf. „Valerie Howett – wird Mrs. Smith,“ brüllte der Gefangene. Jim fühlte, wie sein Blut zu Eis erstarrte.

35

„Hören Sie nicht auf den Kerl, Captain,“ schrie Smith heiser. „Er ist verrückt, er war schon immer unzurechnungsfähig, er war in einer Irrenanstalt!“

Plötzlich überschüttete er den Mann mit einem furchtbaren Wortschwall. Er sprach jiddisch, und Jims Gefangener wurde unter dem Anprall seiner Rede plötzlich mäuschenstill. „Halten Sie jetzt den Mund, Smith,“ sagte Featherstone scharf. „Wenn Sie in meiner Gegenwart zu dem Mann sprechen, haben Sie die englische Sprache zu gebrauchen.“ Er wandte sich wieder an seinen Gefangenen. „Heraus mit der Sprache! Was meinten Sie, als Sie den Namen dieser Dame erwähnten.“

„Ich habe mir nur einen Scherz erlaubt,“ antwortete der Mann kleinlaut.

„Ich habe viel Sinn für Humor,“ fuhr Jim ihn an, „aber hierüber kann ich nicht lachen. Was wissen Sie von Miß Howett?“

„Ich weiß gar nichts von ihr.“

„Er hat ihren Namen in der Zeitung gelesen,“ warf Smith ein. „Aber ich kann Ihnen versichern, Captain, er ist wirklich nicht richtig im Kopf. Sie sind doch im Irrenhaus gewesen, Isaacs?“

„Ja, das stimmt,“ gab der andere seufzend zu. „Man darf mich nicht für meine Worte verantwortlich machen.“ In diesem Augenblick kamen die vier Polizisten an, nach denen Jim telephoniert hatte. „Nehmen Sie diesen Mann und bringen Sie ihn zur Station. Ich beschuldige ihn wegen bewaffneten Überfalls und Körperverletzung. Ich werde nachher hinkommen und ihn verhören.“ Als sich die Beamten mit dem Gefangenen entfernt hatten, wandte sich Featherstone an

Smith. „Vermutlich haben Sie schon seit langer Zeit Sehnsucht nach Unannehmlichkeiten. Ihr Wunsch wird jetzt über Erwarten in Erfüllung gehen! Wenn ich mit dem Kerl da fertig bin, komme ich zurück und werde Sie vornehmen."

„Sie können mir keine Angst einjagen, Captain," sagte Smith und hielt sich noch immer den blutenden Kopf.

„Es kommt auch gar nicht darauf an, ob Sie Angst haben – es handelt sich darum, daß Sie wahrscheinlich ermordet werden. Machen Sie sich das einmal in Ihrem Schädel klar!"

Featherstone folgte den Polizisten und ließ den Gefangenen in einer Zelle einschließen.

„Isaacs hat tatsächlich recht, Captain Featherstone," sagte der Sergeant. „Er ist etwas verrückt und wird von Zeit zu Zeit in eine Irrenanstalt gebracht, solange ich mich besinnen kann."

„Wie sind seine Akten?"

„Die sehen böse aus. Er hat schon dreimal vor den Geschworenen von Old Baley gestanden – meist wegen räuberischen Überfalls. In der letzten Zeit war er im „Goldenen Osten" beschäftigt. Coldharbour Smith hatte ihn sozusagen angestellt."

Es war ein aussichtsloses Unternehmen, aus dem Mann etwas herausbringen zu wollen. Offenbar hatte Smith ihn in Jiddisch gewarnt, etwas auszusagen und ihm sicher eine große Belohnung versprochen, wenn er den Mund hielte. Jim war es ganz klar, daß die Erwähnung von Valeries Namen kein Zufall war. Mrs. Smith! Welche schrecklichen Pläne hatten Coldharbour Smith und dieser Teufel von Bellamy vor?

Jim ging mit einem Polizeibeamten in die Zelle und verhörte den Gefangenen. Aber er erkannte bald, daß es nur Zeitverschwendung war. Isaacs hatte einen krummen Buckel, einen schiefen Hals und eine niedrige, zurückfliehende Stirne. Aber trotz seines geistigen Defektes war er doch schlau genug, um diese Gebrechen in jeder Weise für sich auszunützen. Er schaute Jim bloß blöde an.

„Kann mich überhaupt nicht erinnern, daß ich sowas gesagt habe – wie war doch der Name der Dame?"

„Es hat keinen Zweck," meinte Jim, als er zum Dienstraum zurückkam. „Ich weiß überhaupt nicht, ob es sich der Mühe lohnt, ihn noch länger einzusperren. Es ist Smiths Sache, die Anklage gegen ihn zu erheben. Wenn das nicht geschieht, lassen Sie ihn wieder laufen."

Smith dachte gar nicht daran, seinen Helfershelfer anzuzeigen und gab das auch offen zu, als Featherstone ihn danach fragte.

„Meine Geduld mit diesem verrückten Teufel ist zu Ende. Ist es nicht genug, daß ich sehen mußte, wie er Ihnen auflauerte? Gott sei Dank hat er nicht Sie, sondern mich getroffen," sagte Smith heuchlerisch.

„Ich bin sehr gerührt," erwiderte Jim sarkastisch. „Aber jetzt wollen wir einmal über Miß Valerie Howett sprechen und warum Isaacs ihren Namen mit dem Ihrigen zusummen nannte."

Sie saßen wieder in dem kleinen Raum hinter der Bar, aber jetzt war ein Polizist an dem hinteren Türausgang aufgestellt und ein anderer bewachte den Haupteingang.

„Ich weiß wirklich nicht mehr als Sie darüber. Diese Verrückten haben ganz sonderbare Ideen. Manchmal prägt sich ihnen ein Name ein –"

„Also lassen Sie den Unsinn, Smith," sagte Jim mit gefährlicher Ruhe, „und spielen Sie nicht auch den Verrückten. Sie sind jedenfalls bei klarem Verstand."

„Captain, ich weiß wirklich nichts davon. Ich habe den Namen dieser Dame früher nie gehört. Ich kann doch nichts für das, was dieser verrückte Isaacs gesagt hat."

„Isaacs hat nur das wiederholt, was Sie geäußert haben müssen, als Sie betrunken waren, Smith. Ich sage es Ihnen noch einmal – Sie sind in großer Gefahr, Sie brauchen nicht so schmutzig zu lachen. Ich weiß schon, woran Sie eben wieder denken, ich habe aber nicht damit gemeint, daß wir Sie ins Gefängnis stecken wollen, – ich kann Sie hinter Schloß und Riegel bringen, sobald ich will. Sie fühlen sich sicher, weil niemand etwas gegen Sie unternimmt, aber Sie sind schlecht beraten. Ein Mann wie Sie steht immer mit einem Bein im Zuchthaus. Man braucht sich gar nicht die Mühe zu geben, großes Material gegen Sie zu sammeln. Nein, Sie sind in Gefahr, in persönlicher Gefahr." Er drohte ihm warnend mit dem Finger. „Hüten Sie sich vor mir, aber größere Gefahr droht Ihnen von jemand, der kein Mitleid mit Ihnen haben wird."

Lange nachdem sich die Tür hinter Featherstone geschlossen hatte, saß Coldharbour Smith immer noch in der Haltung, die er während der Unterredung eingenommen hatte. Dann stand er auf, öffnete die Tür zu der Bar und rief dem Barmann mit grober Stimme etwas zu.

„Schicken Sie mir den südamerikanischen Kapitän herüber und bringen Sie eine Flasche Wein und Zigarren. Ich werde wohl die Nacht hier bleiben."

36

Auf ein dringendes Telegramm hin hatte John Wood sein Kinderheim verlassen und war in größter Eile nach London gekommen. Gleich nach seiner Ankunft meldete er sich in Scotland Yard. Es war das erstemal, daß Featherstone mit diesem Menschenfreund zusammentraf, obwohl er sich dunkel daran erinnerte, ihn damals im Carlton-Hotel gesehen zu haben, als er mit Howetts speiste.

Es war unmöglich, diesen Mann zu sehen oder zu sprechen, ohne einen tiefen Eindruck von ihm zu bekommen. In den Gesichtern der Menschen steht gewöhnlich die Geschichte ihres Lebens geschrieben, und was Jim Featherstone in den freundlichen, lachenden Augen John Woods las, war ihm sehr sympathisch.

„Es tut mir leid, daß Sie meinetwegen eine so lange und ungemütliche Reise unternehmen mußten, Mr. Wood," begann er. „Aber selbstverständlich ersetzt Ihnen die Polizei alle Ihre Auslagen. Leider können wir Sie nur dafür nicht entschädigen, daß wir Sie so lange von dem Ihnen so lieben Beruf fernhalten müssen."

John Wood lachte.

„Holland hat Ihnen wohl von den kleinen Kindern gesprochen, die ich betreue. Und er hat Ihnen wahrscheinlich auch von der Geschichte berichtet, die ich ihm im Vertrauen erzählte? Es ist mir nicht weiter unangenehm, ich wußte ja doch, daß er das früher oder später tun würde. Ich vermute, daß Sie etwas über Bellamy von mir erfahren wollen?"

Jim nickte.

„Ich wollte Sie nach dem Kinde fragen, für dessen Ermordung Ihrer Aussage nach Bellamy verantwortlich ist."

Wood hatte sich nicht gesetzt, trotzdem Jim ihm sofort einen Sessel angeboten hatte. Er stand an dem Schreibtisch und hatte die Fingerspitzen zusammengelegt. Seine Blicke schweiften in die Ferne.

„Was soll ich Ihnen von dem Kind erzählen?" begann er langsam. „Die Geschichte gehört der Vergangenheit an und ist längst vergessen. Nur ich weiß davon und ich hoffe, Abel Bellamy weiß auch noch davon, obgleich ich stark daran zweifle, daß seine bösen Taten ihm jemals Gewissensbisse verursachen." Er zögerte einen Augenblick, sprach dann aber weiter.

„Der Fall, den Sie hier eben erwähnen, gehört eigentlich vor ein amerikanisches Gericht, und ich glaube kaum, daß Sie in dieser Sache etwas unternehmen könnten, selbst wenn ich Ihnen alle Einzelheiten genau mitteilen würde, wozu ich nicht einmal in der Lage bin. Bellamy ist ein Mann, der offenbar seinen Reichtum angewandt hat, um alle Leute niederzukämpfen, die ihm irgendwelchen Widerstand entgegensetzten. Ich will nicht behaupten, daß er ein Verbrecher in dem gewöhnlichen Sinne des Wortes ist, nach dieser Richtung hin sind seine Personalakten jedenfalls in Ordnung. Sein Gott war immer die Macht, und um Macht zu bekommen hat er nicht gezögert, die schlimmsten Methoden anzuwenden. Wenn sich jemand seinen Plänen widersetzte, so unbedeutend und so nutzlos dieser Widerstand auch gewesen sein mochte, so wurde Bellamys teuflische Natur geweckt, und er rächte sich fürchterlich."

„Er traf seine Feinde gewöhnlich dadurch, daß er etwas gegen ihre Kinder unternahm. Ich kenne zwei authentische Fälle, in denen er diesen Weg beschritt, um sich für eine wirkliche oder eingebildete Beleidigung zu rächen. Das eine Mal waren die Kinder bereits erwachsen, aber in dem besonderen Fall, von dem Sie sprechen, handelt es sich um ein Baby. Ich kann Ihnen nicht sagen, was Abel Bellamys Haß hervorrief, denn ich bin selbst nicht sicher, was die unmittelbare Veranlassung für seine Handlungsweise war. Ich könnte es nur vermuten, und es wäre möglich, daß meine Vermutungen stimmen."

„Eines Tages verschwand das Kind. Der Vater war außer sich, und die Mutter brach vollständig zusammen. Ich habe Grund anzunehmen, daß zwischen Abel Bellamy und der Mutter eine Beziehung bestand. Wenn es so war, wußte der Vater jedenfalls nichts davon. An dem betreffenden Tage fuhr das Mädchen mit dem Kinde aus. Als sie zurückkam, erzählte sie eine zusammenhanglose Geschichte, daß das Kind aus dem Wagen verschwunden sei, während sie mit einem Freunde sprach."

„Vierzehn Tage später ereignete sich ein schreckliches Eisenbahnunglück in River Bend, bei dem viele Menschen den Tod fanden. Die meisten verbrannten. Unter den Trümmern fand man auch den Schuh eines kleinen Kindes. Der bekümmerte Vater erkannte ihn als den Schuh, den sein Kind am letzten Tage getragen hatte. Durch Zeugenaussagen konnte festgestellt werden, daß eine Frau mit einem Baby den Zug bestiegen hatte, und es unterliegt keinem Zweifel, daß dieses Kind in dem schrecklichen Unglück umgekommen ist."

„Es bildete sich dann die Theorie, daß der Kindesräuber auf dem Wege zu irgendeinem unbekannten Reiseziel war, als der Unglücksfall ihn oder seine Beauftragte überraschte."

„Wurde die Sache der Polizei gemeldet?"

Zu Jims größter Überraschung schüttelte John Wood den Kopf.

„Nein. Deshalb bin ich ja auch so sicher, daß die Mutter wußte, wer das Kind entführt hatte. Da sie um sein Leben fürchtete, hielt sie mit ihren Angaben zurück, die wahrscheinlich zu seiner Auffindung geführt hätten. Ich persönlich bin fest davon überzeugt, daß Abel Bellamy die Hand im Spiele hatte."

„Und Sie glauben, daß das Kind getötet wurde?"

John Wood nickte.

„Wann hat sich das zugetragen?" fragte Jim.

„Ich weiß das Datum des Unglücksfalles. Das ist allerdings die einzige feste Zeitangabe, nach der ich mich richten kann. Es war sehr schwer, alle Einzelheiten zusammenzubringen, weil ich mir ohne jede Hilfe mit Mühe und Not alles zusammenstellen mußte. Der Fall ereignete sich im August 1890."

Jim war enttäuscht.

„Ich hatte gehofft, Ihnen berichten zu können, daß das Kind noch am Leben sei, aber jetzt sehe ich, daß die Daten nicht übereinstimmen. Oder glauben Sie, daß sich solche Fälle bei Abel Bellamy wiederholten?"

„Es war bestimmt nicht das einzige Vergehen dieser Art. Die Anklage, die ich gegen einen Mann von der Stellung und dem Ansehen Bellamys erhebe, klingt unglaubwürdig. Aber im Zeitraum von fünf Jahren habe ich zweimal ein so geheimnisvolles Verschwinden feststellen können, und jedesmal handelte es sich um das Kind eines Mannes, der ein Gegner Bellamys war. Wie ich Ihnen ja schon vorher erzählte, war seine hauptsächlichste Leidenschaft die Gier nach Macht. Vielleicht ist er geisteskrank, aber es deutet eigentlich nichts darauf hin, daß man sein Tun hierdurch entschuldigen könnte."

„Können Sie mir noch ein wenig mehr erzählen, Mr. Wood?" fragte Jim, aber John Wood schüttelte ablehnend den Kopf.

„Leider nicht."

„Wissen Sie nicht wenigstens den Namen des Vaters?"

„Nicht einmal den kann ich Ihnen sagen," entgegnete Wood. „Ich trage eine gewisse Verantwortung in diesem Fall."

Jim blätterte in dem kleinen Notizbuch, in das er alles aufgeschrieben hatte.

„Dann wollen wir über etwas anderes sprechen. Vielleicht können Sie mir darüber mehr mitteilen," meinte er lächelnd. „Sie waren doch mit dem jungen Bellamy, dem Neffen des Alten, befreundet?"

Wood nickte.

„Er wurde bei einem Luftkampf getötet?"

„Er wurde über Hannover während eines Aufklärungsfluges abgeschossen."

„Sprach er zuweilen von seinem Onkel?"

„Niemals."

„Er beklagte sich auch nicht über ihn?"

„Ich habe nie etwas davon gehört."

„Wußten Sie bestimmt, daß er der Neffe des alten Bellamy war?"

Wood zögerte einen Augenblick, bevor er antwortete.

„Ja, das wußte ich."

„Was für einen Charakter hatte denn der junge Mann?" fragte Jim hartnäckig. „Glich er seinem Onkel?"

John Wood mußte leise lachen.

„Er war dem alten Bellamy so unähnlich wie nur möglich."

Jim stützte das Kinn in die Hände und senkte den Blick.

„Haben Sie schon einmal daran gedacht, Mr. Wood," sagte er langsam, „daß der junge Bellamy vielleicht noch am Leben ist und aus dem einen oder anderen Grunde seine Identität verheimlicht?"

„Diese Möglichkeit besteht – viele seltsame Dinge haben sich im Kriege ereignet. Manche Leute wurden als tot gemeldet, die später noch am Leben waren."

„Aber Sie nehmen nicht an, daß es auch Ihrem Freunde so gegangen ist? Als sein bester Freund würden Sie doch wissen, daß er noch am Leben wäre?"

„Sie vergessen ganz, daß ich sein Erbe bin und daß sein ganzer Nachlaß in meine Hände kam."

Bevor John Wood fortging, stellte er noch eine Frage, die ihm am Herzen lag.

„Sie sagten vorhin, daß die Daten nicht übereinstimmen, Captain Featherstone. Haben Sie die Geschichte eines anderen Opfers von Abel Bellamy in Erfahrung gebracht?"

Jim nickte.

„Können Sie mir sagen, um wen es sich handelt?"

„Es tut mir leid, daß ich dabei Ihrem Beispiel folgen muß. Ich bitte Sie, nicht in mich zu dringen," bat Jim lächelnd. „Sie sind auch ganz sicher, daß dieser Kinderraub, von dem Sie mir erzählten, sich im Jahre 1890 ereignete?"

„Daran besteht kein Zweifel," entgegnete Wood. Der River Bend-Zusammenstoß ereignete sich am 29. August 1890 – er ist allgemein bekannt."

John Wood machte noch einen Besuch, bevor er am selben Nachmittag nach Belgien zurückfuhr, aber zu seinem größten Leidwesen traf er Spike nicht in der Stadt.

Mr. Syme sah den Besucher und war in seiner Unterhaltung mit ihm ein ganz anderer Mensch, als er es sonst im Verkehr mit dem großen Publikum zu sein pflegte.

„Holland ist noch in Garre, aber ich werde ihn morgen zurückrufen. Das öffentliche Interesse an der Geschichte des Grünen Bogenschützen ist vollständig verschwunden. Dieser Geist ist nicht wieder erschienen und vermutlich inzwischen eines seligen Todes gestorben. Ich hoffe wenigstens, daß es so ist, wenn ich Holland nach London zurückrufe."

37

Julius Savini hatte das Gefühl, daß sein Aufenthalt in Garre Castle sehr bald zu Ende sein würde. Der alte Bellamy war gerade nicht außergewöhnlich beleidigend gegen ihn, er tadelte ihn auch nicht wegen irgendwelcher Nachlässigkeit oder Fehler. Ebenso ereignete sich nichts, was Abel Bellamys Absicht verraten hätte, ihm zu kündigen. Aber Julius hatte diesen merkwürdigen sechsten Sinn, der ihm sagte, daß er bald eine Einnahmequelle verlieren würde.

Seitdem der neue Hausmeister wieder fort war, hatte er viele von dessen Pflichten übernehmen müssen. Er mußte morgens die Tür öffnen, die zu dem Vorratsraum führte, damit die Dienstboten nach oben kommen konnten. Abel Bellamys Haushalt war so eingerichtet, daß er selbst so wenig wie möglich gestört wurde. Die Bibliothek, sein Schlafzimmer und die Gänge wurden gereinigt, während er seinen Morgenspaziergang durch den Park machte – diese Gewohnheit befolgte er seit Jahren, ob es regnete, oder ob die Sonne schien.

Trotz seiner offensichtlichen Unentbehrlichkeit wußte Julius, daß der alte Mann an einen Wechsel dachte. Vielleicht erregte die ungewöhnliche Milde, die Bellamy jetzt zuweilen zeigte, Julius Savinis Verdacht. Er begann sich umzuschauen und zu überlegen, wie er seinen Abgang so gewinnbringend wie nur möglich für sich gestalten könnte.

Bellamy bewahrte nur wenig Geld im Hause selbst auf. Er hatte ein verhältnismäßig kleines Depot bei einer Filiale seiner Londoner Bank in Garre. Wenn er aber größere Summen brauchte, so mußte Savini stets mit dem Auto nach London fahren, um das Geld zu holen. „Groß" ist ein relativer Begriff, und die Summen, die Julius bisher von der Bank abgehoben hatte, waren nicht so hoch, daß für Bellamy ein Risiko damit verbunden gewesen wäre. Er gab sich keinen falschen Vorstellungen über seine Rechtschaffenheit und seinen Charakter hin.

Wenn Savini etwas hätte stehlen wollen, so hätte er nicht nur von London, sondern gleich aus dem Lande fliehen müssen. Er bevorzugte Brasilien, denn ganz abgesehen von der etwas düsteren, unheimlichen und wilden Natur dieses großen Landes wurde dort Portugiesisch gesprochen, und das war seine Muttersprache. Er hatte sich die Sache sehr genau überlegt und die genaue Höhe der Summe festgestellt, die notwendig war, um ihm für den Rest seines Lebens ein angenehmes Leben zu ermöglichen. Aber ein solcher Betrag überstieg natürlich die Höhe der Schecks, die sein argwöhnischer Herr ihm zum Einkassieren anvertraute.

Julius verwahrte das Scheckbuch und füllte die Schecks aus. Als er sich nun schließlich dafür entschieden hatte, seinen großen Beutezug zu machen, führte er einen Plan aus, der den Vorzug größter Einfachheit hatte. Eines Morgens brachte er ein ganzes Bündel Schecks in die Bibliothek, damit sie Bellamy unterzeichnen sollte. Es waren fast durchweg kleinere Summen, um die Rechnungen der Händler im Dorf zu bezahlen. Der letzte Scheck über einen verschwindend kleinen Betrag war für den Zeitungsagenten in Garre bestimmt.

„Warum bezahlen Sie denn solche Summen nicht in bar?“ brummte Bellamy, als er seinen Namen unter den Scheck setzte.

Er ahnte nicht, daß Julius tatsächlich am Nachmittag den kleinen Betrag in bar bezahlte und den Scheck sorgfältig in seine Brieftasche legte. Das Datum, die Summe und der Name des Empfängers waren mit einer Tinte geschrieben, die nach drei Stunden wieder verschwand. Als Julius nach dieser Zeit das Papier betrachtete, sah es mit Ausnahme von Bellamys Unterschrift unbeschrieben aus.

Am gleichen Nachmittag fuhr Julius zur Stadt und besuchte seine Frau.

„Besorge dir einen Überseepaß,“ sagte er, „und nimm dir ein Schiffsbillet. Vermutlich müssen wir auf verschiedenen Dampfern fahren. Ich werde ein Flugzeug nach Paris nehmen und einen deutschen Dampfer von Vigo aus benützen. Ich habe einen Freund in Lissabon, der für mich Passage belegen kann, einen portugiesischen Paß besitze ich auch.“

„Was soll denn aus der Wohnung werden?“ fragte sie. „Ich könnte doch die Möbel verkaufen?“

„Du wirst dich schwer hüten, etwas zu verkaufen,“ rief er wild. „Die halbe Polizei wäre uns auf dem Hals, bevor du auch nur das kleinste Stück los wärest!“

„Aber die Einrichtung kostet doch mindestens vier- bis fünfhundert Pfund," protestierte sie.

Die Höhe der Summe machte doch Eindruck auf Julius.

„Dann werde ich allein reisen, das ist vielleicht auch besser. Du kannst ja in einigen Monaten nachkommen. Dir wird es ja leicht sein, diesen Spürhunden zu entgehen. Fahre zuerst nach New York, dann nach Rio hinunter. Ich werde dir stets Nachricht an den alten Platz geben."

Unter dem alten Platz verstand er El Moro's, wo jeden Tag viele Briefe mit merkwürdigen Adressen ankamen und unter allerhand Vorsichtsmaßregeln heimlich abgeholt wurden.

Nach seiner Rückkehr nach Garre ging Julius in sein Zimmer. Im Hause war schon alles zur Ruhe gegangen. Er zog den Scheck aus seiner Brieftasche und füllte ihn für hunderttausend Dollars aus – das Depot Abel Bellamys war in Dollar eingezahlt, denn zu der Zeit stand das Pfund dem Dollar gegenüber niedrig im Kurs.

„Ich muß Sie morgen zur Stadt schicken, damit Sie Geld holen," sagte Bellamy am nächsten Morgen zu Julius.

Julius hatte auch schon fest mit diesem Auftrag gerechnet.

„Kann ich nicht heute schon gehen," fragte er, denn er erinnerte sich daran, daß er den Scheck schon mit dem heutigen Datum versehen hatte. „Ich habe heute nicht besonders viel zu tun."

„Sie können morgen ganz früh gehen," sagte Abel scharf.

„Schreiben Sie einen Scheck für fünftausend Dollars aus."

Nach einiger Zeit kam Julius mit dem gewünschten Scheck zurück und hatte außerdem noch einen Brief an den Direktor der Bank geschrieben.

„Was soll denn das bedeuten?" fragte Abel, der Verdacht schöpfte.

„Als ich das letztemal fünftausend Dollars abhob," sagte Julius gewandt, „sagte Mr. Sturges, daß er nicht gerne so große Summen auszahlte, wenn er nicht einen Begleitbrief zu dem Scheck hätte."

„Der müßte Sie doch jetzt allmählich kennen," brummte Abel, als er den Brief unterschrieb, der den Bankdirektor anwies, dem Überbringer den präsentierten Scheck zu honorieren.

Das war eigentlich sehr einfach, dachte Julius. Er lachte sich heimlich ins Fäustchen, als er daran dachte, wie wütend der Alte werden würde, wenn die Sache herauskäme. Aber dann würde Julius Savini außerhalb seines Machtbereichs, vor allem außerhalb der Reichweite seiner großen Hände sein.

Der Plan war so gut geglückt, daß Savini nervös wurde. Wenn nun der Bankdirektor nach Garre telephonierte, um Gewißheit zu haben, bevor er den Scheck auszahlte? Es war ja auch möglich, daß die Sache entdeckt wurde, bevor er Paris erreicht hatte. Er zitterte bei dem Gedanken.

Am Nachmittag bestellte Bellamy seinen Wagen und fuhr mit unbekanntem Ziel ab. Julius vermutete, daß er Coldharbour Smith aufsuchen wollte, denn er hatte am Morgen eine Verbindung nach Limehouse herstellen müssen, und Abel Bellamy hatte eine Viertelstunde hinter verschlossenen Türen in der Bibliothek zugebracht. Die Abwesenheit seines Herrn war Julius willkommen, denn es waren noch viele Dinge zu ordnen – er mußte seine Briefe verbrennen, seine Kleider durchsuchen, die er zurücklassen wollte, damit nichts Verdächtiges zurückblieb, das die Verfolger auf seine Spur bringen könnte.

Er hatte den letzten Brief verbrannt und die letzte Westentasche untersucht. Er trat aus seinem Zimmer heraus in den langen Gang und überlegte, ob seine Nervenkraft auch ausreichen würde, die nächsten Stunden noch mit Bellamy zu verbringen.

Auf der anderen Seite des Ganges, nahe der Treppe, befand sich eine kleine Tür, durch die er die Dienstboten immer hereinließ. Auch der Grüne Bogenschütze war durch diese verschwunden, als er damals das blutbefleckte Taschentuch auf seiner Flucht zurückließ. Seitdem der Hausmeister gegangen war, öffnete und schloß Julius diese Tür. Als er zu seinem Zimmer ging, hatte er gesehen, daß die Tür nur angelehnt war und hatte sich vorgenommen, sie bei seiner Rückkehr abzuschließen.

Julius stand noch und dachte über seine Flucht nach, als er plötzlich sah, wie sich die Tür langsam öffnete. Eine Sekunde lang stand er starr und sein Herz schlug wild, obgleich es heller Tag war. Allem Anschein nach kam ein Dienstbote durch, der oben eine begonnene Arbeit beenden wollte.

Aber die Tür wurde so geheimnisvoll und verstohlen geöffnet, daß er sofort an den Grünen Bogenschützen denken mußte. Er stand wie angewurzelt auf der Stelle. Vorsichtig trat ein Mann von hohem Wuchs und blassem Aussehen herein. Er war ohne Hut und trug eine große Hornbrille. Er konnte nur einen

Augenblick lang die Gestalt des erstarrten Julius gesehen haben, dann sprang er sofort zurück und schlug die Tür mit einem lauten Krachen zu. Julius bewegte sich noch immer nicht. Starr vor Staunen schaute er mit offenem Munde auf die geschlossene Tür. Er hatte den Mann erkannt – es war Mr. Howett!

38

Mr. Howett war durch dieselbe Tür gekommen, die der Grüne Bogenschütze benützte, wenn er trotz aller Vorsichtsmaßregeln Abel Bellamys in die Burg kam.

Julius atmete tief auf. Dann ging er zu seinem Zimmer zurück, holte den gefälschten Scheck aus seiner Brieftasche und verbrannte ihn im Kamin, denn er sah plötzlich einen ergiebigeren und weniger gefährlichen Weg. Howett war ein reicher Mann, und Howett würde zahlen!

Mit Muße nahm er seine Schlüssel, öffnete die kleine Tür und stieg langsam die Steintreppe zu dem Vorratsraum hinunter. Der Raum war vollständig leer, wie er vermutet hatte. Die Tür zur Küche war nicht verschlossen, und er trat ein.

„Nein, mein Herr, hier ist niemand durchgekommen," sagte die Köchin und schüttelte den Kopf. „Die Dienstmädchen, die oben reinmachen, sind schon seit Stunden zurück."

Die Tür, die ins Freie führte, war innen verriegelt und verschlossen.

Julius ging wieder zu dem Vorratsraum zurück, in dem Valerie Howetts Taschentuch damals gefunden wurde. Das war ihm nun kein Geheimnis mehr. Wer anders als Mr. Howett hätte es mit sich bringen können? Vielleicht hatte er bei seiner Kurzsichtigkeit das Tuch nur irrtümlicherweise genommen.

Es war Julius jetzt ziemlich gleichgültig, ob der alte Bellamy ihn in seinem Dienst behalten oder ihn entlassen würde, denn nun war ihm für den Rest seines Lebens eine Einnahmequelle sicher. Er ging hinaus in den Park und schaute nach Lady's Manor hinüber, als ob er schon der Besitzer sei. Er war in glückliche Träume versunken, wie er leicht zu Wohlstand und Reichtum kommen konnte, als er plötzlich einen Mann vom Pförtnerhaus her auf sich zukommen sah. Er erschrak, als er den Besucher erkannte.

„Donnerwetter, was haben Sie denn hier zu tun, Featherstone?“ fragte er. Seine rosigen Träume zerflossen wieder.

„Ich benütze die Tagesstunden – ich habe gehört, daß der Alte aus ist, obwohl ich ihn zu Hause vermutete, als ich von London abfuhr.“

„Aber Sie können nicht in die Burg kommen, Captain Featherstone,“ sagte Julius aufgeregt. „Ich kann zu leicht meine Stellung verlieren. Womöglich kündigt mir der Alte schon morgen.“

„Das dachte ich mir.“

„Das dachten Sie sich?“

Jim Featherstone nickte.

„Savini, wenn ein Mann wie Sie anfängt, bei den Schiffsagenturen Erkundigungen nach deutschen Dampfern einzuziehen, die von Vigo nach Rio fahren, dann liegt vermutlich die Gefahr nahe, daß Sie hinausgeworfen werden oder daß Sie selbst einen Wechsel der Luft und Ihrer Tätigkeit beabsichtigen. Lassen Sie sich das Eine sagen: selbst wenn Bellamy der Teufel wäre, ist es meine Pflicht, ihn vor Beraubung und Diebstahl zu schützen! Ich warne Sie, Savini. Jeder Ihrer Schritte wird bewacht, ob Sie London nun mit der prosaischen Eisenbahn oder mit dem romantischen Flugzeug verlassen.“

Julius hätte in Ohnmacht fallen können. Was wäre aus seiner Flucht geworden!

„Ich weiß nicht, warum Sie so von mir denken, Captain,“ sagte er mit der unschuldigsten Miene von der Welt. „Ich versuche immer offen und ehrlich zu sein, aber ihr Polizeileute macht einem das furchtbar schwer.“

Jim lachte.

„Ihre Märtyrermiene, die Sie da zur Schau tragen, und die beleidigte Unschuld, die Sie mir da vorspielen, ist wirklich köstlich. Sie können mir jetzt einen großen Dienst erweisen, Julius, ich suche nämlich etwas im Garten, ich will ja gar nicht in die freiherrlichen Räume eindringen.“

„Was suchen Sie denn?“ fragte Julius. Seine Neugierde überwand seine Furcht.

„Ich habe neulich abend eine Anzahl eiserner Stäbe in den Boden geschlagen und habe sie auch alle mit Ausnahme eines einzigen wiedergefunden. Es war in der Nacht, als die Hunde hinter dem Grünen Bogenschützen her waren.“

„Eiserne Stäbe?“ fragte Julius halb ungläubig.

„Ich kann Ihnen jetzt nicht erklären, warum ich es getan habe. Helfen Sie mir lieber suchen. Es war in dem Gartenbeet dicht an der Mauer. Das ist doch die Rückseite von Bellamys Bibliothek, nicht wahr?“ Er zeigte auf die graue Wand aus rohbehauenen Steinen.

Julius nickte.

„Sie müssen doch jetzt alle Räume im Schloß genau kennen,“ sagte Savini. „Wenn der alte Bellamy nur die leiseste Ahnung gehabt hätte, daß ich wußte, wer Sie waren, dann hätte es den größten Spektakel gegeben!“

„Haben Sie jetzt einen neuen Hausmeister?“

„Das bin ich selbst,“ murrte Julius böse. „Der alte Teufel behandelt mich wie einen gewöhnlichen Dienstboten!“

Das Suchen nach dem Stab dauerte nicht lange. Jim hatte sich kaum fünf Minuten umgesehen, als er das Eisen in dem Boden entdeckte und aus der Erde zog.

„Was ist denn das?“ fragte Julius.

„Es ist ein Thermometer und die Temperatur, die es anzeigt, sind sechs Grad, das kann ich Ihnen schon im Voraus sagen, ehe ich einen Blick darauf werfe.“

Er schleuderte es so, daß die Erde von der Glasoberfläche abfiel und prüfte den Stand, aber dann pfiff er.

„Zwanzig Grad?“ sagte er halb zu sich selbst. „Zwanzig Grad – das bedeutet etwas, Savini. Die Erde ist hier vierzehn Grad wärmer als die Erde in dem anderen Grundstück, hier hätten wir also den Grund, warum die Gasrechnung so hoch war.“

„Aber was hat denn dies alles zu bedeuten?“ fragte Julius, „Und was wollen Sie denn mit der Gasrechnung – Sie glauben doch nicht etwa, daß er den Boden hier heizt?“

„Doch, das vermute ich.“ Featherstone prüfte den Stand des Thermometers noch einmal, die augenblickliche Temperatur stand auf fünfzehn, aber während der Zeit, als es in den Boden geschlagen und wieder herausgeholt wurde, zeigte es zwanzig Grad.

„Ich weiß nicht, was Sie damit wollen," bemerkte Julius gereizt. „Was soll ich denn dem Alten sagen, wenn er zurückkommt?"

„Nichts," war die freundliche Antwort. „Sie werden ebenso diskret und liebenswürdig wie damals sein, als ich die Ehre hatte, unter demselben Dach mit Ihnen zu schlafen."

Julius wurde der Notwendigkeit zu lügen überhoben, denn in dem Augenblick, als sich Featherstone zum Gehen wandte, bog Bellamys Wagen in das Tor ein. Der große Mann sprang heraus, bevor der Wagen hielt.

„Haben Sie wieder einen Befehl, die Burg zu durchsuchen?" fragte er. „Ich freue mich, Sie wiederzusehen, Captain Featherstone. Was ich hier in England am meisten schätze, ist die Art und Weise, wie fremde Leute in fremde Grundstücke kommen, ohne daß man sie eingeladen hat. Was haben Sie denn da?" fragte er scharf.

Ohne ein Wort zu verlieren, reichte ihm Jim die lange Eisenstange. Bellamy zog die Stirne kraus.

„Kurz bevor ich Ihren Dienst verließ, Mr. Bellamy, habe ich mir die Freiheit genommen, rings um die Burg Eisenstäbe in den Boden zu schlagen, an denen selbstregistrierende Thermometer befestigt waren. Alle mit Ausnahme dieses einen zeigten eine Temperatur von sechs Grad, als ich sie herausnahm. Dieses fand ich damals nicht wieder, und als ich es heute herausnahm, zeigte es zwanzig."

In Bellamys Gesicht zuckte kein Muskel.

„Vielleicht haben Sie einen Vulkan entdeckt," meinte er ironisch, „oder eine heiße Quelle. Haben Sie die Absicht, mich ins Gefängnis zu stecken, weil der Boden hier heiß ist?"

„Ich erlaube mir nur die Bemerkung, daß es merkwürdig ist."

Bellamy lachte heiser.

„Ich möchte nicht gern einem so klugen Menschen wie Ihnen widersprechen, Featherstone," sagte er dann. „Aber wenn Sie in dem Pförtnerhaus nachsehen, werden Sie finden, daß ich mit echt amerikanischer Gründlichkeit eine Warmwasserleitung dorthin gelegt habe. Sicher haben Sie nun dies Heißwasserrohr erwischt, und wir haben es also schon wieder einmal mit einer Wasserröhre zu tun!"

Er lachte, als ob er sich über einen guten Witz auf Kosten des Detektivs freute.

„Aber trotzdem," fuhr er fort, „möchte ich doch gerne wissen, was Sie gefunden zu haben glauben."

„Ich hatte natürlich nicht erwartet, eine Warmwasserleitung zu finden," entgegnete Featherstone.

Die Erklärung Bellamys war durchaus logisch und stichhaltig, und Jim fühlte, daß Abel Bellamy gewonnen hatte. Die Nachforschungen, die er sofort in dem Pförtnerhaus anstellte, bestätigten die Angaben des Alten.

Spike Holland gegenüber gestand er seinen Mißerfolg ein.

„Ich kann nicht genau sagen, was ich eigentlich finden wollte. Aber es war doch klar, daß die großen Gasmengen an Stellen verwandt wurden, die man nicht sehen konnte. Während ich in der Burg war, hatte ich die Gelegenheit, den Gasometer zu beobachten. Es wird viel mehr Gas in Garre gebraucht, als die Öfen jemals rechtfertigen."

„Ich möchte Ihnen etwas erzählen," sagte Spike, nachdem sie sich über das Gasproblem ausgesprochen hatten. „Es ist ein Fremder in dem Dorf angekommen, seitdem Sie fort sind. Er wohnt in einem Hause in der Nähe von Lady's Manor, und ich sah ihn abends und nachts in der Nähe von Mr. Howetts Wohnung umherwandern."

„Das konnte ich mir denken," erwiderte Jim lachend. „Das ist einer meiner Beamten, der den Auftrag hat, hier alles zu beobachten. Es ist nur schade, daß dieser Posten heute eingezogen werden muß," sagte er ernst. „Es fehlen uns Leute, und ich kann keinen einwandfreien Grund dafür angeben, warum er hierbleiben müßte. Nun ist es an Ihnen, Holland, mir nach Kräften zu helfen. Ich möchte Sie auch in mein Vertrauen ziehen und Ihnen mitteilen, daß sich Miß Howett in einer ernsten Gefahr befindet. Welcher Art diese Gefahr ist, kann ich Ihnen nicht sagen, weil ich es selbst nicht weiß. Es ist mir nur bekannt, daß Bellamy aus irgendeinem Grund Valerie Howett furchtbar haßt. Wenn ich mich nicht vollständig irre, plant er etwas Entsetzliches gegen sie. Wenn Sie bereit sind, weiter hier zu bleiben, will ich zusehen, daß ich Ihren Redakteur aufsuchen und ihm klarmachen kann, daß Ihre Anwesenheit hier notwendig ist. Ich kann ihm genug erzählen und ihn überzeugen, daß es hier noch eine Sensation geben wird. Und wenn Sie mir helfen, dann werde ich sehen, daß Sie alle Berichte zuerst bekommen."

„Und was soll ich tun?"

„Schlafen Sie am Tag möglichst viel und halten Sie sich nachts möglichst in der Gegend von Lady's Manor auf."

„Sind Sie auf den Grünen Bogenschützen scharf?"

Featherstone schüttelte den Kopf.

„Nein, darum kümmere ich mich nicht. Der kann für sich selber sorgen, und ich bin darüber beruhigt, daß er gegen Miß Howett nichts Böses im Schilde führt. Nein, ich meine Coldharbour Smith. Glauben Sie mir, der ist meinem Frieden gefährlicher als der mörderischste Bogenschütze, der jemals einen grünen Anzug trug."

Als er abends zur Stadt zurückfuhr, ließ er seinen Wagen an dem Wege halten, der nach Garre führte, und schaute zurück. Die trotzigen Umrißlinien der Burg hoben sich scharf gegen den vom letzten Abendrot durchglühten Wolkenhimmel ab und schauten düster und drohend herüber. Welches Geheimnis mochten diese Mauern hüten? Er war sicher, daß die eigentliche Tragödie der Burg noch nicht enthüllt war.

39

Um acht Uhr abends trat ein Dienstmädchen schüchtern in die Bibliothek Bellamys und schob den mit Rädern versehenen Serviertisch, auf dem das mehr als reichliche Mahl stand, in den Raum. Sie stellte den Wagen auf den freien Platz hinter den Schreibtisch, setzte einen Stuhl zurecht und entfernte sich wieder ängstlich.

Abel Bellamy, der ihre Anwesenheit scheinbar gar nicht bemerkt hatte, stand auf, als sie hinausgegangen war, und brummte einen Fluch vor sich hin, den sie aber nicht mehr hörte. Er ging zur Tür, verschloß sie und begann dann das Essen auf verschiedene Schüsseln und Teller zu verteilen, ohne sich zu setzen. Als er damit fertig war, näherte er sich dem Schreibtisch und zog ihn zurück, bis der Teppich, auf dem er stand, ganz frei lag. Diesen rollte er sorgfältig auf, so daß der Parkettboden sichtbar wurde.

Aus einer Schublade nahm er einen kleinen Vacuumheber, über den sich Julius schon oft den Kopf zerbrochen hatte, preßte ihn auf eins der kleinen hölzernen Quadrate, aus denen sich der Fußboden zusammensetzte, und hob eine Platte heraus. Darunter kam ein Schlüsselloch zum Vorschein. Er steckte den Schlüssel hinein, den er an einer Kette trug, faßte die Kante des Holzes und zog sie hoch. Es war eine Falltür. Das Ganze war so schlau ersonnen, daß man es nicht erkennen konnte, wenn es zusammengeschoben war. Darunter befand sich offenbar fester Steinboden, in den ein kleines Metallschloß eingelassen war.

Wieder brauchte er seinen Schlüssel. Als er aufgeschlossen hatte, setzte er seinen Fuß auf den Stein und drückte nach unten. Die schwere Steinplatte drehte sich halb um eine Stahlachse. Es zeigte sich eine Öffnung und darunter eine Steintreppe.

Bellamy ging zum Tisch zurück, nahm einige Schüsseln und begab sich damit in den unteren Raum. Obwohl es dunkel war, fand er den Weg zu einem Seitentisch und setzte die Speisen dort nieder. Dann entzündete er ein Streichholz und steckte die Gaslampen an. Am hinteren Ende des Raumes befand sich eine Tür, die er aufriegelte und aufstieß.

Er war jetzt außerhalb der Burgmauern. Die Tür, durch die er schritt, führte durch die Fundamentmauern, die an dieser Stelle so stark waren, daß er durch einen kleinen Tunnel zu gehen schien. Auf der anderen Seite lag ein großes Zimmer, dem sich noch zwei kleinere angliederten. Sechs Gasarme, über die schöne, opalfarbene Glasglocken gesetzt waren, beleuchteten sie.

Es war der merkwürdigste Raum im ganzen Schloß. Das schwere steinerne Gewölbe ruhte auf massiven Pfeilern, das Innere war luxuriös ausgestattet. Herrliche Teppiche bedeckten den Steinboden und echte Gobelins hingen an den Wänden. Mehrere bequeme Sessel standen umher, auf denen weiche Kissen lagen, und auf einem schmalen Seitentisch erhob sich eine große silberne Vase mit einigen Blumen. Jedes Möbelstück, das man hier sah, hatte Bellamy selbst hergebracht.

Er schaute sich um – das Zimmer war leer. Er ging zu einer der Türen, öffnete sie und kam in eine kleine, vollständig eingerichtete Küche. Auf der anderen Seite war durch eine offene Tür ein schmaler Baderaum zu sehen. Brummend ging er zu dem Hauptraum zurück.

„Elaine!“ rief er mit lauter Stimme.

Eine Frau kam langsam aus dem dritten Zimmer. Sie trug ein weites, dunkles Kleid, und ihre Bewegungen waren langsam und teilnahmlos.

„Hier ist das Essen“ sagte Bellamy. „Hast du wohl jemals bedacht, was passieren würde, wenn ich dich vergesse? Nimm doch einmal an, ich würde tot umfallen!“ Er schüttelte sich vor Lachen bei dem Gedanken. „Wer würde dich dann hier auffinden? Dann müßtest du hier unten verhungern, Elaine. Nach Hunderten von Jahren, vielleicht nach tausenden würde man dich hier ausgraben und dich für irgendeine gefangene Königin halten, wie?“

Sie hatte diese Reden schon so oft gehört, daß sie nicht mehr darauf achtete. Sie schob nur einen Stuhl an den Tisch und setzte sich. Er beobachtete sie, als sie mechanisch einige Bissen zu sich nahm. Acht Jahre Gefangenschaft waren auf der durchsichtigen Blässe ihres Gesichts zu lesen.

Aber all diese Qualen, all diese Demütigungen, die sie täglich durchmachen mußte, die Beleidigungen und die höhnenden Reden des brutalen Bellamy hatten sie geistig nicht vollkommen gebrochen und auch die Schönheit ihres Gesichtes nicht zerstört. Man hatte sie für eine Frau von dreißig Jahren halten können, nur ihre grauen Haare verrieten, daß sie älter war.

Bellamy hatte sich mit verschränkten Armen an einen Pfeiler gelehnt und schaute auf sie herab.

„Ich habe heute Valerie gesehen, Elaine Held. Sie hätte dir sicher liebevolle Grüße geschickt, wenn sie von diesem Aufenthalt wüßte. In einem Monat wird sie eine glückliche Braut sein. Kannst du dich auf Coldharbour Smith besinnen?“

Zum erstenmal sah die Frau auf.

„Ich glaube dir nicht, wenn du erzählst, du hättest Valerie gesehen oder sie sei irgendwo in der Nähe. Das lügst du mir vor. Alles, was du mir früher gesagt hast, waren Lügen.“

„Kennst du Coldharbour Smith?“ fragte er zum zweitenmal.

Sie antwortete nicht, aber ihre Hand, die das Glas zum Munde führte, zitterte.

„Es wäre besser, wenn du dich an ihn erinnern könntest,“ sagte er dann, und seine Stimme wurde drohend und laut. „Du wirst ihn bald wiedersehen! Es schleicht hier irgendein Polizeispitzel um die Burg herum. Als du neulich einen

Anfall hattest und schriest, hörte er es – er stand gerade über dir und hörte dich schreien." Das Echo seines dröhnenden Gelächters schallte dumpf in dem gewölbten Zimmer wieder. „Ein schlauer Bursche! Er maß die Temperatur der Erde und hat doch richtig deine Küche herausgefunden. Seine Vermutungen waren richtig, aber ich habe ihn an der Nase herumgeführt!"

Sie antwortete noch immer nicht, aber er war so gewöhnt an dieses Schweigen, daß er sich nicht mehr darüber ärgerte.

„Valerie ist recht hübsch geworden, sie ist wie Elaine Held in ihrer Jugend. – Dieselben Augen, dasselbe Haar und derselbe verdammte Eigensinn. Sie wird in einem Monat heiraten."

Sie stand seufzend auf und schaute ihm ruhig und gerade in die Augen.

„Ich gedenke Valeries als einer Toten."

„Du bist eben verrückt und bist immer verrückt gewesen. Damals hattest du eine große Chance, als ich dich heiraten wollte. Jetzt will ich dich natürlich nicht mehr haben."

„Das ist das Angenehmste, was du mir sagen kannst. Ach, ich wünschte, ich wäre tot!" Sie bedeckte das Gesicht mit den Händen und ihre Gestalt zitterte.

„Warum stirbst du denn nicht?" fragte der Alte verächtlich. „Ich will es dir sagen, weil du feige bist! Warum willst du denn nicht sterben? Es ist doch so leicht. Du brauchst doch nur die Gashähne aufzudrehen und dann schläfst du von selber ein. Du hast doch auch Messer da, die scharf genug sind."

„So möchte ich nicht sterben – ich will leben, um zu sehen, wie du gestraft wirst für all das Böse, das du getan hast, für all den Kummer und das Elend, daß du Menschenherzen bereitet hast, Abel Bellamy!"

Er grinste und zeigte seine weißen Zahne. Dann ging er langsam auf sie zu und faßte sie an den Schultern.

„Du fürchtest also den Tod doch? Ich fürchte mich nicht, ich warte nur auf den Tag, an dem ich sterben soll – ich da oben und du hier unten. Niemand denkt auch nur im Traum daran, daß hier unten jemand lebt, und dieser letzte Gedanke wird mir noch im Tode eine Beruhigung und Genugtuung sein. Wenn sie mich aus der Burg heraustragen, dann gehen sie über dein Grab, Elaine, und niemand wird es wissen – du wirst es nicht wissen, und auch ich werde es nicht mehr wissen!"

Sie zitterte.

„Du bist unmenschlich," sagte sie leise vor sich hin.

Abel ließ sie los, nahm die leeren Schüsseln, blieb noch eine Weile stehen und schaute sie nachdenklich an.

„Man wird dich niemals finden," sagte er, als ob er zu sich selbst spräche, „niemals. Ich will dich hier gefangenhalten. Und wenn ich dich einmal herausließe, würde ich dich doch wieder hierher zurückbringen."

Plötzlich drehte er sich um und ging zur Tür hinaus, warf sie krachend zu und schob die Riegel vor. Er brachte die Schüsseln wieder nach oben und setzte sie auf den Rolltisch in der Bibliothek nieder.

Dann brachte er durch einen Druck seines Fußes die Steinplatte wieder in ihre alte Lage, und sie schnappte mit einem feinen Klicken ein.

40

Die Hunde von Garre Castle waren nun in einem alten Gebäude untergebracht, in dem die Curcys ihre Meute schon in jenen Tagen einschlossen, als Columbus noch als Kind in den Straßen Genuas spielte. Abel Bellamy hatte Anweisung gegeben, wie sie gefüttert werden mußten. Sie erhielten ihre letzte Mahlzeit früh am Nachmittag, später ließ er sie absichtlich hungern. Ein hungriger Hund ist ein wachsamer Hund, dachte der Alte, und außerdem wild und bissig. Morgens gab er ihnen selbst zu fressen. Gewöhnlich lagen sie früh in einer Reihe vor seiner Schlafzimmertür und warteten auf ihn. Sie schauten ihn dann mit ihren klugen Augen begierig an.

„Morgen gehen Sie zur Stadt, Savini, aber kommen Sie bald zurück. Wie ich höre, sind Sie verheiratet?"

„Jawohl, mein Herr." Savini wunderte sich, woher Bellamy das wußte. Featherstone hatte es ihm nicht gesagt. Aber plötzlich dämmerte ihm die Erkenntnis auf. Coldharbour Smith, der natürlich kein Geheimnis für sich behalten konnte, mußte es ausgeplaudert haben.

„Man hat mir erzählt, daß die Frau, die Sie da haben, ganz hübsch ist.“ Bellamy schaute seinen Sekretär mit zusammengekniffenen Augen an. „Sie soll direkt eine Schönheit sein?“

„Jawohl, mein Herr,“ sagte Julius bescheiden und war gespannt, was nun kommen sollte.

„Smith hat eine gute Aufgabe für sie,“ meinte Bellamy und wandte sich scheinbar gleichgültig seiner illustrierten Zeitung zu. „Ich vermute, Sie haben nichts dagegen, wenn sie sich Geld verdient – auf ehrliche Weise?“

Julius übersah die Beleidigung, die in seinen Worten lag, denn er war zu neugierig, was der Alte vorhatte. Das war tatsächlich eine unerwartete Entwicklung der Dinge, aber er bildete sich keinen Augenblick ein, daß Bellamy an der ganzen Sache nicht interessiert sei. Dazu kannte er ihn zu gut.

„Ich freue mich sehr, das zu hören,“ entgegnete Julius ehrerbietig. „Fay ist eine gute Frau und weiß nichts von dem Leben, das ich früher führte.“

„Lügen Sie mir nichts vor, sie gehörte doch auch zu der Falschspielerbande!“

Julius fluchte heimlich.

„Wenn sie nämlich ehrlich wäre, könnte ich sie nicht gebrauchen, oder wenigstens Smith würde sich dann nicht um sie kümmern. Schreiben Sie ihr, Savini, nein, besser, gehen Sie zu ihr, Sie kommen ja morgen in die Stadt. Reden Sie ihr gut zu und sagen Sie ihr, daß sie Smith unterstützen soll, wenn er sie um ihre Hilfe bittet. Sie soll sehr gut bezahlt werden – das können Sie ihr auch sagen.“

Mit der charakteristischen seitlichen Kopfbewegung beendete Bellamy die Unterredung. Julius begab sich zu Bett, nachdem er gesehen hatte, daß der Alte nach dem Hundekäfig ging. Er wartete niemals, bis die Tiere freigelassen wurden.

In wenigen Minuten kehrte Bellamy mit seinen hungrigen Hunden zurück. Sie begleiteten ihn auf Schritt und Tritt und schauten interessiert zu, wie er die Türen verschloß und verriegelte. Dann folgten sie ihm die Treppe hinauf. Bei der Türe zu seinem Zimmer hielt er an und schaute sich um. Einer der Hunde hatte sich in der Nähe der Treppe niedergelegt, die beiden andern schnüffelten an der Tür zu Savinis Zimmer.

In der Burg herrschte tiefes Schweigen. Das Ticken einer alten Uhr in der Halle konnte selbst Julius hören, der sich von einer Seite zur andern wälzte und über das merkwürdige Interesse nachdachte, das Bellamy plötzlich an Fay hatte. Es war schon nach Mitternacht, als er leises Gehen auf dem Korridor und ein unterdrücktes Knurren vernahm.

Bellamy hörte es auch und war sofort vollkommen wach. Er stand auf und schaute sich um. Die Hunde liefen ruhelos im Gang auf und ab und als sie ihn sahen, wiederholte der eine sein Bellen.

„Willst du wohl ruhig sein!“ fuhr Bellamy ihn wütend an.

Mit einem unterdrückten Laut legte sich der Hund nieder, streckte seine dicken Pfoten aus, legte seinen Kopf darauf und beobachtete unablässig seinen Herrn.

Bellamy schloß die Tür zu seinem Schlafzimmer wieder und schob die Riegel vor. Einige Minuten später schlief er.

Es schlug zwei Uhr, als die Tür zu dem Vorratsraum sich langsam und leise öffnete, so langsam und geräuschlos, daß der eine Hund, der zehn Meter davon entfernt lag, sich nicht einmal umschaute. Ebenso schloß sie sich wieder, aber auf dem Flur in der Nähe der Wand stand jetzt eine große Schüssel mit Milch.

Einer der Hunde, der unten in der Halle auf und ab lief, sah sie, und sein Schmatzen lockte auch die beiden andern herbei.

Die hungrigen Tiere standen um die Schüssel und es dauerte nicht lange, so war sie leer. Sie entfernten sich nacheinander und leckten die Milchspritzer von ihren Pfoten ab.

Der Hund, der die Milch zuerst entdeckt hatte, streckte sich aus und legte sich nieder. Kurz darauf folgten auch die beiden andern. Fünf Minuten später schlüpfte eine grüne Gestalt durch die Tür und eilte die Treppe hinauf zu der Stelle, wo die Lichtschalter angebracht waren. Ein kurzes Knacken und der Gang lag in vollkommener Dunkelheit.

Schweigend ging er weiter und beugte sich zu einem der Tiere nieder. Der Hund öffnete die Augen, als der grüne Mann ihm begütigend über dag dicke Fell strich und schlief in der nächsten Sekunde wieder weiter.

In dem schwachen Licht, das durch die entfernten Fenster fiel, stand er bewegungslos vor Abel Bellamys Tür. Seine hochragende Gestalt sah furchterregend aus, sein geisterhaft bleiches Gesicht war entsetzlich anzusehen. In einer Hand hielt er einen langen grünen Bogen, ein Köcher mit grünen Pfeilen hing an seiner Seite. Er wartete lange Zeit, dann bückte er sich und steckte ein langes, dünnes Instrument in das Schlüsselloch. An dem Handgriff des Instruments war ein dünner Draht befestigt, der aus dem Köcher hervorkam. Ohne das geringste Geräusch drehte er den Nachschlüssel um, und selbst als er die Klinke niederdrückte und die Tür weit öffnete, entstand kein Lärm. Ebenso öffnete er auch die innere Ledertür. Wieder nahm er das Instrument in die Hand und führte es in das Schlüsselloch ein. Der Eisenstab war in hohem Grade magnetisch, und er konnte die Klinke der Ledertür weit genug aufheben, um die Tür aufzustoßen.

Als Abel Bellamy aufwachte, standen die leuchtenden Zeiger seiner Uhr auf viertel nach vier. Er hatte sich schon daran gewöhnt, zuerst nach der Tür zu sehen und festzustellen, ob sie noch geschlossen wäre. Sie war zu und er legte sich auf die andere Seite. Er schob sein Kissen unter dem Kopf zusammen, um es sich bequemer zu machen. Mit einem Fluch erhob er sich, um seine Schlüsselkette wieder aufzuheben, die auf den Boden gefallen war.

Er konnte nicht wieder einschlafen, lag wach und dachte nach. Aber seine Gedanken waren nicht angenehm.

Immer wieder dachte er an Valerie Howett! Sie würde in diesem Augenblick schlafen und selbst in ihren Träumen würde ihr kein Gedanke an die Gefahr kommen, die sie bedrohte.

Aber er irrte sich. Auch Valerie schlief nicht.

Jeder Frau kommt irgendwann einmal die Erkenntnis, daß ihr Leben, das bis dahin frei und fessellos war, von der Sehnsucht und Liebe zu einem andern Menschen erfüllt wird. Dieses Wissen ist süß, aber verwirrend, und die Verwirrung wächst, wenn die beiden sich noch nicht ausgesprochen haben und die Beziehungen zu dem andern noch ungewiß sind.

Valerie Howett hatte mit Jim Featherstone nie über Liebe und Ehe gesprochen, aber sie fühlte sich schon so an ihn gebunden, daß sie die Werbung eines andern Mannes abgelehnt hätte, weil sie sich schon als verlobt betrachtete.

Sie wußte nicht einmal, ob er frei war und ob er sie heiraten könnte. Sie dachte darüber nach und vergegenwärtigte sich noch einmal alle näheren

Umstände, unter denen sie Featherstone kennengelernt hatte. Aber dann kam ihr der Gedanke, daß aller Wahrscheinlichkeit nach Jim Featherstone sich für sie nur als für einen besonderen Fall interessierte. Ihr Vater hatte ihn ja gebeten, ihr sein berufliches Interesse zuzuwenden und es ging wohl auch nicht darüber hinaus trotz des merkwürdigen Zitterns in seiner Stimme, als er sich gestern abend von ihr am Tor verabschiedet hatte.

Es schien ihr endlos lange, seit sie ihn gesehen hatte, trotzdem es in Wirklichkeit nur einige Stunden waren. Und weil sie sich so sehr nach einem Wiedersehen mit ihm sehnte, machte sie sich selbst Vorwürfe und zerriß den Brief, den sie an ihn geschrieben hatte. Sie war auch noch aus einem anderen Grund mit dem Schreiben unzufrieden – ihre Briefe an Jim Featherstone wurden immer zu lang. Sie schrieb bereits auf der zehnten Seite und hatte noch nicht die Hälfte von dem gesagt, was sie ihm mitteilen wollte. Er konnte doch überhaupt nicht an all ihren Gedanken interessiert sein, sagte sie zu sich selbst und betrachtete nachdenklich den zerrissenen Brief, der jetzt im Papierkorb lag. Und doch fing sie wieder an zu schreiben. Aber dann stand sie mit einem festen Entschluß auf, drehte das Licht aus und ging in ihr Schlafzimmer. Mr. Howett war früher zur Ruhe gegangen als gewöhnlich. Sie gab einem Diener den Auftrag, alle Türen zu schließen und legte sich zur Ruhe. Sie fühlte sich unglücklich über ihre eigene Inkonsequenz. Ihre eifrigen Nachforschungen nach Elaine Held hatten plötzlich ihre Eile verloren, und sie wußte selbst nicht warum.

Ihr Schlafzimmer lag nach der Straße zu, und sie konnte von hier aus den vorderen Garten übersehen. Jenseits der Hecke lief die Landstraße. Der Detektiv, der bis jetzt das Haus bewacht hatte, war zurückgezogen worden. Aber als sie nun aus dem Fenster schaute, beobachtete sie einen Mann, der mitten in der Straße auf und ab ging. Sie sah das glühende Ende seiner Zigarre und mußte innerlich lachen. Sie wußte, daß es Spike Holland war, der es ja übernommen hatte, sie zu behüten. Dieser Gedanke an Jims Fürsorge tat ihr wohl.

Gewöhnlich schlief sie fest und tief, aber heute dauerte es etwas über eine Stunde, bis sie in einen ruhigen Schlaf fiel. Zweimal erwachte sie und stand dann schließlich wieder auf. Sie fühlte sich hungrig und wollte sich etwas Milch anwärmen. Vom Fenster aus schaute sie wieder auf die verlassene Straße hinaus. Spike war nicht mehr zu sehen. Sie hoffte, daß er nach Hause gegangen sei und sich zu Bett gelegt habe. Schnell schlüpfte sie in ihren Morgenrock, zog die Pantoffeln an und entzündete eine Kerze. Als sie die Tür ihres Zimmers öffnete, hörte sie etwas und löschte sofort das Licht wieder. Es waren Stimmen, die leise miteinander tuschelten.

Ihr Herz schlug unruhig, als sie zu dem Geländer schlich und nach unten in die Halle spähte. Sie konnte nichts sehen, nur die Stimmen und ein leises, verhaltenes Weinen waren deutlich zu hören. Sie faßte sich an die Stirn – nein, sie träumte nicht. Sollte sie ihren Vater wecken? Sie hob schon die Hand, um an seine Tür zu klopfen, aber dann zögerte sie wieder.

Wieder vernahm sie die flüsternden Stimmen – und das unterdrückte Weinen aus dem unteren Geschoß. Es konnte doch nicht eins der Dienstmädchen sein? Wenn jemand krank geworden wäre, hätte man sie doch sicher geweckt.

Sie öffnete leise die Tür zu dem Schlafzimmer ihres Vaters und ging hinein. Mit der Hand tastete sie nach dem Bett, um ihn zu wecken – aber sein Bett war leer! – Sie konnte nicht daran glauben, es mußte eine Sinnestäuschung sein. Sie entzündete mit zitternden Fingern ein Streichholz und steckte die Kerze wieder an, aber das Bett war tatsächlich unberührt. Der Schlafanzug lag noch sorgsam gefaltet auf den Kissen.

Zuerst war sie starr vor Schrecken, aber dann beruhigte sie sich. Es mußte also Mr. Howett sein, den sie unten hatte sprechen hören. Wahrscheinlich war eins der Dienstmädchen zu ihm gekommen.

Sie ging mit dem Leuchter zur Treppe, aber bei dem ersten Geräusch, das ihr Fuß auf den Stufen machte, hörte das Flüstern und Weinen unten auf. Sie ging direkt zur Tür des Wohnzimmers und wollte sie öffnen, aber sie war verschlossen.

„Wer ist dort?“ fragte sie schnell und atemlos.

„Ich bin es, Valerie.“

„Was gibt es denn, Vater?“ fragte sie mit einem dankbaren Seufzer.

„Ich spreche mit einem Freund. Später komme ich zu dir,“ war die zögernde Antwort.

„Aber mit wem sprichst du denn?“ fragte sie überrascht.

„Bitte geh zu Bett, mein liebes Kind.“ Mr. Howetts Stimme war dringend. „Ich möchte nicht, daß die Dienerschaft geweckt wird.“

Widerstrebend wandte sie sich um und ging zu ihrem Zimmer zurück. Wer mochte der Freund sein, der zu dieser frühen Morgenstunde ihren Vater aufsuchte? Und dann war die andere Frage: Warum hatte sich ihr Vater überhaupt nicht zur Ruhe gelegt? Das sah ihm doch gar nicht ähnlich. Er war ein Mann, der nach einer genauen Zeiteinteilung lebte und nichts Ungewöhnliches tat, so lange sie sich besinnen konnte. Sie wußte, daß er Heimlichkeiten haßte, und deshalb wurde ihr die ganze Sache noch unerklärlicher. Trotzdem war sie froh, daß er es war. Aber wer mochte der andere sein?

Sie saß auf der Kante ihres Bettes. Ihre Schlafzimmertür stand offen und sie lauschte. Plötzlich hörte sie, daß die Wohnzimmertür aufgeschlossen wurde und jemand auf den Flur trat. Dann öffnete sich die Haustür. Die Neugier übermannte Valerie, und sie schlich sich leise zu der Treppe. Glücklicherweise hielt sie sich am Geländer fest, sonst wäre sie umgesunken. Denn mitten in der Halle, nur schwach beleuchtet von dem Schein, der durch die offene Tür hereinfiel, stand der Grüne Bogenschütze!

41

Sie schaute nur einen Augenblick auf die unheildrohende Gestalt, dann wandte sie sich um, floh in ihr Zimmer und schloß die Tür hinter sich zu. Es war unglaublich, unmöglich, sie konnte es nicht fassen. Ihr Vater! Und wer mochte sein Besucher gewesen sein?

Sie hörte draußen das leise Surren eines Motors, aber sie ging nicht zum Fenster, um hinauszusehen. Rein gefühlsmäßig wußte sie, daß der Fremde gegangen war und daß er es war, dessen Weinen sie gehört hatte. Mr. Howett – der Grüne Bogenschütze! Ihre Gedanken wirbelten durcheinander.

Sie hatte den Kopf in die Hände vergraben und bewegte sich nicht, als sie hörte, daß er in sein Zimmer ging und die Tür abschloß.

Am nächsten Morgen kam Valerie frühzeitig zum Frühstück herunter. Sie hatte böse Kopfschmerzen und fühlte sich todmüde. Aber sie war so gespannt auf die Erklärung ihres Vaters – sie konnte ihn sich nicht anders vorstellen als ihren wirklichen Vater. Er durfte unter keinen Umständen merken, daß sie sein Geheimnis wußte und sie begrüßte ihn, als ob nichts geschehen wäre.

„Dein Freund hat dich aber sehr lange aufgehalten, lieber Vater," sagte sie, als sie ihm gegenüber Platz nahm. Er sah blaß und angegriffen aus und schien überhaupt nicht geschlafen zu haben.

„Du hast recht, Val," erwiderte er leise, ohne ihr in die Augen zu sehen. „Ich versprach dir, gestern abend noch zu dir zu kommen. Ich . . . aber ich war so erschüttert. Sei nicht böse, wenn ich nicht weiter über die Sache spreche."

„Nein, ich bin dir deshalb nicht böse," sagte sie zärtlich, aber es kam nicht von Herzen.

„Ich glaube, du warst ein wenig erschrocken," sagte er und kam selbst wieder auf das Thema zurück. „Und gerade das wollte ich unter allen Umständen vermeiden. Warst du in meinem Zimmer?"

Sie nickte.

„Du hast mein Bett leer gefunden – nun ja, das muß dich sehr bestürzt haben, ich hätte viel darum gegeben, wenn ich dich nicht aufgeweckt hätte."

„War es ein wichtiger Besuch?"

„Ja, sehr wichtig," antwortete er ernst. „Aber Valerie, ich liebe nicht, daß die Eier so serviert werden."

Diese alte Klage brachte er unweigerlich vor, wenn er das Gespräch beim Frühstück ändern wollte. „Ich werde heute zur Stadt fahren." sagte er dann und erhob sich vom Tisch. „Ich erwarte einen Herrn aus Philadelphia, den ich dringend sprechen muß, und es wird vielleicht spät werden, bis ich zurückkomme.

Er sprach so eingehend von seinem Besuch in London, daß sie fühlte, daß er ihr nicht den wirklichen Grund sagte. Aber sie fragte ihn nicht und wunderte sich offensichtlich nicht darüber, obwohl er ihr noch am Tag vorher gesagt hatte, daß nur schwere Krankheit ihn von seiner historischen Arbeit abbringen würde.

Einesteils war sie sehr froh, daß er fortging, denn sie hatte die Dienstboten viel zu fragen, und vielleicht konnte ihr eine genaue Untersuchung des Wohnzimmers einige Anhaltspunkte über die Person des Besuchers geben.

Mr. Howett fuhr gleich darauf fort. Spike sah es und eilte zum Haus.

„Ist irgend etwas passiert, Miß Howett?" fragte er ängstlich.

„Was für eine merkwürdige Frage für einen Schutzengel der Howetts!" sagte sie lächelnd.

„Ihr Schutzengel saß über Nacht in der Hecke und verlor das Bewußtsein." Als sie ihn entsetzt anschaute, erklärte er ihr in verständlicher Sprache, daß er fest eingeschlafen sei. „Ich hatte mich schlecht für meine Wache präpariert, es passieren tagsüber soviel interessante Dinge, daß ich immer erst daran denke, mich zu Bett zu legen, wenn ich auf Patrouille gehen muß. In der Burg ist allerhand vorgekommen."

„Was ist denn geschehen?"

„Der Grüne Bogenschütze war in der letzten Nacht wieder unterwegs, und als Bellamy heute morgen aufwachte, fand er seine Hunde schlafend auf dem Gang."

„Sind sie betäubt worden?" fragte sie überrascht.

Spike nickte.

„Ich habe eben Julius gesprochen. Er sagt, daß der Alte die Hunde in Zukunft in sein Schlafzimmer einsperren wird. Er ist ganz aus dem Häuschen vor Wut, hat alle Diener aufgeweckt, gefragt und verhört und schließlich hat er gedroht, daß er die Polizei rufen wird."

„Der arme Mr. Savini muß in einer schrecklichen Lage sein!" meinte Valerie mitfühlend.

„Im Gegenteil, ich habe ihn noch nie so keck und lebendig gesehen. Er faßt die ganze Angelegenheit als einen Scherz auf und sagt, der Grüne Bogenschütze hätte die Hunde vergiften sollen, statt ihnen nur ein Betäubungsmittel zu geben. Ihr Vater ist heute morgen sehr früh weggefahren, Miß Howett?"

„Ja, er hat eine Verabredung in London."

„Julius auch," platzte Spike heraus. „Nebenbei bemerkt habe ich Featherstone heute morgen telephonisch gesprochen."

„Mr. Holland, ist heute früh ein Auto an Ihnen vorbeigefahren?"

„Ja," sagte er sofort. „Es war ein Delarge-Zweisitzer. Ich bin davon aufgewacht. Der Wagen war ganz geschlossen, obwohl es nicht regnete. Ich wunderte mich schon, woher er in aller Frühe schon käme. Aber warum fragen Sie mich danach?"

„Ich sah ihn hier an meinem Fenster vorbeifahren, ich bin auch davon aufgewacht," log sie ihm vor. „Haben Sie gesehen, wer den Wagen steuerte?"

„Ich sah das Auto nur ganz kurz, das Licht des Scheinwerfers weckte mich auf. Sie müssen aber einen sehr leisen Schlaf haben, Miß Howett, der Wagen fuhr fast geräuschlos und machte viel weniger Lärm als irgendein anderer großer Wagen, den ich in der letzten Zeit gesehen habe. Ich war erstaunt, daß eine Dame am Steuer saß. Sie hatte einen langen Mantel an, aber ich habe sie nur für den Bruchteil einer Sekunde gesehen."

„War sonst niemand im Wagen?"

„Das kann ich nicht beschwören. Aber warum erkundigen Sie sich nach all diesen Dingen, Miß Howett?" fragte er argwöhnisch. „Ist in Lady's Manor letzte Nacht etwas passiert?"

„Nein," sagte sie hastig. „Ich war nur neugierig, wer in so früher Morgenstunde hier vorbeifahren würde."

Als Spike gegangen war, begann sie vorsichtig die Dienstboten auszufragen, aber sie konnte nichts Neues herausbringen. Auch im Wohnzimmer fand sie keine weiteren Anhaltspunkte oder Spuren des Besuchs. Sollte sie das Zimmer ihres Vaters durchsuchen? Aber die Anhänglichkeit dem Manne gegenüber, der sie liebevoll großgezogen hatte, bestimmte sie, diese Absicht aufzugeben.

42

Fay Clayton erhielt schon Besuch, bevor Julius zu ihr kam, obwohl er sich früh auf den Weg gemacht hatte. Sie war wenig erfreut, Coldharbour Smith zu sehen, denn sein Ruf war gerade nicht der beste.

„Julius ist nicht hier," sagte sie. „Er ist auf dem Lande."

„Als ob ich das nicht wüßte! Er ist doch bei meinem Freunde Mr. Bellamy."

„Da müssen Sie ja eiserne Nerven haben, wenn das Ihr Freund ist, Mr. Smith. Aber trotzdem kann ich Sie nicht hereinlassen, ich möchte meinen guten Ruf nicht verlieren."

„Machen Sie doch keine Geschichten, ich muß mit Ihnen reden. Ich bin den weiten Weg von Limehouse hierhergekommen und gebe Ihnen die Möglichkeit viel Geld zu verdienen, obendrein will ich auch noch Julius helfen. Ich werde Sie gut bezahlen, Fay. Lassen Sie mich doch herein."

Sie öffnete die Tür ein wenig weiter.

„Meinetwegen," sagte sie kurz. „Aber Sie dürfen nicht lange bei mir bleiben. Ich habe eine Köchin und ein Dienstmädchen in der Küche," fügte sie bedeutungsvoll hinzu.

„Sie können auch den Erzbischof von Canterbury zu Besuch haben!" entgegnete Coldharbour beleidigt. „Ich wollte geschäftlich mit Ihnen sprechen. Außerdem kann ich Ihnen ja sagen, daß Julius in einer Viertelstunde hier sein wird."

„Woher wissen Sie denn das?" fragte sie erstaunt. „Haben Sie ihn gesehen?"

„Bellamy hat ihn zur Stadt geschickt und ihm gesagt, er hätte Zeit, seine Frau zu besuchen."

„Weiß der denn, daß wir verheiratet sind?" fragte sie enttäuscht.

„Natürlich," erwiderte Smith verächtlich. „Ein Mann wie Bellamy weiß alles. Julius verdankt es doch nur mir, daß er seine Stelle behalten hat! Als Bellamy entdeckte, welche Vergangenheit er hatte, wollte er ihn hinauswerfen, aber ich sagte –"

„Wir wollen lieber über Geschäfte sprechen," sagte Fay ärgerlich. „Es ist zu früh am Morgen, um Märchen zu erzählen. Julius hat doch Mr. Bellamy alles selbst erzählt."

Smith brach in schallendes Gelächter aus.

„Dann lügen wir beide. Denn Bellamy brachte es so heraus, er hat es weder von mir noch von Julius. Aber das hat mit unserer Sache nichts zu tun, Fay," sagte er leise und lehnte sich zu ihr über den Tisch. „Sie können vierhundert Pfund verdienen und haben praktisch nichts dafür zu tun."

Sie sah ihn fest an.

„Sie würden mir nicht einmal fünf Cents geben, wenn ich nichts dafür tun sollte. Was ist es denn? Ich werde nichts Unerlaubtes tun, merken Sie sich das! Wenn Sie wollen, daß ich jemand heranschleppen soll, dann müssen Sie sich ein anderes Mädchen suchen, denn ich habe mich von solchen Dingen für immer zurückgezogen."

„Das ist aber fein," sagte Smith mit erheuchelter Bewunderung. „Ich freue mich, das von Ihnen zu hören, Fay. Denn ich bin auch aus der Sache heraus. Die Aufgabe, die ich Ihnen zugedacht habe, ist ganz offen und ehrlich zu lösen, sie ist so gerade, wie –" er machte eine hilflose Pause, denn er konnte keinen passenden Vergleich finden – „nun gut, sie ist vollständig ehrlich. Kennen Sie dieses Mädel, die Howett?"

Sie nickte.

„Ein hübsches Ding – Sie hatten doch neulich einen kleinen Auftritt mit ihr bei El Moro's?"

„Ich habe mich nicht mit ihr gestritten, ich habe sie nur begrüßt und ihr Guten Tag gesagt, da war weiter nichts dabei."

„Das habe ich auch gehört," sagte Smith ironisch. „Ich verkehre ja auch bei El Moro's, wie Sie wissen, Fay, und da erfahre ich alles. Aber darauf kommt es ja nicht an. Ich möchte Featherstone einen kleinen Streich spielen. Nach allem, was man weiß, ist er in sie verliebt und ist dauernd bei den Howetts im Hause. Er ist ein gewandter Kerl und denkt, er kann alle in die Tasche stecken."

„Was wollen Sie ihm denn für einen Streich spielen?" unterbrach ihn Fay.

„Also hören Sie zu. Nehmen wir einmal an, Sie gingen hin und besuchten das Mädel. Sie können natürlich in einem sehr eleganten Wagen hinfahren – Geld spielt bei der Sache keine Rolle – und Sie würden dann mit ihr sprechen. Sie empfängt Sie sicher, denn sie weiß, wer Sie sind. Nun ist aber eine Bedingung dabei –" Er hob warnend seinen Finger. „Sie dürfen Julius nichts davon sagen."

„Ich erzähle meinem Mann stets alles."

„Vielleicht tun Sie das, vielleicht auch nicht, aber diese Sache dürfen Sie ihm unter keinen Umständen erzählen, haben Sie verstanden?"

„Nun sagen Sie mir doch endlich, was ich tun soll?"

„Sie sollen sie besuchen und freundlich mit ihr sprechen," sagte Smith schnell, denn er hatte sich etwas verspätet und fürchtete, daß Julius jeden Augenblick ins Zimmer treten könnte. „Dieses Mädchen sucht nach jemand – nach einer Frau. Sie ist nämlich nicht ganz richtig hier –" er zeigte auf den Kopf – „und sie hat die verrückte Idee, daß ihre Mutter irgendwo in Garre Castle ist. Tatsächlich ist ihre Mutter aber tot. Sie sollen nun Miß Howett besuchen und ihr sagen, daß Sie Mrs. Held gesehen haben – merken Sie sich diesen

Namen ganz genau – also, daß Sie Mrs. Held im „Goldenen Osten" gesehen haben. Sagen Sie ihr, daß sie dort gefangen gehalten wird und daß Sie sie nur durch Zufall gesehen haben. Weiter teilen Sie ihr mit, daß Sie einen Privateingang zum „Goldenen Osten" kennen und sie nachts dorthin führen würden, wenn sie es wünschte. Wenn sie erklärt, daß sie erst Featherstone fragen will, können Sie ihr sagen, daß es ein Dutzend Wege gibt, um Mrs. Held von dem Klub zu entfernen, wenn sie erst die Polizei hineinbringt. Dann wird sie Mrs. Held niemals zu sehen bekommen. Also, haben Sie sich alles genau gemerkt?"

„Was soll denn mit ihr geschehen?"

„Es soll ihr gar nichts geschehen. Sie sollen sie nur zu dem Klub bringen, vielleicht arrangieren wir dann einen kleinen Tanz, vielleicht auch ein nettes, kleines Essen –"

Fay schüttelte den Kopf.

„Ich tue nicht mit," sagte sie entschieden. „Das ist doch ein ganz gemeiner Trick, daß ich sie unter diesem Vorwand dorthin bringen soll, ob sie nun verrückt ist oder nicht. Aber ich wette, sie ist nicht verrückt! Und was wollen Sie dann mit ihr anfangen, wenn sie zum „Goldenen Osten" kommt? Ich kenne doch Ihre Bande, Smith! Ich selbst würde nicht ohne einen Begleiter, dem ich trauen könnte, zum „Goldenen Osten" gehen."

Smith lehnte sich zurück und schaute sie düster an.

„Sie können Julius ja erzählen, daß die Aufgabe, die ich Ihnen gestellt habe, darin besteht, Featherstone hinters Licht zu führen. Sie brauchen ihm doch gar nicht zu sagen, worum es sich eigentlich handelt."

„Ich weiß nicht, ob ich mich nicht deutlich genug ausdrücke! Ich wiederhole Ihnen, daß ich mich nicht an der Sache beteiligen werde. Da müssen Sie sich jemand anders suchen."

„Ich habe aber Sie ausgewählt und Sie werden es übernehmen. Wovor fürchten Sie sich denn? Dem Mädel wird nichts passieren – das Ganze ist doch nur ein Scherz, ich sage es Ihnen doch."

„Ich habe viel Sinn für Humor, aber an Ihrem Plan kann ich nichts Scherzhaftes finden."

„Wenn aber Savini Ihnen sagt, daß Sie es tun sollen," begann er wieder.

„Wenn Savini oder hundert Savinis mir sagen würden, daß ich einem jungen Mädchen einen gemeinen Streich spielen sollte, dann würde ich es auch nicht tun. Das ist mein letztes Wort. Hier kommt Julius."

Smith hörte, daß draußen die Wohnungstür geöffnet wurde. Gleich darauf kam Savini ins Zimmer. Er war erstaunt und durchaus nicht erfreut, Coldharbour Smith zu sehen.

„Ich habe mit Ihrer Frau gesprochen, Julius. Vielleicht können Sie sie zur Vernunft bringen. Sie soll etwas für mich besorgen, – sie kann eine Menge Geld dabei verdienen – vierhundert Pfund."

„Bellamy sagte mir heute morgen fünfhundert," entgegnete der praktische Julius. Dann wandte er sich an Fay. „Du wirst die Sache doch übernehmen – oder willst du nicht?"

Sie schüttelte den Kopf.

„Nicht für fünf Millionen." Julius hörte aus ihrem Ton, daß sie nicht dazu zu bewegen war.

„Besprechen Sie die Sache miteinander," sagte Smith und erhob sich, um zu gehen. „Und vergessen Sie nicht, Fay –"

„Mrs. Savini," verbesserte Fay scharf. „Ich habe ein gesetzliches Anrecht auf diesen Namen. Bitte nennen Sie mich so, wie es sich gehört, Smith."

„Mr. Smith," sagte er böse und verließ das Zimmer.

Julius schwieg, bis er hörte, wie Smith die Tür zuwarf.

„Der alte Bellamy wünscht, daß du den Auftrag annimmst, Fay. Was soll es denn sein?"

„Das ist eine ganz niederträchtige Geschichte, Julius," antwortete sie ruhig. „Es ist tatsächlich zu niedrig und schmutzig für mich. Ich bin ja gerade nicht kleinlich, aber was zuviel ist, ist zuviel. Ich möchte dir nicht erzählen, worum mich Smith gebeten hat, denn ich habe ihm halb und halb versprochen, dir nichts davon zu sagen. Und es würde dir auch nichts helfen, wenn ich es dir mitteilte."

Er biß sich nachdenklich auf die Lippen.

„Ich will dich nicht drängen," sagte er zu ihrem Erstaunen, denn sie hatte sich schon auf eine unangenehme Auseinandersetzung gefaßt gemacht. „Ich vermute, daß es irgend etwas wäre, was du übernehmen könntest. Aber ich glaubte nicht, daß du so großen Widerwillen dagegen hättest."

„Hast du deine Reisepläne geändert, Julius?"

Er nickte.

„Konntest du das Geld nicht bekommen?"

„Ich hatte es schon fast in meiner Tasche," erwiderte er gutgelaunt. „Aber ein dauerndes sicheres Einkommen ohne Risiko ist besser als eine größere Summe. Nebenbei bemerkt kannte Featherstone alle meine Vorbereitungen und ahnte, daß ich verschwinden wollte. Ich schrieb dir in dem Brief nichts darüber, denn ich mußte fürchten, daß er geöffnet werden könnte. Aber Featherstone wußte, daß ich mich nach allem erkundigt hatte, und kannte sogar die Schiffslinie, die ich bei meiner Reise benützen wollte. Er ist wirklich ein ganz schlauer, geriebener Bursche, dieser Featherstone," meinte er mit widerstrebender Bewunderung.

Daß er sie nicht drängte, alle Einzelheiten des Planes zu sagen, den Coldharbour Smith durch sie ausführen lassen wollte, war nicht weiter verwunderlich. Dieses merkwürdige Paar hatte ein schweigendes Übereinkommen getroffen, daß keiner zu tief in die Angelegenheiten des andern eindringen sollte. Das war eine ausgezeichnete Vereinbarung, die ihnen beiden zuzeiten viel Ärger ersparte. Er merkte an Fays Ton, daß Smiths beabsichtigtes Unternehmen gefährlich war. Er kannte seine Frau und ihre mannigfachen Eigenheiten wirklich sehr genau.

Julius Sawini war ein skrupelloser Abenteurer, ein Dieb, der ohne mit der Wimper zu zucken, stahl, ein Schwindler, für den Gewissen und Polizei dieselben Begriffe waren. Aber er liebte diese kleine schmächtige Frau, die von ihrer frühesten Kindheit an mit Dieben verkehrt hatte und in einer Atmosphäre von Verbrechern aufwuchs. Er wollte ihr ein Leben schaffen, das nicht nur von allem Luxus umgeben, sondern auch frei von aller Furcht sein sollte. Das war sein ehrgeiziger Plan, und deshalb zog er auch dem großen Raub die Erpressung vor, die mit weniger Gefahr verbunden und seiner Überzeugung nach viel gerechtfertigter war.

„Ich muß wieder gehen," sagte er. „Ich habe den Alten in einer furchtbaren Stimmung zurückgelassen. Er weiß sich nicht mehr zu helfen vor Wut. Der Grüne Bogenschütze war letzte Nacht wieder dort."

„Wie? Der Grüne Bogenschütze?“

„Warum er eigentlich kommt, ist mir unverständlich.“ Julius schüttelte den Kopf. „Es ist das Verrückteste, was jemals ein Mann getan hat. Wenn Bellamy den fangen sollte –“

Fay wandte sich schnell herum.

„Was hast du denn eigentlich vor?“ fragte sie neugierig. „Man sollte fast denken, daß du wünschtest, er würde nicht gefaßt.“

„Das könnte stimmen.“

„In allem Ernst, Julius – ist dieser Grüne Bogenschütze nicht nur ein Schwindel von dir?“

„Ein Schwindel von mir?“ wiederholte er verächtlich. “Glaubst du denn, daß sich mit den Hunden Scherz treiben ließe? Da irrst du dich aber gewaltig. Ich würde dergleichen nicht für alles Geld Bellamys unternehmen.“ Und Julius sprach die Wahrheit.

Nachdem er gegangen war, wurde Fay ans Telephon gerufen. Sie erkannte die Stimme von Smith.

„Haben Sie mit Julius gesprochen?“

„Ja,“ erwiderte sie kurz.

„Werden Sie nun vernünftig sein?“

„Das bin ich immer,“ sagte sie mit einem grimmigen Lächeln. „Soviel ich glaube, bin ich die vernünftigste Frau in der Stadt.“

„Also wollen Sie die Sache übernehmen?“

„Nicht um mein Leben würde ich so etwas tun,“ sagte sie und betonte jedes Wort.

„Dann wird Julius seine Stelle verlieren,“ schrie Smith wütend. „Und Sie werden sich selbst in sehr schlechten Ruf bringen. Sie tun damit Julius einen sehr schlechten Gefallen, Fay. Und ich mag den Jungen doch so gern leiden, daß ich ihm die Möglichkeit gab, leicht Geld zu machen. Ich wollte Sie auch gar nicht darum bitten, daß Sie sich mit unrechten Dingen befassen sollten.“

„Da haben Sie recht," stimmte sie ihm bei. „Sie haben mich aber gefragt, ob ich die Ausführung eines recht bösen Plans übernehmen wollte." Sie legte den Hörer mit einem Ruck auf den Ständer.

Sie wußte, wie sehr Coldharbour Smith ihr schaden konnte. Aber sie hatte ja noch niemals in Sicherheit gelebt und war immer auf zähe und schnelle Verteidigung gefaßt. Es war eigentlich gegen ihre Überzeugung, die Pläne anderer Leute zu durchkreuzen, aber sie dachte ernstlich daran, Valerie Howett vor der Gefahr zu warnen, die ihr drohte. Dieses Gefühl wurde so stark in ihr, daß sie Garre anrief, aber sie erfuhr dort, daß Lady's Manor keinen telephonischen Anschluß hatte. Sie erinnerte sich, daß Julius ihr von Spike Holland erzählt hatte und ließ sich mit dem „Blauen Bären" verbinden, aber Spike war ausgegangen, und man erwartete ihn erst in einer Stunde wieder zurück. Sie konnte nichts tun, es sei denn –

Aber sie schüttelte den Kopf unschlüssig. Sie wollte Valerie schreiben und ihr alles mitteilen, was Smith ihr zugemutet hatte. Dann konnte die junge Dame ja selbst Maßnahmen zu ihrem Schutz treffen. Um aber Fay Clayton gerecht zu werden, muß gesagt werden, daß ihr der Gedanke, sich mit James Featherstone direkt ins Benehmen zu setzen, äußerst verhaßt war. Ein Opfer eines bösen Planes durfte man warnen, das war unter gewissen Umständen sicher erlaubt, aber sie hatte es sich nie verziehen, wenn sie der Polizei etwas verraten hätte.

Valerie war gerade in dem Postbüro des Dorfes, wo sich auch die Telephonzentrale befand. Sie wartete am Schalter, um einige Marken zu kaufen, als die Telephonistin hereinkam.

„Eben habe ich einen Anruf nach Lady's Manor bekommen, aber ich habe ihn abgewiesen. Dann wurde nach Mr. Holland im „Blauen Bären" gefragt, aber der war nicht dort."

„Wer hat denn angerufen?" fragte Valerie neugierig.

„Ich hörte die Stimme einer Dame am Apparat."

Valerie stand vor einem Rätsel. Sie kannte etwa ein halbes Dutzend Damen, aber keine von ihnen hätte sie in Garre angeläutet. Alle ihre Bekannten und Freunde wußten, daß ihr neues Heim keinen Telephonanschluß hatte. Der Umstand, daß das Gespräch zu Spike Holland umgeschaltet wurde, gab ihr die Gewißheit, daß die Sache mit Garre Castle in Zusammenhang stand.

Es war natürlich Jim Featherstone, und seine Stenotypistin hatte für ihn gesprochen.

Sie ließ sich mit Jim verbinden.

„Nein, ich habe Sie nicht angerufen, Valerie. In meinem Büro werden auch keine Stenotypistinnen beschäftigt. Wer kann es denn Ihrer Meinung nach gewesen sein?"

„Ich habe nicht die geringste Ahnung. Ich dachte, der Anruf käme von Ihnen, weil später noch Mr. Holland ans Telephon gebeten wurde. Haben Sie etwas von ihm erfahren?"

„Ja, Sie meinen doch die Geschichte mit den betäubten Hunden?"

„Es ist sehr merkwürdig. Ist das nicht wichtig genug, daß Sie hierherkommen und persönliche Nachforschungen anstellen?"

„Ich wollte morgen kommen – oder hätten Sie lieber, daß ich schon heute abend hinausfahre?" In seiner Stimme verriet sich ein solcher Eifer, daß sie rot wurde.

„Nein, es genügt, wenn Sie morgen kommen," sagte sie eilig und hängte den Hörer an.

Sie dachte auf dem Heimweg darüber nach, wer sie wohl angerufen haben mochte. Es konnte doch nicht die Frau sein, die gestern abend – Wer mochte sie gewesen sein? Diese Frage hatte sie sich schon hundertmal vorgelegt. Sie nahm sich fest vor, ihren Vater bei seiner Rückkehr zu bitten, ihr doch das ganze Geheimnis zu enthüllen, damit sie wieder Ruhe finden konnte.

Als sie an dem Parktor von Garre Castle vorbeikam, sah sie Bellamy quer über den grünen Rasen zu dem Eingang gehen. Er wandte ihr den Rücken zu, aber sie konnte seine große mächtige Gestalt deutlich erkennen. Plötzlich drehte er sich um, als ob er instinktiv ihre Blicke gefühlt hätte. Aus Höflichkeit grüßte sie ihn. Aber er dachte gar nicht daran, ihren Gruß zu erwidern. Er hob nicht einmal die Hand an seine Mütze, sondern starrte ihr nur nach, bis sie außer Sicht war.

43

Bellamy wartete im Park auf Savinis Rückkehr. Er schien ungeduldig zu sein, denn er hielt den Wagen mit vorgestreckter Hand an, als er erst halbwegs eingefahren war. Julius sprang sofort heraus.

„Haben Sie mit Ihrer Frau gesprochen?“ fragte Bellamy barsch.

„Jawohl, mein Herr, ich habe sie gesehen.“

„Wird sie das tun, was Mr. Smith ihr aufgetragen hat?“

„Nein,“ erwiderte Julius kühl. „Sie will die Aufgabe nicht übernehmen.“

„Vermutlich wissen Sie, daß ich Sie dann hinauswerfe!“

„Das wird mir sehr leid tun, mein Herr –“ begann Julius.

„Geben Sie mir das Geld,“ brummte Bellamy und sein Sekretär zahlte ihm die Scheine in die Hand, die er von der Bank geholt hatte.

Julius war schon nahe am Hauseingang, als er von Bellamy zurückgerufen wurde.

„Hat Ihnen Ihre Frau erzählt, was Mr. Smith von ihr wollte?“

„Nein.“

Bellamy sah ihn scharf an.

„Dann ist es gut,“ sagte er.

Er bestellte sich das Abendessen ausnahmsweise früh, denn er hatte nicht zu Mittag gespeist. Das machte aber der grauen Dame nichts aus, sie hatte einen Vorrat an Konserven, den sie benutzen konnte, wenn Bellamy sie eines Tages, wie es öfter vorkam, nicht besuchte. Einst hatte er absichtlich ihre Vorräte ausgehen lassen und ihr zwei Tage lang keine Nahrung gebracht. Aber sie hatte sich zu seinem größten Ärger nicht im mindesten über seine Niedertracht beschwert.

Die Burg war sein Augapfel, aber das Geheimnis des unterirdischen Gefängnisses war ihm das Wichtigste. Mit seinen eigenen Händen hatte er die Möbel hineingetragen, die Gasleitung angeschlossen und die Entlüftungsanlage eingebaut. Er hätte auch elektrisch Licht hineingelegt, wenn es nicht so gefährlich gewesen wäre. Neugierige Elektriker wären dann in die Burg gekommen, vor denen er elektrische Leitungsdrähte nicht gut hätte verbergen können. Er hatte eine Woche lang daran gearbeitet, einen der alten Kamine des

Hauptgebäudes mit dem unterirdischen Raum zu verbinden und die Entlüftungsanlage in Gang zu bringen.

Das Abendessen wurde ihm in der gewöhnlichen Menge um sechs Uhr gebracht. Julius, der das Auftragen des Eßtisches überwacht hatte, zog sich zurück. Diesen Abend hatte Bellamy zuerst gegessen, bevor er die Speiseschüsseln nach unten trug. Er dachte über den Grünen Bogenschützen nach. Wie wundervoll wäre es doch, wenn er ihn gefangen nehmen und drunten in den untersten Kerkern einsperren könnte. Ein festes Eisengitter müßte vor seiner Zelle sein, und er würde ihn dann jahrelang jeden Tag besuchen bis zu seinem Tode. Er malte sich das alles in den glühendsten Farben aus. Er konnte ihn dort unten so lange gefangen halten, bis ihn der Wahnsinn überkam. Bellamys Atem ging schneller bei diesem Gedanken. Wer mochte nur der Grüne Bogenschütze sein? Zuerst hatte er Julius im Verdacht, dann glaubte er, daß es der naseweise Polizeibeamte Featherstone wäre, vielleicht war es aber auch eine Frau. Valerie? Dann würde seine Rache süß sein. Er wollte einen neuen Kerker für sie auf der untersten Kellersohle anlegen. Aber er verwarf den Gedanken gleich wieder. Sein anderer Plan war viel besser. Smith! Er schüttelte sich vor Lachen, als er sich erhob und den Schreibtisch zurückschob.

Er nahm sich viel Zeit, denn er war nicht in der Stimmung, sich zu beeilen. Er drehte den Stein wieder um seine schwingende Achse, aber dann zögerte er und stieg die Treppe nicht gleich hinunter. Er versuchte erst, sich über Valerie Howett klar zu werden. Was war das Beste? Sollte Smith sie mit sich nehmen? Aber er traute Smith nicht recht. Konnte er sich darauf verlassen, daß er der Tochter von Elaine Held das Leben zur Hölle machte?

Er nahm das Tablett mit den Schüsseln, stieg in die Dunkelheit hinab, steckte das Gaslicht an und öffnete die Türe. Als er das Tablett auf den Tisch stellte, rief er die Frau bei Namen. Er ging direkt in ihr Schlafzimmer und stieß die Tür auf.

„Hier ist dein Essen! Antworte mir doch, wenn ich dich rufe!“ brüllte er.

Aber nur das Echo seiner Stimme kam zurück.

„Elaine!“ rief er.

Hatte sie seinen Rat befolgt? War sie tot? War sie ihrer Gefangenschaft entronnen? Hatte sie die Gashähne aufgedreht? – Aber er konnte keinen Gasgeruch wahrnehmen.

Er stieß die Küchentür auf, sie war leer, ebenso der Baderaum. Er eilte wie ein Wahnsinniger von einem Raum zum andern. Er lief um die großen Steinpfeiler des Hauptraums herum, als ob es möglich wäre, daß sie sich hinter ihnen versteckt hielt. Er warf mit einem Fußtritt das Sofa um, dann eilte er zur Türe zurück und schaute hindurch.

„Elaine!" schrie er wild.

Aber sie war nicht mehr da. Die graue Dame war verschwunden!

Wo mochte sie sein? Sie mußte sich doch hier unten in den Räumen aufhalten – es war gar nicht anders möglich! Es gab keinen anderen Ausweg! Die Wände waren aus starkem, massivem Mauerwerk, keine geheimen Türen oder Gänge führten in dieses Gefängnis, obwohl man ihm erzählt hatte, daß es solche in Garre Castle in großer Menge geben sollte. Aber er hatte noch nichts davon gefunden, obgleich er jeden Stein und jede Platte in den Gängen und Räumen untersucht hatte.

Er eilte in ihr Schlafzimmer und zog das Bett von der Wand weg. Vielleicht hatte sie sich dort verborgen, um ihm einen Schrecken einzujagen. Aber auch hier war niemand. Ihre wenigen Kleidungsstücke hingen an zwei Haken an der Wand, die er einst mit großer Mühe dort befestigt hatte.

Er setzte sich verwirrt nieder und vergrub den Kopf in den Händen. Elaine war fort – aber wohin konnte sie entflohen sein? Wie war sie herausgekommen? Es gab doch nur den einen Weg, der durch die Bibliothek führte. Aber selbst wenn sie durch die verriegelte Tür gekommen wäre, hätte sie den Ausweg in die Bibliothek nicht gefunden. Es war unmöglich, daß sie auf diesem Weg entkommen war.

Der Grüne Bogenschütze ... immer wieder kehrten seine Gedanken zu ihm zurück. Aber auch er hätte nicht durch den Boden zu ihr kommen können. Kein anderer Schlüssel konnte dieses Schloß öffnen, das ein deutscher Schlosser auf besondere Bestellung gefertigt hatte. Auch den Geldschrank öffnete der schmale, dünne Schlüssel, der die schweren Schließbolzen bewegte und den großen Stein festhielt.

Er trug die Speiseschüsseln zur Bibliothek zurück und untersuchte die Platte genau, bevor er sie wieder schloß. Aber er konnte keinen Riß oder Kratzer auf der Oberfläche entdecken, woraus er hätte schließen können, daß sie geöffnet worden war. Es gab kein Duplikat dieses Schlüssels und es war unmöglich, daß Elaine diesen Weg genommen hatte.

Es war fast neun Uhr, als er wieder aus der Bibliothek herauskam. Julius starrte ihn entsetzt an, denn in den letzten drei Stunden hatte sich das Aussehen des Alten vollständig verändert. Seine Augen lagen tief und waren verschüttet, und sein Gesicht hatte eine schreckliche graue Farbe angenommen.

„Stellen Sie eine Verbindung mit Limehouse für mich her," sagte er. „Und sagen Sie Sen, daß er zu mir kommen soll."

Julius wunderte sich. Niemals vorher hatte der Chauffeur Sen die Schwelle von Garre Castle überschritten.

Sen war Chinese. Bellamy hatte ihn entdeckt, als er einen kurzen Besuch in Seattle machte. Es war ein schlanker, wohlgebauter Mann, der auf der amerikanischen Missionsschule in Hankow erzogen worden war. Er konnte vier Sprachen verstehen, aber nicht selbst sprechen, denn er war von Geburt an stumm, Und aus diesem Grund, nicht wegen seiner Erziehung, hatte Bellamy ihn auch engagiert. Er ließ ihn in einer Autofahrschule unterrichten. Der Chinese war nun schon achtzehn Jahre in seinen Diensten. Er wohnte über der Garage, die Bellamy in der äußersten Ecke des Parkes erbaut hatte. Hier lebte er einfach und hielt seine Wohnung äußerst sauber. Seine ganze freie Zeit, in der er sich nicht dem Rolls Royce-Wagen widmen mußte, brachte er mit der Übersetzung des „Lun Yii", dieses „Buchs der Bücher", zu. Welches Gehalt Sen bekam, wußte außer ihm nur Bellamy, und wozu er es verwendete, ahnte nicht einmal sein Herr.

Sen verehrte Bellamy abgöttisch, obgleich dieser im Lauf eines Jahres nicht ein Dutzend Sätze zu ihm sprach. Sen war der einzige Mann in der Welt, den Abel nicht quälte und peinigte. Er bekam seine Befehle durch ein Privattelephon und drückte einmal auf eine Glocke zum Zeichen, daß er den Auftrag verstanden hatte, oder zweimal, wenn man ihm die Botschaft wiederholen sollte. Für einen Chinesen sah er sehr gut aus, hatte dunkle, geheimnisvolle Augen und schöne, regelmäßige Züge. Wenn er seine Uniform trug, konnte man seine Nationalität nicht erkennen. In einer Seitentasche am Führersitz bewahrte er eine Anzahl großer Karten auf. „Ich bin stumm, aber ich verstehe Sie", stand auf der einen, auf der anderen Karte waren all die verschiedenen Gegenstände und Dinge angegeben, die er unterwegs anschaffen mußte, z. B. Benzin, Gummireifen usw.

Sen wurde vollständig von dem Haushalt im Schloß ferngehalten. Er vermied es selbst, Julius zu treffen, und der einzige Versuch, den der Privatsekretär gemacht hatte, sich mit ihm anzufreunden, wurde durch einen kalten Blick und einen eiligen Rückzug Sens beantwortet.

Featherstone hatte manches von den Beziehungen dieses Mannes zu Bellamy herausgebracht. Als Sen seinen Herrn einmal zu einer benachbarten Stadt brachte, hatte Jim seine Wohnung durchsucht, aber er hatte nichts besonderes gefunden außer einer großen Bibliothek chinesischer Bücher und einer musterhaft sauberen Wohnung.

Bellamy hatte sich schon einmal überlegt, ob er nicht den Chinesen als Wachtposten in der Burg gegen den Grünen Bogenschützen brauchen könnte, aber dann hatte er den Plan doch wieder fallen lassen. Da es Sen unmöglich war, sich durch Worte oder Schreie verständlich zu machen, konnte man ihn nicht dazu verwenden.

Julius rief den Chauffeur an, der sich sofort durch ein Zeichen meldete.

„Mr. Bellamy wünscht, daß Sie sofort zu ihm kommen. Er braucht den Wagen nicht, er will Sie selbst sehen."

Sen kam sofort. Er trug einen seidenen Chinesenrock mit großen Ärmeln, in dessen Falten er seine Hände verbarg.

„Bringe den zweiten Wagen nach Newbury Junction, warte dort in der dunklen Straße, die zu der Station führt, und ändere die Nummerntafel. Dort wirst du einen Mann finden, der in das Auto einsteigt. Fahre ihn zu dem Ziel, das er dir bezeichnet und komme in der Nacht noch nach Garre zurück."

Sen neigte den Kopf und wartete auf weitere Instruktionen. Als er keine weiteren Befehle erhielt, entfernte er sich.

44

Jim Featherstone kleidete sich an, um an einem Festessen teilzunehmen. Sein Diener machte eine Bemerkung, daß sich sein Herr nicht sehr auf den Abend zu freuen scheine, an dem er so viele alte Kriegskameraden wiedersehen sollte. Er ging nämlich heute zu dem Jahresdiner seines alten Regimentes.

„Angus, Sie haben die Wahrheit gesagt. Ich bin im Augenblick gar nicht begierig, patriotische Reden zu hören, in denen von den Kriegsgefahren gesprochen wird, die wir zusammen durchgemacht haben."

„Vielleicht, wenn Sie ein oder zwei Glas getrunken haben?" begann der Diener.

„Wenn Sie damit meinen, daß ich nur glücklich bin, wenn ich mich betrinke," entgegnete Jim ärgerlich, „dann kann ich Ihnen nur sagen, Angus, daß das eine große Lüge ist. Ich möchte bloß nicht zu diesem Essen gehen, weil ich lieber wo anders wäre."

„Heute abend ist eine Premiere im neuen Operettentheater."

„Da möchte ich erst recht nicht dabei sein, um Operettenpremieren kümmere ich mich im allgemeinen wenig."

„Sie werden sich sicher besser in Ihrem Klub amüsieren, wenn Sie eine Partie Bridge spielen."

„Dabei würde ich mich sehr langweilen," entgegnete Jim ungeduldig. „Mischen Sie sich nur nicht in meine Angelegenheiten, Angus."

„Nein, mein Herr, das wäre das Letzte, was ich täte. Sie haben Ihre Krawatte aber nicht gut umgebunden."

Während Jim sie schnell und geschickt in Ordnung brachte, überlegte er, was wohl der gesetzte Angus sagen würde, wenn er wüßte, daß er viel lieber in einem Wohnzimmer in Garre säße und in die Augen des schönsten Mädchens schauen möchte, das es auf der Welt gab. Angus würde ihn wahrscheinlich verachten, denn er war zufrieden, wenn er zu Hause bei seiner Mutter war und Kaninchen großziehen konnte, um dadurch einen Nebenverdienst zu haben.

Später wurde Jim während des Festessens doch von der allgemeinen freudigen Stimmung angesteckt, und es tat ihm leid, daß er vorher so geringschätzig davon gedacht hatte. Er traf viele alte Freunde wieder, mit denen er schwere Zeiten in Flandern verlebt hatte.

Der offizielle Teil des Festes war um elf Uhr zu Ende. Jim verließ die Gesellschaft und begab sich nach Scotland Yard, um zu prüfen, was inzwischen für Berichte eingelaufen waren, denn er vertrat augenblicklich einen höheren Beamten, der auf Urlaub war.

In seinem Büro las er schnell die kurzen Nachrichten der Polizeistationen und die Protokolle der Verhaftungen durch, als plötzlich der Beamte vom Nachtdienst hereinkam.

„Eine Dame möchte Sie sprechen, mein Herr," sagte er.

„Hat sie denn schon auf mich gewartet?"

„Nein, sie ist eben erst gekommen."

„Wer ist es denn?" fragte Jim und dachte plötzlich an Valerie.

„Ich kenne sie nicht. Sie sagt, sie müßte Sie in einer dringenden Angelegenheit sprechen. Es ist eine Miß Clayton."

„Fay?" fragte Jim erstaunt. „Führen Sie die Dame bitte herein."

„Das ist ja eine unerwartete Überraschung," sagte er, als sie eintrat.

Sie stand in der Türöffnung und sah ihn an. Selbst gegen ihren Willen mußte sie ihn bewundern, denn Jim machte in seinem Frack eine gute Figur. Die Kriegsauszeichnungen und Orden blitzten auf seiner Brust.

„Niemand würde denken, daß Sie ein Polizeibeamter sind, Featherstone. Sie sehen beinah wie ein Gentleman aus."

„Wollen Sie nicht Platz nehmen? Weshalb kommen Sie hierher, Fay?"

„Ich wünschte nur, Sie würden mich endlich einmal nicht mehr Fay nennen," sagte sie etwas geziert. „Es ist Ihnen doch bekannt, daß ich verheiratet bin. Nicht daß ich die Sache tragisch nehme. Aber Featherstone," fuhr sie plötzlich ernst fort, „Sie müssen sehr vorsichtig sein, daß dem Mädchen nichts zustößt."

„Welchem Mädchen? Meinen Sie Miß Howett?"

Sie nickte.

„Irgendeine Gefahr ist im Anzug, aber ich weiß noch nicht genau, was es sein wird. Coldharbour Smith hat mich diesen Morgen besucht. Wahrscheinlich kennen Sie ihn. Natürlich müssen Sie ihn kennen!"

„Was war es denn mit Coldharbour Smith?" fragte er ungeduldig. „Worum handelt es sich? Seien Sie nicht böse, daß ich so brüsk frage," sagte er, als er sah, daß sie seine aufgeregten Worte verletzten. „Aber ich bin wirklich in großer Sorge."

„Er erzählte mir von einem großen Plan, sich einen Spaß mit Miß Howett zu machen. Aber ich glaube, das ist nur ein Vorwand. Er sagte, daß Miß Howett nach ihrer Mutter sucht, und ich sollte ihr mitteilen, daß sich diese Dame in Coldharbours Club, im „Goldenen Osten“ aufhielte. Wenn ich dadurch ihr Interesse erweckt hätte, sollte ich sie nach Limehouse bringen und dann wäre meine Aufgabe beendet. Fünfhundert Pfund wollte er mir dafür geben. Was denken Sie darüber, Captain Featherstone?“

Sein Gesichtsausdruck machte die Beantwortung der Frage überflüssig.

„Wann sollte dieser Plan ausgeführt werden?“

„Ich weiß es nicht, mir ist kein bestimmter Abend angegeben worden, aber es sollte wohl noch diese Woche geschehen.“

Er war aufgestanden, ging zu dem Kamin und schaute auf die glühenden Kohlen. Sie konnte sein Gesicht nicht sehen und vermutete, daß er es nicht sehen lassen wollte. Aber nach einer Weile drehte er sich zu ihr um.

„Ich kann Ihnen nicht sagen, wie sehr ich Ihnen für Ihr Vertrauen danke, Mrs. Savini. Sie haben wie jede anständige Frau gehandelt, als Sie dieses Angebot ablehnten, und ich kann Ihnen nur sagen, daß ich auch nichts anderes von Ihnen erwartet hatte.“

Fays Wangen färbten sich rot. Das war das erste Kompliment, das sie seit langen Jahren gehört hatte.

„Ich weiß wohl, daß dies ein Verrat ist. Ich hätte früher nie im Traum daran gedacht, so etwas zu tun.“

„Aber Sie haben es nun getan und es soll nur zu Ihrem Vorteil gereichen.“ Er schaute auf seine Uhr, es war halb zwölf. „Ich will versuchen, Spike Holland anzurufen.“

„Heute morgen telephonierte ich –“ begann sie.

Er wandte sich schnell um.

„Sie waren es, Fay? Miß Howett sagte mir, daß jemand sie anrufen wollte. Was für eine gute Seele Sie doch sind.“

Er ging zu ihr und reichte ihr die Hand. Und obwohl sie die Stirn in Falten legte, gab sie ihm doch die ihre.

„Wenn Sie mich zu Ihrer Hochzeit einladen, Featherstone, und es fehlen einige von den Hochzeitsgeschenken, dann dürfen Sie nicht denken, daß ich daran schuld bin."

„Können Sie so lange warten, bis ich telephoniert habe?"

Sie nickte.

Er bekam sofort Verbindung mit dem „Blauen Bären", und zu seiner größten Verwunderung kam Spike gleich an den Apparat.

„Ich dachte, Sie wären auf Wachtposten, Holland."

„Das ist doch nicht nötig, Captain. Miß Howett ist schon um sieben Uhr fortgefahren."

„Mit wem ist sie denn weggefahren?" fragte Jim schnell.

„Mit dem Beamten, den Sie von Scotland Yard geschickt haben. Ist sie denn noch nicht bei Ihnen angekommen?"

„Nein," sagte Jim heiser und hängte den Hörer an.

„Was ist los?" fragte Fay mit leiser Stimme.

„Miß Howett ist nicht in Garre, sie ist heute abend mit einem Manne fortgefahren, der behauptete, daß er ein Detektiv von Scotland Yard sei," erwiderte er langsam.

Einige Augenblicke war er vollkommen bestürzt über diese Nachricht, aber seine alte Energie kam bald wieder über ihn. Er klingelte und ein Beamter in Uniform erschien. Schnell gab er seine Befehle.

„Rufen Sie sofort Abteilung K an. Alle Mannschaften, auch die Reserven, sollen den „Goldenen Osten" einschließen. Unter den Plänen für Razzias ist es Nr. 37 . . . Haben Sie verstanden?"

„Jawohl, mein Herr," sagte der Beamte und notierte die Befehle auf.

„Alle Reserven der Abteilung im Dienst oder auf der Station sollen sofort in zwei Dienstautos zu mir kommen – aber schnell."

Aus einer Schublade seines Schreibtisches zog er eine große Browningpistole, nahm sie aus dem Lederetui und schob einen Patronenrahmen hinein. Dann steckte er sie in die Tasche und nahm seinen Mantel.

„Ich wollte Sie eigentlich bitten, mitzukommen, aber ich glaube, es ist besser, wenn Sie hier bleiben. Es hat doch niemand gesehen, daß Sie nach Scotland Yard kamen?“

„Featherstone –“ Fays Stimme war erregt. „Dieser Coldharbour Smith weiß verschiedenes von mir, es wird Sie nicht sehr interessieren, aber es würde mir sehr unangenehm sein, wenn Julius es erfahren würde. Wenn es zu einer Schießerei kommen sollte, knallen Sie ihn nieder!“

Jim mußte trotz allem leise lachen.

„Sie sind eine blutdürstige Frau,“ sagte er kurz und ging. Als er auf den Hof kam, war schon ein Dutzend Leute vom Spezialdienst versammelt, und er erklärte ihnen schnell den Zweck der Razzia.

„Ich verstehe, wir gehen offiziell darauf aus, die Leute abzufangen, die verbotene Glücksspiele spielen. Ich habe seit drei Monaten einen Durchsuchungsbefehl in der Tasche, und ich führe ihn heute abend aus. Ich vermute, daß wir in dem Gebäude eine Dame finden, die dort gefangengehalten wird. Sollte das der Fall sein, so bin ich jedem dankbar, der mich davon abhält, Coldharbour Smith über den Haufen zu schießen.“

45

In diesem Augenblick kam das erste Dienstauto, und sie stiegen ein. Sie fuhren schon in schneller Fahrt das Themseufer entlang, bevor der zweite Wagen erschien. Ihr Weg führte sie durch die verlassene City, und dann kamen sie zu den hellerleuchteten Straßen von Whitechapel. Die Theater waren eben aus und sie kamen nur langsam vorwärts. Aber schon nach einer Viertelstunde waren sie in der Straße, in der der „Goldene Osten“ lag. Jim sprang auf die Straße, bevor der Chauffeur den Wagen zum Stehen bringen konnte. Die ganze Gegend war schon umstellt und schien mit einfachen, unauffälligen Männern angefüllt zu sein, die sich jetzt dem Gebäude näherten, als das Polizeiauto eintraf. Jim eilte an dem Portier vorbei die Treppe in die Höhe. Die Jazzkapelle spielte, ein Dutzend Paare tanzten auf dem spiegelglatten Parkett. Aber ohne sich um sie zu kümmern, eilte er an ihnen vorbei in den Raum, wo der Barmann in seiner weißen Kleidung gegen den Schanktisch lehnte und den Tänzern durch die offene Tür zuschaute.

„Wo ist Smith?“ fragte Jim schnell.

„Er ist heute abend nicht hier, Captain.“

Jim nickte, wandte sich zu dem Tanzsaal und gab dem Kapellmeister ein Zeichen. Sofort hörte die Musik auf.

„Alle Leute in diesem Saal sollen ihre Garderobe nehmen und einzeln an mir vorbeikommen,“ befahl er.

Die Gäste gehorchten auffallend schnell, obgleich ein oder zwei düster dreinschauende, unangenehme Individuen dabei waren, die diese Störung ihres Vergnügens übel aufnahmen.

In der Zwischenzeit waren die Leute vom Spezialdienst in das Lokal gekommen und zwei von ihnen folgten Jim hinter die Bar.

„Die Tür ist geschlossen, Coldharbour hat den Schlüssel,“ sagte der Barmann ärgerlich.

Jim Featherstone trat mit aller Macht mit dem Fuß gegen die Tür und sie sprang krachend auf.

Das elektrische Licht brannte in dem Raum. Auf dem Tisch stand eine halbleere Flasche Champagner. Nur ein Glas stand daneben.

„Durch die Türe,“ rief Jim und zeigte den Ausgang, der zur Straße führte.

Er selbst ging in das Treppenhaus. Oben war ein schmales Podest und eine Tür zu sehen, durch die Licht schimmerte. Er klopfte und plötzlich wurde es drinnen dunkel. Er wartete nicht, sondern stieß die Tür auf, indem er sich mit der ganzen Wucht seines Körpers dagegen warf.

„Licht machen!“ befahl er mit scharfer Stimme. „Jeder, der mich anzugreifen versucht, wird sofort erschossen!“

Einer der Detektive hinter ihm beleuchtete den Raum mit einer Taschenlampe. Man sah bestürzte Leute um einen grünen Tisch sitzen, auf dem die Spielkarten unordentlich durcheinanderlagen. Dann wurde es hell.

„Sie sind alle verhaftet!“ rief Jim. „Was spielen Sie hier?“

„Wir spielen nur Bridge," sagte jemand.

„Sagen Sie das dem Mann, der Sie morgen früh verhört!"

Eine Tür führte aus dem Raum hinaus. Er ging darauf zu und kam in die Küche. Es war aber nichts Verdächtiges zu entdecken. Von da aus kam er wieder in den Privatraum hinter der Bar, wo er den vollständig verzweifelten Barmann fand.

„Das ist ein großes Unglück für mich, Captain, ich habe das Lokal von Coldharbour gerade vor einer Woche gekauft. Alle meine Ersparnisse stecken in dem Geschäft."

„Dann haben Sie das Geld verloren," sagte Jim böse.

Er sah, daß der Mann die Wahrheit sprach und erinnerte sich jetzt daran, daß Coldharbour davon gesprochen hatte.

„Ich werde diesen Klub schließen, sobald ich die Leute, die ich oben beim Spiel abfaßte, überführt habe. Was denken Sie darüber, Barnett?"

Barnett schien nicht sehr erfreut zu sein.

„Das ist ein Trick, den man mir spielt," begann er.

„War Coldharbour heute abend hier? Wer war bei ihm?"

Der Barmann antwortete nicht.

„Hören Sie – ich werde Ihnen eine Chance geben – ich werde den Fall gegen Sie so leicht wie möglich behandeln und Sie sollen die Lizenz, den Klub fortzuführen, nicht verlieren, wenn Sie mir jetzt antworten. Wann war Coldharbour Smith hier?"

„Etwa vor einer halben Stunde."

„War jemand bei ihm?"

„Eine Dame."

„Wer noch?"

„Der Mann, der sie herbrachte. Der ist aber fortgegangen."

„Und wo sind sie jetzt?"

„Das weiß ich nicht, Captain, ich schwöre Ihnen, daß ich es nicht weiß. Ich kann Ihnen nur sagen, daß Coldharbour alles Geld, jeden Cent, den er ausstehen hatte, einkassiert und sich davon gemacht hat. Er sagte noch, daß er nach Amerika oder sonstwohin gehen wollte."

„Wie ist er denn fortgekommen? Seit Montag ist doch kein Postdampfer nach Nord- oder Südamerika in See gegangen.

„Das weiß ich nicht." Der Mann zögerte. „Aber er hat immer diese Schiffskapitäne getroffen, die verkehren hier regelmäßig. Besonders mit dem einen hat er immer stundenlang zusammengesteckt."

„Wer war das?"

„Er hieß Fernandez. Er ist Mitbesitzer eines kleinen Frachtdampfers „Contessa", den er selbst fährt. Sie liegt unten im Pool oder wenigstens diesen Nachmittag lag sie noch dort."

Jim ging zum Telephon und verlangte eine Nummer.

„Der Polizeiinspektor der Themse-Division? . . . Captain Featherstone am Apparat. Die „Contessa" soll angehalten werden, es ist ein Frachtdampfer, der im Pool liegt . . . ach Sie kennen sie?"

Er wartete einen Augenblick, bis der Polizeiinspektor ihm mit der Uferstation verbinden ließ.

„Jawohl . . . Captain Featherstone am Apparat . . . halten Sie die „Contessa" an. Ja, sie liegt im Pool . . . gut!"

Das Polizeiauto brachte ihn zu einer kleinen Station der Wasserpolizei am Themseufer. Er sprang in das kleine Motorboot, das ihn dort erwartete.

„Es sind keine Anzeichen vorhanden, daß sie abfahren will," sagte der Inspektor, der ihn begleitete. „Sie liegt noch vor Anker."

„Hat irgendein Schiff den Pool verlassen?"

„Ja, heute früh, die „Messina", auch ein Frachtdampfer, der nach Südamerika fuhr."

Die „Contessa" lag in der Mitte des Pool, dieses breiten Arms der Themse, wo die Schiffe der ganzen Welt verkehren. Das Motorboot legte langsam an und machte an der Leiter fest. Die Strompolizisten gingen an Bord, und Jim kletterte hinter ihnen her.

Offensichtlich war kein Wachtposten auf dem Schiff ausgestellt, denn das ganze Deck war leer. Ohne Umschweife gingen die Leute gleich in das Innere des Schiffes, der Kapitän der „Contessa“ wurde aus dem Schlaf geweckt und in den Salon gebracht. Er schien ziemlich betrunken zu sein und hatte nach seinen Angaben niemand gesehen. Das Verhör machte ihn allmählich wieder nüchtern und er sagte aus, daß seine ganze Mannschaft, bestimmt aber seine Offiziere, betrunken seien, und damit hatte er recht.

„Das kann unmöglich das richtige Schiff sein,“ sagte Jim aufgeregt, als sie wieder an Deck kamen. „Die Leute haben wirklich zuviel Alkohol zu sich genommen, und es ist niemand an Bord, der den Dampfer den Fluß hinuntersteuern könnte.“

Man durchsuchte den ganzen Dampfer, aber nur kurz, denn die Beamten fanden, daß das Schiff keinen Dampf aufhatte. Die Feuer waren ausgeblasen, die Kessel kalt, und es war eine physikalische Unmöglichkeit, daß es bald abfahren konnte, selbst wenn der Kapitän die Absicht haben sollte.

„Es muß das andere Schiff gewesen sein, das heute nachmittag den Strom hinunterfuhr,“ sagte Jim.

Der Inspektor der Strompolizei schüttelte den Kopf.

„Es wird jetzt schon auf See sein, wenn es nicht an der Mündung gewartet hat, um den Passagier aufzunehmen. Smith konnte sie noch sehr leicht erreichen, wenn er ein schnelles Auto benutzte und in Tilbury an Bord ging.“

Sie kletterten wieder die Strickleiter hinunter zu dem Motorboot. Valerie Howett hörte das Geräusch des kleinen Motors, als sie zum Ufer zurückfuhren, und sie verzweifelte.

46

Es war schon spät am Abend, aber der Mann sah repräsentabel und unverdächtig aus. Valerie kam sofort in das Wohnzimmer herunter, wo er auf einer Ecke des Stuhles saß und das Teppichmuster betrachtete. Er erhob sich sofort als sie eintrat.

„Ich bin Sergeant Brown, Miß Howett. Captain Featherstone hat mich hierher geschickt, um Sie nach Scotland Yard zu begleiten. Wir glauben, daß wir Mrs. Held gefunden haben.“

Valerie blieb erstaunt stehen.

„Wirklich? Das ist doch nicht möglich! Sind Sie Ihrer Sache auch gewiß?"

„Ja. Wir haben sie im „Goldenen Osten" gefunden, das ist ein Klub, der von einem gewissen Coldharbour Smith geführt wird. Allem Anschein nach ist sie dort schon zwei Jahre gefangengehalten worden."

„Warten Sie!" rief sie, eilte in ihr Zimmer und kleidete sich um. Ihre Finger zitterten vor Aufregung.

Sie kam wieder herunter und wollte ihren Wagen bestellen, aber der Mann erwartete sie schon im Flur"

„Mein Auto steht zu Ihrer Verfügung," sagte er. „Captain Featherstone dachte, es wäre bequemer, wenn Sie unseren Wagen benützten."

„Das ist sehr liebenswürdig von Ihnen," sagte sie dankbar.

Sie nahm schnell ihren Pelz, schrieb noch eine eilige Botschaft für Mr. Howett, die ihm bei seiner Rückkehr gegeben werden sollte, und stieg dann in den Wagen. Den Chauffeur konnte sie nicht erkennen, er hatte seinen Kragen hochgeschlagen.

Als sie durch das Dorf fuhren, mußten sie einmal halten, um einen Lastwagen vorbeizulassen, der mit gefällten Bäumen beladen war. Julius Savini, der am Tor des Pförtnerhauses stand, sah hinüber und erkannte in dem Lichte der Laternen, die über dem Eingangstor von Garre Castle brannten, Valerie und ihren Begleiter. Aber er wurde nicht von ihnen bemerkt, denn er stand im Schatten. Julius faßte sofort einen Entschluß. Der Lastwagen gab eben die Passage frei und das Auto fuhr an. Julius lief hinterher und schwang sich auf den hinteren Gepäckhalter. Es gelang ihm nur mit Aufbietung aller Kräfte, denn der Wagen war schon in voller Geschwindigkeit. Er war ganz außer Atem und fluchte leise, daß er diese Verrücktheit begangen hatte. Ein Polizist sah das Auto am Ende der Dorfstraße und war sehr verwundert, als er Julius hinten auf dem Gepäckhalter sitzen sah.

Die Eisenstangen schmerzten ihn, und manchmal klammerte sich Julius in Verzweiflung und Todesangst daran fest. Aber trotzdem er glaubte, daß jeder Augenblick der letzte sein könnte, hielt er doch mit großer Zähigkeit aus. Schmutzig und zerzaust fuhr er durch die hellerleuchteten Straßen der Londoner Vorstädte. Die Leute sahen ihm böse und aufgebracht nach, aber nun war er der Lage vollständig gewachsen und hatte sich entschlossen, auszuhalten, was auch kommen mochte.

Valerie sprach während der Fahrt nicht. Sie malte sich das Wiedersehen mit ihrer Mutter aus. Welche wunderbaren Möglichkeiten eröffneten ihr die letzten Ereignisse! Sie wollte sich nicht in diesen glücklichen Gedanken stören lassen. Erst als sie über den Fluß gefahren waren und sich dem Osten Londons näherten, brach sie das Schweigen.

„Fahren Sie nicht nach Scotland Yard?“ fragte sie.

„Nein, mein Fräulein, der Captain wartet im „Goldenen Osten“ auf Sie.“

Sie erkannte den Klub wieder, aber der Eingang, vor dem der Wagen hielt, war nicht derselbe, den sie bei früheren Gelegenheiten benützt hatte. Der Mann neben ihr sprang aus dem Wagen und öffnete die Tür.

„Der Captain ist oben, mein Fräulein!“

Sie zweifelte keine Sekunde daran, daß er die Wahrheit sprach, und selbst als sie in den kleinen Raum hinter der Bar kam und Coldharbour Smith sah, ahnte sie noch nichts von der Gefahr, in der sie sich befand. Sie kannte Smith nicht, obgleich sie schon einmal eine Ausfahrt unternommen hatte, um ihn auszufragen. Aber trotzdem wußte sie sofort, daß er es war.

„Sie sind doch Mr. Smith?“ fragte sie lächelnd.

„Ja, das bin ich, mein Fräulein. Der Captain wird gleich kommen. Er sagte, ich sollte Ihnen inzwischen eine kleine Erfrischung anbieten.“

Eine Flasche Champagner stand auf dem Tisch, und mit starken Händen löste er Draht und Korken.

„Er meinte, es wäre möglich, daß Sie von der langen Fahrt ermüdet wären.“

„Ich bin aber nicht müde, und ich trinke auch keinen Champagner,“ entgegnete sie.

Es wurde ihr plötzlich unheimlich zumute, und eine innere Stimme sagte ihr, daß Gefahr im Anzug sei. Zum erstenmal wurde ihr klar, wie unklug sie gehandelt hatte.

„Würden Sie so liebenswürdig sein, Captain Featherstone zu rufen?“

„Er ist noch nicht hier, mein Fräulein,“ sagte Coldharbour und betrachtete mit gierigen Augen ihre schöne Gestalt. „Er hat Ihre Mutter gefunden – ja, es ist Ihre Mutter.“

„Meine Mutter!“ rief das Mädchen. „Sind Sie auch sicher?“ Sie hatte wieder alle Gefahr vergessen.

„Ja, es ist Ihre Mutter. Sie haben sie gefunden, gerade als der alte Bellamy sie nach Südamerika schicken wollte. Der Captain hat sie auf einem Schiff gefunden, sie ist sehr krank.“ Er schüttelte traurig den Kopf. „Die kränkste Frau, die ich jemals gesehen habe, Miß Howett. Eine Krankenpflegerin ist Tag und Nacht bei ihr. Sie müssen die junge Dame zur „Contessa“ bringen.“ Mit diesen Worten wandte er sich an den Mann, der Valerie begleitet hatte.

„Auf ein Schiff? Aber das geht doch nicht ... wie weit ist denn der Weg dahin?“ fragte sie bestürzt.

„Es ist keine Meile von hier entfernt. Sie brauchen sich doch nicht zu fürchten, solange der Sergeant bei Ihnen ist. Außerdem ist doch die Themse voll von Polizeibooten.“

Hätte sie ruhig nachgedacht, so hätte sie sich sicher darüber wundern müssen, daß das Auto noch unten vor der Tür wartete. Aber in ihrem Eifer, die Frau zu sehen, die sie so lange gesucht hatte, fielen ihr diese Widersprüche nicht auf, und sie dachte nicht daran, daß dieser Trick Bellamy ähnlich sah.

Der Wagen bog in eine lange, enge Seitenstraße ein, wandte sich dann nach links, fuhr an den hohen Mauern eines Warenspeichers vorbei und hielt plötzlich vor einer schmalen Passage zwischen hohen Häusern. Sie konnte hinten den Fluß sehen. In der Nähe spielten ein paar schmutzige Kinder Soldaten. Sie wunderte sich im Vorbeifahren, woher der kleine Anführer wohl seinen blitzenden Säbel hatte.

„Ich glaube, daß das Boot auf Sie wartet, mein Fräulein,“ sagte der angebliche Detektiv.

Sie stand unentschlossen da. Der enge Gang erschien ihr dunkel und drohend, und sie konnte nur undeutlich die Umrisse des Bootes sehen.

„Würden Sie nicht Captain Featherstone bitten, mich hier abzuholen?“ sagte sie. Ihr Mut verließ sie plötzlich.

„Es ist besser, Sie fahren hin, mein Fräulein. Es ist wirklich keine Gefahr. Wahrscheinlich hat der Captain ein Boot von der Themsepolizei geschickt.“

Aber das stimmte nicht. Sie erkannte es gleich, als sie sich hinten in das zitternde Boot gesetzt hatte. Die Leute der Besatzung sahen gewöhnlich und gemein aus, und ein unangenehmer Geruch von Whisky machte sich bemerkbar.

„Ich will wieder aussteigen," rief sie und erhob sich. „Bitte lassen Sie mich aussteigen."

„Setzen Sie sich hin! Sie werden das Boot zum Umkippen bringen, wenn Sie nicht vorsichtig sind, und wir werden alle ertrinken. Ich glaube nicht, daß Captain Featherstone sehr zufrieden mit Ihnen ist, wenn er erfährt, wie Sie sich benehmen."

Es blieb ihr nichts anderes übrig, als stillzusitzen. Sie zitterte und fühlte sich furchtbar hilflos. Sie sah ein Ruderboot, das mit ziemlicher Geschwindigkeit gegen die Strömung ankämpfte. Die Ruder bewegten sich im Rhythmus, fast mit maschinenmäßiger Genauigkeit. Ein Schrei, und sie wäre gerettet gewesen, denn es war ein Patrouillenboot der Strompolizei, aber sie wußte es nicht. Sie erkannte auch die furchtbare Lage noch nicht, in der sie sich befand.

Sie mußte an einer senkrecht herunterhängenden Strickleiter in die Höhe klettern, um das verlassene Deck zu erreichen.

„Sie sind alle unten," sagte der Mann, der sie begleitet hatte.

Sie war etwas außer Atem von der Anstrengung des Kletterns.

„Ich werde Ihnen den Weg zeigen."

Sie folgte ihm über das schmutzige Deck. Er öffnete eine Tür und bevor sie wußte, was geschah, war sie hineingegangen, und die Tür schloß sich hinter ihr. Die Salonkabine war nicht sehr groß und roch unangenehm nach Knoblauch. Die runden Fenster waren dicht geschlossen, so daß nicht ein einziger Strahl der Petroleumhängelampe nach draußen fiel. Sie wollte die Tür wieder aufmachen, aber sie wußte schon, daß ihr Versuch vergeblich war. Wenn sie doch nur daran gedacht hätte, Spikes Revolver mitzunehmen, aber sie hatte es vergessen. Hier konnte sie keine Waffe finden, obgleich sie alles fieberhaft danach absuchte.

Auf der Treppe erklangen Schritte. Die Tür wurde aufgeschlossen, ein Mann kam herein, schloß die Tür wieder hinter sich und lehnte sich mit dem Rücken dagegen. Dann sah er Valerie belustigt an.

„Mr. Smith," sagte sie stotternd, „wo ist Captain Featherstone – und was hat dies alles zu bedeuten?"

„Was das zu bedeuten hat? Das will ich Ihnen gleich sagen. Wir beide, Sie und ich, werden uns heiraten, und wir fahren nach Rio, um dort unsere Flitterwochen zu verleben."

Valerie starrte ihn an.

„Ich verstehe Sie nicht. Gehen Sie bitte von der Türe weg, ich will an Deck gehen. Ich muß das Schiff verlassen."

In ihrer Aufregung versuchte sie, ihn von der Türe wegzuziehen, aber er packte sie, hielt sie in Armlänge von sich ab und lachte ihr ins Gesicht.

„Nein, meine Liebe, Sie gehen auf eine lange Reise mit mir, und ob Sie mich nun zu Anfang oder zu Ende der Reise heiraten, ist ganz gleich. Wenn Sie sich mir aber widersetzen und mir Unannehmlichkeiten machen –" sein Gesichtsausdruck änderte sich plötzlich – „dann sollen Sie sehen, was ich mit Ihnen anfange."

Seine dicken unförmigen Hände umschnürten ihre Kehle. Sie versuchte sich loszureißen, aber seine grausamen Finger preßten sich um ihren Hals, bis sie keinen Atem mehr holen konnte und ihr das Blut in den Kopf stieg.

Plötzlich löste sich sein Griff, sie stürzte auf die Knie und rang nach Atem.

„Behandeln Sie mich anständig, dann werde ich es ebenso mit Ihnen machen," warnte er sie. „Es gibt nichts, das ich nicht für Sie tun würde, wenn Sie mich darum bitten, aber wenn Sie niederträchtig sind, dann –" er biß die Zähne knirschend aufeinander.

Sie schauderte, schwankte zum nächsten Stuhl und setzte sich. Sie versuchte, ihre wilden Gedanken zu ordnen.

„Es ist nicht gut, hier Spektakel zu machen, besonders jetzt nicht," sagte Coldharbour Smith. „Der Kapitän ist betrunken und wenn er das nicht ist, dann ist er schlimmer als ich. Verhalten Sie sich ruhig, mein Fräulein –"

Es wurde an der Türe geklopft und eine erregte Stimme rief nach ihm. Er ging nach draußen, kam aber nach zwei Minuten wieder.

„Kommen Sie hierher," rief er, und als sie nicht gleich gehorchte, brüllte er: „Kommen Sie hierher!"

Er packte sie am Arm, zerrte sie die Treppe hinauf und führte sie das unordentliche und schmutzige Deck entlang. Der Mann, der die Rolle des

Sergeanten gespielt hatte, hob vorn am Schiff eine kleine eiserne Falltür auf und schlüpfte hinein, mit den Füßen zuerst.

„Machen Sie, daß Sie hineinkommen," zischte Coldharbour Smith ihr zu.

Mechanisch kletterte sie an der eisernen Leiter nach unten. Ein scharfer Geruch von rostigem Eisen schlug ihr entgegen. Sie befand sich in einem engen Raum und trat auf Ketten. Es war kaum Platz genug, daß man aufrecht stehen konnte, trotzdem folgte ihr auch Smith noch und zog die eiserne Tür dicht hinter sich zu. Sie standen dicht beieinander. Coldharbour Smith war hinter ihr und hatte seine dicken Hände auf ihre Schultern gelegt.

„Ich dachte nicht, daß sie schon so bald kommen würden," flüsterte er heiser. „Aber der Kapitän ist ja betrunken, der Kessel ist kalt, da werden sie nicht denken, daß ihnen ein Streich gespielt wird."

„Wer hat die Sache verraten?" fragte der andere im selben Ton.

„Barnett ... vielleicht hatten sie auch jemand zum Klub geschickt ... Featherstone ist ein sehr umsichtiger Mensch, ein verdammter Kerl!"

Der kleine Raum, in dem sie standen, lief spitz nach vorne zu, und am engsten Teil sah Valerie zwei schmale, ovale Öffnungen, durch die die Ankerketten hindurchliefen. Von ihrem Platz aus konnte sie den Fluß sehen, und sie hörte deutlich das Geräusch eines näherkommenden Motorboots.

Sie vernahmen den Anprall, als es an dem Dampfer anlegte, und dann hörte sie eine Stimme – es war Jim Featherstone. Sie öffnete den Mund und wollte schreien, aber Coldharbours Hand legte sich mit eisernem Griff auf ihren Mund.

„Wenn Sie rufen, drehe ich Ihnen das Genick um!"

Er fürchtete sich und sie konnte fühlen, wie er zitterte. Schritte tönten auf dem eisernen Deck, dann wurde es ganz ruhig.

„Sie sind nach unten gegangen," flüsterte der andere Mann. Smith nickte ihm zu.

Es schien eine Ewigkeit zu dauern, bis die Leute, die das Schiff durchsuchten, wieder nach oben kamen. Sie hörte die Schritte über ihrem Kopf.

„Das ist der Raum für die Ankerketten, dort können sie nicht sein, aber ich will den Raum durchsuchen, wenn Sie es wünschen," sagte eine Stimme, die Valerie nicht kannte.

„Ich glaube nicht, daß sie überhaupt an Bord sind. Barnett ist bestochen worden, uns auf eine falsche Fährte zu führen."

Coldharbour grinste in der Dunkelheit.

Oben berieten sich die Leute, dann gingen sie nach der Seite des Schiffes. Man hörte, wie sie ins Motorboot kletterten und wie sich das Fahrzeug langsam entfernte. Das Geräusch wurde schwächer und schwächer.

„Sie sind fort," sagte Coldharbour Smith und fühlte, wie das Mädchen unter seinen Händen zusammenbrach.

Sie hoben sie an Deck und brachten sie schnell wieder in die Kabine. Währenddessen legte ein kleines Boot an dem hinteren Teil des Dampfers an, und der Mann, der darin angekommen war, kletterte langsam an einem herunterhängenden Tau an Deck.

Er war vollständig beschmutzt von dem Staub der Landstraße, und sein sonst so sorgfältig gebürstetes Haar war unordentlich und zerzaust. Seine zarten Hände waren zerkratzt und bluteten Von den ungewohnten Anstrengungen. Es war Julius Savini. Er hatte das Boot unten festgebunden und schritt nun behutsam auf dem Deck vorwärts. In den Händen trug er eine merkwürdige Waffe.

47

„Hierfür ist noch Strafporto zu zahlen, Fräulein," sagte der Postbote. Fay war in ihrem Morgenrock an die Tür gekommen. Sein lautes Klopfen hatte sie aus dem Schlaf geweckt.

„Ich nehme keinen unfrankierten Brief an," sagte sie böse.

„Es ist kein Brief, und es ist auch keine Postkarte," erwiderte der Postbote und betrachtete das abgerissene Stück Papier, das er in der Hand hielt.

„Wer hat es geschickt?"

Der Postbote grinste.

„Es ist gegen die Dienstvorschriften, Ihnen das zu sagen, aber hier hat sich jemand mit Julius unterschrieben."

Sie riß ihm die Karte aus der Hand und gab ihm das Geld.

Es dauerte mindestens fünf Minuten, bis sie die Botschaft entziffert hatte. Sie war auf ein Stück Papier geschrieben, das aus einem Notizbuch herausgerissen war. Auf der einen Seite stand in Bleistiftschrift ihre Adresse. Die Schriftzüge waren kaum leserlich.

> „Lacy hat Miß H. weggebracht, sah sie im Dorf, sprang auf den Wagen, fuhr mit ihnen zum G. Osten. Smith, L. und Miß H. kommen heraus und fahren im Boot zu einem Schiff. Ich folge. Featherstone mitteilen."

Kaum hatte Fay den Inhalt verstanden, als sie rasch zum Telephon ging. Sie versuchte drei verschiedene Nummern, ohne Featherstone zu erreichen. Aber sie hinterließ überall Nachricht, für ihn. Sie hatte sich eben angezogen, als das Telephon läutete. Sie nahm den Hörer ab. Jims müde Stimme antwortete ihr.

„Sie haben mich angerufen, Fay?"

Sie las ihm den Brief am Telephon ohne weitere Erklärung vor.

„Das hat Julius fein gemacht. Wo ist die Karte aufgegeben?"

Sie schaute nach.

„Postamt E 5," sagte sie. „Haben Sie ihn nicht gesehen – Julius meine ich?"

„Nein, ich habe auch nichts von ihm gehört. Hat er nicht gesagt oder geschrieben, welchen Namen das Schiff hat?"

„Nein, wie er die Karte schrieb, konnte er es doch noch nicht wissen."

„Ich komme sofort zu Ihnen."

Zehn Minuten später war er in ihrer Wohnung. Er sah überarbeitet aus, war unrasiert und staubig.

„Wir haben ein Schiff unten an der Mündung des Flusses angehalten, aber sie waren nicht an Bord. Das war auch nicht möglich, wenn das Schiff, das Julius sah, vorigen Abend noch im Fluß lag. Es war nämlich Ebbe und vor vier Uhr heute morgen hätten sie überhaupt nicht ausfahren können."

Sie machte sich in der Küche zu schaffen und brachte ihm heißen Kaffee, wofür er sehr dankbar war.

„Ihr Telephon klingelt," sagte Jim plötzlich und sprang auf. „Vielleicht ist es Julius. Kann ich ihm antworten?"

„Ich werde einen schlechten Ruf bekommen," erwiderte sie, „aber Sie können ihm ja erklären, daß ich nicht die Gewohnheit habe, Polizeibeamte zum Frühstück einzuladen."

Jim Featherstone erkannte sofort die Stimme Abel Bellamys.

„Ist Savini dort?" fragte er.

Jim winkte Fay an den Apparat und reichte ihr den Hörer.

„Wo ist Ihr Mann?" fragte Bellamy.

„Er ist nicht hier. Ist er denn nicht in Garre?"

„Würde ich denn nach ihm fragen, wenn er in Garre wäre? Er ist gestern abend ausgegangen und noch nicht zurückgekommen. Sie können ihm sagen, daß er seine Kleider und sein Geld abholen soll – er ist entlassen!"

„Vielleicht ist er mit Lacy zusammen," sagte Fay in ihrer liebenswürdigsten Stimme. „Lacy ist nach Garre gefahren, um Miß Howett zu Coldharbour Smith zu bringen – die Polizei weiß alles!"

Ein langes Schweigen folgte auf der anderen Seite und sie dachte schon, er hätte angehängt. Aber dann antwortete er wieder.

„Ich weiß nichts von Lacy," sagte er mit sanfterer Stimme, „und noch viel weniger etwas von Miß Howett. Was ist denn das für eine Geschichte, die Sie mir da erzählen?" Und nach einer Pause fragte er: „Was wird die Polizei denn unternehmen?"

Sie hielt den Empfänger zu und wiederholte flüsternd seine Frage.

„Sagen Sie ihm, daß alle Schiffe im Fluß angehalten werden."

„Es ist jemand bei Ihnen in der Wohnung," sagte der argwöhnische Bellamy. „Wer ist das?"

Jim nickte.

„Captain Featherstone," rief Fay und hörte wie Bellamy fluchte und den Hörer wütend anhing.

„Jetzt ist die Frage, wo ist Julius," meinte Jim. „Ich muß gestehen, daß ich schon ein wenig beruhigter bin, seit ich weiß, daß er in der Nähe ist. Ich hätte mir früher nicht im Traum einfallen lassen, daß ich mich jemals auf ihn verlassen würde!"

„Da kennen Sie Julius nicht," erwiderte Fay stolz.

Unglücklicherweise kannte aber Jim Julius Savini nur zu genau, aber er sprach jetzt lieber nicht darüber.

Er kehrte in sein Büro zurück, wo Mr. Howett auf ihn wartete. Ihr Stiefvater hatte die Nachricht von der Gefahr, in der sich Valerie befand, sehr tapfer aufgenommen.

„Ich kann nicht glauben, daß ihr Böses zustößt," sagte er. „Ich brauche Ihnen wohl nicht zu sagen, Captain Featherstone, daß Sie keine Ausgaben zu scheuen brauchen, um sie wiederzufinden."

„Wenn man sie mit Geld aus der Gefahr befreien könnte, dann wäre sie schon frei," sagte Jim so ruhig und geduldig er nur konnte. „Verzeihen Sie, daß ich ein wenig aufgeregt bin, aber das ist ja nicht verwunderlich nach dieser Nacht. Sie waren nicht in Lady's Manor, als Miß Howett fortfuhr?"

„Nein, ich war in London." Mr. Howett fiel das Sprechen schwer. „Aber selbst wenn ich in Garre gewesen wäre, hätte ich sie nicht zurückgehalten, da sie ein Mann von Scotland Yard begleitete. Haben Sie schon irgendwelche Anhaltspunkte?"

„Ja, ich glaube,." sagte Jim nach einigem Nachdenken. Er klingelte nach seinem Sekretär. „Gehen Sie ins Archiv und sehen Sie die Akten von Lacy nach, Henry Francis Lacy, wenn ich mich recht erinnere. Er wurde vor drei Jahren von den Geschworenen von Old Baley wegen Einbruchs verurteilt. Geben Sie seine Personalbeschreibung allen Polizeistationen auf, er soll festgenommen werden, wo er gefunden wird. Man soll mich sofort benachrichtigen, wenn er verhaftet worden ist. Lacy wird sich, wenn er keinen Verdacht schöpft, irgendwo in der Nähe des „Goldenen Ostens" aufhalten. Dies ist um so wahrscheinlicher, als Barnett mir den Namen des Mannes nicht nannte, der Valerie Howett zum Schiff brachte. Lacy wird zuerst zum „Goldenen Osten" gehen, um festzustellen, wie weit er verdächtigt wird."

„Was halten Sie von Julius Savinis Verschwinden?"

„Julius ist ein merkwürdiger Mensch – manchmal hält er sich ganz ordentlich und gerade dann, wenn es niemand vermutet. Ich bin überzeugt, daß die Nachricht, die er seiner Frau sandte, vollkommen richtig ist. Er ist jetzt irgendwo in der Nähe Valeries. Ich hätte mir nie einfallen lassen, daß ich Julius Savini einmal beneiden würde."

Ein kaltes Bad, neue Wäsche und Kleider erfrischten Jim Featherstone und er machte sich sofort wieder an die Arbeit.

Die Themsepolizei hatte eine umfassende Durchsuchung aller Schiffe angeordnet, die im Pool lagen, von der Londonbrücke bis nach Greenwich hinunter. Jim befand sich auch auf der kleinen Dampfpinasse, mit der der Oberinspektor von Schiff zu Schiff fuhr. Aber alle Nachforschungen waren bisher erfolglos gewesen. Als sie auch wieder an der „Contessa" vorüberkamen, sah Jim gelben Rauch aus ihrem Schornstein aufsteigen, aber das einzige sichtbare menschliche Wesen an Deck war ein unordentlich aussehender Matrose, der mit verschränkten Armen an der Reling stand.

„Es hat wohl keinen Zweck, sie noch einmal zu durchsuchen," meinte Jim.

„Ich glaube auch," erwiderte der Inspektor. „Es wäre doch sehr unlogisch, eine Dame auf ein Schiff zu bringen, das nicht einmal zur Abfahrt bereit liegt. Barnett hat wieder gelogen."

Jim nickte, aber er schaute doch nachdenklich auf den breiten, häßlich aussehenden Frachtdampfer. Er hätte gewünscht, daß Barnett die Wahrheit gesagt hätte. Als er später den Barmann im „Goldenen Osten" wieder aufsuchte, fand er ihn in Tränen aufgelöst.

„Und wenn ich in dieser Minute sterben soll, Captain, ich habe Sie nicht belogen! Wenn ich Ihnen etwas Falsches gesagt habe, so kann es nur daher kommen, daß Coldharbour wußte, daß ich am Schlüsselloch zuhörte."

„Haben Sie noch etwas anderes gehört, als daß sie an Bord der „Contessa" gehen wollten?"

„Ja, Coldharbour sagte, daß er die junge Dame heiraten würde, wenn sie an Bord seien. Er erzählte diesem spanischen Kapitän, wie hübsch sie sei, und daß er eins der Mädchen, die hier im „Goldenen Osten" verkehren, fortgeschickt habe, um einen ganzen Koffer voll schöner Kleider für sie zu kaufen, denn sie hatte doch nichts mit sich, als sie an Bord ging. – Ich habe nun all meine Ersparnisse in diesen Klub gesteckt," sagte der niedergeschlagene Mann. „Und ich habe sogar Geld auf Zinsen geborgt – Sie können sich vorstellen, wie es mir geht, Captain. Ich hätte Coldharbour zehnmal im Stich gelassen, nur um mein Geld nicht zu verlieren. Alles, was ich Ihnen gesagt habe, ist richtig."

Jim glaubte ihm. Wenn die Nachforschungen nach Valerie nicht zum Ziel geführt hatten, so war das nicht der Fehler des Barmanns. Coldharbour hatte vielleicht die Unterhaltung absichtlich so geführt, und die Tatsache, daß er englisch und nicht spanisch gesprochen hatte, war für Jim hinreichender Beweis.

Es kam noch etwas anderes dazu, das für Barnett von großem Vorteil war. Die Polizei hatte wenig Interesse daran, den „Goldenen Osten" zu schließen, wie Jim ihm gedroht hatte. Diese Lokale, in denen die Verbrecher verkehrten, starben mit der Zeit aus, und es dauerte sehr lange, bis diese Leute sich in einem neueröffneten Lokal heimisch fühlten. El Moro's diente demselben Zwecke, und wie die Motten in die Flamme fliegen, so drängte alles, was irgendwie zur Verbrecherwelt gehörte, im Westen dorthin. Der „Goldene Osten" erfüllte dieselbe Aufgabe am anderen Ende der Stadt.

Jim fragte Barnett noch aus, als Spike Holland mit neuen Nachrichten kam. Er war hergekommen, um Erkundigungen nach dem Wagen einzuziehen, der Miß Howett und den angeblichen Polizeibeamten hierhergebracht hatte.

„Hinten saß ein Mann auf dem Gepäckhalter, er ist an zwei oder drei Stellen beobachtet worden, besonders in der einen Vorstadt von London. Ein Polizist sah ihn und wollte ihn von dem Wagen entfernen. Nach der Personalbeschreibung besteht gar kein Zweifel, daß es Julius war."

„Dieser Savini ist doch ein merkwürdiger Mensch," meinte Jim nachdenklich, „aber diese Nachricht bestätigt seine Botschaft. Wo mag er jetzt sein? Wenn wir ihn finden können, ist es leicht, Miß Howett zu entdecken."

„Der alte Bellamy ist in die Stadt gefahren – er kam heute morgen an," sagte Spike. „Da Julius nun fort ist, kann man nur sehr schwer neue Nachrichten bekommen, denn der jetzige Pförtner ist eine armselige Aushilfe. Aber er hat mir wenigstens erzählt, daß Bellamy fortgefahren ist und in den nächsten Tagen nicht zurückkehren wird. Und das ist doch sehr seltsam, denn in den letzten acht Jahren hat er keine Nacht außerhalb der Burg verbracht. Julius hat mir davon nie etwas gesagt, das habe ich von dem Pförtner, Captain, ich habe jetzt einen wichtigen Anhaltspunkt für den Grünen Bogenschützen."

Jim Featherstone war nicht in der Stimmung, im Augenblick mit ihm über den Grünen Bogenschützen zu diskutieren, aber er hörte so geduldig zu, wie er nur irgend konnte.

„Ein Mann, der Pfeil und Bogen so außerordentlich sicher handhabt, wie unser grüner Freund, muß sehr viel Übung gehabt haben," erklärte Spike. „Ist Ihnen das noch nicht aufgefallen?"

„Ich habe noch nicht viel darüber nachgedacht," sagte Jim ein wenig schroff. Er wollte seine Nachforschungen so bald wie möglich wieder aufnehmen, und Spike war ihm im Augenblick sehr hinderlich.

„Bogenschießen ist ein außergewöhnlicher Sport. In den Tagen des guten Königs Hokum, als die fröhliche Jugend ins Grüne hinauszog und alle Mädchen sich mit einem Manne sehen lassen wollten, der ein goldenes Abzeichen trug – das bedeutete nämlich im Mittelalter, daß er das Zentrum der Scheibe getroffen hatte – da war es noch etwas anderes."

„Worauf wollen Sie eigentlich hinaus, Holland?"

„Ich meine," sagte Spike sehr ernst, „daß wir den grünen Mann herausfinden werden, wenn wir die Gesellschaften durchsuchen, die das Bogenschießen pflegen. Ich bin eigens zur Stadt gekommen, um heute den Sekretär einer solchen Gesellschaft zu sprechen. Wahrscheinlich kann ich etwas von ihm erfahren."

„Das glaube ich auch," sagte Jim, der außerordentlich froh war, als er den Zeitungsreporter wieder los wurde.

Die Gesellschaft für Bogenschießen hatte ihre Räume in Regent's Park und Spike hatte Glück, daß er zu gleicher Zeit mit dem zweiten Sekretär dort ankam.

„Ja, ich kann Ihnen die Mitgliederlisten der letzten dreißig Jahre zeigen," sagte der Beamte.

Spike brachte den ganzen Nachmittag damit zu, die Klubakten zu studieren.

Als er gerade einen Bericht über ein früheres Wettschießen durchlas, hielt er plötzlich erstaunt inne und ging wieder zu dem Sekretär.

„Der Name ist mir bekannt," sagte Spike. „Ist er auch unter den Mitgliedern?"

Sie suchten alle Listen durch, ohne ihn zu finden.

„Es war ein offener Wettbewerb, das heißt, es konnten sich Nichtmitglieder daran beteiligen," erklärte der Sekretär. „Es ist allerdings merkwürdig, daß der Name nicht in unseren Verzeichnissen steht, denn die Leistungen dieses Herrn müssen ganz außerordentlich gut gewesen sein. – Wie Sie sehen, hat er zehnmal hintereinander Zentrum geschossen. Kennen Sie ihn?“

„Ich glaube ja,“ sagte Spike atemlos.

Endlich hatte er den Grünen Bogenschützen entdeckt!

48

Schiffe und alles, was dazu gehört, waren für Julius Savini ein tiefes Geheimnis. Er hatte allerdings schon einige Seereisen gemacht, aber er war noch niemals an Bord eines Dampfers wie die „Contessa“ gewesen. Als er die Kajüte des Vorderschiffes erreichte, schaute er sich um. Eine Eisenleiter, die zu dem oberen Bootsdeck führte, schien ihm die günstigste Gelegenheit zu geben, sich zu verbergen. Schnell eilte er die Stufen empor. Seine Verteidigungswaffe trug er unter dem Arm, – es war ein Schwert mit kurzer Klinge, das er vor einer Viertelstunde einem kleinen Jungen abgenommen hatte. Es war alt, aber es hatte doch eine scharfe Spitze, und obgleich die Schneide manche Scharte aufwies, hätte man es doch im Falle der Gefahr als gefährliche Waffe gebrauchen können. Er wollte den Knaben bezahlen, aber da er gerade nicht das nötige Kleingeld besaß, hatte er es ihm einfach weggenommen und war damit davongeeilt. Die schreienden und schimpfenden Jungen liefen hinter ihm her, aber er entkam zu der kleinen Werft, von der Valerie zur „Contessa“ gefahren war. Dort fand er ein kleines Ruderboot und machte sich damit auf den Strom. Er kam an dem Fahrzeug vorbei, das zur Werft zurückfuhr, um Coldharbour Smith abzuholen.

Julius war allerdings kein Fechter, auch war er sonst nicht mit Waffen vertraut, aber der Besitz dieses kleinen Säbels brachte ihm das Gefühl des Mutes und der Sicherheit, das er in diesem kritischen Augenblick so notwendig brauchte. Er war sich selbst nicht recht darüber klar, was er tun sollte. Valerie Howett war mit Lacy zusammen an Bord des Schiffes gegangen, und von Lacy wußte er aus früherer Zeit genug. Er hatte ihn sofort wiedererkannt, als er mit dem Wagen durch Garre fuhr. Er wußte, daß er ein Komplize von Coldharbour Smith war und mit diesem zusammenarbeitete. Vielleicht hatte die Sucht nach persönlichem Vorteil Julius dazu veranlaßt, so kühn auf den Gepäckhalter des Autos zu springen. Er überlegte sich in seinem dunklen Versteck oben auf Deck, was ihn zu dieser Tat getrieben hatte.

Aber dann kam doch die Sicherheit über ihn, daß er aus menschlichem Mitgefühl gehandelt hatte.

Die Nacht war eben erst hereingebrochen, und er dachte darüber nach, was er jetzt tun sollte. Coldharbour Smith war an Bord, und auch andere Leute waren noch gekommen: ein Motorboot mit vier Mann Besatzung. Er hatte sie undeutlich bemerkt, als sie an der Seite des Schiffes anlegten, aber er wußte nicht, wer sie sein konnten.

Nach einiger Zeit hörte er das Boot wieder abfahren und schlich vorsichtig hinter dem Schornstein auf dem Bootsdeck entlang. Er hatte einen schmalen Lichtschimmer entdeckt und als er näherkam, erkannte er, daß er aus einem in den Boden eingelassenen Fenster hervorkam, das mit undurchsichtigem, gerilltem Glas geschlossen war. Leise hob er eine Ecke des Fensters ein wenig an, so daß er die eine Ecke eines unsauberen Salons sehen konnte. Julius hätte sich in seiner Erregung beinahe verraten, denn die erste, die er sah, war Valerie Howett! Sie saß auf einem Stuhl am Ende eines ungedeckten Tisches, und ein Blick in ihr weißes Gesicht mit den zusammengepreßten Lippen sagte ihm alles, was er wissen wollte.

Er hatte sich unangenehmer Gedanken nicht erwehren können. Es wäre ja möglich gewesen, daß sie Lacy freiwillig gefolgt wäre, und daß all seine Anstrengungen und die Gefahren, die er auf sich genommen hatte, umsonst waren. Aber nun durchschaute er die Sache. Coldharbour Smith saß an ihrer rechten Seite. Seine beringten Hände lagen auf dem Tisch, und er hatte ihr sein böses Gesicht zugekehrt. Sie sprachen miteinander, aber das Rauschen des Wassers war so laut, daß Julius kein Wort verstehen konnte. Er fand einen Messinghaken, der offensichtlich dazu diente, das Fenster offenzuhalten. Mit großer Anstrengung befestigte er ihn, legte sich dann platt auf den Boden und lauschte angestrengt.

Coldharbour konnte ihn unter keinen Umständen sehen. Der Salon unten wurde nur durch eine einfache Petroleumlampe erhellt, die obendrein noch durch einen Schirm abgeblendet war, der alles Licht nach unten auf den Tisch warf.

„Wir werden morgen abend abfahren," sagte Smith. „Sie können es sich aus dem Kopf schlagen, daß Ihr Freund Featherstone noch im letzten Moment kommt und Sie von hier wegholt. Sie wissen doch, was das für mich bedeutet, wenn Sie gefunden werden?"

Sie wandte ihren Kopf nicht um, sondern starrte nur ins Leere.

„Dafür werde ich lebenslänglich ins Gefängnis gesteckt. Lieber würde ich mich aufhängen lassen! Hüten Sie sich, mir irgendwelche Schwierigkeiten zu machen!"

„Wenn Sie Geld haben wollen –" sagte sie, „so kann ich Ihnen mehr geben als"

„Hat gar keinen Zweck! rief Smith verächtlich. „Ich habe soviel Geld als ich brauche. Sie glauben doch nicht etwa, daß Sie mich beschwatzen können, Sie laufen zu lassen? Schon eine halbe Stunde, nachdem ich Sie losgelassen hätte, wären Sie auf der Polizei gewesen und hätten mich angezeigt und ich hätte den Schaden davon. Sie scheinen das Gefängnis in Dartmoor nicht zu kennen, sonst wüßten Sie, daß ich es nicht riskieren will, dorthin zu kommen. Amerikanische Gefängnisse sind Paläste, wo die Menschen auch menschenwürdig behandelt werden. Aber Dartmoor ist die Hölle – nein, ich setze meinen Plan durch oder ich lasse mich aufhängen. Hatte eigentlich schon immer im Sinn, mich einmal häuslich niederzulassen," fuhr er fort, „habe aber noch nie das richtige Mädchen gefunden, mit dem ich einen Hausstand hätte begründen mögen. Wir können an Bord des Schiffes heiraten. Jeder Kapitän kann die Trauung vollziehen, sobald das Schiff drei Seemeilen vom Land entfernt ist. Wenn Sie nicht heiraten wollen, so ist das Ihre Sache."

„Das ist Abel Bellamys Werk," sagte sie so leise, daß Julius es kaum hören konnte.

„Wir wollen hier keine Namen nennen, ich weiß nur, daß Sie mich auf der Reise begleiten werden, und ich glaube, daß Sie zur Vernunft gekommen sind, wenn wir unseren Bestimmungsort erreicht haben."

Er erhob sich und schaute auf sie hinunter.

„Sie heißen doch Valerie – so werde ich Sie von jetzt ab nennen – und Sie können mich ja Coldharbour nennen oder lieber Harry, so heiße ich."

Er wartete auf eine Antwort, aber sie schaute ihn nicht einmal an.

Dann setzte er seinen Hut wieder auf – es war ein großes Zeichen von Hochachtung, daß Coldharbour Smith ihn überhaupt in Gegenwart der jungen Dame abgenommen hatte. Gleich darauf schritt er zur Türe.

„Hinter dem Vorhang ist eine Schlafkabine und eine Waschtoilette. Es ist für allen Komfort auf diesem Schiff für Sie gesorgt, Sie können über alles verfügen."

Er warf die Tür hinter sich ins Schloß und drehte den Schlüssel um. Julius wartete, bis er gegangen war, dann öffnete er das Deckfenster so weit wie möglich, schlüpfte hindurch und sprang auf den Tisch. Valerie war starr vor Schrecken.

„Sprechen Sie nicht," flüsterte er ihr zu.

„Mr. – Mr. – Savini –" stammelte sie.

„Sprechen Sie nicht!" zischte Julius noch eindringlicher.

Er zog schnell seine Schuhe aus und ging zur Türe. Es war zwar nichts zu hören, aber Coldharbour Smith konnte jeden Augenblick zurückkommen. Schnell ging er zum Tisch zurück und löschte die Lampe aus. Die Kabine lag nun vollkommen im Dunkel und er tastete sich an der Tischkante entlang zu dem Stuhl Valeries.

„Ich bin hinten auf dem Wagen mitgefahren," erklärte er schnell.

„Können Sie mich von hier befreien?" fragte sie ebenso leise.

„Ich hoffe, aber ich weiß es noch nicht sicher." Er schaute zu dem Deckfenster. „Sie könnten dort oben hinaus, aber es wird leichter sein, die Tür aufzubrechen oder solange zu warten, bis Smith zurückkommt und aufmacht. Sicherlich kommt er noch einmal her, bevor er sich zur Ruhe niederlegt."

Sie warteten eine ganze Stunde, aber Smith kam nicht zurück. Julius mühte sich ab, das Schloß mit der Spitze seines alten Säbels aufzubrechen, aber nach einer Weile gab er den vergeblichen Versuch wieder auf.

„Ich bringe es nicht fertig." Er wischte sich den Schweiß von der Stirn. „Sie müssen oben durch das Dachfenster, Miß Howett, oder Sie bleiben hier eingeschlossen."

Aber noch während er dies sagte, hörten sie einen schweren, schlürfenden Schritt oben auf dem Bootsdeck. Der Strahl einer Laterne kam von oben herein, jemand bückte sich und plötzlich fiel das Fenster krachend zu. Noch schlimmer war es, als sie hörten, wie der Mann oben einen Riegel vor das Fenster schob, so daß jede Möglichkeit, nach dort zu entkommen, entschwand.

„Der Weg wäre uns also abgeschnitten," sagte Julius. „Ich fürchte, ich muß warten, bis Coldharbour kommt. Legen Sie sich ruhig nieder und schlafen Sie etwas, Miß Howett. Es ist sehr wahrscheinlich, daß er jetzt noch nicht kommt."

Es dauerte ziemlich lange, bis er sie überredet hatte, seinem Rat zu folgen, aber schließlich ging sie doch. Sie fand ein kleines Licht in der Kabine hinter dem Vorhang, das Bett war gemacht, und die Bezüge waren sauber. Die ganze Lagerstatt sah einladend aus. Sie legte sich nieder und erwartete nicht, daß sie auch nur einen Augenblick schlafen könnte. Aber kaum hatte sie die Augen geschlossen, als sie auch schon in tiefen Schlaf fiel. Julius Savini hatte einen Stuhl gegen die Tür gestellt und sich dort niedergelassen. Das kleine Schwert lag über seinen Knien. Seine Kleidung war unordentlich, seine Augen waren müde, und alle Glieder taten ihm weh. Er schlief kurze Zeit, dann wachte er wieder auf. So verging die Nacht, und der Tag brach an. Das Deckenlicht zeigte sich erst grau, dann weiß, und schließlich schien das goldene Sonnenlicht hindurch. Plötzlich wurde das Fenster aufgerissen, und das Gesicht von Coldharbour Smith erschien in der Öffnung.

„Guten Morgen, mein kleiner Liebling,“ begann er. Dann sah er plötzlich Julius und verschwand.

Julius Savini, der auf alles gefaßt war, hörte, wie sich der Schlüssel im Schloß drehte. Er war bereit, Coldharbour Smith anzuspringen, aber plötzlich wurde die Tür aufgestoßen, und Julius sah sich plötzlich der Mündung einer Pistole gegenüber.

Vor dieser stärkeren Waffe ließ er die Hände sinken.

„Wir wollen uns einmal ein wenig unterhalten, Julius! Vor allen Dingen wird der Säbel auf den Tisch gelegt!“

Savini mußte wohl oder übel gehorchen.

„Was hat das alles zu bedeuten? Wer hat Sie denn hierhergeschickt?“

Julius war groß im Erfinden von Ausreden und hatte schon eine Lüge bei der Hand.

„Der Alte,“ sagte er nachlässig. „Er hat schon Unannehmlichkeiten wegen des Mädels gehabt und gab mir den Auftrag, an Bord zu gehen, um mit Ihnen zu reden. Er will haben, daß Sie sie gehen lassen.“

Smith grinste.

„Da soll mich doch der Teufel holen, wenn ich das tue! Aber wenn er Sie an Bord geschickt hat, warum kamen Sie denn nicht geradenwegs zu mir?“

„Ich konnte Ihre Kabine nicht finden, und schließlich dachte ich, Sie wären hier drinnen und sprang herein, weil ich nicht wollte, daß mich die Matrosen sehen sollten. Kaum war ich hier unten, als jemand das Deckfenster schloß."

Smith nickte.

„Ich habe den Befehl gegeben, es zu schließen. Aber ich hatte keine Ahnung, daß ich solch einen seltenen Vogel wie Sie fangen würde. Bellamy will also, daß ich sie wieder an Land bringe? Hat er denn auch Vorkehrungen getroffen, daß ich wegen der ganzen Sache nicht in Unannehmlichkeiten komme? – – Sie lügen, Julius!" Bei diesen Worten sah er ihn scharf an. „Ihre Kleider sind ganz mit Schmutz bedeckt – und was wollen Sie denn mit dem Säbel da? Ich werde Sie mal erst hier festsetzen und mich bei dem Alten erkundigen, was das mit Ihnen zu bedeuten hat! Für Geld machen Sie ja alles!" Plötzlich kam ihm ein Gedanke. „Sagen Sie, hat Featherstone Sie hierhergeschickt?" Er schlug sich auf den Schenkel. „Sicher, jetzt hab ich's! Sie sind ein Lockspitzel! Na, das überrascht mich gar nicht."

Er stieß einen schrillen Pfiff aus, und ein dunkler Matrose kletterte die Verbindungsleiter herunter. Smith sprach leise mit ihm. Dann ging der Mann fort und kam mit einem Paar rostigen Handschellen zurück.

„Manchmal mache ich so ein bißchen Polizeiarbeit auf eigene Faust," sagte Coldharbour Smith, „strecken Sie die Hände aus, daß ich sie Ihnen anlegen kann."

Die Eisen schnappten über Julius Handgelenken ein. Dann wurde er von den Matrosen nach vorne über das Deck gebracht und mußte durch die kleine Falltür in den dunklen Raum klettern, wo die Ankerketten aufbewahrt wurden.

„Setzen Sie sich mit dem Rücken zu der Öffnung," befahl Smith, und als Julius gehorchte, band Smith ihm die Füße zusammen. „Wenn der Alte bestätigt, daß Sie die Wahrheit gesagt haben, werde ich mich bei Ihnen entschuldigen," sagte er fast liebenswürdig. „Aber inzwischen bleiben Sie hier, und ich werde mir noch überlegen, was ich mit Ihnen mache, wenn wir erst auf See sind."

Er warf die Falltür zu und legte den eisernen Bolzen vor. Julius grinste, denn die Handschellen waren viel zu weit für ihn, und er hatte bereits seine Fesseln abgestreift, bevor Coldharbours Schritte vollständig verhallt waren.

49

Spät am Nachmittag stand ein Geheimpolizist, der sich scheinbar langweilte, auf der Commercial Road, als plötzlich ein ihm bekanntes Gesicht unter der Menge auftauchte.

„Lacy, wenn ich nicht irre?“ fragte er. Dann verhaftete er seinen Mann ganz ordnungsgemäß.

„Was wollen Sie denn von mir, Johnson? Was soll ich denn schon wieder verbrochen haben?“ fragte der Gefangene harmlos. „Ich kann mich nicht besinnen, daß ich etwas angestellt habe, warum mir die Polizei böse sein sollte.“

„Kommen Sie nur ein wenig mit mir,“ sagte der Detektiv. Lacy, der nicht ahnte, was ihm bevorstand – sonst hätte er sich mit allen Kräften widersetzt – ging bescheiden und ruhig zur Station. Dort gab er seiner Verwunderung darüber Ausdruck, daß die Polizei unzufrieden mit ihm sei und daß er von nichts wisse.

Captain Featherstone ging zu ihm in die Zelle und fragte ihn möglichst unauffällig aus, ohne den Grund zu verraten, weshalb er verhaftet worden war. Es war für Jim einer der kritischsten Augenblicke seines Lebens. Da er aus Lacy auf diese Weise nichts herausbringen konnte, hatte er einen schwerwiegenden Entschluß gefaßt. Er wußte sehr wohl, daß er dadurch in große Unannehmlichkeiten kommen konnte und seinen Beruf aufgeben mußte, wenn die Sache schief ging. Aber es gab nichts, das er nicht für Valerie Howett hingegeben hätte.

Jim wohnte in St. James Street, die besonders an einem Sonnabend eine der ruhigsten Straßen Londons ist, trotz des großen Verkehrs, der unaufhörlich die Stadt durchflutet.

„Ich werde diesen Mann mit nach Scotland Yard nehmen, um ihn dort zu verhören. Nein, ich brauche Ihre Hilfe nicht, Johnson, ich danke Ihnen. Ich werde dafür sorgen, daß man dem Polizeipräsidenten mitteilt, daß Sie die Verhaftung so gut durchgefühlt haben.“

Lacy wurde zu seinem größten Erstaunen aus der Zelle geholt und in ein vornehmes Auto gebracht, das Captain Featherstone steuerte.

„Sie können sich im Augenblick als nicht verhaftet betrachten,“ sagte Jim.

„Wo fahren wir denn hin?“

„Sie kommen mit in meine Wohnung." Lacy war aufs höchste erstaunt. „Was soll ich denn eigentlich getan haben, Captain?" fragte Lacy neugierig.

„Das werde ich Ihnen bald sagen," antwortete Jim kurz.

Lacy überlegte alle nur denkbaren Möglichkeiten.

Der Wagen hielt nach einiger Zeit vor einem geschlossenen Laden, über dessen Räumen Jims Wohnung lag. Im ganzen Haus befanden sich keine anderen Mieter, und der Inhaber des Geschäftes wohnte in einer der Vorstädte.

Angus, der Kammerdiener, begrüßte die beiden oben auf dem Treppenabsatz.

„Geben Sie Mr. Lacy etwas zu trinken. Dann bringen Sie den Wagen zur Garage – Sie brauchen nicht wiederzukommen."

Jim selbst ging in sein Zimmer, zog Rock und Weste aus und legte den Kragen ab. Als er zurückkam, hatte Angus seine Aufträge erledigt und wartete noch.

„Ich sagte Ihnen doch, Sie sollten das Auto in die Garage fahren und heute abend nicht wiederkommen," wiederholte Jim.

Lacy hielt ein Glas Whisky-Soda in der Hand, wunderte sich über Captain Featherstone und wurde ein wenig unruhig bei seinem Anblick.

„Haben Sie fertig getrunken?" fragte Jim, als sich die Tür hinter Angus schloß. „Nun werden wir einmal in mein Arbeitszimmer gehen."

Als sie in das große Zimmer eintraten, sah Lacy, daß der Raum mehr einer Turnhalle glich. Kein Teppich lag auf dem Fußboden, und als er sich umschaute, entdeckte er ein Schwebereck und Ringe. Hinten sah er einen Punch-Ball. Jim schloß die Tür hinter sich und lud Lacy zum Sitzen ein.

„Ich weiß nicht, warum Sie die Ärmel so aufgerollt haben, Captain," meinte Lacy bedrückt.

„Das ist auch nicht nötig, das werde ich Ihnen schon noch erklären. Sagen Sie mir mal erst, wo Miß Valerie Howett ist."

„Welche Miß, mein Herr?"

Aber kaum hatte er die Worte ausgesprochen, als er plötzlich die eiserne Faust Jims unter seiner Kinnlade spürte und dröhnend gegen die Wand flog. Jammernd erhob er sich wieder.

„Warum haben Sie das getan? Sie haben mich elend geschlagen und bei Gott"

„Wo ist Miß Valerie Howett?“ fragte Jim ruhig.

„Ich weiß es nicht,“ stöhnte Lacy trotzig.

Diesmal war er vorbereitet und versuchte auszuweichen, aber zwei blitzartige Schläge kamen durch seine Deckung, und er fiel wieder krachend zu Boden.

„Stehen Sie auf!“ befahl Jim kurz.

„Ich stehe nicht auf,“ sagte der Mann und strich über sein zerschlagenes Gesicht. „Ich werde Sie dafür anzeigen, Featherstone –“

„Stehen Sie auf,“ wiederholte Jim, „und glauben Sie nicht, daß ich Sie nicht schlagen kann, wenn Sie sitzen. Stehen Sie auf!“

„Ich will Sie in der Hölle sehen,“ grollte Lacy und sprang auf, als Jims Schuhe ihn berührten. „Das werde ich Ihnen heimzahlen, bei Gott! Dafür sollen Sie büßen, Featherstone! Das werde ich am Montag Ihren Vorgesetzten berichten!“

„Wenn Sie dann noch am Leben sind!“

Lacy schaute ihn ängstlich an und sah den düsteren Blick, der Jims Worten Nachdruck gab.

„Ich kann Ihnen nur sagen –“ schon hob er wieder die Hand – „daß ich Sie hier auf dem Fußboden fessele und Ihnen mit glühenden Eisen die Fußsohlen kitzle, bis Sie mir das verraten, was ich wissen will.“

„Sie werden mich doch nicht foltern!“ schrie Lucy entsetzt auf. „Das können Sie doch nicht – das dürfen Sie nicht! Das ist gegen das Gesetz!“

„Bellamy hat mir neulich gesagt, daß er an die wohltuende Wirkung der Folter glaubt,“ sagte Jim. „Damals hielt ich ihn für einen Unmenschen, aber ich sehe jetzt doch, daß er in gewissen Fällen recht hat. Seien Sie sicher, daß ich Ihnen das Fleisch von den Knochen herunterschäle, wenn Sie mir nicht bald sagen, wo Valerie Howett ist.“

Lacy starrte ihn einen Augenblick fassungslos an, dann sprang er mit einem gellenden Schrei zur Tür. Aber Jim stieß ihn wieder mit der Faust zurück.

Aber die Verzweiflung gab Lacy Mut, er griff seinen Gegner an. Jim holte kurz aus und brachte ihn mit einem Stoß vor die Brust zur Erde. Lacy schnaufte.

„Sagen Sie mir, wo Valerie Howett ist, dann bekommen Sie sogar noch tausend Pfund zur Belohnung von mir.“

„Ich sage es Ihnen auch nicht für eine Million," keuchte Lucy. „Die können Sie doch nicht kriegen, Sie Schwein! Smith hat sie –"

Jim hatte ihn mit der Faust am Genick gepackt, hochgehoben und schleuderte ihn jetzt wie eine Puppe gegen die Wand.

„Möchten Sie gerne noch etwas weiterleben, Lacy?" Jim sprach nicht laut, aber seine Stimme zitterte. „Haben Sie nicht Freunde, nicht eine Frau, die Sie gerne wiedersehen möchten?"

„Ich will sterben, bevor ich Ihnen das sage," stöhnte Lacy.

„Sie werden krepieren, nachdem Sie es mir gesagt haben," rief Jim und streckte ihn mit einem Faustschlag mitten ins Gesicht wieder zu Boden. Mit festem Griff riß er Lacy die Kleider vom Leibe, der den brutalen Mann entsetzt anstarrte.

„Ich will es Ihnen sagen," brüllte er dann. „Sie ist an Bord der „Contessa"."

„Sie lügen, dort ist sie nicht."

„Ich schwöre es Ihnen, Captain, wir waren zusammen an Bord, als Sie gestern abend das Schiff durchsuchten. Wir waren in der Kammer für die Ankerketten versteckt. Sie wollte schreien, aber Smith hielt ihr den Mund zu. Ich kann es Ihnen auch beweisen, denn ich hörte Ihre Stimme, als Sie in die Nähe kamen und sagten, daß sie nicht dort wäre."

„Stehen Sie auf," sagte Jim barsch und zeigte auf einen Stuhl. „Setzen Sie sich. Wann waren Sie zuletzt an Bord der „Contessa"?"

„Ich bin gestern abend von dort fortgegangen, ich fühle mich an Bord der kleinen Schiffe nicht wohl –"

„War die Dame denn noch dort?"

„Jawohl."

„Wo ist sie? In welchem Teil des Schiffes wird sie versteckt?"

„Coldharbour Smith hat alles für sie vorbereitet. Die „Contessa" soll Rum nach Amerika bringen – Smith ist eigentlich der Eigentümer. Er hat auch den Befehl gegeben, daß die Feuer unter den Kesseln gelöscht werden sollten, und daß das Schiff ein oder zwei Tage lang im Pool vor Anker bleiben soll, bis die Geschichte vorüber wäre."

Jim schloß die Türe auf und brachte Lacy wieder ins Wohnzimmer.

„So, nun trinken Sie Ihren Whisky aus."

„Sie werden mich doch nicht anzeigen, Captain – nachdem Sie mich so behandelt haben?"

„Wenn das wahr ist, was Sie sagen, dann werden Sie nicht unter Anklage gestellt. Aber nun trinken Sie Ihren Whisky. Ich werde Sie die Nacht über gefangenhalten. Wenn Ihre Aussage stimmt, lasse ich Sie nach einigen Stunden frei. Sollten Sie aber gelogen haben, dann werde ich Sie mir kaufen und noch einmal unter vier Augen mit Ihnen reden."

Lacy sagte nichts mehr.

Auf dem Weg nach Scotland Yard kühlte Lacy seinen geschwollenen Kopf.

„Haben Sie Julius Savini gesehen?" fragte Jim.

„Julius hat nichts mit der Sache zu tun," sagte der andere verächtlich.

„Ich vermute aber, daß er sehr viel mit der Sache zu tun hat," entgegnete Jim.

50

Valerie Howett brachte den größten Teil des Tages in der Schlafkabine zu. Als sie sich näher umschaute, verstärkte sich ihre Überzeugung, daß dieser Platz besonders für sie vorbereitet worden war. Die Zeit wurde ihr lang, und der Tag wollte kein Ende nehmen.

Aus der Schlafkammer führte eine Öffnung, die erst vor kurzem in die Holzwand gesägt worden sein mußte, zu einem anderen kleinen Raum, den Smith als Waschraum bezeichnet hatte. Er war zugleich der einzige Baderaum auf dem Dampfer. Die Tür auf der anderen Seite, die zu dem Verbindungsgang führte, war fest verschlossen, und die Deckel waren so dicht über die runden Kabinenfenster geschraubt, daß sie trotz aller Kraftanspannung nicht imstande war, sie zu öffnen.

Sie entdeckte, daß sich zwischen dem Salon und der Schlafkabine eine Schiebetür befand. Die Falten des Vorhangs hatten sie ihr zuerst verborgen. Diese Tür bot ihr wenigstens einen gewissen Schutz, denn sie konnte von innen geschlossen weiden. Aber sie sagte sich auch, daß es leicht war, sie einzuschlagen.

Sie hatte den Auftritt zwischen Smith und Julius beobachtet und später gewagt zu fragen, was aus ihm geworden sei.

„Der ist in Sicherheit“ war alles, was Smith ihr erwiderte.

Es war eine der fürchterlichsten Qualen dieses Tages, daß Coldharbour Smith die Mahlzeiten mit ihr zusammen einnahm. Er war ohne jegliche Erziehung, und seine Manieren waren kaum zu ertragen.

„Sie werden sich mit der Zeit schon an mich gewöhnen, meine liebe Valerie,“ sagte er, während er laut schmatzte. „Ich muß sagen, daß ich schon anfange, Sie gern zu haben, und ich bin nicht so veranlagt, daß ich mich so ohne weiteres in ein fremdes Mädel vergaffe. Nun sehen Sie, im „Goldenen Osten“ . . .“

Valerie hörte zu und schüttelte sich vor Widerwillen. Aber er schien ihre Abneigung gegen sein früheres Lokal als eine Ermutigung aufzufassen.

„Wir werden noch heute in See gehen. Der Kapitän glaubt, daß wir gegen Abend dicken Nebel haben und, ohne bemerkt zu werden, den Fluß hinunterfahren können. Die Polizei wird uns nicht wieder anhalten.“

„Sie dürfen nicht hoffen, zu entkommen,“ sagte sie plötzlich heftig. „Bilden Sie sich etwa ein, daß ich Sie nicht sofort bei der Polizei anzeige, wenn ich dort angekommen bin, wohin Sie mich bringen wollen?“

Er lachte vergnügt.

„Dann werden Sie mit mir verheiratet sein, und Ihre Aussage steht dann gegen meine.“

„Wo ist meine Mutter?“ fragte sie plötzlich sprunghaft.

Er mußte noch lauter lachen.

„Ich weiß nicht, der Alte hat sie vor Jahren beiseite geschafft. Es hat auch keinen Sinn, daß ich sage, ich wüßte nichts, denn sie hat früher in meinem Haus in Camden Town gewohnt, aber sie hat sich dort nur eine Woche lang versteckt.“

„Versteckt?“

Coldharbour nickte.

„Vor Bellamy. Er hat sie nämlich sehr gern gehabt, so wie ich Sie jetzt gern habe. Aber sie hat seine Anträge immer abgewiesen. Ich hatte gerade einen Auftrag für ihn ausgeführt und viel Geld verdient. Er wußte, daß sie sich nach einer anderen Wohnung umsah und bat mich, sie aufzusuchen. Und da habe ich ihr denn gesagt, daß ich gehört hätte, sie brauchte Räume, und ich hätte so eine kleine Wohnung, die für sie passen würde. Sie kam auch zu mir, und ich habe ihr nur eine kleine Miete abverlangt. Sie dachte, Bellamy wäre nach Amerika gegangen – der ist so schlau, er hat immer sechs Alibis für den Fall, daß es Unannehmlichkeiten gibt. Aber er ist damals nur scheinbar abgefahren, in Queenston ist er wieder umgekehrt. Aber sie fühlte sich sicher. Eines Abends habe ich ihr dann dieselbe Geschichte erzählt, mit der Lacy Sie weggebracht hat. Sie ging mit mir nach Garre, weil ich ihr erzählte, daß dort ein kleines Mädchen auf sie wartete – und das waren Sie. Sie hätten aber gar nicht so klein sein können. Sie müssen mindestens sechzehn Jahre gewesen sein. Als ich sie damals in die Burg brachte, habe ich sie zum letztenmal gesehen." Dann lächelte er, als ob er mehr wüßte. „Der Alte sagt zwar, sie ist entkommen –"

„Entkommen!"

Valerie sprang auf, ihre Augen glühten vor Erregung.

„Bleiben Sie ruhig sitzen und regen Sie sich nicht weiter auf. Bellamy lügt. Sie ist gestorben, das ist nämlich der Sinn der ganzen Sache. Er hat einem niemals die Wahrheit gesagt." Er runzelte die Stirn und sah noch gemeiner aus als sonst. „Ich bin dem Alten irgendwie zu Dank verpflichtet – aber ich möchte beinahe wünschen, sie wäre entwischt – aber das ist ja alles nur Erfindung. Das ganze Gerede vom Grünen Bogenschützen ist Unsinn. Abel hat die Geschichte nur aufgebracht, damit er eine Entschuldigung hat, daß die Frau verschwunden ist. Das wäre solch ein Spaß, der Grüne Bogenschütze!" Er lachte vor sich hin.

Valerie dachte angestrengt nach. Wenn es wahr wäre – und es konnte doch wahr sein – dann hätte sie wenigstens eine Erklärung dafür, daß Bellamy sich gerächt hatte. Aber dann überlegte sie sich, daß er ihre Entführung lange vor der Flucht der Frau geplant hatte. Er mußte schon daran gedacht haben, als ihm klar wurde, daß Valerie Howett das Kind war, das er vor dreiundzwanzig Jahren gestohlen hatte.

„Sie ist bestimmt tot," sagte Coldharbour Smith überzeugt. „Man kann eine Frau nicht acht Jahre lang in einem unterirdischen Gefängnis einsperren, ohne daß sie stirbt. Selbst in Dartmoor, wo man doch frische Luft und Bewegung hat"

„Dann war sie die ganze Zeit dort?" fragte Valerie aufgeregt.

„Na, selbstverständlich war sie die ganze Zeit dort!“ sagte Smith verächtlich. „Ich weiß zwar nicht, in welchem Teil des Schlosses sie saß, aber sie war dort.“

Diese Unterhaltung war beim Mittagessen geführt worden. Sie hatte nichts von den Speisen anrühren können. Am Nachmittag bemerkte sie, daß Leben an Bord des Schiffes kam. Sie hörte dauernd Kommandorufe und Schritte über sich. Man hatte eine Pumpe in Bewegung gesetzt, und ihr dauerndes Geräusch lenkte Valeries Aufmerksamkeit ab.

Sie hatte noch keinen der Offiziere oder der Mannschaften gesehen mit Ausnahme des schwarzen Stewards, der die Mahlzeiten servierte. Aber sie vermutete, daß es nur wenige sein konnten und dachte darüber nach, wo die Kabine des Kapitäns liegen könnte. Was mochte mit Julius geschehen sein? Es war ihr unmöglich, ihre Gedanken auf Jim, ihren Vater oder ihre eigene Lage zu konzentrieren.

Zum Abendessen kam Smith wieder in ihre Kabine, und sie bemerkte auf den ersten Blick, daß er getrunken hatte. Auf seinem ungesund weißen Gesicht zeigten sich zwei rote, scharf abgegrenzte Flecke. Er sah aus wie eine häßliche Puppe, der man die Backen schlecht angemalt hatte.

„Mein liebes, hübsches, kleines Mädchen, geht's dir gut?“ fragte er mit lauter Stimme. „Ich habe dir etwas Wein gebracht – verdammt noch mal, das ist ja Rum!“

Er kreischte laut vor Vergnügen über seinen eigenen Witz.

„Die Abstinenzler drüben sind eine verrückte Bande, aber wir haben eine Menge Geld an ihnen verdient.“

Er stellte geräuschvoll eine dunkle Flasche auf den Tisch, als er sich niedersetzte.

„Der olle Julius, was? Kommt hier ans Deck gekrochen, um mich der Polizei zu verraten! Hat seine kleine Frau im Stich gelassen, um auf dem Meer zu leben. Können Sie das verstehen? Aber seine Frau ist ja auch gar nicht so hübsch wie meine!“

Er schaute sie an und versuchte ihre Hand zu nehmen. Als ihm das nicht gelang, zog er mit seinen Zähnen den Korken aus der Flasche und goß sich ein Glas ein.

„Trinken!“ befahl er.

Sie stellte das Glas zur Seite.

„Trinken!“

„Ich will nicht trinken!“ sagte sie und stieß das Glas fort, so daß es auf den Boden fiel.

Das machte ihm scheinbar den größten Spaß.

„Das habe ich gern – Temperament!“ Er lachte. Und ohne weitere Worte machte er sich an die großen Schüsseln, die der Steward auf den Tisch gesetzt hatte.

Plötzlich wischte er sich den Mund ab und goß noch ein anderes Glas Kognak hinunter. Dann erhob er sich unsicher.

„Mein kleiner Liebling,“ begann er wieder und kam auf sie zu.

Sie drehte sich schnell auf dem Drehstuhl herum und wich ihm aus.

„Na, so komm doch zu mir,“ rief er. „Ich möchte –“

Aber mit dem Mut der Verzweiflung stieß sie ihn zurück, machte sich aus seinen Händen frei, lief in ihre Schlafkabine, zog die Türe zu und riegelte sie ab.

„Komm heraus!“ brüllte er und schlug wild an die Türfüllung. Die Bretter bogen sich, aber sie brachen nicht durch. Coldharbour Smith wurde wütend. Er riß und zerrte mit seinen Händen an dem Holz, er stieß und schlug und führte drohende und schreckliche Reden.

„Ich werde dich schon herausholen,“ hörte sie ihn mit heiserer Stimme schreien. Sie zitterte an allen Gliedern. „Savini hat dir Grillen in den Kopf gesetzt – Savini . . .!“

Er verließ die Kabine und ging mit schweren Schritten quer über das Deck, das zwischen dem Salon und der Kammer für die Ankerketten lag. Vollkommen betrunken, aufgeregt und wahnsinnig vor Wut, wollte er Savini umbringen.

Er schob die Riegel zurück und riß die Tür auf.

„Savini, ich drehe Ihnen das Genick um – hören Sie?“

Es kam keine Antwort. Er tastete den dunklen Raum ab, wo er seinen Gefangenen gelassen hatte.

Aber Savini war verschwunden.

51

Das Entsetzen, das ihm diese Entdeckung einjagte, machte ihn plötzlich nüchtern. Er kam aus dem dunklen Raum heraus und rief einen Matrosen an.

„Wer hat die Tür aufgemacht?“ fragte er.

„Ich habe ihm noch vor zwei Stunden Essen gebracht,“ antwortete der Mann.

„Haben Sie denn die Tür nicht hinter sich geschlossen?“

„Ja – er wollte Wasser haben und ich ging, um ihm eine Kanne zu holen – ein paar Augenblicke war die Tür offen.“

Coldharbour Smith steckte ein Streichholz an und suchte Savinis Gefängnis noch einmal genau ab. Wie er erwartet hatte, lagen die Handschellen und der Strick, mit dem Julius gefesselt war, auf dem Boden. Smith ging schnell über das Bootsdeck zum Kapitän, den er im Kartenzimmer fand.

„Emil, wie lange dauert es noch, bis du abfahren kannst?“

„In zwei Stunden,“ sagte der kleine Spanier. „Aber mein lieber Freund, sieh doch bloß mal diesen teuflischen Nebel an!“

Dichter Dunst lag über der Themse, und die Lichter, die man sehen konnte, erschienen nur als trübe Punkte.

„Das ist alles ganz egal. Kannst du nicht gleich losmachen?“

„Ausgeschlossen!“ Der Spanier wurde aufgeregt. „Außerdem haben wir noch nicht genügend Dampf. Vielleicht in einer Stunde. Aber wenn der Nebel dichter wird, was soll ich dann machen?“

„Durchfahren!“ brüllte Coldharbour. „Du kennst doch den Fluß – also schnell auf hohe See!“

Er ging zu dem Salon zurück, sah die verschlossene Tür von Valeries Schlafkabine, setzte sich in einen Sessel nieder und überdachte seine Lage. Wenn Julius zur Küste entkommen war . . .

Coldharbour Smith nahm seinen Revolver aus der Tasche und legte ihn vor sich auf den Tisch.

Von Valerie war nichts zu hören – es tat ihm jetzt leid, daß er sie so eingeschüchtert hatte. Aber seine Gedanken beschäftigten sich hauptsächlich mit Julius. Wo mochte er sein? Wenn er an Land war, kam die Sache zum Klappen.

Aber vielleicht war er noch an Bord, es gab ja hier viele Plätze, an denen sich ein Mann wie er verstecken konnte.

Mit diesem Gedanken ging er wieder an Deck und schaute in den dicker werdenden Nebel. Er sah ein Boot langsam auf das Schiff zukommen. Es saß nur ein Mann darin, das bedeutete also keine Gefahr. Möglicherweise war es einer der Matrosen, der von Land zurückkam. Als er den einsamen Ruderer weiter beobachtete, fand er, daß er unter dem Bug des Dampfers durchfuhr und wieder im Nebel verschwand.

Smith ging wieder zum Salon zurück und setzte sich an das Ende des Tisches, von wo aus er die offene Tür überschauen konnte.

Er fühlte instinktiv, daß sich etwas ereignen würde. Wenn er jetzt wirklich in Gefahr kommen sollte, würde er mit dem Mädchen da drin kein Mitleid mehr haben. Wenn man ihn vor Gericht stellte, dann sollten die Leute auch Grund dazu haben.

Er strengte seine Ohren an, ob er irgendwie vom Strom her ein Ruder- oder Motorboot oder eine Stimme hörte, die die „Contessa“ anrief. Beim ersten Anzeichen dafür, daß Featherstone an Deck kommen würde, wollte er sofort die Türe versperren und verriegeln ...

Er saß nachdenklich da, während die Minuten verrannen. Er hörte, wie der Kapitän Befehl gab, den Anker zu lichten. Plötzlich vernahm er ein leises Geräusch, als ob sich jemand ohne Schuhe über das Deck bewegte. Er schaute auf und starrte einen Augenblick lang entsetzt auf die Erscheinung. Dann fuhr er mit der Hand nach dem Revolver ...

Das Motorboot, das seinen Weg durch den Nebel bahnte, fuhr geradenwegs auf die „Contessa“ zu.

Jim ahnte, was an Bord vorging und hatte Instruktion gegeben, den Motor sofort abzustellen, wenn man das Schiff sehen konnte.

Lautlos glitt das Boot an die Seite des Dampfers. Jim war in wenigen Sekunden an Bord, die Leute von der Flußpolizei folgten ihm. Die Decks waren leer, die Tür zu dem Salon war geschlossen.

„Gehen Sie und vergewissern Sie sich des Kapitäns," flüsterte Jim. Ein Beamter stieg die Eisenleiter zum Bootsdeck empor.

Jim ging vorsichtig zur Tür des Salons und drückte leise die Klinke herunter. Zu seiner Freude öffnete sich die Tür. Er trat ein. Der Salon war nicht erleuchtet, und es war kein Laut zu hören. Schnell zog er seine Taschenlampe heraus und leuchtete die Wände des Raumes ab. Plötzlich entdeckte er die Türe zur Schlafkabine Valeries und schloß sie rasch auf. Es brannte ein Licht in der Kabine, Valeries Pelz lag auf dem Bett. Aber sie selbst war weder hier noch in dem anstoßenden Raum.

Er kehrte zum Salon zurück und ließ das Licht über den Tisch gehen. Aber plötzlich sprang er zurück und hob seinen Revolver. Er hatte die Gestalt eines Mannes auf einem Stuhl am Tischende sitzen sehen.

„Hände hoch!" rief er und beleuchtete die Gestalt mit seiner Lampe.

In dem grellen Licht erkannte er Coldharbour Smith. Er lag zurückgelehnt im Sessel, eine Hand lag auf der Tischplatte, als wollte sie nach der Pistole greifen. Seine gebrochenen Augen starrten nach dem offenen Deckenfenster.

Er war tot, und aus seiner Brust ragte ein grüner Pfeil.

52

Jim rief den Inspektor der Flußpolizei herein. Sie steckten die Lampe im Salon an, bevor sie sich an eine weitere Untersuchung machten.

Coldharbour Smith mußte sofort tot gewesen sein. Der Pfeil war durchs Herz gegangen, und zwar mit solcher Gewalt, daß er auch noch das Holz der Rückenlehne durchbohrt hatte.

„Er muß irgend etwas gesehen haben, so daß er nach dem Revolver griff," sagte Jim. „Wie lange mag er schon tot sein?"

Smiths Hände waren noch warm.

„Er muß getötet worden sein, während wir uns dem Schiff näherten."

Jim eilte, um den Kapitän zu suchen. Er fand ihn in Tränen, und als er ihm die Tragödie erzählte, brach der Mann in einen Weinkrampf aus.

„Ich wußte, daß eine Dame an Bord war," schluchzte er. „Aber bei –" und dann nannte er mit unglaublicher Schnelligkeit eine Anzahl von Heiligen – „wußte ich nicht, daß etwas nicht in Ordnung war. Ich bin ein vernünftiger und ruhiger Mann, mein Herr. Wenn ich geahnt hätte, daß die Dame nicht die Frau von Senor Smith war . . ."

„Wo ist sie jetzt?" fragte Jim scharf. „Ich warne Sie – wenn Sie mich hinters Licht führen wollen, werden Sie Vigo so bald nicht wiedersehen!"

In diesem Augenblick legte ein großes Polizeiboot am Schiff an, und gleich darauf waren die Decks mit uniformierten Leuten gefüllt. Der Dampfer wurde vom Kiel bis zum Mastkorb durchsucht, aber Valerie war nicht zu finden.

„Das Deckenfenster im Salon stand weit auf," berichtete einer der Polizisten. „Das ist sehr merkwürdig in einer solchen Nacht wie heute."

Jim hatte dies auch bemerkt. Bei der Besichtigung des Bootsdecks fand er eine lange Strickleiter, die scheinbar von einer unkundigen Hand an einer eisernen Stütze befestigt worden war. Obendrein entdeckte der Kapitän auch noch, daß ein Boot fehlte. Es war halb heruntergelassen gewesen, damit Leute darin stehen konnten, um die Schiffswand zu teeren. Jetzt sah man aber, daß die Haltetaue leer in der Luft hingen.

Valerie konnte das Boot nicht allein hinuntergelassen haben, das war Jim klar.

Wo mochte Julius Savini geblieben sein? Der Kapitän gab ihm die Erklärung.

„Der arme Smith hat ihn in dem kleinen Raum eingeschlossen, wo die Ankerketten verwahrt werden, er ist aber entkommen und an Land geschwommen."

Der Mann, der Julius das Essen brachte, hatte ihn im Wasser schwimmen sehen. Er berichtete auch, daß er mit einem schweren Eisenbolzen nach ihm geworfen habe. Smith hätte er nicht sagen dürfen, daß der Gefangene so entkommen war.

Jim ging zum Salon zurück und ließ noch einige Lampen in den Raum bringen, um eine genaue Untersuchung durchzuführen.

„Das ist ein typischer Mord des Grünen Bogenschützen," sagte er, als er zu Ende war. „Der Pfeil ist an genau derselben Stelle eingedrungen wie bei Craeger. Nicht einmal einen Fingerabdruck haben wir entdeckt, um den Mörder identifizieren zu können. Henker wäre vielleicht die richtigere Bezeichnung für diesen Mann."

„Aber wie ist er wieder an Land gekommen?" fragte der Inspektor verwundert. „Wenn er den Fluß nicht ganz genau kennt, kann er sich in einer so nebligen Nacht nicht zurechtfinden."

Jims Mut sank, als er sich klar machte, daß dasselbe für Valerie galt – es sei denn, daß sie mit dem Grünen Bogenschützen gegangen war.

Wenn erst das Ufer zu sehen war, konnte man sehr leicht landen, denn in dieser Gegend hatte jede kleine Straße, die von den langen Werften herunterkam, am Ende einen Landungsplatz.

Aller Wahrscheinlichkeit nach war der Grüne Bogenschütze im Augenblick noch auf dem Fluß, er ruderte wohl durch den Nebel und suchte sich vergeblich zu retten.

Jim ließ eine Polizeimannschaft zur Bewachung des Schiffs zurück, bestieg dann wieder das Motorboot und begann eine systematische Absuchung des Flusses. Nur einmal sahen sie undeutlich durch den Nebel ein Schiff, das langsam den Strom herunterkam und ihnen einen Warnungsruf mit der Sirene gab, als sie fast schon mit ihm zusammengestoßen waren.

„Das ist die „Gaika" – ein Fischdampfer," sagte der Inspektor. „Wir hätten sie schon vorher am Geruch erkennen müssen."

Von Zeit zu Zeit ließ Jim den Motor abstellen und sie lauschten, ob sie nicht das Geräusch von Rudern hören könnten. Aber erst als sie in die Nähe des Nordufers kamen, waren ihre Anstrengungen von Erfolg gekrönt.

„Hier ist ein Boot in der Nähe – hören Sie!" flüsterte der Inspektor und beugte seinen Kopf weit vor. Jim hörte auch unregelmäßige Ruderschläge.

„Der versteht sich nicht aufs Rudern, das ist kein Seemann," sagte der Inspektor. „Mit einem Ruder kommt er immer eher ins Wasser!"

Jetzt konnten sie die Richtung feststellen, aus der das Geräusch kam. Das Motorboot fuhr langsam auf die Stelle zu. Als die Umrißlinien eines großen Warenspeichers durch den Nebel sichtbar wurden, sah Jim auch das Boot. Ein Mann saß darin und ruderte. Er steuerte auf eine der Landungsbrücken zu, die an den Enden der Straßen lagen.

Das Motorboot nahm die Verfolgung mit größter Geschwindigkeit auf, und sie kamen gerade an, als der Mann ausstieg.

„Halt!" rief Jim und sprang mit einem Satz auf den engen Landungssteg.

Der Mann drehte sich um und starrte ihn an.

„Sind Sie nicht Captain Featherstone?" fragte er. Jim war höchst erstaunt, denn er erkannte die Stimme von Mr. Howett.

„Aber . . . Mr. Howett, was machen Sie denn hier?"

„Ich hörte, daß Sie an Bord der „Contessa" gehen wollten und folgte Ihnen," sagte Howett ruhig. „Ich fand dieses Boot oder richtiger, ich sah einen Mann rudern, als ich mich nach einem Boot umsah und fragte, ob ich es nehmen könnte."

Das klang sehr merkwürdig, und Jim hätte es sofort als eine Ausrede angesehen, wenn ihm ein anderer das erzählt hätte.

„Haben Sie Valerie gefunden?" fragte Mr. Howett.

„Nein, sie war nicht an Bord. Smith ist tot."

„Tot? Und Valerie ist nicht an Bord? Wie starb Smith?"

„Er wurde vom Grünen Bogenschützen getötet."

Mr. Howett antwortete nicht.

„Valerie ist entweder entkommen, oder man hat sie von dem Schiff entführt," fuhr Jim fort. „Ich gehe nach Scotland Yard zurück – wollen Sie mich begleiten, Mr. Howett?"

Der andere nickte.

„Tot?" murmelte er. „Vollständig tot?"

„Ja, der ist für immer tot."

Eine Stunde später erreichten sie Scotland Yard, denn sie kamen nur langsam vorwärts, da in der Stadt dichter Nebel herrschte. Im Bureau waren keine neuen Nachrichten eingetroffen. Jim hatte die Aufklärung des Mordes der Flußpolizei überlassen. Aber trotzdem er sehr müde war, machte er doch einen kurzen Bericht, nachdem er Mr. Howett in sein Hotel gebracht hatte.

Alle Stationen suchten nach Valerie, und während er schrieb, wurde er mindestens ein dutzendmal durch die Meldungen unterbrochen, die ihm telephonisch durchgegeben wurden.

Als er fertig war und das Bureau gerade verlassen wollte, wurde ihm Fay Clayton gemeldet.

Sie trat ein, verhärmt und mit geröteten Augen.

„Haben Sie Julius gefunden?“ fragte sie.

Jim schüttelte den Kopf.

„Ich hoffe, daß er in Sicherheit ist. Smith hatte ihn an Bord der „Contessa“ gefangengesetzt. Das ist ein kleiner Dampfer, der auf dem Fluß verankert lag. Aber allem Anschein nach ist es ihm gelungen, davonzukommen. Sagen Sie mir, Fay, ist Savini ein guter Schwimmer?“

Fay lächelte trotz ihres Kummers.

„Mein Julius kann schwimmen wie ein Fisch,“ sagte sie stolz. „Er ist der beste Schwimmer, den Sie jemals sahen, Featherstone. Wenn er mitten im Atlantischen Ozean Schiffbruch litte, würde er an Land schwimmen – aber warum fragen Sie mich das?“

„Weil er über Bord gesprungen ist. Es war etwas neblig, aber wenn er schwimmen kann, ist er ja in Sicherheit.“

Sie wurde wieder unsicher.

„Er wird ertrinken! Warum bemühen Sie sich nicht um ihn, Featherstone? Sie lassen ihn allein im Wasser und niemand sucht nach ihm – das ist Mord!“

Jim klopfte ihr auf die Schulter.

„Julius ist in Sicherheit,“ erwiderte er freundlich. „Ich wünschte, ich könnte dasselbe von Miß Howett sagen.“

Er hatte schon auf der Zunge, daß es Julius nicht bestimmt war, zu ertrinken, aber er verschwieg es taktvollerweise. Er erzählte ihr aber von Coldharbour Smiths Tod.

„Das hat er verdient,“ sagte sie schnell. „Der Mann war zu schlecht, um leben zu können, Featherstone. Er war ein abscheulicher Kerl. Aber Sie glauben doch nicht etwa, daß Julius ihn umgebracht hat?“ fragte sie plötzlich. „Julius würde Bogen und Pfeil überhaupt nicht erkennen, wenn er sie sehen würde.“

Jim beruhigte sie darüber, daß auf Julius nicht der leiseste Verdacht fallen könnte. Dann schickte er sie nach Hause.

Die Autobusse und Untergrundbahnen gingen zu dieser Nachtstunde nicht mehr, und sie konnte auch keinen freien Wagen entdecken. So ging sie zu Fuß, obwohl es ihr Mühe machte, den Weg zu finden. Es war weit nach zwei Uhr, als sie müde und mit wunden Füßen den Hausblock erreichte, in dem ihre Wohnung lag. Vor der Tür hielt ein Auto, und sie erinnerte sich, daß dieser Wagen ein paar Minuten vorher an ihr vorbeigefahren war.

Im Schatten des Hauseingangs stand ein Mann. Sie erkannte sofort Abel Bellamy.

„Ich möchte ins Haus," brummte er. „Einer meiner Freunde wohnt hier. Ich wußte nicht, daß die äußere Haustür nachts geschlossen wird."

„Sie können nicht hereinkommen, Mr. Bellamy," sagte sie böse. „Nachdem Sie meinen Mann so behandelt haben, wundere ich mich wirklich, daß Sie noch die Kühnheit haben hierherzukommen, obendrein zu einer solchen Stunde!"

Er schaute sie wild an.

„Ach so, Sie sind die Frau ... Mrs. Savini? Ich bin hierher gekommen, um Ihrem Mann etwas mitzuteilen."

„Das können Sie mir auch sagen. Und sagen Sie es schnell, denn ich bin sehr müde."

„Ich habe entdeckt, daß dreitausend Dollars aus meinem Geldschrank gestohlen sind, und ich werde ihn verhaften lassen! Das ist alles, was ich zu sagen habe, Mrs. Savini."

Sie packte ihn am Arm, als er sich umwandte, um zu gehen.

„Warten Sie! Das ist eine Falle, aber Sie sind ja viel zu gerissen, um ihm einen Ausweg gelassen zu haben. Kommen Sie herein und erzählen Sie mir alles."

Er folgte ihr die Treppe hinauf in die Wohnung.

„Kommen Sie hier herein." Sie drehte das Licht im Wohnzimmer an.

„Mein Gott, sehen Sie hübsch aus," sagte sie, als sie sein häßliches Gesicht in der Nähe betrachtete.

„Ich soll wohl auch noch schön sein," sagte er unwirsch und setzte sich auf einen Stuhl.

„Nun, was ist das für eine Geschichte mit dem Diebstahl, Mr. Bellamy? Ich bin davon überzeugt, daß Julius es nicht getan hat, denn er ist nicht von der Sorte."

„Was, der wäre nicht so?" fragte er ärgerlich. „Das wissen Sie doch ganz genau. Aber immerhin, ich werde ihn nicht zur Anzeige bringen – und ich habe auch kein Geld eingebüßt. Aber ich möchte einmal mit Ihnen sprechen – junge Frau."

„Na, das ist aber doch ein starkes Stück," fuhr sie ihn an. „Sie lügen mich an, um ins Haus zu kommen – jetzt können Sie aber machen, daß Sie verschwinden, sonst werde ich sofort der Polizei telephonieren."

Einen Augenblick trafen sie seine kalten Blicke, und unter diesem unheimlichen Einfluß verflog ihr Mut.

„Das werden Sie nicht tun! Ich muß Julius sprechen."

„Er ist nicht hier."

Der alte Mann sah sich um.

„Schauen Sie doch einmal in der Wohnung nach."

Sie zögerte.

„Sehen Sie doch nach," sagte er noch einmal, und sie ging aus dem Zimmer. Sie wußte nicht, warum sie die Tür zu dem früheren Zimmer Jerrys öffnete, vielleicht weil sie am nächsten lag. Sie machte Licht an und blieb erstaunt stehen. Julius lag auf dem Bett, schmutzig, ohne Kragen, unrasiert, aber er schlief fest.

Zuerst wollte sie ihren Augen nicht trauen, aber dann sprang sie mit einem Schrei auf ihn zu, nahm ihn in ihre Arme, weinte vor Freude und drückte ihr Gesicht an seinen schmutzigen Anzug. Julius erwachte langsam und blinzelte in dem Licht.

„Fay, du bist hoffentlich nicht böse . . . ich sagte ihr, sie sollte in dein Zimmer gehen."

Fay eilte in ihr eigenes Schlafzimmer und sah, daß eine Frau in ihrem Bett lag. Sie erkannte sie sofort.

Valerie bewegte sich im Schlaf und seufzte, und Fay Clayton, so böse und niederträchtig sie auch manchmal sein konnte, beugte sich über sie und küßte sie auf die Wange.

53

Als sie zu Julius zurückkehrte, saß er auf der Bettkante und stützte den Kopf in die Hände.

„Was ist los, Fay?" fragte er schnell.

„Bellamy ist hier in der Wohnung."

Er schaute sie an und versuchte, seine Gedanken zu konzentrieren.

„Bellamy – Abel Bellamy ist hier? Was will er denn?"

„Er möchte dich sprechen. Wie lange bist du denn schon hier, Julius?"

„Ich weiß es wirklich nicht, sicher ist es schon einige Zeit her."

Er hatte die Schuhe ausgezogen, bevor er sich niedergelegt hatte und schaute sich nun hilflos nach ihnen um. Er war noch halb im Schlaf. Sie reichte ihm seine Pantoffeln.

„Du brauchst ihn nicht zu sprechen, wenn du nicht willst, Julius."

„Doch, ich werde zu ihm gehen," sagte er und lächelte merkwürdig. „Geht es Miß Howett gut?"

Fay nickte, und unter vielem Gähnen stand Julius auf und folgte ihr in das Wohnzimmer. Es war eine gewisse Genugtuung für ihn, dem Mann, den er bis jetzt so gefürchtet hatte, gegenüberzutreten.

„Nun, was können Sie zu Ihrer Entschuldigung sagen?" fragte Bellamy.

„Sprechen Sie nicht in diesem Ton zu mir," sagte Julius und machte eine Handbewegung, als ob er Abel Bellamys Anblick verscheuchen wollte.

„Wo ist das Mädchen?"

„Welches Mädchen?" fragte Julius unschuldig.

„Sie sind ihr doch auf die „Contessa" gefolgt!"

„Ach, die ist nach Hause gefahren," sagte Julius leichthin.

„Das Lügen ist Ihnen vermutlich schon zur zweiten Natur geworden! Ich weiß, daß sie hier ist in dieser Wohnung. Man hat Sie beobachtet, wie Sie sie hergebracht haben.“

„Warum zum Teufel fragen Sie denn noch, wenn Sie es so genau wissen?“ sagte Julius gereizt. „Ja, sie ist hier.“

Der Alte biß sich auf die Lippen.

„Wie sind Sie denn von dem Schiff weggekommen?“

„Das geht Sie gar nichts an,“ erwiderte Julius kühl.

Bellamy schluckte seinen Ärger hinunter.

„Hat Smith Sie denn nicht gesehen?“

„Smith ist tot.“ Fay warf diese Äußerung dazwischen. Julius starrte sie an.

„Tot?“ fragte er ungläubig.

Sie nickte.

„Woher wissen Sie das?“ fragte Bellamy.

„Featherstone sagte es mir vor etwa einer Stunde.“

„Aber wie starb er denn? Ist er ermordet worden?“

„Der Grüne Bogenschütze hat ihn erschossen!“

Abel Bellamy sprang mit einem Fluch auf.

„Sie sind verrückt,“ rief er. „Der Grüne Bogenschütze? – Hat ihn denn jemand gesehen?“

„Wozu fragen Sie mich denn soviel? Nun hören Sie mal zu, Mr. Bellamy, das ist hier kein Auskunftsbureau. Ich sage Ihnen nur, was ich erfahren habe. Coldharbour Smith wurde in dem Salon des Schiffes tot aufgefunden. Ein grüner Pfeil hatte ihn mitten ins Herz getroffen. Das ist alles, was ich darüber weiß.“

Bellamy war durch die Nachricht ganz verstört.

„Um so besser,“ sagte er schließlich. „Savini, wir verstehen uns doch beide, ich will keine langen Redensarten machen. Ich biete Ihnen zehntausend Pfund, das sind fünfzigtausend Dollars, und ich biete Ihrer Frau dieselbe Summe, wenn Sie mir einen Dienst erweisen wollen, Sie wissen doch, was das zu bedeuten hat –

hunderttausend Dollars geben im Jahr sechs- bis siebentausend Dollars Zinsen. Damit können Sie in aller Ruhe und in allem Luxus in einem anderen Lande leben."

„Umsonst bieten Sie mir das doch nicht an," sagte Fay fest. „Was sollen wir dafür tun?"

Abel Bellamy wies auf die Tür.

„Bringen Sie das Mädchen noch heute nacht nach Garre Castle. Wir werden alle zusammen dorthinfahren, mein Wagen wartet vor der Tür."

Julius schüttelte den Kopf.

„Es gibt sehr vieles, was ich für Geld tue, Mr. Bellamy, aber das gehört nicht dazu. Sie können gar keine Summe nennen, die groß genug wäre, das zu tun."

Fay nickte zustimmend, um die Worte ihres Mannes zu bekräftigen.

„Niemand wird etwas davon erfahren," sagte Bellamy und dämpfte seine Stimme zu einem heiseren Flüstern. „Sie ist vom Schiff verschwunden, niemand weiß, daß Sie mit ihr zusammen waren. Das Geld können Sie sich doch leicht verdienen, Savini. Ich will mein Angebot auf fünfzehntausend für jeden erhöhen –"

„Und wenn Sie es auf fünfzehn Millionen erhöhten, würde es auch nichts ausmachen," erwiderte Fay. „Und ich würde es Julius sehr verdenken, wenn er es täte. Wir haben jahrelang von Betrügereien gelebt, aber wir haben höchstens Männer hereingelegt, die weiter nichts verloren als ihr Geld."

Abel Bellamy schaute auf die Tischdecke und stand eine Weile nachdenklich da. Dann schlug er den Kragen seines Mantels hoch.

„Nun gut, dann wollen wir die Sache fallen lassen, Julius. Sie können am Montag morgen nach Garre Castle zurückkommen. Ich will sehen, daß ich Ihnen eine bessere Stellung und mehr Gehalt geben kann."

„Ich komme nicht mehr zu Ihnen zurück."

Bellamy drehte sich hastig nach ihm um.

„Wie, Sie wollen nicht?" fragte er drohend. „Vermutlich glauben Sie, daß Sie aus Howett mehr herauspressen können als Sie von mir bekommen?"

„Es ist mir ganz gleich, auch wenn ich von Howett überhaupt nichts bekomme," sagte Julius ärgerlich. „Ich habe es nicht für Geld getan und außerdem –“ Er dachte plötzlich an seinen früheren Plan, hielt mitten im Reden an und sagte dann zu der größten Überraschung seiner Frau: „Also, Mr. Bellamy, ich werde am Montag morgen nach Garre kommen.“

Bellamy schaute ihn an und nickte.

„Das ist auch das Beste, was Sie tun können.“

Fay begleitete ihn bis zur Tür und verschloß und verriegelte sie hinter ihm. Bevor sie aber zu Julius ins Wohnzimmer zurückkehrte, telephonierte sie an Jim Featherstone, der daraufhin ohne Hut und Mantel in den Nebel hinauseilte.

„Machen Sie keinen Lärm,“ flüsterte ihm Fay zu, als sie die Tür öffnete. „Sie schläft noch. Was habe ich Ihnen gesagt, Featherstone? Julius hat sie von dort fortgebracht. Julius ist wirklich ein feiner Mensch.“ Und sie lobte ihn weiter, während er mit ihr zum Wohnzimmer ging.

Julius war noch im Schlafrock. Die Unterredung mit Bellamy hatte ihn vollständig wach gemacht, aber er sah müde und hohläugig aus.

„Sie ist wirklich wundervoll, Captain,“ sagte er und drückte Jim die Hand. „Ich habe eben mit Mr. Howett telephoniert und ihm erzählt, daß seine Tochter sicher und wohlbehalten in meiner Wohnung schläft.“

„Wie sind Sie denn aber von dem Schiff entkommen?“

„Es war leicht und doch zugleich schwierig,“ sagte Julius geheimnisvoll. „Es gelang mir, die Handschellen abzustreifen und meine Füße freizumachen. Nun war nur noch die Tür zu öffnen und ich mußte warten, bis einer von den Kerlen mir am Abend Essen brachte. Als er die Tür aufmachte, sprang ich auf ihn zu und bevor er wußte, was geschah, war ich an ihm vorbei auf Deck und ins Wasser gesprungen. Beinahe hätte er mich mit einem schweren Gegenstand getroffen, den er hinter mir herwarf. Aber ich tauchte unter. Der Nebel war sehr dicht und das Wasser kalt, und ich überlegte mir schnell genug, daß ein halbverhungerter Mann kaum schwimmend das Ufer erreichen würde, besonders nicht im Nebel. Und dann dachte ich auch, daß es eigentlich nicht recht sei, Miß Howett im Stich zu lassen, und so wandte ich wieder um und schwamm auf die andere Seite des Schiffes. Ich hielt mich an einer Vertäuungskette fest, die ins Wasser herunterhing. Ich war schon halb erfroren, als ich plötzlich ein Tau von einem halb heruntergelassenen Boot herabhängen sah. Schnell kletterte ich hinein, aber ich war so schwach wie eine verhungerte Ratte. Ich legte mich erst eine Weile hin und überlegte, was ich nun anfangen sollte. Haben Sie jemals schon naß bis auf die Haut in einem offenen Boot gesessen? Dazu der feuchte Nebel! Schließlich konnte ich es doch in dem Boot nicht mehr aushalten und kletterte an Deck. Ich hörte Stimmen im Salon und öffnete das Deckenfenster. Smith war betrunken und stritt sich mit Miß Howett. Aber sie machte sich von ihm los, lief in den Schlafraum und schloß die Tür. Ich entdeckte eine lange Strickleiter und befestigte sie an einem der Deckenpfosten. Als ich dann sah, daß Smith den Salon verließ, um sich nach mir umzusehen, öffnete ich das Deckenlicht weit, ließ die Strickleiter hinunter in den Salon und kletterte schnell hinab, trotzdem ich vor Kälte ganz steif war. Ich mußte ja auch immer fürchten, daß der Kerl zurückkommen würde. Nach ein paar aufregenden Augenblicken hatte ich Miß Howett davon überzeugt, daß ich im Zimmer sei und nicht Coldharbour Smith. Sie öffnete die Tür, und ich hielt ihr die Leiter, als sie nach oben stieg. Dann folgte ich ihr sobald sie oben auf dem Deck angekommen war. Im Handumdrehen waren wir in dem Boot. Ich wußte nicht, wie die Flaschenzüge in Gang gebracht weiden sollten, aber Miß Howett, die sich im Segeln genau auskennt, zeigte mir, wie die Seile gebraucht werden und wie man das Boot aufs Wasser bringen konnte. Sie nahm das eine Tau und ich das andere, und gleich darauf hatten wir das Boot klargemacht. Das ist alles, was ich über unsere Flucht berichten kann. Nur hat es noch sehr lange gedauert, bis wir einen Landungsplatz fanden. Aber dann hatten wir Glück und fanden schnell ein Auto. Ich hielt es für das Beste, Miß Howett hierherzubringen, da ich nicht wußte, wo sich ihr Vater augenblicklich befand. Und hier konnte Fay für sie sorgen."

„Haben Sie nicht noch ein anderes Boot gesehen, als sie von der „Contessa" fortruderten?" fragte Jim.

„Wir sahen noch ein anderes kleines Boot, das ein einzelner Mann ruderte. Es war auf der Südseite des Schiffes, und wir wunderten uns, wer es sein könnte. Er war aber nicht nahe genug, daß wir ihn hätten erkennen können. Glauben Sie, daß es der Grüne Bogenschütze war?"

„Das ist möglich."

„Es ist doch merkwürdig – wir riefen ihn an, weil wir die Richtung nicht wußten. Er muß uns sicher gehört haben, aber er antwortete uns nicht."

Jim stand auf.

„Gott sei Dank, daß Sie von dem Schiff entkommen sind," sagte er. „Nun wäre es aber für Sie besser, wenn Sie sich zur Ruhe legten, Savini. Mr. Howett wird früh am Morgen hierherkommen. Fay –" er nahm ihre Hand in die seine – „wenn wir uns jemals wieder dienstlich treffen sollten, was ich unter allen Umständen beklagen würde, dann werden Sie einen guten Freund bei der Polizei und beim Gericht haben."

Julius hatte ihm nichts von dem Besuch des alten Bellamy gesagt, und Fay erinnerte ihn daran, als Featherstone gegangen war.

„Ich glaube nicht, daß es klug gewesen wäre, ihm das mitzuteilen," meinte er. „Du hast doch gehört, was er sagte. Er könnte ganz brauchbar sein, wenn wir einmal schnell fort wollten. – Ich habe eine Idee, daß man doch viel Geld von gewissen Leuten bekommen könnte. Aber das scheint mir heute wirklich nicht mehr so verlockend. Ich nehme lieber meinen alten ersten Plan wieder auf und ich denke, Bellamy wird es noch leid tun, daß er mich einlud, wieder zurückzukommen."

„Und vielleicht wirst du es noch mehr bereuen, daß du wieder zu ihm gingst," sagte Fay prophetisch.

54

Am nächsten Tag saßen fünf Menschen vergnügt im Carlton-Hotel zusammen. Es war Sonntag, und das große Lokal war weniger besucht, aber für Jim und Valerie waren noch viel zu viel Leute da.

Mr. Howett sah düster und nachdenklich aus und war so mit seinen Gedanken beschäftigt, daß er jedesmal aufmerksam gemacht werden mußte, wenn ein Kellner seinen Teller wechselte und ein neues Gericht angeboten wurde. Es war merkwürdig, daß er sich erst an der Unterhaltung beteiligte, als Julius ihn ansprach. Savini erzählte gerade noch von der Flucht, als Spike Holland in den Speisesaal kam. Wenn sich der Reporter hier sehen ließ, so war es unweigerlich ein Zeichen, daß er von irgend jemand eingeladen war, der sich im Hintergrund hielt. Sein Gastgeber war jener vornehme Herr, den Valerie vor ihrer Übersiedlung nach Lady's Manor im Carlton-Hotel gesehen hatte.

Jim erhob sich und grüßte John Wood, als er an ihrem Tisch vorüberging. Nach einer Weile kam Spike zu ihm herüber.

„Wer am Sonnabend einen Mord begeht, müßte sofort aufgehangen werden," sagte er böse. „Alle Sonntagszeitungen sind voll von der Geschichte mit dem

Grünen Bogenschützen, und das ist doch eigentlich mein Reservatrecht, Captain Featherstone. Ich habe von Ihnen nicht ein Wort erfahren, bis ich es in den Zeitungen las."

„Das ist nicht schön," lächelte Jim. „Aber ich bin nicht dafür verantwortlich, Spike, sonst hatten Sie den Löwenanteil der Nachrichten bekommen. Aber nach dem Essen werde ich Ihnen erzählen, wie es sich wirklich abgespielt hat. Wie ich sehe, sind Sie in der Begleitung Ihres Kinderfreundes?"

„Ja, Mr. Wood ist gestern angekommen und verbrachte die Nacht in meiner Wohnung. Er gründet jetzt ein Kinderheim in England und möchte dazu mit dem alten Bellamy verhandeln – er will nämlich Garre Castle kaufen. Was halten Sie von der Idee? Er sagte mir, er würde nicht eher ruhen, als bis er die ganzen zinnenbekrönten Mauern mit zweijährigen Kindern besetzt hätte, die den Grünen Bogenschützen mit ihren Klappern in die Flucht jagen sollen. Es ist doch merkwürdig, daß er annimmt, Garre Castle würde ein idealer Sitz für ein solches Heim sein. Und obwohl er Bellamy ganz und gar nicht leiden kann, will er ihn doch diese Woche noch aufsuchen."

„Kennen Sie ihn genau?" fragte Mr. Howett, der plötzlich Interesse an dieser Unterhaltung zeigte.

„Nicht gerade sehr gut. Aber er ist wirklich ein lieber Mensch und es lohnt sich schon, ihn kennenzulernen. Nebenbei bemerkt, Mr. Howett," fragte Spike obenhin, „waren Sie vor fünfzehn Jahren schon einmal in London?"

Mr. Howett nickte.

„Ich war neulich in der Gesellschaft für Bogenschießen," fuhr Spike fort, „und habe dort Nachforschungen angestellt, um dem Grünen Bogenschützen auf die Spur zu kommen. Dabei sah ich Ihren Namen – L. B. Howett. Sie haben ja damals bei einem Preisschießen am besten abgeschnitten."

„Ja, ich habe mich in jener Zeit ein wenig dafür interessiert," erwiderte Howett kurz. „Schon vor vielen Jahren hatten wir eine Gesellschaft für Bogenschießen in Philadelphia. Ich glaube, sie ist jetzt eingegangen. Ich erinnere mich auch, daß ich mich während meines Besuches hier an einem Preisschießen beteiligte. Ich fühlte mich damals sehr vereinsamt und las die Ankündigung der Veranstaltung in den Zeitungen. Ich kann mich aber nicht mehr darauf besinnen, mit welchem Erfolg ich daran teilnahm."

„Aber, lieber Vater, ich wußte niemals, daß du dich für Bogenschießen interessiertest," sagte Valerie erstaunt.

„Es interessiert mich auch jetzt nicht mehr," antwortete Mr. Howett und suchte der Unterhaltung eine andere Wendung zu geben.

Julius horchte aufgeregt zu, aber das Gespräch wandte sich anderen Dingen zu.

„Mr. Wood sieht doch sehr gut aus," sagte Valerie, als sie Spike nachsah, der zu seinem Tisch zurückging. „Ich kann mich nicht besinnen, jemals ein so faszinierendes Gesicht gesehen zu haben."

„Es tut mir leid, das zu hören," sagte Jim.

„Für wie alt halten Sie ihn?" fragte sie, ohne auf seine Bemerkung zu achten.

„Das ist schwer zu sagen. Er kann achtunddreißig sein, er kann aber auch ebensogut achtundzwanzig sein. Offenbar ist sein Haar vor der Zeit grau geworden."

„Erzählen Sie mir mehr von ihm," bat sie.

Kein Mann rühmt einer geliebten Frau gegenüber gern die Vorzüge eines anderen, aber Jim sprach mit bewunderungswürdiger Selbstüberwindung von John Wood und seiner auffallenden Vorliebe für kleine Kinder.

„Ich dachte, ich hätte Ihnen das alles schon früher berichtet," sagte er schließlich. „Sicher hat er ein bemerkenswertes Gesicht und ist ein hervorragender Mensch. Er hat kein anderes Interesse im Leben als sich um die Wohlfahrt der Kinder zu kümmern. Ich habe wohl niemals einen Mann getroffen, der sich mehr für seine Liebhaberei interessierte als er."

„Er soll Bellamy nicht gern haben, kennt er ihn denn?"

„O ja, er kennt ihn sehr gut. Er war doch ein Freund von Bellamys Neffen, der ihm all sein Vermögen hinterließ, als er starb. Ich habe das Testament durchgesehen, es wurde in England aufgesetzt und ist in Somerset House registriert, und obgleich die Erbschaft keinen großen Wert besaß – sie bestand hauptsächlich aus Büchern und wissenschaftlichen Instrumenten – bestätigt doch die Tatsache, daß er ihn zum Universalerben einsetzte, seine Zuneigung zu ihm. Zufällig konnte Wood mir einige Hinweise geben, die wertvoll für die Auffindung Ihrer Eltern sein können, Valerie," setzte er mit leiser Stimme hinzu. Dann erzählte er ihr kurz die Geschichte von dem geraubten Kind und dem Eisenbahnunglück. „Zuerst dachte ich, es handelte sich um Sie, aber Sie hätten in diesem Fall schon drei Jahre alt sein müssen, während Sie doch offenbar kaum ein Jahr alt waren, als Sie zu den Howetts kamen."

Sie nickte nachdenklich.

„Ich glaube, ich habe auch etwas von dem River Bend-Unglück gehört, aber ich kann es nicht gewesen sein, denn ich habe später die Kleider gesehen, die ich trug, als ich zu meinen Pflegeeltern kam."

Jim war überrascht, daß Mr. Howett nach Lady's Manor zurückkehren wollte. Ei dachte, er hätte sich durch die schrecklichen Erfahrungen, die seine Pflegetochter dort gemacht hatte, warnen lassen und würde sie nun entweder in der Stadt lassen oder sie nach Amerika schicken – diese letzte Möglichkeit stimmte ihn allerdings sehr traurig.

Aber Mr. Howett fuhr schon am Nachmittag mit Valerie nach Lady's Manor ab. Jim begleitete sie zum Wagen. Die Leichenschau für Coldharbour Smith war auf Mittwoch festgesetzt, und obgleich er Valerie gern die Zeugenaussage erspart hätte, waren doch gerade ihre Angaben dringend notwendig.

Er kehrte in die Vorhalle zurück, um Mantel und Hut zu holen, nachdem das Auto abgefahren war. Er traf dort auch Mr. Wood und Spike Holland, die leise miteinander sprachen. Er wollte sie in ihrer Unterhaltung nicht stören und ging mit einem Lächeln an ihnen vorüber.

Am Sonntag war Jims Besuch in Scotland Yard gewöhnlich eine Formsache. Aber infolge der neuen Entwicklungen im Falle des Grünen Bogenschützen wartete diesmal viel Arbeit auf ihn. Der wachthabende Beamte hielt ihn am Eingang an, als er vorüberging.

„Inspektor Fair von der Flußpolizei wartet in Ihrem Bureau. Ich sagte ihm, daß Sie bald kommen würden. Er hat Ihnen sicher Wichtiges mitzuteilen. Ich habe deswegen auch schon an Ihre Wohnung telephoniert."

Jim hatte diesen Besuch erwartet, aber er war erstaunt, daß der Mann ihn so dringend zu sprechen wünschte. Der Inspektor war ein wetterharter Mann, der mehr nach einem Seemann als nach einem Polizeibeamten aussah.

„Tut mir leid, daß ich Sie stören muß, Captain Featherstone. Aber Sie besinnen sich doch darauf, daß wir letzte Nacht einen Freund von Ihnen in dem Boot trafen, – es war doch Mr. Howett, wenn ich nicht irre?"

„Mr. Howett, jawohl."

Inspektor Fair nahm zwei Gegenstände von dem Boden auf, die hinter dem Klubsessel verborgen lagen, und legte sie auf Jim Featherstones Schreibtisch. Der eine war ein kurzer, starker Stahlbogen, der andere ein dazugehöriger grüner Pfeil.

„Wo haben Sie dies gefunden?" fragte Jim überrascht.

„In Mr. Howetts Boot," antwortete Inspektor Fair.

55

Jim schaute lange auf die beiden belastenden Funde, ohne zu sprechen. Und dann versuchte er, eine Erklärung zu geben.

„Mr. Howett erzählte doch, daß er einen Mann nach dem Ufer rudern sah und ihn bat, ihm sein Boot zu überlassen."

„War das nicht eine recht sonderbare Geschichte, die er da erzählte, Captain Featherstone?"

„Mir ist sie nicht besonders merkwürdig vorgekommen," sagte Jim ein wenig kühl. „Es scheint mir sehr wahrscheinlich, daß der Mann, der ursprünglich in dem Boot war, überrascht war, als er Mr. Howett auf der Landungsbrücke stehen sah, und daß er entweder vergaß, seine Waffe herauszunehmen, oder daß er sie absichtlich dort zurückließ, um nicht die Aufmerksamkeit der Leute auf sich zu lenken."

„Hm!" meinte Inspektor Fair. Aber man hörte seinen Worten an, daß er sich durch Jims Worte nicht überzeugen ließ. „Sie haben den Fall ja zu bearbeiten und ich möchte Ihnen dabei nicht in die Quere kommen, Captain. Aber wenn Sie meinen Rat annehmen wollten – und ich bin doch schon viel länger im Dienst tätig als Sie – so würden Sie Mr. Howett doch nicht ganz von dem Verdacht freisprechen, daß er den Tod von Coldharbour Smith auf dem Gewissen hat. Und unter uns gesagt, wäre es ja schließlich auch gerechtfertigt, wenn man daran denkt, daß dieser Schuft seine Tochter geraubt hat –"

„Mr. Howett sollte – nein, das ist ganz unmöglich!"

„Es mag unmöglich scheinen," erwiderte Inspektor Fair, der sich nicht im mindesten einschüchtern ließ. „Aber was wollen Sie nun tun? Werden Sie Mr. Howett zur Leichenschau laden? Das ist eine sehr wichtige Angelegenheit. Jeder, der unter solchen Umständen auf dem Fluß angetroffen wurde, hat sich verdächtig gemacht und müßte vorgeladen werden, um dem Leichenbeschauer zu sagen, was er gesehen und gehört hat."

Jim war in einer schwierigen Lage. Es war unmöglich, Valeries Namen aus der Sache fernzuhalten, aber er wollte die Verbindung der Howetts mit der Geschichte möglichst beschränken. Wer mochte der Mann gewesen sein, den Valerie und Julius sahen, als er allein durch den Nebel ruderte? Den sie anriefen, ohne eine Antwort zu bekommen? War das Mr. Howett? Oder war das – der Mann, den er suchte? Er beschloß, Howett bei der nächsten Gelegenheit darüber auszufragen. Aber ebenso fest stand es bei ihm, daß es unter allen Umständen vermieden werden mußte, Mr. Howett zu der Leichenschau zu laden.

Es war ja auch noch der andere Mord des Bogenschützen aufzuklären, und das Publikum wurde schon ungeduldig, daß so viele Verbrechen ungesühnt blieben.

Als Jim Smiths Papiere durchsah, entdeckte er, daß er eine sehr große Summe, meist in amerikanischen Banknoten, bei sich trug. Von wem er das Geld erhalten hatte, konnte man nicht ausfindig machen.

Die Leichenschau mußte vom Standpunkt der Polizei aus sehr vorsichtig behandelt werden. Alle Zeitungen waren schon voll von diesem geheimnisvollen Verbrechen und erinnerten in Artikeln und Abbildungen wieder an die Ermordung Creagers. An dem Morgen, an dem die Leichenschau stattfinden sollte, brachte der „Daily Globe" einen aufsehenerregenden großen Aufsatz. Es war eine nahezu vollständige Zusammenstellung aller Unternehmungen des Grünen Bogenschützen, und die Zeitung hatte sorgfältig vermieden, Abel Bellamy mit den beiden Verbrechen in Verbindung zu bringen.

„Die Schwierigkeit besieht darin," sagte Spike, der wie gewöhnlich an diesem Morgen in Scotland Yard erschien, „Bellamy und einen oder beide Morde miteinander in Zusammenhang zu bringen. Die einzige Verbindung liegt in der Tatsache, daß Miß Howett in Lady's Manor wohnt und sich infolgedessen im Bereiche des Grünen Bogenschützen befindet."

„Ich habe mir bis jetzt noch nie die Mühe gemacht, die Artikel zu lesen,“ erwiderte Jim. „Aber ich hoffe, Spike, daß Sie nicht ausgeplaudert haben, was Sie verschweigen sollten.“

„Diskretion ist meine größte Schwäche,“ antwortete Holland, „und alles in allem ist die Geschichte einleuchtend wiedergegeben. Coldharbour Smith, ein Verbrecher, der schon viel auf dem Kerbholz hatte, nahm Miß Howett gefangen und wollte sie nur gegen ein Lösegeld freigeben. Durch eine List gelang es ihm, sie an Bord der „Contessa“ zu bringen und er war gerade dabei – wie wir vermuten, oder wenigstens wie der „Daily Globe“ vermutet, und darauf kommt es doch nur an – ihrem Vater einen Brief zu schicken, in dem er ihm mitteilte, daß er sie gegen soundsoviel tausend Pfund freilassen würde. Die ganze Geschichte ist also als eine gewöhnliche Erpressung dargestellt – nichts ist erwähnt von einer Heirat, die dieser fürchterliche Kerl beabsichtigte, und es findet sich keine Andeutung, daß der alte Bellamy in die Angelegenheit verstrickt sein könnte.“

Jim nickte.

„Wenn ich die Dinge irgendwie arrangieren kann, so wird auf der Leichenschau die Sache ähnlich behandelt werden. Es besteht nur eine Gefahr“

„Das ist Lacy,“ platzte Spike heraus. „Der könnte uns noch die ganze Suppe versalzen, besonders da ich glaube, daß Sie ihn mit der Entführung Miß Howetts und deshalb auch mit dem Mord in Zusammenhang bringen müssen. Vielleicht hat er auch noch etwas über Sie auszusagen, Captain,“ sagte er bedeutungsvoll. „Er erzählte mir eine haarsträubende Geschichte, wie er behandelt worden sei und auch, daß er sich schwer rächen wolle.“

Lacy war wirklich die große Gefahr, Jim erkannte das auch. Als aber bei der Leichenschau Lacys Name aufgerufen wurde und er sich nicht meldete, als man nach ihm suchte und ihn nicht fand, atmete Jim erleichtert auf, obwohl durch die Vertagung der Leichenschau der böse Augenblick für ihn doch nur hinausgeschoben wurde. Da Lacy nicht erschienen war, trotzdem er unter Strafandrohung vorgeladen war, blieb Jim nur eins übrig. Er mußte ihn verhaften lassen und in Gewahrsam behalten. Sehr unwillig händigte Jim seinem Assistenten den nötigen Verhaftungsbefehl aus. Aber Lacy war nicht aufzufinden, er war aus dem Hause, in dem er lebte, verschwunden, und man sah ihn nirgendwo in der Gegend.

Nach drei Tagen wurde die Leichenschau abgehalten. Spike Holland nahm auch daran teil und folgte den Vorgängen mit außerordentlichem Interesse. Aber es fiel kein Wort von Garre Castle, und der Grüne Bogenschütze wurde überhaupt nicht erwähnt. Nur ein etwas neugieriger Geschworener machte den Versuch, die Sprache darauf zu bringen, wurde aber prompt von dem Leichenbeschauer zurückgewiesen. Es war eben ein Mord, zwar außergewöhnlich durch die Nebenumstände, aber sonst sehr nüchtern. Und als die einfältigen Geschworenen mit ihrem Spruch wieder erschienen, wurde der letzte Hauch von Romantik von dem Fall genommen, denn der Spruch lautete:

„Es wurde festgestellt, daß der verstorbene Henry Arthur Smith an Bord des Dampfers „La Contessa“ getötet wurde und zwar an einer Stelle, die zu der Gerichtsbarkeit von Rotherhithe in dem Bezirk von London gehört. Der Tod trat ein, weil er von einer oder mehreren unbekannten Personen mit einem spitzen Gegenstand durchbohrt wurde. Wir erheben gegen diese Personen die Anklage des vorsätzlichen Mordes.“

Es wurde nicht einmal gesagt, daß der spitze Gegenstand ein Pfeil war. Niemand sprach über Valerie Howett, die ihre Aussage mit leiser Stimme machte, so daß man sie nicht einmal auf den Sitzen der Zeitungsberichterstatter verstehen konnte.

„Das war ein wirklich idealer Spruch der Geschworenen,“ sagte Jim mit einem Seufzer der Erleichterung, als alles vorüber war. „Ich möchte nur wissen, was Bellamy sich bei der ganzen Sache denkt.“

Mr. Howett lud ihn zum Wochenende nach Lady's Manor ein, und Jim nahm sofort mit Freuden an. Mr. Howett, der schon früher sehr zurückhaltend gewesen war, schien ganz schweigsam geworden zu sein. Valerie beklagte sich bei Featherstone darüber, kurz nachdem er in Lady's Manor angekommen war.

„Die Burg wird jetzt noch mehr bewacht wie früher,“ erzählte sie ihm dann. „Mr. Bellamy läßt nicht einmal mehr die Geschäftsleute hereinkommen, sie müssen ihre Waren im Pförtnerhaus abliefern. Mr. Savini ist eine Art Haushofmeister geworden und seine Frau –“

„Fay?“ fragte Jim ungläubig. „Sie wollen doch nicht sagen, daß sie hier ist?“

„Sie kam letzten Dienstag und ist der weibliche Haushofmeister von Garre Castle geworden. Mr. Savini glaubt, daß dieser schreckliche Lacy irgendwo in der Burg versteckt ist. Ich versprach ihm, Ihnen nichts davon zu sagen.“

„Sagen Sie bitte, daß Sie mir nichts berichtet haben," fiel ihr Jim hastig ins Wort. „Lacy ist der einzige Mann, dessen Aufenthaltsort ich nicht zu wissen wünsche, bis ich Abel Bellamy alle seine Verbrechen nachweisen kann."

Sie standen im Garten, und sie war dabei, die verwelkten Blütenblätter einer großen, weißen Chrysantheme zu entfernen.

„Glauben Sie, daß ich die Hoffnung aufgeben muß, jemals meine Mutter wiederzufinden?" fragte sie.

Er wollte ihr nicht direkt antworten.

„Eine Hoffnung, die schon ein Teil der Gedanken geworden ist, die man jahrelang gehegt hat, soll man eigentlich nicht aufgeben," sagte er schließlich.

Sie wollte ihm etwas mitteilen und hatte ihn deswegen in den schattigen Garten geladen. Aber so oft sie beginnen wollte, fiel ihr das Sprechen zu schwer. Wenn sie ihr Geheimnis verriet, brachte sie damit einen Menschen in Verdacht, den sie von Herzen liebte, und der ihr sehr teuer war. Und doch konnte nur eine Aussprache über das, was ihre Gedanken Tag und Nacht beschäftigte, ihre verstörten Gedanken wieder zur Ruhe bringen.

„Jim, ich gebe mir die größte Mühe, Ihnen alles Vertrauen entgegenzubringen, und doch fürchte ich mich ein wenig vor Ihnen. Es ist wegen meines – meines Vaters, Mr. Howett. Wollen Sie bitte vergessen, daß Sie ein Polizeibeamter sind und nur daran denken, daß Sie mein Freund sind?"

Er nahm ihre kalte Hand in die seine, und sie verweigerte es ihm nicht.

„Erzählen Sie, was Sie bedrückt, Valerie," sagte er freundlich. „Ich habe mich niemals weniger als Polizeibeamter gefühlt als gerade in diesem Augenblick."

Sie ließ sich auf einer großen Holzbank an seiner Seite nieder und berichtete ihm zögernd von ihrem merkwürdigen nächtlichen Erlebnis, von den flüsternden Stimmen und dem Weinen.

„Als mein Vater mir sagte, daß er selbst im Wohnzimmer war, hätte ich zu Bett gehen sollen – aber ich war so neugierig und – Jim, ich wäre beinahe gestorben, als ich unten in der Eingangshalle den Grünen Bogenschützen stehen sah!"

Jim war erstaunt, aber nicht im mindesten beunruhigt.

„Haben Sie Mr. Howett gesehen, als er nachher die Treppe heraufkam?"

Sie schüttelte den Kopf.

„Er ging direkt in sein Zimmer."

„Langsam oder eilig?"

„Sehr schnell."

„Hat er nicht an Ihre Türe geklopft oder Ihnen Gute Nacht gesagt?"

„Nein, er ging in sein Zimmer und schloß die Tür hinter sich zu."

„Und die Frau – haben Sie die auch gesehen?"

„Nein, Mr. Holland glaubte, daß sie den Wagen lenkte, der an ihm vorbeikam und ihn aufweckte."

Man sah Zweifel in Jims Gesicht.

„Eine hysterische Frau wird wohl kaum in der Lage sein, ein Auto zu lenken. Aber immerhin, manchmal erholen sich Frauen sehr schnell. Es ist eine ganz merkwürdige Geschichte."

„Ich will Ihnen eine noch viel seltsamere Sache erzählen," sagte sie und teilte ihm nun zum erstenmal mit, daß sie in der Nacht, in der sie ihren abenteuerlichen Gang nach Garre Castle unternahm, sonderbare Geräusche gehört und den grünen Pfeil in der Küche gefunden hatte.

Auf seine dringende Bitte hin brachte sie die Waffe zum Wohnzimmer herunter. Er nahm sie in die Hand und maß sie.

„Dieser Pfeil ist länger als die drei, die ich bis jetzt gesehen habe," sagte er schließlich. „Creager und Smith wurden durch Pfeile getötet, die wenigstens fünfzehn Zentimeter kürzer waren als dieser, der genau ein altes Yard mißt. Diese Pfeile wurden von den Bogenschützen im Mittelalter benützt."

Er befühlte die nadelscharfe Spitze und untersuchte sie durch sein Vergrößerungsglas.

„Die Spitze ist handgefertigt," erklärte er dann. „Nun verstehe ich auch, warum wir keinen Erfolg hatten, als wir alle Geschäfte untersuchten, die solche Sportartikel führen. Der Pfeilschaft ist auch selbst hergestellt – er ist außerordentlich kunstvoll geglättet."

Er besah ihn neugierig und hielt ihn nahe ans Licht. „Ich sehe ein halb Dutzend Fingerabdrücke daran," sagte er plötzlich. „Wahrscheinlich sind das

Ihre eigenen, aber es wäre doch wichtig, wenn ich sie photographieren könnte. Darf ich den Pfeil mit mir zur Stadt nehmen?“

„Nein,“ sagte sie mit einer Heftigkeit, über die er sich sehr wunderte, bis er sich wieder an die Zusammenhänge erinnerte. Sie fürchtete – daß die Fingerabdrücke die Identität des Grünen Bogenschützen ans Tageslicht bringen könnten.

Er gab ihr den Pfeil zurück, als sich plötzlich die Tür öffnete und Mr. Howett eintrat.

„Mein lieber –“ begann er, brach aber plötzlich ab. „Was ist das?“ fragte er düster.

„Ein Pfeil,“ stotterte Valerie. Mr. Howett nahm ihr die Waffe aus der Hand, wandte sich um, ohne ein Wort zu sagen, und verließ das Zimmer schnell.

Die Beiden sahen sich an, und Jim entdeckte in Valeries Blick einen Ausdruck von Angst und Furcht, der ihm ins Herz schnitt.

56

Die Hunde waren nicht mehr in Garre. Eines Morgens war ein Hundezüchter gekommen, hatte sie an die Leine gelegt und mit sich fortgenommen. Das ganze Personal von Garre Castle atmete erleichtert auf. Abel Bellamy, der seinen Sekretär bei seiner Rückkehr begrüßte, erzählte ihm nur kurz, daß sie fortgebracht wären.

„Ich habe sie weggeschickt,“ erklärte er. „Es waren schlechte Hunde, die sich betäuben ließen. Savini, ich brauche eigentlich eine Frau hier, die nach dem Haushalt sehen könnte. Ich möchte keinen Hausmeister mehr engagieren, aber es muß jemand die Dienstboten bei der Arbeit beaufsichtigen. Würden Sie nicht Ihre Frau nach Garre bringen?“

Zuerst wollte Julius ablehnen.

„Meine Frau wird wahrscheinlich die Stellung eines Hausmeisters nicht übernehmen wollen, sie wäre ja nicht mehr als ein besserer Dienstbote.“

„Fragen Sie nur,“ sagte der alte Bellamy kurz.

Julius schrieb an Fay und hätte nie geglaubt, daß sie annehmen würde. Zu seiner großen Überraschung beantwortete sie seinen Brief durch einen Besuch und brachte schon ihr ganzes Gepäck mit.

„Ich bin das Alleinsein müde," sagte sie, „und ich möchte doch auch gar zu gerne einmal diesen Geist sehen, Julius. Ich habe alte Schlösser und Burgen gern. Es ist zwar nicht so schön wie in Holloway, aber man hat hier doch größere Freiheit."

Julius zuckte zusammen. Es gab Augenblicke, in denen er nicht daran erinnert werden wollte, daß seine Frau jemals im Gefängnis gesessen hatte.

Er nahm sie mit in die Bibliothek, damit sie Bellamy begrüßen konnte. Der Alte schien nicht einmal überrascht zu sein, daß sie so schnell gekommen war. Er war sehr höflich, sogar liebenswürdig zu ihr und übergab ihr die Schlüssel der Burg. Aber dann warnte er sie auch.

„Ich habe einen Wachtmann, der nur in der Nacht Dienst tut. Sie müssen sich keine Gedanken machen, wenn Sie nachts Geräusche hören. Er schläft am Tage, und Sie werden ihn nicht zu sehen bekommen."

Als Fay in ihrem Zimmer war, versuchte sie, noch mehr über diesen nächtlichen Wanderer zu erfahren.

„Ich weiß auch nicht, wer es ist," antwortete Julius. „Der Alte hat mir dasselbe gesagt. Vermutlich ist es irgendein Meuchelmörder, ein Kerl, den er angestellt hat, um den Grünen Bogenschützen unschädlich zu machen."

Am Abend las Julius den Bericht über die Totenschau.

„Jetzt weiß ich, wer der geheimnisvolle mitternächtliche Wanderer ist," sagte er plötzlich. „Es kann kein anderer als Lacy sein."

Fay gab ihm recht.

Daß weder sie noch Julius eine Vorladung zur Leichenschau erhalten hatten, war ihr unverständlich. Aber sie fand schließlich eine Erklärung, als sie auf der Kante ihres Bettes saß, eine Zigarette rauchte und sich die Sache durch den Kopf gehen ließ.

„Featherstone hat alles unterdrückt, um Bellamys Namen nicht mit dem Fall zu verknüpfen."

„Warum denn?“ fragte Julius erstaunt. „Das ist doch das Letzte, was Featherstone tun würde. Er will doch gerade Bellamy fassen!“

„Du bist sehr schlau, Julius, aber du könntest als Diplomat niemals dein Vaterland im Ausland vertreten. Das ist nicht deine starke Seite. Nahmen wir an, Featherstone hätte den alten Teufel vor Gericht gestellt – woher hätte er denn die Beweise gegen ihn nehmen sollen? Und wie hätte er ihn zur Rechenschaft ziehen können, ohne die ganze Sache mit Valerie Howett aufzurollen? Und ich weiß ganz sicher, daß sie und Bellamy in eine große, geheime Geschichte verwickelt sind. Warum hätte sie dir denn sonst soviel Geld gegeben, bloß um ein paar Informationen über ihn zu bekommen?“

Sie schlüpfte ins Bett, zog die Knie hoch und grübelte angestrengt nach.

„Ich habe mir alles überlegt, Julius. Warum wollte er eigentlich, daß ich hierherkommen sollte?“

„Das mag der Himmel wissen. Vielleicht kann er einen gewissen Einfluß auf mich ausüben, wenn du hier bist.“

Sie antwortete nicht, und er war schon halb eingeschlafen, als sie wieder zu sprechen begann.

„Vielleicht war Holloway doch sicherer,“ meinte sie. Julius brummte unzufrieden etwas vor sich hin.

Fay verbrachte die erste Nacht in Garre Castle nicht besonders gut. Um drei Uhr wachte sie auf und konnte nicht wieder einschlafen. Einmal ging auch jemand an der Tür vorbei. Es war ein geheimnisvolles Schlürfen, und Fay hörte, wie der nächtliche Wanderer vergeblich versuchte, einen Hustenanfall zu unterdrücken.

Schließlich stand sie auf, schlüpfte in ihren Morgenrock, ging ans Fenster, zog den Vorhang beiseite und schaute in die dunkle Nacht hinaus. Es regnete, und sie konnte draußen nichts erkennen. Aber um so lebhafter arbeitete ihre Phantasie. Schaudernd und fröstelnd ging sie wieder zu Bett.

Sie war halb eingeschlafen, als sie plötzlich ein schwaches, regelmäßiges Klopfen vernahm. Zuerst glaubte sie, es sei ein Geräusch im Zimmer, aber als sie genauer aufhorchte, merkte sie, daß es von unten kam.

„Tap, tap, tap!“ Eine Pause – dann wieder „tap, tap, tap!“

Sie stieß Julius an und er erwachte.

„Was ist das?“ flüsterte sie.

Er saß aufrecht im Bett und lauschte.

„Ich weiß es nicht, – es klingt so, als ob unten jemand ist.“

„Was für ein Raum ist denn unter uns?“

Julius dachte eine Weile nach.

„Das Speisezimmer – nein, die Wachtstube. Ich habe dir doch den Platz gezeigt, als du ankamst.“

Sie schauderte.

„Du meinst den Eingang zu den Kerkern?“ flüsterte sie ängstlich. „Ach, Julius, ich fürchte mich schrecklich.“

Er klopfte ihr auf die Schulter.

„Sei nicht verrückt. Vielleicht ist es auch nur eine Wasserröhre. – Bellamy behauptete stets, daß alle außergewöhnlichen Geräusche hier mit der Wasserleitung zu tun haben.“

Trotzdem war auch er verwundert.

„Es kann unmöglich aus dem Wachtraum kommen, es klingt, als ob man mit einem Hammer auf Eisen schlägt. Es muß ziemlich weit fort sein, sonst würde ich es genauer hören.“

„Wo kann es nur sein?“ fragte sie besorgt.

Einige Sinne waren bei Julius Savini außergewöhnlich scharf entwickelt. Während seiner etwas stürmischen Vergangenheit hatte sich sein scharfes Gehör und die Fähigkeit festzustellen, woher ein Geräusch kam, von unschätzbarem Wert für ihn erwiesen. Er fand auch bald heraus, daß das Klopfen aus den unterirdischen Kerkern kommen mußte.

„Wo ist es denn?“ fragte Fay noch einmal.

„Es können nur die Wasserröhren sein,“ erwiderte Julius. „Versuche du nur wieder zu schlafen, ich will einmal sehen, ob ich sie nicht abstellen kann.“

Er zog seinen Rock an, und sie hörte, wie er die Schublade seines Schreibtisches aufzog.

„Du brauchst aber doch keinen Revolver, um eine Wasserröhre abzustellen?“ fragte sie erschrocken.

„Ich bin etwas nervös geworden," antwortete er ihr sehr ruhig. „Ich will nicht in der Burg umherwandeln ohne –"

Sie stand schnell auf.

„Ich bleibe nicht allein hier," sagte sie bestimmt.

Julius war ihre Begleitung nicht unangenehm, denn er war ebenso ängstlich wie sie, allein zu sein.

Als sie leise auf den Gang hinaustraten, sahen sie, daß eine Lampe brannte. Die Tür zu Bellamys Schlafzimmer stand weit offen.

„Er ist noch nicht zu Bett gegangen," flüsterte Julius. „Sie stand genau so offen, als ich mich legte."

Auch in der unteren Halle brannte Licht. Julius schlich langsam die Treppe hinunter. Die Bibliothekstür war geschlossen, aber nun konnte er das Hämmern deutlicher erkennen. Es kam aus der Richtung des Speisezimmers, und er ging die langen, dunklen Gänge entlang. Fay folgte ihm auf dem Fuße am Speisezimmer vorbei in den Wachtraum. Bevor er dorthin kam, sah er die Lichtstrahlen einer Laterne, die sich auf dem blanken Fußboden spiegelten. Auch von der Treppe, die zu den Kerkern hinunterführte, kam Lichtschein herauf. Julius schlich sich vorwärts und schaute hinunter, konnte aber niemand sehen, aber die Hammerschläge waren laut und deutlich zu hören.

Der Revolver in seiner Hand zitterte, als er den Fuß auf die ausgetretenen Steinstufen der Treppe setzte. Aber plötzlich hörte das Klopfen unten auf, und es erklangen Schritte auf dem unebenen Steinfußboden. Savini zog sich fluchtartig zurück, nahm seine Frau am Arm, und sie liefen den langen Gang entlang, die Treppe in die Höhe. Von dem oberen Podest aus hatte er einen guten Überblick über die Eingangshalle. Sie mußten noch etwas warten, bevor der nächtliche Arbeiter erschien. Es war Abel Bellamy.

Er hatte keinen Rock an, sein Hemd war vorne geöffnet und zeigte seine starke Brust, die Ärmel waren bis zur Schulter aufgerollt. Julius sah auf den muskulösen, mächtigen Armen eine graue Staubschicht. Bellamy trug einen schweren Hammer in der einen Hand, eine Laterne in der anderen, und als er in die Halle heraufkam, wischte er sich mit dem Handrücken den Schweiß von der Stirne. Julius und Fay eilten in ihr Zimmer und schlossen die Tür leise hinter sich zu.

„Was hat er nur gemacht?" flüsterte die erschrockene Frau.

„Er wird ein Wasserrohr verlegt haben," meinte Julius beruhigend. Aber er hätte sich nicht träumen lassen, wie nahe sein Ausspruch der Wahrheit kam.

57

Am nächsten Morgen stand Julius schon sehr früh auf. Er hatte genügend Entschuldigungsgründe, um in den Wachtraum zu gehen, denn seine jetzigen Pflichten brachten ihn in alle Teile der Burg. Als er den Raum aber betrat, erwartete ihn eine Überraschung. Er sah eine schwere Gittertür dort, die aus starken Stahlstangen bestand. Bellamy mußte sie noch in der Nacht angebracht haben, um den Zugang zu den Kerkern zu schließen. Julius konnte sich nicht darauf besinnen, jemals früher diese Tür gesehen zu haben. Er sah auch, daß die Tür mit einem ganz neuen Vorhängeschloß gesichert war. Als er Bellamy später traf, erwähnte er seine Entdeckung.

„Eins von Ihren verrückten Dienstmädchen wäre in Ihrer Abwesenheit beinahe die Treppe hinuntergefallen," erklärte er. „Deshalb habe ich sie jetzt geschlossen, damit nichts mehr passieren kann. Aber warum fragen Sie?"

„Ich hätte meiner Frau gern die Kerker gezeigt," log Julius.

„Das geht jetzt nicht," war die ablehnende Antwort.

Aber als sie sich nach einiger Zeit wieder begegneten, brachte der alte Bellamy von selbst das Gespräch wieder darauf zurück.

„Wenn Ihre Frau die Kerker sehen will, so werde ich sie ihr selbst eines Tages zeigen," meinte er.

Julius dankte ihm und berichtete Fay von seiner Unterhaltung.

„Ich will die alten, verfluchten Kerker nicht sehen," rief sie. „Julius, ich gehe von hier fort. Unsere Wohnung in Maida Vale ist sicher kein Palast, aber es ist doch nicht so schauerlich dort."

Julius nahm ihren Entschluß ohne Widerrede hin.

Aber Bellamy wurde aufgebracht, als er davon hörte.

„Sagen Sie ihr nur, daß sie nicht so ohne weiteres fortgehen kann," rief er erregt. „Ich brauche sie hier. Auf alle Fälle muß sie eine Woche hier bleiben."

„Es wäre besser, wenn Sie ihr das selbst mitteilen, Mr. Bellamy," erwiderte der kluge Julius.

„Schicken Sie Ihre Frau zu mir."

Fay kam sofort.

„Savini sagte mir eben, daß Sie die Burg verlassen wollen?"

„Das stimmt – Ihr Garre Castle fällt mir auf die Nerven, Mr. Bellamy."

„Sie fürchten sich wohl vor Geistern?" brummte er.

„Nein, vor Ihnen."

Abel Bellamy lachte. Wenn sie sich angestrengt hätte, ihm etwas Angenehmes zu sagen, so hätte sie es nicht besser machen können.

„Was, Sie fürchten mich? Was ist denn an mir dran, wovor Sie sich fürchten könnten? Vor häßlichen Männern haben die Frauen doch keine Furcht – im Gegenteil, die haben die Frauen doch gerne?"

„Ich habe noch niemals an Höhlenmenschen Gefallen gefunden. Ich sehne mich nicht nur wegen Ihrer häßlichen Erscheinung nach meiner alten Wohnung. Sie sind gerade kein Adonis, das wissen Sie ja selbst, Mr. Bellamy, aber darum bekümmere ich mich nicht. Das ist die schreckliche alte Burg und vor allem die Geräusche in der Nacht."

„Julius hat mir gesagt, daß es die Wasserrohren sind, und vielleicht hat er auch recht. Aber ich kann bei dem Spektakel nicht schlafen, ich verliere mein hübsches Aussehen und das will ich nicht."

Er beobachtete sie durch halbgeschlossene Augenlider, und als sie zu Ende war, lachte er wieder leise in sich hinein, als ob er eine unbändige Freude meistern müßte.

„Machen Sie es so, wie Sie wünschen, aber bleiben Sie noch bis zum Ende der nächsten Woche, dann können Sie gehen."

Sie hatte sich fest vorgenommen, die Burg sofort zu verlassen, aber merkwürdigerweise gab sie Bellamy doch ihre Einwilligung, noch so lange zu bleiben.

„Warum ich schließlich Ja sagte, kann ich mir eigentlich gar nicht erklären. Wenn ich noch eine Woche hier bleiben soll, bekomme ich graue Haare, Julius."

„Ach, du bist verrückt."

In der nächsten Nacht hörten sie das Klopfen wieder, aber es störte sie nicht weiter im Schlafe. In der dritten Nacht aber wachte Julius plötzlich auf und sah, daß auch Fay erschreckt im Bett saß.

„Was war denn das?" fragte er.

„Es klang wie eine Explosion." Während sie noch sprach, kam wieder ein dumpfer Knall, der das ganze Gebäude erzittern ließ.

Savini eilte auf den Gang, die Treppe hinunter. Er war mitten in der Halle, als der Alte nach oben kam.

„Was wollen Sie hier?" fragte er.

Savini bemerkte irgendeinen sonderbaren Geruch. Sicher waren es die Rauchgase einer Explosion.

„Ist irgend etwas nicht in Ordnung?"

„Alles in Ordnung – ich habe nur eine kleine Sprengung vorgenommen, aber deshalb brauchen Sie sich nicht zu fürchten."

„Eine Sprengung – mitten in der Nacht?"

„Ist das nicht die beste Zeit dafür? Eine der Kerkerwände sah mir so aus, als ob etwas dahinter verborgen wäre. In all diesen alten Burgen gibt es Schatzräume, und ich hatte schon seit einiger Zeit beschlossen, diese Mauer niederzulegen."

Nun war aber Abel Bellamy nicht der Mann, der um drei Uhr in der Nacht auszog, um Schätze zu heben.

„Ihre Frau fürchtet sich wohl wieder? Ich dachte, ich wäre der einzige, vor dem sie sich fürchtet. Gehen Sie wieder zu Bett, Savini."

Julius blieb nichts anderes übrig, als zu gehorchen.

„Der Alte hat Löcher in die Mauern gesprengt," erzählte er Fay.

„Wenn das Loch, das er gesprengt hat, groß genug ist, daß ich hinauskommen kann, dann krieche ich sofort hinaus," erwiderte Fay ganz bestimmt. „Und du kommst mit, Julius. Es ist ganz gleich, ob du hier viel Geld verdienst oder nicht. Warum wollte er dich denn wieder hier zurückhaben? – warum hat er mich hierhergerufen? Weil wir beide etwas wissen und ausplaudern könnten. Ich wußte, daß er hinter der Sache mit Smith steckte – hat er dich denn nicht zu mir gesandt, um mir Anweisungen zu geben? Smith hat mir das auch gesagt. Wegen seiner eigenen Sicherheit durfte er weder dich noch mich in der Stadt lassen. Wir sind blind gewesen! Er kann es doch durchaus nicht leiden, wenn Frauen in seiner Nähe sind, und trotzdem hat er nach mir geschickt. Wenn ich nur soviel Verstand gehabt hätte wie eine Mücke, dann hätte ich das vorher durchschauen sollen. Aber sobald es hell wird, gehen wir."

Julius war es unheimlich zumute. Er ahnte, daß sie recht hatte und stimmte ihr zu.

„Natürlich habe ich recht," sagte sie zornig. „Julius, du bist ein verlorener Mann, wenn du länger hier bleibst. Der alte Fuchs führt irgend etwas Böses gegen uns im Schilde. Ich bin nicht beunruhigt wegen der Sprengungen, ich vermute, er hat nicht genug Dynamit, um ganz Garre Castle in die Luft zu sprengen. Aber hinter all diesem Klopfen und den Geräuschen steckt irgendein geheimer Plan."

Bellamy war in der Bibliothek, als die beiden zu ihm kamen. Er las gerade in einem Exemplar des „Daily Globe" den Bericht über die Leichenschau.

„Wollen Sie ausgehen?" fragte er, als er ihre Kleidung sah.

„Nein, wir gehen nach Haus," antwortete Fay.

Bellamy legte die Zeitung nieder.

„Ich dachte, Sie wollten die Woche noch aushalten. Und Sie wollen auch fort, Savini?"

Julius nickte.

„Ach was, Sie sind wohl nicht ganz bei Verstand! Aber ich will keinen Streit mit Ihnen anfangen. Hier ist Ihr Lohn. Eigentlich haben Sie auf gar nichts Anspruch, wenn Sie mich so verlassen. Schreiben Sie mir eine Quittung über das Geld aus."

Julius gehorchte und setzte sich das letztemal an Abel Bellamys Schreibtisch.

„Savini, erinnern Sie sich an die Ledermappe? Fragen Sie mich nicht, welche ich meine. Besinnen Sie sich darauf, wie Sie hier herumspioniert haben, wenn ich nicht da war? Wie Sie alle Schubladen im Schreibtisch geöffnet haben? Wissen Sie noch, wieviel geheime Nachrichten Sie Valerie Howett gegeben haben? Und ich habe Ihnen nur Gutes für all dieses Böse getan."

Julius war auf der Hut. Er schaute ganz erstaunt auf, als der Alte plötzlich mit einem harten Ruck den Schreibtisch zurückstieß und den Teppich aufhob.

„Ich bin ein verlorener Mann," sagte Bellamy ruhig. „Dieser verdammte Spürhund, der Featherstone, hat alles über die Frau herausbekommen, die ich drunten gefangen halte. Und vermutlich wissen Sie es auch, sonst würden Sie nicht fortlaufen wollen."

Er bückte sich, nahm ein Stück des Parkettfußbodens heraus, steckte den Schlüssel ein und öffnete. Savini beobachtete aufgeregt alle seine Bewegungen. Verwundert sah er, wie der Stein sich um die Stahlachse drehte. Ohne ein Wort zu verlieren, stieg Bellamy die Treppe hinunter.

„Kommen Sie und sehen Sie es sich an," sagte er. Julius folgte ihm, und widerstrebend ging auch Fay hinter ihm her.

Der Alte zündete unten einen Gasarm an und schloß die Türe auf. Die Lampen brannten unten, wie er sie verlassen hatte.

„Kommen Sie ruhig herein," sagte Bellamy, der am Eingang des Tunnels stand.

„Ich bleibe hier," erwiderte Julius. Er fühlte zitternd Fays Hand, die ihn am Arm zurückzog. Bellamy drehte sich gleichgültig um.

„Nun ja, bleiben Sie dort, die Frau ist hier, wenn Sie sie sehen wollen –"

Blitzschnell drehte sich Bellamy um. Er packte Julius mit der einen, Fay mit der anderen Hand, und bevor Julius zu sich kam, hatte Bellamy ihn und seine Frau durch den Tunnel hindurchgestoßen. Die Tür fiel krachend ins Schloß, und sie hörten, wie er die Riegel vorschob.

Dann schaute der Alte durch das kleine Gitter in der Tür.

„Nach Hause gehen, was? Nun bei Gott, jetzt sind Sie zu Hause! Das ist Ihre letzte Heimat, Sie verdammter Nigger und Spürhund! Du Schmutzweib! Ihr meint wohl, ich hätte euch frei herumlaufen lassen, damit ihr überall Geschichten erzählt? Nun seid ihr hier, und da werdet ihr so lange bleiben, bis ihr krepiert!"

Bellamys Stimme war heiser, er war fast wahnsinnig vor Aufregung.

„Auf Sie habe ich gewartet, Savini! Und dieses Frauenzimmer –" begann er von neuem. Aber plötzlich sprang er beiseite, und zwar gerade noch zu rechter Zeit, denn es fiel ein Schuß, und ein Geschoß prallte hinter ihm an der Wand ab. Ein zweites Geschoß traf eine Eisenstange des Gitters in der Türe. Er hatte nicht geglaubt, daß Julius Waffen bei sich tragen könnte.

Unversehens schloß er die Falltür, die das Gitter bedeckte, und befestigte es mit Riegeln. Dann stieg er die Treppe wieder hinauf. Oben schrieb er einen langen Brief und brachte ihn selbst zu dem Pförtnerhaus.

„Sie fahren doch Rad?“ fragte er den Pförtner. „Nehmen Sie diesen Brief und bringen Sie ihn nach Lady's Manor.“

Der Mann entfernte sich sofort und Bellamy sah ihm nach. Nach zehn Minuten kam der Bote zurück und gleich darauf erblickte Bellamy eine bekannte Gestalt.

„Gehen Sie schnell und sagen Sie dem Herrn dort, daß ich ihn gern sehen möchte.“

Kurze Zeit später kam der interessierte Spike mit dem Pförtner zum Tor.

„Guten Morgen, Holland, Ihr Freund hat mich verlassen.“

„Meinen Sie etwa Savini?“

Bellamy nickte.

„Er ist eben mit seiner Frau gegangen. Ich überraschte sie dabei, wie sie über Nacht meinen Geldschrank aufbrechen wollten. Im Augenblick habe ich sie hinausgeworfen. Ich dachte, Sie können diese Nachricht vielleicht für Ihre Zeitung brauchen.“

„Das ist ja eine große Neuigkeit,“ sagte Spike ohne sichtliche Begeisterung. „Welchen Weg sind sie denn gegangen? Am „Blauen Bären“ sind sie jedenfalls nicht vorbeigekommen.“

„Nein, sie gingen in der Richtung nach Newbury. Wenigstens sagte Savini so. Er drohte auch, daß er dort zu einem Rechtsanwalt gehen würde. Ich habe jetzt genug von dieser Burg, Holland. Man kann diesen Engländern überhaupt nicht trauen – dieser Kerl, der Savini, ist doch auch ein halber Engländer.“

„Was wollen Sie denn dann anfangen?“

„Ach, ich werfe die ganze Dienerschaft hinaus – zahle die Gehälter bis zum nächsten Ersten und schließe die Bude. Ich behalte nur den Pförtner und einen Verwalter. Vielleicht kann ich Ihnen eines Tages, wenn Sie zu mir kommen, eine gute Geschichte erzählen.“

Spike zwinkerte mit den Augen.

„Und was wird aus dem Grünen Bogenschützen?“ fragte er.

„Das ist ja doch gerade mein neuer Verwalter,“ antwortete Bellamy prompt. „Vielleicht kann ich Ihnen nächstens etwas mehr über ihn berichten, Holland. Er hat alle Leute an der Nase herumgeführt, nur mich nicht. Haben Sie sein Gesicht noch nie gesehen?“

„Nein,“ sagte Spike ruhig. „Ich möchte es auch nicht sehen. Was ich sehen möchte, ist sein Rücken.“

Bellamy zog die Stirne kraus.

„Was soll das heißen – Sie wollen seinen Rücken sehen?“

„Ich möchte die Narbe sehen, die Creager ihm schlug, als er ihn auspeitschte.“

Er hatte nicht erwartet, daß seine Worte einen so großen Eindruck auf Bellamy machen würden. Der Alte taumelte, als ob er von einem Geschoß getroffen worden wäre, seine große Hand hob sich, und er stützte sich an dem Steinpfeiler des Tores, um sich aufrechtzuhalten. Sein Gesicht war vollkommen totenblaß, und sein Blick war leer.

„Sie wollen seinen Rücken sehen ... den Creager ausgepeitscht hat! ...“ flüsterte er. Dann wandte er sich um und eilte zu dem Eingang der Burg, als ob ihn ein leibhaftiges Gespenst verfolgte.

Er eilte geradenwegs in die Bibliothek, warf die Tür donnernd hinter sich zu, taumelte zu seinem Sessel und fiel atemlos hinein.

Der Mann, den Creager ausgepeitscht hatte! Ein Geist war in Garre aufgetaucht, schrecklicher als der Grüne Bogenschütze! Er saß zwei Stunden lang und schaute bewegungslos aus dem Fenster. Ein entsetzliches Gefühl des Schreckens hatte sich seiner bemächtigt – es war die Furcht vor dem Tode.

58

Jim Featherstone war im Garten, als Valerie ihm einen Brief brachte, den sie ihm wortlos übergab.

„Meine liebe Miß Howett, als Sie mich damals in der Burg besuchten, fragten Sie mich nach Ihrer Mutter, und ich sagte Ihnen, daß ich nichts über sie wüßte.

Zu jener Zeit hatte ich allen Grund, Ihnen nichts über sie mitzuteilen. Aber Ihre Mutter lebt, und wie ich vermute, geht es ihr gut. Wenn Sie mich noch einmal mit Ihrem Besuch beehren wollen, werde ich Ihnen alle möglichen Aufschlüsse geben können. Darf ich Ihnen mein aufrichtiges Bedauern aussprechen, daß Sie kürzlich so unangenehme Erfahrungen gemacht haben? Ich las die ganze Geschichte heute zum erstenmal in der Zeitung.

Mit besten Grüßen

Abel Bellamy."

Jim las den Brief zweimal durch.

„Das ist ja wieder eine ganz moderne Version von der Fabel mit der Spinne und der Fliege," sagte er. „Sie haben natürlich nichts Eiligeres zu tun, als zu ihm zu gehen?"

„Ich war schon gespannt, ob Sie das nicht sagen würden – aber trotzdem –"

„Es könnte ja etwas dafür sprechen, das gebe ich zu. Vielleicht will Bellamy sein Gewissen erleichtern, indem er Ihnen alles frei erzählt."

„Welche Gefahr könnte denn damit verbunden sein?" fragte sie. Aber Jim war in diesem Punkt unerbittlich.

„Als Ihr Freund kann ich Sie nur bitten, nicht nach Garre Castle zu gehen, aber als Polizeibeamter muß ich es Ihnen direkt verbieten," sagte er halb scherzend. „Bellamy würde zwar am hellen Tage keine Tricks versuchen, aber – eben sehe ich Spike Holland kommen."

Spike kam eilig durch den Garten. Sein sommersprossiges Gesicht strahlte.

„Savini und seine Frau haben die Burg verlassen, und der Alte wirft seine ganze Dienerschaft auf die Straße," sagte er atemlos. „Nur sind die Savinis noch nicht aus der Burg heraus. Ich habe das Tor seit heute morgen in aller Frühe beobachtet, denn Julius hatte mir versprochen, mir etwas zu berichten. Und um zehn Uhr erzählte mir Bellamy die Geschichte, daß er die beiden hinausgeworfen hat, weil er sie dabei ertappte, wie sie seinen Geldschrank berauben wollten."

„Was vermuten Sie?"

„Daß Bellamy lügt. Savini ist noch dort und er und seine Frau unterstützen entweder den Alten dabei, alle Leute an der Nase herumzuführen, oder –"

„Nun?“

„Oder die beiden Savinis sitzen als Gefangene auf der Burg. Ich bin über nichts mehr erstaunt, was sich in Garre ereignet.“

Jim wollte eigentlich am selben Tag zur Stadt zurück, aber er rief statt dessen im Bureau an und ließ sofort Nachforschungen nach Julius Savini anstellen. Als am Nachmittag der Bericht kam, daß weder Julius noch seine Frau gesehen worden war, sandte er den Polizeibeamten von Garre Castle zur Burg, um Erkundigungen einzuziehen. Der Mann kam mit der Nachricht zurück, daß alle Dienstboten, mit Ausnahme des Pförtners und des Chauffeurs Sen, an diesem Nachmittag weggegangen seien. Es waren meistens Leute aus London und sie hatten Garre mit dem Nachmittagszug verlassen. Bellamy hatte großzügig gehandelt und ihnen reichlich Geld gegeben. Von den Savinis hatte er nichts anderes erfahren, als daß er ebenfalls mit seiner Frau die Burg verlassen hätte.

„Das waren alle Informationen, die er mir gab.“

„Wer hat Ihnen denn die Tür aufgemacht?“

„Mr. Bellamy selbst, mein Herr. Als ich wieder wegging, hörte ich, wie er die Tür verriegelte und abschloß.“

Jim konnte nichts anderes tun als ruhig abwarten.

Aber Abel Bellamy konnte nicht warten. Es war nur noch ein Hindernis, das zwischen ihm und der Ausführung seines Planes stand.

Über der Bibliothek von Garre Castle befanden sich Räume, die meistens fensterlos waren. Früher hatten die Gefolgsleute der de Curcys hier gewohnt, aber jetzt wurden sie teils als Abstellraume benützt, teils standen sie ganz leer. In einem dieser Zimmer schlief am Tage ein Mensch mit einem dunklen Gesicht, der böse dreinschaute, und dessen Anwesenheit in Garre Julius längst vermutet hatte.

Lacy war ein berufsmäßiger Dieb, der sich nicht viel Gedanken machte. Reue kannte er nicht, und seitdem er in Garre war, trug er eine ziemliche Gleichgültigkeit zur Schau, von der Bellamy jedoch keine Notiz nahm.

Der letzte der Dienstboten war kaum außer Sicht, als Lacy die Tür zur Bibliothek öffnete, ohne vorher anzuklopfen, und einfach zu seinem Herrn hineinging. Er hatte eine von Bellamys Zigarren im Munde. Die Hoffnung auf einen baldigen großen Erfolg hatte schon bessere Leute wie Lacy verdorben.

„Na, sind alle weg, Alter? Ich soll nun wahrscheinlich alles für Sie tun, was in meinen Kräften steht, wie? Aber glauben Sie ja nicht, daß ich jetzt noch den Diener spiele!“

„Habe ich Sie darum gefragt?“ brummte Bellamy.

Lacy nahm die Zigarre aus dem Munde und schaute sie mürrisch an.

„Das ist keine von Ihren besten, Abel,“ sagte er vorwurfsvoll. „Sie hätten sich im Traume nicht einfallen lassen, dem armen alten Smith Zigarren wie diese anzubieten! Und wenn ich nun sozusagen auch noch die Arbeit von Smith übernehmen soll, dann müssen Sie mich etwas besser behandeln.“

„Da steht eine Kiste Zigarren auf dem Tisch,“ sagte der Alte. „Was wollen Sie denn, Lacy?“

„Ich wollte mal mit Ihnen reden,“ antwortete der Mann und setzte sich bequem in Bellamys Armsessel. „Ich weiß noch nicht recht, was Sie vorhaben. Meinen Sie, daß ich für immer hier auf der Burg bleiben soll?“

„Wollen Sie nicht mit Featherstone abrechnen?“

Als Bellamy diesen Namen erwähnte, wurde Lacy ärgerlich und wütend.

„Ich werde ihn mir an einem der nächsten Tage kaufen,“ stieß er zwischen den Zähnen hervor, „und ich werde ein Hühnchen mit ihm rupfen!“

„Machen Sie sich deshalb keine Sorgen,“ sagte Bellamy. „Sie werden ihn zu sehen kriegen.“ Und mit einem Stirnrunzeln fügte er hinzu: „Dann können Sie ja das Hühnchen mit ihm rupfen.“

Lacy rauchte unentwegt und schaute mit düsteren Gedanken dem Rauch seiner Zigarre nach, der zur Decke emporstieg. Bellamy beobachtete ihn forschend.

„Was soll ich denn nun für Sie tun?“ fragte Lacy plötzlich.

„Helfen Sie Sen.“ Lacy schnitt eine Grimasse.

„Ich habe niemals in meinem Leben mit einem Chinesenhund zusammengearbeitet,“ erwiderte er. „Das fällt mir auch jetzt nicht ein.“ Lacy war in aufsässiger Stimmung. Für gewöhnlich hatte Bellamy kein langes Federlesen mit ihm gemacht, aber gerade jetzt begegnete er ihm mit erstaunlicher Milde.

„Wann ist Julius fortgegangen?“

Bellamy hatte sich auf seinen Schreibtisch gesetzt und schaute langsam eine Anzahl von Rechnungen durch, die Julius unerledigt zurückgelassen hatte. Zuerst schien er die Frage nicht gehört zu haben und erst als Lacy sie wiederholte, bekam er eine Antwort.

„Heute morgen."

Lacy rauchte schweigend weiter und überlegte sich scheinbar allerhand.

„Ich denke, das war nicht richtig, daß Sie Julius haben gehen lassen. Er ist doch solch ein Kerl, der Sie sofort anzeigt, bevor Sie noch wissen, was los ist. Das hat mich sehr in Erstaunen gesetzt – solche riskanten Sachen haben Sie früher nicht gemacht! Da ist Julius und seine Frau und dann bin ich da – wir alle wissen von Ihren Geheimnissen. Nehmen Sie nun einmal an, einer von uns würde zur Polizei gehen, das würde Ihnen doch verdammt unangenehm sein."

„Über Julius mache ich mir nicht die mindesten Sorgen und Ihretwegen erst recht nicht."

Auf dem Tisch standen zwei Telephone. Die eine Leitung führte zu dem Pförtnerhaus. Plötzlich summte der eine Apparat und unterbrach Lacys Auseinandersetzungen.

„Ein Herr ist hier am Pförtnerhaus und wünscht Sie zu sprechen," hörte Bellamy die Stimme des Portiers.

„Sagen Sie ihm, daß ich niemand empfange," antwortete Bellamy grob. „Wer ist es denn?"

„Er sagt, daß er sich erkundigen wollte, ob die Burg verkauft wird."

„Die ist doch überhaupt nicht zu verkaufen, Sie Dummkopf! Wer ist es denn?"

„Mr. John Wood. Er sagt, daß er direkt von Belgien gekommen ist, um Sie zu sprechen."

59

Bellamys Gesichtsausdruck änderte sich.

„Sagen Sie ihm, er möchte heraufkommen.“ Dann legte er den Hörer auf den Tisch und sah sich nach Lacy um. „Sie können währenddessen hinausgehen. Es wird gleich Besuch hier sein.“

Lacy erhob sich widerwillig.

„Mir gefällt die ganze Sache hier nicht mehr,“ sagte er. „Ich muß mich verstecken und in dunklen Löchern schlafen, seitdem ich hier bin. Mir wächst die Sache allmählich zum Halse heraus.“

Bellamy antwortete ihm nicht, sondern beobachtete ihn nur mit seinen kühlen, grauen Augen. Lacy verließ den Raum, aber er fühlte sich nicht wohl und wußte selbst nicht warum.

Sen öffnete die Tür und führte den Besucher in die Bibliothek. Bellamy stand an den Kamin gelehnt, hatte die Hände auf dem Rücken und den Kopf auf eine Seite gelegt. Diese Haltung nahm er häufig ein. Er sprach auch kein Wort, bis Sen sich entfernt hatte und der Besucher direkt vor ihm stand.

„Mr. Wood?“ brummte er.

„Ja, das ist mein Name. Ich habe doch die Ehre mit Mr. Bellamy? Ich habe gerüchtweise gehört, daß Sie die Burg verlassen und verkaufen wollen.“

„Nehmen Sie Platz,“ unterbrach ihn der alte Mann.

„Ich ziehe es vor zu stehen, wenn Sie nichts dagegen haben.“

„Sie haben also gehört, daß die Burg verkauft werden sollte? Wer hat Ihnen denn diese Tartarennachricht erzählt? Ich beabsichtige nicht, Garre Castle zu verkaufen. Jetzt nicht und auch in Zukunft nicht. Warum wollten Sie es denn kaufen?“

„Ich habe von verschiedenen Seiten große Summen erhalten, um ein Kinderheim in England zu gründen,“ entgegnete Mr. Wood. Seine ernsten Augen beobachteten gespannt das Gesicht Bellamys. „Und ich dachte mir, daß die Burg, wenn man sie modern einrichtete, ein sehr geeigneter Platz hierfür wäre. Es gibt hier viele große Räume, die, soviel ich weiß, niemals von Ihnen benutzt werden, und abgesehen davon ist ja genügend Land vorhanden, daß man Erweiterungsbauten aufführen könnte –“

„Aber ich verkaufe nicht.“

John Wood verbeugte sich zum Abschied und wollte gerade gehen, als Bellamy ihn wieder anredete.

„Mir kommt Ihr Name so bekannt vor, Mr. Wood – möglicherweise irre ich mich, aber ich glaube mich zu entsinnen, daß Sie einen Verwandten von mir kennen."

„Meinen Sie Ihren Neffen?" fragte John Wood ruhig.

Bellamy nickte.

„Ja, wir waren in derselben Fliegerstaffel."

„Er ist wohl gefallen? Sind Sie sicher, daß er getötet wurde?"

„Sein Name stand in den Gefallenenlisten, und ich habe sein kleines Vermögen geerbt."

„Glauben Sie nicht, daß er noch am Leben ist? Es kommt doch so häufig vor, daß Leute, die im Krieg als tot oder gefallen gemeldet wurden, später noch sehr lebendig waren."

„Die amerikanischen Armeebehörden sind aber sehr gewissenhaft in ihren Berichten. Sie haben sich große Mühe gegeben, alle gemeldeten Todesnachrichten genau nachzuprüfen. Außerdem hat auch die deutsche Regierung seinen Tod bestätigt."

Bellamy dachte nach.

„War mein Neffe ein mitteilsamer Mensch? Hat er Ihnen irgend etwas über –" er suchte nach Worten – „über seine eigene Vergangenheit mitgeteilt?"

„Er hat niemals darüber gesprochen."

„Hm!" sagte Bellamy und schien beruhigt zu sein. Er begleitete Mr. Wood zur Tür und sah ihm nach, als er den Fahrweg entlangschritt, um die Ecke der Sträucher bog und bei dem Pförtnerhaus verschwand. Dann ging er zur Bibliothek zurück und fand dort Sen damit beschäftigt, ein Tablett auf den Tisch zu stellen. Als er näherkam, reichte ihm der Chinese ein Stück Papier.

„Keine Milch," stand darauf.

„Ist keine mehr im Vorratsraum?"

Sen schüttelte den Kopf.

„Es muß doch kondensierte Milch dort sein," brummte Bellamy. „Ich werde selbst gehen und nachsehen."

Bei dieser Gelegenheit machte er eine wichtige Entdeckung.

Als es dunkel wurde, schickte er Lacy mit dem Auto nach London, um Einkäufe zu machen.

*

Jim Featherstone machte einen Spaziergang durch die Hauptstraße, als er einen Mann bemerkte, der aus der Torfahrt von Garre Castle herauskam. Er hatte ihn nur kurz gesehen, aber sofort erkannt, und entschuldigte sich bei der Dame, die er begleitete. Er ging schnell vorwärts und überholte Mr. John Wood gerade, als er in den altertümlichen Omnibus steigen wollte, der die Verbindung zwischen Garre und der nächsten Eisenbahnstation aufrechterhielt.

„Ich bin hierhergekommen, um Garre Castle zu kaufen," erklärte ihm Wood nach der ersten Begrüßung.

Jim mußte lachen.

„Ich hatte keine Ahnung, daß Sie wirklich die Absicht hatten – Miß Howett, darf ich Ihnen Mr. John Wood vorstellen? Er ist hierhergekommen, um Garre Castle zu kaufen, aber wie ich vermute, hat er keinen Erfolg gehabt. Was halten Sie nun von Bellamy, nachdem Sie ihn aus nächster Nähe gesehen haben?"

„Er besitzt gerade kein sehr angenehmes Äußere," sagte Mr. Wood lächelnd.

Valerie nahm ein mehr als gewöhnliches Interesse an diesem eigenartigen Mann. Sie hatte sich selbst schon eingestanden, daß es seine prächtige Liebhaberei war, die sie so für ihn einnahm. Aber wenn sie ehrlich gewesen wäre, hätte sie noch zugeben müssen, daß es seine bedeutende Persönlichkeit war, die schon einen tiefen Eindruck auf sie gemacht hatte, bevor sie noch ein Wort mit ihm gewechselt hatte.

„Kehren Sie wieder zu Ihren kleinen Kindern zurück, Mr. Wood?" fragte sie.

„Noch nicht, ich habe noch viel in England zu erledigen, bevor ich heimfahren kann. Interessieren Sie sich für meine Liebhaberei?" fragte er und seine Augen leuchteten auf.

„So sehr, daß ich wünschte, Sie würden mir alles darüber erzählen. Würden Sie nicht mit uns speisen, Mr. Wood?"

Er zögerte.

„Ja," sagte er schließlich und entschuldigte sich schnell wegen seiner Unhöflichkeit.

Als sie an dem Tor der Burg vorbeikamen, wandte er sich nach dem Gebäude um.

„Schauen Sie sich nach dem bösen Riesen um?" fragte sie.

„Ich erwarte nicht, ihn zu sehen, aber wenn ich diese Burg hätte, würde ich auf jedem Turm die amerikanische Flagge hissen. Vermutlich ist Abel Bellamy ebensowenig patriotisch als menschenfreundlich."

Während des ganzen Weges nach Lady's Manor unterhielt sich Valerie anregend mit John Wood. Jim fühlte, daß er im Augenblick überflüssig war und das war eine unangenehme Erkenntnis.

Als sie bei Tisch saßen, schien es, als ob Valerie den Fremden schon ihr ganzes Leben lang gekannt hätte. Und wenn sie sich an Jim wandte, so war es nur, um eine Bestätigung für etwas von ihm zu erhalten, was Wood eben gesagt hatte.

Schon das allein hätte genügt, Captain Featherstone zu bedrücken, aber es kam noch das merkwürdige Verhalten Mr. Howetts dazu, der während der ersten Zeit des Essens ein tödliches Schweigen beobachtete und nicht einmal von seinem Teller aufsah. Er war doch sonst ein Mann, der gewöhnt war, Gäste bei sich zu sehen, der großes öffentliches Ansehen genoß und Gelassenheit und Gleichmut besaß. Selbst sein schlimmster Feind hätte ihn nicht der Teilnahmslosigkeit und Schüchternheit bezichtigt. Aber jetzt war er merkwürdig zurückhaltend, und erst als Spike auf der Bildfläche erschien, der seinen Bekannten auch begrüßen wollte und die Unterhaltung sich um Bogenschießen drehte, begann er zu sprechen.

Jim war überrascht, daß er von sich aus die Frage wieder anschnitt. Er schien dem Zeitungsmann eine Antwort auf seine Frage geben zu wollen, die er damals im Speisesaal des Carlton-Hotels an ihn gerichtet hatte.

„Es ist ein merkwürdiges Zusammentreffen, daß ich mich für diesen Sport interessiere, aber solche Zufälligkeiten finden Sie alle Tage. Wenn Sie zum Beispiel ein Buch aufschlagen und irgendeinen technischen Ausdruck finden, den Sie früher niemals gesehen oder angewandt haben und wenn Sie dann in einem Wörterbuch seine Bedeutung nachsehen, so treffen Sie dasselbe Wort in den nächsten zwölf Stunden wieder!"

„Als ich noch ein junger Mann war und noch so gute Augen wie Sie besaß, interessierte ich mich sehr für das Bogenschießen. In meinem Heimatdorfe waren wir ungefähr ein halbes Dutzend Jungens, die für sich selbst so eine Art Robin-Hood-Bande gründeten. Sie wurde allerdings aufgelöst, nachdem wir verschiedene Fenster zerschossen hatten. Damals hielt man mich für den besten Bogenschützen in unserem kleinen Kreis. Später habe ich diese Fähigkeit weiter entwickelt, bis ich einen gewissen Ruf darin erhielt. Und als ich wohlhabend wurde, nahm ich den Sport wieder auf und wurde Mitglied in einer Gesellschaft in Philadelphia. Aber mein schlechtes Sehvermögen bildete allmählich ein unüberwindliches Hindernis. Vor fünfzehn Jahren ging ich nach Deutschland, um einen bekannten Augenspezialisten aufzusuchen. Auf meiner Rückreise kam ich durch London mit der neuen Brille – es ist diese hier –" er nahm sein Glas ab und schaute nachsinnend darauf – „Ich las die Bekanntmachung in der Zeitung, daß ein Preisschießen für Bogenschützen stattfinden sollte, und da ich gerne mein neues Augenglas prüfen wollte, meldete ich mich und so kam es, daß ich wieder einen Bogen in die Hand nahm."

„Das Gespräch scheint auf den Grünen Bogenschützen zu kommen," meinte John Wood lächelnd. „Ist er in der letzten Zeit gesehen worden? In Belgien lese ich nur selten englische Zeitungen."

Die Unterhaltung wurde nun allgemein. Valerie bekam durch vorsichtige und taktvolle Fragen heraus, daß Mr. Wood einen freien Abend hatte und brachte es durch dauernde Querfragen fertig, daß Mr. Howett ihn einlud.

Jim ging nachdenklich nach Hause. Er war zu welterfahren, um traurig zu werden oder der Eifersucht Ausdruck zu geben, die zweifellos sein Herz beschlichen hatte.

60

Julius Savini war philosophisch veranlagt und nahm die Lage, in der er sich jetzt befand, mit solcher Ruhe auf, daß sich selbst Fay darüber wunderte. Er saß nun schon zwei Tage in einem der Kerker von Garre Castle und hatte in dieser

Zeit nichts mehr von Bellamy gesehen, der ihn hier eingesperrt hatte. Es war keine Gefahr, daß sie verhungerten, denn die kleine Vorratskammer war mit Lebensmittelkonserven angefüllt. Als er Nachforschungen anstellte, fand er auch noch eine große Anzahl ungeöffneter Tins mit Zwieback. Auch konnte er die Wasserleitung benützen, und es war bis jetzt kein Versuch gemacht worden, das Gas abzustellen.

Eine Eigentümlichkeit ihres Gefängnisses zeigte Bellamys mitternächtliche Tätigkeit in einem neuen Licht. Es war eine Öffnung, ungefähr vier Fuß im Quadrat. Sie war durch eine Wand geschlagen und auf der anderen Seite durch ein quadratisches Gitter geschlossen. Savini hatte sich umsonst bemüht, es zu öffnen oder auch nur zu bewegen. Als er in das Mauerloch hineinkroch und durch das Gitter schaute, entdeckte er, daß die Öffnung in die Kerker führte, die Bellamy damals seinen Gästen gezeigt hatte.

„Das war also das Geräusch, das wir gehört haben, Fay," sagte er dann. „Der alte Bellamy hat seit Wochen gearbeitet, um hier durchzukommen, und er muß auch noch den Rest der Nacht dazu gebraucht haben, um dieses Gitter zu befestigen, nachdem wir die Explosion hörten."

„Kannst du es nicht irgendwie bewegen?" fragte sie ängstlich.

„Es ist mit Zement eingelassen, und selbst wenn wir durch die Öffnung kämen, wäre es doch unmöglich, die Gittertür oben an der Treppe zu öffnen."

„Bist du sicher, daß es die Kerker sind, die du von früher her kennst?"

Er nickte.

„Ich kann die Falltür in der niedrigen Öffnung sehen, aber die ist auch vollständig mit Zementmörtel befestigt. Ich weiß nicht, warum Bellamy so stolz auf diese Kerker war. – Fay, wir sitzen nun hier in der Falle," sagte er dann ruhig. „Und trotzdem ich nun einen Revolver und acht Patronen habe, glaube ich doch, daß wir nicht einmal die Aussicht haben, in nächster Zukunft die Schußwaffe zu gebrauchen. Es war eine Dummheit von mir, dem Alten zu zeigen, daß ich bewaffnet war. Wir wollen sehr sparsam mit den Nahrungsmitteln umgehen und uns einen Plan machen, wie wir möglichst lange mit ihnen auskommen."

Julius überlegte sich, ob es nicht möglich wäre, das Schloß aus der Tür herauszuschießen, aber nach einer eingehenden Prüfung überzeugte er sich, daß der Versuch mißlungen wäre. Er hätte höchstens damit erreicht, daß man die Tür überhaupt nicht mehr hätte öffnen können.

„Vielleicht will er uns auch nur Angst einjagen," sagte er. Aber Fay wußte nur zu gut, daß er das selbst nicht glaubte.

„Wir wollen so lange leben als irgendmöglich, Julius," sagte sie und legte ihren Arm in den seinen. „Sicher vermutet Featherstone, was sich hier ereignet hat."

„Featherstone hat damals auch angenommen, daß die Frau in der Burg versteckt sei, aber er hat sie doch nicht gefunden, und man kann ihm deswegen auch keinen Vorwurf machen. Ich wundere mich nur, wie sie entkommen konnte."

Plötzlich kam ihm ein Gedanke, und er machte sich an eine eingehende Untersuchung der Wände, die fast den ganzen Tag in Anspruch nahm.

„Der ganze Platz hier ist von Geheimgängen durchfurcht," sagte er schließlich. „Es ist möglich, daß es einen Weg hier heraus gibt, es handelt sich nur darum, daß wir ihn entdecken."

Aber nach einiger Zeit gab er verzweifelt seine Nachforschungen auf, setzte sich nieder und versuchte, sich mit der schlimmen Lage, in der er sich befand, abzufinden.

Am nächsten Tag fand Fay ein Buch mit rotem Umschlag in der Schreibtischschublade, die sie entdeckt hatte. Die Seiten waren in einer sauberen, aber sehr kleinen Handschrift eng beschrieben. Selbst auf dem Rücken des Bandes fand sie noch Text. Es war offensichtlich ein Tagebuch.

„Julius," rief sie laut und Savini, der den Steinfußboden untersuchte, um vielleicht dadurch einen Ausweg zu finden, kam zu ihr.

„Das ist das Tagebuch der Frau," sagte sie mit leiser Stimme. „Es ist Hunderte, ja Tausende wert, wenn wir herauskommen können."

Er nahm ihr das Buch ab, setzte sich unter eine der Gaslampen und las eine Stunde. Es war eine unheimliche Geschichte, und Julius ließ kein Wort aus. Dann legte er das Buch wieder hin, erhob sich und reckte sich steif und müde.

„Verwahre es gut und lege es an einen Platz, wo wir es wiederfinden können. Ich glaube ja nicht, daß wir jemals wieder aus diesem Loch herauskommen, aber wenn es uns gelingen sollte, dann können wir uns eine Villa in Monte Carlo und eine Prachtwohnung in Berkeley Square leisten, solange wir leben."

Den Rest des Tages lasen sie abwechselnd, und Julius, der ein hervorragendes Gedächtnis hatte, merkte sich die wichtigsten Tatsachen. Als seine Taschenuhr zehn zeigte, gingen sie zu Bett, nachdem sie ihren Fund wieder in dem Schreibtisch verborgen hatten.

Das Entlüftungssystem ihres Kerkers war wirklich bewunderungswürdig. Selbst in dem abgelegenen Raum, in dem sie schliefen, war die Luft stets rein. Sie wurde durch eine Leitung zugeführt, die an den Wänden und Gewölben des Raumes entlanglief. Diese Tatsache war Julius nicht entgangen, und er empfand Respekt und Hochachtung vor Bellamys Leistungen.

„Es muß ihm unheimlich viel Zeit gekostet haben, diesen Kerker so auszustatten," sagte er, als er in seinem Bett lag und zu der Steindecke emporstarrte, die sich über ihm wölbte. „Er hat doch tatsächlich alles allein gemacht. Der Pförtner erzählte mir, daß er monatelang in dem Schloß beschäftigt war, bevor er irgendwelche Dienstboten anstellte oder die Burg möblierte. Bellamy ist schlau, und er hat ja auch seine Laufbahn als Maurer begonnen. Vermutlich fiel es ihm bei seiner ungewöhnlichen persönlichen Körperkraft nicht schwer, die Änderungen am Gebäude ohne fremde Hilfe vorzunehmen."

Fay saß vor dem Toilettentisch und manikürte sich in aller Ruhe.

„Julius, weißt du, was ich denke?" fragte sie.

„Das würde ich manchmal gerne wissen."

„Ich glaube, wir sind erst die ersten von den Leuten, die Bellamy hier einsperren will. Dieses eiserne Gitter, das in die unteren Kerker führt, ist mit einer ganz bestimmten Absicht hier angebracht worden. Er ist darauf aus, noch andere zu fangen, und wir brauchen uns wohl keine Sorge über Lebensmitteleinteilung zu machen."

„Warum nicht?" fragte Julius überrascht.

„Wenn erst die anderen Gefangenen ankommen, wird Bellamy ein Geschäft hier einrichten und das Billigste, was zu haben ist, wird das Leben von Mr. und Mrs. Savini sein."

Savini schüttelte sich vor Furcht.

„Was meinst du damit?" fragte er heiser.

„Ich meine es genau so, wie ich es sage. Er hat dich in der Falle gefangen und mich auch. Er ist auf das große Ende vorbereitet, und es wird ihm seht leicht sein, da Coldharbour Smith tot ist. Er hat nur noch mit mir, mit dir, mit Lacy und Featherstone zu rechnen –"

„Und mit Miß Howett," ergänzte Julius nach einer Pause.

„Ich mußte an sie denken, aber ich weiß nicht genau, was er gegen sie haben könnte. Sicherlich will er sie nach Garre Castle bringen und vielleicht tut er das auch."

Fay hatte einen leisen Schlaf, das geringste Geräusch weckte sie sofort auf.

Julius fühlte plötzlich, daß er leise an der Schulter berührt wurde und sich eine Hand auf seinen Mund legte.

„Mache keinen Lärm," flüsterte Fay und nahm ihre Hand fort.

„Was ist los?" fragte er ebenso vorsichtig.

„Draußen ist jemand."

Julius tastete nach der Pistole unter seinem Kissen, erhob sich lautlos und öffnete die Türe. Er hatte die sechs Lampen brennen lassen, aber nun waren sie alle mit Ausnahme einer einzigen ausgelöscht und der unterirdische Raum lag im Dunkel. Behutsam spähte er umher, aber er konnte niemand entdecken. Und doch mußte jemand hier gewesen sein und die Lichter ausgemacht haben. Von seinem Standpunkt aus konnte er die Tür sehen, durch die ihn Bellamy damals hereingestoßen hatte, und während er noch darauf hinstarrte, hörte er, daß sie leise einschnappte.

„Es war Bellamy," sagte er bitter, als er in das Schlafzimmer zurückkam. „Wenn ich das nur vorher gewußt hätte – warum hast du mich nicht eher geweckt?"

„Ich hörte das Geräusch und habe dich sofort angestoßen. Bist du denn sicher, daß es Bellamy war?"

Er antwortete nicht, sondern packte sie nur krampfhaft am Arm und machte eine Bewegung, daß sie schweigen sollte. Dann lauschten sie angestrengt und hörten, wie sich die steinerne Tür in der Bibliothek schloß.

„Es war also doch Bellamy," sagte Julius und ging wieder in den größeren Raum hinaus, um den Grund für diesen nächtlichen Besuch zu entdecken.

Er steckte die Gaslampen wieder an und hoffte, daß der Alte einen Brief zurückgelassen hätte. Aber es war nichts davon zu sehen.

„Warum mag er nur gekommen sein?“ fragte er.

Fay gähnte und schüttelte den Kopf.

„Ja, warum macht er das alles – wie spät ist es, Julius?“

„Fünf Uhr. Ich bin eigentlich nicht mehr müde und möchte nicht mehr zu Bett gehen, Fay. Mache bitte Tee.“

Während sie in die Küche ging, suchte er weiter nach einer Erklärung für Bellamys Erscheinen.

„Ich freue mich, daß ich wach bin,“ meinte Fay, als sie den Tee hereinbrachte. „Hierdurch unterscheidet sich dieses Gefängnis von allen anderen, in denen ich früher war.“

Sie setzte die Tassen auf den Tisch.

„Ich möchte jetzt am liebsten in dem Tagebuch weiterlesen,“ sagte sie und zog die Schreibtischschublade auf.

Er hörte, wie sie einen leisen Schrei ausstieß und sah, wie sie die zweite Schublade aufzog und schnell durchsuchte.

„Was hast du?“

„Das Tagebuch ist verschwunden, Julius!“ sagte sie erschrocken.

61

Savini war verstört.

„Bist du deiner Sache auch ganz sicher?“

Sie zogen beide Schubladen heraus und leerten ihren Inhalt auf eine Decke, die sie auf den Boden legten.

„Hast du es auch wirklich wieder in die Schublade zurückgelegt?“ fragte er. Er wußte, daß seine Frage nutzlos war, da er sie ja selbst dabei beobachtet hatte.

Sie sahen sich bestürzt an.

„Deshalb ist er auch hier heruntergekommen – wahrscheinlich hat er sich daran erinnert," meinte Fay.

Julius fluchte leise.

„Es war eine unverzeihliche Dummheit von mir, das Buch in dem Schubfach zu lassen. Wir hätten uns doch denken können, daß er zurückkommen würde, um es an sich zu nehmen. Er hat sicher nicht gewußt, wo es lag."

Es mußte ungefähr neun Uhr morgens sein. Sie saßen verzweifelt zusammen auf dem großen Divan. Julius hatte den Kopf in die Hände vergraben, und Fay machte einen Versuch, sich durch Lesen zu zerstreuen, als sie plötzlich hörten, wie das hölzerne Brett, das das Eisengitter verdeckte, zurückgezogen wurde. Bellamy rief sie an.

Julius hatte im Augenblick seine Pistole zur Hand und sprang hinter einen Pfeiler, um Deckung zu suchen.

„Savini, legen Sie Ihren Revolver nur ruhig beiseite," sagte der Alte. „Legen Sie ihn dort auf den Tisch, damit ich ihn sehen kann. Dann will ich auch mit Ihnen sprechen. Aber nur wenn Sie mir gehorchen und das Schießeisen weglegen!"

Julius überlegte schnell. Durch Widerspruch wurde nichts gewonnen, und er legte die Pistole auf einen kleinen Tisch.

„Kommen Sie einmal zur Tür, fürchten Sie sich nicht. Wenn ich Sie hätte erschießen wollen, dann hätte ich das längst unbeobachtet von dem Gitter aus tun können, ebenso wie ich von dort aus zu Ihnen sprechen kann."

„Was wollen Sie denn, Mr. Bellamy?" fragte Julius aufsässig. „Ich verstehe nicht, warum Sie uns hier gefangenhalten. Sie hätten uns doch vertrauen können."

„Das hätte ich ganz gewiß nicht tun können. Ich bin gekommen, um Ihnen zu sagen, daß man nach Ihnen sucht. Ein Polizist war den ganzen Morgen oben und hat mich ausgefragt. Er sagte, man hätte einige Schriftstücke in Ihrer Wohnung gefunden, die einen Anhaltspunkt dafür geben, daß Sie außer Landes gehen wollten. Vermutlich wird man bald aufhören, nach Ihnen zu suchen, Savini. Sehen Sie zu, daß Sie mit Ihren Nahrungsmitteln möglichst lange aushalten, denn neue gibt es nicht, und heraus kommen Sie auch nicht. Sie werden für immer in dem Gefängnis bleiben! Den Schlüssel habe ich weggeworfen – in den tiefen Brunnen, Savini."

„Sie lügen," sagte Julius ruhig. „Sie sind ja noch in der vorigen Nacht hier gewesen, um das Tagebuch wegzunehmen."

Bellamy starrte ihn entsetzt durch das Gitter an.

„Was sagten Sie da eben?" Seine Stimme war heiser.

„Sie sind in der letzten Nacht hier gewesen und haben das Tagebuch geholt."

„Welches Tagebuch?"

„Sie brauchen uns doch nichts vorzumachen. Sie kamen kurz vor fünf heute morgen herunter, und Sie können von Glück sagen, daß ich Sie nicht gesehen habe!"

„Was für ein Tagebuch meinen Sie denn?" fragte Bellamy. „Hat sie etwa Aufzeichnungen hier zurückgelassen? Das hätte ich mir doch denken können! Wo ist denn das Tagebuch?"

„Ich habe Ihnen doch gesagt, daß es fort ist," erwiderte Julius ungeduldig. „Sie kamen –"

„Sie sind wohl nicht ganz bei Sinnen, Sie Narr!" brüllte Bellamy. „Ich bin nicht mehr hergekommen, seitdem ich Sie eingeschlossen habe."

Es dauerte einige Zeit, bevor Bellamy seine Fassung wiedergewann.

„Sagen Sie mir, Savini, und wenn Sie das tun, werde ich Sie gut behandeln, was war es denn – war es das Tagebuch der Frau?"

„Das müssen Sie doch selbst am besten wissen!"

Diese Antwort brachte Bellamy in helle Wut.

„Ich habe Ihnen doch schon gesagt, daß ich nichts davon weiß – ich habe es niemals gesehen. Ich wußte auch nicht, daß es hier war. Was stand denn darin?"

Julius erzählte ihm den Inhalt eines Abschnittes, und Bellamy sank in sich zusammen, als ob er einen Schlag erhalten hätte. Aber dann richtete er sich wieder auf, und die beiden konnten selbst in dem trüben Licht sehen, daß er totenbleich war.

„Savini," sagte er düster, „früher gab es noch eine Möglichkeit, daß ich Sie hier herausgelassen hätte, wirklich, es wäre unter gewissen Bedingungen möglich gewesen. Vielleicht hätte ich den andern an Ihrer Stelle eingesperrt. Aber jetzt wissen Sie zu viel, als daß ich Sie freigeben könnte!"

Die Tür wurde zugeschlagen, bevor Julius etwas erwidern konnte. Er drehte sich um und sah in das entsetzte Gesicht Fays.

„Wie konntest du ihm nur etwas von dem Tagebuch erzählen, als du sahst, daß er nichts davon wußte? Julius, du warst nicht bei Verstand!"

Savini zuckte die schmalen Schultern.

„Was macht das auch viel aus?" sagte er. „Ich glaube ihm wirklich nicht, wenn er eben sagte, daß er uns herausgelassen hätte. Er hält uns hier fest, Fay." Er legte seinen Arm um sie und seine Wange an die ihre. „Es ist nicht so schrecklich, als ich anfangs dachte," sagte er und streichelte sie. „Ich habe mich immer so sehr vor dem Tod gefürchtet und der Gedanke, daß man wie eine Ratte in der Falle sterben sollte, hätte mich früher verrückt gemacht. Aber jetzt bin ich ruhig geworden, mein Liebling."

Sie löste sich leise aus seiner Umarmung.

„Julius, wenn Bellamy sagt, daß er uns hier sterben lassen will, so kannst du sicher sein, daß er sein Wort hält. Aber höre, wenn jemand einen Weg hierher gefunden hat, dann müßten wir doch auch einen Weg herausfinden können."

Julius schüttelte den Kopf.

„Der Grüne Bogenschütze kam durch die Tür, und nur der Grüne Bogenschütze konnte das tun."

Sie wunderte sich über seine Ruhe und Gelassenheit. Das war nicht mehr der Julius, den sie von früher her kannte, nicht der nervöse, ewig gereizte, unzufriedene Julius, der sich vor allem fürchtete und vor dem alten Bellamy kroch. Seine Verheiratung mit Fay war zuerst eine reizvolle Episode gewesen, nachher war es weiter nichts als eine äußere Form, die sie stolz anderen Frauen gegenüber zeigte, die nicht so glücklich waren wie sie. Es hatte aber schon Zeiten gegeben, da sie ihren Mann verachtete, und Augenblicke, in denen sie bereit war, ihn zu betrügen.

„Ich sehe dich jetzt in einem ganz neuen Lichte, Savini" sagte sie zärtlich zu ihm.

„Ich komme mir selbst ganz anders vor," gestand er ihr. „Wir müssen nun der Wahrheit ins Auge sehen. Der alte Bellamy will einen teuflischen Plan gegen uns ausführen, gegen den einfacher Mord eine unschuldige Sache ist. Ich möchte nur wissen, warum er die Gewehre gekauft hat."

„Was meinst du?" fragte sie verwundert.

„Oben in dem Turm der Burgkapelle steht eine Kiste. Ich habe sie zufällig gefunden. Sie enthält ein Dutzend Mannlicher-Gewehre und zwei große Kasten mit Munition. Sie steht in dem Raum über dem Zimmer, das Featherstone bewohnte. Ich habe eine Ahnung, daß wir sie noch hören werden – aber dann wird es auch mit uns zu Ende gehen."

„Was will er denn mit einer Kiste mit Gewehren anfangen?"

Aber Julius konnte es ihr nicht sagen.

„Er ist ein Schütze, der nie sein Ziel verfehlt, wie er mir einmal sagte." Er schüttelte den Kopf. „Ich wünschte, ich hätte ihm nichts von dem Tagebuch erzählt. Vielleicht habe ich dadurch veranlaßt, daß er noch die Gewehre gebrauchen wird."

Bellamy saß in seinem ruhigen Zimmer, um sich über die Lage klar zu werden, die am gefährlichsten für ihn selbst war. Aber darüber dachte er am wenigsten nach. Für diesen unbarmherzigen Mann lag das Unglück darin, daß ihm in zwölfter Stunde, als ihm das Schicksal bereits die Möglichkeit gegeben hatte, sich an der verhaßten Frau zu rächen, der Erfolg doch noch entrungen wurde. Von dem Augenblick ihres Verschwindens an war er auf seiner Hut. Wohin sie gegangen und wie sie entkommen war, konnte er nicht einmal vermuten. Er wußte nur, daß irgendwo in der Ferne oder in der Nähe irgendeine Kraft mit tödlicher Gewißheit gegen ihn arbeitete, eine Kraft, die sich in dem Grünen Bogenschützen offenbarte. Er erschauerte, weil ihm zum Bewußtsein kam, daß Garre Castle wieder einmal eine Festung war, die gegen die Feinde ihres Herrn verteidigt wurde. Wenn er erst seine Pläne durchgeführt hatte, mochten sie ihn ruhig bestürmen, die Eichentore berennen, oder die steilen Mauern erklimmen. Er würde mit Genugtuung sterben.

Er war noch in seinen Gedanken versunken, als Sen kam und ein Stück Papier vor ihm hinlegte, auf dem er um Befehle bat.

Bellamy winkte ihn ungeduldig beiseite.

„Ich will jetzt noch nicht essen, ich werde noch den Auftrag geben, wenn es soweit ist. Sen, würdest du gern nach China zurückkehren?"

Sen schüttelte den Kopf.

Der alte Mann brütete eine Weile vor sich hin, dann erhob er sich, öffnete den Geldschrank hinter der Holzvertäfelung, nahm ein Paket Banknoten heraus und gab sie seinem Chauffeur.

„Da hast du einen großen Haufen Geld, ich habe es nicht gezählt, aber wenn irgend etwas passieren sollte, Sen, so wäre es besser, wenn du nach Hause zurückgingst."

Der Chinese sah ihn fragend an.

„Du möchtest wohl wissen, was mir geschehen könnte?" sagte Abel hart. „Es kann eine ganze Menge passieren. Aber höre, du hast jetzt all diese Jahre keine unnötigen Fragen an mich gestellt, fange jetzt nicht damit an! In ein paar Tagen werde ich dich nach London schicken, du brauchst nicht mehr zurückzukommen. Packe deine Bücher und dein Geschreibsel oder was immer dir Freude macht, zusammen und nimm es mit dir fort."

Sen wartete mit dem Notizblock in der Hand, als ob er noch einmal fragen wollte. Aber dann schien er sich die Sache überlegt zu haben und verschwand mit einer Verbeugung aus dem Raum.

Es ging zu Ende – Bellamy wußte es. Eine innere Stimme sagte es ihm deutlich. Der Tag war nahe, an dem die Schatten des Todes jede Erinnerung an Garre Castle mit all seinem Haß und seiner Liebe auslöschen würden. – Wenn er nur die graue Frau finden könnte! Wenn sie doch nur durch irgendwelche außergewöhnlichen Umstände wieder in seine Gewalt käme. In ganz London gab es keine Detektivagentur, die nicht nach ihr suchte. Alle Informationen, die man sich durch Geld verschaffen konnte, standen zu seiner Verfügung. Aber sie war verschwunden, als ob die Erde sich aufgetan und sie verschlungen hätte. Und merkwürdigerweise hatte die Polizei noch nicht eingegriffen. Dieser eitle Featherstone – wie würde der sich freuen, wenn er in das Schloß kommen könnte mit einem seiner Durchsuchungsbefehle!

Das Tagebuch! Was mochte sie wohl geschrieben haben? Wenn man Savini glauben konnte, hatte sie viel zu viel geschrieben, als daß Abel Bellamy ruhig bleiben durfte. Und er sagte sich, daß Julius diesen Absatz in ihrem Tagebuch nicht hatte erfinden können, den er ihm so geläufig wiedererzählt hatte.

Schließlich erhob er sich und ging in die Gefängniszellen hinunter, um dort weiterzuarbeiten. Julius hörte ihn, nahm seine Pistole und kroch bis zu der

Öffnung in der Mauer, fand aber, daß das Gitter durch ein starkes Brett verdeckt war. Es war ihm unmöglich, Bellamy bei der Arbeit zu sehen, der den ganzen Tag unten blieb. Das Geräusch von Stahl auf Stein drang zu dem Gefangenen, und einmal hörte Fay brummende Laute. Sie erschrak zuerst, aber später wurde ihre Neugierde rege. Es dauerte einige Zeit, bevor sie eine Erklärung fanden. Abel Bellamy sang bei der Arbeit laut, und Fay war sehr verwundert.

62

Das große Publikum hatte das Interesse an dem Grünen Bogenschützen verloren. Der Redakteur Mr. Syme sagte das mit nicht mißzuverstehendem Nachdruck, und Spike konnte im Augenblick keine neuen Ereignisse erfinden.

„Außerdem hat Bellamy in der letzten Woche geschrieben und mit einer Klage auf Schadenersatz gedroht," erklärte der Redakteur am Telephon. „Er behauptet, daß Sie mit Ihren Artikeln den Wert des Schlosses heruntersetzen."

„Blödsinn," rief Spike ärgerlich. „Der Geist hat den Wert seiner Burg um mindestens zehntausend Dollar erhöht. Aber ganz offen, Mr. Syme, die Geschichte ist wirklich wert, daß ich noch hier bleibe."

„Kommen Sie sofort nach London und warten Sie in der Redaktion auf mich," sagte Syme rücksichtslos. „Da können Sie Ihre Zeit wenigstens mit nützlicher Arbeit totschlagen."

Der Telephonapparat war ziemlich öffentlich in der großen Halle des „Blauen Bären" angebracht, und wenn Spike telephonierte, standen gewöhnlich viele Leute am Schanktisch. Dies hatte gewisse Vorteile für ihn, denn bei der allgemeinen Unterhaltung hörte man nicht darauf, was er der Redaktion mitzuteilen hatte. Heute war der Raum leer, nur ein alter Farmer saß in einer Ecke und trank aus einem großen Zinnkrug. Der Mann nickte ihm freundlich zu, wie es alte Landleute häufig tun.

„Geister – sagten Sie nicht eben etwas von Geistern? In dieser Gegend gibt es sehr viele Geister und Gespenster. Erst vor einigen Tagen ist wieder ein neues im Klosterwald aufgetaucht, wie die Leute erzählen. Einer meiner Fuhrleute hat es gesehen, und seit der Zeit ist er ganz krank."

„Donnerwetter," sagte Spike. Der Grüne Bogenschütze war ja auch eine Legende, die hier schon lange im Volk existierte. Spike hatte allerdings seine drei letzten Vermutungen längst wieder aufgeben müssen. „Viele Leute hier behaupten, sie hätten den Grünen Bogenschützen gesehen."

Der alte Mann lachte heiser.

„Dieses neue Gespenst ist aber nicht grün – auch ist es eine Frau. Mein Fuhrmann hat es aus der Nähe gesehen. Es hat ihn ganz aus der Fassung gebracht! Er war so verstört –"

„Wo liegt der Klosterwald?" fragte Spike, dessen Interesse in hohem Maße erwacht war.

„Wenn Sie auf der Landstraße gehen, dann sind es sechs Meilen. Aber wenn Sie Ihren Weg über das Mönchsfeld nehmen und die Adderley Road entlang gehen, ist es besser. Es soll ein verwunschenes Haus im Walde liegen. Es scheint niemand dort zu wohnen, aber doch ist immer jemand in der Nähe."

„Mir können Gespenster nichts anhaben, mein lieber Mann," sagte Spike.

Der alte Mann schüttelte den Kopf.

„Das wollte ich auch nicht behaupten. Was mir am meisten auffällt, sind die Spuren eines großen Autos, die ich in der Gegend gesehen habe. Es ist kein Ford, es muß viel größer sein. Irgend jemand geht und kommt immer in einem großen Wagen."

„Meinen Sie zu dem Hause? Hat man das Auto gesehen?"

„Nein. Aber nahe bei dem Hause auf demselben Grundstück liegt eine Scheune, und ich sah, daß die Spuren an einem feuchten Morgen, als der Boden weich war, gerade zu der Scheunentür führten."

„Seit wann ist die Frau dort gesehen worden?"

„Ich habe noch nichts von ihr gehört bis zum letzten Sonnabend – da hat sie eben mein Knecht gesehen. Es war ganz früh am Morgen, als er durch den Wald ging, um zu meiner Farm zu kommen. Sie müssen nämlich wissen, daß ich Caddle Heath nun seit fünfundfünfzig Jahren bewirtschafte, und vor mir hat es mein Vater schon gehabt. Nun ja, also mein Fuhrmann heißt Tom – er ging so vor sich hin und dachte an nichts, als er plötzlich diese Frau sah. Er wäre beinahe vor Furcht umgefallen. Sie ging durch den Wald und weinte. Tom hat mir gesagt, er hat ganz genau gesehen, daß sie ein Geist ist. Dann ist er davongelaufen wie ein Hase."

„War das in der Nähe des Hauses, von dem Sie eben sprachen?"

„Ja. Deshalb habe ich Ihnen die Sache erzählt. Später überlegte ich mir, daß sie wahrscheinlich dort wohnen wird."

Spike war in einer so verzweifelten Lage, daß er nach jedem Strohhalm griff, um seine weitere Anwesenheit in Garre zu rechtfertigen. Er hatte am Telephon seinem Redakteur nur die Wahrheit gesagt, als er ihm erzählte, daß er eine Entwicklung des Dramas in der Burg erwartete. Obgleich er rings um Garre Castle nur das gewöhnliche Alltagsleben sah, hatte er es doch in den Fingerspitzen, daß wichtige Ereignisse kommen würden. Wenn er diese Geschichte hätte aufgeben müssen, die er so liebevoll seit langer Zeit verfolgt, großgezogen und bemuttert hatte, so hätte ihm das den Rest gegeben.

Aber selbst unter diesen Umständen schien ihm die weinende Frau in dem Walde eine recht unbedeutende Angelegenheit zu sein. Trotzdem machte er sich auf, um in den Klosterwald zu gehen. Schließlich entdeckte er, daß es nicht einmal drei Meilen waren, als er den Richtsteig benützte, den ihm der alte Farmer angegeben hatte. Es war ein frischer Tag, Winterkälte lag in der Luft, und der schnelle Spaziergang war für ihn ein Vergnügen. Er war eher an seinem Ziel angekommen, als er erwartet hatte.

Der Wald war meistens eingezäuntes Privateigentum. Aber der Besitzer schien sich wenig um die Instandhaltung der Einfriedigung zu kümmern. Spike hätte leicht über den an manchen Stellen zusammengebrochenen Zaun hinübersteigen können. Dahinter lag nur dichtes Gehölz von Brombeerhecken, Sträuchern und niedrigen Föhren.

Von der Straße aus war das Haus nicht zu sehen. Schließlich entdeckte er es an der Ecke einer besonderen Zufahrtsstraße, die im rechten Winkel von der Hauptstraße abbog.

Der Weg hieß zwar ein Fahrweg, doch hatten Wagen ihn seit langen Jahren nicht mehr benützt. Die einzigen sichtbaren Radspuren waren die Eindrücke der Pneumatiks eines großen Autos, die ganz frisch waren, wie Spike sich durch Augenschein überzeugen konnte. Nun lag das Haus vor ihm, es hatte nur ein Geschoß, war ganz aus Holz gebaut und von Efeu überwuchert. In der Nähe lag hinter Bäumen versteckt die Scheune. Kein Rauch stieg aus dem Kamin des Hauses auf. Die Fenster der Vorderseite waren mit Läden dicht geschlossen, und der ganze Platz machte einen leblosen und verlassenen Eindruck. Er ging direkt auf die Tür zu und klopfte. Es meldete sich aber niemand, obgleich er lange wartete. Dann machte er sich daran, das Gebäude näher zu untersuchen. Zunächst ging er um das Haus herum auf die Rückseite. Dort fand er zwei Fenster, deren Läden nicht geschlossen waren, so daß er in ein einfach möbliertes Schlafzimmer sehen konnte. Das Bett war nicht gemacht, es mußte erst kürzlich jemand darin geschlafen haben. Drei Paar Damenschuhe, die neben dem Bett in einer Reihe standen, zogen seine besondere Aufmerksamkeit auf sich. Selbst auf diese Entfernung konnte er erkennen, daß sie neu waren. Auf dem Boden lagen zwei große Pappschachteln, die mit weißem Seidenpapier gefüllt waren. Gleich darauf bemerkte er auch noch andere Kartons in einer Ecke des Raums. Er setzte seine Untersuchungen fort, fand die Hintertür und rüttelte daran. Aber als er auch dort keine Antwort erhielt, kehrte er zu den Fenstern des Schlafzimmers zurück.

Spike konnte sich zuerst nicht dazu entschließen, aber schließlich versuchte er es doch, die Fenster zu öffnen. Zu seiner größten Freude konnte er den einen Flügel nach innen drücken. Sollte er hineingehen? Das war ein richtiger Einbruch, und er hätte keine Entschuldigung gehabt, wenn ihm der wütende Besitzer plötzlich entgegengetreten wäre. Aber diese Reihen von Schuhen erregte doch seine Neugier. Er atmete tief auf und kletterte dann rasch über die Fensterbank in das Zimmer.

„Zuerst sichergehen!“ sagte er zu sich selbst und machte eine Runde durch das ganze Haus, bevor er zurückkehrte, um das Schlafzimmer genauer zu untersuchen.

Im ganzen Hause waren nur zwei Räume möbliert – das Schlafzimmer und ein kleiner Raum, der nur einen Tisch, einen Stuhl und ein Kleiderregal enthielt. An einem der Haken hing ein schwerer, pelzgefütterter Ledermantel. Der Tisch war nicht mit einem Tuch bedeckt, und außer einem Paar alter, abgetragener Lederhandschuhe war nichts auf der Platte zu sehen.

Spike ging in den Gang zurück.

„Ist jemand hier?" rief er.

Aber seine Worte schallten ohne Antwort durch die leeren Räume des Hauses.

„Also ist niemand hier!" sagte Spike laut und kehrte zu dem Schlafzimmer zurück.

In dem schmalen Bett lagen harte Matratzen, aber die Bezüge waren von dem besten Leinen. Spike hielt sie für ganz neu. Auf dem Tisch in der Nähe des Bettes stand eine Flasche Kognak, zwei Medizinflaschen und in einem kleinen Schächtelchen lag eine Morphiumspritze. Diese besichtigte er eingehend. Wie die Bettücher und die weichen Kamelhaardecken war auch dieses Instrument neu. Auch die Schuhe waren noch nicht gebraucht, denn als er sie aufhob und die Sohlen betrachtete, sah er, daß sie noch ganz unberührt waren. Sie stammten aus einem sehr teuren Geschäft im Westen Londons.

Spike machte plötzlich eine wichtige Entdeckung. Die Schuhe waren von verschiedener Größe, jedes Paar war eine halbe Nummer kleiner als das andere. Er stellte sie wieder hin und wandte seine Aufmerksamkeit den Medizinflaschen zu. Eine der beiden war halb leer, und auf den Etiketten las er den Namen einer Londoner Apotheke.

Als er das Bett aufschlug, fand er ein Frauenkleid darin liegen. Es war weit und aus einem Stück gemacht. Das graue Gewand schien sehr alt zu sein, die Ellenbogen waren abgenützt und sorgfältig repariert worden. Auch die Ärmelaufschläge waren neu aufgesetzt. Er fand auch in dem breiten, unteren Saum des Kleides die Stelle, aus der der nötige Stoff zur Ausbesserung genommen war.

Spike kletterte wieder aus dem Fenster und schloß es, so gut er konnte. Dann ging er zu der kleinen Scheune, die sich in geringer Entfernung vom Hause erhob. Hier sah er wieder die Spuren des Autos, die direkt zu diesem unansehnlichen Gebäude führten. Die Tore waren mit einem Vorhängeschloß versehen, als er aber an der Kette zog, öffneten sich die beiden Flügel so weit, daß er einen Blick in das Innere werfen konnte.

Es war kein Auto darin zu entdecken, aber an den Wänden standen verschiedene Benzintanks und drei Reserveräder. An ihrer Größe konnte Spike sich die Abmessungen des Wagens ungefähr vorstellen.

Er ging in tiefen Gedanken nach Garre zurück. Warum sollte die Bewohnerin der Waldhütte schließlich keine teuren Schuhe tragen? Wenn sie Gefallen daran fand und es ihr besonderen Spaß machte, konnte sie ja jeden Tag Schuhe von anderer Größe anziehen! Aber es war ja auch möglich, daß man sie nur zur Anprobe geschickt hatte. Eine Dame mußte aber doch ihre Schuhgröße kennen! Plötzlich fand Spike die Lösung dieses kleinen Rätsels. Wer die Schuhe zu diesem Hause gebracht hatte, wußte eben nicht, welche Schuhgröße die Frau trug und hatte deswegen verschiedene Paare mitgenommen, damit sie sich das Richtige aussuchen konnte. Das war ihm jetzt ganz klar – und nun blieb nichts mehr zu entdecken übrig. Gewiß war es noch etwas geheimnisvoll, wer die Bewohner dieses Hauses waren, die man nie zu Gesicht bekam und die doch immer dort waren. Sie besaßen ein großes Auto und wohnten trotzdem in einem kleinen Häuschen, das höchstens fünfhundert Dollars wert war. Aber auch die Entwirrung all dieser Fragen hätte ihn der Geschichte des Grünen Bogenschützen um keinen Schritt näher gebracht.

Spike seufzte. Unmöglich konnte er Mr. Syme durch diese Geschichte veranlassen, ihn noch länger in Garre Castle zu lassen.

Nach Einbruch der Dunkelheit ging er in sein Zimmer, um sich umzuziehen. Plötzlich klopfte es an seine Tür, und Jim Featherstone trat herein. Er hatte am Morgen Lady's Manor verlassen und sein Gepäck nach dem „Blauen Bären" gebracht.

„Sie sind doch zum Abendessen bei Mr. Howett eingeladen, Holland? Würden Sie so liebenswürdig sein, mich zu entschuldigen, denn ich kann heute abend nicht kommen. Ich gehe nach London zurück, um die Savinis irgendwo aufzutreiben."

„Ich sage Ihnen nur, Captain, die sind in der Burg," entgegnete Spike mit Nachdruck. „Sie haben an jenem Morgen Garre Castle nicht verlassen, darauf kann ich einen Eid leisten."

„Es ist sehr leicht möglich, daß sie dort sind," sagte Jim ruhig. „Aber vergessen Sie nicht, daß Julius Savini, ein so netter Kerl er auch manchmal sein kann, nun einmal zur Verbrecherklasse gehört. Ich muß vor allen Dingen sicher gehen. Es ist ja möglich, daß auch noch andere Wege aus der Burg führen."

„Aber Sie haben diese Wege doch auch nicht entdeckt, als Sie Hausmeister waren," sagte Spike beharrlich. „Aber es führt doch ein Weg aus Garre heraus, und der alte Syme hat ihn gefunden. Morgen früh muß ich zur Stadt zurück, und dann entschwindet mir der Grüne Bogenschütze – und das wäre doch der größte Erfolg für mich gewesen, wenn ich seine Geschichte im „Globe“ hätte veröffentlichen können.“

Jim nickte.

„Vermutlich geht es zu langsam mit den neuen Ereignissen, und deshalb wird man in der Redaktion müde.“

„Aber warum haben Sie es denn so eilig?“ Spike band sorgsam seine Krawatte vor dem Spiegel und drehte sich dann zu Jim um, der sich für einen Augenblick auf die Bettkante gesetzt hatte. „Morgen haben Sie doch auch noch Zeit, nach London zu fahren. Ich weiß, daß Mr. Howett Sie erwartet, ich habe die junge Dame getroffen, als ich durchs Dorf ging, und sie erzählte mir, daß wir alle zusammen heute abend dort eingeladen sind. Mr. Wood wird auch da sein, er kommt von London.“

„Ja, das weiß ich,“ sagte Jim. Sein Ton ließ Spike aufhorchen.

„Ein hoher Polizeibeamter und ein großer Philantrop, zwei Rivalen, die sich um die Hand derselben Millionärstochter bewerben.“ Spike dachte immer in Zeitungsüberschriften.

Aber er irrte sich doch, denn es war nicht nur das unangenehme Gefühl, das Jim gegen diesen neuen Eindringling und die warme Anteilnahme Valeries an ihm empfand. Er hatte sich auch aus anderen Gründen entschieden, nach London zu gehen. Er hatte viel zu tun, denn er leitete eine große Abteilung von Scotland Yard. Er hatte erkannt, daß es nicht so weitergehen durfte und er seine Arbeit nicht dauernd vernachlässigen konnte. Er hätte dies freilich schon längst allein wissen können, aber heute morgen hatte er einen Brief seines Vorgesetzten bekommen, in dem erwähnt war, daß seine lange Abwesenheit von der Polizeidirektion unangenehm auffiel.

Als Spike herunterkam, wartete das Auto schon auf der Straße. Jim stand daneben und zündete sich eine Pfeife an.

„Sie können mir einen großen Gefallen tun, Featherstone,“ sagte Spike. „Läuten Sie doch Mr. Syme in der Stadt an und sagen Sie ihm, daß es ein unerhörtes Unrecht und eine nationale Katastrophe sei, wenn er mich von Garre wegnähme, bevor die Geschichte aufgeklart ist.“

„Wenn es nötig ist, will ich auch kräftig für Sie lügen,“ erwiderte Jim. „Aber ich bin auch vollkommen Ihrer Ansicht, daß das Geheimnis von Garre noch genau so wenig gelöst ist als damals, als Sie zuerst hierherkamen. Also entschuldigen Sie mich bitte bei Miß Valerie!"

Spike wartete, bis der Wagen abgefahren war und ging dann nach Lady's Manor hinüber. Dort erfuhr er, daß John Wood schon eine ganze Stunde da war und fand Miß Howett und ihn Seite an Seite auf dem Diwan sitzen. Sie lauschte in tiefem Stillschweigen seinen Erklärungen, als er ihr von seinem großen Plan erzählte. Die beiden waren so vertieft, daß sie kaum Spikes Kommen merkten.

„Wo ist Captain Featherstone?" fragte sie.

„Er läßt sich entschuldigen, er mußte zur Stadt fahren. Seitdem er sich hier auf dem Lande aufhält, sind so viele neue Verbrechen begangen worden, daß Scotland Yard nach ihm geschickt hat."

„Meinen Sie im Ernst – daß er zur Stadt gefahren ist?" fragte sie.

„Ganz bestimmt. Er beunruhigte sich auch sehr über Julius Savini – er ist der Ansicht, daß der alte Bellamy ihn irgendwo in der Burg gefangenhält. Ich bin übrigens davon fest überzeugt."

Er sah, daß ihr Featherstones Abwesenheit nicht lieb war, aber als sie sich wieder mit Mr. Wood unterhielt, schien sie nach kurzer Zeit die Existenz Jims vollkommen vergessen zu haben. Spike dachte bei Tisch, daß er sie noch niemals so angeregt, liebenswürdig und schön gesehen hatte.

Wie gewöhnlich hörte Mr. Howett lieber zu und beteiligte sich kaum aktiv an der Unterhaltung. In letzter Zeit schienen seine Gedanken vollkommen mit irgendeiner anderen Sache beschäftigt zu sein. Auch Valerie hatte dies schon beobachtet, und es hatte ihr viel Kummer verursacht. Spike interessierte sich außerordentlich für Mr. Howett. Seine eigene Ansicht, wer der Grüne Bogenschütze sein könnte, war nun vollkommen gereift. Nach und nach hatte er die einzelnen Indizien zusammengesetzt und war seiner Sache jetzt ganz sicher, trotzdem der bloße Gedanke ihm zuerst vollkommen phantastisch erschienen war.

Wood blieb über Nacht in Lady's Manor. Es fuhr kein Zug mehr nach der Stadt, und Valerie wollte ihn durchaus nicht im Gasthaus logieren lassen. Merkwürdigerweise hatte sie früher nicht dagegen protestiert, daß Jim Featherstone im „Blauen Bären" wohnte. Spike merkte sich das genau.

Um neun Uhr zog sich Mr. Howett aus dem Wohnzimmer zurück, wohin sie nach Tisch gegangen waren. Unbeobachtet verließ er die kleine Gesellschaft, selbst Spike hatte nicht gemerkt, daß er gegangen war. Allmählich kam die Unterhaltung wieder einmal auf den Grünen Bogenschützen, wie es kaum anders zu erwarten war. John Wood brachte als erster die Sprache auf diese merkwürdige Erscheinung in Garre Castle.

„Haben Sie ihn schon einmal gesehen, Miß Howett?" fragte er halb im Scherz.

Sie zitterte.

„Ja, ich habe ihn gesehen."

„Wie, Sie haben ihn gesehen?" fragte Spike erstaunt. „Das haben Sie mir aber noch gar nicht erzählt, Miß Howett! Täuschen Sie sich auch nicht – haben Sie tatsächlich den Grünen Bogenschützen gesehen?"

„Ich möchte nicht gern darüber sprechen," sagte sie. „Besonders nicht über meine eigenen Erlebnisse. Aber ich habe ihn zweimal gesehen – einmal draußen in dem Park von Garre Castle."

„Aber was haben Sie denn in dem Park von Garre Castle zu tun?" fragte Spike, der aufs neue überrascht war.

„Ich habe jemand gesucht. Es war allerdings eine ganz verwegene Sache, die ich mir vorher nicht genau überlegt hatte, und beinahe wäre sie böse für mich ausgegangen. Ich bin nachts in dem Park gewesen."

„Wo haben Sie ihn denn gesehen?" fragte Spike erregt.

Obgleich Valerie bei der Erinnerung noch zitterte, mußte sie doch über Spikes Neugierde lächeln.

„Wenn Sie das in Ihre Zeitung setzen, dann sage ich Ihnen kein Wort mehr, Mr. Holland. Wenn Sie aber versprechen, tiefes Stillschweigen darüber zu bewahren, dann will ich Ihnen zeigen, wo ich den Grünen Bogenschützen gesehen habe. Ich habe mir erst heute die Stelle wieder angesehen. Ich wußte nicht, daß man sie von unserem Grundstück aus sehen kann. Es war auf dem Abhang eines kleinen Hügels, Sie können den Platz von unserer Gartenmauer aus sehen. Dort steht ein kleines Gehölz – eine Art Boskett." Plötzlich stand sie auf. „Ich will es Ihnen gleich zeigen – aber –" sie warnte Spike mit dem Finger – „Sie dürfen niemals, unter welchen Umständen es auch immer sein mag, erzählen, daß ich ihn gesehen habe. Ich kann Ihnen auch sagen, daß er kein Geist ist."

Die beiden folgten ihr in die Halle, in die Küche und durch die Gartentür ins Freie. Der Garten lag im Dunkeln, und sie stand einen Augenblick still.

„Ich glaube nicht, daß wir die Stelle bei dieser Beleuchtung sehen können," meinte sie.

„Wenn wir uns erst etwas an die Dunkelheit gewöhnt haben, ist es hell genug," drängte Spike. „Wenn Sie mir die Stelle zeigen wollen, kann ich vielleicht später selbst näher nachforschen. Morgen früh ist ja Licht genug da. Ich muß jetzt den Beweis bringen, daß der Grüne Bogenschütze überhaupt existiert, oder ich habe mein Ansehen bei dem „Daily Globe" für immer verloren!"

Spike hatte recht. Trotz der Dunkelheit konnten sie nicht nur die Umrißlinien der Burg, sondern auch das kleine Gehölz deutlich unterscheiden, als sie auf Leitern stiegen und über die Mauer schauten. Spike kletterte auf die Mauer und setzte sich rittlings darauf. Dann strengte er seine Augen an, um den Erklärungen Valeries folgen zu können. John Wood stand zwischen den beiden und hatte die Ellenbogen auf den oberen Teil der Mauer gestützt.

„Das ist also die Burg," sagte er.

„Und dort liegt das Gehölz." Sie zeigte es ihm mit der Hand. „Sie können gerade noch die Silhouette des kleinen Hügels erkennen, wo ich ihn entdeckte."

„Heute abend ist allerdings nicht viel zu sehen," gab Spike zu. „Aber wenn Sie mich vielleicht morgen durch Ihren Garten gehen lassen –"

Spike zündete plötzlich ein Streichholz an. Einen Augenblick flackerte das Licht, aber als es hell brannte, hielt er es über den Rand der Mauer. Dann sah er etwas – Valerie stieß einen Schrei aus – er ließ das Streichholz fallen und hielt sie.

Nicht weiter als zwei Meter entfernt stand an einem Gebüsch der Grüne Bogenschütze und starrte mit seinen weißen, geisterhaften Augen auf die Gruppe.

63

John Wood erholte sich zuerst von seinem Schrecken. Es waren nur einige Augenblicke vergangen, als er schon über die Mauer sprang. Spike hörte, wie seine Füße den Boden berührten und wie er den kleinen Pfad der Mauer entlanglief. Er selbst war vollständig mit dem halb ohnmächtigen Mädchen beschäftigt.

„Haben Sie ihn gesehen?“ flüsterte sie und zitterte an allen Gliedern. Er mußte sie beinahe die Leiter hinuntertragen und in das Haus führen.

„Haben Sie ihn gesehen?“ fragte sie noch einmal.

„Sicherlich habe ich etwas gesehen,“ gab Spike zu.

„Wo ist Mr. Wood?“

„Er ist hinter ihm her.“ Valerie schloß die Augen, als ob sie die schreckliche Erscheinung nicht sehen wollte.

„Was – was haben Sie gesehen, Mr. Holland?“

„Nun – es sah grün aus, vielleicht war es der Bogenschütze. Ich muß zugeben, daß ich vollständig verwirrt bin.“

Eine Viertelstunde später kam Wood etwas atemlos zurück.

„Ich mußte ohne Leiter über die Mauer zurückklettern,“ sagte er.

„Es tut mir so leid, ich hätte eine andere Leiter für Sie auf der Seite nach der Burg herunterlassen sollen. Es war doch wirklich gedankenlos von mir!“

„Das macht nichts.“ Mr. Wood staubte sich die Hände ab. Er lächelte, als ob die ganze Sache nur einen Scherz für ihn bedeutet hätte.

„Haben Sie ihn eingeholt und gesehen?“

„Ich habe nur etwas von ihm gesehen – nur einen kurzen Augenblick – aber ich habe ihn nicht erreichen können.“

Sie sahen einander an.

„War es der Grüne Bogenschütze, Miß Howett?“ fragte Spike.

„Ich denke, daß darüber gar kein Zweifel bestehen kann. Wohin wollen Sie gehen, Holland?“

„Ich muß jetzt schnell den alten Bellamy aufsuchen,“ sagte er entschieden. „Vor allem muß der Park sofort abgesucht werden, damit wir den Grünen Bogenschützen finden, oder der „Globe“ verliert seinen besten Berichterstatter.“

Er mußte den Pförtner aus dem Schlaf wecken, der sich schon zur Ruhe gelegt hatte. Dieser arme Mann weigerte sich lange Zeit, zu Mr. Bellamy hinaufzutelephonieren. Aber schließlich gelang es Spike, ihn zu überreden.

„Lassen Sie Mr. Holland ans Telephon kommen," sagte Bellamy und als das geschehen war, fragte er: „Nun, was ist denn schon wieder los?"

„Ich habe Ihren Grünen Bogenschützen im Park gesehen, Mr. Bellamy."

„Kommen Sie herauf," sagte Bellamy nach einer Pause.

Er erwartete Spike am Eingang der dunklen Halle.

„Was haben Sie denn da nun schon wieder für eine neue Mär mit dem Grünen Bogenschützen?"

„Ich habe ihn gesehen – und zwar viel deutlicher, als ich Sie jetzt sehen kann."

„Sie haben ihn gesehen – wo standen Sie denn?"

„Ich schaute über die Mauer von Mr. Howetts Garten. Miß Howett zeigte mir gerade, wie schön das Schloß bei Nacht aussieht."

„Das muß ja ein wunderbarer Anblick gewesen sein," sagte der Alte sarkastisch, „wo gar kein Licht brannte. Haben Sie vielleicht auf ein Galafeuerwerk gewartet, das ich Ihnen zu Ehren abbrennen sollte? Aber nun erzählen Sie, was haben Sie gesehen?"

„Ich habe es Ihnen ja schon gesagt – den Grünen Bogenschützen. Er stand nicht drei Schritte weit von mir entfernt."

„Haben Sie zuviel Wein zum Abendbrot getrunken?" fragte Bellamy wütend. „Sie möchten gern eine interessante Geschichte für Ihre Zeitung haben, Holland! Wenn Sie aber glauben, daß ich Ihnen dabei helfe, irgendeine Geistergeschichte zu erfinden, dann irren Sie sich! Sie hätten sich die Mühe sparen können, hierher zu kommen. Es gibt einen Grünen Bogenschützen," sagte er belustigt. Spike wunderte sich, denn er hatte ihn noch nie so gesehen. „Aber es ist ein ganz merkwürdiges Gespenst, das nie aus dem Hause gehen kann, ohne sich zu erkälten. Es ist nämlich ein Hausgeist, der an frischer Luft stirbt. Nein, Holland, Sie müssen sich ein anderes Märchen ausdenken!"

„Würden Sie nicht wenigstens das Grundstück absuchen lassen?"

„Nein, ich lasse nichts absuchen," erwiderte Bellamy ungeduldig. „Ich habe überhaupt nicht genug Leute dazu. Vielleicht bringen Sie Ihren Freund Featherstone mit, der kann das ja machen."

Bellamy stand bisher in der Türöffnung und drehte sich plötzlich um.

„Kommen Sie herein. Ich möchte Sie noch etwas fragen."

Als sie einander in der Bibliothek gegenübersaßen, begann Bellamy sofort zu sprechen.

„Sie haben mir neulich etwas von einem Mann erzählt, den Creager gepeitscht haben soll. Ich war so böse auf Sie, daß ich Ihnen damals unangenehme Dinge sagte, aber nachdem ich mir die Sache reiflich überlegt habe, möchte ich doch noch etwas genauer wissen, was Sie damit eigentlich sagen wollten."

„Ich habe Ihnen erzählt, daß der Mörder Creagers wahrscheinlich ein Mann war, den er einmal mit der Peitsche geschlagen hat. Creager war Gefängnisbeamter und hatte besonders die Pflicht, die dazu verurteilten Verbrecher zu peitschen. Jedenfalls ist es eine Annahme der Polizei, daß Creager von jemand getötet wurde, der schon lange darauf wartete, sich an ihm zu rächen."

Bellamy schob seinem Besucher eine Kiste Zigarren über den Tisch hinüber, nahm sich selbst eine, biß das Ende ab und steckte sie an.

„Das ist leicht möglich," sagte er dann. „Ich weiß ja gerade nicht viel darüber, wie es in den englischen Gefängnissen zugeht, aber ich entsinne mich, in den Zeitungen gelesen zu haben, daß Creager ein Gefängniswärter war. Die Ansicht, die Sie eben darüber äußerten, hat viel für sich." Er blies die Rauchwolken seiner Zigarre in die Luft und beobachtete, wie sie sich im Räume verteilten. „Haben Sie irgendeinen Anhaltspunkt, wer der Grüne Bogenschütze sein könnte?"

„Ich habe schon zu viele Spuren," erwiderte Spike kurz.

„Jede Woche finde ich wieder einen anderen heraus. Zunächst hatte ich Sie im Verdacht –"

„Mich?" fragte Bellamy und mußte laut lachen. „Das ist allerdings spaßhaft. Haben Sie denn nicht Julius Savini einmal verdächtigt?"

Spike nickte.

„Ich habe schließlich alle Leute damit in Verbindung gebracht. Und bis heute abend war ich ganz sicher, daß ich wußte, wer es war."

„Wen hatten Sie denn im Verdacht?" fragte der alte Bellamy und sah ihn scharf an.

„Nach meinen Erfahrungen möchte ich nicht einen unschuldigen Mann bezichtigen. Mr. Bellamy, nebenbei fällt mir ein, daß Sie meiner Zeitung mit einer Klage gedroht haben."

„Ach, kümmern Sie sich nicht darum, ich werde nichts gegen Sie unternehmen. Sie sind ein netter Mensch und ein kluger Reporter – es ist möglich, daß Sie durch mich noch eine ganze Menge Geld verdienen."

„Das ist ja großartig!" erwiderte Spike.

„Aber deswegen brauchen Sie nicht unverschämt zu werden," brummte der Alte, dem es scheinbar wieder leid tat, daß er eben so liebenswürdig gewesen war. „Ich bin bereit, große Summen für große Dienste zu bezahlen, Holland. Und Sie sind gerissen genug, daß Sie leicht ein Vermögen zusammenbringen können. Wer hatte denn eigentlich die Ansicht, daß Creager von einem Mann getötet wurde, den er gepeitscht hatte – war das etwa Featherstone?"

„Ich kann Ihnen nur erzählen, daß es eine Ansicht der Polizeidirektion ist, Mr. Bellamy. Und Featherstone wird doch wohl wissen, was die Polizei denkt. Aber sagen Sie mir, wo hält sich Savini auf? Haben Sie nichts von ihm gehört?"

Bellamy schüttelte den Kopf.

„Warum sollte ich denn etwas von ihm hören? Ich habe ihn hinausgeworfen, weil er versuchte, mich zu bestehlen. Es ist doch nicht sehr wahrscheinlich, daß er mir alle paar Tage ein Liebesbriefchen schickt. Was hält denn die Polizei von der Sache?"

„Die ist davon überzeugt, daß er sich immer noch hier in der Burg aufhält," erwiderte Spike.

Der Alte lachte grimmig.

„Denken Sie denn, ich unterhalte hier ein Genesungsheim für Verbrecher?" fragte er verächtlich. „Diese dummen Leute hier glauben natürlich jeden Unsinn, sie glauben ja auch an den Grünen Bogenschützen."

„Und an die graue Frau,“ fügte Spike hinzu, der sich plötzlich an seinen Ausflug von heute nachmittag erinnerte.

Es trat eine Pause in der Unterhaltung ein, aber Gespräche mit Bellamy wurden häufig durch Schweigen unterbrochen. Spike konnte das Gesicht des Alten nicht sehen, der sich herumgedreht hatte und in das Kaminfeuer starrte. Aber plötzlich überkam Spike ein sonderbares Gefühl, als ob er fröre. Zuerst nahm er an, daß die Tür offenstände und ein kalter Luftzug von dort ihn träfe. Er wandte sich sogar um und wollte sie schließen, aber sie war fest zu. Dann begann Bellamy wieder zu sprechen, aber er hatte das Gesicht immer noch abgewandt.

„Was ist denn das für eine graue Frau, Mr. Holland?“

„Es ist eine ganz neue Erscheinung, die ich erst heute entdeckt habe. Einer von den Landleuten hat eine Frau gesehen, die im Klosterwald umherwandert, ungefähr drei Meilen von hier entfernt.“

„Und wer ist sie?“

„Hier in diesen ländlichen Gefilden ist alles grün,“ erwiderte Spike in Gedanken. „Die Leute dachten, es wäre ein Gespenst. Aber vielleicht ist es auch nur jemand, der viel frische Luft haben will und deshalb dorthin gegangen ist.“

„Sie sagten doch eben „graue Frau“ – wo hält sie sich denn auf?“

„Ich weiß es nicht genau, aber ich glaube, daß sie in einem Haus dort im Walde wohnt. Ich habe mir heute die Mühe gemacht, dorthin zu gehen und nachzuforschen, ich habe die Stelle auch gefunden, das Haus war aber vollkommen leer. Heute morgen noch muß jemand dort gewesen sein, ich bin nämlich in das Haus hineingegangen und habe mich genau umgesehen.“

Spike wollte sich mit Bellamy gut stellen, und es schien ihm kein Grund vorzuliegen, warum er ihm dieses kleine Abenteuer nicht erzählen sollte.

„Neue Schuhe, Medizinflaschen und Spuren von Automobilen,“ wiederholte Bellamy. „Das ist merkwürdig, sehr merkwürdig. Und sie war heute morgen da, wie Sie sagen?“

„Ich vermute es stark, denn die Spuren der Räder waren noch ganz frisch, sie hat scheinbar auch letzte Nacht in dem Bett geschlafen.

„Wahrscheinlich ist es so, wie Sie sagen – sie wird in der Natur leben wollen.“

Jetzt erst wandte sich Bellamy um. Spike wollte seinen Augen nicht trauen, denn Abel schien viel älter geworden zu sein und sah noch häßlicher und abstoßender aus als sonst.

„Sie sind wirklich ein netter Kerl, Holland," sagte er langsam. „Als ich Ihnen neulich einmal Geld anbot, waren Sie so furchtbar beleidigt. Aber vielleicht kann ich Ihnen ein neues Auto kaufen. Fahren Sie gern Auto?"

„Ich bin gerade nicht so sehr davon entzückt, daß ich selbst einen Wagen brauchte," erwiderte Spike und wunderte sich, aus welchem Grunde Bellamy plötzlich so liebenswürdig und freigebig wurde.

„Sie können doch dann überall hinfahren und sich die Gegend ansehen. Aber ich glaube, ich nehme Ihre Zeit zu sehr in Anspruch. Kommen Sie morgen wieder. Sie können ruhig den Park absuchen. Ich werde dem Pförtner telephonische Anweisung geben, daß er Sie hereinläßt. Aber ich glaube, Sie werden nichts finden. Ich sagte Ihnen schon, das Gespenst hier in der Burg hält sich nur im Innern auf und kann besonders nasses, feuchtes Wetter nicht vertragen."

Als Spike gegangen war, klingelte Bellamy nach Sen.

„Bringe mir einen Regenmantel und mache den Wagen fertig. Es ist möglich, daß ich lange Zeit fortbleibe."

Diese ganze Nacht wartete Bellamy in strömendem Regen darauf, daß die Bewohnerin des einsamen Hauses im Klosterwald zurückkehren sollte. Er stand im tiefen Schatten der Bäume in der Nähe der Schlafzimmerfenster. Er kümmerte sich nicht um den kalten Wind, der durch den Wald heulte, auch nicht um den Regen, der ihm ins Gesicht schlug. Wenn sie zurückgekommen wäre, hätte Abel Bellamy in Zukunft sicher vor ihr sein können, aber der graue Morgen dämmerte herauf, ohne daß er etwas von ihr gesehen hatte, und er fuhr nach Garre zurück, ohne ein neues Verbrechen begangen zu haben.

64

Die graue Frau war also die ganze Zeit in der Nähe gewesen! Vielleicht war sie noch hier und verbarg sich in der Nachbarschaft, so daß er sie unmittelbar hätte erreichen können. Sicher war sie es, er hatte das graue Kleid nach der Beschreibung genau wiedererkannt. Nie hatte sie Kleider von ihm annehmen wollen, und obgleich er ihr die schönsten französischen Modeschöpfungen brachte, trug sie doch von dem Tage an, an dem sie in die Burg kam, stets ihr grauseidenes Kleid.

Diesen Abend ging er nicht zu Bett, und am Morgen schloß er sich in der Bibliothek ein, um nicht gestört zu werden. Dann ging er die geheime Treppe zu Savinis Gefängnis hinunter, öffnete schnell die Tür und war in dem Raum, bevor Julius nach seiner Pistole greifen konnte.

„Hände hoch!" rief der Alte. „Ich will Ihren Revolver haben!"

Er nahm seinem hilflosen Gefangenen die Waffe aus der Tasche und schloß dann die Tür von innen fest zu.

„Ich möchte mich ein wenig mit Ihnen unterhalten, Savini," sagte er, als er zu Julius zurückging. „Sie haben mir doch gesagt, daß neulich in der Nacht jemand hierherkam, um ein Buch zu holen. Haben Sie mich damals belogen?"

„Warum sollte ich denn die Unwahrheit sagen?" fragte Julius finster.

„Haben Sie gesehen, wer es war?"

„Nein, ich hörte nur das Geräusch, wie die Tür geschlossen wurde."

„Meinen Sie diese Tür?" Der Alte zeigte auf die Öffnung, durch die er gekommen war.

Savini nickte.

Bellamy ging in das Schlafzimmer und zog den Vorhang vor dem Schrank beiseite. Die Kleider der grauen Frau hingen noch dort wie an dem Tage, als er die Savinis eingesperrt hatte. Er nahm sie und legte sie über den Arm.

„Wie lange wollen Sie uns noch hier lassen, Bellamy?" fragte Fay. „Es wird etwas langweilig."

„Sie sind doch bei Ihrem Mann, das ist doch für eine Frau alles, was sie braucht. Und Sie sind ja eine gute Frau, nach allem, was ich von Ihnen gehört habe."

„Werden Sie nicht anzüglich," sagte Fay. „Das hat hiermit nichts zu tun. Wie lange wollen Sie uns noch hier gefangenhalten?"

„Sie werden so lange hier bleiben, wie ich will. Und wenn es Ihnen zu langweilig ist, und Sie Gesellschaft haben wollen, kann ich diese Frage schon lösen."

Sie antwortete nicht. Aber als er sich der Tür zuwandte, sprang sie ihn plötzlich wie eine wilde Katze an, umfaßte mit ihren Armen krampfhaft seinen Hals und zog ihn nach hinten zurück.

„Schnell, Julius!“ schrie sie.

Aber bevor Savini näherkommen konnte, hatte der alte Mann sie schon abgeschüttelt wie ein Hund eine Ratte und sie fiel dumpf auf den Steinboden. Bellamy nahm sich nicht einmal die Mühe, die Pistole zu ziehen. Mit bloßer Hand stieß er Savini zurück. Julius hätte weinen können, als er seine vollkommene Machtlosigkeit einsehen mußte. Fay war sofort wieder aufgesprungen. Sie sah bleich und gebrochen aus. Aber Bellamy schaute sie jetzt mit anderen Augen an, es lag etwas von Bewunderung für diese kühne Frau in seinem Blick.

„Wenn Ihr Mann nur ein klein wenig von der Energie und dem Mut hätte, den Sie besitzen!“ sagte er dann.

„Das geht Sie gar nichts an,“ erwiderte sie verächtlich. „Geben Sie ihm seine Pistole zurück und probieren Sie es mal, Sie Gorilla!“

Bellamy lachte und wandte sich wieder dem Ausgang zu. Fay packte ihn noch einmal am Arm und versuchte ihn aufzuhalten, aber er schüttelte sie wieder ab. Als er zur Bibliothek zurückkam, rief er Sen. Dann nahm er die Kleider und ging mit seinem Chauffeur zu einer entlegenen Stelle des Parks in der Nähe der Garage. Sie durchtränkten die Kleider mit Benzin und steckten sie an.

„Die Sache wäre also in Ordnung,“ sagte Bellamy und stieg wieder in den Gefängniskeller hinunter, um seine Arbeit fortzusetzen.

Den ganzen Nachmittag hörte Julius das Klopfen von eisernen Werkzeugen. Aber er gab sich keine Mühe zu sehen, was der alte Mann machte, da er ganz richtig vermutete, daß Bellamy die vergitterte Öffnung dicht verschlossen hielt.

Zum erstenmal kam die Verzweiflung über Julius. Er hatte keine Waffe mehr, mit der er sich und Fay verteidigen konnte. Die Hoffnungslosigkeit ihrer Lage bedrückte ihn furchtbar.

„Es hat gar keinen Zweck,“ sagte er, „wir müssen damit rechnen, daß wir hier jahrelang eingesperrt werden.“

„Der Gedanke würde mich trösten," antwortete sie. „Aber hast du noch niemals daran gedacht, was geschieht, wenn der Alte plötzlich stirbt?" Sie schauderte.

„Um Himmels willen, gib dich doch nicht so fürchterlichen Gedanken hin!" rief er nervös. „Du glaubst doch nicht – daß wir hier verhungern müssen?"

„Julius, ist es denn nicht möglich, die Tür aufzubrechen?"

„Keins der Möbelstücke ist schwer genug, es ist auch nichts anderes da, womit man die Tür einschlagen könnte."

Sie biß sich nachdenklich auf die Lippen.

„Ich wünschte nur, der alte Teufel käme noch einmal hier herunter. Ich müßte eigentlich eine Dusche haben."

„Was willst du haben?" fragte er ungläubig.

„Eine Dusche," sagte sie ruhig. „Das ist nun einmal eine meiner Schrullen."

Abel Bellamy war immer noch an der Arbeit, wie sie aus dem andauernden Hämmern unten hören konnten. Plötzlich ging Fay zu der Öffnung und kroch so dicht wie möglich an das eiserne Gitter. Sie konnte aber nicht hindurchsehen, die Öffnung war mit einem Sack verhängt.

„Bellamy!" rief sie, und nach einer Weile hörte er sie auch.

„Was wollen Sie denn?" fragte er und hörte auf zu hämmern.

„Wenn Sie uns hier gefangenhalten wollen, dann können Sie es uns doch wenigstens behaglich machen," sagte Fay kühl, als er den Sack wegzog und sie anstarrte.

„Im Gefängnis haben Sie es nicht so komfortabel gehabt, junge Frau. Was wollen Sie denn?"

„Ich mochte eine Dusche haben. Diese Vollbäder bekommen meiner zarten Konstitution nicht."

„Was wollen Sie?" brüllte er und brach in ein schallendes Gelächter aus. Sein Gesicht wurde rot, und sie betrachtete ihn furchtsam. Aber er beherrschte sich sofort wieder.

„Vielleicht soll ich Ihnen auch ein Boudoir einrichten? Sie glauben doch nicht im Ernst, daß ich Ihnen eine Dusche anbringen werde?"

„Ich will gar nicht, daß Sie irgend etwas anbringen, ich will auch nicht, daß Sie hereinkommen, weil Sie Manieren wie ein Schwein haben," sagte Fay offen. „Ich will nur einen Gummischlauch haben, um ihn am Wasserhahn anbringen zu können."

Er brummte etwas vor sich hin und ließ den Sack wieder herunterfallen. Nach einer halben Stunde hörte sie, daß er ihren Namen rief und lief zu der Öffnung. Er schob einen roten Gummischlauch hindurch.

„Der ist vielleicht etwas zu lang, Sie können ihn ja abschneiden. Wenn Sie aber denken, er wäre zu gebrauchen, um mir damit ins Gesicht zu spritzen, wenn ich hereinkomme, damit ich nichts sehen kann – dann sollen Sie einmal etwas erleben!"

Triumphierend nahm sie den Schlauch in Empfang.

„Wozu brauchst du ihn denn?" fragte Julius leise, aber sie legte nur ihren Finger an die Lippen und sah ihn bedeutungsvoll an.

Als am Abend alles ruhig war, schob sie den Schlauch über eine der Gaslampen. Der Schlauch war zu weit, sie suchte einen Bindfaden und band ihn dicht an den Hahn. In das andere Ende steckte sie die Spitze, die sie von dem Brenner genommen hatte, und machte auch dieses durch Umwickeln mit Bindfaden dicht. Der Sicherheit halber strich sie noch Seife herum. Als sie damit fertig war, drehte sie den Gashahn auf und steckte vorne den Brenner an. Eine lange Stichflamme schoß heraus. Sie brachte sie an die Türe in die Gegend des Schlosses. Der Schlauch war gerade lang genug, das Holzwerk begann zu rauchen und verkohlte langsam.

„Hole Wasser," flüsterte Fay. „Wir müssen das Feuer auslöschen, sobald helle Flammen herausschlagen."

So arbeiteten sie die ganze Nacht zusammen. Der Raum unten war von beißendem Rauch erfüllt. Um drei Uhr morgens konnte Julius die Türe endlich aufbrechen. Polternd fiel das Schloß heraus.

Sie waren vollständig erschöpft, ihre Gesichter waren schwarz vom Rauch, ihre Augen schmerzten fürchterlich, und sie husteten. Fay ging durch die Tür in den Raum unter der Bibliothek und lehnte sich an die Wand. Sie atmete schwer – nun blieb nur noch die Tür unter dem Schreibtisch Bellamys. Sie sah wohl ein, daß dies eine viel schwierigere Aufgabe war, als die Holztür. Wie schwer es sein würde, konnte sie nur vermuten, denn sie besann sich nicht auf alle Einzelheiten, als sie damals hindurchgegangen waren.

Durch die offene Tür fiel das Gaslicht aus ihrem Wohnzimmer in diesen Raum. Sie stiegen die Treppe in die Höhe und durchsuchten die Decke.

„Es ist vollkommen nutzlos, Fay," meinte Julius. „Wir können uns höchstens unter der Treppe verstecken und den Alten von hinten niederschlagen, wenn er herunterkommt und uns drüben sucht."

„Womit denn?" fragte sie.

„Mit dem Gasschlauch!"

Sie gingen beide zurück und betrachteten den Schlauch.

„Er ist doch nicht stark genug," sagte Julius. „Wir müssen etwas Schwereres finden."

Aber trotzdem sie den Raum eingehend durchsuchten, fanden sie nichts, das sie als Waffe hatten gebrauchen können. Julius ging wieder die Treppe hinauf und untersuchte die steinerne Platte. Er stemmte sich in der Nähe der Stelle, wo er das Schloß vermutete, mit aller Macht dagegen. Plötzlich hörte er Fußtritte über sich und bückte sich instinktiv. Das schwache Läuten einer Telephonglocke drang zu ihm hin, dann sprach jemand.

„Ist dort Captain Featherstone? ... Können Sie sofort nach Garre Castle kommen? Mr. Bellamy ist um zwei Uhr morgens gestorben. Er hat ein großes Schriftstück hinterlassen, das für Sie bestimmt ist."

Julius war vollständig erstarrt über diese Nachricht und ging schreckensbleich wieder die Treppe hinunter.

„Was ist los, Julius?" Fay packte ihn am Arm und sah ihn ängstlich an.

„Nichts – es ist nichts," sagte er heiser.

„Du hast doch jemand sprechen hören – hast du etwas verstanden?"

„Es war – ich weiß nicht ... ich glaube, es war Lacy."

„Lacy? Um diese Morgenstunde? Zu wem sprach er denn?"

Julius schluckte.

„Er sprach zu Featherstone. Aber es ist besser, daß du es weißt – Bellamy ist tot!"

Sie war entsetzt.

„Bellamy ist tot?“ sagte sie ungläubig. „Wer hat dir das gesagt?“

„Lacy hat an Featherstone telephoniert, daß Bellamy ein Schriftstück hinterlassen hätte, das Featherstone lesen soll.“

Sie sah ihn argwöhnisch an.

„Bellamy ist tot? Und Lacy ruft Featherstone an, daß er herkommen soll? Featherstone würde Lacy doch sofort ins Gefängnis stecken. Glaubst du denn, daß Lacy so dumm ist? Wenn der Alte wirklich ein solches Schriftstück zurückgelassen hat, dann konnte Lacy es ihm doch per Post zuschicken, nachdem er sich selbst gedrückt hatte. Daß Bellamy tot ist, hilft Lacy doch nicht. Die Polizei ist deswegen genau so hinter ihm her wie früher. Was wird Featherstone nun wohl tun? Glaubst du, daß er Lacy um den Hals fällt, sich an seiner Brust ausweint und sagt, daß alles vergeben und vergessen ist? Nein, Julius! Es ist ja möglich, daß Featherstone in die Falle geht, weil er in Valerie Howett verliebt ist und seine Gedanken nicht beieinander hat. Aber wenn er wirklich bei der Sache ist, dann müßte er doch merken, daß das ein Trick ist. Julius, du bist doch ein merkwürdiger Mensch! Du zitterst hier wie Gelee bei einem Erdbeben und du könntest ohne Hilfe mit Bellamy fertig werden! – Wir wollen aber jetzt wieder in unser Wohnzimmer zurückgehen und die Sache miteinander besprechen. Der Rauch verzieht sich allmählich.“

Die Ventilation war so gut, daß sich die Luft schon wieder erneuert hatte, als sie zurückkamen.

„Wir werden Gesellschaft bekommen,“ meinte Fay. „Der alte Bellamy hält sein Versprechen.“

65

Jim Featherstone kleidete sich eilig an und trat in die kalte, verlassene Straße hinaus. Aber dann überlegte er sich, daß es gar nicht so eilte, die Aufzeichnungen des toten Bellamy zu sehen. Er suchte sein Auto im Dunkeln und wurde einige Augenblicke von einem Polizisten aufgehalten, der von irgendwoher auftauchte und einen Automobildieb in ihm vermutete. Er nahm ihn sogar mit zu einer Polizeistation, aber Jim hatte sich bald legitimiert, und eine Viertelstunde nach dem Anruf fuhr er schon am Themseufer entlang und durch die einsame Gegend von Chelson.

Bellamy war tot! Es schien fast nicht möglich! Lacy hatte es ihm gesagt – Jim hatte seine Stimme sofort wiedererkannt. Der Mann, gegen den ein Haftbefehl erlassen war, hatte es gewagt, ihn anzurufen. Es mußte etwas Ungewöhnliches in Garre Castle geschehen sein. Er dachte angestrengt darüber nach.

Um halb fünf Uhr morgens fuhr er den Abhang nach Garre hinunter und hielt vor den Burgtoren. Offenbar wurde er erwartet, denn die Türflügel des Straßentors standen weit offen, obgleich er nichts vom Pförtner entdecken konnte.

Auch die Tür der äußeren Halle war geöffnet, ebenso der Eingang zur Bibliothek. Ohne Zögern ging er hinein. Plötzlich wurde die Tür hinter ihm zugeschlagen. Wie ein Blitz wandte sich Jim um, aber bevor er seine Pistole ziehen, konnte, wurde er von starken Händen ergriffen. Er wußte gleich, daß es Bellamy war.

„Ich freue mich, Sie hier zu sehen, Captain Featherstone," hörte er seine sarkastische Stimme dicht an seinem Ohr. „Sie sind wohl zu meiner Beerdigung gekommen? Nun, wir werden ja auch ein Begräbnis haben, aber es ist nicht meines!"

Bellamy hielt Jim fest, so daß er sich nicht rühren konnte.

„Sie kommen gerade zur rechten Zeit," sagte er vergnügt. „Nun müssen Sie einmal ein wenig mitkommen!"

Bellamys Stärke war unglaublich, es wäre Wahnsinn gewesen, sich gegen ihn zu wehren. Ein Schlag dieser großen Faust hätte genügt, ihn zu Boden zu strecken, und dann hätte er kaum noch Gelegenheit gehabt, zu entkommen.

„Das ist Ihre frechste Tat, Bellamy, ich glaube nicht, daß Sie jetzt noch ein anderes Verbrechen begehen können," sagte Jim ruhig, während er neben dem Alten den Gang entlangschritt, der hinter dem Speisezimmer zu der gewölbten Halle führte, von wo aus man in die unterirdischen Kerker kam.

„Es wird vielleicht auch mein letztes Verbrechen sein," stimmte Bellamy zu. „Daß ich Sie einfach gefangennehme, muß Ihnen doch schon sagen, was ich beabsichtige. Dies ist mein letzter Mord und der wird grandios werden!"

Jim sah das Eisengitter nicht, als er die Treppe hinuntergebracht wurde. Er war davon überzeugt, daß der Alte ihn zu den tiefer gelegenen Zellen bringen wurde, wo er seine schlimmsten Feinde einkerkern wollte. Er war deshalb überrascht, als Bellamy mit einem kurzen Griff ihm die Pistole aus der Tasche zog, als sie erst an dem Fuß der Treppe angekommen waren. Bellamy ließ ihn dann los.

„Ich werde Sie hier im Dunkeln lassen."

Er nahm die brennende Laterne, die offenbar für Jims Ankunft hierhergestellt worden war.

„Ich bin neulich in der Stadt gewesen, Featherstone," sagte Bellamy plötzlich. „Sie werden es auch wissen, denn zwei Ihrer Beamten haben mich die ganze Zeit verfolgt. Ich habe meinen Arzt aufgesucht. Er sagt, daß ich Arterienverkalkung im höchsten Grade habe und jeden Augenblick am Schlag sterben kann. Das hat mich natürlich sehr interessiert, denn ich hatte mir noch so manches vorgenommen, bevor es mit mir zu Ende ist. Und einer meiner Pläne war, Sie hier gefangen zu setzen. Dieser Savini," fuhr er in Gedanken fort, „hat hier zuviel gelesen. Und eines der Bücher war Geschichte. In den alten Tagen, wenn ein großer König auszog, pflegte man eine Schar seiner Söldner zu opfern – es machte ihm den Tod ein wenig leichter, zu wissen, daß andere denselben Weg gehen mußten. Und dasselbe ereignet sich nun für mich, Featherstone."

Er nahm seine Laterne auf und schwang sie im Rhythmus hin und her, als ob er sie im Takt mit einer unhörbaren Melodie hielte, die ihm durch den Sinn ging.

„Und es ereignet sich auch für Sie, mein Junge," sagte er.

Halb auf der Treppe wandte er sich noch einmal um und sah zurück.

„Wenn Sie etwas wünschen –" er zeigte auf die Mauer – „Sie werden Savini dort finden. Sie brauchen nur nach ihm zu klingeln. Gute Nacht!"

Er war so höflich, als ob er sich von einem ehrbaren Gast verabschiedete. Aber als er das Gitter mit einem Krachen fallen ließ und mit dem Vorhängeschloß sicherte, lag ein Lächeln auf seinem Gesicht, das glücklicherweise niemand sah, denn es machte ihn noch weniger anziehend als sonst.

Sen wartete in der Halle.

„Nimm das Auto dieses Mannes, Sen, fahre es bis zur Brücke, ungefähr drei Meilen von hier. Dort läuft ein Pfad entlang, du hast ihn gesehen?“ Sen nickte. „Fahre direkt ins Wasser. Du kannst zu Fuß zurückgehen oder dein Rad auf dem Wagen mitnehmen, das wird leichter sein.“

Er sah nach der Uhr, es war ungefähr fünf.

„Es sind noch zwei Stunden bis Tagesgrauen,“ stellte er mit Genugtuung fest und ging zu seinem Zimmer zurück, wo jemand auf ihn wartete.

Featherstone hörte, wie die eiserne Gittertür oben zuschlug und vermutete, warum er hier gefangengesetzt worden war. Als er allein war, untersuchte er zunächst sorgfältig alle seine Taschen. Er fand nur seine Pfeife und wenn er sein Taschenmesser nicht mitrechnen wollte, so war er vollständig ohne Waffen. Seine Gefängniszelle lag in vollkommener Dunkelheit, und es war ihm unmöglich, die Hand vor den Augen zu sehen. Die einzige Lichtquelle, über die er verfügte, war das Zifferblatt seiner Armbanduhr, das so hell leuchtete, als ob die Zahlen mit Feuerschrift geschrieben wären.

Er tastete sich vorwärts, erreichte eine Wand und ging langsam an dieser entlang. Er erwartete, jeden Augenblick über den Körper Julius Savinis zu stolpern. Aber er war schon vollkommen in dem Raum umhergegangen, ohne seinen Leidensgefährten gefunden zu haben. Er hatte es schon aufgegeben und suchte nach einem Platz, wo er sich hinsetzen konnte, als er plötzlich eine Stimme flüstern hörte.

„Wer ist dort?“

„Featherstone,“ antwortete Jim. „Sind Sie das, Savini?“

„Ja, ich bin es, Fay ist auch hier.“

„Wo sind Sie denn?“

„In Bellamys Luxuszelle,“ erwiderte Fay. „Strecken Sie einmal Ihre Hand aus, dann fühlen Sie ein Gitter.“

Jim tat es und berührte plötzlich eine kleine schmale Hand, die er schüttelte.

„Meine liebe, arme Fay,“ sagte er sanft, „so hat er Sie doch noch zwischen seine Zangen bekommen.“

„Ich würde es nicht Zangen nennen, es ist einem Grabgewölbe ähnlicher,“ antwortete Fay. „Dies ist schrecklicher und schlimmer als irgendein Gefängnis, in das Sie mich früher hätten hineinstecken können." Dann sprach sie leiser. „Wir müssen vorsichtig sein, es ist möglich, daß er oben an der Treppe lauscht."

„Ich glaube nicht," meinte Jim. „Ich hörte ihn den Gang entlanggehen, außerdem sagte er mir, daß ich Sie hier irgendwo finden würde. Wo sind Sie denn eigentlich?"

„In dem Gefängnisraum, in dem er die Frau gefangenhielt," antwortete Fay. „Sie wissen doch, die Frau, nach der Sie so gesucht haben, Mrs. Held."

„Ist sie nicht mehr da?" fragte Jim erstaunt.

Er hörte nichts mehr und nahm an, daß Fay den Kopf schüttelte.

„Ich vermute, daß noch jemand anders kommt? Ist außer Ihnen und Julius niemand in der Zelle – mein Gott!" Plötzlich erinnerte er sich an Valerie.

„Denken Sie an Miß Howett?" fragte Fay, die ihn verstanden hatte. „Ich würde mir an Ihrer Stelle keine Sorgen machen, Featherstone. Aber sagen Sie, haben Sie ein Messer bei sich?"

„Ja, ich habe ein kleines Messer bei mir," erwiderte er in demselben leisen Ton.

„Tasten Sie doch einmal das Eisengitter entlang," bat sie ihn. „Es ist möglich, daß der Zementmörtel noch nicht vollständig hart geworden ist."

Er tat so, wie sie gesagt hatte, nahm sein Messer und versuchte, die granitharte Oberfläche aufzukratzen, in der das Gitter eingelassen war.

„Das ist nutzlos. Ich kann nichts machen. Sie sind doch tatsächlich schon ziemlich lange hier – seit dem Tag, an dem Sie diese Burg verlassen haben sollen?"

„Hat Bellamy Ihnen das gesagt?" fragte Julius. „Hören Sie, Captain, wir haben die Tür, die zu unserer Zelle führt, geöffnet. Aber wir können die obere steinerne Falltür nicht zwingen." In wenigen Worten erklärte er ihm den Mechanismus dieser Tür, die von Bellamys Bibliothek herunterführte.

„Das hätte ich eigentlich wissen sollen, daß dort eine Treppe war," sagte Jim bitter. „In den alten Plänen der Burg wurde die Bibliothek stets Gerichtshalle genannt, und in alten Burgen steht die Gerichtshalle direkt in Verbindung mit den Gefängnissen. Gewöhnlich führt eine Steintreppe hinunter, man kann es überall beobachten, in Nürnberg, selbst im Tower und im Schloß von Chillon.

Wenn ich nicht der größte Tor gewesen wäre, der jemals bei der Polizei diente, hätte ich den Fußboden untersuchen müssen. Haben Sie eigentlich eine Pistole?"

„Nein, er hat mir meinen Revolver weggenommen."

„Ich habe mich noch niemals so schwach gefühlt, Savini, als jetzt, wo ich mich in seiner Gewalt befinde. Haben Sie ihn gesprochen?" fragte er besorgt. „Hat er irgend etwas über Miß Howett gesagt oder daß er die Absicht hätte, sie auch hierherzubringen? Jetzt wird er vor nichts mehr zurückschrecken. Nachdem er mich hier gefangen hält, hat er alle Brücken hinter sich abgebrochen."

„Vielleicht hat Bellamy ein paar Werkzeuge in Ihrem Raum zurückgelassen," sagte Julius. „Warten Sie, ich will sehen, daß Sie etwas Licht bekommen. Wir haben nämlich das Eisengitter verdeckt, weil wir nicht wollten, daß der Alte uns von dort aus beobachten kann."

Fay nahm das Bettuch fort, das das letzte Ende des kleinen Tunnels bedeckte, und im Augenblick war der Gefängnisraum, in dem sich Featherstone befand, so hell, daß er alle Ecken sehen konnte. Fay verschwand und reichte ihm, als sie zurückkam, eine Tasse dampfenden Kaffees durch die Gitter hindurch.

„Wie haben Sie denn eigentlich die schwere Tür aufgebracht?" fragte Jim, und sie erzählten ihm beide von Fays Plan und seiner glücklichen Durchführung.

„Ich hatte schon die Absicht, dieselbe Methode bei diesem Eisengitter zu versuchen, aber dazu müßten wir ein Brecheisen oder sonst ein starkes Instrument haben, und das besitzen wir nicht," sagte Julius traurig. „Wenn es Tag geworden ist, könnten Sie vielleicht einmal die Treppe von Ihrer Zelle nach oben gehen und versuchen, ob Sie sie nicht aufmachen können, Featherstone."

„Ich verstehe immer noch nicht, warum er dieses Loch in die Wand gemacht hat. Sicherlich hat er es nicht getan, damit wir uns besser unterhalten können," unterbrach ihn Fay. „Darauf möchte ich meinen Kopf wetten, Bellamy gehört nicht zu diesen Leuten. Wenn es nicht dieses schreckliche Eisengitter wäre, würde ich mich auch nicht so fürchten. Aber jedesmal, wenn ich es sehe, schaudert mich."

Langsam wurde es Tag. Jim hatte wenigstens etwas Sonnenschein in seinem Raum. Ein Strahl des hellen Lichtes schien durch die rostige Eisentür oben am Eingang zu der Treppe. Sobald es hell genug war, stieg er nach oben, griff durch die Gitter hindurch und konnte das Vorlegeschloß fassen. Aber als er es untersucht hatte, wußte er, daß es keine Hoffnung gab, auf diesem Wege zu entkommen. Das Schlüsselloch war von einer ganz besonderen Beschaffenheit. Wenn er sich sehr weit vorbeugte, konnte er sehen, daß die Tür des Ganges oben fest zugemacht war. Auch erinnerte er sich daran, daß sie besonders stark war. Auch ein noch so lautes Rufen war nutzlos, da ja kein Dienstbote im Schloß war.

Zum erstenmal sah er das große Gelenkknie eines dicken Leitungsrohres, das aus der Wand des Wachtraumes hervorragte und durch den Boden hindurchging. Er untersuchte, was es wohl sein mochte.

„Es gibt zwei solche Rohre," sagte Julius. „Der Alte wollte früher ein Schwimmbassin in der Nähe der Burg anlegen, deshalb hatte er das Wasser dorthin gelegt. Es hat ihn schon Tausende gekostet, bis ihm nachher einfiel, daß er es nicht brauchte. Es ist eins an jeder Seite. Ich glaube nicht, daß Sie das andere von dort aus sehen können."

Jetzt erkannte Featherstone plötzlich, warum Bellamy das Gitter zwischen den beiden Gefängnissen angebracht hatte.

66

Mr. Howett und Valerie saßen beim Frühstück, als Spike Holland mit einer großen Neuigkeit zu ihnen kam. Sie sah sofort an seinem Gesicht, daß etwas Ungewöhnliches geschehen war.

„Ist Featherstone vorigen Abend hier gewesen?" fragte er schnell.

„Nein," sagte Valerie besorgt, „warum meinen Sie?"

„Ich habe gerade telephonisch mit Jackson gesprochen, er ist der Assistent Featherstones," berichtete Spike. „Er sagt, daß der Captain in der vergangenen Nacht fortgerufen worden sei. Seine Wohnung war leer, als sein Diener heute morgen dorthin kam, – auch sein Auto war fort – es wurde dann später im Fluß gefunden, drei Meilen von hier entfernt."

Valerie Howett wurde es dunkel vor den Augen, und sie war einer Ohnmacht nahe. Spike sprang schnell an ihre Seite.

„Er hatte eine Botschaft von Garre bekommen. Die Polizei hat die Telephonzentrale kontrolliert. Das Gespräch ist von der Burg aus geführt worden. Danach kann man genau feststellen, wann Featherstone weggefahren ist," fuhr Spike fort. „Ob er zu der Burg gegangen ist, wissen wir nicht. Jackson will nicht, daß ich mit Bellamy spreche, bis er hier ist. Er kommt von Scotland Yard mit einem Erlaubnisschein, die Burg zu durchsuchen. Ich glaube, daß es für Bellamy sehr viel Unannehmlichkeiten geben wird."

Mr. Howett wollte eigentlich in die Stadt fahren, aber auf diese Nachricht hin entschloß er sich zu bleiben. Valerie bestand jedoch darauf, daß er doch abfuhr, denn sie wollte allein sein. Sie war davon überzeugt, daß Jim noch am Leben sei, eine innere Stimme sagte es ihr, aber ebenso stand es bei ihr fest, daß er in Bellamys Hand gefallen war.

Als die Polizeiautos ankamen, war sie auch im Ort. Der weißhaarige Chefinspektor selbst leitete die Unternehmung und interviewte Spike sofort nach seiner Ankunft.

„Sie haben doch nicht etwa Bellamy gesehen und ihn gewarnt?"

„Nein," antwortete Spike bestimmt.

„Sind Sie auch ganz sicher, daß Captain Featherstone hierherkam – zu der Burg – meine ich?"

„Ich kann Ihnen auch nur das erzählen, was mir gesagt wurde. Ein Arbeiter, der heute morgen auf der Straße ging, sah einen Wagen, der dem Auto Featherstones sehr ähnlich war, aus dem Parktor herausfuhr und die Richtung nach London nahm."

„Das muß auch stimmen," sagte der Beamte. „Der Wagen zeigte die Richtung nach London, als er aufgefunden wurde."

Er sah sich die festgeschlossenen Parktore an. An der Seite des einen Mauerpfeilers war eine elektrische Glocke angebracht, und er klingelte. Es kam keine Antwort vom Portier. Er klingelte noch einmal länger. Die Tore waren zu hoch, um darüber wegzuklettern, und der Chefinspektor faßte einen schnellen Entschluß. Ein Traktor kam gerade des Wegs und er hielt ihn an.

„Fahren Sie doch einmal mit Ihrem Wagen mit aller Gewalt gegen dieses Tor," sagte er kurz.

„Da geht das Tor doch in Trümmer," entgegnete der aufgebrachte Chauffeur.

„Das wollen wir doch gerade."

Der Traktor donnerte gegen das Tor mit halber Geschwindigkeit. Mit lautem Krachen und Poltern öffneten sich die Torflügel, und der Weg war frei.

Sie traten gerade aus den Büschen heraus und konnten von den vorderen, gittergeschützten Fenstern der Burg gesehen werden, als sie einen scharfen Knall hörten. Einer der Beamten, der neben Spike ging, strauchelte, fiel auf die Knie, schaute sich wild um und brach dann in einer Blutlache zusammen.

„Schnell aus der Schußlinie," rief der Chefinspektor und seine Leute warfen sich auf die Erde.

Bellamy war also zum Äußersten entschlossen.

Valerie hörte den ersten Schuß und wußte gefühlsmäßig, was sich ereignet hatte. Eine kleine Menschenmenge, die sich an den zerstörten Toren angesammelt hatte, wurde von der Lokalpolizei zurückgetrieben.

„Es ist gefährlich, mein Fräulein," warnte ein Polizist. „Er feuert aus der Schießscharte in dem Turm, ich sah den Rauch dort herauskommen."

Schon pfiff wieder eine Kugel dicht an ihr vorüber. Der Mann zog sie schnell aus der Schußlinie fort. Das Geschoß hatte das Glas einer Straßenlaterne zerschlagen und die Dachziegel eines Hauses zerbrochen.

„Das ist noch einmal gut gegangen, mein Fräulein. Ich wette, daß die für Sie bestimmt war."

Valerie war froh, daß ihr Vater fortgefahren war, bevor die Polizei ankam, denn er würde sehr erschrocken sein über die Gefahr, in die sie sich begab. Sie handelte nicht richtig, weder ihm noch Jim gegenüber – Jim, der in diesem Augenblick als Gefangener hinter jenen grauen Mauern saß. Und doch konnte sie nicht fortgehen, bis sie wußte, was sich ereignen würde.

Spike kam auf sie zu, sein Gesicht war rot vor Aufregung.

„Bellamy verteidigt die Burg," rief er mit einem fast hysterischen Lachen. „Ich sagte ja Syme, daß sich die Sache entwickeln würde, aber der arme alte Narr glaubte es nicht."

Krach!

„Er schießt weiter," schrie Spike.

„Ist Captain Featherstone hier?"

„Vermutlich." Ihr schien das die größte Gefühllosigkeit. „Sie werden niemals die Burg stürmen können. Der Polizeiinspektor schickt nach Reading um eine Kompagnie Soldaten, und sie glauben, daß sie Artillerie mitbringen um die Tür einzuschießen, aber das würde nicht viel nützen." Ohne ein Wort der Entschuldigung eilte er fort zu dem Gasthof und zu dem Telephon, um den bestürzten Mr. Syme zu sprechen.

Später erfuhr Valerie, daß man in London abgeneigt war, militärische Kräfte zur Einnahme der Burg zu verwenden, da Bellamy Bürger eines Landes war, das man nicht beleidigen wollte. Man hatte versucht, in telephonische Verbindung mit Bellamy zu kommen und nach verschiedenen Mißerfolgen wurde schließlich eine Verbindung hergestellt.

„Sie ergeben sich besser, Bellamy," sagte der Polizeiinspektor. „Es wird am Ende leichter für Sie sein."

„Ich weiß, was am leichtesten für mich ist," sagte Bellamy. „Geben Sie mir zwölf Stunden Bedenkzeit."

„Sie können eine Stunde haben."

„Zwölf," war die kurze Antwort. „Es wird länger als zwölf Stunden dauern, bevor Sie mich auf irgendeine andere Weise haben."

Valerie kam noch einige Male zu dem Parktor. Die Polizeikräfte waren verstärkt worden, und es wurde ein großer Cordon gezogen, um die Annäherung jedes Unbeteiligten zu verhindern. Gewehre wurden für die Polizisten gebracht, und das planlose Schießen auf beiden Seiten ging während des Nachmittags fort.

In großer Sorge kehrte sie am Nachmittag nach Hause zurück. Alle Dienstboten waren fortgegangen, um dieses seltsame Schauspiel zu sehen. Es kam ihr plötzlich ein Gedanke. Sie ging zu der Gartenmauer, legte eine Leiter an und stieg auf die Spitze. Von hier ans hatte sie eine klare Übersicht über das Feuergefecht. Die Schüsse und der Rauch kamen von den Schießscharten oberhalb der Burgkapelle. Es war ein außerordentlich guter Platz, denn von hier aus beherrschte man nicht nur den Eingang zu dem Pförtnerhaus, sondern auch alle anderen Stellen, von denen aus man sich dem Gebäude nähern konnte. Dort hinter den alten grauen Steinmauern, die so manche Belagerung ausgehalten und Blüte und Niedergang der englischen Ritterschaft gesehen hatten, über denen die Banner der Kreuzfahrer geweht hatten, als sie ins heilige Land zogen, stand ein Mann, der alle Gesetze der Welt verachtete.

Plötzlich schlug ein Geschoß dicht neben ihr auf der Gartenmauer ein, so daß der Stein zersplitterte. Im Nu eilte sie die Leiter hinunter, aber ein zweiter Schuß traf die Oberfläche der Mauer an der Stelle, wo sie eben gestanden hatte. Ein Steinsplitter streifte ihre Hand und verwundete sie leicht.

Bellamy hatte diese Schüsse nicht abgefeuert. Er wandte sich dem stummen Chinesen zu, der an einer anderen Schießscharte kauerte. Plötzlich packte ihn Bellamy am Arm, richtete ihn auf und schaute ihn drohend an.

„Das ist nun schon das zweitemal, daß du nach ihr geschossen hast, du dummer Kerl! Habe ich dir nicht gesagt, du sollst sie in Ruhe lassen?“

Über Sens Gesicht huschte ein merkwürdiges Lächeln, dann lud er sein Gewehr wieder.

„Schieß doch lieber auf die Büsche, wo die Polizisten sind!“ sagte der Alte.

Bellamy selbst ging nach unten in sein Schlafzimmer, um die eisernen Fensterläden herunterzulassen, denn in dieser Nacht würde der Gegner eventuell versuchen, die Burg zu stürmen.

Nachdem er dies getan hatte, ging er in die Halle, um das Fallgatter zu besichtigen, das nur wenige Besucher jemals gesehen hatten. Es hing in einem Schlitz der Steinmauer, war den Blicken verborgen und konnte heruntergelassen und aufgezogen werden mit derselben Leichtigkeit, mit der man die äußeren Türen öffnen konnte. Er machte die Stricke, die sie festhielten, lose, und zog daran. Langsam kam das Gatter herunter und schloß den Eingang. Als er es unten befestigt hatte, eilte er den Gang entlang zu den Kerkerzellen.

„Sind Sie da, Featherstone?“

Jim antwortete ihm.

„Ihre Freunde sind draußen, vermutlich wissen Sie das schon!“

„Ich hörte die Schüsse.“

„Zuerst habe ich geschossen, aber jetzt haben sie Gewehre unter den Mannschaften ausgeteilt. Über Nacht werden sie irgend etwas unternehmen, Featherstone.“

Langsam kam Jim die Treppe herauf, faßte an zwei der eisernen Gitterstangen und schaute aus dem Gefängnis hinaus.

„Sie werden Sie fassen, Bellamy," sagte er ruhig.

„Ja, wenn ich tot bin. Glauben Sie, daß ich mich deshalb gräme?" Er schaute gelassen in Featherstones Gesicht, der ihn unentwegt ansah. „Sie irren sich, ich bin niemals in meinem Leben so zufrieden und glücklich gewesen wie jetzt. Ich fühle mich so vergnügt, daß ich Sie und die andern alle herauslassen konnte, aber dann würde ja alles verdorben werden. Ich bin in so guter Stimmung, weil ich weiß, daß Sie hier eingesperrt sind, und weil ich weiß, daß die Polizisten draußen sind. Die Burg kann Widerstand leisten, und ich stehe hier und lache Sie aus! Das ist etwas ganz Wunderbares, Featherstone! Beneiden Sie mich nicht darum?"

„Ebenso könnte ich auch eine ekelhafte Kröte beneiden," sagte Jim. Er hatte noch rechtzeitig seine Hände fortgezogen, denn die schweren Schuhe Bellamys donnerten gegen das Eisengitter, wo er noch eben seine Finger gehabt hatte.

Jim ging wieder die Treppe hinunter und kroch zu der vergitterten Öffnung, um mit Fay zu sprechen.

„Ich muß schon sagen, dieser Abel Bellamy ist ein angenehmer junger Mann," meinte er.

„Was ist denn passiert, Featherstone? Wer schießt draußen?"

„Die Polizeitruppen – in sehr starker Zahl. Die Lage ist offenbar so ernst, daß man sie mit Gewehren bewaffnet hat. Der Alte hat sich wahrscheinlich auf ein Gefecht mit ihnen eingelassen, um die Burg zu verteidigen."

Sie nickte.

„Dann ist es also nur noch eine Frage von Stunden," erwiderte sie ruhig. „Featherstone, was denken Sie jetzt von Julius?"

Er zögerte.

„Ich möchte nichts mehr gegen ihn sagen, nach allem, was er für mich und Miß Howett getan hat."

„Aber Sie halten ihn doch noch für einen schlechten Menschen, nicht wahr? Sie haben gehört, wie ich ihn früher bis aufs Blut verhöhnt habe. Vielleicht glauben Sie, daß ich ihn verachte – aber das stimmt nicht. Ich liebe ihn, und oft möchte ich gern wissen, ob er es weiß. Leute wie wir kümmern sich nicht viel um Liebe, und selbst eine Trennung bedeutet uns nicht viel mehr, als daß wir gut für die Zukunft vorsorgen. Aber ich liebe ihn jetzt so sehr, daß ich mich beinahe glücklich fühle, wenn ich mit ihm zusammen sterbe."

Er streckte seine Hand durch das Gitter und streichelte ihren Arm.

„Sie sind ein gutes Kind, Fay. Wenn wir jemals wieder hier herauskommen sollten, dann –"

„Erzählen Sie mir nicht, daß Sie irgendeine gute Stelle für mich suchen wollen," bat sie. „Ich würde es doch immer mehr vorziehen zu stehlen als Fußböden zu scheuern. In der Beziehung bin ich nicht stolz."

Jim hörte Hammerschläge und eilte die Treppe hinauf, um zu sehen, was das bedeutete. Bellamy stand mit nacktem Oberkörper dort und nagelte schwere Holzbalken gegen die Tür, die aus dem Wachtraum in den Gang führte. Er arbeitete mit fieberhafter Eile.

„Wozu machen Sie das, Bellamy? Wollen Sie uns hier noch fester einschließen?"

Bellamy drehte sich nach ihm um.

„Ach, Sie sind es. Ja, ich mache die Luke hier dicht."

Jim beobachtete ihn eine Weile schweigend, wie er fußlange Nägel in die Balken trieb. Querholz erhob sich über Querholz, und die Holzmauer reichte schon bis zu den Knien Bellamys.

„Man wird Sie aufhängen, wenn man Sie fängt, Bellamy."

„Bilden Sie sich nichts ein – mich kriegen Sie nicht!" Er richtete sich auf und streckte seine Arme nach oben.

Jim handelte blitzschnell. Als Bellamy mit dem Hammer in die Nähe der Eisenstangen kam, ergriff er das obere Ende des Hammers und entriß Bellamy das Werkzeug durch einen schnellen Drehgriff. In weitem Bogen warf er es die Treppe hinunter.

„Geben Sie mir den Hammer zurück!" brüllte der Alte. „Geben Sie mir ihn zurück, oder ich schieße Sie auf der Stelle tot!"

„Kommen Sie doch herunter und holen Sie sich ihn!" höhnte Jim.

Er wartete unten am Fuß der Treppe und war bereit, den Hammer auf ihn zu werfen. Aber Bellamy führte seine Drohung nicht aus. Jim hörte seine Schritte, als er sich auf dem Gang entfernte. Fünf Minuten später nahm das Gewehrfeuer oben von der Burg aus wieder an Stärke zu. Jim vermutete richtig, daß Bellamy seinen Posten an der Schießscharte wieder eingenommen hatte.

67

Valerie war noch ganz verwirrt von dem Erlebnis, bei dem sie nur mit knapper Not der Gefahr entgangen war. Sie wußte nicht, daß dem alten Bellamy so viel an ihrer Sicherheit lag. Sie ging zurück in das Haus. Alle Dienstboten waren fort, ihr Vater konnte erst um sieben Uhr abends zurück sein. Das dauernde Krachen der Schüsse fiel ihr auf die Nerven. Sollte sie wieder auf die Dorfstraße gehen und mit den andern sich das Schauspiel ansehen? Sie wünschte, daß Spike kommen würde, aber der Reporter war abwechselnd in der Schützenlinie oder am Telephon und diktierte dem lauschenden Stenographen abgerissene, wilde Sätze.

Die Sache war so phantastisch, so ganz außerhalb des sonst Möglichen, daß sie fast nicht mehr die Grenzen der Wirklichkeit unterscheiden konnte. Aber wieder klangen die abgerissenen Schüsse zu ihr herüber und erinnerten sie daran, daß Garre Castle belagert wurde. In den Gebüschen, wo die Bluthunde einst hinter ihr her gewesen waren, lagen Schützen in Khakiuniformen, preßten die Kolben ihrer Gewehre gegen das Gesicht und warteten, ob sie nicht etwas von Bellamy sehen könnten. Und Jim! Sie dachte an die entsetzliche Gefahr, in der er schwebte. Sie trat auf die Straße, aber sie konnte nur die Leute sehen, die dort auf den Höhepunkt der Tragödie warteten. Ein Kind sprang an ihr vorbei, und sie rief es an.

„Nein, mein Fräulein, es ist noch nichts geschehen, es sind nur noch mehr Soldaten angekommen."

Langsam ging sie wieder heim. Sie zögerte vor der offenen Tür, aber in ihrer schrecklichen Unruhe wollte sie sich auch nicht im Garten aufhalten. Es tat ihr nun leid, daß ihr Vater nicht geblieben war. Sie ging noch einmal auf die Straße zurück und hoffte, jemand zu treffen, der die Dienerschaft rufen konnte. Sie hätte ja selbst gehen können, aber –

Es war wirklich schrecklich, so nervös zu sein. John Wood hatte sich vor dem Mittagessen verabschiedet, um seinen Zug zu erreichen. Wenn er wenigstens noch da wäre, würde sie sich auch sicherer fühlen.

Das Feuergefecht ging immer weiter, manchmal war es stärker, manchmal schwächer.

Mitten in einem friedlichen, englischen Dorfe tobte ein Kampf, und die Bewohner schauten zu. Sie sah zwei Leute auf dem Dach eines Hauses stehen, die ganz in der Beobachtung des Gefechts vertieft waren.

Mit einem Seufzer trat sie in das Haus, ging in das Wohnzimmer und versuchte zu lesen. Plötzlich hörte sie Schritte in dem Gang. Sie glaubte, daß einer der Dienstboten zurückgekehrt wäre und eilte in die Küche, um ein wenig Gesellschaft zu haben.

Die Küche lag im Dämmer. Die Dunkelheit war beinahe hereingebrochen, und dieser Teil des Hauses war nur noch schwach erleuchtet.

„Ist jemand hier?“ fragte sie.

Sie ging in den Keller. Plötzlich umfaßten sie zwei lange grüne Arme von hinten.

Sie kam erst nach einigen Minuten wieder zu sich. Jemand trug sie einen langen Tunnel entlang, die Luft war dumpf und moderig, und es war vollständig finster.

Wo befand sie sich? Langsam begann sie sich zu erinnern. Sie hing sich an den Mann, der sie trug.

„Bist du es?“ flüsterte sie furchterfüllt. „Bist du es, Vater?“

Der andere erwiderte nichts darauf, sondern fragte sie nur mit kaum verständlicher Stimme, ob sie gehen könne.

„Ich glaube, ich kann den Weg nicht sehen.“

„Es ist nicht weit. Taste nur mit der Hand an der Wand entlang.“

Die Wände bestanden aus roh behauenen Felsen und fühlten sich feucht an. Schließlich kamen sie an eine Stelle, wo der Gang im rechten Winkel abbog. Er nahm ihren Arm und hielt sie an.

„Dorthin!“

Sie stieg drei Treppenstufen hinauf.

„Kopf beugen! Es ist sehr niedrig hier."

Sie gehorchte und folgte ihm in gebückter Haltung etwa zwölf Schritte. Es kamen noch zwei Stufen, dann ging es langsam bergab. Hier konnte sie einen schwachen Schimmer des letzten Tageslichts von draußen hereinfallen sehen.

Sie trat durch einen niedrigen Bogen in einen Raum, an dessen Seiten vier Regale standen, die zum Teil mit Konserven und Nahrungsmitteln gefüllt waren.

„Wo bin ich?" fragte sie. Aber sie wandte sich ab, als sie das gräßliche weiße Gesicht ihres Begleiters sah.

„Sie sind in Garre Castle," antwortete der andere jetzt laut. „Und hier werden Sie bleiben, mein Fräulein!"

Sie machte sich aus seinem Griff los und eilte zur Tür zurück, aber sie war verschlossen und verriegelt. Bevor sie den Kücheneingang auf der anderen Seite erreichen konnte, hatte er sie gepackt. In dem Kampf, der sich jetzt entspann, riß sie ihm die Maske vom Gesicht und schrie plötzlich auf.

„Du – Sie – der Grüne Bogenschütze!"

Vor ihr stand – Lacy!

68

Lacy antwortete nicht. Er stieß sie durch eine kleine Tür unter der Treppe, dann noch durch einen anderen Eingang in die Halle. Sie erkannte den Raum sogleich wieder und wußte auch, daß in der Nähe eine Treppe zu den Gefängniszellen führte. Zuerst dachte sie, daß er sie dort hinbringen würde, aber er führte sie zur Bibliothek. Bellamy, unrasiert und schweißbedeckt, wartete dort auf sie.

Das tödliche Schweigen zwischen ihnen wurde nur von dem Krachen der Schüsse unterbrochen, das gedämpft hierhertönte. Plötzlich näherte sich ihr der alte Mann und packte sie mit beiden Armen an den Schultern.

„Nun sind Sie also doch gekommen, mein liebes Kind," sagte er. „Sie sind der letzte meiner Gäste – der allerletzte." – Er lachte ihr ins Gesicht mit einer

Freude, die an Wahnsinn grenzte. „Ich habe sie alle geschnappt! Eigentlich hätte ich noch den alten, blinden Kerl, Ihren Vater fangen sollen, obgleich er gar nicht einmal Ihr Vater ist. Aber das ist jetzt auch nicht mehr wichtig. Ich habe alle, auf die es ankommt, in meiner Hand. Alle, die schwätzen können, alle, die mich haßten – sie sind alle hier unten!" Er zeigte auf den Fußboden.

Sie schaute sich nach Lacy um.

„Um Gottes willen, helfen Sie mir," bat sie ihn. „Mein Vater wird Sie fürstlich dafür bezahlen!"

„Wozu bitten Sie Lacy? Der hilft Ihnen nicht! Ebensogut können Sie sich direkt an mich wenden!" höhnte Bellamy.

Mit einem Stoß rückte er den Schreibtisch zur Seite, zog das Stück vom Parkettboden heraus und öffnete die Tür. Er hatte das Gewehr in die Hand genommen, das so lange an einen Stuhl gelehnt stand, und wies mit der Mündung in die gähnende Öffnung.

„Da hinunter – Sie werden einige Freunde dort finden – gute Freunde – gehen Sie nur hinunter, Valerie! Diesmal mache ich keinen Fehler, und Sie entkommen mir nicht! Zweimal sind Sie mir entwischt, aber das drittemal habe ich Sie sicher!"

Er zeigte wieder auf die Treppe, und sie ging ohne ein Wort hinunter. Er beobachtete sie mit dem Gewehr in der Hand. Plötzlich entdeckte er, daß sich ihre Gestalt gegen einen helleren, erleuchteten Raum abhob.

„Die Tür ist ja offen!" brüllte er. Ein schwacher Geruch von verbranntem Holz drang zu ihm herauf.

Er hatte die Lösung dieses Rätsels sofort erfaßt.

„Die haben du unten das Schloß herausgebrannt? Nun ja, dann haben sie ein wenig mehr Raum zum Krepieren!" sagte er und ließ die steinerne Platte wieder herunter.

Lacy sah, daß er den Parkettboden nicht wieder an seine Stelle brachte.

„Also hier sind sie eingesperrt, Bellamy?" fragte er atemlos vor Verwunderung. „Wer ist denn alles da unten?"

„Julius Savini und seine Frau. Featherstone ist auch da."

„Featherstone?“ sagte Lacy starr vor Staunen. „Wer sind denn die Leute, die uns draußen angreifen?“

„Die Polizei,“ entgegnete Bellamy kurz.

Lacy erschrak. Er war eine groteske Erscheinung in seinem schlechtsitzenden grünen Anzug, den er gekauft hatte, um als Grüner Bogenschütze aufzutreten. Es war Bellamys Idee gewesen. Er hatte Lacy ausgeschickt, um Lady's Manor zu beobachten, und auch damals hatte er dieses phantastische Kostüm getragen. An jenem Abend hätte ihn Wood beinahe gefangen, die Erinnerung daran war ihm schrecklich.

„Dann haben Sie mich also beschwindelt – Sie haben doch vorher erzählt, daß das Militär in der Gegend eine Übung abhält! Sie verfluchter, alter Lügner! Wo ist mein Geld? Ich gehe!“

„Auf welchem Weg wollen Sie denn hinausgehen?“ fragte Bellamy ruhig.

„Zurück durch Lady's Manor, sobald ich mich umgezogen habe. Ich habe jetzt wirklich genug von Ihnen, Bellamy! Sie sitzen in der Falle drin, aber ich möchte hier nicht gefunden werden. Und wenn ich später gefragt werden soll, um gegen Sie zu zeugen, bei Gott –“

„Dann werden Sie alles sagen.“

Bellamy öffnete seinen Geldschrank, nahm einen Pack Banknoten heraus und warf sie auf die Tischplatte vor ihn hin.

„Da haben Sie Ihr Geld! Sie können sofort gehen! Haben Sie eine Pistole?“

„Natürlich!“ schrie ihn Lacy an. „Glauben Sie Schurke denn, daß ich mich in dieses Haus ohne eine Waffe gewagt hätte?“

Als Antwort öffnete Bellamy die steinerne Schwingtür mit dem Fuß.

„Bringen Sie Savini heraus. Er ist nicht bewaffnet, aber er wird sich wahrscheinlich mit allen Kräften wehren.“

Lacy runzelte die Stirn.

„Holen Sie ihn doch selbst herauf!“

„Damit Sie inzwischen der Polizei die Türen öffnen können,“ meinte Bellamy höhnisch. „Gehen Sie sofort hinunter! Wovor fürchten Sie sich denn?“

Lacy stand mit der Pistole in der Hand schußbereit. Er war weiß bis in die Lippen.

„Ich tue es nicht," sagte er heiser, „wenn Sie nicht vorausgehen."

Bellamy zuckte die breiten Schultern und stieg hinunter, ohne ein Wort zu verlieren. Lacy folgte ihm in einiger Entfernung. Aber Lacy war zu vorsichtig, denn Bellamys Treppe war eng, und wer zuerst unten auf dem Fußboden ankam, konnte sich seitwärts an die Wand neben die Treppe stellen, und als Lacy nach unten kam, fühlte er sich plötzlich am Handgelenk ergriffen. Er versuchte, sich zu halten, aber Bellamy gab ihm einen furchtbaren Tritt in den Rücken, so daß er der Länge nach hinschlug. Mit einem kurzen Ruck entriß ihm der Alte den Revolver, steckte ihn in die Tasche und war im nächsten Augenblick oben. Die Steinplatte schloß sich wieder.

Valerie stand am Eingang des kleinen Ganges durch die Fundamentmauer und wußte nicht, was sie beginnen sollte. Sie war nicht fähig, einen Fuß vor den andern zu setzen, und es kam ihr kaum zum Bewußtsein, daß eine Frauenstimme sie anrief.

„Miß Howett!"

Valerie starrte sie verständnislos an.

„Sind Sie Mrs. Savini?" fragte sie dann mit schwacher Stimme.

Im nächsten Augenblick lag sie in Fays Armen und schluchzte. Fay fühlte, daß sie wie im Fieber zitterte.

„Ist Captain Featherstone hier?"

„Ja, Sie können ihn sehen, aber er ist nicht im selben Raum."

„Wo ist er denn? Ich muß ihn sprechen."

Sie achtete kaum auf Julius, obgleich er es war, der ihr das Eisengitter zeigte und Jim Featherstone herbeirief.

„Jim, Jim!" rief sie heftig.

Er war entsetzt, als er ihre Stimme hörte.

„Sind Sie das, Valerie? Ach, mein Gott!"

„Wir werden nicht mehr lange hier sein," sagte sie. „Die Polizei ist durch Militär verstärkt worden. Sie glauben bestimmt, daß sie ihn fangen werden. Mr. Holland sagt, daß die Burg noch diesen Abend genommen wird."

„Wie war es nur möglich, daß Bellamy Sie hierherlocken konnte?"

„Der Grüne Bogenschütze hat mich hergebracht."

„Der Grüne Bogenschütze? Das ist doch unmöglich!"

Sie nickte.

„Es war Lacy."

„Aber es kann unmöglich Lacy gewesen sein," sagte er nach einer Pause. „Sind Sie ganz sicher?"

„Ich habe ihm die Maske abgerissen, ich weiß es gewiß."

„Es ist unglaublich, ich kann es nicht verstehen. Aber im Augenblick ist es ja ganz gleich, wer der Grüne Bogenschütze ist, liebe Valerie. Daß auch Sie noch hier sind, ist das Entsetzlichste von allem."

„Was beabsichtigt Bellamy wohl? Was könnte er uns denn tun?"

„Ich glaube, daß er etwas Fürchterliches im Schilde führt – aber was es auch sein mag, Valerie, wir müssen ihm stark entgegentreten, beinahe hätte ich gesagt, als brave Engländer, aber ich vergaß im Augenblick, daß Sie Amerikanerin sind. Wir müssen sterben wie gute Angelsachsen, wenn es zum letzten kommt."

„Besteht denn gar keine Hoffnung, daß wir wieder nach oben kommen?" fragte sie.

„Nein," sagte Jim eindringlich. Es war besser, daß sie es wußte. „Wie hat der Grüne Bogenschütze Sie denn hergebracht? Die ganze Burg ist doch von Polizei abgesperrt?"

„Wir kamen durch einen unterirdischen Gang, der Lady's Manor mit der Burg verbinden muß. Ich habe immer vermutet, daß er existierte."

„Ich auch, nachdem Sie mir erzählt hatten, daß die Diener über einen Liebesweg sprachen. Außerdem erklärt der Name Ihres Hauses den Zusammenhang. Lady's Manor ist das Haus, das ein de Curcy für seine Geliebte baute. Diese Liebeswege waren in alten Zeiten zwischen verschiedenen Häusern nicht so selten. Durch diesen Gang ist auch der Grüne Bogenschütze gekommen, und nun erklärt sich auch, warum Sie ihn in Lady's Manor in der Nähe sahen. Er war damals auf seinem Weg zu der Burg."

„Aber Sie vergessen, daß ich ihm auch draußen im Park begegnet bin." Jim erinnerte sich wieder daran.

Julius, der einen Augenblick weggegangen war, kam mit einer wichtigen Nachricht wieder.

„Lacy ist auch hier unten?" fragte Jim überrascht.

„Der Alte hat ihn eben die Treppe hinuntergeworfen, und Fay wäscht seine Wunden gerade aus. Er trägt das Kostüm des Grünen Bogenschützen."

„Lacy? Wie entsetzlich!" flüsterte Valerie ängstlich. „Jim, können Sie nicht durch diese Öffnung kommen?"

„Julius wird Sie schon beschützen, ängstigen Sie sich nicht," antwortete Featherstone, aber er war von seinen Worten nicht überzeugt. „Später kann ich vielleicht durchkommen, liebe Valerie. Ich habe schon zwei Eisenstäbe aus dem Zement herausgeschlagen. Ich habe nämlich dem Alten den Hammer weggenommen, er ist mir schon sehr nützlich gewesen."

Er fing wieder an zu hämmern.

Valerie wandte sich an Julius.

„Ist er schwer verwundet?" fragte sie.

„Nein, er ist nur auf den Kopf gefallen und blutet etwas. Er ist der einzige Körperteil an Lacy, den man unmöglich verwunden kann, selbst wenn man mit einem schweren Wagen darüberfährt. War er es nicht, der Sie von Lady's Manor weggebracht hat? Ich hörte eben, wie Sie es Featherstone erzählten. Es ist schließlich ganz gut, daß er die Treppe herunterfiel. Ich fand eine brauchbare Waffe bei ihm, die er unter seinem Kostüm versteckt hatte. Die können wir gut gebrauchen."

Julius zeigte mit Stolz seinen Fund.

„Natürlich hatte ich sofort den richtigen Gedanken, ihn zu durchsuchen. Aber außer der Pistole hatte er nichts bei sich," sagte er dann laut. „Er hat mir gesagt, daß Bellamy ihm ein Paket Banknoten gegeben hätte. Entweder bildet er sich das ein, oder der Alte hat sie ihm wieder weggenommen, als er mit ihm handgemein wurde. Bellamy verschwendet kein Geld, und damit hat er auch wohl recht.“ Er klopfte unbewußt auf seine volle Brusttasche.

Valerie fand Fay damit beschäftigt, einen einfachen Verband um Lacys Kopf zu legen. Er bot einen lächerlichen Anblick. Sein grasgrünes Kostüm war zerrissen, mit Blut befleckt und schmutzig.

„Ich hatte eine Menge Geld, als ich hier hinfiel,“ sagte er, „ich kann es aber nicht mehr finden. Geld hat doch keine Beine – es kann doch nicht weglaufen!“

„Wenn Sie Geld bei sich gehabt hätten, würden Sie es jetzt auch noch haben,“ erwiderte Fay ruhig. „Und ich habe früher Geld gehabt, das viel schneller weglief als die Flugpost bei günstigem Winde. Sie wollen doch nicht etwa behaupten, daß mein Julius es Ihnen weggenommen hat?“

„Ich weiß nicht, ob ich Julius beschuldigen soll, aber er hat auch meine Pistole geholt – ebensogut kann er auch das Geld genommen haben!“

„Die Pistole war eben da, aber das Geld nicht. Es ist doch eigentlich unklug, Leute anzuklagen, die Ihnen helfen und Sie verbinden. Wahrscheinlich hat Bellamy Ihnen das Geld wieder weggenommen.“

„Warum hat er denn aber nicht meine zweite Pistole genommen?“ fragte Lacy folgerichtig. „Die wäre ihm doch sicher wichtiger gewesen. Wo ist sie denn?“

„Julius hat sie,“ antwortete Fay. „Und Julius wird sie auch behalten!“ fügte sie nachdrücklich hinzu.

„Was will denn der Alte hier mit uns machen? Er kann uns doch nicht in alle Ewigkeit hier sitzen lassen? Wo kann ich schlafen?“

„Entweder auf oder unter der Treppe.“

„Sind denn keine Betten hier unten?“ fragte Lacy aufsässig.

„Hier ist ein Steinbett,“ sagte Fay ironisch. „Und da können Sie auch schlafen. Und wenn Sie sich nicht fügen wollen, dann werden Sie schon zur Vernunft gebracht werden. Sie sind ein ganz gemeiner Kerl, Sie haben Miß Howett aus ihrem Hause weggebracht – wenn Featherstone Sie kriegt –“

„Ist der hier?“ fragte Lacy erschrocken.

„Im Augenblick noch nicht, aber er ist auf der anderen Seite des Eisengitters.“

„Hoffentlich bleibt er auch dort!“

Julius und Jim lösten sich während des ganzen Abends bei den Arbeiten am Eisengitter ab.

Kurz vor neun konnten sie mit vereinten Kräften das Gitter ausbrechen, und Jim kam durch die Öffnung. Als er Valerie sah, nahm er sie ohne ein Wort und ohne Entschuldigung in die Arme und küßte sie leidenschaftlich.

Sie verloren keine Zeit mit Fragen und Erklärungen, Jim hatte seinen Entschluß Savini mitgeteilt, und Julius war der selben Ansicht. Sie nahmen den Diwan von der Wand und brachen die Füße ab. So war er schmal genug, daß sie ihn durch die Öffnung schaffen konnten, obgleich sie dabei den kostbaren Bezug zerrissen.

„Wozu geschieht denn das? Wollen Sie vielleicht den anderen Raum möblieren?" fragte Fay.

„Dort wird noch allerhand passieren," antwortete Jim. „Den Tisch kann ich auch gebrauchen," meinte er dann. Gleich darauf schlug er mit seinem Hammer alle Beine ab und reichte sie Julius. „Sie können hier helfen, Lacy!" rief Jim und Lacy beeilte sich, der Aufforderung nachzukommen.

„Was soll ich tun, Captain?" fragte er.

„Gehen Sie diese Treppe hinauf. Sobald Sie Bellamy sehen, rufen Sie und machen, daß Sie wieder herunterkommen! Also los, marsch nach oben!" Jim nahm ihn am Ohr, führte ihn hinauf und stellte ihn direkt hinter der vergitterten Eisentüre auf. Er konnte gerade über die aufgeschichteten Balken hinwegsehen. „Sobald er kommt, rufen Sie laut! Verstanden?"

„Ja!" sagte Lacy unwillig. „Glauben Sie, ich bin so schrecklich dumm?"

„Ich möchte Ihnen jetzt nicht sagen, was ich von Ihnen denke."

Jim wandte sich ab, ließ den Mann auf seinem Posten zurück und ging wieder zu Julius.

„Ich bin allerdings nicht sicher, ob unsere Vorsichtsmaßregeln etwas nützen werden. Wenn wir nur ein paar Nägel hätten!"

Er errichtete eine Barrikade um die Öffnung in der Wand, aus der das Eisengitter herausgebrochen war. Fay unterstützte ihn dadurch, daß sie den Gummischlauch wieder an einem der Gashähne befestigte und ihm bei der Arbeit leuchtete. Tische und Betten wurden zu der Barrikade gebraucht, und während die anderen unten rastlos arbeiteten, saß Lacy oben am Eingang der

Treppe und gab sich seinen Gedanken hin. Er verabscheute Bellamy, aber sein Haß gegen den Mann, in dessen Gesellschaft er durch diesen Zufall geraten war, kannte keine Grenzen.

69

Von dem Kamin des kleinen Hauses im Klosterwald stieg Rauch auf. Ein kleines Feuer brannte im Küchenofen, und ein Mann, der eine Gabel in der Hand hielt, beobachtete sorgsam, wie ein Kotelett in der Pfanne briet. Die Fensterläden waren zugemacht und die Haustüren von innen dicht verschlossen. Wenn ein Neugieriger draußen angeklopft hätte, würde er keine Antwort erhalten haben.

Es war schon spät am Nachmittag, und der Abend kam heran. Der Mann war auf einem Richtsteig hierhergekommen, der das Dorf Garre nicht berührte. Nach einer Weile war das Kotelett zubereitet. Er nahm es aus der Pfanne und legte es auf einen Teller, der auf der Herdplatte gewärmt worden war. Aus seiner Rocktasche zog er einen kleinen Papiersack hervor und nahm zwei Brötchen heraus, die er auf den tadellos gedeckten Tisch legte. Nachdem sein einfaches Mahl beendet war, füllte er bedachtsam seine Pfeife und entzündete sie. Dann lehnte er sich in seinen bequemen Stuhl zurück und schaute in Gedanken vor sich hin.

Er nahm ein Telegramm aus der Tasche und las es nun schon zum drittenmal. Seine Beschäftigung schien ihm viel Freude zu machen, denn er lächelte. So saß er fast eine Stunde lang, dann erhob er sich und ging in den Raum, den zuerst Spike und später Bellamy durchsucht hatten. Das zusammengelegte Kleid lag noch auf dem Bett, aber es war anders gefaltet als er es zurückgelassen hatte. Die breiten Schmutzspuren von Bellamys Schuhen waren deutlich auf dem Fußboden zu erkennen.

Er ging wieder zur Küche, nahm ein Buch und setzte sich nieder, um zu lesen. Einige Male hob er den Kopf und horchte. Er hatte schon vorher zuweilen ein sonderbares Geräusch gehört und wurde nun aufmerksam, weil es in immer kürzeren Zwischenräumen kam. Er ging durch die Hintertüre in den verwilderten Garten, der hinter dem Hause lag, legte die Hand ans Ohr und lauschte. Plötzlich schien er zu wissen, woher es kam. Sofort eilte er wieder ins Haus, schloß die Hintertür ab, setzte den Hut auf und ging dann durch die

Vordertür ins Freie. Er glaubte, jemand gehört zu haben, der die Straße entlang kam, trat in den Schatten und wartete, bis der Fußgänger vorüber war. Als der andere weit genug entfernt war, kam er wieder hervor und ging die Straße schnell entlang quer über das Feld, erreichte einen anderen Richtsteig und begegnete dort einem Mann, den er anhielt und fragte.

„Es klingt so, als ob dort geschossen wird?"

Der Mann grinste.

„Da haben Sie recht, mein Herr, dort wird kräftig geschossen. Der alte Bellamy in Garre Castle wird von Soldaten angegriffen. Ich weiß nicht, warum und wieso, aber man hat schon seit heute morgen die Schießerei gehört."

Der Fremde beschleunigte seine Schritte und kam ins Dorf. Sein Weg führte ihn gerade nach Lady's Manor. Er konnte jetzt die einzelnen Schüsse ganz deutlich unterscheiden und sah die vielen Menschen, die neugierig in der Dorfstraße standen. Ganz in der Nähe war ein Polizist, der den Verkehr auf einen Nebenweg umleitete. Zu diesem ging er hin.

„Ja, mein Herr, der alte Bellamy schießt auf die Polizei," sagte der Beamte mit unverkennbarem Stolz auf seine Abteilung, der eine so wichtige Aufgabe anvertraut war. „Es kommen noch mehr Soldaten – zwei Kompagnien sind bereits hier. Sind Sie hier fremd?"

„Ja."

„Fast das ganze Dorf schaut zu. Ich sagte gerade zu einem von Mr. Howetts Dienstmädchen, es wäre besser, wenn sie nach Hause ginge und das Essen kochte."

„Ist Mr. Howett hier?"

„Nach allem, was man hört, ist er nicht da. Die junge Dame ist aber im Hause. Wollen Sie sie aufsuchen?"

„Ja, das werde ich tun." Der Fremde zögerte aber. In diesem Augenblick hob der Polizist seine Hand und hielt einen Lastwagen an, der sich näherte.

Als er sich wieder umschaute, stand der Fremde nicht mehr bei ihm und er sah, wie er den Weg nach Lady's Manor entlangschritt.

Die Tür zu dem Hause stand weit offen, er klopfte trotzdem an, ging dann aber doch kühn in die mit Fliesen belegte Vorhalle, machte die Tür zum

Wohnzimmer auf und schaute hinein. Ein offenes Buch lag auf Valerie Howetts Schreibtisch und eine angefangene Strickarbeit auf dem Sofa.

Er ging leise zur Küche und schaute sich auch dort um. Er kannte das Haus, denn er war schon oft hier gewesen. Die Tür zu dem Garten stand halb offen, und er trat hinaus. An der Mauer lehnte eine Leiter, aber er konnte weder Miß Howett noch jemand von der Dienerschaft finden.

Es war schon ganz dunkel, als er Stimmen vor dem Hause hörte. Er öffnete die Tür, die zu dem Keller führte, ging hindurch und schloß sie hinter sich ab. Dann eilte er die Treppe hinunter. Der Keller lag in vollständiger Dunkelheit. Aber er ging trotzdem sicher zu einer der Türen, schloß sie auf und trat in einen anderen Raum. Er bückte sich, machte einen großen Kasten auf und nahm eine kleine elektrische Lampe heraus. Ein Druck seines Fingers genügte, und der Raum war erhellt. Wieder wandte er sich dem großen Kasten zu und holte einen kurzen, grünen Bogen und zwei Pfeile heraus. Er balancierte sie auf seinen Fingern. Der eine schien ihm nicht zu genügen, denn er legte ihn in den Kasten zurück und zog dafür einen anderen heraus. Dann drehte er das Licht ab und wartete. Er hörte, wie die obere Kellertür aufgemacht wurde. Ein Dienstmädchen kam mit einem Licht die Treppe herunter und füllte einen Eimer mit Kohlen. Dann hörte er ein Gespräch zwischen jemand, der oben in der Spülküche stand und dem Mädchen, das unten Kohlen holte.

„Was mag mit Miß Valerie geschehen sein?"

„Ich habe sie nicht gesehen. Ist sie nicht in ihrem Zimmer?"

„Nein," kam die Antwort von oben. „Ich bin gerade dort gewesen. Sie ist auch nicht im Garten."

„Bei den Leuten, die von der Straße aus zuschauten, stand sie auch nicht – sie kann doch nicht fortgegangen sein? Die Polizei hat doch niemand über die Dorfstraße gehen lassen?"

Der Mann, der im Dunkeln auf der Kiste saß, hörte müßig zu, bis das Dienstmädchen mit den Kohlen wieder die Treppe hinaufging und die Tür oben schloß.

Stundenlang wartete er, bis er oben eine Bewegung hörte. Erregte Stimmen fragten durcheinander. Vorsichtig trat er aus dem Raum heraus, schlich die Treppe hoch und lauschte. Was er aber hörte, veranlaßte ihn, sofort wieder nach unten zu gehen. Und als einige Augenblicke später Mr. Howett die Tür öffnete und in den Raum eintrat, in dem der Fremde sich aufgehalten hatte, war der kleine Keller leer.

Draußen hatte das Gewehrfeuer allmählich nachgelassen, nur hin und wieder fiel noch ein Schuß. Die Regierung hatte ihre Einwilligung gegeben, Militär war in Garre angekommen und nahm seine Stellung um die Burg ein. Gegen Mitternacht kamen schwere Fuhrwerke heran. Artillerie fuhr die Dorfstraße entlang, hielt in der Nähe der Burg, brachte die Geschütze in Stellung und richtete die Mündungen auf den Eingang von Garre Castle.

Spike erschien sofort auf dem Platz und erkundigte sich.

„Vor morgen früh werden wir nichts unternehmen," sagte der Offizier, der die Abteilung befehligte. „Es hängt auch noch ganz davon ab, was Bellamy tut. Wenn er gegen morgen noch fortfährt zu schießen, werden wir das Tor mit Artilleriefeuer niederlegen."

„Warum legen Sie denn nicht einfach Dynamit an die Tür – noch heute nacht?" drängte Spike. „Haben Sie nicht gehört, daß auch Miß Valerie Howett verschwunden ist? Mr. Howett telephonierte schon die ganze Zeit nach allen Richtungen."

„Wir müssen uns an unsere Befehle halten," sagte der Offizier kurz. Spike wandte sich an den Polizeibeamten, aber der konnte ihm auch keine zufriedenstellende Antwort geben.

„Ich glaube nicht, daß es etwas ausmacht, ob wir heute nacht oder morgen früh angreifen," sagte er. „Der Augenblick der Gefahr für die unglücklichen Leute, die drinnen gefangen sind, wird der Beginn unseres Angriffs sein. Das ist meine Überzeugung, und das glaubt auch der Staatssekretär. Wir werden wirklich nichts erreichen, wenn wir heute noch das Tor der Burg einschießen. Vielleicht überlegt sich Bellamy die Sache über Nacht und ist morgen vernünftig."

„Da kennen Sie Bellamy aber schlecht!" sagte Spike grimmig.

Mit jedem neuen Zug kamen Zeitungsberichterstatter und neugierige Leute an. Die Nachricht von der Belagerung Garres stand in allen Abendzeitungen. Spike, der stolze Besitzer eines Hotelzimmers, bewirtete ein Dutzend Kollegen, die sich die ganze Nacht unterhielten und keinen Schlaf fanden. Aber da sie jung waren, machte es ihnen nichts aus. Spike war gerade dabei, eine hastige Abendmahlzeit einzunehmen, als Mr. Howett eintrat.

„Ich werde einem der Polizisten den Weg in die Burg zeigen,“ sagte er. „Wollen Sie mitkommen?“

Spike ließ sein Essen sofort stehen.

„Ich weiß den geheimen Weg – ich habe ihn vor kurzer Zeit entdeckt,“ erklärte Mr. Howett. Er sah sehr alt aus, sein Gesicht war fahl, und seine Stimme zitterte. Spike war bestürzt. Er fragte ihn nicht, wie er den geheimen Weg entdeckt hatte, sondern stieg rasch in den Wagen Mr. Howetts, in dem schon einige Detektive saßen.

In Lady's Manor folgten sie Mr. Howett durch das Erdgeschoß in den Keller.

„Hier unten befindet sich ein unterirdischer Gang – er verbindet Lady's Manor mit der Burg.“ Er zeigte auf die mittlere der drei Kellertüren, nahm einen Schlüssel aus seiner Tasche, schloß auf und ging durch.

Der Keller war sehr klein und enthielt nichts als einen großen Kasten, der in dem hinteren Ende des Raums stand. Diesen zog Mr. Howett nach vorn, und sie entdeckten an dieser Stelle eine viereckige Öffnung im Fußboden und eine gleiche in der Wand. Eine Anzahl Stufen führten zu dem Gang hinunter. Sie waren noch nicht weit gekommen, als plötzlich ein dumpfer Schlag ertönte. Mr. Howett, der sie führte, stieß einen entsetzten Ruf aus. Die anderen leuchteten mit ihren Taschenlampen – der Weg war durch eine geschlossene Tür versperrt, der geheime Pfad nach Garre Castle war unzugänglich geworden!

„Früher stand die Tür immer auf,“ sagte Mr. Howett aufgeregt. „Ich kann mich besinnen, daß ich sie früher schon gesehen habe, aber sie war immer mit einem Haken an der Wand befestigt. Zwischen hier und der Burg sind noch vier andere Türen in dem Gang, und wir müssen sie nun erst alle einschlagen, bevor wir durchkommen können. Sie sind aus schweren Eichenbohlen, mit Eisen beschlagen und so stark, daß wir ohne besondere Hilfsmittel nicht dazu imstande sind.“

„Sind sie verschlossen?“

„Nein, verriegelt. Auf der Rückseite hat jede schwere, eiserne Vorlegestangen. Es ist auch unmöglich, die Tür aus den Angeln zu heben oder die Angeln zu zerstören.“ Er überlegte. „Es tut mir leid, meine Herren,“ sagte er dann leise. „Ich hoffte, Ihnen einen leichten Weg in die Burg zeigen zu können. Aber dieser Zugang scheint mir schwerer zu sein, als wenn die Burgtore eingeschossen werden.“

Sie wandten sich wieder zum Geben. Spike war am meisten enttäuscht.

„Glauben Sie, daß Miß Howett auf diesem Wege fortgebracht wurde?“ fragte er plötzlich.

„Ich fürchte es. Die Dienstboten waren alle fort, und man hat sie von der Straße aus ins Haus gehen sehen. Es ist mein eigener Fehler. Ich hätte mehr männliche Dienstboten anstellen sollen.“

Er sprach immer leiser und leiser, und dann fing ihn Spike auf. Man rief schnell einen Arzt herbei, der aber nur eine leichte Ohnmacht konstatieren konnte. Spike ließ Mr. Howett in der Pflege seiner Leute zurück. Er selbst ging wieder zu dem Burgeingang und erfuhr, daß von London neue Befehle eingetroffen waren, und man den Angriff auf ein Uhr nachts festgesetzt hatte. Er schaute auf die Uhr – es war zehn. Wie mochte es bloß den Gefangenen in den fürchterlichen Kerkern von Garre zumute sein?

70

Lacy hatte schon beinahe einen Krampf bekommen, als er plötzlich Schritte im Gang hörte und sich zurücklehnte, obgleich es so dunkel war, daß der alte Bellamy ihn unmöglich sehen konnte. Eine Laterne blitzte auf und der Alte trat über die Holzbalken

„Mr. Bellamy!“ flüsterte Lacy erregt.

Bellamy wandte sich schnell um.

„Hallo, wie sind Sie denn hierhergekommen?“

„Um Gotteswillen, seien Sie ruhig,“ sagte Lacy. Das Geräusch der Hammerschläge von unten übertönte die Stimmen der beiden.

„Was wollen Sie?“ fragte Bellamy leise.

„Lassen Sie mich heraus,“ bat Lacy. „Sie haben mich hier auf Posten gestellt. Sie haben eine Pistole unten und wollen Sie sofort niederschießen, wenn Sie sich sehen lassen.“

Der Alte stellte seine Laterne auf den Fußboden, ging zu einer Gaslampe und steckte sie an.

„Mr. Bellamy, lassen Sie mich doch heraus, ich habe Ihnen doch gesagt –“

Jim hatte das Gespräch gehört, eilte die Treppe hinauf und kam gerade an, als Bellamy die Tür öffnen wollte. Jim feuerte zweimal, aber die Schüsse gingen zu hoch. Plötzlich sah er ein blendendweißes Licht.

„Hinlegen!“ schrie er, sprang die Treppe hinunter und fiel auf seine Knie, als die erste Explosion ertönte.

Der Schall machte ihn beinahe taub. Eine zweite Detonation folgte. Ein Loch war in das Gewölbe geschlagen, Steine splitterten von allen Richtungen.

„Was ist los?“ rief Julius erschreckt.

„Bleiben Sie dort bei der Öffnung,“ sagte Jim kurz. „Lacy, kommen Sie hierher. Warum haben Sie mich nicht gerufen, als der Alte kam?“

„Ich habe ihn nicht gesehen –“

„Sie haben ihn gesehen und gehört! Sie versuchten ihn sogar zu bestimmen, daß er Sie herausließ und uns wie die Ratten tötete.“

„Was ist das für ein Geräusch?“ fragte Julius furchtsam.

„Es ist so, wie ich erwartet hatte,“ sagte Jim düster.

Die Gasflamme am Ende des Gummischlauchs war wieder angesteckt und erhellte den unteren Raum notdürftig.

„Wir haben eine Möglichkeit,“ sagte Jim, als sein Blick auf die eiserne Gittertür fiel. Er schlug den Hammer mit aller Kraft gegen die Steine, in denen die Angeln befestigt waren.

Von oben her kam ein andauerndes unheimliches Geräusch.

„Was ist das nur?“ rief Lacy. „Was macht der alte Teufel?“

„Das werden Sie gleich sehen,“ sagte Jim.

Im nächsten Augenblick strömte ein ganzer Wasserfall mit solcher Gewalt und Heftigkeit die Treppe herunter, daß in kurzer Zeit der ganze Fußboden überflutet war. Jim stand schon bis zu den Knien im Wasser, das jeden Augenblick höher stieg.

„Es ist unmöglich!“ sagte er dann. Trotzdem schlug er wie wild mit dem Hammer auf die Steine. Unter seiner fürchterlichen Anstrengung entstand ein Riß in dem einen Stein. Aber es wurde immer schwerer, denn er mußte jetzt durch das Wasser schlagen und die Wucht der Hiebe wurde dadurch fast vollständig aufgehoben. Schließlich gab er es auf.

Julius hatte sich schon hinter die Barrikade in den großen Raum zurückgezogen, auch Lacy war hineingekrochen und hatte sich zu den Frauen begeben. Jetzt sprang noch Jim über die Bettstellen, Sofas und Tische. Die beiden Männer arbeiteten heftig, um das Loch zu verstopfen. Sie suchten vor allen Dingen Betten zu befestigen, um den Andrang des Wassers aufzuhalten.

„Ich glaube nicht, daß wir etwas damit erreichen," sagte Jim und trat einen Schritt zurück. Er war von Kopf bis zu Fuß naß. „Der Alte hat die Hauptrohre der Wasserleitung gesprengt."

Das Wasser drang bereits in den inneren Raum vor, aber dank der Barrikade sickerte nur wenig durch.

Jim wußte, daß der Druck um so stärker wurde, je höher das Wasser im Innern des anderen Raums stieg. Und damit wurde natürlich auch die Gefahr immer größer.

Wie lange mochte das Wasser noch steigen? Er machte eine schnelle Schätzung nach den Wassermengen, die bis jetzt zugeströmt waren. Er glaubte, daß es höchstens noch zwei Stunden dauern könnte, bis das Wasser die Decke erreichen würde.

„Es ist vielleicht besser, wenn wir hinausgehen und auf die Treppe unter der Bibliothek steigen," sagte er. „Valerie und Fay gehen ganz nach oben, dann kommen Sie und Lacy, und ich werde eine Stufe unter Ihnen stehen. Es ist das nichts Besonderes von mir, denn Sie sind kleiner, und wir werden auf diese Weise alle ziemlich gleich hoch stehen."

Seine Vorsichtsmaßregeln waren gerechtfertigt. Er drehte noch alle Gasflammen aus, bevor er zu ihnen kam. Kaum hatte er den großen Raum verlassen, als mit einem furchtbaren Krachen die Barrikade einstürzte, mit der die Öffnung verstopft war. Das Wasser reichte ihm schon bis zu den Knien, bevor er die Treppe erreichte.

„Warum haben Sie denn das Licht ausgemacht?" fragte Lacy ärgerlich. „Nun müssen wir im Dunkeln sterben!"

„Wenn Sie die Lichter anlassen, müssen Sie erst recht im Dunkeln sterben, mein alter Freund," sagte Jim. „Wir brauchen doch die übrigbleibende Luft notwendig genug für uns. Das steigende Wasser würde die brennenden Lampen auslöschen, und wir könnten in ein paar Minuten Gas atmen."

Er stand auf der fünften Stufe von unten, aber er fühlte schon, wie das Wasser seine Füße erreichte. Fünf Minuten später waren sie schon vollkommen bedeckt. Er wartete, bis die Flut an seine Knie reichte, bevor er die nächsthöhere Stufe emporstieg.

„Valerie, komm zu mir!"

Sie tastete sich in der Dunkelheit zu ihm, und er legte seinen Arm um sie. Er war jetzt auf der höchsten Stufe, auf die er steigen konnte. Das Wasser hatte ihn noch nicht erreicht, aber er brauchte nicht lange zu warten. Er hatte so nasse Füße, daß er nicht mehr erkennen konnte, wie hoch das Wasser stand, bis er mit seiner Hand nach unten faßte und fühlte, daß es bereits über seine Knie ging. Die Flut schien plötzlich schneller zu steigen.

„Savini, geben Sie mir den Hammer, ich werde versuchen, gegen die Steintür zu schlagen, die über uns ist."

„Ich habe ihn nicht mitgenommen, er ist unten geblieben."

Eine schreckliche Stille trat ein.

„Ich glaube nicht, daß wir viel hätten erreichen können – das Schloß wird nicht leicht aufzubrechen sein."

Das Wasser reichte nun schon bis zu seiner Brust, aber die Luft war noch rein, und man fühlte noch keinen Druck. Aber was würde geschehen, wenn das Wasser die Luftschächte erreichte. Jim wagte nicht daran zu denken.

Die Flut stieg höher und höher. Jim küßte Valerie.

„Das ist ein sonderbarer Tod," sagte er leise, als er fühlte, daß das Wasser sein Kinn berührte.

71

Bellamy saß an dem Fenster seines Schlafzimmers, sein Gewehr lehnte an der Fensterbank. Alle Lichter im Dorf waren auf Befehl der militärischen Leitung ausgelöscht, selbst in den Häusern durften die Leute kein Licht machen. Diese

Maßregel kam in gewisser Weise Bellamy bei der Verteidigung der Burg zustatten, denn die einzelnen Lichter hatten ihn geblendet.

Nun konnte er genau unterscheiden, was vor ihm lag. Plötzlich sah er die drei Leute, die sich langsam die Anhöhe zur Burg emporarbeiteten. Zoll für Zoll glitten sie in der Dunkelheit vorwärts. Er schoß und sie hielten an. Aber das Militär hatte das Mündungsfeuer gesehen, und ein Maschinengewehr wurde gegen ihn in Tätigkeit gesetzt. Er warf sich flach auf den Boden und hörte, wie die Geschosse über seinem Kopf vorbeipfiffen.

Als es wieder ruhig wurde, schaute er vorsichtig hinaus. Die drei kamen näher und näher. Als er diesmal feuerte, schien er einen getroffen zu haben, denn er hörte einen Schrei. Die Leute zogen sich zurück, und er benützte die Gelegenheit, in das Wachtzimmer hinunterzugehen. Das Wasser schoß in zwei grünweißen Strömen aus den beiden zerstörten Hauptrohren. Er stieg über die hölzerne Barriere, die er selbst aufgerichtet hatte, watete zu der eisernen Gittertür und drehte das elektrische Licht an. Das Wasser stand beinahe bis zur obersten Stufe. Bellamy war zufrieden. Die Angreifer würden nicht mehr früh genug kommen, um das Leben dieser Leute zu retten, die er wie Ratten in der Falle ersäufte.

In der Halle traf er Sen. Der stumme Chinese zeigte zur Tür und Bellamy verstand. Er vermutete, was die Belagerer vorhatten – sie wollten den Eingang mit Dynamit sprengen.

Er ging zum Wachtraum zurück, schloß die eichene Tür, die dorthin führte, ebenso die Tür von der Eingangshalle zu dem Gang. Es würde einige Zeit dauern, bis die Leute entdeckten, was nicht in Ordnung war. Noch längere Zeit würde es in Anspruch nehmen, das Wasser abzustellen. Nichts konnte seine Feinde retten. Mit diesem glücklichen Gedanken ging er zu seiner Stellung in der Tür der Bibliothek zurück, um den Endkampf zu erwarten.

Zwei Eingänge führten zur Bibliothek: der eine von der Halle und der zweite vom Fuß der engen Treppe aus, die zu dem darüberliegenden Raum ging, in dem Lacy gewohnt hatte. Diese Tür war gewöhnlich fest geschlossen, aber Bellamy hatte sie nun geöffnet, falls er nach oben fliehen mußte. Er dachte an die Gefangenen unten im Kerker. Das Wasser mußte ihnen jetzt bis zum Hals reichen. Wahrscheinlich standen sie auf der Treppe – in zehn Minuten würden sie tot sein. Nun würden sie wissen, welche Genugtuung er hatte! Auch das

Gefängnis der Frau war unter Wasser – wenn sie nur noch dort wäre! Das war der einzige unangenehme Gedanke, den er hatte. Aber sie war ihm entkommen.

Plötzlich erfolgte eine Explosion, und eine starke Detonation erschütterte die Grundfesten der Burg. Gleich darauf folgte eine zweite Explosion, und Bellamy wußte, daß das äußere Tor zerstört war und jetzt nur noch das Fallgatter zu nehmen blieb. Aber dieses war mit Stahl beschlagen und würde länger Widerstand leisten.

Er ließ Sen mit dem Gewehr auf dem Knie, auf dem Boden kauernd, zurück und trat in die Bibliothek ein. Er ging seinem Verhängnis mit unerschütterlicher Ruhe entgegen, er war jetzt bereit zu sterben. Er wollte sich nur noch vergewissern, daß alles, was er sich vorgenommen hatte, ausgeführt war, dann brauchte er nicht mehr länger zu leben.

Plötzlich hörte er, daß sich die hintere Tür öffnete, und schaute sich um.

„Bleiben Sie stehen, wo Sie sind!" sagte eine fremde Stimme. „Sie kennen mich, Abel Bellamy!"

Der Eindringling stand kurze Zeit still und hielt den gespannten Bogen. In der rechten Hand hatte er das Federende eines Pfeiles. Er stand da wie eine Statue, drohend wie das Schicksal. Das Licht, das aus der silbernen Hängelampe herabströmte, glänzte auf dem grünen Pfeil, dessen Spitze auf Bellamys Herz zeigte.

„Rühren Sie sich nicht, sonst sind Sie tot. Und ich wünsche nicht, daß Sie sterben, bevor Sie alles wissen."

„Der Grüne Bogenschütze," stammelte Bellamy abgerissen. „Sie – Sie sind der Grüne Bogenschütze!"

„Ich habe Ihre Verbündeten nacheinander ermordet, all die gemeinen Werkzeuge, die Sie anstellten, um Unschuldige und Unterdrückte zu verfolgen. Abel Bellamy, Sie sind der dritte und müssen nun selbst daran glauben. Was können Sie zu Ihrer Entschuldigung sagen, daß ich Sie nicht zum Tode verurteile?"

Die Worte hatten einen fremden und schauerlichen Klang. Bellamy wußte nicht, daß sie wörtlich aus der englischen Formel des Todesurteils genommen waren.

„Sie – der Grüne Bogenschütze!“ Weiter brachte er nichts hervor – seine Gedanken wirbelten durcheinander.

Er konnte den hochaufgerichteten Mann nur hypnotisiert anstarren. Er sah auch den zweiten Pfeil, den er zwischen den Fingern hielt und wunderte sich, welche Kraft der andere aufwenden mußte, um den Bogen so gespannt und ruhig zu halten.

Bellamys Pistole lag auf dem Schreibtisch – mit zwei Schritten wäre er dort gewesen. Er überlegte schnell, aber er erkannte, daß der Grüne Bogenschütze auf jede seiner Bewegungen achtete. Er mußte Zeit gewinnen.

„Wenn ich irgend etwas getan habe, was ich durch Geld wieder in Ordnung bringen könnte –“

„Geld!“ sagte der andere zornig. „Wie dürfen Sie es wagen, mir Geld anzubieten? Können Sie damit die acht Jahre gutmachen, die Sie eine unschuldige Frau gequält haben? Kann Geld die Schmerzen auslöschen und die Narben wegwischen, die ein Mann trägt, der auf Ihren Befehl hin mit der Peitsche geschlagen wurde? Können Sie Geld –“

„Warten Sie nur, warten Sie,“ sagte Bellamy. „Ich kann Ihnen noch etwas mitteilen, worüber Sie sich freuen werden – etwas, was dem Grünen Bogenschützen Spaß macht –“

Die Augen des Mannes, der den Bogen hielt, verengten sich.

„Was meinen Sie?“ fragte er schnell.

„Sie sind hier!“ rief Bellamy. „Ich habe sie ersäuft wie Ratten – alle! Sie sind jetzt in der Hölle – Featherstone – Valerie Howett! Und Sie, Sie verdammter –“

Er sprang zum Schreibtisch und hörte noch die zweite große Explosion. Sie war ein großartiger Salutschuß bei dem Tod eines Mannes, der weder Gott, noch Menschen, noch Gerechtigkeit gefürchtet hatte.

72

Fünf Menschen erwarteten in dem unterirdischen Raum den Tod. Lacy war stumm vor Furcht, Julius und Fay hatten sich umschlungen und waren still und resigniert.

„Featherstone!“

Jim antwortete nicht.

„Sagen Sie, wenn Banknoten naß werden – haben sie dann noch ihren Wert?“ Einige unverständliche Jammerlaute von Lacy waren die einzige Antwort, die Julius erhielt.

Und dann kam das Wunder. Die Wasser fielen plötzlich schneller als sie gestiegen waren.

„Was ist geschehen?“

„Das ist noch eine Galgenfrist,“ antwortete Jim grimmig. „Die Falltür zu den unteren Kerkern ist gebrochen, und das Wasser fließt dorthin, aber sobald das untere Gewölbe gefüllt ist, steigt es wieder.“

„Können wir nicht herauskommen?“ winselte Lacy. „Ihnen macht das doch nichts aus, Sie sind ein Polizeibeamter und müssen deshalb mit Gefahren rechnen. Aber es ist vor allen Dingen Ihre Pflicht, uns zu retten –“

„Halten Sie den Mund,“ fuhr Julius ihn an. Aber Lacy war verrückt vor Furcht.

„Sie haben mein Geld, Savini, Sie Schleicher, Sie Dieb – Sie haben es mir abgenommen, als ich bewußtlos dalag!“

Fay schrie plötzlich laut auf. Jim hörte, daß jemand geschlagen oder gestoßen wurde und daß das Wasser aufspritzte.

„Julius ist fort,“ schrie Fay. „Er wird ertrinken – Sie gemeiner Kerl!“

Lacy brüllte, als er in das Wasser stürzte. Jim eilte die Treppe hinunter. Das Wasser war noch im Sinken begriffen, und es war keine Gefahr vorhanden, daß einer ertrank. Er erreichte den Boden des Raumes und watete auf die Kämpfenden zu.

Plötzlich fühlte er mit seiner ausgestreckten Hand einen Kopf, ergriff ihn am Haar und zog ihn zurück.

„Wollen Sie wohl auf die Treppe gehen, Sie verdammter Hund?“ rief er Lacy wütend an. Aber Lacy wandte sich nun ihm zu und stürzte sich auf ihn.

Valerie war starr vor Schrecken. Es war ganz dunkel und sie konnte nichts von dem Kampf sehen, der sich da unten abspielte. Aber das Geschrei des halbverrückten Lacy war kaum zu ertragen. Sie fühlte, wie Fay an ihr vorbei die Treppe hinuntereilte.

„Julius!“ rief sie. Ihr Schreckensruf hallte an den Gewölben des Todesraumes wider.

„Mir geht es gut – wo ist der Captain?“

„Hier – in der Nähe der Treppe,“ rief sie. Als sie selbst weiterging, fiel sie fast auf den Rücken des gebückten Lacy, der Jim an der Kehle gepackt hatte und seinen Kopf unter Wasser hielt.

„Gehen Sie zurück zur Treppe,“ keuchte Jim, als Fay ihm zu Hilfe kommen wollte.

Während des Kampfes war er mit dem Kopf gegen die Wand gefallen und fühlte, wie das Blut an seinen Wangen herunterlief. Fay fiel rückwärts, als die Männer weiterkämpften, aber jetzt war Julius bei ihnen angelangt und mit vereinten Kräften konnten sie den Verrückten überwältigen.

„Bringen Sie ihn schnell zur Treppe, das Wasser steigt wieder,“ sagte Jim, und sie zogen Lacy Schritt für Schritt vorwärts.

Jim hatte diesen Zwischenfall nicht voraussehen können. Es machte schließlich wenig aus, wann das Ende kam, aber ihren schon bis zum Zerreißen angespannten Nerven war die Gegenwart dieses brüllenden, verrückten Mannes unerträglich. Lacy versuchte sich immer wieder freizumachen.

„Ich werde ihn vor mir halten,“ sagte Jim, als sie endlich wieder auf der Treppe standen.

„Ich will nicht sterben! Nein, nicht sterben!“ stieß der vor Todesangst wahnsinnige Verbrecher hervor. „Verdammt noch einmal, Featherstone! Sie haben mich früher schon geschlagen, Sie verrückter Hund! Ihre Schuld ist es, daß ich hier bin! Ich wäre nie hierher gekommen, wenn ich mich nicht vor Ihnen versteckt hätte!“

„Seien Sie ruhig, oder ich schlage Sie nieder!“

Jim hatte ihn an der Kehle gepackt, und in dieser Lage war Lacy hilflos.

„Sie haben mich auf die unterste Stufe gestellt, damit ich schneller ertrinken soll," heulte Lacy. „Ich wünschte nur, Coldharbour Smith hätte das Mädchen mit sich fortgenommen – dann wären wir alle nicht hier!"

„Aber Sie berühren doch mit dem Kopf schon die Decke, Sie können ja gar nicht höher kommen – seien Sie jetzt still!"

Jim hörte Worte über sich – zwei Leute sprachen miteinander. Er erkannte aber nur Bellamys Stimme. Um Hilfe zu rufen war vergeblich.

„Das Wasser reicht mir schon bis zum Hals," keuchte Lacy und begann wieder um sich zu schlagen. „Verdammt, lassen Sie mich hinaus!"

„Ich stoße Sie die Treppe hinunter, wenn Sie nicht ruhig sind," sagte Jim ernst. Während er noch sprach, riß sich Lacy los und schlug nach ihm. Aber der Hieb traf Jim nicht. Sie hörten nur, wie Lacy ins Wasser fiel. Sein Schrei ließ Valerie erschauern.

„Ich kann nicht schwimmen – Hilfe!"

„Bleiben Sie ruhig stehen, Featherstone," sagte Fay ruhig, aber bestimmt. „Ob der noch ein paar Minuten länger lebt oder nicht, ist wirklich gleichgültig."

Aber Jim hörte die Hilferufe dicht neben sich und zog Lacy wieder auf die Treppe, wo er sicheren Boden unter den Füßen hatte. Lacy schwatzte, weinte und war mehr tot als lebendig.

Jim sprach noch aus, was ihn bedrückte. Er beugte sich zu Valerie vor.

„Valerie, ich war eifersüchtig auf John Wood."

„Ich fürchtete, daß es so wäre," antwortete sie in dem gleichen Ton. „Ich habe ihn gern, ich bewundere ihn, aber es ist nicht die Art Zuneigung, die ich für dich fühle – nur für dich."

Als sie ihren Kopf sinken ließ, berührte ihr Kinn das Wasser, und sie schloß die Augen. Es war jetzt ganz ruhig, nur Lacy wimmerte leise. Es gab keine Hoffnung mehr. Sie konnten sich höchstens noch im Wasser treiben lassen, bis das Ende kam. Jim stellte sich auf die Zehenspitzen, um seinen Mund von dem Wasser freizuhalten und sagte Valerie, sie möchte dasselbe tun.

„Was ist das?" flüsterte Julius plötzlich.

Sie hörten über sich ein Geräusch, als ob ein schweres Möbelstück gefallen wäre, dann eine Explosion gleich einem Donner. Das Wasser zitterte, und sie fühlten die Erschütterung. Die Explosion mußte ganz in der Nähe stattgefunden haben. Wenn die Polizei noch zur Zeit in die Burg kommen könnte! Es handelte sich um Minuten.

Dann hörte Jim über seinem Kopf ein Geräusch, und auf der Oberfläche des Wassers spiegelte sich plötzlich ein Lichtschimmer. Die Tür über ihnen öffnete sich!

Er streckte seine Hand aus, aber er mußte das andere Ende der Steintür durch das Wasser drücken.

„Savini! Valerie! Helft!" rief er, und ihre Hände vereinigten sich miteinander. Die Drehtür bewegte sich.

Oben im Zimmer war jemand, der am anderen Ende der Steintür drückte, um sie zu öffnen.

„Sind Sie alle dort?" fragte eine Stimme.

„Ja. Können Sie die Tür nicht noch etwas weiter aufdrücken?"

Sie sahen, wie eine Hand über den Steinrand faßte – eine braune, weiche Hand – und nun stand die Tür offen.

Fay war die erste, die hinauskam. Sie fiel erschöpft auf den Teppich vor dem Kamin hin. Julius war hinter ihr, und dann bahnte sich Lacy seinen Weg, der in seiner Todesangst rechts und links um sich schlug.

Valerie faßte das Ende des Steins, Julius half ihr nach oben. Sie schaute zurück. Jim war verschwunden. Sie starrte in das Wasser.

„Wo ist er –" rief sie entsetzt. „Dieser schreckliche Mensch hat ihn ins Wasser gestoßen!"

Julius warf Rock und Weste ab und stieg die Treppenstufen wieder hinunter. Er hatte keinen Platz zu schwimmen – er mußte tauchen. Er ging auch ohne Zögern in die Tiefe. Plötzlich berührte er einen Rock.

Mit aller Kraftanstrengung gelang es ihm, den bewußtlosen Featherstone auf die Treppe zu bringen. Gleich darauf zogen sie alle zusammen Jim ins Zimmer.

Als er die Augen wieder öffnete, sah er einen Soldaten mit dem Gewehr in der Hand. Das Bajonett blitzte im Schein der Lampen. Der Mann stand im Eingang und starrte auf Bellamy, der mit ausgestreckten Armen dalag. Zwei Pfeile waren durch sein Herz geschossen. Sie saßen so dicht beisammen, daß sie einander berührt haben mußten.

„Wer hat das getan?" fragte der Soldat.

Jim erhob sich mühsam und schaute sich um. Aber der Mann, der die Tür geöffnet und sie gerettet hatte, war verschwunden.

Mr. Howett begegnete ihnen unten in der Halle und nahm Valerie mit sich, damit sie den toten Chinesen nicht liegen sehen sollte. Jim überließ sie der Sorge ihres Vaters und ging in die Bibliothek zurück. Er fühlte sich schwach, und sein Kopf schmerzte. Lacys Schlag hatte ihn an der Schläfe getroffen, und er hatte unten die Besinnung verloren.

Das Wasser ergoß sich nun über den Fußboden und hatte schon den Gang zum Speisezimmer bedeckt. Jetzt strömte es auch in die Eingangshalle. Jim schickte einen Polizeibeamten aus, um die Wasserleitung abzustellen. Mit Jacksons Hilfe, der einer der ersten in der Burg war, hob er die Leiche Bellamys auf den Tisch und durchsuchte seine Taschen. Er war noch damit beschäftigt, als Spike Holland ins Zimmer trat.

„Ist er tot?"

Jim nickte.

„Er ist ganz tot – ich beinahe. Holen Sie eine Ambulanz und bringen Sie den da weg."

Dabei zeigte er auf Lacy, der sich noch auf dem Flur wälzte.

Als Spike zurückkam, saß Jim auf dem Sofa neben dem toten Mann. Er hatte den Kopf in die Hände gestützt.

„Wo ist Savini und seine Frau?" fragte Jim.

„Ich habe sie in mein Zimmer geschickt. Savini fragte mich, ob bei mir geheizt sei und ob Wasser Banknoten schaden könnte."

Jim lächelte ein wenig.

„Wenn der Grüne Bogenschütze Bellamy getötet hat, so muß er noch im Hause sein," sagte Spike, während er noch am Tisch saß und auf telephonischen Anruf von der Redaktion wartete. „Er konnte doch nicht durch den unterirdischen Gang kommen."

„Welchen Gang meinen Sie? Etwa den unterirdischen, der von Lady's Manor hierherführt? Warum könnte er denn nicht von dort gekommen sein?“

„Weil alle Türen auf der Innenseite zugeriegelt sind. Sobald ich meinen Bericht zur Redaktion durchgegeben habe, möchte ich diese Sache untersuchen.“

„Diesmal habe ich den wirklichen Grünen Bogenschützen gefunden, Holland,“ sagte Jim, als er sich etwas steif erhob.

„Ich habe ihn schon vor langer Zeit entdeckt,“ erwiderte Spike selbstgefällig. „Es ist Mr. Howett, aber ich kann nicht sagen, ob ich die Sache so in Druck geben werde.“

„Wenn Sie das tun, dann drucken Sie eine große Lüge. Der Grüne Bogenschütze ist –“

Aber er änderte seine Absicht.

„Der Grüne Bogenschütze ist –?“ drängte Spike. „Also Featherstone, nun sagen Sie mir doch noch ein wenig für meinen Artikel. Es ist noch genug Zeit für die Morgenausgabe.“

Jim ging zur Tür und schaute zurück.

„Vielleicht werde ich es Ihnen niemals sagen,“ antwortete er.

73

Als Jim in den „Blauen Bären“ kam, fand er dort seinen treuen Diener Angus, der hier auf die Befreiung seines Herrn wartete. Vorsorglich hatte er neue Kleider mitgebracht, und Captain Featherstone war ihm dankbar dafür. Sobald er sich umgezogen und rasiert hatte, ging er zu dem Hause Mr. Howetts hinüber. Er nahm an, daß Valerie sich zur Ruhe gelegt hätte. Zu seinem Erstaunen fand er sie im Wohnzimmer. John Wood war bei ihr.

Sie kam mit ausgestreckten Händen auf ihn zu, und er nahm sie in die Arme.

„Ich wollte eigentlich bei dir bleiben, als wir aus der Burg herauskamen, aber Vater bestand darauf, daß ich erst hierherginge,“ sagte sie.

Mr. Wood lächelte Jim an und betrachtete ihn unentwegt.

„Ich habe eine große Überraschung für dich, Jim," sagte Valerie. „Es hat sich etwas ganz Wunderbares ereignet. Rate mal, wen ich hier fand, als ich zurückkehrte?"

Er schüttelte den Kopf.

„Denke dir – meine – meine Mutter!"

Während sie noch sprach, öffnete sich die Tür. Mr. Howett trat herein und führte an seinem Arm eine schlanke, schöne Frau. Er erkannte sie sofort an der Ähnlichkeit mit ihrer Tochter.

„Liebe Mutter, dies ist Jim." Sie sprach das Wort Mutter noch sehr scheu aus. „Du kannst dich doch auf Jim Featherstone besinnen?"

Mrs. Held nahm beide Hände Jims in die ihren.

„Ich bin Ihnen zu größtem Dank verpflichtet, Captain Featherstone, aber ich hoffe, daß Sie jetzt auch belohnt werden."

Sie schaute von Jim nach dem Sofa und lächelte Wood an.

„Ich will Ihnen nun auch meinen Sohn vorstellen, Captain Featherstone," sagte sie dann.

„Ihren Sohn!"

„Dies ist John Wilfred Bellamy," sagte sie schnell.

Jim, der nun schon so viel in dieser Angelegenheit herausgebracht und erfahren hatte, war über diese neue Enthüllung doch vollständig überrascht.

Später ging er wieder zu dem „Blauen Bären" zurück. Auf der Dorfstraße standen die Leute in dichten Gruppen, obgleich es schon spät in der Nacht war. Jetzt brannten auch wieder alle Laternen und Lampen im Ort. Als er in das Gasthaus trat, sah er Spike, der inmitten einer großen Schar von Kollegen das Wort führte. Er strahlte und war restlos glücklich.

Jim mußte über ihn lächeln. Spike war nun eben einmal zuerst und vor allem Zeitungsreporter, und was er auch persönlich fühlen mochte, berufsmäßig machte es ihm wenig aus, ob Bellamy Erfolg hatte, seine Feinde zu töten oder ob sie gerettet wurden. Für ihn war es nur die große Geschichte.

„Wo ist Julius?" fragte Jim.

„Kommen Sie mit zu ihm," rief Spike, und seine Stimme überschlug sich vor Aufregung und Freude. „Er sitzt vor dem Kamin und trocknet Zehnpfundnoten. Fay hat ein Bügeleisen von der Wirtin geborgt und plättet die Scheine."

Jim ging mit ihm die Treppe hinauf zu dem großen Wohnzimmer, das Spike gemietet hatte. Er fand Julius Savini bei einer merkwürdigen Beschäftigung. Er trug einen Schlafanzug Spikes, saß mit untergeschlagenen Beinen auf dem Teppich vor dem Kamin und hielt mit Hilfe eines Toaströsters in vorsichtiger Entfernung von dem offenen Feuer einen Schein.

„Ich glaube, jetzt sind wir fertig, Fay," sagte Julius und sah zufrieden auf den getrockneten Geldschein.

Fay nahm die Banknote behutsam, legte sie auf ein Tuch und plättete sie mit dem Bügeleisen. Sie sah Jim und lächelte ihn an. Sie trug den Morgenrock der Wirtin, die klein und stark war, und ihre schlanke, schmächtige Gestalt sah ganz merkwürdig in dieser Kleidung aus.

„Treten Sie bitte näher, Featherstone. Julius hat das Geld getrocknet, das der alte Bellamy ihm gab, als er uns in den Käfig sperrte. Es gehört alles uns," sagte er dann mit einem gewissen Stolz. „Und wenn dieser verrückte Lacy behauptet, daß wir ihn bestohlen haben, so möchte ich Sie bitten, ihn ins Loch zu stecken."

„Wieviel habt ihr denn, Fay?" fragte Jim interessiert.

„Ungefähr zehntausend. Wir haben es noch nicht ganz durchgezählt, aber wir vermuten, daß es so viel ist. Wir wollen jetzt aufs Land ziehen und eine Geflügelfarm aufmachen. Ich habe mich schon immer dafür interessiert. Wo ist Lacy?"

„Ich habe ihn zum nächsten Hospital geschickt, Sie brauchen sich über ihn keine Sorge zu machen. Als wir seine Taschen durchsuchten, fand Sergeant Jackson eine große Summe bei ihm."

„Lacys Geld interessiert uns durchaus nicht," sagte Fay leichthin.

Auch Julius schüttelte den Kopf, aber er sah Featherstone nicht ins Gesicht.

„Ich beneide keinen Menschen – das ist mein Wahlspruch. Wenn der arme Teufel Geld hat, dann freue ich mich. Wo hat er es denn gehabt?"

„Das habe ich vergessen. Ich glaube aber, es war in einer inneren Tasche seines Anzugs unter der grünen Maskerade, wo er das andere Geld verwahrt hatte."

„Was meinen Sie denn mit dem anderen Geld?“ fragte Fay ganz unschuldig. „War es viel – ich meine, was Sie fanden?“

„Ungefähr zweitausend.“

„Hörst du, Julius?“ fragte sie scharf. „Er hatte zweitausend Pfund in der Tasche.“ Aber sofort hatte sie sich wieder in der Gewalt. „Ich freue mich, daß er auch etwas hat,“ sagte sie ziemlich kühl, „aber trotzdem ist das Geld zum Fenster hinausgeworfen, denn ein Mensch wie Lacy weiß nicht damit umzugehen. Geld auszugeben ist eine große Kunst, Featherstone, daran muß man sich erst lange gewöhnen. Ich vermute, daß er das Geld in der linken Hosentasche hatte?“ fragte sie gleichgültig.

„Ich weiß es nicht genau, Fay,“ sagte Jim, „aber vermutlich stimmt das.“

„Ich sagte dir ja, Julius –“

Julius räusperte sich.

„Ich sagte dir,“ begann Fay wieder, „daß du ihm nur die Pistole nehmen und ihm das Geld lassen solltest. Sie sehen, wie genau Julius sich an meinen Rat gehalten hat, Featherstone.“

„Ehrlich bis zur Selbstlosigkeit, Fay! Also eine Geflügelfarm wollen Sie jetzt aufmachen?“

Sie nickte.

„Mr. Howett wird auch dabei helfen,“ sagte sie. „Und bedenken Sie, trotzdem wir ja schon Kapital haben, Geld, das Julius viele Jahre lang durch harte Arbeit sparte –“

Jim mußte lachen.

„Ich will nicht fragen, wo Julius das Geld her hat,“ sagte er, „und ich glaube auch vollkommen die Geschichte, die Sie mir eben erzählten, daß der alte Bellamy Ihnen das Geld gegeben hat. Aber zerbrechen Sie sich jetzt nicht den Kopf, um mir noch weitere Erklärungen abzugeben.“

Er nahm sie an den Schultern, und vor Savinis Augen küßte er sie leicht auf die Backe.

„Sie haben ein zu gutes Herz, um schlecht zu sein, und Sie sind zu hübsch und im Grunde zu aufrichtig, um wieder auf schlechte Wege zu kommen,“ sagte er dann ruhig. „Und wenn Julius Sie dazu zwingen sollte, so würde ich es ihm niemals vergeben."

Sie erwiderte nichts. Aber als Jim gegangen war, wandte sie sich an ihren Mann.

„Hast du es gesehen, Julius?" fragte sie ein wenig unsicher. „Er ist doch ein hübscher Kerl! Ich mag ihn zu gerne!"

„Er dich scheinbar auch! Der Mensch ist zu gut für einen Polizeibeamten."

Es hat eben jeder seine eigenen Ansichten.

74

Für den nächsten Morgen hatte sich Jim mit Mr. Howett verabredet und begab sich nach Lady's Manor.

Valerie war mit ihrer Mutter in die Stadt gefahren, und Jim war mit Howett allein, der nun wieder ganz der alte war. Seine freundlichen Augen, die hinter der großen Brille glänzten, verrieten die gewohnte Sicherheit, und er war in der besten Stimmung.

„Ich muß Ihnen die ganze Geschichte von Anfang bis zu Ende erzählen, Captain Featherstone. Ich glaube zwar, Valerie hat Ihnen schon manches mitgeteilt, aber ich will ganz von vorne anfangen."

„Abel Bellamy hatte einen Bruder Michael. Abel war der ältere, Michael war sechs Jahre jünger. Ihre Eltern lebten zuerst in etwa denselben Vermögensverhältnissen wie ich, das heißt, sie waren arm und konnten Abel nicht die Erziehung geben, die später Michael erhielt. Von Anfang an haßte deshalb Abel seinen Bruder, und als sie heranwuchsen, wurde die Kluft immer größer, da Michael eine ganz andere gesellschaftliche Stellung einnahm, obgleich Abel sofort viel Geld verdiente. Er führte eine ganze Reihe erfolgreicher Spekulationsbauten auf, und das Geld strömte ihm in Mengen zu. Aber trotzdem vergab er seinem Bruder nicht, daß er eine bessere Erziehung genossen hatte als er. Er hatte ihn immer beneidet, und nach dem Tode der Eltern war sein ganzes Denken darauf konzentriert, seinen Bruder zu ruinieren.

Es wäre vielleicht möglich gewesen, daß Abel sich mit der Zeit beruhigt hätte, aber glücklicher- oder unglücklicherweise verliebte sich Michael in eine Frau, und ausgerechnet dieselbe Frau war die einzige in der Welt, die jemals Eindruck auf Abel machte und ein Gefühl in ihm wachrief, das man mit Liebe hätte vergleichen können. Sie hieß Held – Elaine Held und stammte aus guter Familie. Aber sie war leider unvorsichtig genug, Abel zu zeigen, wie sehr sie ihn wegen seiner Häßlichkeit verabscheute. Abel ging zu ihrem Vater und bot ihm eine große Summe, wenn er die Verlobung zwischen Michael und Elaine lösen würde und ihm das Mädchen gäbe. Der Vater war furchtbar empört über dieses Ansinnen, wies ihn entrüstet zurück, und Michael heiratete Elaine.

Das war der erste, ernste Mißerfolg, den Abel Bellamy erfuhr. Er nahm sich die Sache so zu Herzen, daß er von da ab jahrelang darüber nachdachte, wie er seinen Bruder zugrunderichten könnte. Er machte noch mehrere Versuche Elaine zu bewegen, sich aus dem einen oder anderen Grunde von Michael scheiden zu lassen und ihn selbst zu heiraten. Elaine war verschwiegen, wollte keinen Unfrieden zwischen den beiden Brüdern stiften und sagte ihrem Mann nichts davon. Bis zu seinem Tod hat der arme Michael Bellamy nichts über die letzten Ursachen seines Unglücks gewußt.

Ein Junge wurde ihnen geboren, und eine Zeitlang kümmerte sich Abel nicht um sie. Aber als er nach der Geburt eines zweiten Kindes Elaine eines Tages zufällig wieder in New York traf, erwachte der alte Wunsch, sie zu besitzen, wieder in ihm, und er begann das alte Spiel aufs neue. Sie wies seine Anträge auf das entschiedenste zurück, und diesmal sah Bellamy ein, daß er keine Aussichten mehr hätte, und er schwur ihr bittere Rache. Einen Monat später wurde ihr zweites Kind, ein kleines Mädchen, gestohlen. Man lenkte die Aufmerksamkeit der Amme, die mit dem Kinde ausgefahren war, ab und nahm das Kind heimlich weg.

Abel besuchte die verzweifelten Eltern, als ob nichts geschehen sei und bot ihnen große Geldunterstützungen an, das Mädchen wieder zu bekommen. Heimlich aber ließ er Elaine wissen, daß sie das Mädchen nur wiedererhalten würde, wenn sie sich von ihrem Manne scheiden ließe und ihn heiratete. Sie wagte es nicht, Michael etwas davon zu sagen, obwohl sie gleich den Verdacht gehabt hatte, daß Abel für die Entführung verantwortlich sei.

Als Michael schließlich Detektive anstellte, um die Spur seiner Tochter zu verfolgen, machte sich Bellamy das River-Bend-Unglück zunutze und sandte einen Mann dorthin, der einen Kinderschuh auf die Unglücksstätte zu all den persönlichen Überresten warf, die man sammelte, um die Verunglückten zu identifizieren. Das Übrige fiel Bellamy nicht schwer. Falsche Zeugen sagten aus, daß sie eine Frau mit dem Kinde in dem Zuge gesehen hätten, und Michael ließ keine weiteren Nachforschungen mehr anstellen."

„Aber das ist doch vor zwanzig Jahren passiert, und Valerie ist vor dreiundzwanzig Jahren zu Ihnen gekommen."

„Es sind zwei Unglücksfälle dort vorgekommen. Hier liegt ein Irrtum John Bellamys vor. Der erste ereignete sich vor dreiundzwanzig Jahren und drei Jahre später der zweite an fast derselben Stelle. Wood oder Bellamy, wie ich ihn von jetzt ab nennen werde, hatte nur wenige Anhaltspunkte für seine Nachforschungen. Von seiner Mutter erfuhr er die Geschichte von der Entführung seiner Schwester und machte auch keinen Versuch, das genaue Jahr des River-Bend-Unglücks festzulegen, bis seine Mutter verschwand.

Bald nach diesem Schicksalsschlag starb Michael Bellamy. Abel zweifelte nicht, daß Elaine ihn nun heiraten würde, da sie Witwe geworden war. Er kam zu ihr, sie war noch ziemlich jung, und verfolgte sie aufs neue mit seinen Anträgen. Aber er wurde ebenso entschieden zurückgewiesen wie früher. Er schmiedete viele Rachepläne. Elaine dachte an das Los ihrer Tochter, für deren Tod sie Bellamy verantwortlich machte, verkaufte alles Eigentum, das sie von ihrem Manne geerbt hatte, und ging nach England. Jahrelang hatte Bellamy ihre Spur verloren. Sie lebte unter ihrem Mädchennamen, und es ging ihr nicht schlecht. Ihr Sohn besuchte eine technische Schule in Guildford und wollte später Ingenieur werden. Da tauchte eines Tages Bellamy wieder auf. Er gab sich den Anschein, als ob er seine frühere Haltung ihr gegenüber bereute und veranlaßte sie, ihr Vermögen, das gut angelegt war, zu kündigen, und es in ein gefährliches Unternehmen zu stecken. Sie verlor denn auch das ganze Geld bis auf den letzten Pfennig. Aber ihr Mut war bewunderungswürdig. Mit den letzten Resten ihrer Mittel zog sie mit ihrem Sohn nach London und wohnte dort in einem kleinen Haus in der Nähe der Schule, in der er seine Ausbildung erhielt.

Bellamy hatte schon einmal Elaine dadurch getroffen, daß er ihrem Kind ein Leid zufügte. Nun beabsichtigte er, dieses Manöver zu wiederholen. Der Junge erhielt von mehreren Seiten Angebote für freie Wohnung und Unterkunft. Sie argwöhnte nichts, und er zog nach einem Hause in Westend, wo reiche, wenig erfahrene Leute von allerhand Verbrechern und Galgenvögeln umlauert werden. Der junge Bellamy war aber weder reich noch unachtsam; er war noch nicht lange in diesem goldenen Käfig, als er genau merkte, welcher Art er sei. Bevor er sich aber wieder aus dieser Umgebung freimachen konnte, wurde ihm ein böser Streich gespielt. Eine Dame in dem Haus behauptete plötzlich, daß ihre Diamantbrosche gestohlen sei. Die Polizei wurde gerufen und fand das Schmuckstück in der Tasche des jungen Bellamy. Er hatte seinen Rock abgelegt, um eine Partie Billard zu spielen. Er wurde vor den Richter gebracht und zu sechs Monaten Gefängnis verurteilt. Diesmal ließ Bellamy die Maske fallen und sagte Elaine, daß er für alles verantwortlich sei. Er machte kein Geheimnis daraus, daß er alles so eingerichtet hatte, und drohte ihr mit noch schwereren Strafen. Um diese Zeit kaufte er Garre Castle. Die uneinnehmbare Lage und die Stärke des Baues beeinflußten ihn, und er kam auf den Gedanken, hier Leute gefangenzusetzen, die er haßte.

Ein Helfershelfer brachte Bellamy in Verbindung mit Creager, einem verbrecherischen Gefängniswärter, der schon lange in dem Verdacht stand, mit den Gefangenen unter einer Decke zu stecken und bei einer früheren Gelegenheit beinahe seine Stelle verloren hätte. Wahrscheinlich war es auch Creager, der den Plan zu dem furchtbaren Verbrechen entwarf. Abel Bellamy kannte das englische Gesetz und die Gefängnisvorschriften sicher nicht gut genug, um ihn ersinnen zu können.

Eines Morgens hörte man einen Schrei aus der Zelle, in der der junge Bellamy saß, und Creager taumelte mit blutendem Kopf heraus. Sie erinnern sich daran, daß Sie einen Brief fanden, in dem Creager sagte, daß er sicher etwas abbekommen würde. Aber die Wunde hatte er sich selbst mit einem Spaten beigebracht, der unter keinen Umständen in der Zelle hatte sein dürfen. Creager schwur später, daß der junge Bellamy ihn unter seinen Kleidern hineingeschmuggelt hätte. So wurde John, der damals noch sehr jung war, zu der Strafzelle gebracht und vor den Richter gestellt.

Nun existiert in Gefängnissen, wie Sie wissen, nur eine Strafe für Leute, die ihre Wärter anfallen, und zwar die Peitsche. Es ist eine schreckliche Strafe, obgleich ich damit nicht behaupten will, daß man gewisse Verbrecher auf andere Weise zur Ruhe bringen könnte. John wurde zu fünfundzwanzig Schlägen verurteilt, die Narben sind noch heute auf seinen Schultern zu sehen. Als er aus dem Gefängnis kam, wollte er seine Mutter aufsuchen, fand aber, daß sie verschwunden war. Mit dem Schandmal der Gefängnisstrafe belastet, änderte er seinen Namen in John Wood. Er arbeitete Tag und Nacht abwechselnd an seiner Drehbank und an seinen Nachforschungen nach der

Spur seiner Mutter. In seinem Beruf hatte er großen Erfolg, er erfand einen wertvollen Apparat, der auch patentiert wurde und ihm ein kleines Vermögen einbrachte.

Er hörte nicht auf, nach Elaine Held zu suchen. Bei Kriegsausbruch meldete er sich freiwillig. Damals mußte er seinen alten Namen angeben, weil er sein Geburtszeugnis vorlegen mußte. Als er später einen Erkundungsflug über Deutschland ausführte, wurde er als gefallen gemeldet. Man entdeckte aber den Fehler nach einiger Zeit, und es kam eine Berichtigung in die Zeitungen. Merkwürdigerweise hat Abel Bellamy niemals davon erfahren.

Die Vorliebe des jungen John für Kinder entwickelte sich immer mehr, je größer sein Vermögen wurde. Zunächst gründete er ein Kinderheim in Belgien und wie ich vermute, will er nun seinen Plan zur Kindererziehung auf England und Amerika ausdehnen. Er hatte damals sein Testament zugunsten von John Wood gemacht, denn er hatte als Soldat eine Anzahl von Instrumenten und Dingen erworben, die er gerne selbst wieder haben wollte. Als er nun seine Todesnachricht in der Zeitung fand, meldete er sich als Erbe John Bellamys. Die Behörden stellten keine weiteren Nachforschungen an, und er kam als John Wood in den Besitz des Erbes, das er sich selbst vermacht hatte!“

Jim wartete auf eine Fortsetzung der Erzählung, aber Mr. Howett schien zu Ende zu sein.

„Nun wissen Sie alles, Captain Featherstone,“ sagte er nur noch ernst.

Jim schaute zur Decke empor und blies den Rauch seiner Zigarre nach oben.

„Im Klosterwald liegt ein Haus – es ist genau fünf Meilen vom Addley-Flugplatz entfernt. Von da aus besteht eine dauernde Verbindung mit Belgien, Sommer und Winter.“

„Das stimmt.“

„Ich habe Informationen bekommen,“ fuhr Jim fort, der noch immer zur Decke hinaufsah, „daß Mr. Wood ein häufiger Fahrgast dieser Flugzeuge war.“

„Das ist leicht möglich.“

„Er kam gewöhnlich spät am Nachmittag und flog früh am Morgen wieder ab. Er war immer in Belgien, wenn man ihn antelegraphierte, wie es häufig geschah, nachdem Creager ermordet worden war.“

„Das wird wohl richtig sein,“ gab Mr. Howett zu.

„Es ist eine merkwürdige Tatsache, daß John Wood Bellamy sehr gut mit Bogen und Pfeil umgehen kann, aber das mag wie in Ihrem Fall ein zufälliges Zusammentreffen sein."

„Woher wissen Sie das?" fragte Mr. Howett schnell. „Ich habe in Belgien Nachforschungen anstellen lassen – es ist schon einige Zeit her – gleich nach dem Tode von Coldharbour Smith. Damals erfuhr ich, daß Wood zu jener Zeit in London war. Ich stellte fest, daß sich in der Nähe von Wenduyne weit ausgedehnte Sanddünen befinden, wo ein etwas exzentrischer Engländer, wie man berichtete, obwohl er doch in Wirklichkeit Amerikaner ist, sich täglich mehrere Stunden im Bogenschießen übte, schon seit Jahren, schon vor dem Kriege. Sie geben doch zu, daß das sehr sonderbar ist?"

Mr. Howett sah Jim Featherstone scharf an.

„Ich möchte Sie etwas fragen, Featherstone. Sie sind ein Polizeibeamter, und sicher haben Sie gewisse Pflichten. Aber meiner Überzeugung nach gibt es auch Dinge, die die Polizei übersehen müßte, selbst wenn es sich um schwere Verbrechen handelt. Sie nennen das doch so schön: im öffentlichen Interesse die Nachforschungen nach etwas einstellen. Dieses öffentliche Interesse ist ein Fetisch, ein Götze für gewisse Leute, aber ich weiß nicht, ob wirklich hochstehende Menschen sich auch davor beugen sollten. Sagen Sie mir, wer ist der Grüne Bogenschütze?"

„Stellen Sie mir diese Frage in allem Ernst?"

Mr. Howett nickte. „Dann will ich sie Ihnen beantworten." Jim vermied es immer noch, Mr. Howett anzusehen. „Es ist derselbe, der Elaine Held aus dem unterirdischen Kerker befreite, in dem sie der alte Bellamy gefangenhielt. Er holte sie mitten in der Nacht heraus und brachte sie nach Lady's Manor. Sie entdeckten ihn, hielten ihn fest und bedrohten ihn mit der Pistole, bis Sie die Wahrheit erfuhren. Dann halfen Sie ihm sogar zur Flucht."

„Ich wußte nicht, wer es war," sagte Howett schnell. „Sein Gesicht war damals durch eine Maske verdeckt. Später habe ich den unterirdischen Gang zufällig gefunden. Ich bin sogar in Garre Castle gewesen – zufällig sah mich Julius Savini damals." „Abel Bellamy muß die gleiche Entdeckung gemacht haben, als er einmal in den Vorratsraum ging, um nach Milch zu suchen. Lacy hat es mir erst heute morgen berichtet," sagte Jim. „Er erzählte mir auch, daß Bellamy ein Taschentuch fand – Valerie ließ es fallen, als sie Lady's Manor besichtigte, und der Grüne Bogenschütze muß es gefunden haben.

Die Frau, die Valerie damals weinen hörte, war Elaine Held, die auf Umwegen in das Haus im Walde gebracht wurde. Der Grüne Bogenschütze ist der Mann, dessen Boot Sie in der Nacht fanden, als Smith getötet wurde. Er stand im Carlton-Hotel nahe genug bei Spike Holland, um Creager zu hören, den er erkannte. Creager dagegen erkannte ihn ebensowenig wieder als später Bellamy, als John die Burg kaufen wollte. Er hörte Creager zu Holland sagen, daß er eine gute Geschichte für ihn wüßte, und entschloß sich, ihn zu töten, ehe diese Geschichte erzählt werden konnte. Denn fälschlich vermutete er, daß es der Bericht über seine Züchtigung mit der Peitsche wäre und er verraten werden sollte, wodurch alle seine mitternächtlichen Nachforschungen in Garre Castle vergeblich geworden wären.

Der Grüne Bogenschütze ist der Mann, der Valerie über die Mauer nach Garre Castle kommen sah. Im Gegensatz zu seinen sonstigen Gewohnheiten folgte er ihr und rettete sie durch einen Schuß vor den fürchterlichen Bluthunden. Er war auch einer der ersten, die Valerie begrüßten, als sie aus der Burg herauskam, und er holte das Tagebuch von Mrs. Held aus dem Gefängnis, das ihre Identität bewies."

„Was werden Sie nun tun? Werden Sie ihn anzeigen?" fragte Mr. Howett.

„Es liegt nicht im öffentlichen Interesse, meinen zukünftigen Schwager anzuklagen," erklärte Jim, „selbst wenn er einen Mord begangen hat –" sein Ton war fest und entschieden – „selbst wenn er ein Henker ist."

Mr. Howett streckte ihm die Hand entgegen.

„Wenn ich Sie recht verstehe, Jim Featherstone, so wollen Sie einen guten Posten aufgeben – es ist möglich, daß Sie rechthaben. Ich habe auch erfahren, daß Sie eigenes Vermögen besitzen, sonst würde ich Ihnen die beste Stellung anbieten, die ich Ihnen geben kann."

„Ich mochte Ihr Schwiegersohn werden," sagte Jim.

Einen Augenblick lang verdüsterte sich das Gesicht Mr. Howetts.

„Vielleicht können Sie auch das werden," erwiderte er dann in Gedanken. „Das hängt ganz davon ab, welche Antwort mir Elaine Bellamy auf eine Frage gibt, die ich erst später an sie richten kann, wenn sie sich wohl genug fühlt, einen Heiratsantrag anzunehmen."

Ende